LUMERA EXPEDITION

SURVIVE

JONA SHEFFIELD

Lumera Expedition
Survive

Jona Sheffield

Redaktion: Dr. Peter Schäfer
Cover: Olivia Pro Design
Besonderer Dank: Daniel Schaffeld, Lena Schaffeld, Johanna Bulbeck, Anne Bulbeck

2. Auflage, 2020
Friederike Schaffeld
Rheinfelder Straße 4
41539 Dormagen

© Alle Rechte vorbehalten.
Das Werk darf – auch teilweise – nur mit Genehmigung der Autorin wiedergegeben werden.
ISBN: 978-3-9822384-4-9

Jona.sheffield@lumera-expedition.com
www.lumera-expedition.com

PROLOG

Juli 2042, Erde, Julia

»Mission sofort abbrechen!« Das Kommunikationsimplantat hinter ihrem rechten Ohr übertrug die Warnung einwandfrei. »Du bist aufgeflogen, Julia. Mission sofort abbrechen.« Gerrits Stimme überschlug sich, klang aber schnell wieder gefasst. »Begib dich sofort zum vereinbarten Treffpunkt.«

Julia antwortete nicht. Panik erfasste jeden Millimeter ihres Körpers und zerrte an ihren Eingeweiden. Bis hierhin war ihre Mission erfolgreich verlaufen. Das Backdoor-Programm, das sie soeben auf dem zentralen Server von Nantech Industries installiert hatte, lief versteckt im Hintergrund. Wie geplant. Sie hatte außerdem einen BID-Remover mitgehen lassen. Der Besitz dieser Geräte war strengstens verboten. Sollte sie damit erwischt werden, hatte sie mit massiven Sanktionen, bis hin zur Todesstrafe, zu rechnen.

Der BID-Remover befand sich nun sicher in ihrem Holster, neben der kleinen Spritze mit Zyankali. Das tödliche Gift war aber nur als allerletzter Ausweg gedacht, um eventuellen Verhören zu entgehen. Sie wollte lieber sterben, als Geheimnisse preiszugeben.

Den Microchip, der die bei Nantech eingeschleuste Malware enthielt, hatte sie sicherheitshalber mit einem Feuerzeug verschmort. Wäre er Nantech in die Hände gefallen, hätte der Plan von Julia und ihren Freunden keine Chance auf Erfolg gehabt. Sie hatten vor, die Regierung daran zu hindern, Menschen über ihre BIDs zu kontrollieren und ihnen womöglich Handlungen aufzuzwingen. Der Staat hätte die volle Kontrolle über jeden Bürger, der über diese Technologie verfügte. Das wollten sie unbedingt verhindern.

Julia hieb mit dem Ellbogen gegen den Öffner des Notausgangs. Sofort ertönte ein hochfrequent oszillierender Alarmton, doch Julia ignorierte ihn. Nachdem sich die Tür hinter ihr geschlossen hatte, lehnte sie sich verschwitzt mit dem Rücken dagegen und blickte sich um.

Sie befand sich in einem Hangar. Er bot Platz für mindestens vier große Flugzeuge. In der Nähe der Tür standen einige mit verschiedensten Gegenständen beladene Paletten herum. Alle waren mit den Worten ‚Nantech-Industries' beschriftet. Ansonsten herrschte hier gähnende Leere. Hier konnte sie sich unmöglich verstecken.

Julia musste sich konzentrieren. Der Mann ihres Lebens, ihre Freunde und hunderte Millionen, wenn nicht gar Milliarden anderer Menschen, schwebten in höchster Gefahr, sollte sie jetzt scheitern.

Eine Massenüberwachung oder Schlimmeres durch die Regierung abzuwenden, das war ihr einziges Ziel. Dazu brauchte sie einen klaren Kopf, ungeachtet der in ihr aufkeimenden Panik. Julia biss die Zähne zusammen und atmete tief ein und aus. Ruhe zu bewahren und ihre Ängste zu kontrollieren war der erste Schritt zur Rettung der Menschheit.

Das Licht im Hangar war gedimmt, nur die Nachtbeleuchtung war aktiviert. Julia fröstelte und ihr Herz raste.

Sie hatte den gesamten Grundriss des Komplexes im Kopf gespeichert und wusste, dass sich etwa 70 Meter von ihr entfernt ein Ausgang befand. Dahinter gab es einen befestigten Pfad, der geradewegs zum Staudamm führte, der das Grundstück von Nantech abschloss. Das war ihr einziger Ausweg.

In diesem Augenblick hörte sie in der Ferne einen Ruf. Die Wachen verfolgten sie bereits. Julia rannte los, direkt zur Tür mit der hellgrün leuchtenden Fluchtwegkennzeichnung. Sie blickte über ihre Schulter und sah mehrere Gestalten in ihre Richtung stürmen.

Wieder schlug sie gegen den Riegel und erneut schrillte der Alarm. Endlich war sie draußen. Ein Scheinwerfer über der Tür ließ den feinen Sprühregen beinahe wie eine Wand erscheinen. Die winzigen Tröpfchen schwebten eigenartig synchron hin und her. Weit voraus hörte sie die donnernden Wassermassen durch die Schleusen des Dammes brechen.

Sie befand sich auf einem schmalen Pfad, der rechts und links von hohen Zäunen gegen Eindringlinge gesichert war. Alle zehn Meter erhellte ein Scheinwerfer den Weg.

Jetzt musste sie es nur noch über den Staudamm schaffen, der sich weiter hinten in der Dunkelheit befand, denn weder rechts noch links gab es eine Fluchtmöglichkeit. Die Zäune waren einfach zu hoch. Julia sprintete los.

Ihr Puls raste, während sie krampfhaft versuchte, nicht langsamer zu werden. Nach etwa einem Kilometer, für den sie trotz ihrer Anstrengungen eine gefühlte Ewigkeit gebraucht hatte, endete der matschige Pfad an dem Staudamm, der nur von wenigen Laternen beleuchtet war. Plötzlich spürte Julia einen stechenden Schmerz in der Seite, der sie zwang, stehenzubleiben. Auf die Knie gestützt atmete sie wie eine Marathonläuferin nach dem Zieleinlauf. Sie hatte für einen Moment einfach keine Kraft mehr. Nach einer Weile wurden ihre Atemzüge wieder langsamer. Sie machte ein paar Schritte, doch das Seitenstechen hielt unverändert an. Der Weg, auf dem sie sich befand, führte geradewegs über den leicht gekrümmten Damm. Das andere Ende dieser gewaltigen Staumauer befand sich etwa zweihundert Meter entfernt. Sie musste versuchen, dorthin zu gelangen. Dort ging der Pfad weiter.

Und dort, irgendwo in der Dunkelheit, befand sich die rettende Tür im Zaun, die auf dem Grundriss des Geländes verzeichnet gewesen war. Die Möglichkeit, Bild- und Audiodaten auf dem BID zu speichern und abzurufen, war jetzt Gold wert!

Weit hinter sich hörte sie ihre Verfolger rufen. Sie blickte kurz in deren Richtung. Die Androiden stürmten über den Pfad hinter ihr her: sieben, vielleicht acht, mit automatischen Sturmgewehren ausgestattet. Sie hatten gehörig aufgeholt, musste sie mit Entsetzen feststellen. Sie waren höchstens noch dreihundert Meter von ihr entfernt.

Julia sprintete wieder los. Hinter ihr fielen die ersten Gewehrschüsse. Wenigstens war der Regen auf ihrer Seite, denn dank ihm war sie kein leichtes Ziel. Die abgefeuerten Projektile pfiffen erschreckend nah an Julia vorbei, zwei davon schlugen direkt vor ihren Füßen in den Boden und Gesteinssplitter spritzten ihr entgegen.

»Nein …! Verdammt nochmal was soll ich denn tun?«, ächzte sie.

Julia rannte um ihr Leben. Zu ihrem Unglück waren die Androiden schneller als sie. Sie holten weiter auf.

Als sie sich auf der Mitte des Damms befand, trennten Julia nur noch zweihundert Meter von ihren Verfolgern. Langsam schwanden ihre Kräfte. Ihre Beine wurden immer schwerer. Julia stieß einen spitzen Schrei aus, als weitere Projektile an ihr vorbei zischten.
»O Gott, hilf mir, nur ein bisschen!", wimmerte sie. Tränen flossen ihr übers Gesicht. Sie war einfach zu langsam! Bis zu der Tür im Zaun mochte es Julia mit etwas Glück noch schaffen, aber dann noch das Schloss zu knacken? Das war doch utopisch!

Über den Zaun zu klettern war kaum eine bessere Option und der Stacheldraht bedeutete dann sowieso das Ende ihrer Flucht.

Sie aktivierte ihren BID, ließ sich innerhalb von Sekundenbruchteilen ihre Chance für eine erfolgreiche Flucht über den Zaun berechnen und auf ihre Kontaktlinsen projizieren. Sie lag bei drei Prozent.

Da meldete sich Gerrit über ihren BID, ihr Kommunikationsimplantat. »Julia, bitte kommen! Bist du am Ziel? Wir sind gleich da.«

Erschöpft quetschte Julia einige Wortfetzen aus sich heraus: »Ich ... schaffe es ... nicht zum Tor. Ich muss vom Damm springen.«

Sie hörte, wie Gerrit am anderen Ende nach Luft schnappte: »Nein, Julia! Das schaffst du nicht. Das sind vierzig Meter. Lauf weiter! Wir sind fast bei dir!«

Julia blieb in der Mitte des Staudamms stehen. Mit ihren behandschuhten Fingern strich sie sich nervös eine tropfende Haarsträhne aus dem Gesicht. Gerrits Fluchtplan war absoluter Schwachsinn. Das war ihr nun klar. Das Zyankali war ihre einzige Alternative, wollte sie nicht erschossen oder festgenommen werden. Aber sie hatte diese winzige Chance, wenn sie springen würde. Sie aktivierte die Sichtverstärkung ihrer Kontaktlinsen. Beim Blick in die Tiefe wurde ihr schwindelig. Die Chance, den Sturz zu überleben lag nun bei sieben Prozent. Julia entschied sich innerhalb einer Sekunde.

»Gerrit, ich springe«, sagte sie im Brustton der Überzeugung.

»Julia, bitte...«, versuchte Gerrit es erneut, aber sie unterbrach ihn barsch. »Holt mich da unten raus, bevor die anderen das tun. Lebt alle wohl. Sag Ethan, dass ich ihn liebe.«

Julia klinkte sich kraft ihrer Gedanken aus dem Gespräch aus. Sie kletterte auf die gemauerte Brüstung des Damms. Unter sich sah sie im feinen Sprühnebel das Wasser durch die Schleusen schießen. Sie rief die Tiefe ab und ließ sie auf ihren Kontaktlinsen anzeigen: 39,3874 Meter. Eine Höhe, die normalerweise nur erfahrene Klippenspringer überleben konnten.

Sie war zwar eine gute Schwimmerin und schon öfter von hohen Klippen gesprungen, aber das hier war etwas völlig anderes. Denn neben der Höhe beängstigte sie vor allem, dass sie nicht sehen konnte, wohin sie springen würde. Durch den Regen und die aufsteigende Gischt war es für sie unmöglich, den Wasserspiegel unter sich auszumachen.

Die Androiden waren mittlerweile auf knapp 50 Meter herangekommen. Sie hörte ihre Rufe und Drohungen. Dann knallte ein Schuss – und sie sprang.

1

Mai 2384, Platon, Peter

Erschrocken schlug Peter die Augen auf. War er etwa eingeschlafen? Er musste sich kurz orientieren. Dann atmete er erleichtert auf. Er saß in seinem Penthouse in Manhattan im 34. Stock auf dem riesigen Sofa. Er stutzte kurz. Wie war er hierhergekommen? Er war ganz benebelt, konnte keinen klaren Gedanken fassen. Welcher Tag war heute? Warum war er am helllichten Tag nicht im Büro? Hatte er vielleicht einen Schlaganfall erlitten? Vorsichtig stand er auf. Laufen funktionierte problemlos. Also vielleicht doch kein Schlaganfall. Peter schüttelte seinen Kopf, als könne er damit den Nebel darin vertreiben und ging in Richtung Kommode, auf der sein Smartphone lag. Er wollte seine Frau Martha anrufen und versuchen, ob er nicht doch etwas aus ihr herausbekommen könnte.

Als er nach dem Gerät griff, hörte er plötzlich das Klingeln des Aufzugs. Jemand war auf dem Weg zu ihm. Normalerweise rief der Pförtner vorher bei ihm an und schickte nicht einfach jemanden herauf. Aber vielleicht war es Martha oder eines seiner Kinder.

Gespannt schaute Peter auf die goldenen Türen des Lifts. Endlich hielt der Aufzug an, und die Türen öffneten sich mit einem leisen Pling. Heraus trat ein schlanker Mann mittleren Alters mit anmutig geschnittenen Gesichtszügen, der einen weißen Kittel trug und zielsicher auf ihn zuging. Er wusste nicht recht, wie er dem Fremden begegnen sollte und wartete vorsichtig ab. Der Unbe-

kannte hielt Peter die manikürte Hand hin, die er mit Skepsis und wachsender Empörung über den ungebetenen Besuch ignorierte.
»Guten Tag Mr. Jennings. Sie kennen mich nicht. Mein Name ist Dr. ...«
»In der Tat«, unterbrach ihn Peter. »Ich kenne Sie nicht. Hat der Pförtner Sie einfach ohne meine Erlaubnis nach oben gelassen? Ich muss wohl ein ernstes Wörtchen mit ihm reden. Was haben Sie hier zu suchen?«
Der Fremde verzog keine Miene und lächelte Peter weiterhin stoisch an. Seine Hand ließ er allerdings langsam sinken.
»Ich stelle mich Ihnen gerne vor ... wenn Sie gestatten. Mein Name ist Dr. Silverman. Ich bin Arzt. Ich bin gekommen, um Ihnen ein paar Dinge zu erklären. Es wird für Sie einfacher sein, wenn wir das hier in Ihrer gewohnten Umgebung tun. So gehen wir in solchen Situationen vor.«
Peters Verwirrung wuchs. Die Aussage dieses vorgeblichen Arztes ergab keinen Sinn. Nervös fuhr er sich mit der Hand durch sein dichtes Haar. Irgendetwas war anders. Aber was? Jetzt hatte er es: Er hatte tatsächlich Haare über seiner Schläfe. Als er die Stelle das letzte Mal berührt hatte, befanden sich dort noch eine geschwollene Narbe und kurzgeschorene Haare. Was war mit seiner Krebserkrankung?
»Was geht hier vor? Ich verstehe das nicht. Ich bin doch krank oder nicht? Ich ... lebe ich noch?«
»Ganz ruhig, Mr. Jennings. Das will ich Ihnen erklären. Setzen Sie sich doch bitte erst hin.« Peter schüttelte den Kopf. In seinem Penthouse hatte nur er zu bestimmen, ob er sich setzte! Am liebsten hätte er den Kerl fortgejagt, doch dieser ... dieser Arzt könnte ihm helfen herauszufinden, was hier gespielt wurde.
»Der Hausherr zieht es vor zu stehen.« Seine Stimme klang alles andere als selbstbewusst.
Dr. Silverman zuckte mit den Schultern. »Nun gut, wie Sie wollen. Also, um vorne anzufangen: Sie scheinen sich daran zu erinnern, dass Sie im Jahr 2016 an Krebs erkrankt sind. Liege ich da richtig?«
Peter nickte verhalten.
Dr. Silverman fuhr fort: »Das könnte Sie jetzt umhauen, und Sie werden sich vielleicht wünschen, sich doch hingesetzt zu haben, aber: Sie sind an Ihrer Erkrankung im Jahr 2017 gestorben.«
Stille.

Zwar wurde Peter von diesen absurden Worten nicht von den Beinen geholt, doch er stand wie erstarrt da. Der Nebel in seinem Kopf verdichtete sich. Dr. Silverman musterte ihn aufmerksam. Sein Blick war unangenehm, irgendwie ... forschend. Peter war schließlich doch danach, sich zu setzen. Er erntete einen erleichterten Blick von Dr. Silverman, als er die Sitzgruppe mit großem, hellem Esstisch ansteuerte. Der Arzt setzte sich ihm gegenüber. Er beförderte einen kleinen schwarzen Würfel zutage und legte ihn vor sich und Peter auf den Tisch. Augenblicklich schwebte ein fast lebensgroßes Hologramm eines menschlichen Körpers darüber. Peter riss die Augen auf. Was war das denn jetzt?

»Mr. Jennings, Ihr Körper wurde unmittelbar nach Ihrem Tod im Jahre 2017 mittels Kryokonservierung eingefroren. Das heißt, dass Ihr Körper nach Ihrem Tod sofort präpariert und in flüssigem Stickstoff auf gut zweihundert Grad unter null heruntergekühlt wurde«, erklärte der angebliche Arzt nüchtern.

Über dem Würfel war nun so etwas wie eine längliche Box zu sehen. Der Körper, der noch immer über dem Würfel schwebte, wurde in eine Flüssigkeit gelegt, die sich in der Box befand. Peter kannte ähnliche Bilder bereits. Er erinnerte sich daran, sich vor seinem Tod ausführlich mit dem Prozess der Kryokonservierung auseinandergesetzt zu haben.

»Ihr Körper konnte auf diesem Weg für eine lange Zeit unversehrt erhalten werden. So lange, bis die Technologie eine Reanimierung Ihres Körpers ohne Folgeschäden möglich machen konnte. So hatten sie es in ihrem Testament verfügt.«

»Also«, setzte Peter an, »und ich wache auf und bin in meiner Wohnung, ja? Tut mir leid, aber das glaube ich Ihnen nicht. Mir hat heute Morgen irgendjemand was in den Kaffee getan. Anders kann es nicht sein.«

»Mr. Jennings, wenn jemand in einem mentalen Zustand wie dem Ihren von uns geweckt wird, ist es unser Bestreben, die betreffende Person vorsichtig auf die Gegenwart vorzubereiten. Die Welt hat sich sehr verändert, Mr. Jennings. Technik, Kommunikation und Gesellschaft sind nun völlig anders als Sie es gewohnt sind. Deshalb erkläre ich Ihnen die Dinge hier, in vertrauter Umgebung. Hier fühlen Sie sich wohl. Das ist uns wichtig, da uns Ihr Gesundheitszustand am Herzen liegt. Kommen Sie bitte mit. Ich zeige Ihnen etwas, das Sie mit eigenen Augen sehen müssen, dann fällt es Ihnen bestimmt leichter, mir zu glauben. Aber machen Sie sich auf eine Überraschung gefasst.«

Dr. Silverman ließ das Hologramm wie von Zauberhand wieder verschwinden, erhob sich und ging durch die geöffnete Tür der Fensterfront hinaus auf die bestimmt vierzig Quadratmeter große Dachterrasse des Wolkenkratzers. Peter folgte ihm zögerlich. Er war auf der Hut vor dem aalglatten Mann. Wer wusste schon, was dieser im Schilde führte. Vielleicht wollte er ihn vom Dach stoßen. Draußen angekommen blieb Peter wie angewurzelt stehen. Normalerweise war hier oben der konstante, wenn auch recht leise Geräuschpegel der geschäftigen Straßen Manhattans zu hören, aber es war still. Zu still. Er schaute nach rechts. Dort, wo sonst die oberen Stockwerke des Nachbargebäudes zu sehen waren, war nichts.

Peter trat zum gläsernen Geländer der Dachterrasse. Alles war weg. Manhattan war nicht mehr da. Die gesamte Umgebung war in blassblaues Licht getaucht, das sich scheinbar in der Unendlichkeit verlor. Nur sein Balkon, seine Wohnung, der fremde Mann und er selbst waren existent. Peter schnappte panisch nach Luft, stieß sich vom Geländer ab und fiel hin. Seine Beine versagten ihm den Dienst.

»Langsam, langsam; ich weiß, das ist schwer zu fassen. Kommen Sie, ich helfe Ihnen«, sagte der Arzt. Mit kleinen Schritten führte ihn Dr. Silverman wieder ins Haus. Hier fühlte sich Peter sicherer.

Nachdem er die Sprache wiedergefunden hatte, sagte er: »Okay, sagen wir mal, ich glaube Ihnen. Wo bin ich hier, wenn das nicht Manhattan ist?«

»Sie befinden sich in einer virtuellen Realität. Wir haben sie in Zusammenarbeit mit Ihrem Sohn Jason und anhand von Fotos erschaffen. Tatsächlich befindet sich Ihr Körper noch im Koma. Wir haben Ihr Bewusstsein hierher transferiert, damit ich Ihnen alles erklären und Sie auf die für Sie neue Realität vorbereiten kann. Glauben Sie mir, das ist die beste Methode. Sie müssen sich ja einer ganz neuen Wirklichkeit stellen.«

Wieder hatte Dr. Silverman den Würfel aktiviert. Das Hologramm, das Peter nun zu sehen bekam, raubte ihm fast den Atem. Er sah sich selbst in einem Krankenhausbett liegen. Um das Bett herum standen Apparaturen. Er sah große Monitore, und ein Schlauch ragte aus seinem Mund. Peter schüttelte nur ungläubig den Kopf.

»Und was würden Sie mir als nächstes erzählen, wenn ich Ihnen glaubte?«

»Sie haben 367 Jahre im Kryoschlaf verbracht. Wir schreiben jetzt das Jahr 2384. In den letzten paar Jahren hat die Wissenschaft den Durchbruch in der Kryotechnologie geschafft. Sie ist gegenwärtig so unproblematisch wie eine Blinddarm-OP. Deshalb können wir Sie nun ohne jedes Risiko wieder ins Leben zurückholen.«

»Waaas?« Peter lief völlig aufgelöst im Raum umher und knetete seine Hände. Er fühlte sich unendlich verloren. Zuletzt hatte er dieses Gefühl verspürt, als er die Diagnose erhielt, dass er sterben werde.

»Wie ist das möglich? Wie haben Sie das geschafft? Und Manhattan gibt es noch? Ich meine, ich kann da einfach so weiterleben?«, fragte Peter, während er zur antiken Kommode ging und sich einen Whiskey einschenkte. Er leerte das Glas in einem Zug. Jetzt stellte er zudem fest, dass nicht alles in der Wohnung so war, wie er es kannte. Das Muster an der Kommode war falsch, einige Bilder hingen am falschen Platz oder zeigten ihm fremde Motive. Die Badezimmertür befand sich viel zu weit rechts. Schnell schenkte er sich einen zweiten Whiskey ein. Dr. Silverman sprach aber bereits weiter und lenkte Peter davon ab, nach weiteren Auffälligkeiten zu suchen.

Es erschien abermals ein menschliches Hologramm über dem Würfel. Daneben sah Peter so etwas wie einen Miniroboter. Was sollte das werden?

»Dass Sie heute wieder leben können, verdanken wir der mittlerweile gängigen Nanotechnologie. Zunächst einmal ist es mit der heutigen Technik problemlos möglich, Sie wieder, sagen wir mal, ›aufzutauen‹, ohne dabei Ihre Organe zu beschädigen.

Und mit Nanotechnologie meine ich Miniroboter auf Molekülgröße – also unvorstellbar klein –, die wir in Ihren Körper eingeschleust haben«, erklärte der Arzt und zeigte auf den holografischen Roboter, der Peter unangenehm an eine Spinne erinnerte. Die holographische Illustration zeigte, wie die winzigen Nanobots in großer Zahl mit einer Spritze in einen Menschen injiziert wurden. Peter kam sich vor wie ein Schuljunge, dem man die grundlegendsten Naturgesetze anhand von Bildern erklären musste.

Dr. Silverman sprach unterdessen weiter: »Die Nanobots konnten Ihre Krebszellen zerstören, und wir konnten auch die alten Zellstrukturen zur Gänze wiederherstellen. Für diesen Prozess

haben wir Sie jetzt noch etwas in einem künstlichen Koma schlafen lassen, damit Ihr Körper ausreichend Zeit zur Erholung hatte. Sie sind jetzt gesund.«
»Großer Gott, ich weiß nicht, was ich sagen soll ... ich kann es noch immer nicht glauben.«
»Nun, sie werden wieder ein normales Leben führen können. Alles andere kann später noch ausgiebig besprochen werden.«
Peter verschluckte sich fast an seinem Whiskey, während er Dr. Silverman anstarrte. Ihm kam die ganze Situation unwirklich vor.
»Und was genau passiert jetzt?«
Dr. Silverman lächelte. »Die Healthbots befinden sich nach wie vor in Ihrem Körper und leisten dort ihre Arbeit. Sie selbst haben dadurch keine Nachteile. Ganz im Gegenteil: Die Bots halten Sie gesund und helfen Ihrem Körper bei der Zellteilung. Und das führt neben Ihrer Wiederauferstehung zum zweiten Wunder: Sie werden künftig nicht mehr altern. Sie bleiben, zumindest körperlich gesehen, von nun an 35 Jahre alt. So alt wie Sie waren, als Sie verstarben. Auch der Krebs wird nicht zurückkehren. Sie sind jetzt kerngesund und bleiben es auch.«

»Ähm, Dr. Silverman, wie lange muss ich hier in der virtuellen Realität bleiben? Und was ist mit meiner Familie? Wo sind sie alle?«
Silvermans Blick wanderte zu dem Bild über der Kommode. Schließlich blickte er wieder zu Peter und sagte: »Mr. Jennings, ich werde Sie gleich verlassen. Dann werden wir Sie zurück ins Leben holen, ins echte Leben. Ich muss Sie allerdings vorwarnen: Sie werden noch sehr schwach sein, und Ihr Hals wird ihnen noch Schmerzen bereiten, weil wir Sie lange über einen Tubus beatmen mussten. Aber das wird alles schnell vorübergehen. Bleiben Sie einfach ganz ruhig, wenn wir Sie wecken. Wir werden Sie unverzüglich mit Schmerzmitteln versorgen, sollte das nötig sein.«
Wich ihm Dr. Silverman etwa aus?
»Meine Familie?«, bohrte Peter weiter nach.
»Ihr Sohn wird zu Ihnen stoßen, sobald Sie wieder ansprechbar sind. Er ist jetzt dank der Healthbots 37 Jahre alt. Zumindest physisch. Als Sie starben, war er ja noch ein Kind von zehn Jahren. Aber ich denke, Sie werden ihn erkennen. Ihr Sohn wird Ihnen alles Weitere erklären. Meine Zeit hier ist leider auch sehr begrenzt. Ich

habe noch mehr Patienten. Aber ich werde Sie gleich wiedersehen, wenn wir Sie geweckt haben. In Ordnung?«

Dr. Silverman erhob sich im selben Moment wie Peter. Er folgte dem Arzt zum Aufzug. Tausend Fragen brannten ihm noch auf der Zunge, aber er schwieg darüber. Dafür war später noch genügend Zeit.

Der dunkelhaarige Mann mit dem ebenso dunklen Teint trat in den Aufzug. Sogleich schlossen sich die Türen hinter ihm, und Peter war wieder alleine. Noch immer verwirrt über diesen Auftritt und die Flut an Informationen ging Peter zurück zum Tisch. Jetzt konnte er nur abwarten.

Doch er kam nicht mehr dazu, sich zu setzen. Auf einmal war alles um ihn herum in ein grelles Licht getaucht, als raste eine gleißend helle Sonne auf ihn zu. Oder war die Sonne in seinem Kopf? Peter schrie vor Schmerzen laut auf. Ihm war, als explodierte sein Kopf.

Peter hatte Mühe, seine Augen zu öffnen. Selbst seine Augenlider konnten das Licht nicht gänzlich abschirmen, sondern lediglich in ein helles Rot tauchen. Er fand es seltsam, gerade jetzt daran zu denken, wie gut seine Augenlider durchblutet waren. Er wollte seine Augen vor dem gleißenden Licht schützen. Gleichzeitig wollte er etwas sagen. Aber beides war ihm nicht möglich. Da bemerkte er, dass er die Luft anhielt. Hastig atmete er ein. Seine Lungen brannten, als söge er heißen Rauch ein. Was zur Hölle? Er stöhnte auf und öffnete nun doch die Augen. Eine Lampe blendete ihn.

»Mr. Jennings, bleiben Sie ganz ruhig. Sie sind hier in Sicherheit. Wir leuchten Ihnen in die Augen, um Ihre Pupillenreflexe zu überprüfen. Seien Sie geduldig mit sich selbst. Wir haben alle Zeit der Welt; werden Sie erstmal wach.«

Peter wollte etwas sagen, aber seine Stimme versagte.

»Ganz ruhig. Atmen Sie tief ein und aus. Alles ist in Ordnung. Ich bin es, Dr. Silverman. Sie haben mich ja bereits kennengelernt. Mein Team und ich kümmern uns um Sie. Sie befinden sich hier auf der Krankenstation.«

Peter wollte wieder zurück in die virtuelle Realität. Dort hatte er sich eindeutig besser gefühlt. Aber er spürte, dass er mit jedem

Atemzug ruhiger wurde und dass das Atmen immer weniger schmerzte. Seine Augen gewöhnten sich langsam an das Licht.

Vor seinem Bett standen fünf Personen in weißen Kunststoffkitteln. Mehr Menschen hätten in das kleine Krankenzimmer auch nicht gepasst. Zwei von ihnen blickten teilnahmslos ins Nichts, die anderen fanden ihn offensichtlich interessant und beobachteten ihn aufmerksam. Dr. Silverman, den Peter sofort wiedererkannte, beugte sich über ihn, nestelte an seinem Arm herum. Peter sah hinter dem Ohr des Arztes einen kleinen silbernen Knopf. Das war ihm vorhin gar nicht aufgefallen. War das etwa ein Implantat?

Die Mimik der beiden Starrenden war nicht gänzlich teilnahmslos, sie schienen sich über irgendetwas Gedanken zu machen, wirkten dabei aber seltsam abwesend. Was war hier los? Peter hätte diese Fragen gerne gestellt, aber er konnte die dazu nötigen Worte nicht formen. Seine Stimmbänder versagten noch immer.

Dr. Silverman bemerkte Peters Sprechversuche und legte ihm eine Hand auf die Schulter. »Die Schwester hat Ihnen etwas gegeben, um Ihre Genesung zu beschleunigen, und auch etwas, damit Sie etwas ruhiger werden. Deshalb fühlen Sie sich vielleicht noch ein bisschen wie in Watte gepackt.«

Peter versuchte zu flüstern: »Haben ... Sie ... einen Spiegel?«

Dr. Silverman verstand offensichtlich. Er wusste schließlich, wie Peter gestorben war, und er hatte bestimmt auch dessen Akte gelesen. In den Wochen kurz vor seinem Tod war Peter mit Morphium und Kortison vollgepumpt worden, was ihn stark aufgeschwemmt hatte. Peter brannte darauf zu sehen, ob er sich äußerlich sichtbar verändert hatte. Außerdem interessierte ihn die Narbe an seinem Kopf.

Der Arzt ging kurz in einen kleinen Raum, der sich dem Zimmer anschloss – wahrscheinlich ein Badezimmer – und kam mit einem kleinen Kosmetikspiegel zurück. Er positionierte den Spiegel so, dass Peter sich darin betrachten konnte.

Er sah in ein müdes Gesicht, das er ganz eindeutig als sein eigenes erkannte. Von der Krebserkrankung war nichts mehr zu sehen. Vor seinem Tod war seine Haut grau gewesen, und er hatte dicke Augenränder gehabt. Nun sah er wieder aus wie ein gesunder junger Mann. Seine blauen Augen strahlten ihn an und er brachte sogar ein Lächeln zustande.

Seine Gefühle überwältigten ihn. Er versuchte, seinen Arm zu heben. Es war schwieriger als gedacht und ging nur sehr langsam, aber es klappte. Peter betastete sein Gesicht. Er tastete nach seinen Bartstoppeln und fasste sich in seine wirren, Haare – und stutzte. Irgendetwas Flaches und Hartes ertastete er hinter seinem Ohr. Er drehte vorsichtig den Kopf, um es im Spiegel zu erkennen, aber es war ihm nicht möglich, so sehr er sich auch den Hals verrenkte. Aber er vermutete, dass es der gleiche Gegenstand war, den er bereits bei allen hier Anwesenden gesehen hatte. Es fühlte sich wie ein Knopf an und ließ sich nicht bewegen. Erschöpft legte er die Hände wieder auf das Bett.

Dr. Silverman beantwortete Peters fragenden Blick prompt: »Der Knopf hinter Ihrem Ohr ist ein BID. Das ist ein Chip, der mit dem Gehirn verbunden ist. Darauf befinden sich alle Ihre persönlichen Daten, die sich damals auf Ihrem Personalausweis befanden. Neben den Stammdaten aber zusätzlich auch Ihre gesamte Krankenakte. Sogar Ihre Erinnerungen werden auf dem BID gespeichert. BID steht übrigens für Brain Interaction Device. Der BID enthält außerdem alle Erinnerungen, die Sie angesammelt haben, seit Ihnen der Chip eingesetzt worden ist. Der BID ist jetzt Ihre ID. Die meisten Menschen besitzen heutzutage so einen Chip.«

Ungläubig riss Peter die Augen auf und fasste wieder mit der Hand hinter sein Ohr. Die Bewegung kostete ihn noch immer viel Kraft.

»Ganz ruhig Mr. Jennings. Es kann nichts passieren. Die Implantation ist ein Routineeingriff und dauert nur wenige Sekunden. Der BID interagiert mit den Brainbots, die wir in Ihrem Gehirn angesiedelt haben. Dadurch ist Ihre Gehirnkapazität nahezu unendlich groß. Der BID ist quasi die Schnittstelle, die benötigt wird, um die Brainbots nutzen zu können. Sie können mithilfe des BIDs mit anderen Personen gedanklich kommunizieren und technische Geräte steuern.«

»Ich ...«, versuchte es Peter, aber die Worte blieben stimmlos. Wie sollte er all diese Neuigkeiten in seinem Kopf behalten?

Dr. Silverman verstand offenbar.

»Mr. Jennings, das war jetzt etwas zu viel des Guten. Jetzt lassen wir die Healthbots ihre Arbeit verrichten, dann sind Sie schnell wieder auf den Beinen. Ich muss jetzt weiter, aber wir sprechen uns später wieder. Schwester Meyer wird aber hier sein und sich um Sie kümmern.«

Bevor Peter noch etwas flüstern konnte, verschwand der Arzt mit seinen Kollegen durch die automatische Tür.

Schwester Meyer, eine drahtige Frau mittleren Alters mit wuscheligen, fast grauen Haaren und überdimensionalen Ohrringen machte sich an den Infusionen zu schaffen. Peter lehnte sich in sein Kissen zurück und schloss für einen Moment die Augen.

»Mr. Jennings, ich gebe Ihnen noch ein Beruhigungsmittel, das Ihre Gedanken zur Ruhe kommen lässt, sich aber nicht auf Ihren körperlichen Zustand auswirkt. Der ist auch so noch geschwächt genug. Ihr Sohn ist übrigens schon auf dem Weg zu Ihnen.«

Bevor Peter protestieren konnte, setzte Schwester Meyer bereits eine Art Stift an seinen Arm. Er spürte den Stich einer Nadel. Aber noch bevor er sich über ihre forsche Art ärgern konnte, entspannten sich bereits seine Muskeln, und auch seine Gedanken wurden langsamer. Er ließ sich in sein Kissen fallen. Schließlich sackte er ganz in sich zusammen und fiel in einen tiefen Schlaf.

―――

Wieder von dem durchdringenden kühlen Licht erfasst, öffnete Peter die Augen zu schmalen Schlitzen. Er blinzelte benommen. Auch wenn es ihm so vorkam, als hätte er Stunden geschlafen, fühlte er sich noch immer kraftlos und kein bisschen erholt. Wieder war Schwester Meyer bei ihm.

»Mr. Jennings, es wird noch dauern, bis Sie wieder bei Kräften sind. Akzeptieren Sie das und bleiben Sie ruhig. Ich komme später nochmal zu Ihnen. Dann schauen wir, ob Sie schon Nahrung zu sich nehmen können.«

Schwester Meyer nickte einem jungen Mann zu, der neben seinem Bett stand und verließ das Zimmer.

»Hallo Dad«, sagte der Fremde zögerlich. Er trat ans Bett, nahm Peters Hand und drückte sie sanft. Er war mittelgroß, schlank, hatte blondes kurzes Haar und hohe Wangenknochen in einem glatt rasierten, jugendlichen Gesicht. Der Mann wirkte unsicher und angespannt und irgendwie auch hilflos. Fast tat er Peter ein wenig leid. Seine Hände waren ganz kalt und zitterten. Peter war das Gesicht des Mannes vertraut. Dann wurde ihm schlagartig klar, wer das sein musste, und er ärgerte sich über seine trägen Gedanken.

»Jason? Mein Gott, bist du das? Ich weiß nicht, was ich sagen soll. Ich ... Wie kann das sein? Du warst doch gestern erst zehn Jahre alt. Was ...?«

Eine Flut an Emotionen brach über Peter herein. Da stand

tatsächlich sein Sohn vor seinem Bett. Und wirklich, es war unverkennbar, dass dieser Mann zu seiner Familie gehören musste. Er hatte die Augen seiner Mutter, eindeutig! Peter war zu Tränen gerührt. »Komm her!«, sagte Peter und breitete die Arme aus.

»Dad, ich ...« Jason stockte.

Mit trockenem Mund starrte Peter den jungen Mann an, seine Arme noch immer geöffnet. Endlich beugte sich Jason zu seinem Vater hinunter, und die beiden Männer lagen sich schließlich in den Armen.

Nachdem sie sich wieder voneinander gelöst hatten, fand Jason als erster seine Sprache wieder: »Dad, ich freue mich so sehr, dich wiederzusehen.«

»Woran erinnerst du dich noch, Dad?«

»Ich erinnere mich inzwischen wieder an alles, was vor meinem Tod geschehen ist. Ich habe ... hatte Krebs und bin daran gestorben. In den letzten Wochen vor dem Ende hatte ich eine Sedierung verlangt, weshalb mir dann Morphium verabreicht wurde. Die Schmerzen waren unerträglich. Aber ich habe meinen Tod trotzdem sehr konkret mitbekommen. Es war so schrecklich.«

Jason rang ganz offensichtlich um Fassung. »Ja, Dad, du warst tot. Ich war dabei und Mum und Julia auch. Doch nun lebst du wieder.«

2
___

November 2041, Erde, Julia

»Guten Morgen, meine Hübsche.« Julia spürte Ethans sanften Kuss an ihrer Wange. Sie versuchte, die Augen zu öffnen, brachte aber nur ein Blinzeln zustande. Das machte aber auch nichts, denn Ethan, der bereits früh aufgestanden war, hatte sich nackt hinter sie ins Bett gelegt. Er schmiegte sich dicht an sie und ließ sie seine Erregung spüren. Sie roch seine Energie und seinen frischen Schweiß. Er hatte sein Sportpensum also bereits hinter sich. Eigentlich war sie noch müde und hätte gerne noch geschlafen, aber seine sanften rhythmischen Bewegungen vertrieben dieses Gefühl schnell und wurden durch ein anderes ersetzt.

Langsam passte sie sich seinen Bewegungen an, während er ihr ungeduldig den Slip auszog. Julia spürte seinen festen und warmen Körper, nahm ihn in sich auf und eine Woge der Lust breitete sich in ihr aus, die sich ins Unermessliche steigerte.

Nach ihrem morgendlichen Liebesspiel lag Ethan schnaufend auf dem Rücken neben Julia. Da sprang er, zu neuer Energie gekommen, plötzlich auf. Verträumt ließ er ihre langen blonden Haare durch seine Finger gleiten und gab ihr einen Kuss. Julias Blick streifte ihren Freund und ein Gefühl von Wärme durchfloss jeden Millimeter ihres Körpers. Ihr wurde wieder einmal klar, wie sehr sie Ethan liebte und um wieviel er ihr Leben bereicherte. Im abgedunkelten Licht des kleinen gemütlichen Schlafzimmers sah sie lediglich seine Silhouette, konnte aber das Spiel seiner muskulösen Brust betrachten.

»Jetzt musst du aber aufstehen. Wir haben noch viel vor«, eröffnete Ethan seiner Freundin und wartete darauf, dass Julia es ihm gleichtat und sich erhob. Doch sie gab nur ein klagendes Murmeln von sich und versuchte, sich weiter im Bett zu vergraben. Ethan ließ das aber nicht gelten und zog ihr die Decke weg.

»Frechheit!«, schimpfte Julia und strampelte mit den Beinen. »Ethan, geh joggen oder tue sonst etwas Sinnvolles, aber lass mich noch einen Moment liegen.« Etwas sanfter bettelte sie dann: »Nur ein paar Minuten noch, bitte!« Ethan sagte nichts, sondern lachte nur auf seine sympathische Art, so dass Julia nicht anders konnte, als mitzulachen. Schließlich gab sie es auf. Ethan konnte eine echte Nervensäge sein, wenn es ums aufstehen ging. Normalerweise gab sie selbst gerne den Ton an. Aber nicht heute Morgen. Nicht bei Ethan, der ihr das Gefühl gab, angekommen zu sein. In seiner Gegenwart konnte sie ganz unverfälscht sie selbst sein.

Sie war ein Morgenmuffel, was man von ihrem Freund nicht gerade behaupten konnte. Bis vor einigen Jahren hatte er in New York eine Kampfsportschule geleitet. Auch danach hatte er dafür gesorgt, dass er körperlich fit blieb. Jeden Morgen ging er um halb sechs joggen, weil es später zu heiß dafür gewesen wäre. Danach verbrachte er ein bis zwei Stunden in seinem kleinen Kraftraum. Mit seinem ehemaligen Mitarbeiter und langjährigen Kumpel Gerrit traf er sich außerdem alle paar Tage, um seine Fertigkeiten als Nahkämpfer nicht einrosten zu lassen.

Ethan erzählte Julia immer wieder davon, wie gern er wieder eine Kampfsportschule eröffnen würde. Mit Gerrit, das stand sowieso fest. Ethan war immer so unglaublich optimistisch. Einerseits beneidete Julia ihn darum, andererseits tat ihr seine leicht kindliche Naivität auch ein wenig leid, denn für ihn wäre der Schlag umso härter, wenn er sich nach einiger Zeit eingestehen musste, dass sich seine Visionen und Träume doch nicht verwirklichen ließen.

Julia hörte, wie Ethan der Haushalts-KI den Befehl gab, die Dusche im Wassersparmodus anzuschalten. Die KI der Smart-Home-Steuerung hatte natürlich alle wichtigen Daten gespeichert und konnte von jedem Raum aus benutzt werden.

»Wassertemperatur auf zweiundzwanzig Grad senken«, sagte Julia.

»Soll die Voreinstellung von 36,5 Grad ignoriert werden?«, fragte Sophia, wie Ethan die KI getauft hatte.

»Ja, ignorieren.«

»Julia!«, gellte Ethans Stimme aus dem Badezimmer. »Wir haben doch nur vierzig Liter am Tag!«, rief er. Leiser vernahm sie seinen Befehl an die Haushalts-KI: »Neustart.«

»Sorry, aber das musste jetzt sein«, kicherte Julia. Sie hörte, wie der Zerstäuber für einige Sekunden mehrere Wasserstöße auf Ethans durchtrainierten Körper abgab. »Kein Föhn«, erklang seine Stimme aus der Duschkabine. Julia stellte sich ihren Freund unter der Dusche vor. Allein der Gedanke daran weckte wieder ihre Lust. Obwohl sie schon so viele Jahre mit dem blonden, stets energiegeladenen Mann zusammen war, überkam sie noch immer ein Bauchkribbeln, wenn sie an ihn dachte.

Schon kam Ethan wieder ins Zimmer, stellte sich vor sie hin und schüttelte seine triefnassen Haare. Dann umarmte er sie, klitschnass wie er war.

»Ihhh, du Ferkel!«, kiekste Julia und stieß ihren Freund von sich weg. Ethan lachte, schüttelte noch einmal seine nassen Haare, was sie an einen Hund erinnerte, der gerade aus dem Wasser gesprungen war.

Nachdem Ethan wieder im Badezimmer verschwunden war, fragte Julia den Wetterbericht ab.

»Außentemperatur dreißig Grad. Maximaltemperatur im Laufe des Nachmittags bis zu vierunddreißig Grad. Abends nur wenig Abkühlung und stark windig mit Orkanböen. Prognose für die kommende Woche: weiterhin trocken. Die Waldbrandgefahr liegt bei Zehn von Zehn Punkten.«

Da konnten Julia und Ethan sich kaum Hoffnungen machen, mittels des Regenfängers im Garten die tägliche Verbrauchsmenge an Wasser aufzubessern. In den letzten zwei Wochen hatte es überhaupt nicht geregnet. Mit Glück gab es vielleicht einmal im Monat Niederschläge, dann aber meist in Verbindung mit derart heftigen Stürmen, dass Julia dem Regen nur wenig Gutes abgewinnen konnte. Dass der Regenfänger danach gefüllt war, wirkte sich zwar positiv auf ihre Verbrauchsmenge aus, den Pflanzen und Tieren brachten solche Platzregen allerdings nicht viel.

Ethans lauter Gesang riss Julia aus ihren Gedanken. Er konnte einen mit seinen fröhlichen Ausbrüchen wirklich anstecken. Sie erinnerte sich gut daran, wie sie zusammengekommen waren. Wie er bei ihrer ersten Verabredung ihr Gesicht mit beiden Händen umfasst und sie geküsst hatte. Diese Erinnerung leuchtete immer wieder in ihren Gedanken auf. Je schlechter es ihr in diesen harten Zeiten ging, umso häufiger dachte sie an diese schönen Momente zurück.

Sie schaute auf den kleinen holografischen Wecker auf ihrem Nachttisch. 9:23 Uhr. Sie hatte wieder viel zu lange geschlafen. Aber sie konnte derzeit abends nicht in den Schlaf finden. Ihr Kopf ließ sich einfach nicht ausschalten und lief gerade dann auf Hochtouren, wenn sie es am wenigsten brauchte. Es war zu viel passiert in den letzten sieben Jahren.

Julia dachte oft an die Vergangenheit. Sie und Ethan hatten vor Jahren New York City verlassen. Der Hudson und die Bay hatten den Wasserpegel einfach in die Stadt gedrückt Die eilends vom Staat eingesetzten, elektrisch betrieben Taxi-Boote waren eine annehmbare Lösung, die aber von Wucherpreisen und wenig zuverlässigen Diensten geprägt waren. Einfach war das Leben hier nur noch für Privilegierte mit großem Vermögen. Zunächst hatte die Jentecs Inc., die Firma, die ihr krebskranker Vater den Geschwistern Julia und Jason Jennings vermacht hatte, noch ihren Hauptsitz in Manhattan. Julia, studierte Psychologin, arbeitete zu der Zeit noch als Chief Human Ressource Officer in dem Konzern und verantwortete somit den gesamten Personalbereich. Deshalb blieben sie vorerst in New York. Nach einem heftigen Streit mit ihrem Bruder, bei dem es um Julias Stimmrecht im Aufsichtsrat der Firma und um Verantwortlichkeiten innerhalb ihres Zuständigkeitsbereiches ging, verließ sie die Firma schließlich. Und nicht nur die Firma, sondern auch New York. Den Kontakt zu ihrem Bruder brach sie daraufhin ebenfalls ab.

Sie dachte danach oft an Jason und fragte sich, was er wohl machte. Doch sie verzichtete darauf, sich nach ihm zu erkundigen. Zu groß war ihre Sorge, dass der Konflikt in die Verlängerung ginge. Ihr letzter Informationsstand, war die Schließung des jahrzehntelangen Hauptsitzes der Jentecs Inc.. Der Überschwemmungsschutzwall »Big U«, der insbesondere Manhattan vor dem ansteigenden Meeresspiegel schützen sollte, war seiner Aufgabe schnell nicht mehr gewachsen gewesen. So wurden zunächst Manhattan und später die gesamte Stadt nach und nach geräumt. Aus New York wurde in nur wenigen Jahren eine Geisterstadt.

Julia streckte sich ausgiebig und setzte sich in dem großen Himmelbett auf. Noch war im Schlafzimmer der Nachtmodus aktiviert, daher drang durch das große Fenster so gut wie kein Licht in den Raum. Julia hatte die Möglichkeit, verschiedenste Programme zu aktivieren.

»Fenster zum Strand«, befahl sie, stellte sich davor und blickte ›hinaus‹.

»Audio: Natürliche Strandatmosphäre.« Sophia gehorchte. Das nervte Julia allerdings schnell und sie wechselte das Design. »Sommerregen. Mit Sound.« Julia lauschte für ein Weilchen. Nein, das war auch nicht richtig. Sie brauchte Licht. Wirkliches Licht und die unverstellte Realität.

»Sophia, beende Fenster-Modifikation!«, befahl sie der KI kraft ihrer Gedanken.

Das Fenster begann ganz kurz grau zu schimmern, und dann flutete Sonnenlicht den Raum. Das grelle Sonnenlicht ließ Julia blinzeln. Trotzdem warf sie mit zusammengekniffenen Augen einen Blick hinaus. Sie betrachtete die Bäume, die noch Büschel grüner Blätter trugen und genoss deren Anblick. Seit dem extremen Klimawandel, der sich in den letzten Jahren immer schneller vollzogen hatte, war das nicht mehr selbstverständlich. Heftige Stürme und langanhaltende Trockenperioden sorgten dafür, dass die Blätter der Bäume vergilbten und abfielen.

Julia und Ethan wohnten seit der Schließung des Manhattaner Firmensitzes in einem Häuschen in Morristown, westlich von New York. Es stand inmitten einer von Mauern umgebenen und von Wachpersonal geschützten Wohnanlage. Einst lebten in dem Städtchen rund zwanzigtausend Menschen, doch inzwischen war es hier eng und laut geworden. Der rasante Anstieg des Meeresspiegels und die heftigen Stürme zwangen die Menschen aus den gesamten Küstenregionen, weiter ins Landesinnere zu ziehen, wo in den vergangenen Jahren unzählige Auffanglager für die Flüchtenden errichtet worden waren. Viele weigerten sich, ihre mühsam zusammengesparten Eigenheime zu verlassen und harrten bis zum bitteren Ende dort aus. Doch spätestens, als ihnen das Wasser buchstäblich bis zum Halse stand, mussten auch die hartnäckigsten Menschen ihr Hab und Gut aufgeben.

Millionen Menschen waren in den USA auf der Flucht vor den Auswirkungen des Klimawandels. Weltweit waren es fast eine Milliarde. Erst kürzlich hatte Julia die neuesten Schätzungen zur größten Fluchtbewegung in der Geschichte der Menschheit aus den Nachrichten erfahren. Die vorhandene Infrastruktur war der Massenflucht nicht gewachsen. Bis alle Flüchtlinge eine neue Bleibe und wenigstens die Hälfte von ihnen neue Jobs gefunden hatten, durften noch Jahre, wenn nicht Jahrzehnte vergehen. Durch die häufig menschenunwürdigen Zustände in den Auffanglagern, herrschte politischer und gesellschaftlicher Konsens darüber, dass die Vereinigten Staaten ihre Infrastruktur, vordringlich den Straßenbau und öffentlichen Personennahverkehr, an die Fluchtbewegung anzupassen hatten.

Noch war der Staat damit aber überfordert. Es war noch kein Ende des Anstiegs der Meere abzusehen, und auch die Durchschnittstemperaturen, die seit dem Jahr 2016 um fast acht Grad gestiegen waren, stiegen noch immer an. Niemand hatte mit einer solch plötzlichen Beschleunigung des Klimawandels gerechnet. Dabei hatte es so harmlos und schleichend angefangen. In Julias Kindheit, als ihr Vater bereits nicht mehr lebte, war die Durchschnittstemperatur jedes Jahr leicht angestiegen. Julia hatte das durch die Medien und Gespräche zwischen Erwachsenen natürlich mitbekommen und es hatte ihr große Angst gemacht, die sich in Albträumen manifestiert hatte, die sie noch heute plagten. Aber bis auf die Tatsache, dass im Winter immer häufiger Temperaturen zwischen fünfzehn und zwanzig Grad über dem Gefrierpunkt herrschten und Wetterkapriolen, die vor allem der Versicherungswirtschaft empfindliche finanzielle Probleme bereiteten, war damals noch nicht viel zu spüren gewesen. Die *Fridays For Future*-Bewegung hatte Julia früh für den Themenkomplex Klimawandel interessieren lassen, wodurch sie nicht selten überfordert gewesen war. Ihre Mutter hatte es jedoch zumeist geschafft, sie wieder zu beruhigen.

Dann war auf einmal alles ganz schnell gegangen. Die Prognosen der Klimaforscher zu Zeiten der Jahrtausendwende hatten sich als viel zu optimistisch herausgestellt – mit deutlich zu niedrig kalkulierten Temperaturanstiegen. Da war doch tatsächlich nur von einem Anstieg des Meeresspiegels von einem bis eineinhalb Metern bis Ende des 21. Jahrhunderts gesprochen worden. Aber leider kam alles anders: Das erste schlimme Ereignis neben den vielen immer stärker wütenden Stürmen und Hochwassern, den Dürren und dem Trinkwassermangel war der Abbruch des Thwaites-Gletschers in der Westantarktis im Jahr 2024. Die Gletscherzunge maß eine Fläche von knapp 4500 Quadratkilometern, was der zweifachen Fläche Luxemburgs entsprach. Allein durch den Abbruch und der damit einhergehenden Abschmelzung dieser gigantischen Eismasse stieg der Meeresspiegel um fast vier Meter an.

Die fortgesetzte Erwärmung ließ gleichzeitig auch die Polkappen schwinden, und führte dazu, dass inzwischen nur noch wenig Eis an den Polen vorhanden war wodurch der Meeresspiegel bis heute um 23 Meter angestiegen war. Klimaforscher auf der ganzen Welt waren sich darüber einig, dass die Ausmaße des Meeresanstiegs längst nicht ihr Maximum erreicht hatten und es nicht auszuschließen war, dass der Meeresspiegel möglicherweise um weitere zwanzig Meter steigen könnte. Durch den globalen Temperaturanstieg schmolzen aber nicht nur die Polkappen. Das im Meeresboden gebundene Methan stellte eine wahre Zeitbombe dar, die der Freisetzung des Gases in den Permafrostböden rund um den Globus in nichts nachstand. Das Gas verstärkte den Treibhauseffekt in der Atmosphäre und ließ das Klima unwiderruflich kippen. Niemand konnte die weiteren Auswirkungen verlässlich abschätzen. Im Sommer herrschten im Bundesstaat New York tagsüber über oft mehr als vierzig Grad – Temperaturen, wie man sie sonst nur aus Wüsten oder Savannen kannte. Nahrungsmittel wurden zusehends knapper, und Ernten verkamen auf den Feldern, weil es entweder zu trocken war oder weil Stürme und Brände sie zerstörten. Diese ungewisse Zukunft machte Julia am meisten Angst. Küstenstädte wie New York oder San Francisco waren faktisch unbewohnbar geworden. Sie waren überflutet und nur noch die hohen Gebäude ragten verwaist aus den Wassermassen.

Dieses Bild bot sich überall auf der Erde. Einige Länder existierten nur noch in Teilen, und manche Inseln, wie die der Karibik oder die Bahamas, waren schon vor Jahren gänzlich von der Landkarte verschwunden.

»Julia, träumst du? Wir müssen noch schnell in den Supermarkt. Die anderen werden wahrscheinlich schon beim Treffpunkt sein und auf uns warten.« Ethans Ungeduld löste Unbehagen in Julia aus, doch ja, er hatte Recht. Ihr Blick hing noch an einer Gruppe von Aras, die sich in dem Baum vor ihrem Schlafzimmerfenster niedergelassen hatten. So schöne Tiere, und doch so fehl am Platz. Sie gehörten schon seit vielen Jahren zum Stadtbild.

»Heute ist ein wichtiger Tag«, sagte Ethan. »Der Plan muss bald stehen. Die Zeit rennt uns davon. Und wir müssen vorher noch etwas zu essen besorgen. Und Wasser.«

»Jaja, ist schon gut«, sagte sie. »Haben wir noch Kaffee?« Julia brauchte unbedingt Koffein, um richtig wach zu werden. In der vergangenen Nacht hatte sie definitiv nicht genug Schlaf bekommen.

»Ja, haben wir«, sagte Ethan.

Erleichtert warf Julia sich ein Shirt über und kletterte in ihre Jeans. Dann konnte der Tag ja doch noch etwas werden. Luxus wie Kaffee konnte sich kaum noch jemand leisten, darauf hatten nur noch die wirklich Reichen Zugriff und es war auch für sie nicht selbstverständlich, jederzeit welchen im Haus zu haben. Wenn dann noch das Leitungswasser akzeptabel war und nicht wie so oft eine braune Brühe, konnte sie drei Kreuze machen. Viele Haushalte hatten schon jetzt kaum fließendes Wasser und nicht selten brach die städtische Wasserversorgung für Tage völlig zusammen.

Julia befestigte ihre Smartwatch am Handgelenk und wählte mittels eines Gedankenimpulses die ID ihrer Freundin, deren Gesicht nach wenigen Sekunden als Hologramm über ihrer Uhr sichtbar wurde. Fast hätte man meinen können, sie würde Julia tatsächlich gegenüberstehen.

»Guten Morgen, Fay«, flötete Julia.

»Guten Morgen? Ich bin schon seit zwei Stunden wach. Du siehst aber ziemlich zerzaust aus. Alles gut?«, fragte Fay und runzelte die Stirn, die von glatten braunen Haaren umrahmt war.

Julia eilte ins Badezimmer, wo sie anfing sich die Zähne zu putzen. Dabei nuschelte sie: »Ja, danke. Bei mir ist alles gut. Ethan hat mich gerade geweckt. Ich hatte wieder so eine furchtbare Nacht.«

»Schon wieder? Ach Süße, ich habe dir doch schon tausendmal gesagt, du solltest abends die Finger von digitalen Medien lassen und regelmäßig meditieren – nicht nur ab zu.«

Julia verdrehte die Augen. »Du weißt doch, dass mich Meditation auf Kommando stresst. Entspannend ist das dann nicht mehr. Da mache ich meine Achtsamkeitsübungen lieber unregelmäßig. Es geht mir ja sonst gut. Es sind nur die Nächte.«

»Trotzdem, denke doch bitte mal darüber nach, sonst holt dich das irgendwann ein.«

»Jaja. Schluss jetzt damit!« befahl Julia gurgelnd und verteilte dabei feine Zahnpastapünktchen auf dem Spiegel über dem Waschbecken. Mit den Resten aus einer Wasserflasche spülte sie sich kurz den Mund aus. »Weswegen ich anrufe: Ich fahr gleich mit Ethan einkaufen. Weißt du, ob wir noch etwas für unser Büro brauchen?«

Diesmal war es an Fay, die Augen zu verdrehen, als sie sagte: »Ich verstehe einfach nicht, warum du die Sachen nicht bestellst wie jeder halbwegs normale Mensch. Was kann daran so toll sein, in 'nem Supermarkt rumzuhängen?«

»Weil ich eben nur dort mit etwas Glück noch frisches Obst oder Gemüse ergattern könnte. Die Betonung liegt auf frisch. Das weißt du doch«, entgegnete Julia genervt von der Ignoranz ihrer Freundin.

»Ist ja schon gut. Ich weiß, du hast Zugang in die VIP-Bereiche. Ich vergaß. Da haben wir es nicht so gut. Aber weißt du was? Ich habe von meiner Großmutter letzte Woche ein paar Äpfel geschenkt bekommen. Ich war so happy.«

Julia schluckte trocken. Ihr war bewusst, dass sie viel besser dran war, als die meisten. Geld zählte in dieser Welt eben noch immer. Fay jammerte normalerweise nicht, und deshalb vergaß Julia manchmal, wie hart das Leben für die weniger privilegierten Menschen war. Und dabei ging es Fay noch wesentlich besser als den meisten anderen Menschen, da sie als Forscherin bei Nantech Industries ein stattliches Gehalt bezog. Unwillkürlich musste Julia an Josie denken. Das kleine blonde Mädchen, das seine Haare immer zu zwei Zöpfen geflochten trug, hatte Julia in der Flüchtlingsunterkunft auf dem Grundstück ihres alten Fabrikgeländes kennen gelernt. Neben Josie waren noch etwa 500 weitere Klimaflüchtlinge dort auf unbestimmte Zeit in einer Lagerhalle untergebracht. Josie hatte beide Eltern während der Jahrhundertsturmflut Ende 2039 verloren. Sie waren beim Versuch ertrunken, Josie und ihren kleinen Bruder Haley aus den Wassermassen zu retten. Haleys Schwimmweste musste beschädigt gewesen sein, denn sie hatte der Belastung nicht standgehalten, weshalb auch er ums Leben gekommen war. Josie war von den Ereignissen schwer traumatisiert und ihre großen Augen, mit denen sie Julia immer so traurig angesehen hatte, verfolgten sie oft in ihren Träumen. Und wie Josie ging es so vielen anderen Flüchtlingen. Die Menschen waren regelrecht ausgezehrt vor Hunger und etliche hatten zumindest einen Teil ihrer Familie verloren. Es waren schreckliche Bilder die Julia in ihren Erinnerungen mit sich herumtrug.

Fay riss Julia aus ihren Gedanken: »Jules? Bist du noch da? Was guckst du so entgeistert?«

»Entschuldige Fay, ich war mit meinen Gedanken woanders. Schön, die Sache mit den Äpfeln.«
»Ja, nicht wahr?«, strahlte Fay ihre Freundin an. »Also, vielleicht könntet ihr ein paar Getränke mitbringen?«
»Klar, das machen wir. Und ich gucke, ob ich etwas Obst mitbringen kann. Dann bis später.«
Das Hologramm zog sich in die Uhr zurück. Julia war etwas schockiert darüber, wie schlecht die Situation für Fay und ihre anderen Freunde inzwischen geworden war, obwohl sie alle noch einen Job hatten und mehr oder weniger gut verdienten. Das musste sie erst mal verdauen.

Nach diesem ernüchternden Gespräch sprang Julia eilig die Treppen hinunter, wo Ethan mit strengem Blick auf die Uhr auf sie wartete.

Beim Öffnen der Haustür schlug den beiden eine Wand trockener, heißer Luft entgegen. Die Temperatur lag bereits bei 31 Grad im Schatten. Julia schnappte kurz nach Luft. Der Kontrast zwischen der klimatisierten Luft im Haus und der Hitze vor der Haustür war für Julia jedes Mal erschreckend. Schnell gingen sie zu Ethans Ford Mustang. Der Wagen war schon dreißig Jahre alt, und man musste ihn noch selbst bedienen, ohne die Hilfe einer KI. Aber Ethan hatte ihn mit allerlei Nützlichkeiten, wie einer Standklimaanlage, nachrüsten lassen.

Das Kühlaggregat lief bereits auf Hochtouren, sonst wären sie in dem Wagen geradezu dahingeschmolzen. Der Sommer wollte in diesem Jahr irgendwie nicht enden. Immerhin war schon Anfang November, und einen Winter konnte man die zaghafte Absenkung der Temperatur auch nicht mehr nennen. Alles war durcheinandergeraten und die Menschen hatten sich eben bestmöglich anzupassen.

Julia erinnerten diese trockenen Sommer an ihren Urlaub in Dubai, als sie noch ein Teenager war. Sie und der Rest ihrer Familie waren immer von einem gekühlten Raum zum nächsten geeilt, um der sengenden Hitze zu entgehen. Fast das gesamte öffentliche Leben fand unter schützenden Dächern statt. Sie fand das damals ganz merkwürdig, schließlich kannte sie so ein Leben nicht. Aber hier in den Vereinigten Staaten war es inzwischen nicht anders. Ein sonniges Wochenende im Park zu verbringen, war kaum mehr möglich. Zu groß war das Risiko, sich einen Sonnenbrand oder einen Hitzschlag zu holen.

Langsam fuhr Ethan rückwärts aus der Einfahrt ihres Grundstücks. Julia betrachtete das kleine Gebäude, das sie ihr Zuhause nannte. Wie gut sie es doch hatten in dieser Welt, die sich in Rekordzeit veränderte. Etwas Wehmut legte sich über ihren Gedanken. Wie lange es wohl noch so bliebe?

Gemächlich fuhren die beiden auf die Sicherheitsschleuse der geschützten Wohnanlage zu. Nach einem kurzen Halt, bei dem sowohl das Fahrzeug als auch die Insassen gescannt wurden, öffnete sich das große Tor vor ihnen, und sie verließen ihre einigermaßen geschützte Festung. Vor ihnen lag nun die Realität und die sah ganz anders aus als hinter den hohen Mauern. Julias Freundinnen Fay und Marlene gingen deshalb nie ohne eine Waffe aus dem Haus, und selbst die boten nur mäßigen Schutz. Hunger und Verzweiflung waren keine guten Voraussetzungen für ein höfliches Miteinander oder gar Mitleid mit anderen Menschen. Wer nichts zu verlieren hatte, war bereit, große Risiken einzugehen. Daher waren Raubmorde mittlerweile leider traurige Gewohnheit geworden und die Polizei war nicht mehr in der Lage, die Menge der Verbrechen zu bearbeiten. Immer mehr Gesetzesverstöße konnten daher nicht aufgeklärt und die Täter nicht zur Rechenschaft gezogen werden.

Wie konnte die Zukunft der Menschheit aussehen? Julia schaute in den Himmel. Dort oben, in der geostationären Umlaufbahn, wurden derzeit 24 Raumarchen fertiggestellt. Bald traten sie ihren langen Flug ins All an, um mit jeweils tausenden Passagieren an Bord in einem anderen Sonnensystem ein neues Leben zu beginnen und den Fortbestand der Menschheit sicherzustellen. Und wieder lief Julias Gedankenkarussell an: Was konnte hier auf der Erde noch alles geschehen? Stand die restliche Menschheit kurz vor ihrem endgültigen Aus? Die steigenden Temperaturen, der ansteigende Meeresspiegel, die rückläufigen Flächen für Wohnraum und Landwirtschaft und die immer schlechtere Versorgung der Menschen ließen keinen anderen Schluss zu.

»Pass doch auf, du KI-Spinner!«, schimpfte Ethan und riss Julia aus ihren Gedanken. »Warum fährt denn niemand mehr selbst? Diese KI-Shuttles haben echt überhandgenommen. Ich kann einfach nicht verstehen, wie man die Steuerung seines Fahrzeugs einer Software überlassen kann.« Ethan haute mehrfach auf die Hupe, als könne er damit Einfluss auf den Fahrstil der KI im Fahrzeug vor sich nehmen, und stieß noch weitere Flüche aus. Sachte strich Julia über Ethans Nacken. Sie wusste, dass er das mochte. Er atmete tief durch.

»Hach ja, Julia«, sagte er beim Ausatmen und legte dann seine Hand auf ihre. Die Menschen waren insgesamt aggressiver und unberechenbarer geworden – wie das Klima. Davon konnten sich auch Ethan und Julia nicht freisprechen.

Für einige Minuten herrschte Stille, und Julia lauschte dem Brummen des alten Motors. Sie blickte aus dem Fenster. Was sie dort sah, gefiel ihr überhaupt nicht. Überall herrschte Chaos auf den Straßen. Einkaufswagen lagen herum, Müll türmte sich am Straßenrand, Scheiben waren eingeschlagen und ganze Häuser und Geschäfte geplündert. Niemand machte sich mehr die Mühe für Ordnung zu sorgen. Wozu auch? Das war schließlich das kleinste Problem der meisten Menschen. Klar gab es noch manche, die sich ein Auto mit KI leisten konnten, aber viele hungerten und erbettelten sich ihr klägliches Auskommen am Straßenrand.

»Du meine Güte!«, rief Julia. »Der Junge ist doch keine zehn Jahre alt!« Sie löste ihren Sicherheitsgurt.

»Halt mal bitte an«, sagte sie und kramte eine Wasserflasche und ein Päckchen Salzcracker aus ihrem Rucksack hervor.

»Vergiss das bitte wieder«, sagte Ethan, der auf Schrittgeschwindigkeit heruntergebremst hatte.

»Schau doch mal wie dünn der Kleine ist! Los jetzt, Ethan, halt an!«

»Sag mal, hast du sie noch alle?«, fragte Ethan und trat auf die Bremse.

»Das frage ich dich«, zischte Julia. Sie ließ das Seitenfenster halb herunter und rief hinaus. »Hey, Kleiner, komm he…«

Da kamen zwei Männer in Shorts und verschlissenen Sakkos aus einer Seitenstraße auf den Jungen zugestürzt.

»Ach du Scheiße! Siehst Du, warum das eine schlechte Idee ist, Julia?«, rief Ethan und stieg aufs Gaspedal, hielt aber nach einigen Metern wieder an und sah in den Rückspiegel.

Julia ließ das Seitenfenster ganz herunter.

»Wir müssen ihm helfen«, sagte sie leise.

Sie schaute aus dem Fenster nach hinten. Der eine Mann hielt den Jungen am Arm fest, während der andere nervös die Umgebung nach möglichen Störern absuchte. Sie musste etwas tun! Die Beifahrertür knackte, als Julia sie beim Aussteigen zu stark nach vorne stieß.

»Bleib im Auto«, brüllte Ethan, doch Julia ignorierte ihn. Sie rannte in Richtung des Kindes. Ein Knall hallte herüber und Julia blieb wie angewurzelt stehen. Reflexartig ging sie auf die Knie. Gleichzeitig sah sie den Kerl, der den Jungen festgehalten hatte, zu Boden sacken.

»Verpiss dich!«, schrie der Junge, die Pistole in seiner Hand nun auf den anderen Angreifer richtend. Als der aber stattdessen auf ihn zu kam, zerriss ein weiterer Schuss die Luft. Der Kerl kippte nach hinten weg und krachte ungebremst gegen den Randstein. Aus einiger Entfernung drang das Gebrüll mehrerer Männer in Julias Ohren. Der Junge sah sich schnell um und sein Blick streifte Julias.

Von einer Sekunde zur nächsten brach ihr der Schweiß aus. Reflexartig hielt sie die Kekse und die Wasserflasche vor sich, doch der Junge wandte sich nach einigen unerträglich langen Augenblicken wieder den jetzt regungslosen Angreifern zu. Wahrscheinlich wollte er ihre Taschen nach etwas Verwertbarem absuchen.

»Hände über den Kopf!«, brüllte jemand ein paar Meter hinter ihr.

»Julia, verdammt nochmal, steig ein!«, zischte Ethan. »Los jetzt!«

»Okay, ja, ich ...« Julia ließ die Kekse fallen und stellte die Wasserflasche vor sich auf den Asphalt. Langsam hob sie ihre Hände und drehte sich um.

»Was machst du denn? Die meinen nicht dich.« Verwirrt über die Ereignisse der letzten Minuten, ließ sich Julia von Ethan zum Auto zerren.

»Sind Sie okay?«, fragte plötzlich ein Uniformierter, sodass Julia zusammenzuckte.

Wo kam der denn auf einmal her? Hoffentlich hatte der Junge mitbekommen, dass sie ihm etwas zu essen geschenkt hatte, dachte Julia benommen. Jetzt hatte das arme Kind zwei Menschen auf dem Gewissen.

Aus dem Augenwinkel konnte Julia sehen, wie sich der Junge Hals über Kopf davonmachte, verfolgt von drei mit MPs bewaffneten Wachmännern.

»Was für eine elende Scheiße!«, sprach Ethan aus, was Julia genau in diesem Moment dachte. Er beschleunigte und sagte: »Hoffentlich hat er bei den verdammten Idioten irgendwas gefunden, was er verhökern kann; eine Smartwatch oder so. Bitcoins hatten die sicherlich keine.«

Julia versuchte an Wellen zu denken, die an einem Strand ausrollten.

———

Endlich kam der Supermarkt in Sicht. Julia war von den vielen Schlaglöchern schon ganz durchgeschüttelt. Sie prüfte ihren Kontostand mittels ihres BIDs. Für Lebensmitteleinkäufe hatte sie eigens ein Konto eingerichtet. Da sie über sehr viel Kapital aus dem Erbe ihrer Eltern verfügte, benötigten sie und Ethan keine Wertmarken. Bedürftige bekamen diese digitalen Bons von der Regierung, um sich Nahrungsmittel und notwendige Alltagsartikel beschaffen zu können. Mit den Wertmarken konnte – wie mit Bitcoins – in digitaler Form an jeder Kasse gezahlt werden. Auch das funktionierte mithilfe der BIDs.

Das System der digitalen Wertmarken für Grundnahrungsmittel war von der Regierung vor neun Jahren eingeführt worden, da die Preise für Grundnahrungsmittel in den vergangenen Jahren aufgrund der Knappheit stark angestiegen waren. Die Wertmarken waren die beste Möglichkeit, um jedem zumindest das Nötigste zur Verfügung zu stellen. Fay hatte Julia allerdings erzählt, dass diese Sozialleistung leider auch kaum zum Leben reichte. Julia unterstützte ihre Freunde daher finanziell so gut es ging. Wollte man etwas anderes als Grundnahrungsmittel kaufen, musste man mit Bitcoins bezahlen. Es gab in den größeren Supermärkten außerdem noch VIP-Abteilungen, die nur den wirklich Privilegierten zugänglich waren.

Noch funktionierte dieses System, doch der Zorn auf die fünfzehn Prozent der Bevölkerung, die sich aufgrund ihres Vermögens noch den einen oder anderen Luxus zu gönnen in der Lage waren, konnte sich jederzeit entladen.

Julia und Ethan parkten vor dem Supermarkt und betraten den gesicherten Markt nach einem Check und anschließender Freigabe, die von einer kurzen Durchsage begleitet war: »Verehrte Kunden, Sie wurden als VIP-Einkäufer identifiziert. Bitte begeben Sie sich in die VIP-Abteilung. Waren aus dem Standard-Bereich können wir nicht für Sie abrechnen, da diese den Nicht-VIPs und Kunden mit Wertmarken vorbehalten sind. Vielen Dank für Ihre Mitwirkung.«

Erst jetzt ließ das Drehkreuz sie passieren. Vor sich sahen sie spärlich gefüllte Regalreihen. Eigentlich hätten sie voll von Grundnahrungsmitteln sein müssen: Salz, in Flaschen abgefülltes Wasser, Maismehl, Polenta, Zucker, Sojamilch, frittierte Mehlwürmer und einige andere Dinge des täglichen Bedarfs. Allerdings herrschte hier gähnende Leere. Nur vereinzelt fand sich Maismehl oder mal ein paar Pakete Zucker.

»Was ist denn hier los?«, fragte Julia und traute ihren Augen nicht. Sie lief durch einen Quergang, um zu schauen, ob andere Regale vielleicht voller waren, doch überall bot sich ihr das gleiche Bild. Der Supermarkt war mehr oder weniger leergekauft. Ging es ab jetzt auf das Ende zu, an dem man um Nahrung auf Leben und Tod kämpfen musste? Der Gedanke jagte ihr einen Schauer über den Rücken. Sie ging zurück zu Ethan.

»So extrem war es noch nie«, bestätigte Ethan. »Lass uns in die VIP-Abteilung gehen. Hier dürfen wir sowieso nichts mitnehmen.«

Sie passierten abermals eine Sicherheitsschleuse, hinter der sich die höherwertigen Lebensmittel und ausgefalleneren Produkte für entsprechend betuchte VIP-Kunden fanden. Die beiden teilten sich auf. Während Julia durch die Regalreihen ging, tauchten Hologramme vor ihr auf, die das jeweilige Produkt bewarben. Ein Wink mit der Hand reichte, und es verschwand wieder. Lästig war es dennoch, weil immer wieder mehrere Stimmen gleichzeitig begannen, die Vorzüge ihres Produkts hervorzuheben. Manchmal war es eine schöne Frau, ein angeblicher Mitarbeiter der Firma, der sein eigenes Produkt lobte, oder eine Comicfigur.

Julia fand hier vereinzelt Konserven mit Fertignahrungsmitteln, aber auch Weizenmehl, Schokolade, Kaffee und Kekse. Ab und an konnte man auch Äpfel oder anderes Obst bekommen. Julia blieb vor den Bananen stehen und wartete auf ihr Lieblingshologramm. Ein Sandstrand mit Palmen erschien in einer Größe von zwei mal zwei Metern vor ihr. Die Wellen rauschten, und die Vögel sangen. Die Sonne schien hell, und an einer großen Staude waren reife Bananen zu sehen. Sie packte drei Bananen aus dem Regal in den Einkaufswagen und ging weiter.

Da Julia und Ethan nicht auffallen wollten, kauften sie nur das Nötigste an Sonderlebensmitteln ein. Meist wechselten sie dabei von Supermarkt zu Supermarkt. So leisteten sie sich weiterhin etwa Kaffee oder Schokolade oder auch mal Obst. Julia besaß noch immer ein beachtliches Vermögen, das auf verschiedene Konten verteilt war.

Nachdem sie ihren Einkauf erledigt hatten, begaben sich Julia und Ethan in den Kassenbereich. In einer Schleuse blieben sie stehen. Nach einer Sekunde piepste es, und die Gesamtsumme wurde ihnen angezeigt. Das Hologramm einer lächelnden Kassiererin bat, dass derjenige, der bezahlen wolle, auf den Scanpoint treten möge. Julia trat vor und wartete, bis ihr ein grünes Lämpchen signalisierte, dass der Betrag von ihrem Konto abgebucht worden war. Das Hologramm verabschiedete sich höflich und verschwand.

Nun mussten sie nur noch den Weg zu ihrem Fahrzeug zurücklegen. Davor hatte Julia immer Respekt, weil oft die merkwürdigsten Gestalten um die Supermärkte schlichen, um vielleicht ein paar Lebensmittel oder sogar Bitcoins zu erschnorren. Davon, solchen Subjekten wohlwollend zu begegnen, wurde allerdings dringlichst abgeraten. Zu hoch war das Risiko, über den Tisch gezogen zu werden und sein Konto später abgeräumt vorzufinden.

Sie traten nach draußen und gingen zu ihrem Wagen. Plötzlich kam ein lumpig aussehender Mann mit fettigen Haaren schnell auf sie zu. Er zog einen Revolver. Julia stieß einen erstickten Schrei aus. Der Angreifer fuchtelte mit seiner Waffe umher, als wäre sie eine heiße Kartoffel.

»Einkaufstüten her«, forderte der Mann und zeigte auf den Asphalt zu ihren Füßen, »dann geht ihr schön langsam zu eurem Auto und zischt ab. Und baut keine Scheiße, klar?!«

»Ist ja gut, Mann. Bedien Dich.«

Plötzlich aber machte der Unbekannte einen Schritt auf Julia zu und schlug ihr mit der Waffe ins Gesicht. Sie taumelte und ging zu Boden. Sie sah ein schwarzgraues Rauschen vor sich und ihr war, als ebbte eine donnernde Schwingung in ihrem Kopf ab. Sie konnte nicht einmal schreien. Winzige weiße Pünktchen flirrten durch ihren Geist.

»Freundchen«, sagte Ethan und brachte den Unbekannten mit einem gezielten Tritt zu Fall. Die Waffe fiel dabei klappernd zu Boden. Ein Schuss löste sich und durchschlug die Scheibe der Beifahrertür eines geparkten Elektroautos. Julia kauerte am Hinterrad des Mustangs. Zitternd hielt sie sich mit der Hand die immer dicker werdende Beule an der Stirn. Wut machte sich in ihr breit. Was war das bloß für ein mieses Schwein? Warum hatte er sie ohne jeden Grund geschlagen, obwohl er das Gewollte bekommen hatte? Julia beobachtete, wie sich der Typ aufrappelte und versuchte, die beiden Tüten aufzuheben.

Ethan hob den Revolver auf. Gekonnt ließ er die Trommel heraus schnappen. Er drehte sie einmal herum und drückte sie dann wieder in die richtige Position. »Heute ist dein fucking Glückstag«, sagte er in einem Tonfall, den Julia nie zuvor aus seinem Mund gehört hatte. Er gab dem völlig aufgelösten Kerl einen Stoß mit dem Fuß, sodass dieser vorwärts über die Einkaufstaschen fiel.

»Komm schon, du Drecksack, ist das alles?« Ethan beugte sich über ihn.

»Ethan, bitte«, stieß Julia hervor. Sie befürchtete das Schlimmste. Als ihr Freund die Waffe an die Schläfe des gescheiterten Räubers hielt, schrie Julia entsetzt auf.

»Wie heißt Du?«

Der Kerl schwieg und schniefte und wischte sich mit der Hand über das tränenverschmierte Gesicht.

»Sag mir deinen Scheißnamen!«, brüllte Ethan.

»Goinsouth«, stammelte Goinsouth.

"Geh zur Seite!", schnauzte Ethan. »Und woher hast du nun diesen passenden Namen, hä? Sicher nicht von deiner Oma!"

Fast schon hyperventilierend gehorchte der Mistkerl. Er hing in der Landschaft, als wäre er eine Trauerweide.

»Alle nennen mich so, weil ich immer alles vermassle.«

Mit dem Revolver auf Goinsouth gerichtet, griff Ethan in eine der Tüten. Er warf eine Banane, eine Tüte frittierter Mehlwürmer und eine Packung Sojamilch in Goinsouths Richtung.

»Nimm den Scheiß und hau ab, Mann! Einen Überfall mit genau einer Patrone? Du bist doch völlig bescheuert!«

Goinsouth blickte betreten drein. Ohne den Blick von Ethan abzuwenden, hob er die Banane und die Tüte mit frittierten Mehlwürmern auf. »Ich ... äh ... danke.« Er wandte sich um und machte sich davon.

»Hey, du Pfeife, du hast die Milch vergessen!«, rief ihm Ethan hinterher.

Und der Kerl kam tatsächlich zurück, schaute bedröppelt zu Julia, als wolle er sich entschuldigen, hob die Sojamilch auf und nickte Ethan zu.

Da schlug ihm Ethan mit der flachen Hand so hart ins Gesicht, dass sich Goinsouth nur mit Mühe aufrecht halten konnte.

»Das war für sie«, sagte Ethan und deutete auf Julia.

Julia beobachtete, wie Ethan schwitzend vor den Einkaufstüten stand, die noch auf dem Boden standen und zusah, wie der Typ sich trollte. Julia hatte jetzt Kopfschmerzen und strich sich immer wieder über ihre Beule. Als sie sich vom Asphalt erhob, dauerte es einige Sekunden, bis das Schwindelgefühl nachließ. Ethan half ihr ins Auto. Nachdem er ihr den Sicherheitsgurt angelegt hatte, blickte er Julia seltsam ausdruckslos in die Augen. "Na?", fragte er. Dann gab er ihr einen zarten Kuss. Sie legte ihren Arm um ihn und schluchzte laut. Er hielt ihre Hand für eine Weile und als sie sich ein wenig beruhigen konnte, ließ sie ihn los. Er schloss die Tür und stieg auf der Fahrerseite ein.

Einen kurzen Moment sagte niemand etwas. Dann ergriff Ethan das Wort: »Besser?«

»Geht so. Die Beule tut ziemlich weh, und ich glaub, ich stehe noch immer unter Schock.« Julias Stimme zitterte und sie ärgerte sich im selben Moment über ihre Schwäche.

»Wir werden in Zukunft noch vorsichtiger sein müssen. Das wird uns nicht noch einmal passieren«, erklärte er mit festen Worten. Julia nickte und blickte dann aus dem Fenster. Wie leicht hätte sie oder auch Ethan eben einen tödlichen Querschläger abbekommen können! Julia war wütend. Sie hätte dem Kerl, der sie grundlos geschlagen hatte, am liebsten selbst einen Tritt verpasst. Andererseits tat er ihr auch leid. Er war so abgemagert und schien dem Tode näher als dem Leben.

Langsam fuhren sie weiter, um sich mit ihren Freunden zu treffen. Obwohl die Sache glimpflich für sie beide ausgegangen war, zeigte ihnen diese Aktion, dass man sich nirgendwo mehr sicher fühlen konnte. Und eine Entspannung der Situation war in der nächsten Zeit auch nicht zu erwarten.

―――――

»Leute, so geht das nicht! Wenn ihr alle gleichzeitig redet, wird das nichts.« Gerrit, Ethans sommersprossiger Kampfsportkollege, war aufgestanden und schaute nach und nach jeden Einzelnen der sechs Anwesenden in die Augen. Das reichte, damit alle verstummten. Julia befühlte gerade ihre Beule an der Stirn, die seit dem Überfall am Supermarkt weiter angeschwollen war und inzwischen ziemlich pochte. Da half auch nicht die kalte Wasserflasche, die sie seit einer Viertelstunde draufdrückte. Zu allem Übel war es in den Räumen der alten Fabrik auch noch, trotz der draußen herrschenden Hitze, ziemlich kühl. Sie ging zum Thermostat.

»Wer hat denn die Klimaanlage auf 21 Grad gestellt? Das ist

doch viel zu kalt.« Sie stellte den Regler höher. Keiner ging auf ihre Frage ein, also setzte sie sich auf einen gammeligen Sessel und wartete, was passierte.

Ihr Vater hatte die leerstehende Fabrik, die seinerzeit große Tore und Türen produzierte, einst günstig erstanden und plante sie vielleicht später einmal nutzen. Aber durch seinen schnellen Tod war es nicht mehr dazu gekommen. Seitdem standen die Gebäude leer und Julia hatte ihren Bruder Jason bereits vor etwa zehn Jahren darum gebeten, sie nutzen zu dürfen. Wofür wusste sie zu dem Zeitpunkt noch nicht. Trotzdem kümmerte sie sich nun schon etliche Jahre um die Instandhaltung der Räumlichkeiten. Hier, im ehemaligen Büro des Direktors, traf sie sich mit ihren Freunden und Verbündeten, um heimlich an ihrem großen Plan zu arbeiten. Hier fühlten sie sich sicher.

Der Staat war hellhörig, wenn es um heimliche Treffen oder Versammlungen ging. Mögliche Aufstände sollten im Keim erstickt werden, deshalb ging die Regierung mit Unruhestiftern nicht zimperlich um. Trotzdem riskierte Julia Woche für Woche alles. Sie hatte dem Staat New Jersey eine leerstehende Halle auf dem Fabrikgelände zur Verfügung gestellt, die dann in eine Flüchtlingsunterkunft umfunktioniert werden konnte. Hier kamen sie und ihre Freunde mehrmals die Woche her, um zu helfen: Essen austeilen, Küchendienst erledigen und verschiedene Freizeitangebote für Flüchtlinge zusammenzustellen. An den Wochenenden waren sie meist alle zugleich da. Einige von ihnen zogen sich dann ins Hauptgebäude zurück, um Papierkram zu erledigen. Die anderen bogen einfach beim Verlassen des Lagers anders ab und stießen dazu. So konnten sie in regelmäßigen Abständen an ihrem großen Plan arbeiten.

Fay Oliver saß stocksteif auf der Couch und blickte mit starrem Gesichtsausdruck in Gerrits Richtung. Sie war eine respektierte Bio-Engineering-Forscherin und schon seit vielen Jahren Julias Freundin. Bis vor kurzem noch war sie mit Gerrit liiert gewesen, doch wegen eines kindischen Streits gingen sie schon seit einiger Zeit getrennte Wege. Allerdings glaubte niemand, dass dieser fast schon alberne Zustand von Dauer sein konnte. Julia war insgeheim froh über deren Trennung, da sie seit jeher Probleme mit dem dominanten Kampfsportler hatte. Sie konnte ihn nicht einschätzen und es reichte ihr schon, dass Ethan so eng mit ihm befreundet war.

Fay arbeitete bei Nantech Industries, jener Firma, die für die sieben Freunde derzeit im Fokus ihres Vorhabens stand. Denn bei Nantech Industries wurden die weltweit einzigen für medizinische Zwecke geeigneten Healthbots produziert. Der Marktpreis für diese Bots, die den menschlichen Körper vor Krankheit und Alterung zu schützen vermochten, war allerdings astronomisch.

Healthbots waren außerdem der Grund, warum Julias Mutter vor einigen Jahren verstarb. Sie hatte sich die Bots in einer noch sehr frühen Entwicklungsphase verabreichen lassen. Ihre Körperabwehr hatte aufgrund einer bis dato unentdeckten Autoimmunerkrankung eine extreme Abstoßungsreaktion gezeigt, sodass ihr nicht mehr geholfen werden konnte.

Nantech produzierte nicht nur die Healthbots. Sie besaßen zudem das Monopol auf die Herstellung und den Vertrieb der weitaus günstigeren Brainbots. Sie wurden den Menschen genauso injiziert, befanden sich aber im Gegensatz zu diesen nicht in allen Zellen des Körpers, sondern lediglich im menschlichen Gehirn. Besaß man sowohl ein Brain Interaction Device, als auch Brainbots, koppelten sich die beiden Komponenten, wodurch die Interaktion in Gang kam. Diese Technologie eröffnete ungeahnte Möglichkeiten in technologischen sowie gesellschaftlichen Bereichen. Nantech hatte in einer unlängst veröffentlichten Pressemitteilung verkündet, dass es mit den BIDs in naher Zukunft möglich sei, Wissen ins Gehirn von Nutzern zu übertragen. Zeitintensives Lernen könnte demnach sehr bald der Vergangenheit angehören. Es wäre wahrscheinlich die Geburtsstunde der Menschheit zwei Punkt null. Die nächste Stufe der Evolution.

Auch Julia und ihre Freunde nutzten Brainbots. Jedoch hatte Ryan, der Softwareentwickler unter ihnen, gleich zu Beginn der Brainbotnutzung auf Consumer-Ebene zunächst aufwendig geprüft, ob Nantech Industries ihre Gespräche und Nachrichten überwachte. Bedauerlicherweise hatte sich ihr Verdacht bestätigt. Es waren Nutzer im großen Stil überwacht und ausspioniert worden, obwohl Nantech behauptet hatte, dass es nicht möglich sei, auf Nutzerdaten zuzugreifen; weder von außen noch von Nantech selbst. Ryan hatte es in knapp fünf Tagen geschafft, diesen Überwachungsalgorithmus bei allen Mitgliedern ihrer Gruppe lahmzulegen, ohne dass Nantech Wind davon bekam. Dadurch konnten sie unbemerkt an ihrem Plan arbeiten.

Vor wenigen Jahren hatten die USA ihre Politik in Bezug auf die

Brainbots grundlegend geändert. Der Staat arbeitete dabei eng mit dem Monopolisten Nantech Industries zusammen. Inzwischen gab es in den USA eine BID-Pflicht. Die Regierung wollte Zugang zu den wertvollen Informationen in den Köpfen der Menschen erlangen, was sich selbst der Dümmste an fünf Fingern abzählen konnte, wenn man bedachte, wie viele Gelder seitens der Regierung in das Projekt investiert worden waren. Insbesondere bei Flüchtlingen wurde darauf geachtet, dass nur diejenigen Unterkunft und Verpflegung gestellt bekamen, die mit einem BID ausgestattet waren. Wer sich dieser Voraussetzung verweigerte, hatte keinen Anspruch auf Unterstützungsleistungen durch den Staat. So war es möglich geworden, die Bedürftigen auf Schritt und Tritt zu überwachen, denn durch den BID konnte man jederzeit geortet werden. Widerständler spekulierten immer wieder, von großem medialem Interesse begleitet, darüber, ob mittels der BIDs nicht vielleicht Gespräche mitgeschnitten und sogar das Sichtfeld der Träger aufgezeichnet werden konnten.

Menschenrechtsaktivisten hatten früh auf die Möglichkeiten des Missbrauchs der Technologie durch den Staat hingewiesen, doch die vielen Annehmlichkeiten, die Brainbots und BID mit sich brachten, überwogen die eventuellen Nachteile anscheinend bei Weitem. 2041 drohte das neue 1984 zu werden.

Julia und ihre Freunde waren unsicher, ob die Bots tatsächlich für unethische Zwecke genutzt wurden, allerdings war es nach ihrer Überzeugung mehr als wahrscheinlich. Und sie waren nicht die einzigen Skeptiker. Viele Menschen hatten verweigert, sich einen BID und Brainbots einsetzen zu lassen. Selbst die Einführung von Geldbußen hatte daran nichts ändern können.

Nur wenige Monate später sollten sich ihre Befürchtungen bestätigen. Julia und die anderen fanden heraus, dass die Regierung mittels eines Tricks allen Menschen BID und Brainbots zu implantieren erwäge. Fay hatte in der Damentoilette von Nantech Industries zufällig ein Gespräch belauscht, bei dem genau dieser Prozess zwischen zwei Kolleginnen thematisiert worden war. Sie hatte es geschafft, das Gespräch mit ihrem Smartphone unbemerkt aufzuzeichnen. Es war um ein inszeniertes Virus, angebliche Impfungen und eine geheimzuhaltende Produktionsstätte von Brainbots in Virginia gegangen. Es war ein riesiger Zufall gewesen, dass Fay zur richtigen Zeit am richtigen Ort gewesen war. Seitdem arbeiteten die Freunde daran, mehr über die Verschwörung in

Erfahrung zu bringen und geeignete Gegenmaßnahmen zu entwickeln.

Sie vermuteten, dass die Regierung weitaus mehr plante, als nur den Standort und einige Daten der Brainbot-Träger abzugreifen. Vielmehr befürchteten Julia und ihre Freunde, dass den Menschen bestimmte Informationen ins Gehirn transferiert und so bestimmte Handlungen mithilfe der Brainbots erzwungen werden sollten. Welche das waren, war ihnen noch nicht klar. Aber es war aus ihrer Sicht nicht akzeptabel, ohne Zustimmung in den freien Willen eines Menschen einzugreifen oder in anderer Form auf Wissen und Gedanken Einfluss zu nehmen.

Um mehr herauszufinden, verschaffte sich Ryan in langen Wochen mühsamer Arbeit Zugang zum Intranet von Nantech Industries. Das Hauptproblem bestand in der Überwindung der überaus mächtigen Verschlüsselung des Netzwerks. Da Ryan für einige Jahre Leiter der IT-Abteilung eines erfolgreichen Online-Rollenspiels war, konnte er mit wenig Aufwand auf beinahe 16 Millionen leistungsstarke Rechner von Spielern zugreifen und sie für die Entschlüsselung der brisanten Informationen von Nantech zweckentfremden. Die Aktion lieferte schnell Ergebnisse und Ryan entdeckte in einer Mitarbeiterliste einen Datensatz, der hier nicht hingehörte. Es stellte sich heraus, dass es sich um einen Chatverlauf zwischen der Regierung und Nantech handelte, bei dem es um die Bestellung von fast 200 Millionen Injektionsapplikatoren mit den dazugehörigen Brainbots ging, und dies nur wenige Wochen vor dem Beginn des angeblichen Impfmarathons. Rund die Hälfte der Einwohner der USA besaß inzwischen Brainbots, und der Rest sollte anscheinend ebenfalls möglichst schnell damit ausgestattet werden. Aber warum? Da wurde etwas Großes geplant, das war den sieben Freunden sofort klar. Obwohl Ryan ein extrem guter Hacker war, konnte er von seinem Rechner nicht auf das gesamte Computersystem von Nantech Industries zugreifen, um diesen Verdacht zu erhärten. Dafür war das System zu gut geschützt und hätte einen Alarm ausgelöst, der die Regierung und Nantech auf ihre Untersuchungen aufmerksam gemacht hätte. Dieses Risiko wollten und konnten sie nicht eingehen.

Wenig später berichteten Medien von einer neuen Seuche, die in Afrika identifiziert worden war und sich in rasender Geschwindigkeit weltweit ausbreitete. In jeder größeren Stadt wurden eilig Impfzentren eingerichtet. Parallel wurden Bilder von Infizierten, die Blut spuckten und sich unter Krämpfen wanden, überall in den Medien gezeigt. Die Nachrichtensprecher berichteten von vielen Toten und der Gefahr eines weltweiten Massensterbens, konnten aber überraschenderweise schon kurze Zeit später die Entwicklung eines wirksamen Impfstoffs gegen die neue Krankheit verkünden. Auf allen Kanälen rief nun die Regierung dazu auf, sich impfen zu lassen, um eine weitere Ausbreitung des Virus zu verhindern. Ausnahmen wurden nicht toleriert, jeder Bürger musste sich umgehend in einem der Impfzentren einfinden, um behandelt zu werden. Der mediale Druck und die Angst vor den tödlichen Konsequenzen einer Infizierung führten dazu, dass sich auch die Personen impfen ließen, die sich zuvor noch gegen den Einsatz der Brainbots entschieden hatten, obwohl dies ja bereits Pflicht gewesen war. Voraussetzung für den Erhalt einer Impfung waren BID und Brainbots. So wurden innerhalb kurzer Zeit bereits große Teile der Bevölkerung geimpft und gleichzeitig für die Regierung gläsern.

Für die Freunde waren dies zu viele Zufälle auf einmal. Sie wollten herausfinden, was hinter dieser Krankheit und den dadurch angeblich notwendig gewordenen Impfungen wirklich steckte. Ryan fand durch seine regelmäßigen Hacks der Regierungsserver und einer von Fay durchgeführten chemischen Analyse einer ergatterten Impfprobe heraus, dass der verabreichte Impfstoff in Wahrheit nur aus einer einfachen Kochsalzlösung bestand und somit völlig wirkungslos war. Was nur bedeuten konnte, dass die tödliche Krankheit ebenfalls eine Lüge der Regierung war, die nur darauf abzielte, die gesamte Bevölkerung mit Brainbots und BIDs zu versehen. Alles deutete darauf hin, dass die Regierung die Menschen kontrollieren wollte.

Es schien einen größeren Plan zu geben, der sich den Freunden allerdings noch nicht erschloss. Sie spekulierten viel und stellten die wildesten Theorien auf, konnten aber für keine davon einen Beweis finden. Aber obwohl sie nicht wirklich ermitteln konnten, was die Regierung vorhatte, waren sie sich einig, dass sie etwas unternehmen mussten, um mögliche Einflussnahmen schnell erkennen und unterbinden zu können. Die naheliegendste Maßnahme war, die Kommunikation zwischen Nantech und den BIDs zu kontrollieren. Um konkrete Befehle zu überprüfen, die Nantech an die BIDs zur Manipulation der Menschen aussandte, mussten sie in das Rechnersystem für die Kommunikation gelangen. Von außen war das aber nicht möglich, wie Ryan zuvor bereits feststellen musste. Die

Systeme waren zu gut gesichert, selbst für ihn. Also gab es nur einen Weg, um sich Zugriff zu verschaffen: Einer von ihnen musste versuchen, zum zentralen Servercluster von Nantech Industries zu gelangen. Dieser befand sich in der Zentrale des Unternehmens. Sollte es ihnen gelingen, die Server zu erreichen, könnten sie darauf ein von Ryan entwickeltes Backdoor-Programm manuell installieren. Damit könnte er anschließend eine mögliche Verhaltensanweisung an die BIDs der Bürger umprogrammieren, bevor sie rausgeschickt würde. Es gab nur einen Haken an der Sache: Nantech Industries war eines der am besten gesicherten Unternehmen der Welt. Man konnte dort nicht einfach hinein- und wieder herausspazieren. Für diesen Einbruch war ein perfekter Plan nötig. Und nicht nur das: Die Zeit drängte. Noch lief das Impfprogramm. Wann es abgeschlossen sein würde, konnten sie jedoch nicht zuverlässig abschätzen. Fest stand, dass es sehr bald geschähe.

»Leute, Julia geht ein enormes Risiko ein. Vergesst das nicht!«, sagte Gerrit in einem bestimmenden Ton.

Gerrit hatte recht: ein guter Plan konnte nur umgesetzt werden, wenn eine Person die Fäden fest in der Hand und den Überblick behielt. Wochenlang hatte Julia alle Informationen, die sie von Fay über Nantech erhalten konnten, notiert und analysiert. Ohne diese Informationen und deren Aufbereitung wären sie kaum in der Lage, die geplante Aktion durchzuführen. Sie hatten den Grundriss des Gebäudekomplexes, sie kannten den Weg zum Serverraum, die Patrouillen der Wachhabenden, die Sicherheitsfreigaben und -schleusen und sie wussten, wann möglichst wenig Menschen im Gebäude unterwegs sein würden. Und weil Julia jedes noch so kleine Detail kannte, hatte sie sich dazu bereit erklärt, bei Nantech Industries einzubrechen, die acht Sicherheitsschleusen zu überwinden und das Programm zu installieren. Eigentlich wäre es Fays Aufgabe gewesen. Sie hatte die körperliche Fitness für die Mission und kannte sich in den Gebäuden von Nantech sehr gut aus, aber leider hatte sie einfach nicht die Nerven für eine solche Aktion, was sie freiweg zugegeben hatte.

Julia hatte Marlene eigentlich für die bessere Wahl gehalten, aber sie war mit ihren 1,90 Meter fast vierzig Zentimeter größer als Fay. Sie würde außerdem sofort Verdacht erregen, da sie einige der bei Nantech Industries angestellten aus ihrem Berufsalltag kannte;

manche näher, andere nur flüchtig, aber gut genug, dass eine Begegnung während der Infiltrationsmission das Ende bedeuten konnte. Auch der Größenscan an den Sicherheitsschleusen wäre ein Problem. Also sollte Julia ihre Identität übernehmen und das Programm installieren. Julia war sportlich und kannte sich ein wenig mit der eingesetzten Serverarchitektur aus, so dass es für Ryan nicht schwer war, ihr zu erklären, wie sie vorgehen musste.

Julia und ihre Freunde trafen sich jetzt bereits seit fünf Monaten in dieser kleinen, siebenköpfigen Runde. Außer Julia, Ethan, Gerrit, Ryan und Fay gehörten noch Christopher und Marlene ihrer Truppe an. Christopher war Ethans zweiter, enger Freund nach Gerrit und sein ehemaliger Mitbewohner. Marlene war eine langjährige gute Freundin aus Julias Studienzeiten. Jedem Einzelnen vertraute sie blind.

»Gut Fay, jetzt noch einmal von vorne: Dort befinden sich die zentralen Server, und diesen Weg muss ich nehmen, richtig?«, wandte sich Julia an Fay. Die Wissenschaftlerin und Nantech-Mitarbeiterin war für die Tierversuche mit Nanobots zuständig und nur sie konnte die Frage beantworten. Aus dem Augenwinkel sah Julia, wie Gerrit die Lippen zusammenkniff und zu Fay blickte. Diese warf ihr braunes langes Haar eindrucksvoll zurück und drehte mit einer Handbewegung den Grundriss der Forschungseinrichtung. Der Grundriss schwebte als Hologramm über einem Cube, der auf dem Tisch lag. Dann zeichnete sie mit einem magnetischen Stift den Weg in das Hologramm ein, den Julia nehmen sollte, um die Zentralserver zu erreichen.

Fay wandte sich schließlich an Julia: »Also, mit meiner ID kommst du durch alle Sicherheitsschleusen bis zur Panzertür, die zum Hauptrechner und zu den zentralen Serverclustern führt. Diesen Weg hier solltest du nehmen, um nicht aufzufallen. Wenn dir jemand begegnet, grüß ihn einfach im Vorbeigehen. Wenn jemand mit dir sprechen will, sag, dass du gerade im Stress bist.«

Julia hatte zwar längst alle nötigen Informationen und den Grundriss des Gebäudes in ihrem Kopf abgespeichert, nickte aber geduldig, während Fay ihr noch einmal alle Details haarklein erläuterte.

Ryan rückte seine Brille zurecht und legte die Stirn in Falten. »Kriegst du das auch wirklich hin mit den Kameras, Fay? Wenn nicht, wäre das für Julia im Zweifel tödlich.«

Fay wurde langsam ungeduldig, und sie funkelte ihren Kumpel

mit zusammengekniffenen Augen an. »Ryan, du hast mir jetzt gefühlte tausend Mal erklärt, wie ich die Kameras manipulieren kann. Das werde ich schon schaffen. Da ich das während der Arbeitszeit mache, habe ich ja auch die Zeit auf meiner Seite. Oder willst du das lieber machen? Und überhaupt: Kümmere du dich lieber darum, dass du Julia meine ID verpasst, sonst kommt sie nicht mal durch die erste Sicherheitsschleuse.«

Anstatt zu antworten, schnaufte Ryan nur verächtlich.

»Fay, Ryan hat aber recht. Ich mache mir auch Sorgen. Ich hätte meine Freundin gerne am Stück zurück«, merkte Ethan an.

»Jetzt kriegt euch mal wieder ein!«, warf Marlene ein. »Wir vertrauen dir, Fay. Also, Julia hat genau dreizehn Minuten Zeit, um mit dem Chip zum Rechner zu gelangen, das Backdoor-Programm zu installieren und wieder zu verschwinden.«

Marlene Short, die aufgrund ihrer Körpergröße von fast 1,90 Meter viel Respekt erntete, verstärkte ihre Wirkung nach außen durch ihre recht tiefe Stimme. Außerdem ließ Marlene sich nicht so leicht aus der Ruhe bringen. Als Projektmanagerin bei einer großen Online-Fotocommunity war sie es gewohnt, stets strukturiert vorzugehen, und so brachte sie immer wieder Ordnung in das Chaos der Planung. Sie hielt alle Details auf dem gut gesicherten Rechner hier im Büro fest. Sollte jemand versuchen den Rechner zu hacken, würden die Festplatten mittels eines eigens dafür installierten Elektromagneten direkt zerstört werden.

Fay war inzwischen aufgestanden und bewegte ihre zierliche Gestalt zu einem der großen Fenster, um auf den Innenhof der Fabrik zu schauen. Julia wusste, was es dort zu sehen gab: ein paar leerstehende Hallen und ein rostiges LKW-Wrack. Ganz rechts konnte sie wahrscheinlich noch die Außenwand der Halle sehen, die als Flüchtlingsunterkunft diente.

Anscheinend fesselte sie der Anblick auch nicht besonders lange, denn Fay drehte sich schnell wieder um, blickte zu Marlene und sagte: »Julia hat dreizehn Minuten. Das ist nicht viel Zeit, um die acht Sicherheitsschleusen zu passieren.«

Ethan schaltete sich ein, bevor Fay weitersprechen konnte: »Also was das angeht: ich habe hart mit Julia trainiert. Sie ist fit. Sie schafft das!«

»Ethan, du musst mich auch aussprechen lassen. Das wollte ich ja gerade noch ergänzen.«

Bevor Ethan oder Marlene darauf etwas erwidern konnten, fuhr

Fay bereits an Julia gewandt fort: »Julia, wie oft bist du jetzt den gesamten Weg in der virtuellen Realität gegangen? Vierzigmal, fünfzigmal? Bisher hast du es bis auf zwei Ausnahmen immer geschafft. Inklusive Installation des Programmes und so weiter. Daher weiß ich: Du wirst das packen. Aber denk dran, den Chip verschwinden zu lassen, solltest du geschnappt werden. Sie dürfen unter keinen Umständen herausfinden, was wir vorhaben.«

Julia schluckte trocken und nickte. Der Chip war zwar winzig, ihn aber eventuell runterschlucken zu müssen, bereitete ihr schon etwas Unbehagen. Ihn mit einem Feuerzeug zu verschmoren war da doch die bessere Alternative.

»Mehr Sorgen mache ich mir um Julian, den Wachmann. Wir haben zwar eine Kopie seiner Keycard, aber ablenken muss ich ihn an dem Abend dennoch«, erklärte Fay und setzte sich wieder hin.

Gerrit kniff die Augen zusammen. Wer ihn gut kannte, konnte sehen, dass ihm das überhaupt nicht passte. Denn alle wussten, wie Fay den Wachmann ablenken würde. Aber niemand sagte etwas dazu, obwohl Julia sich ein Schmunzeln verkneifen musste und es den anderen bestimmt nicht besser erging.

»Julia, gehst du den Weg bitte trotzdem noch einmal, damit wir sicher sind, dass es auch funktioniert? Ryan, kannst du ein paar Unvorhersehbarkeiten einbauen, die wir Julia vorher nicht sagen? Am besten jetzt?« Ethan sah zu Ryan herüber, der bestätigend nickte und seine schlaksige Gestalt vom Sofa erhob. Er wollte sich für eine Stunde im anderen Raum mit Ethan zurückziehen, um sich ein paar Fälle zu überlegen.

Christopher, Ethans ehemaliger Mitbewohner, stand auf, zupfte seine durchlöcherte Jeans zurecht und fuhr sich mit der Hand über die blonden Bartstoppeln. Dann öffnete er den kleinen Kühlschrank, der leise an der kahlen Wand vor sich hin surrte. Er nahm sich die letzte Dose Cola, öffnete sie, wollte gerade einen Schluck trinken, als er sah, dass Marlene bettelnd mit den Händen fuchtelte, um auf sich aufmerksam zu machen. Christopher, der für Julia der Inbegriff eines klassischen Sunnyboys war, verdrehte gespielt die Augen. Cola war etwas, was heutzutage nur noch schwer zu bekommen war. Aber er ging zu dem kleinen Hängeschränkchen, der sich über dem Kühlschrank befand, zauberte zwei Gläser heraus und verteilte die sprudelnde Flüssigkeit gleichmäßig. Nachdem Marlene ihr Glas erhalten und ihm ein leises »Danke« zugehaucht hatte, wandte er sich der kleinen Gruppe zu, die sich um den Couchtisch versammelt hatte. Jeder hing für einen Moment seinen eigenen Gedanken nach, und als Fay von Christopher mit seiner lauten Stimme unvermittelt angesprochen wurde, bemerkte Julia, wie ihre beste Freundin kurz zusammenzuckte.

»Okay, Fay. Wir verlassen uns darauf, dass du den Wachmann unter Kontrolle hast.«

Fay hatte sich offensichtlich schnell wieder gesammelt und nickte zustimmend. Julias Eingeweide zogen sich zusammen. Hoffentlich ging alles gut.

Schließlich betraten Ethan und Ryan wieder den Raum. Ethan versuchte, sich ein Grinsen zu verkneifen, was Julia mit rollenden Augen quittierte.

»So, Julia. Wir haben einen neuen Simulationsaufbau für dich eingerichtet. Am besten durchläufst du ihn jetzt sofort, damit dir der Weg in Fleisch und Blut übergeht. Wie sieht es aus?«, fragte Ethan.

»Ich weiß zwar nicht, was daran so lustig sein soll, aber gut, von mir aus«, ließ Julia die beiden Männer wissen und stand auf.

»Genau, dann hast du es hinter dir«, grinste Gerrit neben ihr. Er wusste also offensichtlich mehr als sie, oder er machte sich wieder einmal einen Spaß daraus, sie zu trietzen. Es war nicht zu übersehen, dass die Männer irgendeinen Blödsinn ausgeheckt hatten. Diese Kindsköpfe.

Julia setzte sich gerade auf einen der Stühle und schloss die Augen. Ryan verband seinen Cube via Holonet mit Julias BID und startete die von ihm erstellte VR. Der angezeigte Gebäudeplan schien nach hinten zu kippen und wurde nach wenigen Sekunden durch eine dreidimensionale Darstellung ersetzt. Die virtuelle Realität schwebte nun als Hologramm über Ryans Cube und war für alle sichtbar. Gleichzeitig konnte Julia sich mental in dem virtuellen Raum bewegen, sobald sie die Simulation startete. Sie wartete noch und stimmte sich zunächst darauf ein, weil der Beginn einer VR oft mit unangenehmen Schwindelgefühlen verbunden war.

Julia war schon häufig in der VR gewesen, fand den Effekt aber jedes Mal aufs Neue überwältigend. Meist nutzte sie die virtuelle Realität, um einfach einmal abzuschalten. Dafür gab es verschiedene programmierte Umgebungen, die man kaufen oder leihen konnte.

Ethan liebte virtuelle Simulationen. Er absolvierte darin sein Kampfsporttraining, oder nutzte sie zusammen mit Gerrit oder Christopher für Spiele.

Julia öffnete ihre virtuellen Augen und spürte sofort den Sog, der sie in die Simulation zog. Sie gab ihm nach und schoss durch einen bunt flackernden Tunnel. Übelkeit stieg in ihr hoch, doch als sich alles um sie herum verlangsamte und sie an ihrem Ziel angelangt war, verschwand das flaue Gefühl wieder.

Die anderen konnten über dem Cube sehen, was sie sah.

Sie befand sich nun im Empfangsbereich des Hauptgebäudes von Nantech Industries. In der lichtdurchfluteten Halle herrschte geschäftiges Treiben, weshalb sie sich vorerst nur zögerlich bewegte. Am Empfangstresen saßen mehrere Mitarbeiter und gingen ihrer Arbeit nach. Keiner beachtete sie. Julia atmete tief durch und versuchte, sich zu beruhigen. Die Simulation musste jetzt reibungslos klappen. Sie kannte ihren Weg und wusste genau, was zu tun war. Also trat sie durch das Empfangsportal und somit durch den ersten Scanner. Ihre Identität wurde bestätigt: Fay Oliver. Dank Ryans Hack, der ihr Fays ID verpasst hatte und auch die biometrischen Sensoren überlistete, ließ man sie anstandslos passieren, die Sperre schnappte zur Seite und eine künstliche Stimme wünschte ihr einen erfolgreichen Arbeitstag. Das hatte schon mal geklappt.

Julia lächelte, strich sich durch die Perücke mit den glatten, braunen Haaren und ging in Richtung der angeschlossenen Arbeitstrakte. Dort lief sie durch Gänge, in denen nur wenige Mitarbeiter unterwegs waren. Sie hielt den Blick immer leicht gesenkt, um Augenkontakt mit anderen Menschen und die mögliche Identifikation durch die Sicherheitskameras zu vermeiden. Es roch hier nach Putzmitteln und Julia spiegelte sich sowohl im hellen Marmor des Bodens als auch in den blankpolierten Granitplatten an den Wänden. Es sah hier überall gleich aus. Nur die holografischen Anzeigen an der Decke wiesen ihr den Weg.

Links und rechts von ihr gingen in regelmäßigen Abständen Türen zu den Büros der Forschungsabteilungen ab. Hinter den Glastüren sah sie weißbekittelte Gestalten an Terminals und kompliziert anmutenden Laborgeräten hantieren. Da sollten sie auch gerne bleiben, wenn sie nicht entdeckt werden wollte. Anstelle des Aufzugs benutzte sie das Treppenhaus. Nur wenig Angestellte nutzten es und so gelangte sie ungesehen in den dritten Stock des großen Gebäudes.

Julia öffnete die geriffelte Glastür und lugte in den Korridor hinaus. Erleichterung machte sich in ihr breit, denn niemand sonst war zu sehen. Schnell huschte sie weiter und bog um eine Ecke. Mist! Ein Mann kam ihr entgegen.

»Guten Morgen«, rief er ihr zu. Julia schrak zusammen.

»Guten Morgen«, erwiderte sie im Vorbeigehen. Sie spürte den Blick des Mannes für einige Augenblicke auf sich ruhen, doch sie ließ sich davon nicht beirren. Sie vernahm das Echo ihrer Schritte auf dem blanken Marmorboden. Ansonsten herrschte Stille.

Es folgten nun sechs weitere Sicherheitsschleusen, die nur mit immer höherer Sicherheitsfreigabe passiert werden konnten. Wachleute waren hier dennoch nicht postiert, denn die Sensoren überwachten zuverlässig, wer ein und aus ging. Zum Glück hatte Fay aufgrund ihrer Position als wissenschaftliche Mitarbeiterin auch die Akkreditierung für die Bereiche mit hoher Sicherheitsstufe, sodass Julia mit Fays ID alle Schleusen problemlos passieren konnte. Für die gesamte Strecke, seit Betreten des Gebäudes bis hierher, hatte sie exakt sechseinhalb Minuten gebraucht. Sie wusste, wo sie nun hinmusste: Büro 367, das sich hinter der vierten Tür auf der rechten Seite befand. Dort, in der obersten Schublade eines Aktencontainers, befand sich ein BID-Remover, den sie unbedingt mitnehmen musste. Sie trat vor den Scanner, der sich über der Tür befand. Endlich leuchtete eine grüne LED auf, die ihre Sicherheitsstufe bestätigte. Flink schlüpfte Julia durch die Tür und ging zum Schreibtisch. Der Aktencontainer davor war nicht verschlossen. Fay hatte recht behalten – ihr Kollege Todd war extrem nachlässig, schloss nichts weg und verließ sich auf den Scanner vor der Tür. Sie schnappte sich den BID-Remover, steckte ihn in ihren Rucksack und verließ das Büro.

Nun blieben ihr noch sechs Minuten, um sich Zugang zum zentralen Servercluster zu verschaffen, wofür Fays Sicherheitsfreigabe aber nicht ausreichte. Nur wenigen handverlesenen Systemtechnikern und akkreditierten Sicherheitsbediensteten war der Zutritt gestattet. Fay hatte daher begonnen einen Wachmann zu daten, dessen regelmäßige Kontrollgänge auch den klimatisierten Tresorraum des Zentralservers einschlossen. Nachdem Fay ihn eines Abends nach einem Restaurantbesuch zu sich nach Hause eingeladen und ihn dann mit stürmischen Küssen abgelenkt hatte, war es

Ryan möglich geworden, den digitalen Schlüssel der Keycard auszulesen. Es war wirklich erstaunlich, was man mit einigermaßen umfassender Kenntnis über Systemprogrammierung mit BIDs bewerkstelligen konnte. Anschließend hatte er den Schlüssel in einem aufwendigen Verfahren dechiffriert, auf eine neue Keycard kopiert und so umprogrammiert, dass der obligatorische Irisscan an der Schleuse übersprungen wurde. Dieser Test hätte Julia unweigerlich entlarvt.

Doch so näherte sie sich nun der wuchtigen, hell erleuchteten Schleuse mit der doppelt gelagerten Metalltür. Sie fühlte die beruhigenden Umrisse der manipulierten Keycard in ihrer Tasche. Vor der Eingabestation schloss sie die Augen, um einen vorzeitigen Scan ihrer Iris zu vermeiden. Sie zog die Keycard und winkte in Richtung der Scanner. Nach Sekunden heftigen Herzklopfens erklang das erhoffte Signal. Die schwere Sicherheitstür entriegelte sich und schwang auf. Von nun an blieben ihr nur noch dreißig Sekunden, um zum Hauptserver vorzudringen, den Chip in den USB-Anschluss zu stecken, das Backdoor-Programm zu transferieren und den Chip wieder zu entfernen. Denn obwohl sie die Sicherheitsschleuse überlisten konnten, durfte sich Fay in diesem Bereich nicht aufhalten. Und da Julia Fays ID übernommen hatte, nicht jedoch die des Wachmanns simulieren konnte, registrierten die Systeme ihre unerlaubte Anwesenheit sofort. Die Toleranzzeitspanne, um falschen Alarm zu vermeiden, betrug exakt eine halbe Minute. Danach wurde der Alarm ausgelöst, und die Sicherheitsschleuse verriegelt. Sie sprintete an mehreren hohen Racks rot und grün blinkender Server vorbei zum Entwicklerterminal. Noch 21 Sekunden. Sie steckte den Chip in eine dafür vorgesehene Buchse. Die Übertragung des Backdoor-Programms dauerte vier unerträgliche lange Sekunden. Ob die Installation fehlerfrei abgelaufen war, konnte sie nicht verifizieren; dafür war einfach zu wenig Zeit. Darum musste sich später Ryan kümmern.

Sie riss den Chip aus seiner Halterung und holte ein Feuerzeug aus ihrer Tasche, mit dem sie den Speicherchip versengte. Das kleine Ding durfte Nantech nicht in die Hände fallen, sonst wäre sie geliefert und der ausgetüftelte Plan gescheitert. Noch zwölf Sekunden. Sie rannte zwischen den Rechnertürmen hindurch, zurück in Richtung Schleuse.

Ihr Herz hämmerte und das holografische Display an ihrem Handgelenk zeigte den Countdown an. Noch vier Sekunden. Sie war schon kurz vor der Schleuse. Noch zwei Sekunden. Sie erreichte die Schleuse und drückte den Knopf zum Öffnen der Metalltür. Sie schlüpfte hindurch, und im gleichen Augenblick ertönte ein ohrenbetäubendes Geheul. Die noch nicht vollständig geöffnete Stahltür schwang erstaunlich schnell wieder herum und schloss sich mit einem Knall.

Julia hatte es geschafft. Sie hatte das Backdoor-Programm eingeschleust und den Hochsicherheitsbereich unversehrt verlassen. Der zweite Teil ihres Fluchtplans sah vor, das Gebäude zuerst über mehrere Notausgänge in Richtung der Lagerhallen zu verlassen und dann durch den Hangar und einen dahinter liegenden Staudamm in einen angrenzenden Wald zu entkommen, wo sie von den anderen aufgesammelt und in Sicherheit gebracht würde.

Sie rannte los, immer die Gänge entlang, die sie sich gut eingeprägt hatte. Alle Flure und Räume waren nun in ein grellrot blinkendes Licht getaucht, und der Alarm schrillte noch immer in ihren Ohren. Doch sie hatte diesen Weg schon oft geübt und sprintete durch die Gänge, versuchte aber gleichzeitig, einen kühlen Kopf zu bewahren. Plötzlich erhob sich ein fürchterliches Gebrüll. Julia wäre fast das Herz in die Hose gerutscht. Aus dem Schatten am Ende des langen Ganges, der ihren Fluchtweg darstellte, trat ein großes Wesen mit zotteligem Fell und spitzen Zähnen, von denen der Speichel troff. Es stand auf zwei muskulösen Beinen, an deren Enden sich große Krallen befanden. Julia blieb einen Moment lang wie angewurzelt stehen und wusste nicht wohin. Panisch blickte sie zur weit entfernten Tür am Ende des Ganges, durch die sie eigentlich wollte. Das Monster kam nun seltsam gemächlich auf sie zu. Fand es Gefallen daran, ihr Angst einzujagen? Es blieb ihr nur der Weg zurück. Sie musste versuchen, sich zu verstecken, um vielleicht anschließend an dem Ding vorbeizukommen.

Julia drehte sich um und rannte, als wäre der Teufel hinter ihr her. Das furchtbare Gebrüll wurde stetig lauter hinter ihr. Nicht umdrehen, Julia! Das wäre dein virtueller Tod.

Sie huschte um eine Ecke und sah linkerhand eine schmale Tür. Obwohl dieser Weg nicht als Fluchtroute geplant war, wusste sie, dass es sich um einen Versorgungsraum handelte, der im hinteren Bereich durch eine weitere Tür verlassen werden konnte. Sie schlüpfte schnell hindurch und schloss vorsichtig die Tür. Vielleicht hatte sie Glück und das Krallenungeheuer hatte nicht mitbekommen, wohin sie verschwunden war. Julia versuchte, etwas zu erkennen, aber es war stockdunkel. Es schien keinen Sensor für eine Beleuchtung oder ähnliches zu geben. Plötzlich wurde es hell, und innerhalb von Sekunden baute sich eine völlig neue Umgebung auf. Die kleine Kammer, in der sie sich gerade noch befunden hatte, löste sich auf. Sie befand sich gar nicht mehr in einem Raum, sondern im Freien. Sie blickte in einen tiefblauen Himmel mit einer gleißend hellen Sonne. Sie war nun an einem herrlichen Sandstrand. Vor ihr wuchsen große Palmen, direkt an einem rauschenden, türkisfarbenen Meer. Möwen riefen, und es roch ein wenig nach Algen. Ein feiner Windhauch strich um ihren Körper und kühlte ihre erhitzte Haut. Julia war irritiert und verstand nicht, was das nun mit ihrer Mission zu tun haben sollte, aber die Furcht, die sie eben noch durch die Gänge von Nantech getrieben hatte, wich an diesem Ort langsam einem angenehm entspannenden Gefühl. Sie spürte, dass sie hier nichts Schlimmes erwartete. Vor ihr entstand plötzlich eine gemütlich anmutende Rattanliege, in deren Halterung ein orangefarbener Cocktail steckte, der mit einer Scheibe Ananas und einem Papierschirmchen verziert war. Sie war immer noch zu perplex, um diese dramatische Veränderung der Umgebung zu verarbeiten. Aber sie erholte sich schnell. Und sie musste sich eingestehen, dass die Liege und der Cocktail wirklich mehr als einladend aussahen. Und da das Monster den Umgebungswechsel allem Anschein nach nicht vollzogen hatte, entschied sie sich, die offensichtliche Einladung anzunehmen.

Sie setzte sich vorsichtig auf das bunte Kissen, das von der Sonne schön angewärmt worden war. Die Wärme prickelte angenehm auf ihrer Haut. Ryan hatte wohl an jedes Detail gedacht. Was soll's, dachte sie sich und streckte sich aus. Dass die anderen sie dabei beobachteten, störte sie nicht wirklich. Sie blickte in die Richtung, aus der sie gekommen war. Dort, mitten in dem Sand, befand sich noch immer die Tür, hinter der sich Julia verborgen hatte. War das doch eine Falle und das Monster trat gleich hindurch und griff sie an, während sie sich in Sicherheit wähnte? Na, hoffentlich nicht. Sie hörte knirschende Schritte im Sand und drehte ihren Kopf wieder zur anderen Seite. Ryan ging grinsend auf sie zu. Zunächst war er noch verpixelt und durchschimmernd, aber mit jedem Schritt baute er sich weiter auf, bis er schließlich in Gänze vor ihr stehen blieb.

»Na, Julia, wie hat dir meine kleine Extraeinlage gefallen?« Seine Stimme, die zunächst metallen und digital klang, wurde mit seinem vollständigen Erscheinen glockenklar.

»Du ...«, Julia fiel für den Moment nichts Passendes ein. Leider war ihre Wut bereits fast wieder verpufft, und sie konnte nichts dagegen tun.

»Also, wer hat sich diesen ganzen Blödsinn ausgedacht? Das warst du doch nicht alleine, oder?«, brachte sie schließlich mit gespielter Empörung hervor.

»Nein, das stimmt. Ethan hat mir geholfen. Er weiß, wie sehr du das Meer und den Strand liebst. Deshalb sollte das die Pointe deiner Tour werden. Das Monster war nur ein gewisses Extra für Dich. Es sollte dich nicht töten, sondern nur den Kontrast verschärfen zwischen der Gefahr und der Idylle hier. Ich glaube, dass uns das auch gelungen ist, oder?«

Julia legte den Kopf schief und blickte Ryan zweifelnd an.

»Na gut, das mit dem Monster war ein Scherz, den ich mir ausgedacht habe. Als Gamer konnte ich einfach nicht anders. Du hast deine Sache bis hierhin wirklich gut gemacht. Ich denke, du bist so weit, sobald alles andere auch geklärt ist. Was meinst du?«

Julia rümpfte die Nase und kämpfte mit einem Niesreiz. Sie schloss kurz die Augen und schaffte es, ihn zu unterdrücken.

»Eigentlich bin ich ziemlich sauer auf dich, nur dass du es weißt. Aber ich verzeihe euch euer kindisches Verhalten.« Julia lächelte Ryan von der Liege aus an. Eigentlich war Ryan eher der trockene humorlose Typ. Wenn er es schon mal schaffte, etwas Ungewöhnliches zu tun, was er offensichtlich witzig fand, dann wollte sie es ihm nicht vermiesen.

»Und nun tritt mal aus dem Licht, sonst werde ich ja gar nicht braun. Gib mir fünf Minuten alleine, okay?«

Ryan nickte und drehte sich um. Beim Weggehen löste er sich langsam von oben nach unten in einzelne Pixel auf und verschwand schließlich.

Julia genoss für einen kurzen Moment die Stille und nippte an ihrem Cocktail. Er schmeckte erstaunlich gut. Sie würde Ryan später bitten, ihr dieses VR-Szenario zu übertragen, damit sie diesen Ort künftig öfter besuchen könnte.

Julia hatte sich einige solcher sogenannten Inseln geschaffen. Auch zu Hause nutzte sie öfter die VR für ihre Meditationen. Sie hatte damit zu einer Zeit angefangen, als es ihr persönlich nicht besonders gut gegangen war. Im Grunde hatte es in Julias Leben immer wieder schlechte Phasen gegeben, etwa als ihr damaliger Freund sie wegen einer anderen Frau verlassen hatte. Oder als sie den schlimmen Streit mit ihrem Bruder Jason gehabt hatte. Oder als ihre Mutter plötzlich verstorben war. Julia war zwar eine selbstbewusste und willensstarke Persönlichkeit, aber sie konnte auch sehr sensibel und verletzlich sein.

Ihr war klar, dass sie langsam wieder zurückmusste. Die anderen warteten auf sie.

Sie schloss ihre Augen. Als sie sie wieder öffnete, saß sie wieder im Büro ihrer alten Lagerhalle. Ihre Freunde waren bereits dabei, die Sachen zusammenzupacken.

»Oh, unser Dornröschen ist wieder erwacht. Wie schön.« Gerrit grinste Julia an. Wieder einmal fiel es Julia schwer zu analysieren, wie Gerrits Worte gemeint sein könnten. Sie meinte, etwas Gehässigkeit durchklingen zu hören, war sich aber nicht sicher. Sie wusste, dass auch Ethan bereits vorsichtig bei Gerrit angefragt hatte, ob er mit Julia ein Problem hatte, weil auch ihm die Spannung zwischen den beiden auffiel. Aber Gerrit verneinte das vehement.

Julia ging einfach davon aus, dass er wirklich nur einen Scherz machen wollte und sah sich um. Sie fand aber nur einen uralten Flaschenuntersetzer aus Kork. Den schnappte sie sich und zielte auf Gerrit. Der Untersetzer flog in einem Bogen in seine Richtung, traf ihn aber leider nicht richtig und die anderen stimmten in sein Lachen mit ein.

Nachdem sie sich wieder beruhigt hatten, versicherten alle – selbst Gerrit –, dass Julia ihre Sache gut gemacht hatte und machten sich anschließend bereit zum Aufbruch.

Julia übernahm wie gewohnt die Organisation: »Christopher, Marlene und Fay, ihr geht zuerst raus. Seht zu, dass ihr nicht bemerkt werdet. Gerrit, Ethan, Ryan und ich gehen danach betont langsam am Lager vorbei, damit wir auch gesehen werden. Also dann, toi, toi, toi! Wir sehen uns.«

3

Januar 2042, Erde, John

Special Agent John Stanhope trat eilig in den Sicherheitscheck des FBI-Hauptquartiers in Washington D. C.. Eine rote Lampe zeigte an, dass seine ID auf seinem Chip gemeinsam mit der Gesichtserkennung überprüft wurde. Dieser Vorgang dauerte allerdings nur Sekunden, bis ein grünes Licht zeigte, dass er autorisiert war und das Gebäude betreten durfte.

Gehetzt fragte der Agent gedanklich die Uhrzeit ab. Es war elf Minuten nach neun. Mist, er hätte um neun da sein müssen! Bis zum Konferenzraum brauchte er ja schon eine knappe Viertelstunde. Der Vizepräsident der Vereinigten Staaten und auch sein Vorgesetzter Daniel Salisbury hassten es, wenn man sie warten ließ. Hastig sprintete John die breite Treppe in den ersten Stock hinauf, grüßte kurz einen Kollegen, den er eigentlich nicht besonders mochte, lief den Flur entlang und öffnete die Tür zum Konferenzraum. An dem ovalen Tisch saßen bereits Vize David Freeman, FBI-Direktor Daniel Salisbury, sowie drei Leute aus dessen Team und vier Kongressabgeordnete. Alle Blicke ruhten auf John, der mit seinen 1,93 Metern wirklich nicht zu übersehen war, während er leise die Tür hinter sich schloss, sich dezent entschuldigte und auf dem einzigen freien Platz am Tisch niederließ.

»Wie schön! Agent Stanhope, der Sicherheitsleiter der Sondereinsatzgruppe ›Survive‹, gesellt sich auch zu uns. Nun, dann können wir ja weitermachen«, sagte Salisbury ironisch mit hochgezogenen Augenbrauen.

John würde seinem Chef später erklären, warum er zu spät war. Deshalb nahm er die kleine Ansprache kommentarlos hin.

Salisbury nahm den Gesprächsfaden wieder auf: »Also noch einmal zum Status quo bezüglich *Operation Survive*: Derzeit sind etwa 65 Prozent aller Bürger der USA sowohl mit BIDs als auch mit Brainbots versehen. Seit fünf Wochen befinden sich überall in den USA unsere Impfteams im Einsatz. Hitt, wie ist die Lage bei Ihnen?«

Der untersetzte, glatzköpfige Mittvierziger erhob sich träge und aktivierte den im Tisch eingelassenen Holo-Projektor. Es erschien eine Grafik, die zeigte, dass bereits knapp zehn Millionen US-Bürger, die noch vor zwei Wochen nicht über Brainbots verfügt hatten, nun mit ihnen versorgt waren.

»Bislang läuft alles reibungslos. Die Menschen rennen uns quasi die Impfstationen ein. Die Geschichte mit dem Ausbruch einer möglichen Pandemie und die Bilder, die wir den Medien unterjubeln konnten, haben starke Wirkung gezeigt. Die Impfpflicht wird ernst genommen. In spätestens drei bis vier Monaten sollten so ziemlich alle mit Brainbots ausgestattet und empfangsbereit sein. Wir werden Sie auf dem Laufenden halten und grünes Licht geben, sobald 95 Prozent erreicht sind. Sobald Sie dann den Befehl zum Start geben, können wir loslegen.«

Hitt rieb sich die Hände, zeigte seine vom Zigarettenkonsum gelblichen Zähne und ließ sich wieder in den Sitz fallen.

John hasste den Fettsack. Dass viele Menschenleben auf dem Spiel standen, nahm Hitt völlig emotionslos hin. Solange es ihn selbst nicht betraf, war es ihm offensichtlich egal. Noch schlimmer: Es schien ihm sogar Spaß zu machen.

»Wie ist die Stimmung in der Bevölkerung? Sind viele misstrauisch geworden? Gibt es Versuche, einen Zusammenhang zwischen Impfung und Chippflicht herzustellen?«, fragte Salisbury weiter nach und übersah Hitts selbstzufriedenen Blick dezent.

»Nein, nur die üblichen Bekloppten und Verschwörungstheoretiker – die in diesem Fall ausnahmsweise mal recht hätten.« Hitt ließ ein dreckiges, hohles Lachen erklingen. John hätte ihm am liebsten den Hals umgedreht, aber er riss sich zusammen.

Daniel Salisbury tat es ihm wohl gleich, das erkannte John an dessen Gesichtsausdruck, aber er ignorierte Hitts Verhalten, als er wieder das Wort ergriff. Diesmal wandte er sich an Richard Key, den

Chefentwickler für Nanotechnologie der Sondereinsatztruppe: »Wie weit sind Sie mit dem Befehl für die Brainbots? Gibt es hier noch offene Punkte, die geklärt werden müssen? Zeigt sich Nantech Industries weiterhin kooperativ?«

Special Agent Key machte sich nicht die Mühe, aufzustehen »Nantech ist über alles informiert. Sie wissen, wie viel von der Aktion abhängt und befürworten unsere Schritte. Der Befehl ist erstellt und wäre somit einsatzbereit. Sobald Sie ihr Go geben, schleusen wir ihn in alle BIDs ein. Jeder, den der Befehl anhand der definierten Auswahlkriterien betrifft, wird dann nicht von seinem Vorhaben abzuhalten sein. Es kann also niemand diesen Befehl unterbrechen oder Einfluss darauf nehmen, sollte er erst einmal live sein. Die Sache ist absolut sicher.«

Die Antwort schien alle Beteiligten zufrieden zu stellen. Als nächstes wurde über die Nahrungsmittelknappheit und die Temperaturprognosen für die nächsten Monate und Jahre gesprochen. Aber John hatte sich gedanklich ausgeklinkt. Diese Dinge hatte er schon etliche Male gehört, und die Unterlagen für die heutige Besprechung hatte er gestern bis tief in die Nacht hinein durchgearbeitet. Seit seine Frau ihn vor zwei Jahren verlassen hatte, störte sich auch niemand mehr daran, dass John regelmäßig bis in die Morgenstunden hinein arbeitete.

Er war noch immer zwiegespalten, was *Operation Survive* anging. Ihn beunruhigte zutiefst, dass ihre Arbeit Millionen von Menschen das Leben kosten würde. Aber die Prognosen für die Zukunft sahen sehr schlecht aus, und es herrschte Chaos im Land. Erste Systeme wie das Gesundheitssystem oder die Arbeitslosenunterstützung waren an den Grenzen ihrer Leistungsfähigkeit angelangt und mussten zum Teil radikal zusammengestrichen werden. Die flächendeckende Belieferung des Einzelhandels mit Grundnahrungsmitteln bereitete der Regierung zunehmend Sorgen. Problematisch war es vor allem in den Küstenregionen, wo viele Menschen auf der Flucht vor dem steigenden Meeresspiegel waren. Und durch die immer weiter ins Land vordringenden Flüchtlinge ging immer mehr Ackerfläche verloren, was die Vielfalt der Nahrungsmittel schon jetzt merklich einschränkte, sodass staatlich angeordnete Rationalisierungen unausweichlich geworden waren. Die Wasserversorgung stellte ein noch größeres Problem dar. Trinkwasser wurde immer knapper, denn immer mehr Wasseraufbereitungsanlagen, die in Küstennähe gebaut worden waren, fielen dem Meer zum Opfer.

Natürlich führte die mangelhafte Versorgungslage zu Spannungen zwischen Bürgern und Sicherheitsorganen des Landes und nicht selten spiegelte sich der angestaute Unmut seitens der Bevölkerung in heftigen Protestaktionen wider. Straßenschlachten und Aufstände, deren Beteiligte beider Seiten mit unsäglicher Brutalität gegeneinander vorgingen, endeten nicht selten mit zahlreichen Todesopfern. Um geheime Untergrundorganisationen in Schach zu halten, waren Razzien und Personenkontrollen alltäglich geworden. Die kaum noch funktionierende Müllentsorgung führte zu grassierenden Krankheiten, die aufgrund der hohen Temperaturen nur schwer unter Kontrolle zu bringen waren. Der internationale Handel war größtenteils zusammengebrochen. Bis auf Grundnahrungsmittel und elementare Güter wurde nichts mehr über das Meer transportiert, da es aufgrund der Stürme zu gefährlich geworden war. Prognosen der Klimatologen, Ökologen und Ökonomen sahen düster aus. Letztlich liefen sie immer auf das Gleiche hinaus: Die Ressourcen reichten nicht mehr für alle. Die größte humanitäre Katastrophe der jüngeren Menschheitsgeschichte stand unmittelbar bevor.

John war froh, als die Besprechung vorüber war. Er wollte sich schnell in sein Büro davonstehlen, aber Salisbury hielt ihn auf.
»John, in mein Büro.«
»Ich komme gleich, ich muss nur kurz …«
»Sofort.« Mit einem Wink signalisierte er John, umgehend mitzukommen.
John war genervt und Salisbury offensichtlich nicht zum Schmusen aufgelegt. Er kannte seinen Chef. Salisbury warf die Tür mit etwas zu viel Schwung hinter den beiden zu, nachdem sie sein Büro betreten hatten. John sah sich ein wenig irritiert nach einer Sitzgelegenheit um. Was für ein Durcheinander! Wie konnte sein Chef so nur arbeiten?
Daniel Salisbury war hinter seinen Schreibtisch getreten und haute mit der flachen Hand auf die Tischfläche. Ein paar Papiere, mit denen er anscheinend tatsächlich noch gearbeitet hatte, flogen vom Tisch. John wusste, was jetzt kam.
»Was haben Sie sich dabei gedacht? Sie sind mein bester Mann und leiten das mit Abstand größte und wichtigste Projekt unserer Regierung. Und Sie kommen zu einem so wichtigen Termin zu spät

und haben dann nur eine flapsige Entschuldigung auf Lager? Wie stehe ich denn jetzt da? Ich könnte Sie ...« Salisbury hielt inne und taxierte John. »Haben Sie was zu Ihrer Verteidigung zu sagen, bevor ich Sie weiter auseinandernehme?«

John runzelte die Stirn. Er hatte versucht, sich unterwegs einige erklärende Worte zurechtzulegen, aber die unablässigen Kontaktanfragen seines Chefs hatte es ihm unmöglich gemacht, sich etwas zu überlegen. Das war der Nachteil, wenn man für die Regierung arbeitete: Man war jederzeit erreichbar. Die Mitarbeiter konnten sich nicht aus der beruflichen Kommunikation ausklinken, wenn sie Ruhe wollten, und dafür Verfluchte John den Tag, an dem er sich BID und Brainbots hatte implantieren lassen. Aber was hätte er schon tun sollen? Ohne BID keine Stelle beim Federal Bureau of Investigation, so einfach war das.

»Ich bin einem neuen wichtigen Hinweis nachgegangen«, sagte John. »Wir haben eine Gruppe von Aufständischen festgenommen. Das hat mich sehr in Anspruch genommen. Agent Hunter hat die vier Verdächtigen gestern Nachmittag verhört. Der Hinweis kam von der Exfreundin einer der Verdächtigen. Sie gab zu Protokoll, dass die vier einen Einbruch bei Nantech Industries planen. Dem sind wir umgehend nachgegangen. Bislang sieht es aber so aus, dass sie nur Hardware klauen wollten, um sie zu verticken. Also falscher Alarm, der nichts mit unserer Mission zu tun hat.«

»Und darüber informieren Sie mich erst jetzt?«

»Wir hatten eben keine Zeit. Die vier Verdächtigen befanden sich gerade in ihrem Geheimversteck, einem baufälligen Haus in Takoma, und ich war gerade in der Nähe. Ich musste mir einen Überblick verschaffen, um die Situation einschätzen zu können und wollte keine Zeit verschwenden.«

»Nun denn, gute Arbeit, John! Setzen Sie die vier wegen der Planung einer Straftat und einem Verstoß gegen das Versammlungsrecht fest. Aber John«, Daniel Salisbury blickte John fest in die Augen, »beim nächsten Mal werden Sie mich umgehend über solche Vorfälle informieren.«

John nickte kleinlaut: »Ja, Sir.«

»Und John, Sie wissen es noch nicht, aber es wird einige Änderungen in der Gesetzgebung geben. Danach wird es Aufständischen in den gesamten USA nicht mehr so leicht gelingen, gegen die Regierung vorzugehen.«

John war froh, dass sein Vorgesetzter sich so schnell beruhigte und sich nun einem anderen Thema widmete.

»Was genau ist geplant?«, hakte John neugierig nach.

»Das werden Sie noch früh genug mitbekommen. Ich darf darüber noch nicht sprechen, aber ein entsprechender Gesetzesentwurf liegt dem Repräsentantenhaus vor, und es ist bereits so gut wie sicher, dass er beschlossen wird. Es geht um härtere Bestrafungen von organisierten Widerstandsgruppierungen. Mehr kann ich Ihnen dazu leider noch nicht sagen.«

»Gut. Ich verstehe. Danke für den Hinweis. Und ich halte Sie auf dem Laufenden, wenn es etwas Neues gibt.«

»Ich bitte darum. Auf Wiedersehen, John.«

Nachdem John die Tür hinter sich geschlossen hatte, machte er sich auf den Weg zu seinem Shuttle. Er hatte die Nacht durchgearbeitet und fühlte sich sehr schwach. Er musste sich dringend für einige Stunden aufs Ohr hauen. Zum Glück erlaubte ihm sein Chef mehrstündige Ruhepausen.

Was meinte Salisbury nur mit ›härteren Bestrafungen‹? Vor nicht allzu langer Zeit wurden die Strafen bereits drastisch verschärft. Wer schwer straffällig wurde – damit waren Aufständische eingeschlossen – wurden in sogenannte Arbeitslager gesperrt. John wusste, dass der Begriff eigentlich falsch war. Die Menschen wurden in große, umzäunte und stark bewachte Lager geworfen und sich selbst überlassen. Fliehen konnte keiner. Essen wurde ihnen nicht zugeteilt. Sie mussten selbst sehen, wie sie klarkamen. Die Anlagen waren groß, aber meist nicht groß genug, um alle mit selbstangebauten Nahrungsmitteln zu versorgen. Die Zustände dort waren katastrophal, und kaum einer überlebte die Zeit dort länger als ein paar Wochen oder Monate.

»Nach Hause«, lautete Johns Befehl, nachdem sich die Autotür automatisch hinter ihm geschlossen hatte. Die KI des Fahrzeugs antwortete: »Gerne, Mr. Stanhope.«

John lehnte sich auf dem kühlen Ledersitz zurück und blickte zum Portal des FBI-Hauptquartiers. Der moderne Eingangsbereich wirkte karg und nüchtern, doch John gefiel das. Hier war er sogar lieber als zu Hause. Zwar war er mit seiner kleinen Wohnung zufrieden, aber in der letzten Zeit setzte ihm die Einsamkeit und die Stille in den eigenen vier Wänden immer mehr zu. Manchmal versuchte er sich einzureden, dass die Einsamkeit in Ordnung war, denn in seinem Leben war ohnehin nicht viel Platz für andere Menschen.

Nachdem sein Sohn gestorben war und seine Frau ihn verlassen hatte, gab es ab und an mal eine Affäre, aber nichts Ernstes.

Das Shuttle bremste scharf, weil ein Selbstfahrer, so nannten sie die Menschen, die sich selbst hinter das Steuer setzten, ihnen die Vorfahrt genommen hatte. »Entschuldigen Sie, Mr. Stanhope. Ist bei Ihnen alles in Ordnung?«

»Es geht so.«

»Wie ist Ihre Antwort zu verstehen? Benötigen Sie medizinische oder psychologische Unterstützung? Es lassen sich achtzehn Ziele ansteuern, in denen ...«

»Fahr mich einfach nach Hause, Alice«, befahl John der KI. Die Stimme von Alice nervte ihn gewaltig. Vielleicht sollte er sie stumm schalten. Später vielleicht. Jetzt hatte er nicht einmal mehr dazu die Kraft.

»Wie Sie wünschen, Mr. Stanhope«, antwortete Alice trocken.

4

Mai 2384, Platon, Peter

Das kalte, künstliche Licht in Peters Krankenzimmer ließ ihn frösteln. Der Geruch bereitete ihm Übelkeit. Schließlich wurde sein Mund ganz trocken, als ihm wieder einfiel, dass er laut Aussage des Arztes seit fast dreihundertsiebzig Jahren tot war. Zumindest, wenn es stimmte, dass er tatsächlich im Jahr 2384 wiederbelebt worden war. Tausend Fragen brannten ihm auf der Seele, und er wusste nicht, wo er beginnen sollte.

Peter wandte sich an seinen Sohn, der noch immer neben seinem Bett saß. »Ich möchte alles wissen. Was ist mit Martha und mit Julia? Wo sind die beiden?«, fragte er, während er versuchte, sich etwas aufzusetzen. Allein der Gedanke daran schien auszureichen, und das Bett fuhr seine Kopfstütze nach oben.

Jason schluckte und schaute seinen Vater mit trauriger Miene an. »Dad, es tut mir so leid, aber sie leben beide nicht mehr. Es ist so viel geschehen, seit du gestorben bist.«

Diese Aussage traf Peter wie einen Keulenschlag. Langsam, wie ein kalter Gänsehautschauer, stieg die Trauer um seine Frau und seine kleine Tochter in ihm auf. Sie waren tot, und er lebte? Das konnte nicht sein. Aber der tieftraurige Blick, der aus den Augen seines Sohnes sprach, reichte aus, um Peters gesponnene Idee wieder zu verwerfen. Er schluckte schwer, bevor er nachhaken konnte.

»Jason, erzähl mir bitte, was passiert ist. Was ist mit deiner Mum und mit Julia passiert?«

»Das ist eine lange Geschichte.« Jason wich seinem Blick aus, und es war klar, dass er nach den passenden Worten suchte.

»Sie sind beide tot. Mum hatte sich Prototypen der Healthbots injizieren lassen, als sie 54 Jahre alt war. Sie war unheimlich angetan von der neuen Technologie. Und du weißt ja, wie Mum war. Sie machte sich ständig um alles und jeden Sorgen. Nach deinem Tod war es noch schlimmer. Sie hatte unglaubliche Angst davor, dass sie das gleiche Schicksal ereilte wie dich und sie nicht mehr für uns da sein könne. Um dem zu entgehen, ließ sie sich die Healthbots injizieren. Aber Mum litt unter einer ihr unbekannten Autoimmunerkrankung. Ihr Körper ...« Jasons Augen füllten sich mit Tränen. Peter wartete ein wenig und ermutigte seinen Sohn dann mit einem Nicken, weiterzusprechen.

»Also, ihr eigener Körper versuchte, die Healthbots abzustoßen. Bis es den Ärzten gelang, die Bots wieder aus ihrem Kreislauf zu entfernen, war es schon zu spät. Dazu kamen noch schwerwiegende Komplikationen. Letztendlich verstarb sie am 23. Oktober 2032 an Multiorganversagen.«

Peter konnte es immer noch nicht fassen. Seine geliebte Martha war fort. Der beste Mensch, den er je gekannt hatte. Die Person, die er sich neben seinen Kindern jetzt in dieser schwierigen Zeit so sehr an seiner Seite wünschte. Er würde ihr nie mehr in die Augen blicken. Dabei waren die Erinnerungen an seine Frau noch so lebendig, als hätte er sie erst gestern zum letzten Mal gesehen.

Peter hatte Angst, noch mehr zu erfahren, doch er musste wissen, welches Schicksal seine Familie ereilt hatte. »Und was ist mit meiner kleinen Julia passiert?«

Jason nestelte nervös an der Lehne seines Stuhls herum, während er anscheinend nach den passenden Worten suchte.

Etwas stammelnd begann er dann zu erzählen: »Bei Julia war es, nun ja, ... ich fange am besten ganz am Anfang an. Die Healthbots waren der neue Hype, nachdem es den Forschern gelungen war, mittels Nanotechnologie Krebszellen zu zerstören und damit den Krebs zu besiegen. Vor allem waren die kleinen Mini-Roboter bereits nach kurzer Zeit in der Lage, die Zellteilung im menschlichen Organismus so zu beherrschen, dass niemand mehr altern musste.«

Jason verstummte. Peter erinnerte sich an den Stand der Forschung zu seinen Lebzeiten. Es gab bereits 2016 zahlreiche

Spekulationen darüber, was geschehen würde, wenn Nanobots Menschen nahezu unsterblich machen könnten. Das war ein Gebiet, das ihn immer schon interessiert hatte und in dessen Forschung er sogar viel Geld investiert hatte.

»Du kannst dir nicht vorstellen, was alles auf der Erde geschehen ist, als die Nanotechnologie endlich so weit war, in den menschlichen Organismus injiziert zu werden. Dadurch änderte sich einfach alles. Mithilfe der Bots wurde man quasi unsterblich. Allerdings konnte sich nur das oberste Prozent der Bevölkerung die Unsterblichkeit erkaufen. Für die anderen 99 Prozent war dieser Luxus unbezahlbar. Julia lernte damals einen jungen ambitionierten Mann kennen und verliebte sich unsterblich in ihn. Er hieß Ethan. Wie später bekannt wurde, gehörte er einer Widerstandsbewegung an.«

Jason hatte sichtlich Mühe, weiterzusprechen. »Julia war Mitglied dieser Organisation. Sie starb bei einer ihrer ... Aktionen.«

Peter hatte das Gefühl, jemand rammte ihm einen eisigen Dolch direkt ins Herz. Nicht nur seine Frau, auch seine Tochter war tot. Und er war nicht bei ihnen gewesen. Er war wie paralysiert, aber auch verwirrt. »Ich verstehe jetzt nicht, was Marthas Tod oder die Healthbots mit Julias Tod zu tun haben«, erklärte er mit erstickter Stimme.

Mit Tränen auf den Wangen fuhr Jason fort: »Ja, du hast recht. Das muss ich erklären. Die Bots, in Julias Fall handelte es sich um die Brainbots, waren Gegenstand der Widerstandsbewegung. Ich kenne die genauen Hintergründe der Bewegung und der Tat nicht – das tut wohl niemand außer ihnen. Aber irgendwie schafften es die Widerständler nach Julias Tod, die Brainbots, die sich ja in den Gehirnen der Menschen befanden, umzuprogrammieren. Diese Bots waren wesentlich günstiger und wurden von den Menschen damals bereits zu Kommunikationszwecken und als Steuerungsmodule für diverse technische Geräte genutzt. Und weil bereits viele Menschen mit Chips und Brainbots ausgestattet waren, schickten sie 15 Millionen Menschen in den gesamten USA in den Tod, indem sie ihnen den Befehl dazu gaben, sich selbst umzubringen. Es wären wohl weit mehr geworden, hätte Nantech den Befehl nicht so schnell stoppen können. Warum die Widerständler so handelten, wurde nie richtig aufgeklärt. Es könnte ein versuchter Staatsstreich gewesen sein. Vielleicht ist etwas schiefgelaufen. Es könnte aber auch etwas mit den klimatischen Bedingungen auf der Erde zu tun gehabt haben. Na ja, und bis zu meiner Abreise waren die

Mitglieder dieser Gruppierung, bis auf Julia, die nicht mehr lebte, auf der Flucht.«

Jason stockte der Atem. Diese kurze Pause nutzte Peter für eine Nachfrage: »Und wie ist Julia gestorben?«

»Tja, eines Tages stand plötzlich die Polizei bei mir vor der Tür und sagte, dass sie Julia erschießen mussten, weil sie in die Forschungseinrichtung von Nantech Industries eingebrochen war. Das war die Organisation, die die ersten Nanobots entwickelte und zudem das Monopol auf die Brainbots besaß. Die Sicherheitsleute von Nantech Industries haben angeblich aus Notwehr gehandelt, weil Julia bewaffnet war und die Wächter angegriffen hat. Sie soll angeschossen von einer Staumauer gestürzt sein, aber ihre Leiche wurde nie gefunden. Das alles glaube ich aber bis heute irgendwie nicht. Sie konnte keine Terroristin gewesen sein. Sie war immer sehr darauf bedacht, dass alle Menschen fair behandelt wurden. Sie war eine Idealistin. Warum sollte sie sich einer Gruppierung anschließen, die den Menschen schaden wollte?«

Jason holte tief Luft. Man konnte ihm ansehen, dass es ihm schwer fiel, über dieses Thema zu sprechen. Peter konnte auf Jasons Frage nicht antworten. Zu viel Zeit war vergangen, seit er Julia zum letzten Mal gesehen hatte. Sie war erwachsen gewesen, als das alles, was er gerade gehört hatte, passierte. Die Tränen flossen ihm heiß über die Wangen. Er ließ sie laufen. Er würde seine Frau und seine Tochter nie wiedersehen. Ihm war, als würde er innerlich sterben. Wenigstens hatte er sich auf seinem Sterbebett von ihnen verabschiedet. Für ihn war es quasi erst gestern gewesen, dass sie noch vor seinem Bett standen. Dass Julia eine Bedrohung für andere dargestellt haben und in die Ermordung von Millionen Menschen verwickelt sein sollte, konnte er einfach nicht glauben. Es kam ihm völlig unwirklich vor. Er sah vor seinem inneren Auge noch immer das kleine blonde Mädchen mit dem langen Pferdeschwanz vor sich. Sie hatte bereits als kleines Kind einen ausgeprägten Gerechtigkeitssinn gehabt und war sehr empathisch. Deshalb war für Peter völlig unglaublich, was die Polizei Jason erzählt hatte.

Nach einer kurzen Pause, als Peter sich wieder etwas gefangen hatte, sprach Jason weiter: »Ich muss dir gestehen, dass Julia und ich schon länger keinen Kontakt mehr hatten. Es war schon so, als Mum im Sterben lag. Du weißt ja, dass du verfügt hast, ich solle die operative Leitung des Unternehmens übernehmen, sobald ich alt genug wäre und mein Studium abgeschlossen haben würde. So kam es eines Tages auch. Der Aufsichtsrat des Unternehmens bestand schließlich aus der von dir gegründeten Stiftung. Also aus Julia, deinem Anwalt Frank und mir, wobei Julia und ich jeweils 49,5 Prozent und Frank ein Prozent der Stimmen hatten. Es gab zuvor bereits einige Konflikte. Und weil Frank seine Stimme bei einer wichtigen Entscheidung mir gab, haben wir uns schließlich zerstritten. Julia war so unglaublich halsstarrig und fühlte sich benachteiligt. Sie hatte das Gefühl, ich hätte Frank beeinflusst. Wir hatten schließlich einen heftigen Streit, der so endete, dass sie ganz aufgebracht aus dem Firmengebäude stürmte. Bei den nächsten Aufsichtsratssitzungen wurde sie von einem Bevollmächtigten vertreten. Ich sah sie danach nur noch einmal bei Mum im Krankenhaus und bei Mums Beerdigung. Dort sprach sie kaum mit mir. Sie vermied wirklich jedes Aufeinandertreffen und antwortete nie auf meine Nachrichten. Es war sehr traurig. Und ich habe nicht nur eine tolle Schwester verloren, sondern unsere Firma auch eine unglaublich gute Mitarbeiterin. Ich weiß nicht einmal, was sie nach ihrem Ausstieg bei uns beruflich gemacht hat.«

Einen Moment lang breitete sich Stille im Raum aus. Peter fühlte sich so unglaublich leer. Schließlich kam ihm der Gedanke, dass er einen Sohn hatte, für den er verantwortlich war, auch wenn sein Sohn als sein Bruder hätte durchgehen können.

»Jason, es waren schwierige Entscheidungen für mich, alles in eurem Sinne zu planen. Ich hatte nicht sehr viel Zeit, als ich von meiner Krankheit erfuhr. Ich habe alles mit Frank und auch mit Jim, meinem Nachfolger, durchgesprochen. Es schien uns die beste Lösung, dass du die Geschäftsführung übernimmst. Schließlich warst du zwei Jahre älter als deine Schwester. Ich habe nie gewollt, dass ihr euch streitet. Das tut mir so wahnsinnig leid«, erklärte Peter seinem Sohn traurig.

Kurz hing jeder seinen eigenen Gedanken nach. Schließlich brach Peter das Schweigen: »Wie ist es denn dir ergangen, Jason? Erzähl mir von dir.«

Jason dachte lange nach, dann stand er auf und begann, sich in dem kleinen Raum umzusehen. Schließlich antwortete er: »Nach deinem Tod war Mum erst mal am Boden zerstört. Dein Stellvertreter Jim Morris übernahm, wie von dir veranlasst, die Geschäfte, und die Gewinne der Firma stiegen weiter an. Als ich die Geschäftsführung übernahm, war ich durch mein Studium und die häufige Anwesenheit bereits über alles informiert, was die Prozesse und

Geschäfte des Unternehmens anging. Alles lief gut. Ich war oft mit Mum und Julia zusammen. Wir haben viel über dich gesprochen und darüber, wie sehr wir dich vermissen. Vor allem Mum. Das war alles noch vor meinem Streit mit Julia.«

Jason hatte Peter den Rücken zugewandt und sah sich das Etikett von einem kleinen Fläschen an, das auf dem schmalen Regal zu Peters Rechten stand. Schließlich blickte er seinem Vater wieder in die Augen.

»Als ich Mitte zwanzig war, lernte ich bei einer Wohltätigkeitsgala meine jetzige Frau Ramona kennen. Das war wirklich ein Zufall, denn eigentlich bin ich kein Freund von solchen Events.« Ein zartes Lächeln stahl sich auf Jasons Gesicht, als er hinzufügte: »Du wirst sie nachher kennenlernen. Sie ist die schönste Frau, die du je gesehen hast.«

Peter lächelte, noch immer traurig bei dem Gedanken an seine tote Frau.

»Sie stand am Buffet, irgendwie verloren, aber sie überstrahlte einfach alles. Ich sprach sie an. Später tanzten wir zusammen, und ich erfuhr, dass sie bei einer Raumfahrtbehörde arbeitet. Diese Frau ist einfach unglaublich. Ich war sofort Hals über Kopf verliebt. Und eins führte dann zum anderen. Wir trafen uns häufig und wurden ein Paar. Und im August 2042 haben wir schließlich geheiratet.«

»Jason, es freut mich von Herzen, dass du die Liebe deines Lebens gefunden hast«, sagte Peter. Obwohl Peter seinem Sohn aufmerksam zugehört hatte, durchlebte er in Gedanken sein erstes Treffen mit Martha.

Er hatte sie während seiner Studienzeit kennengelernt und sich sofort verliebt. Mit ihren blonden Haaren, dem hellen Teint und den strahlend blauen, leicht schräggestellten Augen hätte man meinen können, sie stamme aus Skandinavien. Sie hatte an derselben Uni wie er studiert und ebenfalls in einem Studentenwohnheim gelebt. Sie kam aus einer privilegierten Familie. Bereits in jungen Jahren hatte sie ein unvergleichlich reifes und sanftes Wesen, daran hatte sich nie etwas geändert. Viele von Peters Kommilitonen waren scharf auf Martha gewesen. Umso stolzer war er, dass sie sich für ihn entschieden hatte. Er war dankbar dafür, dass diese Erinnerungen seinem langen Totenschlaf im Eis nicht zum Opfer gefallen waren und dennoch schmerzten sie ihn. Das Leben war so verdammt kurz, nichts war garantiert und alles konnte sich von einem auf den anderen Tag ändern.

Eine andere Frage drängte sich in seine Gedanken: »Warum bist du eigentlich so jung, Jason? Das musst du mir noch mal erklären.«

»Ebenso wie du habe ich mir Healthbots injizieren lassen, die meine Alterung verhindern. Deshalb wäre ich jetzt eigentlich 378 Jahre alt.«

Peter prustete die Luft aus. »Grundgütiger – das hört sich wirklich gruselig an.«

Jason wollte gerade weitersprechen, als Schwester Meyer den Raum betrat: »Mr. Jennings, es wäre besser, wenn ihr Vater eine kurze Pause machen könnte. Er muss sich ausruhen. Seine Vitalwerte sind zwar stabil, aber wir wollen es seinem Körper nicht unnötig schwer machen. Wenn er geschlafen hat, können Sie gerne wiederkommen.«

Peter hatte noch so viele Fragen, aber er fügte sich. Jason verabschiedete sich von ihm und verließ den Raum. Anschließend nahm er seine erste Mahlzeit zu sich. Das Schlucken fiel ihm sehr schwer, und sein Magen rebellierte, aber das Geschmackserlebnis war für ihn unbeschreiblich. Dabei handelte es sich lediglich um eine ..., ja, was war das eigentlich? Es sah ein wenig aus wie Hühnersuppe, aber das Fleisch war etwas ... elastisch. Ein wenig wie Tofu, aber es schmeckte nach Huhn. Was auch immer das war, die Suppe schmeckte ihm, und nur das zählte im Moment. Jason musste ihm später unbedingt erzählen, wie es auf der Erde aussah. Das Leben musste nun doch ganz anders aussehen.

Plötzlich kam Peter ein unwirklicher Gedanke: Die Healthbots konnten ihn unsterblich machen! Er wurde aber den Eindruck nicht los, dass seine Zeit vorbei war, denn schließlich hatte er seinen Tod, der von seiner Krankheit eingeleitet worden war, bewusst miterlebt. Er fühlte sich irgendwie ›verbraucht‹. Auch wenn die Beschwerden nun verschwunden waren, fühlte er, dass ihn das Leben damals sozusagen aussortiert hatte. Oder kam es ihm nur so vor? Sein Sohn hatte wenigstens die letzten Umwälzungen auf der Erde miterlebt. Doch konnte Peter wieder einen Platz in dieser ihm unwirklich scheinenden Welt finden? Könnte er hier eine zweite Martha finden? Bei diesem Gedanken zog sich sein Magen zusammen.

―――

Nach einem tiefen Schlaf erwachte Peter. Zwei Männer, die einander wie ein Ei dem anderen glichen, halfen ihm in den Rollstuhl, der aussah, als käme er direkt aus einem Science-Fiction-Film. Der schmale Stuhl aus durchsichtigem Plexiglas fuhr auf nur zwei Rädern, hielt aber problemlos die Balance. Peter strich über die glatten Flächen und betrachtete kurz ein holografisches Display, dass sich von selbst über der rechten Armstütze entfaltete und alle möglichen Funktionen – so auch ein Autodrive-Programm – anbot. In dem Gerät saß Peter wie auf Wolken. Er sank tief in das durchsichtige, gelartige Kissen ein. Kurz darauf härtete die merkwürdige Masse in dieser Position aus und hielt ihn somit an Ort und Stelle.

»Sie steuern den Stuhl mit Ihren Gedanken oder per Autodrive-Sprachfunktion. Es ist ganz simpel. Es gibt hier aber auch einen Notstopp, falls Sie mal Probleme haben sollten und Ihre Gedanken mit Ihnen im wahrsten Sinne des Wortes durchgehen. Das kann Anfängern manchmal passieren«, erklärte ihm einer der Zwillinge und zeigte auf einen kleinen rotglänzenden Knopf in der Nähe von Peters Hand.

Peter schaute Carl, zumindest meinte er sich zu erinnern, dass einer der beiden so hieß, fragend an: »Ich verstehe nicht ganz. Wie soll das denn gehen, mit den Gedanken?«

»Der Doktor hatte ihnen ja erzählt, dass Sie hinter Ihrem Ohr einen BID eingesetzt bekommen haben. Damit ist es Ihnen möglich, den Rollstuhl zu steuern.«

Bevor Peter etwas darauf erwidern konnte, öffnete sich die Zimmertür und sein Sohn Jason trat endlich wieder ein. Als Peter im Begriff war, seinen Sohn zu grüßen und ihm die Arme entgegenzustrecken, setzte sich der Rollstuhl von selbst in Gang. Es war der Wahnsinn! Die Begrüßungsworte blieben Peter im Hals stecken. Gerade noch rechtzeitig stoppte er den Rollstuhl. Um ein Haar hätte er seinen eigenen Sohn über den Haufen gefahren. »Jason! Ich bin zu alt für diesen Scheiß!«

Jason brach in Gelächter aus: »Willkommen in der Zukunft, Dad!«

Die Zwillinge verließen ebenfalls das Krankenzimmer. Peter blickte ihnen kurz hinterher. Irgendetwas war faul an den beiden, aber er verwarf den Gedanken wieder.

Der hell beleuchtete Flur schien nicht enden zu wollen. Das musste ein gigantisches Gebäude sein. Rechts und links gingen in regelmäßigen Abständen teils gläserne Türen ab, denen sich auch mal ein Gang anschloss. Die meisten Personen, denen sie begegneten, trugen weiße, raschelnde Kittel, wie sie Peter aus den Krankenhäusern aus seiner Vergangenheit noch kannte. An die Wände neben den Türen waren in roter Farbe Buchstaben und Ziffern projiziert, die wohl den Krankenschwestern und Ärzten den Weg weisen sollten. Für Peter waren es einfach nur Zahlen und Buchstaben.

Sobald die beiden Männer an eine Gabelung kamen, leuchteten an den Wänden Richtungsweiser auf, die ihnen den Weg zum Zentrum und Park wiesen. Es schien, als wüssten die Wegweiser, wohin die beiden wollten.

»Welches Krankenhaus ist das hier eigentlich, Jason? Es ist so groß und so ... anders. Ist das etwa das New York Presbyterian Hospital der Zukunft ..., äh, Gegenwart?«

Jason blieb stehen und sah seinen Vater an: »Nur mal langsam mit den jungen Pferden.«

Peter musste schmunzeln. »Jetzt bin ich wohl der kleine Junge und du der allwissende Papi, was?«

»Jetzt erstmal raus aus dem Klinikmief. Lass uns in den Park gehen, ist nicht weit. Alles Weitere erkläre ich dir später, Dad. Glaube mir, es ist besser, wenn wir uns nicht zu viel auf einmal vornehmen.«

Unterwegs durch endlos wirkende Gänge, hin zum Haupteingang begutachtete Peter die Knöpfe seines Jacketts. Es war das gleiche Jackett, das auch viele andere Leute trugen. Allerdings variierten die Farben. Jasons Jackett war blau und hatte eine glänzende Oberfläche. Je nach Lichteinfall schimmerte es in allen Regenbogenfarben. Peter fühlte sich seltsam, wenn er den blauen Stoff mit seiner bunten Aura betrachtete. Die grellroten Knöpfe irritierten ihn ebenfalls. Geschmack hatte sein Sohn offensichtlich nicht. Jason schien den Blick seines Vaters zu spüren. Auf einmal nahm sein Jackett und die Knöpfe einen schwarzen Farbton an.

»Besser?« Jason tat so, als rückte er seinen Kragen zurecht. »Du hast mein Design die ganze Zeit schon so angestarrt. Meinst du, ich habe das nicht gemerkt?«

Peter hätte sich fast verschluckt, so perplex war er. »Wow. Also ... wie hast du das gemacht? Das ist ja der Wahnsinn.«

»Ein Gedankenimpuls reicht aus. Jeder trägt dieser Tage solche Kleidung. Ein Gedanke, und die Farbe ändert sich. Ein Gedanke, und die Temperatur ändert sich. Ein Gedanke, und der Stoff passt sich mal mehr, mal weniger, deinen Konturen an. Je nach Bedarf und Stimmung. Zudem ist das Material wasserfest und kann noch vieles mehr. Unser Wille geschehe«, grinste Jason.

»Meine Güte, ich bin zu alt für das alles hier. Was kommt als Nächstes? Treffen wir Marty McFly?«

»Äh, also, fliegende Deloreans gibt es hier leider nicht zu sehen. Unsere Mobilität lässt sich recht schwer beschreiben. Am besten machst du dir ein eigenes Bild. Es wird dich umhauen. Das verspreche ich dir.« Jason konnte sich ein Grinsen nicht verkneifen, auch wenn Peter Unsicherheit darin zu erkennen meinte.

Endlich hatten sie die Eingangshalle erreicht. Auch hier war es angenehm hell und Peter staunte nicht schlecht über die üppige Begrünung. Es sah hier so gar nicht nach Krankenhaus aus. Die automatische Doppelglastür, von einer verglasten Stahlkonstruktion, die sich bis an die Decke wölbte, umrahmt, öffnete sich beinahe lautlos. Zum ersten Mal nach seinem Erwachen konnte Peter wieder den Himmel sehen. Der Anblick machte ihn sprachlos. Vor ihnen erstreckte sich eine weiträumige Parkanlage, in deren Mitte sich ein Brunnen befand. Der große Platz vor dem Krankenhaus war von Bäumen, Grünflächen und Beeten umsäumt. Die Häuserfronten, die sich rund um den großen Platz schmiegten, fügten sich harmonisch in die gesamte Umgebung ein. Nirgends gab es Kanten und Ecke, alles war rund und geschwungen, schmale dunkle Fenster, in denen sich die Bäume spiegelten, waren in die elfenbeinweißen Fronten der mehrstöckigen Gebäude eingelassen. Das Material der Häuserwände war glatt und glänzend und erinnerte Peter an die Hochglanz-Schrankfronten seiner Küchenzeile. Alles war aufeinander abgestimmt.

Was Peter an den Passanten erst jetzt auffiel, war ein Emblem mit zwei Schwingen, das alle auf ihrer Brust trugen. Und die Leute wirkten so normal und unbeschwert, spazierten laut redend und lachend an ihnen vorbei. Auf einer der futuristischen Parkbänke saß ein junges Pärchen und trank wahrscheinlich einen Kaffee, dessen angenehmer Duft bis zu Peter herüberwehte. Genüsslich sog er das köstliche Aroma ein und verspürte plötzlich unbändige Lust auf eine anständige Tasse Kaffee.

Ansonsten war die Luft erfrischend und klar, aber keineswegs kalt. Peter konnte seine Gefühle gar nicht richtig in Worte fassen. Was er hier sah – auch dieser glatte Boden, in dem er sich fast spiegelte – nahm seine gesamte Aufmerksamkeit ein.

Verschiedene Vögel zwitscherten ihre Lieder. Da Jason seinem Vater Zeit gab, sich umzusehen, ohne Kommentare dazu abzugeben, brach Peter schließlich das Schweigen:

»Wow, das … es … ist unglaublich. Ich kann es gar nicht in Worte fassen.«

Dann schaute Peter genauer hinauf in den Himmel und hätte fast vergessen zu atmen. Warum sah der Himmel so merkwürdig aus? Erst jetzt stellte er fest, dass der Himmel etwas Plastisches hatte. Ihm war ein wenig so, als trüge er eine 3D-Brille. Im selben Moment nahm er wahr, dass einige Vögel über ihren Köpfen entlangflogen. Waren das Schwalben? Einer kam schließlich dicht zu ihnen runter. Zu dicht. Peter wollte sich in seinem Stuhl ducken und stieß einen verhaltenen Schrei aus, denn er fürchtete, der Vogel würde auf ihn oder Jason herabstürzen. Bevor Jason etwas sagen konnte, hatte Peter bereits den Verdacht, dass der Vogel eine unglaublich gute Projektion war.

Wo war er hier gelandet? Was war hier los? Irgendetwas stimmte nicht.

»Jason, was war das?«, fragte Peter etwas unwirsch.

»Alles gut, Dad. Das war nur eine Projektion. Es gibt hier keine echten Vögel. Die würden nur Dreck machen«, erklärte Jason seinem Vater mit ernster Miene.

»Wo sind wir? Das kann unmöglich New York sein.« Peter wurde noch eine Spur ärgerlicher, weil Jason ihm zu viele Antworten schuldig blieb.

»Nein, das ist auch nicht New York«, erklärte dieser ihm endlich. »Ich wollte dir das schonend beibringen, aber du solltest erst mal aus der Krankenstation raus. Das hatte Dr. Silverman mir nach Rücksprache mit dem Psychologen so empfohlen. Alles schön langsam nacheinander, um dich nicht zu überfordern. Ich finde es auch albern, aber ich musste mich fügen.« Jason schüttelte missbilligend mit dem Kopf. »Also, es war ja so, dass du nach deinem Tod sofort kryokonserviert wurdest …«

»Gut, das weiß ich schon längst«, unterbrach ihn Peter. Er wurde immer ungeduldiger.

»Ja, ich weiß, lass mich doch ausreden«, entgegnete Jason ruhig. »Ich möchte gerne von vorne beginnen. Also, du hattest ja verfügt, dass du erst dann wieder ins Leben geholt wirst, wenn die Technologie so weit entwickelt ist, dass sie nahezu fehlerfrei arbeitet. Und das hat eben doch etwas mehr Zeit beansprucht, als angenommen. Als es dann so weit war, hatte sich leider sehr vieles auf der Erde verändert. Ich habe es ja bereits angedeutet. Eigentlich hat sich alles verändert. Die Erde, wie du sie noch kennst, gibt es nicht mehr. Die

Menschheit, wie du sie kennst, gibt es nicht mehr. Die Polkappen an Nord- und Südpol waren im Jahr 2044 bereits fast vollständig abgeschmolzen. Der Meeresspiegel war unerwartet schnell um mehr als 29 Meter angestiegen. Ganze Inseln, Länder und große Städte versanken in den Fluten. Zudem gab es große Stürme und Dürreperioden. Viele von uns waren gezwungen, die Erde zu verlassen, um sich woanders ein neues Leben aufzubauen. Neben dem Chaos, das auf der Erde entstand und immer mehr eskalierte, wurde der Lebensraum stetig knapper.«

»Wir sind also nicht mehr auf der Erde? Habe ich das jetzt richtig verstanden?«

»Ja, das hast du. Der Klimawandel war ab einem bestimmten Punkt unumkehrbar. Die Warnungen vieler Wissenschaftler haben sich als berechtigt herausgestellt. Aber die Staaten reagierten einfach zu träge, um ihre Klimapolitik den Gegebenheiten anzupassen. Dabei hätte spätestens seit Darwin klar sein sollen, dass nur der am besten Angepasste überleben kann.«

Peter unterbrach seinen Sohn: »Warte mal, bevor du jetzt philosophisch wirst: Sind wir hier auf einem anderen Planeten?«

Jason schlenderte neben dem Rollstuhl seines Vaters einen kleinen Pfad entlang. »Nein, wir sind nicht auf einem anderen Planeten. Zumindest noch nicht. Wir befinden uns seit dreihundertvierzig Jahren auf der Platon. Sie ist eine von zwei Dutzend Raum-Archen, die zu einer Expedition gehören, um die Menschheit fortbestehen zu lassen. Das Schiff ist riesig und fasst über 8 000 Passagiere, zuzüglich der rund 10 000 Androiden.«

Peter riss die Augen auf.

»Ein ... wow ... das ist ein ... ein Raumschiff?« fragte Peter, nun völlig von der Rolle.

»So ist es, Dad.«

»Aber ... eines verstehe ich nicht. Wenn wir uns bereits so lange auf dem Raumschiff hier befinden – warum wurde ich erst jetzt geweckt?«

»Bis vor einigen Monaten haben wir alle hier noch im Kryoschlaf gelegen. Wir wurden in unterschiedlichen Intervallen geweckt. Erst wurde die gesamte Crew von den immer wachen Robotern geweckt, dann nach und nach der Rest. Du gehörst, wie auch ich, zur letzten Gruppe von Privilegierten, die ihren Platz auf dem Schiff erkauft haben.« Jason lächelte verlegen und ergänzte: »Na ja, ich habe ihn für dich gekauft.«

»Was genau meinst du damit?«

»Die meisten Menschen auf diesem Schiff sind ausgewählt worden, um auf dem neuen Planeten ein neues Leben aufzubauen. Hier sind auch viele Spezialisten an Bord. Vom Handwerker über den Soldaten und Arzt bis zum Chemiker ist alles dabei. Wir werden die Fachleute später brauchen. Deinen Platz habe ich gekauft, oder besser, ich habe viel Geld in diese Organisation investiert und uns somit zwei Plätze gesichert.«

»Was hast du?«

»Das war meine einzige Möglichkeit, uns ein neues und besseres Leben bieten zu können. Du und meine Frau – ihr seid meine Familie. Ich brauche euch.«

»Ich ... bin dir sehr dankbar. Ich weiß nicht, was ich sagen soll«, erklärte Peter verlegen. Eigentlich hatte er Jason sagen wollen, ob er sich nie gefragt hatte, ob er – sein Vater – sich freiwillig für ein Leben ohne seine Martha entschieden hätte. Ein solches wurde ihm nun aufgezwungen. Doch er sprach es nicht an, um Jason nicht zu verletzen. Peter musste erst einmal richtig in der Realität ankommen, bevor er seinem Lebensretter Vorwürfe machte. Denn das war Jason schließlich. Hätte Jason die Möglichkeit gehabt, Martha zurück ins Leben zu holen, hätte er es sicher getan, dachte sich Peter. Er bekam Kopfschmerzen von diesen komplizierten Gedanken.

»Lass uns das Thema einfach abhaken, okay?«, schlug Jason vor und blickte unschlüssig zu Boden.

»Okay«, antwortete Peter fest. »Wo ... genau befinden wir uns jetzt? Was ist unser Ziel?«

»Wir sind auf dem Weg in das Sternensystem Epsilon Eridani. Es befindet sich 10,5 Lichtjahre von unserem Sonnensystem entfernt. Und genau genommen haben wir es bereits erreicht. Wir steuern dort einen Planeten an, der erdähnliche Verhältnisse bieten soll. Er befindet sich in einer habitablen Zone. Er heißt Lumera. Aber am besten zeige ich es dir einfach.«

Inzwischen waren sie an einer kleinen Parkbank angekommen, auf der Jason sich niederließ, während Peter mit dem Rollstuhl daneben stehen blieb. Jason griff in seine Hosentasche und holte einen schwarz glänzenden Würfel hervor. Auf der einen Seite schien so etwas wie ein Sensor zu sein, zumindest legte Jason den Finger darauf und der Würfel öffnete sich wie die Blüte einer Blume. Jason schaute mit den Augen ins Leere, was Peter irritierte und an die beiden Ärzte an seinem Krankenbett erinnerte. Auf einmal baute sich ein Hologramm oberhalb des Geräts auf. Es hatte einen Durchmesser von rund einem halben Meter und stellte ein Sonnensystem dar. Alle Planeten wirkten absolut plastisch und farbintensiv – so, als könne man sie direkt aus der Luft greifen und in die Hand nehmen. Peter war vor Faszination sprachlos.

»Was ist das? Wie ... machst du das?«, stotterte Peter fasziniert und schaute ehrfürchtig auf das kleine Gerät.

»Ich öffne diesen Cube mit meinem Fingerprint. Über meine Gedanken, besser gesagt mit dem BID, kann ich mir anzeigen lassen, was ich mithilfe des Cubes sehen möchte. Der Fingersensor dient nur der Sicherheit. Die erste Generation der Würfel ist oft versehentlich in den Taschen der Leute aktiviert worden. Das war nicht gerade ein Spaß für die betroffenen Personen«, erklärte Jason und konnte sich ein breites Grinsen nicht verkneifen.

Peter schwieg und blickte seinem Sohn fragend in die Augen. Dieser klärte seinen Vater auf: »Ach, ich musste nur gerade daran denken, dass mir ein solches Malheur einmal während eines wichtigen Meetings passierte. Der Cube spielte in meiner Hosentasche ein etwas intimeres Video ab und ich konnte den Würfel für einige Sekunden weder aus der Hosentasche befördern noch zusammenklappen. Den Spott für diese Aktion musste ich mir noch lange anhören.«

Peter musste lachen.

»Es ist gar nicht so einfach, seine eigenen Gedanken zu kontrollieren, was übrigens vielen Menschen schwerfällt. Das muss man ein wenig üben. Und damit das mit dem Würfel nicht mehr passieren kann, wurde ab der dritten Produktgeneration der Fingerprintsensor eingeführt. Mittels Gedankenimpulsen steuere ich also über meinen BID diesen Würfel. Er zeigt mir, was ich sehen will. Der BID ist quasi das Handy von heute, kann aber noch viel mehr. Ich kann mit ihm Texte verfassen, mit anderen kommunizieren, interagiere mit Geräten, kann selbst identifiziert werden und so weiter. Ich habe Dir das Gerät übrigens auch implantieren lassen.«

Peter fasste hinter sein Ohr und tastete wohl zum hundertsten Mal nach dem Chip, der sich warm, und bis auf ein paar Rillen, glatt anfühlte. Jason ergänzte: »Der Chip sitzt fest mit einer Kralle in einer Verankerung. Den kann man nicht ohne weiteres entfernen. Sollte ihn jemand gewaltsam zu entfernen versuchen, käme das einem Todesurteil gleich. Dafür benötigt man bestimmte Werkzeuge, die nur autorisierte Personen besitzen.«

»Was kann das Ding denn noch alles?«, fragte Peter weiter und kam sich wie ein kleiner, unwissender Junge vor.

»Puh, so einiges. Auf jeden Fall enthält der Chip durch die Verbindung zu den Brainbots all deine Gedanken, Fähigkeiten und so weiter. Diese Daten werden in regelmäßigen Abständen in einer externen Nano-Cloud gespeichert. Das ist ein überpersonelles Datennetzwerk, auf das jeder immer und überall Zugriff hat – aber natürlich nur auf die eigenen Daten. Das Netzwerk wird von der Firma Nantech betrieben, die auch die Brainbots entwickelt hat.

Peters Gedanken fuhren Achterbahn. Er musste erst mal in Ruhe über das Gehörte nachdenken und dann überlegen, ob dieser Chip ihm gefiel oder nicht. Diese neue Technologie war ihm ein bisschen unheimlich. Den Cube fand er aber schon mal genial. Sein Blick blieb wieder an dem Cube und dem Hologramm hängen, das noch immer vor ihnen in der Luft schwebte und weiterhin das Sonnensystem Epsilon Eridani zeigte. Jason erriet wieder einmal die Gedanken seines Vaters. »Möchtest du einen haben?«, fragte er und wies mit den Augen auf den kleinen Würfel.

»Das brauchst du mich nicht zu fragen. Natürlich hätte ich gerne so ein Ding. Aber verrate mir doch mal: Gibt es auch andere Geräte zum Anzeigen von Informationen und Räumen? Gibt es so etwas wie virtuelle Netzhautanzeigen?«

Jason nickte. »Auf jeden Fall. Man hat auch die Möglichkeit, über Kontaktlinsen, wie ich sie habe, oder über spezielle Brillen alles zu lesen und zu sehen. Das kann jeder so halten, wie er möchte.«

Peter war beeindruckt von diesen ihm unbekannten Technologien. »Wahnsinn. Ich war ja schon immer ein Technik-Fan, aber das ist einfach ein wahrgewordener Traum.«

Peter war allein von dem Cube noch immer so begeistert, dass er nicht umhinkonnte, mit der Hand durch das Hologramm zu fahren, während sein Sohn mit ihm sprach. Er nahm den Würfel vorsichtig in die Hand. Aber wie er den Würfel auch bewegte, das Hologramm blieb stabil. Technologien wie diese hatte Peter sich damals schon erträumt. Und nun durfte er das alles persönlich miterleben.

»Ist das das Sonnensystem, das wir jetzt erreicht haben?«

Jason nickte. »Genau. Epsilon Eridani ist mit 3 Milliarden Jahren ein junges System – zumindest im Vergleich mit unserem Heimat-Sonnensystem. Und allzu viel ist auch heute noch nicht darüber bekannt. Es ist eben, von der Erde aus gesehen, nicht gerade um die Ecke«, grinste Jason und zeigte dann auf einen der Planeten. »Lumera befindet sich auf der zweiten Umlaufbahn um die Sonne.«

Jason fuhr mit der Hand in das Hologramm, griff den von ihm gemeinten Planeten und ließ ihn sich mithilfe seiner Finger drehen. Ebenso konnte er ihn größer und kleiner ziehen.

»Wir wissen, dass es dort Wasser und eine Atmosphäre gibt. Somit ist Leben dort grundsätzlich möglich. Nun müssen wir uns natürlich mit den konkreten Gegebenheiten vertraut machen. Wir brauchen mehr Informationen über die Oberfläche und die genaue Zusammensetzung der Atmosphäre. Vieles ist bis heute nur Spekulation, da die Untersuchungen von der Erde aus noch nicht präzise genug waren und wir auch keine Sonden vorausschicken konnten. Das können wir nun alles erledigen, wenn wir die Umlaufbahn erreicht haben. Und wenn alles klappt, werden wir auf Lumera eine neue Wiege der Menschheit aufbauen. Wir können von vorne beginnen – und dabei hoffentlich all die Fehler vermeiden, die wir damals auf der Erde gemacht haben. Die Platon, das Schiff auf dem wir uns gerade befinden, wird die erste von insgesamt 24 Raum-Archen sein, die dort ankommen werden. Sobald wir eingetroffen sind, werden wir zunächst mit Sonden den Planeten scannen und feststellen, ob wir in dessen Stratosphäre eintreten können.«

»Also wissen wir gar nicht, was uns erwartet, und wir fliegen blind durch die Gegend?«, warf Peter entgeistert ein. »Und wenn wir dort nicht leben können? Dann sterben wir alle, oder was sieht der Plan hier vor?« Peter konnte sich einfach nicht zurückhalten. Er war aufgrund all der vielen neuen Informationen einfach völlig überfordert.

»Nein, Dad. In diesem Fall würden wir den nachkommenden Schiffen eine Nachricht zukommen lassen und wieder in den Kälteschlaf versetzt werden. Wir würden dann unsere Suche fortsetzen und den nächsten Planeten auf unserer Liste ansteuern. Denn natürlich haben wir noch weitere Planeten identifiziert, die für eine Besiedlung durch den Menschen geeignet sein könnten. Wir können hier auf diesem Schiff noch sehr weit durchs All reisen, denn wir versorgen uns selbst und stellen unseren Treibstoff selbst her. Niemand wird hier sterben müssen. Zumindest so lange kein Unfall passiert.«

Peter hatte so viele Fragen, die ihm auf der Seele brannten, aber er wusste nicht, wo er anfangen sollte. Deshalb fragte er, was ihm als erstes in den Sinn kam: »Wie haben wir es geschafft, mit einem Raumschiff von der Erde zu starten? Wie groß ist es? Und vor allem: Wie lange werden wir noch unterwegs sein?«

Jason nippte an einem Kaffee, den er für sie beide an einem mobilen Versorgungswagen – ohne menschliche Bedienung – erstanden hatte. Konnte man mit dem BID dieses mobile Kaffeeding steuern, so wie er seinen Rollstuhl?

»Ist der Kaffee kostenlos?«

»Es läuft alles über mein BID, Dad. Ich habe doch deinen Blick gesehen, als du den leckeren Kaffeeduft vorhin gerochen hast, deshalb habe ich welchen für uns bestellt. Kostenlos ist er nicht, aber für die Qualität ist er eher günstig. Der Betrag wird vom BID automatisch verbucht. Aber erstmal zu deinen Fragen.«

Jason schien nachzudenken. Derweil beobachtete Peter einen kleinen Jungen, der ganz in der Nähe mit ein paar Plastikfiguren spielte. Schließlich zog Jason wieder Peters Aufmerksamkeit auf sich, indem er die Fragen von zuvor aufgriff: »Dieses Schiff ist größer als du es dir vorstellen kannst, Dad. Es ist zweieinhalb Kilometer lang und beherbergt, wie gesagt, 8.000 Menschen, aber auch einige Tiere und Pflanzen, allerdings in einem separaten Bereich. Es wurde nicht auf der Erde gebaut, sondern in etwa 35.000 Kilometern Höhe, in der geostationären Umlaufbahn. Zu der Weltraumstation auf der Erde gelangte man über einen Weltraumlift. Soweit ich weiß, wurde auch zu deiner Zeit bereits darüber spekuliert. Nun, es ist jedenfalls gelungen, Seile aus Nanofasern und Graphen zu entwickeln, die stabil genug sind, um den Belastungen des Climbers – so nennt man die Gondeln des Lifts – standzuhalten. Ich zeige dir mal, wie das aussieht.«

Der Cube zeigte den beiden Männern in einer beeindruckenden dreidimensionalen Grafik eine L-förmige Raumstation, an dessen Längsseite sich ein gigantisches Raumschiff befand. Es besaß einen länglichen Korpus und ein um die Mitte rotierendes Rad. Von der Mitte der Raumstation führte ein Seil abwärts, und es waren mehrere große Lifts zu sehen, die sich daran auf und ab bewegten. Peter war beeindruckt.

Jason erklärte: »Auf der Erde gab es dutzende solcher Lifte, mit denen die Werften im All mit Material und Menschen versorgt wurden. Die Werften waren riesige Stationen, von denen aus man am gesamten Schiff arbeiten konnte. Aufgrund der Erdanziehung hätte man von der Erdoberfläche aus mit so einem großen Raumschiff gar nicht starten können. Deshalb die Höhe. Die NASA betrieb noch vier solcher Stationen, aber auch einige private Organisationen waren im Besitz solcher Werften. Darunter waren das neusowjetische Russland, einige Teilstaaten Chinas und Europa. Unser Schiff, die Platon, gehört der privaten Organisation ISA.«

»Steht das Logo mit den zwei Schwingen für die ISA?«, fragte Peter.

»Exakt«, antwortete Jason nickend.

»Das ist einfach Wahnsinn, Jason. Modelle von solchen Raumstationen gab es damals bereits. Die sahen im Grunde fast genauso aus wie diese hier«, erklärte Peter und zeigte auf das Hologramm. »Es ist für mich einfach unbeschreiblich, jetzt zu sehen, wie aus der Science-Fiction von damals Realität geworden ist. Das alles übersteigt bei weitem meine Vorstellungskraft. Hast du denn auch Videos von der Erde?«

»Ja, habe ich, sie sind leider nicht erfreulich.« Jason ließ eine kurze Pause verstreichen und schaute seinen Vater fragend an. Dieser hielt seinem Blick aber stand und nickte entschlossen, um seinem Sohn zu signalisieren, dass es ihm auch ernst damit war.

»Nun gut, wie du magst.«

Das Bild der Raumstation verblasste, und stattdessen wurde ein 3D-Video als Hologramm abgespielt. Es musste ein Zusammenschnitt sein. Es zeigte ein Satellitenbild der Erde, auf dem Unmengen an Wasser zu sehen waren – deutlich mehr als die sonstigen siebzig Prozent. Der Meeresspiegel war, wie Jason bereits erklärt hatte, um rund 29 Meter gestiegen. Ganze Länder oder Landstriche waren unter den Wassermassen verschwunden, darunter etwa große Teile von China, Bangladesch, Vietnam und Japan. Die Karte der Kontinente und Inseln, die Peter kannte, existierte nicht mehr.

Jason startete ein anderes Video von Menschen auf der Flucht, zusammengepfercht in Flüchtlingsunterkünften. Babys, kleine Kinder, Frauen und Männer. Fluten, Stürme, Waldbrände, Dürren. Es gab viele Hunger leidende Menschen, das war nicht zu übersehen. Überall herrschte Chaos in den Straßen. Große Städte wie New York oder New Orleans waren vollständig zerstört, nur noch Hochhausgerippe ragten aus dem Wasser. In den noch nicht überfluteten Städten, die gezeigt wurden, herrschte absolutes Chaos. Nirgendwo gab es noch eine funktionierende Infrastruktur, und die Aufnahmen aus den Städten zeigten ein Bild der Verwüstung: eingeschlagene Scheiben, brennende Häuser und Autos. Das war wohl die Apokalypse, die ihm erspart geblieben war. Die Bilder verblassten, und es vergingen einige Minuten des Schweigens.

Eine Gruppe junger Leute schlenderte an ihnen vorüber und plauderte fröhlich. Eine Frau mit lila gefärbten aufgeplusterten Haaren fuchtelte beim Erzählen wild mit den Händen und tanzte und hüpfte dabei vor der Truppe auf und ab. Peter war von dieser Lebensfreude ganz beeindruckt. Gerne ließ er sich von den eben gesehenen, schrecklichen Bildern ablenken.

Aber eine Frage lag ihm auf der Zunge: »Wie habt ihr in dem Chaos überleben können?«

»Wie du ja weißt, verfügten wir über ein gewaltiges Vermögen. Dadurch konnten wir uns frühzeitig Plätze auf der Arche sichern. Und alle Passagiere genossen das Privileg, schon frühzeitig in die Basisstation ziehen zu können, in der wir ausreichend versorgt quasi hermetisch abgeschottet von der Außenwelt leben und auf den Start der Arche warten konnten. Dicke Mauern, Zäune und Wachpersonal schützten uns vor anderen Menschen, die immer wieder erfolglos versuchten, die Basis zu stürmen. Nur so war es noch möglich, bis zum Abflug zu überleben. Allerdings muss man sagen, dass es auch nicht überall im Land so schlimm war. Das Video zeigt nur die furchtbarsten Szenen. Nicht überall herrschten Hunger und Rücksichtslosigkeit. Die Situation spitzte sich allerdings immer weiter zu. Nachdem wir im Jahr 2044 gestartet waren, wurde es wesentlich dramatischer. Das weiß ich durch die Übertragungen, die wir noch einige Zeit empfangen konnten. Dieses Video ist einige Jahre nach unserem Abflug erst entstanden. Na ja, und es war ja nicht so, dass wir das alles nicht kommen sahen. Es begann ja nicht von heute auf morgen, sondern wurde stetig schlimmer. Immer mehr Menschen verließen ihre Heimat und zogen in Areale, in denen noch etwas wuchs und es relativ sicher vor Stürmen und Überschwemmungen war. Nur war dort einfach nicht genug Platz für alle und die Erde war nicht mehr in der Lage, die gesamte Menschheit zu ernähren. Die Regierungen versuchten einzugreifen, aber es gelang ihnen immer weniger. Die Menschen ließen sich nicht mehr so schnell einschüchtern – sie hatten ja außer ihrem Leben auch nicht mehr viel zu verlieren.«

Peter sah seinen Sohn mit ungläubigen Augen an. »Und ihr? Was habt ihr gemacht?«

»Wie bereits gesagt, wir haben es früh genug kommen sehen. Zu der Zeit war die Situation noch nicht eskaliert. Und die Basis der Platon war auch ziemlich weit von der Zivilisation entfernt.«

»Und wo sind die anderen Schiffe jetzt, Jason?«

»Die sind nach uns gestartet und befinden sich einige Wochen, Monate und sogar Jahre hinter uns. Wir stehen immer in Verbindung mit den anderen Schiffen. Es sind insgesamt 24 Schiffe unterwegs – also eine ganze Flotte. Wir sind alle zeitversetzt gestartet, da die Schiffe teilweise mehr Vorbereitungszeit benötigten. Die Menschen auf den anderen Schiffen schlafen größtenteils noch. Wir halten aber Kontakt und bislang gab es keine nennenswerten Zwischenfälle.«

Jason holte kurz tief Luft, bevor er fortfuhr. »Ich weiß allerdings, dass wir seit fast zweihundert Jahren keinen Kontakt mehr zur Erde herstellen können. Die Basis der ISA auf der Erde konnte noch einige Zeit gehalten werden, aber dann mussten die Menschen dort evakuiert werden. Seit dem Jahr 2186 hatte keines der anderen Schiffe mehr Kontakt zur Erde und auch nicht mehr zur Mars-Basis. Dort lebten etwa 2 000 Menschen, die versuchten, auch dort ein Fortbestehen der Menschheit zu ermöglichen. Zugegebenermaßen waren die Lebensumstände dort nicht ganz einfach, aber es funktionierte. Die Marsianer waren in der Lage, sich selbst zu versorgen. Sie lebten also vollständig autark. Aber auch sie haben sich nicht mehr gemeldet.«

Peter schlug die Hände vor dem Gesicht zusammen und stöhnte kurz auf. Das war doch alles Wahnsinn! Jason redete weiter, was Peter zunächst nur wie durch Watte wahrnahm: »Wir wissen nicht, wie es zu Hause jetzt aussieht und ob Leben auf der Erde oder auf dem Mars überhaupt noch möglich ist oder existiert, aber wir befürchten das Schlimmste. Es ist durchaus möglich, dass wir keinen Heimatplaneten mehr haben. Damit wären wir auf den Schiffen die letzten unserer Art.«

Jason zuckte resigniert die Schultern und wischte das Hologramm weg. Wie von Zauberhand schlossen sich die Seiten des kleinen Würfels, und Jason verstaute das glänzende schwarze Ding in seiner Hosentasche.

Als Peter sich endlich wieder gefasst hatte, schaute er sich die futuristische Parkbank, auf der sein Sohn noch immer saß, genauer an. Es gab hier viele davon. Sie hatten eine glänzend weiße Oberfläche und schienen aus einem einzigen Bauteil zu bestehen. Als Jason schließlich umständlich aufstand, sah Peter, dass sie, ähnlich wie die Sitzfläche seines Rollstuhls, aus einer gallertartigen halbfesten Masse bestanden, welche ganz langsam wieder in ihre ursprüngliche Form fand.

Zwei Männer kamen ihnen entgegen und waren in ein Gespräch vertieft. Als sie fast an ihnen vorbeigezogen waren, bemerkten sie Jason und grüßten ihn überschwänglich. Sie schienen mit ihm gut bekannt oder gar befreundet zu sein. Jason stellte ihnen Peter sogleich als seinen Vater vor. Einer der Männer, der alle überragte und sich ihm als Robert Sullivan vorstellte, klopfte Peter freundschaftlich auf die Schulter und hieß ihn willkommen. Peter mochte den Mann mit den tiefen Grübchen in den Wangen sofort. Es stellte sich heraus, dass er der Chief Petty Officer der Sektion 5B war. Somit befehligte er die Spaceshuttle-Crew und die dazugehörigen Monteure der Sektion. Es gab dort etwa dreißig Piloten, die für die Raumflotte an Bord zuständig waren. Diese Spaceshuttles von der Größe einer brasilianischen Embraer sollten vor allem Menschen und Material zur Planetenoberfläche befördern. Die Platon selbst war strukturell nicht für eine Landung auf einem Planeten ausgelegt und könnte ihn aufgrund der Anziehungskraft den Planeten nicht wieder verlassen, sollte dies notwendig werden. Deshalb musste sie in einer festen Umlaufbahn von Lumera verbleiben. Die Shuttles waren vorerst die einzige Verbindung zwischen der Platon und der Planetenoberfläche. Außerdem waren da noch an die siebzig Monteure, die, mit und ohne Hilfe von Exoskeletten, Wartungsarbeiten und Reparaturen an der Außenhülle des Schiffes vornahmen und zudem für die Spaceshuttles zuständig waren. Da Peter begeisterter Hobbypilot war, kamen er und Robert gleich ins Gespräch. Sie tauschten ihre Flugerfahrungen aus, während der andere Mann, Miguel Lastra, der einen Rang unter Robert stand, mit Jason in ein Gespräch vertieft war.

»Meine Frau verließ mich einige Jahre bevor klar war, dass ich mitfliegen würde. Jetzt bin ich mir nicht mehr sicher, ob sie überhaupt noch lebt. Aber sie wollte unbedingt etwas mit einem jungen

Spund anfangen. Schluss gemacht hat sie mit mir erst, als die Sache zwischen ihr und dem Studenten bereits seit einem halben Jahr lief. Und nun: Ihr Pech, würde ich sagen.« Roberts Lachen war aufrichtig und ganz frei von einem verbitterten Unterton.

Nachdem sie sich dann ausführlich über verschiedene Flugzeugtypen unterhalten hatten – Peter war da natürlich auf einem etwas anderen Stand als Robert – erzählte Peter, dass er einmal fast seinen Learjet gegen eine Felswand gesetzt hatte, wonach er sich für einige Monate nicht mehr ins Cockpit zu setzen traute, geschweige denn überhaupt noch in ein Flugzeug steigen wollte. Aber irgendwann hatte er diese schlechte Erfahrung auch überwinden können.

Peter vergaß für einen Moment all die neuen Eindrücke und die schlechten Nachrichten, die ihm sein Sohn Jason mitgeteilt hatte. Er genoss das Gespräch mit dem witzigen und intelligenten Piloten.

Dann verabschiedeten sich die beiden Piloten von Jason und Peter. Allerdings vereinbarte Peter ein Treffen mit Robert, bei dem auch Jason und Ramona nicht fehlen sollten.

Als wäre das ihr Stichwort gewesen, eilte eine Frau mit strammen Schritten auf sie zu. Jason winkte ihr. »Dad, da kommt Ramona, meine Frau. Ich habe ihr mitgeteilt, dass wir hier sind. Sie hat gerade Feierabend.«

Peter kniff die Augen zusammen. Eine wunderschöne, zierliche Frau mit schwarzen, wallenden Haaren kam auf sie zu. Sie trug eine elfenbeinfarbene Uniform mit karmesinroten Abnähern an einer Schulter und einem Arm. Auf der Brust prangte das allgegenwärtige Logo der Raumfahrtbehörde ISA mit den zwei Schwingen. Der Rock war eng und knielang und betonte ihre schlanke Silhouette zusätzlich. Bei ihnen angekommen, begrüßte Jasons Frau Peter höflich und stellte sich ihm vor. Er konnte spüren, dass ihr die Situation im ersten Moment etwas unangenehm war, immerhin war sie etwa in Peters Alter und trotzdem seine Schwiegertochter.

»Peter, ich hoffe, es geht dir jetzt gut und du hast dich schon etwas eingewöhnen können?«, fragte Ramona fast schüchtern.

»Ja ... besten Dank. Es ist alles ein bisschen viel, aber es wird schon. Ich freue mich sehr, dich kennenzulernen.« Er mochte die junge Frau auf Anhieb. Ramona tätschelte Peter den Arm und blickte ihn mitfühlend an: »Das verstehe ich sehr gut. Nimm dir

Zeit, die Eindrücke zu verarbeiten.« Dieser Rat tat Peter unheimlich gut. Er würde ihn sich zu Herzen nehmen.

Peter wusste von Jason bereits, dass Ramona in der Kommandozentrale des Raumschiffes arbeitete. Das passte auch zu ihr, fand er. Sie wusste, was sie wollte, und strahlte das auch im Gespräch aus. Er fragte sich, wie alt sie wohl tatsächlich war. Vielleicht so alt wie sein Sohn, schätzte er. Aber das wahre Alter spielte inzwischen ja keine Rolle mehr, hatte er inzwischen gelernt.

Am nächsten Abend wollten sie zusammen in einem der Restaurants auf dem Schiff zu Abend essen. Darauf freute sich Peter sehr. Nach einigen Stunden im Park, furchtbaren Videos von dem Chaos auf der Erde und unbeschreiblichen Bildern von der geostationären Raumstation brachte Jason seinen sichtlich erschöpften, aber auch zufriedeneren Vater auf sein Krankenzimmer zurück.

Am nächsten Morgen sollte Peter endlich sein eigenes Zimmer auf dem Schiff beziehen, wie Dr. Silverman ihm mitteilte. Peter war froh, dass er diese sterile und kahle Krankenstation am nächsten Tag endlich hinter sich lassen konnte. Die Zwillinge halfen Peter noch am selben Abend, seine ersten Schritte zu gehen. Er kam recht schnell wieder zu Kräften, denn seine Muskulatur, die wegen seiner damaligen Krebserkrankung und dem Kryoschlaf noch etwas geschwächt war, erholte sich dank der fortschrittlichen Behandlungsmethoden erfreulich schnell. Die Medikamente, die man ihm verabreichte, trugen sicher auch ihren Teil zu seiner Genesung bei. Er fühlte sich von Stunde zu Stunde stärker.

Carl und sein Bruder Victor erwiesen sich als perfekte Helfer. Sie waren fast schon zu perfekt. Sie sprachen nie über sich und schienen sich ausschließlich mit Peters Wohlergehen zu beschäftigen. Auf Dauer war das verdächtig.

Peter konnte schließlich nicht anders: »Ich muss euch mal etwas fragen und hoffe, ihr findet mich nicht unhöflich, aber kann es sein, dass ihr ... na ja, dass ihr ... ich meine ... was genau seid ihr?«, stotterte er.

Carl ergriff das Wort und präzisierte Peters Satz: »Sie möchten wissen, ob wir menschlich sind?«

Peter nickte verlegen.

»Wir sind Androiden, intelligente Roboter mit einem Endoskelett, also mit einer dem menschlichen Skelett nachempfundenen

Struktur. Anders als unsere Vorgänger-Modelle verfügen wir über eine Hülle aus organischem Gewebe. Hier an Bord gibt es fast 10 000 Roboter. Wir sollen der Besatzung das Leben an Bord erleichtern. Auf Lumera werden wir, sofern der Planet für die Menschen bewohnbar sein sollte, zunächst für den Aufbau und dann für den Erhalt einer neuen Infrastruktur eingesetzt. Wir Androiden sind immer einsatzfähig, denn wir schlafen nicht. Wir überwachen die wichtigen Prozesse des Schiffs, unter anderem, während die Besatzung im Kryoschlaf liegt. Wir sind auch dafür zuständig, die Besatzung zu gegebener Zeit daraus zu wecken.«

Carl deute Peters erstauntes Schweigen als Aufforderung, weiterzusprechen: »Manche von uns übernehmen auch Aufgaben minderer Priorität. Wir altern nicht, wie auch Sie dank der Nanobots, doch wir altern deshalb nicht, weil unsere Hauptbestandteile nicht organisch sind. Unsere organischen Komponenten bedürfen zwar der regelmäßigen Pflege, doch wir wären auch ohne unsere Haut funktionsfähig.«

Peter starrte Carl mit offenem Mund an. Carl fügte mit leicht verzogenen Lippen – war das der Versuch eines Lächelns? – hinzu: »Mr. Jennings, ich stelle fest, dass ihre maximale Datenkapazität in Kürze erreicht ist, daher fasse ich mich kurz: Wir sind lern- und entwicklungsfähig und haben sogar ein Gewissen. Wie Sie. Es wird Ihnen womöglich aufgefallen sein, dass Effizienz unsere besondere Stärke ist.«

Peter hätte ein Lachen erwartet. Stattdessen lächelte ihn der Android hölzern an. Sekunden später war dieses Lächeln wieder den ausdruckslosen Konturen gewichen. Mit Humor war es bei Carl und Victor wohl nicht weit her. Eigentlich hatten sie durchaus Humor, der jedoch nur ansatzweise von einer besonderen Intonation und Mimik begleitet wurde.

»Also, das nenne ich mal eine spannende Geschichte! Darf ich euch ... Sie ... zu gegebener Zeit dazu noch ein wenig befragen?« Peter wurde schlagartig bewusst, dass er die beiden geduzt hatte. Doch wenn sie ein Gewissen hatten, hatten sie vielleicht auch einen Sinn für Distanz.

»Aber sicher doch, Mr. Jennings«, sagten beide exakt zeitgleich. Carl fügte noch hinzu: »Sie können jederzeit Fragen stellen, denn dafür sind wir ja zuständig.«

Peter war fasziniert und hätte diese gezüchtete Haut gerne

einmal angefasst, aber es erschien ihm jetzt nicht der richtige Zeitpunkt dafür.

―――――

Am nächsten Morgen war es endlich so weit. Sie verließen die Krankenstation und Carl und Victor brachten Peter zu seinem neuen Zimmer. Er durfte wieder ein halbwegs eigenständiges Leben führen. Die automatischen Türen öffneten sich, und sie betraten einen relativ kleinen, aber wohnlich eingerichteten Raum.
»Gefällt es Ihnen, Mr. Jennings?«, fragte Carl. Peter sah sich um. Seine Wohnung bestand aus nur einem Raum, der Wohn- und Schlafzimmer vereinte. Die Beleuchtung vermittelte das angenehme Gefühl einer warmen Morgensonne. Linkerhand schloss sich ein kleines Badezimmer an. Das alles erinnerte Peter an ein Studentenzimmer, in dem es nur das Nötigste gab. Dennoch war es erstaunlich gemütlich hier, vielleicht weil es so klein, aber auch harmonisch aufeinander abgestimmt war? Außerdem war es auch nicht mehr so eisig kalt wie noch kurz zuvor auf der Krankenstation.
Peter drehte sich einmal um seine eigene Achse, damit ihm auch nichts entging. Sein geliebtes Gemälde »Madonna mit den Kirschen« des Renaissancemalers Lucas Cranach hing über dem schmalen Bett. Im hinteren Bereich stand ein deckenhohes Bücherregal, über und über mit den unterschiedlichsten Büchern gefüllt. Neben der kleinen Küchenzeile hingen mehrere dezent gerahmte Fotografien seiner Familie. Er sah den Strand nahe Miamis, auf dem Julia hockte und dabei war, eine Sandburg zu bauen. Da war sie vielleicht vier Jahre alt gewesen? Peter musste zweimal hinsehen, denn er meinte, Bewegung auf dem Foto wahrgenommen zu haben. Tatsächlich, die Wellen des Meeres im Hintergrund waren in Bewegung und der Wind zauste an Julias Haar.
Darunter hing ein Familienfoto. Alle lachten ihm zu. Er erinnerte sich noch genau an den Tag, als das Foto geschossen wurde. Es war sein 33. Geburtstag gewesen. Sie waren in ihr Ferienhaus in den Hamptons gefahren und hatten bei schönstem Sonnenschein eine kleine Party gefeiert. Damals war es ihm gesundheitlich noch gut gegangen. Beim Gedanken an die Ausgelassenheit, die im Kreis der Familie geherrscht hatte, wurde ihm schwer ums Herz. Julia, damals ein kleines Mädchen von sieben Jahren, lächelte ihn von dem Foto so unschuldig an, und er merkte, wie seine Tränen ihr fröhliches

Gesicht verschwimmen ließen. Er seufzte tief und wischte sich mit einem Taschentuch die Augen trocken. Das unterste Foto zeigte ihn mit seiner Frau auf einem Motorrad. Sie sahen verwegen und ein wenig abgerissen aus, doch auch hier war von dem Chaos, das über die Welt hereinbrechen sollte, noch nichts zu erahnen. Über Klimawandel und den Zusammenbruch des gesellschaftlichen Gefüges, hatten damals nur wenige ernsthaft nachdenken wollen.

Peter ging zum Bücherregal und griff wahllos nach einem Buch, doch seine Finger griffen ins Leere, stießen an eine glatte, seltsam warme Fläche. Was zum … was sollte das denn jetzt? Er ging einen Schritt zurück. Das Regal sah vollkommen echt aus, aber es existierte nicht.

»Bitte verzeihen Sie«, sagte Victor, sodass Peter vor Schreck zusammenzuckte. »Das Regal ist lediglich eine Projektion. Der Bildprozessor errechnet aus Ihrem Standort im Zimmer und aus dem Blickvektor Ihrer Augen ein dreidimensionales Bild. Auf diese Weise wird Ihre Wahrnehmung dieser Wohneinheit weniger beengend. Damit aber ein wirklich praktischer Nutzen daraus hervorgeht, sind viele Objekte innerhalb der Projektion interaktiv. Sie müssen das gewünschte Buch nur antippen und sofort steht es Ihnen auf Ihrem BID zur Verfügung. Dort können Sie auch thematische Schwerpunkte für den Inhalt des Regals festlegen, oder aus einer Bibliothek von mehr als zwanzig Millionen Titeln eine individuelle Sammlung zusammenstellen.«

Wieder zuckte Peter zusammen, als plötzlich Carl das Wort ergriff: »Wenn Sie erlauben, gebe ich Ihnen noch ein Beispiel zu den vielfältigen Einsatzmöglichkeiten der Bildwände?«

Peter staunte noch immer über das so überzeugend wirkende Bücherregal und nickte abwesend.

Plötzlich wurde es stockdunkel im Zimmer. Dann wurde es zaghaft heller. Ein beschleunigter Sonnenaufgang tauchte den Raum in rötliches Licht. Ein 360-Grad Panorama eines unendlichen Sonnenblumenhains umgab nun Peters Wohnung. Sogar die Zimmerdecke war in dieses überwältigende Schauspiel eingebunden. Peter hörte Grillen zirpen und Vogelgezwitscher. Hoch am von Schäfchenwolken bedeckten Himmel zog ein Bussard weite Kreise. Peter hatte tatsächlich das Gefühl, im Freien zu stehen. Dass er sich auf einem Raumschiff befand, wollte so gar nicht zu dieser atemberaubenden Welt passen, die ihn mehr und mehr sehnsüchtig machte. Sehnsüchtig nach zuhause, seiner geliebten Erde.

Doch ein paar surreale Unstimmigkeiten fielen Peter nun doch auf. Das Gemälde und die Fotos hingen mitten in der Landschaft. Man hätte beinahe vermuten können, sich in einem Motiv Salvador Dalis zu befinden. Außerdem waren dort drüben zwei schwarze aufrechtstehende Flächen zu sehen. Vielleicht ein Fehler in den Projektionswänden? Ohne Umschweife ging er darauf zu. Die Bildfehler wirkten wie unwirkliche Schießscharten, doch als er sich das genauer ansehen wollte, setzte sein Herz einen oder zwei Schläge lang aus. Das waren Fenster! Als er hinausschaute, konnte er nicht glauben, was er da sah. Wie hypnotisiert klebte er an dem dicken Panzerglas. Die Schwärze zwischen den Sternen war vollkommen. Es war so wie damals, als er als junger Mann nachts mit Martha auf dem Dach seines Autos gelegen und in den Sternenhimmel geschaut hatte. Und doch war es etwas völlig anderes, denn nun befand er sich nicht auf der Erde, sondern mitten im All. In der Ferne konnte er sogar einen Planeten ausmachen. Vielleicht war es auch ein Mond. Peter verstand nicht viel von Astronomie, aber das tat dem wunderschönen Anblick keinen Abbruch. Ganz allmählich verschwand der Planet aus seinem Blickfeld. Das Raumschiff rotierte, erinnerte sich Peter. Wahrscheinlich, um die künstliche Schwerkraft zu schaffen, dank der er sich wie gewohnt im Schiff bewegen konnte.

Peter drehte sich langsam wieder um, weil die beiden Androiden noch immer wartend hinter ihm standen.

»Der Platz auf diesem Schiff ist begrenzt, Mr. Jennings. Deshalb sind die Wohneinheiten nicht übermäßig groß gestaltet. Aber die Projektionswände werden Ihnen helfen, sich nicht zu eingeengt zu fühlen. Carl und ich sind uns sicher, dass Sie sich hier wohlfühlen werden, und sollten Sie einmal etwas vermissen, lassen Sie es uns einfach wissen. Ein Gedanke, und einer von uns ist sofort bei Ihnen. Wir sind für Sektion C zuständig, dort befindet sich dieser Wohntrakt.« Carl schien buchstäblich sein ›Programm‹ abzuspulen, dachte sich Peter bei den standardisiert wirkenden Sätzen. Fehlte nur noch die gestikgestützte Wegweisung in Richtung der Notausgänge.

Peter nickte den beiden zu und bedankte sich höflich. Er ging rüber in das kleine Badezimmer.

»Ihr Sohn bewohnt übrigens die Wohneinheit nebenan. Der Scanner erkennt Sie, wenn Sie vor der Tür stehen. Er tastet die Augen ab und überprüft Ihre ID anhand des BIDs. Schlüssel gibt es hier nicht. Seien Sie nicht überrascht, wenn sich Ihnen nicht jede Tür öffnet. Das liegt an den verschiedenen Berechtigungsgraden«, erklärte Victor.

Peters Kopf schnellte weg von der futuristischen Dusche, wo er vergeblich nach den Knöpfen oder dem Hahn zum anschalten suchte, hin zu Victor. »Wie bitte?«

»Entschuldigen Sie. Jedes Besatzungsmitglied und jeder Mitreisende kann nur die Bereiche betreten, für die die Betreffenden eine entsprechende Zugangsberechtigung haben. Aber keine Sorge. Die Systeme erkennen Sie verzögerungsfrei.«

Peter lächelte gezwungen, denn ihm wurde langsam bewusst, wie überwachbar er aufgrund der Brainbots und des BIDs geworden war.

»Da bin ich aber beruhigt«, sagte er, konnte dabei aber seine Beunruhigung kaum verbergen.

Nachdem alles Wichtige geklärt war, verabschiedeten sich die Androiden. Peter reckte den Kopf aus der schmalen Wohnungstür heraus und schaute den beiden kurz nach, noch immer fasziniert von ihren perfekt konstruierten Körpern. Als er sich schließlich in seine kleine Wohnung zurückzog, schloss sich die Tür automatisch hinter ihm. Er ließ die Sonnenblumenlandschaft noch eine kleine Weile auf sich wirken und setzte sie dann mit dem BID auf die Grundeinstellung zurück. Jetzt wirkte das Zimmer wirklich ein wenig beengt.

Nun wollte er doch einmal schauen, ob er die Dusche zum Laufen bekommen würde, bevor er sich mit seinem Sohn und dessen Frau traf.

Er zog sich aus und legte seine Krankenhauskleidung, bestehend aus weißem Hemd und Hose, auf einen kleinen Sessel. Dann schnappte er sich den dünnen Morgenmantel, der neben seinem Bett an der Wand hing und ging in das Badezimmer. Shampoo und Duschgel standen im Spiegelschrank, der sich wie von Geisterhand öffnete, als er davor stand. Er war weiterhin auf der Suche nach dem Mechanismus, der die Dusche starten würde, fand aber nichts. Gerade wollte er gedanklich nach Carl und Victor rufen, als ihm noch eine Idee kam. Er versuchte es.

›Dusche, geh an‹, bemühte er sich zu denken. Und siehe da: Das Wasser rauschte herab. Erleichtert atmete Peter auf. Er legte seinen

Morgenmantel zur Seite und wollte gerade durch die Glastür in die Dusche treten, da bemerkte er, dass das Wasser eiskalt war.

Wie warm duschte man wohl? ›Dusche auf 37 Grad‹, dache er sich und machte sich vorsichtig mit seinem großen Zeh Eindruck von der Temperatur. Etwas frisch, aber okay. So stieg er unter seine intelligente Dusche und genoss die prickelnden Strahlen auf der Haut. Er fühlte sich zum ersten Mal, seit er erwacht war, wieder richtig lebendig. So stand er bestimmt zehn Minuten unter der Dusche, bis er fand, dass es nun reichte. ›Dusche aus‹, dache er. Auch dieser Wunsch wurde ihm erfüllt. Es klappte immer besser mit den Denkbefehlen. Peter war begeistert. Er wollte sich gerade das Handtuch schnappen, als er merkte, dass es keines gab.

War er noch so durcheinander, dass er nicht vorher daran gedachte hatte, sich abzutrocknen zu müssen? Kaum hatte Peter diese Gedanken gedacht, kam aus versteckten Düsen in den Wänden der Dusche ein warmer kräftiger Luftstoß. Peter wäre vor Schreck fast durch die Glastür gefallen, blieb dann aber stehen und genoss die warme Luft. Der ganze Vorgang dauerte kaum eine Minute und Peter war trocken. Begeistert trat er aus der Dusche. Er würde Carl und Victor später noch sagen, dass sie ihn über die Fortschritte im Bereich des Trocknens ruhig hätten aufklären können, aber das war jetzt nicht wichtig. Er hatte es ja selbst herausgefunden. Jetzt musste er sich aber sputen. Jason würde bestimmt bald hier sein.

5

Lumera

Sanft wärmten die ersten Strahlen der am Firmament stehenden Sonne die Wasseroberfläche des kleinen Sees. Einer der drei Monde stand noch hoch am Himmel und zeigte seine graue, von Kratern überzogene Oberfläche. Bald würde er der aufgehenden Sonne Platz machen und hinter dem Horizont abtauchen.

Idyllisch schmiegte sich der gelbgrüne See in den dichten Dschungel. Die Geräusche des nahen Waldes erfüllten die Luft. Hastig schwirrte ein großes, schillerndes Insekt mit seinen sechs Flügeln über das seichte, durchscheinende Wasser des Weihers. Die Morgenstunden waren die ideale Zeit, um auf die Jagd zu gehen.

Am Ufer waren währenddessen winzige rosaweiß gestreifte Raupen dabei, ein violettes Gebilde zu spinnen. Es reichte vom Boden bis zu den ersten Blättern eines großen Baumes. Was aussah wie ein wildes Durcheinander von kleinen Würmern und tausenden dünnen Fäden, folgte in Wirklichkeit dem klaren Plan, die Brut zu schützen und die Gruppe, die aus abertausenden von Tieren bestand, zu ernähren. Die Tiere kannten alle diesen Plan und ergänzten sich bei ihrer Arbeit durch gut organisierte Arbeitsteilung. Sie bildeten eine perfekte, harmonische Einheit.

Die große, türkisschimmernde Libelle setzte ihren Weg über die Wasseroberfläche des Sees fort. Sie suchte nach Nahrung. Immer wieder stieß sie in das klare Wasser und schnappte mit ihrer langen

Zunge nach winzigen Insekten, die erfolglos versuchten, sich unter der Oberfläche zu verstecken. Aber das libellenartige Wesen hatte gute Augen. Es war ein erfolgreicher Jäger. Aber auch Jäger können zu gejagten werden. Instinktiv wusste das Tier, dass es auf der Hut sein musste. Im tieferen Wasser, nicht sichtbar, lauerte eine tödliche Gefahr. Eine furchteinflößende Kreatur lebte dort und wartete nur auf sie. Der Fisch, der sich am Grunde des Sees versteckte, sah aus wie ein Urzeitungeheuer. Durch hunderte von Tentakeln, die wie Farne aus seinem Körper wuchsen, verschmolz er förmlich mit den Pflanzen des Sees. So konnte er nahezu unsichtbar bis zur Wasseroberfläche vorstoßen. Dank seines riesigen Mauls, dessen Kiefergelenke der Kiemenatmer auskugeln und dessen Öffnung er somit auf das Doppelte vergrößern konnte, erlegte er auch Beutetiere, die größer waren als er selbst.

Die Libelle, immer auf der Hut vor jeder plötzlichen Bewegung in ihrer Umgebung, tanzte flatternd bis zur Wasseroberfläche, schnappte sich ihre Beute und stieß sich wieder ab. Plötzlich spritze das Wasser unter ihr auf. Ein riesiges Maul schoss auf sie zu. Das Insekt reagierte blitzschnell. Mit wilden Flügelschlägen schaffte die Libelle es gerade noch, dem Fisch zu entkommen. Panisch flatterte sie zum Ufer, um sich in Sicherheit zu bringen.

Das libellenähnliche Insekt bemerkte die dünnen violetten Fäden der Raupen zu spät. Es verhedderte sich in dem Gespinst und schlug wild mit seinen sechs Flügeln, konnte sich aber nicht befreien. Stattdessen verfing es sich nur noch mehr in dem Gewirr der Fäden. Die Raupen spürten die Erschütterungen der Fäden und folgten ihrem Instinkt. Schnell und präzise stießen sie zur Libelle vor, um sie mit ihren scharfen Beißwerkzeugen bei lebendigem Leib zu zerreißen. Das Fluginsekt hörte ein letztes Mal die vertrauten Geräusche des Dschungels, das Plätschern der kleinen Wellen, die gegen das Ufer stießen. Dann wurde es still.

6

November 2043, Erde, John

»Mission Survive ist gestartet. Der Befehl ist aktiviert und wird gerade von allen BIDs in den Vereinigten Staaten empfangen«, vernahm John über seinen eigenen BID die Stimme von Ricardo Key, dem leitenden Entwickler von Survive.

Er sah seine Leute an, mit denen er sich in einen der Konferenzräume zurückgezogen hatte, um noch die letzten operativen Details der bereits seit langem geplanten Protokolle für alle nun kommenden Abläufe und Prozesse zu besprechen. Er versuchte, sich seine Anspannung nicht anmerken zu lassen. »Es ist so weit. Es hat begonnen.«

Allgemeines verhaltenes Nicken.

»Der Befehl ist also raus und erreicht jetzt nach und nach alle ausgewählten Empfänger in den USA, die inzwischen über BIDs verfügen. Und wie bereits gesagt: Die oberste Führungsriege des Militärs ist involviert. Sie wird ihre Truppen nicht in Gefahr bringen, doch sie werden sie an die Küsten und in die großen Städte bringen, um Präsenz zu zeigen. Wenn die Menschen herausfinden, dass die Regierung die massenhaften Suizide zu verantworten hat, wäre völlige Anarchie die Folge. Es ist nicht damit zu rechnen, dass jemand Verständnis dafür aufbringt, dass die Regierung notgedrungen handelt. Wir alle haben die aktuellsten Ereignisse mitverfolgt und wissen, dass es keine Alternative zu ›Mission Survive‹

gibt. Deshalb findet alles wie geplant statt. Wir schicken die Truppen raus, damit sie als Helfer auftreten können. Jeder weiß, was er zu tun hat?«

Es wurde nur vereinzelt genickt.

»Gut. Dann an die Arbeit. Wir werden viel zu tun haben in den nächsten Tagen und Wochen. Bei Fragen oder Unklarheiten kontaktiert ihr mich umgehend.«

John verließ als erster den Raum und ging schnellen Schrittes direkt in sein Büro. Er schloss die Tür schnell hinter sich und hoffte, dass niemand seine Anspannung bemerkt hatte. Er lief um seinen großen Schreibtisch herum, schmiss sich in seinen Schreibtischstuhl, stützte die Hände in sein Gesicht und konnte nicht mehr verhindern, dass ihm die Tränen in die Augen stiegen. Er weinte leise um all die Menschen, die sie nun in den Tod schicken würden. In der ersten Welle, die sie nun gestartet hatten, würden es 80 Millionen sein. 80 Millionen Einzelschicksale, die sie zu verantworten hätten. Und in der zweiten Welle, die für den Anschluss geplant war, würden es noch einmal so viel werden. Er wusste, dass es ihn von jetzt an für den Rest seines Lebens verfolgen würde. Und er würde mit niemandem jemals darüber sprechen dürfen.

Jeden Augenblick würde der Point of no Return gekommen sein. Alle Menschen, die in Anbetracht der Klima- und Zivilisationskrise als entbehrlich eingestuft worden waren, würden innerhalb der nächsten Tage sterben. Die ersten würden bereits innerhalb weniger Stunden Suizid begehen. Die Regierung hatte die Kriterien für das Aussortieren der Menschen zusammengestellt. Liquidiert werden sollten primär die Alten und Kranken. Das waren jedoch nur die Hauptkriterien. Für besondere Berufsgruppen wie Ärzte und gesellschaftsrelevante individuelle Eigenschaften wie etwa Hochbegabung gab es sehr komplizierte Ausnahmeregelungen. Die Kriterien samt Ausnahmenregelungen waren in einen Algorithmus gespeist worden, nach welchem die Nanobots die Menschen klassifizieren konnten.

Vor dem Klassifizieren sollten die Bots jedoch das Wissen der zu liquidierenden Träger speichern, das sich für den überlebenden Teil der Menschheit später als nützlich erweisen könnte. Nach der Klassifizierung und Speicherung des Wissens würde der Suizidbefehl folgen. John hatte sich immer wieder gefragt, ob die Reichen und Mächtigen sich spezielle Ausnahmeregelungen erschleichen konnten. Es hätte ihn nicht gewundert, schließlich handelte es sich bei der ›Mission Survive‹ um ein äußert teures Projekt, das finanziert werden musste.

Die als entbehrlich klassifizierten Menschen würden kaum entscheiden können, wie ihr Leben endet. Der Selbsttötungsimpuls würde sie dazu bringen, unter den gegebenen Umständen einen Weg zu suchen, das eigene Leben sofort zu beenden. Es waren verhältnismäßig ruhige, aber auch bestialische Möglichkeiten denkbar. Kämpfte jemand gegen den Selbsttötungsimpuls an, lösten die Brainbots Halluzinationen aus, die dem Menschen garantiert keine andere Lösung offen lassen würden.

Zwar hatte John schnell eingesehen, dass die Bevölkerungsregulierung nötig, ja, geradezu alternativlos war. Doch er hatte sich immer wieder gefragt, ob man dafür wirklich die Brainbots in Anspruch nehmen musste. Das Massensterben war schließlich in seinem Ablauf ziemlich unkalkulierbar und zudem technisch sehr aufwendig, um nicht zu sagen extrem kostspielig. Doch nur mithilfe der Bots konnte es eine intensive Überprüfung von Mensch zu Mensch geben. Und es konnte somit wenigstens das Wissen der Menschen ›gerettet‹ werden.

John wurde jedes Mal übel bei diesen Überlegungen. Er hatte in seiner Karriere mit vielen abscheulichen Verbrechen zu tun gehabt, aber er wollte gar nicht wissen, welche kranken Hirne von legal handelnden Funktionären sich diesen Plan ausgedacht hatten. Allerdings musste er zugestehen: Die Regierung hatte wirklich alles bedacht.

Nun galt höchste Alarmbereitschaft für sein gesamtes Team. Jederzeit könnte es zu Aufständen und Protesten kommen. Die Todesstrafe war unter anderem deshalb vor einigen Monaten wieder eingeführt worden. Man hatte aufständische Rädelsführer öffentlich exekutiert, um zu zeigen, dass Proteste zwecklos seien. Wichtig war, die Menschen nun nach dem Start des Suizidbefehls in Schach zu halten. Jetzt würde sich zeigen, ob das klappte. Die Überlebenden sollten nicht über den Verlust der ihnen nahestehenden und geliebten Menschen die Rücksicht auf ihr eigenes Leben verlieren, indem sie eine Rebellion anzettelten. Sie mussten direkt mit der Information konfrontiert werden, dass die Regierung daran arbeite, die Gründe für die Suizide zu finden.

Es klopfte kräftig an Johns Bürotür. Ohne ein Herein abzuwarten, trat Johns Kollege und bester Freund Special Agent Hugh Costello ein. Zum Glück hatte John sich bereits wieder gefangen und starrte auf seinen virtuellen Monitor, wo bereits die ersten Mitteilungen in seinem Newsfeed im Sekundentakt aufploppten. Es ging also los.

»Hey John. Alles klar bei dir?«

»Ja ... danke. Na ja ... Es geht so. Also eigentlich geht es mir gerade ziemlich beschissen. Wie soll man sich auch fühlen, wenn man Millionen Menschen in den Tod schickt?« John wusste, dass er ziemlich fertig aussah. Beim Blick vorhin in den Spiegel war er selbst erschrocken über sein Aussehen und seine dunklen Augenringe gewesen.

»John, du solltest dir mal 'ne kurze Pause gönnen. Jetzt können wir eh im Moment nicht viel tun, als im Stand-by zu sein. Du musst wirklich mal was essen und brauchst mal eine anständige Tasse Kaffee. Kommst du mit?«

»Hast ja recht. Bin dabei. Danach fahre ich nach Hause und hau mich mal für ein paar Stündchen aufs Ohr.«

7
———

November 2043, Erde, Julia

Julia kam aus der Küche herübergesprintet. Der Geruch von gebratenem Ei hing in der Luft.

»Schnell, mach lauter, Ethan!«, rief sie. Hinter dem Sofa, auf dem Ethan es sich bequem gemacht hatte, blieb sie stehen und starrte auf den riesigen Bildschirm an der Wand. Der Moderator einer Sondersendung rang sichtlich um Fassung, was angesichts der Nachricht, die er übermitteln musste, auch kein Wunder war:

»Es ist in den gesamten Vereinigten Staaten dasselbe Bild zu sehen: Menschen drängen sich ins Meer und ertrinken. Andere hängen sich auf, werfen sich vor Autos oder Züge, vergiften sich, schneiden sich die Pulsadern auf und setzen ihre suizidalen Absichten auf jede erdenkliche Weise um. Dabei ist es ihnen offensichtlich völlig einerlei, wo sie sich gerade befinden. Ein Massenselbstmord, der seinesgleichen sucht. Noch gibt es keine Erklärung für dieses Verhalten. Die Betroffenen lassen sich auf kein Gespräch ein. Ebenso wenig lassen sie sich aufhalten. Die Behörden haben alle verfügbaren Kräfte ausgesandt, aber die Situation ist völlig außer Kontrolle geraten.«

Julia starrte auf die vielen verschiedenen Aufnahmen von sterbenden Menschen, die im Fernsehen gezeigt wurden. Es waren grauenvolle Bilder, und weder Ethan noch sie waren in der Lage, einen Kommentar dazu abzugeben, der über ›O mein Gott‹ hinausging.

Der Moderator sprach unterdessen weiter: »Es ist noch nicht abzusehen, wohin sich alles entwickelt. Auch gibt es noch keine offizielle Erklärung dafür, warum die Menschen suizidale Absichten verfolgen. Der Präsident der Vereinigten Staaten hat vor anderthalb Stunden den Notstand ausgerufen und bittet die Bevölkerung darum, Ruhe zu bewahren und das Haus nicht zu verlassen. Er wird sich in Kürze in einer Fernsehansprache zu der Situation äußern …«

Ethan stellte den Ton wieder leiser und schaute zu Julia auf, die sich langsam neben ihm auf dem Sofa niederließ. Sie hatte das Gefühl, unter Schock zu stehen. Auch Ethan starrte fassungslos vor sich hin. Es dauerte eine Weile bis Julia imstande war, etwas zu sagen.

»Ich wusste es, Ethan. Hörst du? Ich habe es immer gesagt. Was haben sie getan? Wie können sie so viele Menschen einfach opfern?«

Ethan nahm Julias Hand und drückte sie fest. »Du hattest recht. Mit allem. Ich habe es damals nicht glauben können und schon verdrängt, dass die Regierung vielleicht doch etwas mit den Brainbots geplant hat, aber nun scheint es so weit zu sein. Mein Gott, die Bilder sind einfach schrecklich.«

In den Nachrichten wurden unterdessen weitere Bilder aus den Küstengebieten gezeigt. Sie sahen Menschen, die geradewegs ins Meer gingen und verschwanden. Ungnädig zoomten die Kameras dabei sogar dicht an einzelne Personen heran. Es wurden auch Leute gezeigt, die versuchten, die Suizidanten aufzuhalten, was aber keinerlei Wirkung zeigte. Sie rissen sich los und rannten ohne Umschweife wieder zurück ins Meer. Es waren schreckliche Szenen von schreienden und verzweifelten Angehörigen und Freunden.

»Fällt dir was auf?«, fragte Julia.

Ethan schien verwirrt. »Was meinst Du?«

»Schau dir die Leute einmal genau an, die da in das Wasser waten. Auf welches Alter schätzt du sie?«

Ethan versuchte, etwas auf den Bildern zu erkennen. »Ich denke, die meisten sind so um die fünfzig oder sechzig und älter? Du meinst …«

Julia nickte und sprang auf. »Genau das meine ich! Die Bevölkerung soll massiv dezimiert werden. Sie fangen bei den Alten an. Es sind zwar auch einige Jüngere dabei, aber das ist anscheinend gewollt und folgt mit Sicherheit irgendeiner Logik. Und das bestätigt noch mal: wir hatten recht mit unserer Vermutung. Jetzt ist es also so weit.«

»Ganz offensichtlich, ja. Meine Eltern ... ich ... o mein Gott. Ich kann sie nicht kontaktieren. Ich muss wissen, ob es ihnen gut geht. Ich muss was tun!«

Julia legte ihre Hand auf Ethans Arm.

»Nur die Ruhe, das werden wir ja auch. Aber wir können jetzt keinen Kontakt zu ihnen aufnehmen. Das wäre zu gefährlich und würde unsere ganze geplante Aktion gefährden. Mich wundert nur, dass Ryan sich noch nicht gemeldet hat. Er hatte doch im System von Nantech Industries hinterlegt, dass er sofort benachrichtigt wird, wenn der Befehl verändert oder rausgeschickt wird. Schläft er?«, fragte Julia konsterniert. »Würde mich nicht wundern, so viel wie der am Rechner sitzt. Aber wie dem auch sei, Ryan muss sich schleunigst in das System hacken und rausfinden, was sie den Bots für Befehle gegeben haben. Ich bin überzeugt davon, dass die Behörden selbst dahinterstecken. Kannst du den anderen Bescheid sagen? Mit unserem abgesprochenen Code? Wir müssen uns treffen. Dringend! Und versuche dich auf unseren Plan zu konzentrieren. Nur so können wir helfen.«

Ethan nickte. »Du hast recht. Ich werde alle informieren. Aber vor morgen Abend wird das bei den anderen bestimmt nichts.«

Julia sah Ethan ungläubig an. Ihre Stimme bekam einen schrillen Ton, als sie ihn anfuhr: »Spinnst du total? Hast du die Bilder nicht gesehen? Wir müssen handeln. Jetzt sofort. Das hat allerhöchste Priorität. Nicht nur unsere Angehörigen – auch die unserer Freunde kann es treffen. Ab zum Treffpunkt! Sie sollen in drei Stunden da sein, also um dreizehn Uhr. Wer gerade auf der Arbeit ist, soll sich was ausdenken, um zu verschwinden. Jetzt mach schon. Ich packe unsere Sachen!«

Es roch verdächtig nach inzwischen angebrannten Eiern. Julia stieß einen Fluch aus und rannte zurück in die Küche. Wasser zischte, und eine kleine Rauchwolke hüllte sie ein. Sie schmiss die Pfanne in das Spülbecken. Ihr Magen zog sich unangenehm zusammen. An Essen konnte sie jetzt beim besten Willen nicht denken. Sie musste mit den anderen sprechen und überlegen, was jetzt zu tun sei.

· · ·

Als Julia nach der Einschleusung des Backdoorprogrammes bei Nantech vor fast eineinhalb Jahren mehr tot als lebendig aus dem Stausee gefischt worden war, konnte sie dem Tod nur knapp von der Schippe springen. Zum Glück fanden ihre Freunde sie damals vor den Sicherheitsleuten von Nantech Industries. Hätten die sie bekommen, wäre sie heute nicht mehr am Leben, das war ihr klar. Sie hatte damals alles riskiert, um zu verhindern, dass eben dieser Selbstmordbefehl, der nun offensichtlich an alle Menschen ausgesendet worden war, nicht gegeben werden konnte. Ryan hätte eine Nachricht über den Rollout des Befehls erhalten und früher eingreifen müssen.

Julia litt noch immer fast jede Nacht unter Albträumen, und immer wieder wurde sie von Panikattacken geplagt. Den damaligen Sprung von der Staumauer ins kalte Wasser des Stausees hatte sie bis zum heutigen Tag nicht mehr vergessen können. Und nie würde sie die Schmerzen vergessen, die sie gespürt hatte, als sie mit mehreren gebrochenen Knochen in einem kleinen Schlafzimmer bei ihrer Freundin Marlene aufwachte. Ihr Vater war Arzt, flickte sie zusammen, so gut es eben ging und versorgte sie mit Schmerzmitteln. Die Medikamente nahmen ihr zwar die Schmerzen, konnten aber ihre Erinnerung an ihre Flucht aus der Forschungsstation nicht verblassen lassen.

Umso mehr befand Julia, dass sie jetzt handeln und erfolgreich sein mussten. Julia raste ins Schlafzimmer und zog den fertig gepackten Koffer hervor, der sich ganz hinten im Kleiderschrank befand. Jetzt war Eile geboten.

Die Autofahrt glich einem Alptraum. Überall lagen Leichen in den schrecklichsten Zuständen. Julia sah mehrfach, wie Menschen sich vor große LKWs stürzten und auf diese Weise versuchten, ihrem Leben ein Ende zu setzen. Die Menschen, die in den Straßen unterwegs waren, liefen panisch durch die Gegend. Mehrfach kreuzten Krankenwagen ihren Weg und zwangen sie zum abrupten Bremsen. Überall war der Singsang von Sirenen zu vernehmen. Sogar einem Tross von Army-Fahrzeugen begegneten sie unterwegs.

»Haaalt! Bleib stehen!«, brüllte Julia ihren Freund an. Ethan stieg sofort auf die Bremse.

»Was ist los? Was ist passiert?«

»Die Frau da …«, Julia zeigte auf eine Person, die am Straßenrand lag und einen Arm in die Luft hielt, um auf sich aufmerksam zu machen, »sie lebt, Ethan. Wir müssen ihr helfen.«

Julia blickte in Ethans blaue Augen. Er zog die Brauen hoch und schüttelte langsam seinen Kopf. ›Auf keinen Fall‹, wollte er ihr damit sagen. Aber sie ignorierte seinen Einwand und sprang aus dem stehenden Fahrzeug.

Neben der Straße lag eine dunkelhaarige Frau im Sand. Sie war offensichtlich überfahren oder angefahren worden. Wahrscheinlich hatte sie das auch so gewollt. Vom Fahrer des Wagens fehlte allerdings jede Spur. Bei dem Chaos wunderte das Julia allerdings nicht. Ihr war bewusst, dass es hier draußen im Moment gefährlich war, doch sie konnte die hilflose Frau nicht einfach dort liegen lassen.

Beim Anblick der schweren Verletzungen verschlug es ihr den Atem. Die Verletzte zu ihren Füßen musste um die siebzig sein, vielleicht auch älter. Ihr Gesicht war nahezu unversehrt. Ihre weit aufgerissenen Augen starrten Julia voller Verzweiflung und Hilflosigkeit an. Ihr Mund stand offen und sie stöhnte leise vor Schmerz. Ihren Arm ließ sie nun langsam und kraftlos sinken. Julias Blick glitt an dem Körper der Frau hinunter. Der Unterleib der Frau war aufgerissen und ihre Gedärme quollen daraus hervor. Um sie herum eine Blutlache. Julia konnte das geronnene Blut riechen und ihr wurde schlecht. Sie konnte nicht fassen, dass die Frau vor ihr noch am Leben war. Hätte sie nicht längst tot sein müssen? Inzwischen war auch Ethan bei ihr angelangt. Mehr als ein Stöhnen brachte er allerdings nicht zustande. Er packte Julia am Arm und wollte sie mit sich ziehen. Weg von der Person, der sie ohnehin nicht mehr helfen konnten. Aber Julia entriss ihm ihren Arm.

»Lass mich los. Wir müssen ihr helfen!«, rief sie aufgebracht, obwohl ihr klar war, dass sie nicht viel tun konnte. Sie spürte, wie sich Verzweiflung und Hilflosigkeit in ihr ausbreiteten.

»Julia, die Frau stirbt gerade. Du kannst nichts für sie tun. Lass uns fahren, bevor noch jemand auf uns aufmerksam wird. Es ist hier zu gefährlich. Komm schon!«

Julias Blick wanderte wieder zum Gesicht der alten Frau. Auf makabre Weise erinnerten ihre Gesichtszüge sie an ihre Mutter. Die Verletzte bewegte ihren Mund. Julia konnte sehen, dass sich Worte formten. Schnell kniete sie sich hin und neigte ihren Kopf vor, um das Gesprochene zu verstehen.

»Töten Sie mich", flehte sie flüsternd. »Bitte!«

Julia schrak zurück. Zunächst verstand sie nicht, warum die Frau sie darum bat, sie zu töten, anstatt ihr zu helfen, wie es der Instinkt eines jeden geistig gesunden Menschen war. Aber dann fiel es ihr wieder ein: Der Befehl! Die Frau konnte nicht anders. Sie wollte sterben – und das nicht aus freien Stücken, sondern weil der Tötungsimpuls ihr das implizierte.

»Wie heißen Sie?«, fragte Julia, statt auf die Worte der Sterbenden einzugehen.

»Helen«, erklärte diese und stöhnte unter den starken Schmerzen.

»Helen, ich weiß nicht, was ich tun kann. Aber ich kann und werde Sie mit Sicherheit nicht töten. Bleiben Sie ganz ruhig, Helen. Es kommt sicher gleich Hilfe.«

Julia wusste, dass das nicht stimmte. Aber ihr fiel einfach nichts ein, was sie sonst hätte sagen oder tun können. Sie spürte, dass Ethan noch immer hinter ihr stand und sich nervös im Kreis drehte, während er die Straße im Auge behielt. Julia war klar, dass es mit Helen in wenigen Minuten zu Ende ging. Ihr Atem ging rasselnd und die Farbe wich langsam aus ihrem Gesicht. Julia spürte, wie sich ihre eigenen Gefühle aufstauten und sie fast übermannten. Sie musste sich zusammenreißen. Vorsichtig nahm sie Helens Hand und drückte sie.

»Sie brauchen keine Angst haben, Helen. Alles wird gut.«

Tränen brannten ihr in den Augen, aber sie kniff sie hastig weg.

»Susan, meine Tochter, gleich bin ich bei ihr. Es ... ist so friedlich, so ruhig. Endlich ...«

Helen schloss ihre Augen. Julia wollte etwas tun, aber sie wusste, dass es keinen Sinn hatte. Sie sah, wie Helens Brustkorb sich in schnellem, kurzem Takt hob und senkte. Dann hörte sie auf zu atmen. Sie hatte es geschafft und nun hoffentlich Frieden gefunden.

Julia ließ ihre Tränen jetzt laufen, während Ethan sie abermals an ihrem Arm packte und hochzog. Julia stand auf und bemerkte, dass sie noch immer Helens Hand hielt.

»Julia, wir müssen wirklich hier weg. Da hinten kommt ein weiterer Army-Tross. Ich habe keine große Lust, auf sie zu treffen. Komm jetzt!«

Julia nickte wortlos und folgte Ethan zu ihrem Fahrzeug. Helen mussten sie liegenlassen. Vielleicht nahm sich jemand ihrer an und sorgte für ein Begräbnis, aber das war recht unwahrscheinlich. Julia vermutete, dass es bereits hunderttausende Tote gab.

Als Julia gerade in das Auto steigen wollte, meldete sich die Übelkeit zurück. Laut erbrach sie sich neben dem Fahrzeug. Ethan eilte zu ihr und hielt sie fest. Es war Julia egal. Alles war ihr gerade egal. Sie fühlte sich genauso leer, wie es ihr Magen nun war. Ethan setzte sie ins Auto und fuhr los.

Wut und Hass machten sich langsam in Julia breit und lösten das Gefühl der Leere ab. Was war das für eine Regierung, die so etwas Unmenschliches tat? Wie konnten unschuldige Menschen einfach geopfert werden, um ... ja, um was? Um ihr aller Überleben zu sichern? War das der Grund für dieses Massaker? Es hätte auch sie oder Ethan treffen können. Oder vielleicht Jason. Die Verantwortlichen für diese bestialischen Taten saßen bestimmt zuhause in Sicherheit und rieben sich die Hände über ihr erfolgreiches Unterfangen. Aber noch war es nicht beendet. Noch konnte Ryan etwas tun. Zumindest hoffte Julia das. Dann tauchte wieder das Gesicht von Helen vor ihrem inneren Auge auf. Die Traurigkeit übermannte sie. Sie weinte fast eine ganze Stunde lang.

Als sie endlich nach diesem Höllentrip auf dem alten verwahrlosten Hof ankamen, waren Gerrit und Fay bereits da. Julia hatte sich wieder etwas gefangen und war nun auch noch etwas nervös. Außerdem brannte ihr Magen. Sie hatte die beiden zuletzt gesehen, als sie sie mithilfe eines Helikopters aus dem Stausee in der Nähe der Forschungseinrichtung von Nantech gezogen hatten.

Die Aktion konnte trotz des Umstands, dass Julia fast gestorben wäre, als erfolgreich gewertet werden. Julia hatte das Backdoor-Programm erfolgreich installieren können. Jetzt lief es unsichtbar im zentralen Serversystem von Nantech und ermöglichte Ryan, auf die Datenströme zuzugreifen und Befehle, wenn nötig, umzuschreiben.

Wie geplant hatte Julia bei der Aktion zugleich einen BID-Remover mitgehen lassen. Niemals hätte sie mit dem Gerät den Scan am Ausgang überstanden. Zu streng waren die Sicherheitsvorschriften bei Nantech Industries. Der BID-Remover war das einzige Gerät, mit dem man den Chip hinter dem Ohr entfernen konnte, ohne dabei zu sterben. Der BID war mittels Krallen fest mit dem Gehäuse verbunden, das sich hinter dem Ohr, im Hinterkopf befand. Diese Krallen konnte man mit dem Remover lösen und dabei einen Sicherheitsmechanismus entschärfen, der sonst dafür sorgte, dass der Träger des Chips mittels einer elektrischen Überladung tödliche Gehirnschäden erlitt. Dieser radikale Mechanismus war notwendig, damit der BID nicht missbräuchlich entfernt werden konnte. Würde die Schutzfunktion ausgelöst, wären außerdem sämtliche Daten auf dem Chip zerstört. Der Remover jedoch schaltete den Schutzmechanismus ab, sodass der BID unbeschadet entnommen werden konnte, wodurch es möglich wurde, die darauf gespeicherte ID zu überschreiben und alle möglichen Änderungen an den Daten oder den Brainbots des Trägers vorzunehmen. Den Remover brauchten sie, um Julias Daten umschreiben und ihr eine neue Identität geben zu können.

Da Julia im Gebäude von Nantech Industries geortet worden war, wusste der Konzern seitdem, wer sie war. Bereits im Helikopter hatte Ryan daher zuerst ihren BID entfernt und deaktiviert. Anschließend löschte er in ihrem geheimen Stützpunkt ihre ID auf dem BID, ließ sie für tot erklären und gab ihr und Ethan, der mit hoher Wahrscheinlichkeit direkt hinter Julia auf der Fahndungsliste stand, neue Identitäten. Diese speiste er in den Rechner der CIA ein, was er von langer Hand vorbereitet hatte. Seinen eigenen BID und den der anderen hatte er für den Flug deaktivieren können, damit sie nicht geortet werden konnten. Sonst wären er und die Freunde sofort aufgeflogen.

Julia lebte nun als Jessica Dahms gemeinsam mit Ethan, alias Alexander Scott, in Kingston im Bundesstaat New York. Hier hatten sie im Vorfeld anonym ein kleines Häuschen am Rande der Stadt, ebenfalls eine Gated Community, mit hoher Stadtmauer, Zugangskontrollen und Wachpersonal erstanden. Aus Julias blonden Haaren wurden rote Locken, und sie ließ sich Nase und Lippen verändern, um die Gesichtserkennungssoftware auszutricksen, mit der jeder Mensch regelmäßig in Kontakt kam. Überall gab es Kameras, die jeden Schritt aufzeichneten.

Zum Glück konnte dank Ryan keine Verbindung zu den anderen fünf – Marlene, Fay, Gerrit, Christopher und Ryan – hergestellt werden, weshalb diese noch ein halbwegs normales Leben führen konnten. Das war unter den gegebenen Umständen nicht ganz einfach und weit von dem entfernt, was noch vor einigen Jahren als normal gegolten hatte, aber zumindest waren sie noch am Leben. Fay war ein hohes Risiko eingegangen, aber es war ihr gelungen, den Konzern davon zu überzeugen, dass sie mit dem Einbruch bei

Nantech nichts zu tun gehabt hatte. Sie wusste, dass sie nun aktenkundig war und beobachtet wurde, aber damit konnte sie leben. Wie lange der Planet noch bewohnbar war, stand in den Sternen. Es schien so, dass die Regierung der Vereinigten Staaten nun zu diesen drastischen Maßnahmen griff, um den Klimawandel zu bremsen oder die Knappheit der Ressourcen etwas abzumildern. In den nächsten Jahren sollte es angeblich noch schlimmer werden.

Dennoch stellte sich eine Grundsatzfrage: War es ethisch vertretbar, dass die politische Elite entschied, wer leben durfte und wer zu sterben hatte?

Fay freute sich offensichtlich sehr, Julia wiederzusehen. Bei Gerrit war sich Julia nicht ganz sicher. Er lächelte zwar und begrüßte Ethan überschwänglich, hielt sich bei ihr aber zurück, wie Julia fand. Aber vielleicht war sie in Bezug auf Gerrit auch nur etwas zu sensibel. Während Ethan sich zumindest ab und zu bei ihnen meldete, nutzte Julia ihren BID gar nicht, um mit alten Freunden und Bekannten Kontakt aufzunehmen. Zu groß war die Angst, entdeckt zu werden.

Nachdem man einander ausgiebig begrüßt hatte, gingen sie in das ehemalige Wohnhaus des alten Hofes, der mitten im Nirgendwo lag und noch aus dem Besitz von Julias Vater stammte. Die Einliegerwohnung dort hatte sie an einen betagteren Witwer vermietet, der stets ein Auge auf den Hof hatte und im Gegenzug keine Miete bezahlen musste. Eigentlich freute er sich immer sehr, wenn jemand vorbeikam, doch jetzt ließ er sich nicht blicken. Vielleicht war er auch per BID in den Tod geschickt worden? Julia wollte darüber jetzt nicht weiter nachdenken.

In dem Wohngebäude befand sich nun ihr gesamtes Equipment, das sie noch besaßen. Sie nahmen auf den durchgesessenen Sofas Platz und warteten auf die anderen. Fay bereitete währenddessen in der Küche Tee zu und zauberte aus einigen Konservendosen ein kleines Mahl für alle. Als Marlene, Ryan und Christopher kurz darauf eintrafen, wollte Julia keine Zeit verlieren.

»Wie schön, dass ihr da seid, das ist wirklich ewig her, dass wir uns von Angesicht zu Angesicht gesehen haben! Wie ge... «, da verstummte sie. Marlenes Gesicht war tränenüberströmt. Auch Christopher merkte man an, dass etwas nicht stimmte.

»Was ist passiert?«, wollte sie wissen und vergaß dabei völlig, mit Ryan zu schimpfen, warum er die drei nicht sofort kontaktiert hatte, nachdem das FBI den Tötungsbefehl abgesetzt hatte.

Marlene konnte nicht sprechen, sondern fiel Fay und Julia in die Arme und weinte hemmungslos. Christophers starre Miene verriet, dass er sich zusammenreißen musste, als er in kurzen Sätzen versuchte, die Situation darzulegen.

»Marlenes Großeltern sind tot. Marlene war gerade bei ihnen. Sie sind plötzlich aufgestanden und sagten, sie müssten sofort los. Dann sind sie einfach ohne Erklärung weggefahren. Sie können nur tot sein. Ihre BIDs reagieren nicht, ihre GPS senden kein Signal, das ist übel! Marlene rief mich sofort an, nachdem sie von einer Freundin gehört hatte, dass vor ihrem Fenster die Menschen ins Meer waten. Da war uns klar, was mit ihnen geschehen sein musste. Meine Eltern, die zum Glück neben mir wohnen, sperrte ich kurzerhand in den Keller und rief meinen Bruder an, um auf sie aufzupassen. Ich bin so froh, dass Marlene mich direkt angerufen hat, sonst hätte ich das nicht verhindern können. Mein Bruder passt zwar auf, aber wir müssen schnell etwas unternehmen. Verdammt! Wisst ihr, was los ist? Können wir etwas tun?«

So aufgewühlt hatte Julia Christopher noch nie erlebt. Er keuchte regelrecht nach den letzten Sätzen.

»Setzt euch doch erstmal, wir versuchen herauszufinden, was los ist. Ryan, bist du schon im System? Ich dachte, du erhältst eine Nachricht, sobald sich etwas bei Nantech Industries tut, was das Befehlsscript betrifft?«

Ryan nickte: »Bin drin und auf der Suche. Die Nachricht habe ich ja auch erhalten, Julia, aber ich war off, als das passiert ist. Ich war in meiner VR. Du weißt, dass man dort nicht gestört werden darf. Ich weiß nicht ...«

»Es ist, wie es ist. Nur vielleicht ...« Julia verkniff es sich, Ryan die Schuld für den Tod vieler Menschen, die es bereits erwischt hatte, zuzuschieben. Was sollte das auch bringen? Sie durfte ihn jetzt nicht von dem ablenken, was er zu tun hatte. Julia biss sich vor Anspannung auf die Lippen, bis sie ihr eigenes Blut schmeckte.

Die zubereiteten Ravioli standen währenddessen unangetastet auf dem kleinen Couchtisch und waren schon fast wieder kalt geworden. Alle warteten auf das, was Ryan womöglich finden würde. Marlene hatte sich unterdessen etwas gefangen und starrte ins Nichts. Gerrit saß neben Fay und hatte seinen Arm um sie gelegt. Julia vermutete, dass die beiden nun also doch wieder ein

Paar waren. Solange hatten sie Katz und Maus gespielt und alle damit verrückt gemacht. Jeder hatte damals gewusst, dass die zwei sich nach wie vor liebten, auch wenn sie selbst es sich zu dem Zeitpunkt nicht eingestehen wollten.

Ryan unterbrach Julias Gedanken.

»Ich habe es. Ich ... o mein Gott!« Mit vor Entsetzen aufgerissenen Augen starrte er auf den Bildschirm.

Gerrits Geduldsfaden war offensichtlich kurz davor zu reißen. »Was ist denn los? Jetzt sag schon!«

»Ich finde hier einen Befehl, den wirklich jeder aktive BID erhalten haben muss. Den Befehl, sich selbst zu töten. Aber nicht bei jedem Menschen wurde der Tötungsimpuls aktiviert. Jetzt verstehe ich auch, was die Zahlen zu bedeuten hatten, die jeder Person zugeordnet waren. Es handelt sich offensichtlich um einen Algorithmus. Okay, das war mir vorher auch schon klar. Aber im Script steht nun, dass alle Menschen mit einem Score von unter 1 562 Punkten einen Suizidbefehl erhalten. Es sieht so aus, dass die meisten von ihnen älter als 50 Jahre alt sind.«

Ryans Blick glitt zu Julia, die hinter ihm stand. »Schau mal, Julia. Die meisten hier sind älter, aber hier ist jemand, der schwer krank ist. Und hier ...«, Ryan wurde immer aufgeregter, »... der hier sitzt in Haft. Aber am merkwürdigsten sind diese hier. Siehst du das, Julia?«

Julia blinzelte sich durch die Zahlen und Ziffern. Plötzlich verstand sie, was Ryan meinte. Es war unglaublich! »Ja, ich weiß, was du meinst. Dieser und auch dieser hier haben einen niedrigen Score, sie wurden aber offensichtlich für die Aktivierung des Impulses gesperrt.«

Ryan nickte hektisch. »So ist es. Man hat also aus Gründen, die ich hier nicht nachvollziehen kann, bestimmte Personen ausgenommen.«

Eine kurze Pause entstand bevor Ryan weitersprach. »Dieser Befehl wurde über das Holonet gesendet, um sicherzustellen, dass auch jeder ihn erhält.«

Gerrit schüttelte ungläubig mit dem Kopf.

»Hier ist noch ein komischer Zusatz mit irgendwelchen Seriennummern oder sowas.« Ryan öffnete ein Browserfenster und tippte zwei der Nummern in die Holonet-Suche.

Julia, die Ryan über die Schulter blickte, atmete hörbar ein. »Podarrooy-Medical? Geh da mal drauf!«

Ryan öffnete die Hauptseite des Consortiums.
»Das kann doch nicht wahr sein!«, rief er plötzlich.
»Die vertreiben Beatmungsgeräte, Medikamentenpumpen und anderes medizinisches Equipment. Kannst du was über Anteilseigner herausfinden, Ryan?«, fragte Julia aufgeregt.

Ryan tippte, überflog die Suchergebnisse, tippte erneut und fand schließlich, wonach er gesucht hatte: »Centamerica hält 67 Prozent von Podarrooy-Medical. Jetzt ratet mal, wem der Laden gehört?«

Er wartete einen Augenblick, ob jemand einen Vorschlag machte, doch es kam nichts. »Dem Vizepräsidenten der vereinigten Staaten von Amerika. Diese Seriennummern sind eigentlich Modellreihen. Der Suizidbefehl wird also gewissermaßen auch an verschiedene medizinische Geräte gesendet. Sie werden anscheinend abgeschaltet oder anderweitig manipuliert, um davon abhängige Patienten umzubringen.«

Währenddessen fasste Fay geschockt eben Gesagtes zusammen: »Sie schicken also die Älteren, Schwerkranken und Verbrecher in den Tod? Die haben entschieden, welches Leben lebenswert ist? In was für einer Welt leben wir?«

»Erhält denn auch wirklich jeder diesen Befehl? Was ist mit Gebieten, die keine Netzabdeckung haben?«, fragte Christopher hoffnungsvoll.

»Tja, diese Gebiete gibt es aber leider nicht mehr. Wart ihr jemals offline, ohne dass ihr es selbst wolltet? Bekommt ihr denn gar nichts mehr mit?« Ryan schaute sie ungläubig an. Seit Jahren gab es keine Funklöcher oder Gebiete mehr, in denen man mit dem BID keinen Empfang hatte. Die zahlreichen Satelliten deckten mit ihrem Netz alle Bereiche ab, so abgelegen sie auch sein mochten.

»Doch, das wusste ich schon. Ich denke aber, falls man etwa in einer Tiefgarage keinen Empfang hat, könnte man an solchen Orten Rettungsaktionen organisieren.«

Marlene meldete sich zu Wort: »Leute, lasst uns bitte bei der Sache bleiben. Jede Minute zählt. Die Brainbots übermitteln den Befehl. Also brauchen wir eine digitale Rettungsaktion. Was können wir jetzt tun, Ryan?«

»Ich bin schon dabei, Marlene. Gib mir mal etwas Zeit. Ich programmiere den Befehl um, beziehungsweise ich lösche ihn. Dann muss ich nur dafür sorgen, dass außer mir niemand mehr auf den Sourcecode zugreifen kann. Das gestaltet sich etwas komplexer.

Aber ich habe mir schon auf dem Weg hierher dazu Gedanken gemacht. Und jetzt Ruhe bitte!«

Alle verstummten. Es waren jetzt nur noch das Ticken der Pendeluhr und das Klackern von Ryans virtueller Tastatur zu hören. Unglaublich, dass die Uhr noch ihren Dienst tat. Ethan stand schließlich auf und zeigte Gerrit und Christopher an, es ihm gleichzutun. Die drei verschwanden nach draußen. Fay, Marlene und Julia erhoben sich schließlich ebenfalls und gingen den drei Männern hinterher.

Diese standen unweit vom Eingang des Wohnhauses, vor einer baufälligen Scheune. Julia suchte nach Zeichen der Geschichte des Hofes und fragte sich, wie das Leben hier wohl vor fünfzig oder hundert Jahren gewesen sein mochte. Zu der Zeit war es den Menschen auf der Erde noch gut gegangen. Das Klima war damals noch vergleichsweise intakt gewesen. Vielleicht hatte hier einst eine glückliche Familie mit Rindern und Pferden und Schafen gelebt. Julia dachte daran, wie kleine Kinder hier auf dem Hof fangen gespielt haben mochten. Wie die Familie an warmen Tagen gefrühstückt und den Tag geplant hatte. Aber wer wusste schon, wie es gewesen war, als es hier noch ein unbeschwertes Leben gab? Julia schob ihre Fantasien wieder beiseite. Sie musste aufhören zu träumen, obwohl sie das Gefühl hatte, dass es ihr half, mit der gegenwärtigen Situation und der Ungewissheit klarzukommen. Keiner wusste, was morgen war.

Als die drei Frauen zu den Männern stießen, befanden sich diese bereits mitten in einer hitzigen Diskussion darüber, wie es nun weitergehen würde.

»... dann müssten wir alle untertauchen und eine neue Identität annehmen«, erklärte Gerrit gerade den anderen.

Fay kam Julia mit ihrer Frage zuvor: »Worum geht es hier?«

Christopher fasste zusammen: »Es geht darum, dass die CIA oder das FBI, sollte die Regierung hinter der Aktion mit den Befehlen an die Brainbots stecken, mit Sicherheit rausbekommen werden, dass wir ihnen einen Strich durch die gemacht haben. Vergiss nicht, dass geheime Treffen nach wie vor strengstens verboten sind und es überall Kameras und Satellitenaufzeichnungen gibt. Einmal abgesehen davon, dass sie uns orten können. Wer weiß, ob sie uns nicht eh schon im Auge haben, weil wir Bekannte der angeblich verstorbenen Julia Jennings sind. Und immerhin wissen sie, dass Julia einen BID-Remover mitgenommen hat. Und dann die Verbindung zu Fay, die bei Nantech arbeitet.«

»Und wenn sie rausbekommen würden«, warf Marlene ein, »dass wir dahinterstecken, würden sie uns wahrscheinlich nicht nur die zugeteilten Wasser- und Essensrationen kürzen, meinst du das? Und was sollen wir dann deiner Meinung nach tun? Uns tatsächlich verstecken? Ist es jetzt wirklich soweit?« Marlene kickte mit ihren langen, dürren Beinen ein paar Steine, auf dem ausgedörrten Boden von sich weg.

»Nein, uns nur zu verstecken würde natürlich nur für kurze Zeit funktionieren. Sie würden jeden – und damit meine ich wirklich jeden – Agenten auf uns ansetzen. Was wir auch tun werden, ich glaube, dass sie uns früher oder später kriegen. Aber jetzt haben wir keine Wahl. Wir können nicht zulassen, dass dieser Befehl weiterhin die Bevölkerung dezimiert. Wir hatten ja bereits über die Hütte meines Onkels in den Bergen gesprochen. Dort werden wir unterkommen. Von dort aus können wir uns dann verteilen. Wir nehmen alles an Wasser und Nahrungsmitteln mit, was wir zusammenkratzen können. Aber …«, ergänzte Christopher, bevor jemand etwas einwerfen konnte, »lasst uns gleich nochmal mit Ryan sprechen, ob er es geschafft hat. Dann sehen wir weiter.«

Ohne eine Antwort abzuwarten, schlenderte Christopher in seiner überdimensionalen Jogginghose hinüber zu einem Unterstand, wo noch ein alter Traktor vor sich hinrostete. Die anderen schauten sich achselzuckend an. Julia nahm zaghaft Ethans Hand und wartete auf Ryan, indem sie auf die alte verwitterte Holztür starrte, hinter der er vermutlich Blut und Wasser schwitzte.

Nach endlosen Minuten oder vielleicht sogar Stunden öffnete sich knarzend die Holztür, und Ryan trat bleich und verschwitzt in die heiße Sonne.

8

Lumera

Neugierig ragte eine kleine Nasenspitze aus dem dunklen Erdstollen. Das Tier, etwa so groß wie ein Meerschweinchen, blinzelte mit seinen grünen Augen. Es sah zum ersten Mal in seinem Leben das Tageslicht und sog die feuchte Luft des Dschungels tief durch seine drei Nasenlöcher. Die wenigen Sonnenstrahlen, die ihren Weg bis zum Waldboden fanden, wärmten sein violettes Fell. Das Jungtier war jetzt drei Tage alt. Noch sehr klein musste es sich schon jetzt den Gefahren des Dschungels stellen. Die Milch der Mutter ernährte den Nachwuchs nur drei Tage lang, dann musste es selbst auf die Suche nach den dicken, gelben Maden gehen, die seine einzige Nahrungs- und Flüssigkeitsquelle darstellten.

Die Mutter, die das Jungtier begleitete, kannte die Gefahren des Dschungels – der Nachwuchs noch nicht. Die mausähnlichen Tiere mit den langen, spitzen Zähnen hatten viele Feinde. Am unteren Ende der Nahrungskette war Quantität die zuverlässigste Strategie zur Arterhaltung. Die Säugetiere brachten normalerweise alle drei Monate bis zu acht Jungtiere zur Welt – dieses hatte allerdings keine Geschwister, was einer Laune der Natur zu verdanken war.

Pfeifend lockte die Mutter das Junge aus dem Gang. Sie musste ihm zeigen, wo direkt unter der Erdoberfläche die dicken Maden zu finden waren.

Das Jungtier traute sich endlich aus dem Schutz des Baus, um der Mutter zu folgen. Immer wieder stellte diese sich auf die Hinterbeine, schnupperte und horchte, ob nicht irgendein Fressfeind auf sie lauerte. Hier gewann der Schnellere den Kampf ums Überleben. Das Muttertier suchte eine bestimmte Baumsorte. Nur in deren Wurzelgeflecht tummelten sich die saftigen Maden. Mit ihren hochsensiblen Duftrezeptoren konnte sie den Baum auf fünf Kilometer Entfernung riechen. Sie lief vorweg, den Blick immer wieder auf ihren Nachwuchs gerichtet. Sie wusste, dass sie sich auf ihre Nase verlassen konnte. Und wenn sie den Feind nicht riechen konnte, hatte sie immer noch die Möglichkeit, ihn zu hören. Das Jungtier hatte inzwischen die anfängliche Angst abgelegt und tollte durch die lockere Erde und langen Farne, unbefangen und voller Lebenslust.

Das Muttertier lauschte. Irgendetwas stimmte nicht. Die Tiergeräusche in der Nähe waren verstummt. Kein Laut war zu vernehmen. Aber es war nichts zu sehen. Das Muttertier lief weiter und pfiff nach ihrem Jungen. Sie mussten zum Busch direkt vor ihnen gelangen, dort würden sie sich verstecken können. Dabei mussten sie aufpassen, dass sie nicht von den fleischfressenden Schlingpflanzen erwischt wurden. Der verzweifelte Schrei ihres Jungen ließ sie verharren. Sie schaffte es noch sich umzudrehen, aber nicht mehr, den scharfen Klauen des riesigen, fledermausartigen Tieres zu entkommen, das lautlos aus der Luft zu ihr herabgestoßen war. Schlagartig blieb ihr die Luft weg, als eine der muskulösen Pranken sich um ihren Leib schloss und das Leben aus ihr herauspresste.

9

Mai 2384, Platon, Peter

»Darf es noch etwas für Sie sein?« Der Kellner lächelte Peter auf verdächtig emotionslose Art an. Peter brauchte nicht lange zu überlegen, um sicher zu sein, dass auch dies ein Android sein musste. Anscheinend wurden hier viele Arbeiten, die Dienstleistungen an den Passagieren betrafen, von solchen humanoiden Robotern erledigt.

Das Restaurant gefiel Peter gut. Es hieß »Nostalgie« und sah tatsächlich so aus wie die Restaurants zu seinen Lebzeiten auf der Erde. Hier war alles in warmen, gedeckten Farben gehalten, die er sonst vergeblich an Bord suchte. Stehlampen verbreiteten angenehmes Licht. Ruhige jazzige Hintergrundmusik sorgte dafür, dass er sich tatsächlich entspannen konnte. Für diesen Moment ließ er sich einfach nur fallen und wenn er die Augen schloss, vergaß er fast, dass er nicht mehr auf der Erde war.

Das Essen schmeckte köstlich, und mit jedem Glas Rotwein – oder einer Flüssigkeit, die zumindest so aussah und schmeckte – wurde die Stimmung zwischen Jason, Ramona und Peter entspannter. Ramona war eine humorvolle Geschichtenerzählerin, und so wurde auch viel gelacht.

Jason erzählte seinem Vater, nachdem der letzte Bissen gegessen war, dass es im Jahr 2031 zunächst nur möglich gewesen war, einzelne kryokonservierte Organe, zum Leben zu erwecken. Es dauerte aber nicht mehr lange, bis es den Forschern schließlich gelang, eine Technik zu entwickeln, mit der man auch große Organe und somit ganze Menschen auftauen konnte, ohne Gewebe zu zerstören. Die Antwort fanden die Forscher in Tieren, die im Winter in eine Kältestarre fallen. Zeitgleich waren Nanoroboter entwickelt worden, die sich im menschlichen Körper selbst wieder aufladen konnten. Somit war auch das Akku-Problem, mit dem die Forscher jahrelang gekämpft hatten, gelöst worden. Jegliche Organstrukturen, so komplex sie auch waren, konnten zudem nachgezüchtet werden. Somit gab es gegen fast alle Krankheiten nun Mittel und Wege. Peter lauschte den Ausführungen seines Sohnes mit wachsender Begeisterung. Jason und auch Ramona schienen viel über diese Themen zu wissen. Zumindest hatten sie auf alle Fragen von Peter Antworten parat.

»Und trotz aller Fortschritte im Bereich der Technologie war eine Umkehrung des Klimawandels zu diesem Zeitpunkt bereits nicht mehr möglich. Alles nahm seinen Lauf, eine Spirale des Untergangs, und die Situation auf der Erde eskalierte schließlich. Tja, und dann kam der Punkt, an dem wir uns nun im Raumschiff auf die Suche nach einer Alternative zur Erde begeben mussten«, beendete Ramona das Thema.

»Vielleicht ist es ganz gut, dass ich nicht dabei, sondern bereits tiefgefroren war«, sagte Peter und musste sich bei dem Gedanken daran schütteln. »Wie dem auch sei. Trinken wir darauf, dass wir hier und jetzt am Leben sind. Auf die Gegenwart und die Zukunft.« Peter erhob gemeinsam mit Ramona und Jason sein Glas und trank einen großen Schluck von dem Whiskey, den der Kellner ihnen im Anschluss an das Essen serviert hatte.

Peter schloss die Augen und spürte, wie Erinnerungen in ihm hochstiegen. Er dachte an die Abende, die er mit seinem Freund Frank Whiskey trinkend vor dem Kamin verbracht und dabei über die Studienzeiten sinniert hatte. Frank war sicher nicht mehr am Leben, so wie vermutlich alle Menschen, die sie zurückgelassen hatten. Peter öffnete die Augen und versuchte dem inzwischen wieder aufgenommenen Gespräch seines Sohnes und dessen Frau zu folgen.

»Bitte?«, fragte er vorsichtig, als er bemerkte, dass von ihm eine Antwort erwartet wurde. Ramona lächelte nachsichtig. »Ich würde dir morgen gerne unsere Kommandozentrale zeigen. Es ist ein wenig so wie in dieser uralten Kultserie ›Raumschiff Enterprise‹.

Jason hat mir davon einmal eine Folge gezeigt. Allerdings ist unsere wesentlich größer und moderner. Ich habe jedenfalls die Freigabe dafür erhalten. Wir holen dich morgen nach dem Frühstück ab. Würde dich das interessieren?«

»Ist die Frage ernst gemeint? Und wie mich das interessieren würde.«

Damit hatte Peter nicht gerechnet. Er freute sich wie ein kleines Kind. Er mochte Ramona sehr. Sie war empathisch und zudem permanent bemüht, sein Gefühls- und Gedankenchaos nicht noch mehr durcheinanderzubringen mit unbedachten Äußerungen oder Fragen. Sie ließ Peter einfach erzählen und fragte selten aktiv nach. Sein Sohn hatte wirklich Glück. Zudem sah sie umwerfend schön aus mit ihren leicht indischen Gesichtszügen.

Als das Gespräch wieder eine Wendung hin zu ernsteren Themen machte, erzählte Ramona, dass ihre Eltern kurz vor dem Start des Raumschiffes von Aufständischen ermordet worden waren. Dabei kämpfte sie sichtlich mit den Tränen. Peter konnte ihren Verlust nur zu gut nachempfinden. Jason, der das alles natürlich bereits wusste, wirkte beim Zuhören ebenfalls sehr betroffen.

Im Grunde musste jedes Besatzungsmitglied schwerste Verlusterfahrungen gemacht haben. Kaum einer dürfte nicht mindestens ein näheres Familienmitglied verloren oder zurückgelassen haben. Vermutlich konnte man die traumatisierten Menschen dieser Weltraumarche sehr gut mit Kriegsflüchtlingen vergleichen, deren Gedanken regelmäßig von belastenden und leidvollen Gedanken heimgesucht wurden.

Aber die Aussicht auf eine neue Zukunft mit unendlich vielen Möglichkeiten zauberte ein Lächeln auf die traurig gewordenen Gesichter. Sie waren an Bord einer Arche und hatten die Hoffnung, bald Lumera zu erreichen und dort eine neue Heimat errichten zu können.

Für Peter war es eine große Erleichterung, an den Gefühlen der anderen teilzuhaben, weil diese seinen eigenen Gefühlen so sehr ähnelten. Er fühlte sich auch gestärkt dadurch, dass die schwierigen Themen in eine von Hoffnung getragene Vision münden konnten. Gerade wegen der Bandbreite der Emotionen war das für ihn und wohl auch für die anderen ein gelungener und wertvoller Abend. Peter wurde klar, dass es sich lohnte, nach vorne zu schauen und nicht bloß zurück. Das nahm er sich für die Zukunft fest vor.

• • •

Peter schlief in dieser Nacht einen langen, traumlosen Schlaf. Am nächsten Morgen brachte Victor ihm das Frühstück auf sein Zimmer, was Peter jedoch von nun an selbst zu erledigen haben würde. Gegen mehr Privatsphäre hatte er aber auch nichts einzuwenden.

Jason holte ihn direkt nach dem Frühstück ab. Auf einem Monitor neben der Tür konnte Peter das Gesicht seines Sohnes sehen. Jason war berechtigt, diese Tür zu öffnen, aber Peter konnte innerhalb eines bestimmten Zeitraumes einen Befehl geben, der den Zugang dennoch untersagte. Ein weiteres Stück Privatsphäre, die jeder für sich nutzen konnte, wenn er sie brauchte. Jason sah sich in dem kleinen Raum um, bevor er sich an seinen Vater wandte: »Gefällt es dir hier, Dad? Ich habe ein paar Dinge von der Erde mitnehmen können für dich, von denen ich dachte, dass du dich darüber freuen würdest.«

»Vielen lieben Dank, das war eine tolle Überraschung«, entgegnete Peter und klopfte seinem Sohn dankbar auf die Schulter. Jason aber war gedanklich schon wieder einen Schritt weiter und legte seinem Vater einen Cube auf die Arbeitsfläche des kleinen Küchentresens.

Peter staunte: »Wie? Für mich?«

»Na ja, du warst davon so begeistert. Den konnte ich dir ja nun nicht vorenthalten. Ich habe dir auch noch Kontaktlinsen mitgebracht. Digitale Kontaktlinsen. Deren beginnende Entwicklung hast du damals wahrscheinlich mitbekommen, oder?«

»Ja, stimmt, ich erinnere mich. Aber die waren sehr umstritten, und sie funktionierten eher schlecht als recht«, lachte Peter.

»Das kann ich mir vorstellen. Die Linsen von heute kannst du damit sicher nicht mehr vergleichen. Unsere Androiden haben, während wir schliefen, bei der Weiterentwicklung der Linsen gute Arbeit geleistet«, entgegnete Jason und drückte seinem Vater eine kleine Schachtel mit Kontaktlinsen in die Hand. Peter verschwand damit sofort ins Badezimmer und setzte die Linsen, deren digitale Komponenten mit bloßem Auge nicht zu sehen waren, schnell ein.

Jason sagte etwas lauter, damit sein Vater ihn auch hören konnte: »Du koppelst die Kontaktlinse nach dem Einsetzen mit deinem BID, und voilá: Schon siehst du alles.«

Peter betrat zwinkernd wieder den Raum. »Danke, Jason. Das ist wirklich ein tolles Geschenk. Ich freue mich. Allerdings weiß ich nicht, wie ich das Koppeln hinbekommen soll.«

Jason nickte. »Deshalb bin ich ja so früh hier. Komm, setz dich. Wir gehen den Prozess der Aktivierung gemeinsam durch. Dabei kommt es vor allem darauf an, dass man sich sehr auf die eingesetzte Linse konzentriert. Das ist tatsächlich schwieriger, als mit dem BID eine Tür zu öffnen.«

Eine Stunde später machten die beiden sich auf den Weg. Peter war noch ganz aufgeregt, dass er nun mittels Gedanken ein Menü bedienen konnte, das er mit seinen Augen sehen konnte, und zwar nur er. Immer wieder spielte er damit herum, während er mit seinem Sohn durch die Gänge lief.

Peter konnte kaum fassen, wie viele Schleusen und Türen sie passieren mussten, um zur Kommandozentrale zu gelangen. Jeder von ihnen wurde zigmal gescannt und überprüft. Hier kam wahrscheinlich nicht mal eine Fliege durch, wenn sie keine Zugangsberechtigung hatte. Nach gefühlten zwei Kilometern Strecke kamen sie in der Kommandozentrale an.

Peter betrat den Raum und der Anblick verschlug ihm den Atem. Am anderen Ende der Brücke blickte er durch ein riesiges Panoramafenster direkt in die erhabene Schwärze des Weltalls. Durch den Aufbau der Brücke und die vielen Menschen musste er unwillkürlich an das Kommandodeck aus Star Trek denken. Die Hand in seiner Tasche formte den Vulkanier-Gruß und er konnte sich ein Lächeln nicht verkneifen. Ramona, die ihn beobachtet hatte, sah ihn mit fragendem Blick an. Aber Peter war sich nicht sicher, ob seine Schwiegertochter die alte Serie überhaupt kannte und winkte daher ab. Sein Blick glitt weiter durch den Raum, während er langsam auf das Panoramafenster zuschritt. Die Kommandobrücke der Platon war ein ovaler hoher Raum, der durch Lichtleisten in Boden, Wänden und Decke sowie viele große Bildschirme und Hologramme hell erleuchtet war. Er schätzte die Größe des Raumes auf bestimmt 400 Quadratmeter. Rund die Hälfte der Brücke wurde durch eine riesige Panoramascheibe eingenommen, die einen überwältigenden Blick ins Weltall ermöglichte. Peter war froh, dass das Schiff über einen neuartigen Strahlenschutz verfügte. So hatte er auch keine Angst vor einer schädlichen Strahlendosis, als er weiter auf das große Fenster zuschritt, das ihn magisch anzuziehen schien. Dort angekommen blieb er stehen und blickte in die Dunkelheit. Die Schwärze und die vielen Sterne übten einen fast unheimlichen Sog auf ihn aus – so, als würde er gleich nach vorne durch die Scheibe kippen und in der Unendlichkeit verschwinden. Unwillkürlich schauderte ihm. Im gleichen Augenblick trat ein Mann mit kurzgeschorenen Haaren neben ihn. Er trug eine Uniform, deren Abzeichen einen hohen militärischen Rang vermuten ließen. Peter riss seinen Blick vom Fenster los und sah ihn an.

»Mr. Jennings, ich freue mich, Sie kennenzulernen. Ich bin Captain Schröder, der befehlshabende Kommandant der Platon und dafür verantwortlich, dass Sie und alle anderen Passagiere sicher und heil in unserer hoffentlich neuen Heimat ankommen.«

Wie erwartet war der Händedruck dieses hünenhaften Mannes kräftig.

»Sie dürfen sich hier umsehen, so lange Sie die Besatzung nicht bei ihrer Arbeit stören. Wir sind hier derzeit 21 Personen in der Kommandozentrale. Aber da wir hier rund um die Uhr arbeiten müssen, haben wir die dreifache Menge an Besatzung allein für diesen Bereich. Ich muss leider wieder an meinen Posten, aber Ramona zeigt Ihnen alles und beantwortet Ihre Fragen.«

Peter dankte ihm für die freundliche Begrüßung und sah dem Kommandanten nach, als sich dieser mit raschen Schritten entfernte und zu einem großen Pult begab. Peter konnte das bläulich erhellte Gesicht des Captains jetzt nur noch schemenhaft durch die Scheibe des überdimensionalen, virtuellen Monitors auf dessen Pult beobachten. Zu gerne hätte er selbst so einen Monitor einmal benutzt, aber vielleicht würde sich die Gelegenheit dazu noch ergeben.

Peter sah sich nun die Brücke genauer an. In dem großen Raum standen überall große Arbeitskonsolen, teilweise mit komfortablen Sesseln. Jede Konsole war besetzt und jedes Besatzungsmitglied schien eine feste, ihm zugedachte Aufgabe zu haben, denn alle wirkten sehr geschäftig. Keiner beachtete die Besucher. Die meisten Konsolen ähnelten großen, in Tischen eingearbeiteten Displays, auf denen verschiedene Werte und Grafiken angezeigt wurden. Zum Teil wurden Informationen auch in die Luft über die Konsolen projiziert und dort von kundigen Händen hin und her geschoben. Peter sah dabei, dass Texte, Grafiken und andere Informationen einfach zum Nachbarpult ›geworfen‹ werden konnten. So konnten mehrere Personen parallel am gleichen Problem arbeiten. Am beeindruckendsten fand Peter jedoch das mehrere Meter große, bläulich schimmernde Hologramm in der Mitte der Brücke. Es zeigte ein Raumschiff – offensichtlich die Platon, auf der sie sich gerade befanden. Ein Mann mit Halbglatze stand davor und war gerade dabei, mit seinen Gesten bestimmte Bereiche des Schiffs zu vergrößern und in die Schaltpläne hinein zu zoomen, um Schiffsleitungen oder Schaltkreise zu überprüfen. Zum ersten Mal sah Peter dadurch nun im Detail und Großformat die Form und Struktur des Schiffs. Ein großes Rad rotierte um einen länglichen Rumpf. Das hatte Peter bereits in kleinerer Version gesehen, als Jason ihm das Hologramm der Raumstation gezeigt hatte, die sich in der Erdumlaufbahn befand. Ähnliches kannte Peter aber auch aus Science-Fiction-Filmen seiner Zeit. Die Rotation erzeugte eine künstliche Schwerkraft, damit man sich normal bewegen konnte und sich nicht mit der Schwerelosigkeit herumschlagen musste. Das wäre bei der Dauer der Reise für die Menschen an Bord sehr problematisch.

Peter sah sich etwas eingehender um. Die Kommandobrücke befand sich nicht im Korpus des Schiffs, wie es Peter erwartet hätte, sondern im vorderen Teil des sich drehenden Rads. Im Grunde war es auch eine logische Konsequenz, denn im Korpus herrschte Schwerelosigkeit. Peter sah viele Fenster, aber keines war so groß wie das Panoramafenster vor ihm. Da war also die Kommandozentrale, in der er sich gerade befand. Das helle Raumschiff, das im Raum vor ihm schwebte, wirkte so surreal und futuristisch, dass Peter kaum fassen konnte, dass er sich gerade darauf befinden sollte und durch das All flog.

So hatte sich Peter die Zukunft immer vorgestellt: glänzend, visionär, mit unendlichen Möglichkeiten durch fantastische Technik. Nur fühlte sich das Wort Zukunft seltsam an ... Peters Zukunft war nun seine Gegenwart geworden. Er befand sich im Hier und Jetzt, das musste er endlich realisieren.

Schließlich wanderte Peters Blick wieder zu Ramona, die ihr Haar heute streng zurückgebunden trug. Sie sprach schon längere Zeit mit einem Mitarbeiter, der anscheinend etwas mit der Navigation zu tun hatte. Zumindest zeigten die Symbole über seinem Pult eine Miniatur des Raumschiffs und verschiedene Sterne oder Asteroiden, die das Schiff umgaben. Ramona sah besorgt aus, und sie diskutierten hitzig. Auch David Schröder hatte sich zu Ramona und dem Navigator gesellt. Peter bemerkte, dass Jason versuchte, ihn abzulenken, indem er ihn zu einer der Schleusen lotsen wollte, die den Zugang zur Brücke regelten. Peter ließ es zu und begleitete seinen Sohn. Sie verließen die Brücke. Peter wollte Ramona unbedingt später fragen, ob es Probleme gäbe. Aber noch ergab sich dazu keine Gelegenheit, da Ramona die beiden leider nicht wie geplant zurückbegleiten konnte. Warum überraschte das Peter nicht? Eine leichte Nervosität breitete sich in seinem Inneren aus und ließ ihn frösteln, obwohl es angenehm warm war.

Peter erfuhr von Jason auf dem Rückweg, dass das Leben an Bord einem bestimmten Rhythmus folgte. Das war wichtig, da es im All keinen Sonnenauf- und -untergang gab. Daher hatte man feste Zeiträume für Frühstück, Mittag- und Abendessen definiert, um größtmögliche Struktur im Alltag der Menschen an Bord zu gewährleisten. Die Mahlzeiten konnte man, sofern man nicht in der eigenen Wohnung essen wollte, in mehreren Kantinen und Restaurants einnehmen.

Jason führte Peter in eine der Kantinen. Sie war puristisch, zugleich futuristisch im Design und im typischen sterilen Elfenbeinweiß gehalten. Das Essen war sehr schmackhaft, obwohl es sich bei Fisch und Fleisch um gezüchtete organische Strukturen handelte, die nicht von lebenden Tieren stammten, aber ganz ähnlich in Substanz, Konsistenz und Geschmack waren. Auch der Rest des Essens war anders, als er es von der Erde gewohnt war. Aber Peter verkniff sich weitere Nachfragen. Neben der kulinarischen Versorgung gab es außerdem viele Hobby-Bereiche auf dem Schiff, um die Reisenden fit und bei Laune zu halten. So sah Peter unterwegs ein großes Fitnessstudio, in dem sich hinter einer riesigen Glasfront dutzende Mitreisende damit abmühten, in Form zu bleiben. Er sah Tennis- und Squashplätze, ein Schwimmbad und sogar einen überraschend großen Spielplatz für die Kinder. Für die Eltern gab es dort Bänke und Tische und einen Stand mit Kaffee, Kuchen und anderen Leckereien.

Obwohl Jason seinem Vater viel gezeigt hatte, hatte Peter bislang dennoch erst einen Bruchteil des riesigen Schiffs sehen können. Am Abend, der hier nur auf der Uhr stattfand und am abgedunkelten Licht auf den Gängen zu erkennen war, zeigte Jason seinem Vater das sogenannte Atrium. Hier trafen sich Pärchen oder Freunde, um sich gemeinsam die Zeit zu vertreiben. Es wurde viel gequatscht und geflirtet. Oder man legte sich einfach in einen der vielen Liegestühle und entspannte sich. Dieser Ort raubte Peter den Atem. Sie betraten einen großen Raum, dessen eine Wand von einer riesigen gläsernen Kuppel vereinnahmt wurde. Nur eine Glasscheibe trennte sie von den Weiten des Weltalls.

Das Licht war sehr stark gedimmt, und so konnte man alles, was sich hinter der Kuppel im schier endlosen Raum befand, besonders gut erkennen. Man hatte das Gefühl, direkt durch das All zu schweben. Genau genommen war das ja auch der Fall. Und durch die Rotation des Rads zogen die Sterne scheinbar in Zeitlupe über die Kuppel hinweg – obwohl in Wirklichkeit das Atrium mit seinen Gästen durch die Schwärze des Alls glitt. Aber die Bewegung war, wie überall im Schiff, nicht spürbar. Das Atrium selbst war ausnahmsweise nicht im üblichen weißen Design gestaltet. Stattdessen war hier ein schwarzes, leicht glitzerndes Material verwendet worden, das Peter unbekannt war. Die Liegestühle waren in den Boden eingearbeitet und wellenförmig, so dass Peter und Jason sich bequem hinlegen und den Ausblick genießen konnten.

Der Blick in die unendlichen Weiten des Alls fesselte Peters Aufmerksamkeit zu sehr, als dass er länger auf die Innenarchitektur hätte achten können. Er erfuhr von Jason, dass die Kuppel nur zu bestimmten Uhrzeiten – und wenn die Situation es zuließ – geöffnet wurde. Normalerweise lag sie hinter dicken Stahlschotts und wurde so vor Asteroiden oder ähnlichen Gefahren geschützt.

»Wie lange sind wir eigentlich noch unterwegs?«

Jason blickte auf und musste schmunzeln:»Noch etwas über drei Monate, Dad. Dann sind wir am Ziel. Sobald wir die Umlaufbahn von Lumera erreicht haben, werden zunächst Sonden hintergeschickt, um die physikalischen Gegebenheiten zu analysieren. Anschließend wird ein Bodentrupp ausgesendet, und wir folgen dann logischerweise als letzte große Gruppe. Ich bin wirklich gespannt, was uns erwartet.«

»Na, da haben wir ja noch viel Zeit. Ich hoffe, es geht alles gut und der Planet empfängt uns auch so, wie wir es uns erhoffen.«

Einen Moment lang schwiegen beide und blickten in die unendlichen Weiten des Weltraums. Zwei Verliebte teilten nicht weit von ihnen stürmische Küsse miteinander und tuschelten leise. Schließlich erhoben sie sich, grüßten Peter und seinen Sohn und zogen ab.

Peter konnte seinen Blick einfach nicht von dem überwältigen Ausblick abwenden. Ohne seinen Sohn anzusehen, forderte er: »Erzähl mir von Lumera – unserer neuen Heimat.«

»Der Planet soll der Erde ziemlich ähnlich sein. Allerdings ist vieles immer noch bloße Spekulation. Wir hatten ja keine Zeit, eine Sonde vorauszuschicken. Wir wissen somit nur, dass es dort große Mengen Wassers gibt. Durch einen erdähnlichen Abstand zur dortigen Sonne sind Temperatur, Atmosphäre und Tages- und Nachtwechsel wahrscheinlich vergleichbar mit dem, was wir noch von der guten alten Erde kennen. Aber genau weiß ich es auch nicht, tut mir leid.«

»Du hast ja gesagt, dass wir die Suche nach einem geeigneten Planeten fortsetzen müssen, falls der Planet unbewohnbar ist. Aber wie hoch ist denn die Wahrscheinlichkeit, dass wir auf Lumera leben können? Weiß man denn darüber schon mehr?«

»Es gibt verschiedene prognostizierte Szenarien. Es lohnt sich nicht, sich zu fragen, welches davon das Beste ist. Wir haben einfach zu wenig Informationen. Dass es dort Wasser gibt, ist schon einmal gut. Nehmen wir aber an, die Atmosphäre würde zu wenig Sauerstoff enthalten und die Temperaturen seien ... ungünstig, dann käme eventuell eine Besiedelung mithilfe von Solar- und Sauerstoffkuppeln in Betracht. Oder ein unterirdisches Tunnelsystem. Diese Möglichkeiten hängen jedoch von vielen Faktoren ab, von denen wir nur wenig wissen. Wir müssen uns vor Ort ein Bild davon machen. Wieder kryokonserviert zu werden wäre natürlich ein Schock. Doch wir würden als Schlafende keine Ungeduld erleiden müssen, während die Crew der Androiden den nächsten Planeten, auf der leider nicht sonderlich langen Liste ansteuern würde. Es gibt eine festgelegte Reihenfolge von infrage kommenden Planeten, die wir nacheinander prüfen würden. Niemand weiß, wie lange es dann noch dauern wird, einen geeigneten Planeten zu finden. Je weiter wir fliegen müssen, umso mehr müssen wir uns auf Spekulationen verlassen. Aber uns kann zumindest der Treibstoff nicht ausgehen, da wir ihn hier an Bord produzieren.«

»Na, dann hoffen wir, dass der Planet hält, was er verspricht«, sinnierte Peter, während er sich auf einem der Liegestühle räkelte. »Aber wir produzieren unseren Treibstoff selbst? Wie wird das Schiff denn angetrieben? Das habe ich mich heute Morgen bereits gefragt.«

»Mittels Antimaterie. Es ist den Forschern gelungen, sie endlich in größerem Umfang herzustellen, was wir sogar hier an Bord bewerkstelligen können. Was das angeht, ist mein Wissen aber auch nur begrenzt.«

»Antimaterie. Wird diese denn nicht unter bestimmten Umständen instabil? Oder ist dieses Problem Schnee von gestern?«, fragte Peter.

»Es soll wohl alles recht sicher und ausgeklügelt sein. Aber wenn das wirklich passiert, kannst du dir die Frage wohl selbst beantworten, oder?«

»Ja. Dann sind wir alle nur noch Sternenstaub.«

Jason nickte, und Peter fröstelte beim Gedanken daran.

10

November 2043, Erde, Julia

»Wollt ihr hier draußen Wurzeln schlagen?« Ryan trat mit bleichem Gesicht und geröteten Augen vor die Tür des alten Bauernhauses. Er hielt sich die Hand über die Augen, um sie vor der Sonne abzuschirmen. Sein Blick ruhte auf Julia und den anderen. Die sechs hatten sich zum Schutz vor der Hitze unter die Überdachung neben dem Traktor zurückgezogen und saßen dort im Schatten. Marlene lag mit ihrem Kopf auf ihrem zu einem Kissen umfunktionierten Pullover und schlief. Fay weckte sie vorsichtig. Etwas verpennt kamen alle nach und nach auf die Beine. Als Julia ins Haus trat, schlug ihr eine angenehme Kühle entgegen. Im Haus war es doch merklich kälter und angenehmer als hier draußen, obwohl eigentlich gerade Winter war.

Nachdem sich alle gesetzt hatten, war Julia wirklich froh, dass Ryan keine weitere Zeit verstreichen ließ und gleich zur Sache kam. Er erklärte: »Es hat geklappt. Den Suizidbefehl konnte ich löschen. Inzwischen müssten alle betroffenen Menschen, die noch am Leben sind, die neue Programmierung erhalten haben. Die Lage müsste sich nun direkt entspannen.«

Ein allgemeines Aufatmen war zu vernehmen. Doch bevor jemand sich äußern konnte, sprach Ryan bereits weiter: »Außerdem habe ich es so eingerichtet, dass niemand außer mir künftig auf die Brainbots zugreifen kann. Natürlich können sie weiterhin jeden orten und Gespräche aufzeichnen, aber sie können nicht mehr selbst Einfluss nehmen. Und diese Verschlüsselung kann niemand knacken. Sie werden es so hinnehmen müssen.«

Es herrschte für einen Moment andächtige Stille. Alle warteten auf ein Aber, das irgendwie naheliegend zu sein schien. Schließlich sprach Ryan weiter: »Allerdings befürchte ich, dass sie ziemlich schnell rausbekommen werden, wer dahintersteckt. Ich war nämlich noch kurz im System des FBI und konnte feststellen, dass sie uns noch immer auf dem Schirm haben und dass du, Julia, unter der Bezeichnung »Aufenthaltsort und ID unbekannt« gelistet bist. Sie gehen offensichtlich nicht davon aus, dass du tatsächlich tot bist. Bislang waren sie nur nach euch beiden auf der Suche, Ethan und Julia. Aber wir stehen beim FBI alle unter Beobachtung, da wir bekanntermaßen mit euch in Kontakt standen. Und nun befinden wir uns hier, alle gemeinsam an einem Ort und haben in die dramatischste Aktion der Regierung aller Zeiten eingegriffen und ihre Handlungsfähigkeit beschränkt. Damit sind wir gerade alle zum Staatsfeind Nummer eins geworden. Also haben wir nur eine Wahl ...«

Fay murmelte leise: »Der Notfallplan. Eine neue Identität für jeden von uns.«

»So ist es. Ich muss jetzt schnell handeln und bei jedem von uns die ID löschen. Sobald wir offline sind, manipuliere ich die Chips der beiden Fahrzeuge draußen ebenfalls und wir verschwinden. Unterwegs steigen wir in der Nähe der nächsten Stadt in ein anderes Fahrzeug um. Ich sorge dafür, dass nach und nach die neuen Identitäten aktiviert werden, die ich schon lange vorbereitet habe. Damit beginnt unser neues Leben. Und dann müssen wir untertauchen.«

»Übertreibst du da nicht, Ryan? Ist das wirklich notwendig?«, fragte Marlene, während sie gerade an ein paar Keksen knabberte, die sie im alten Küchenschrank gefunden hatte. Schmatzend, noch immer mit geröteten Augen, flätze sie sich auf das alte Sofa.

»Ob ich übertreibe?«, rief Ryan gereizt aus. »Sag mal, warst du bei unseren Treffen nie anwesend? Und hab ich vielleicht gerade etwas verpasst? Wurden wir heute nicht etwa Zeugen eines organisierten Massenmords? Kann es sein, dass unsere Regierung über Berge von Leichen geht? Kann es sein, dass mittlerweile Aufständische öffentlich hingerichtet werden? Hmm, lasst mich mal überlegen ... Nein, ich übertreibe in keinster Weise, liebe Marlene!«, schrie

Ryan, woraufhin absolute Stille herrschte und er von allen entgeistert angestarrt wurde. Julia konnte nicht umhin, Marlene beruhigend die Hand auf den Arm zu legen. So aufbrausend erlebte man Ryan wirklich selten.

»Tut mir leid, aber ... hört mal zu, Leute«, fuhr Ryan etwas ruhiger fort. »Im Grunde ist es so: Es kann natürlich jeder von euch selbst entscheiden, was er möchte, aber jeder, der erwischt wird, ist für uns alle eine potenzielle Gefahr. Das ist doch wohl klar, oder? Und der Notfallplan stand doch schon lange fest. Das ist doch jetzt für keinen eine Überraschung. Wenn sie einen von uns erwischen, bringen sie ihn zum Reden. Selbst wenn die Infos auf unseren BIDs verschlüsselt sind, können sie durch Folter Geständnisse erzwingen. Wisst ihr noch? Wird einer erwischt, werden alle erwischt.«

Jetzt redeten alle durcheinander. Marlene war dagegen, dass ihre ID verändert wurde, die anderen dafür. Jeder stand vor der Entscheidung, sein gesamtes bisheriges Leben hinter sich zu lassen. Dass das passieren konnte, war allen seit Jahren bekannt. Doch nun tatsächlich vor dieser Situation zu stehen, war etwas ganz anderes.

Julia hatte schließlich genug: »Ruhe jetzt, verdammt noch mal! Es reicht! So führt das doch zu nichts!«

Sie stand auf, bevor sie weitersprach: »Leute, wir wussten, worauf wir uns einlassen. Hier sind wir für den Moment sicher, aber wirklich nur für den Moment. Es wird nicht mehr lange dauern, bis sie uns finden und holen. Das wäre unser Tod. Ryan muss jetzt damit anfangen, unsere IDs vom Netz zu nehmen, damit wir verschwinden können. Das sieht der Plan so vor. Marlene«, sie wandte sich an ihre schwarzhaarige Freundin, die sich leicht trotzig in die Ecke der Couch verzogen hatte und nun nicht mehr auf den Keksen, sondern auf ihren Wangen kaute, »denk bitte darüber nach, okay? Es war dir doch immer klar, dass es soweit kommen kann. Jetzt tust du so, als wäre das eine ganz neue Information für dich. Ich verstehe, dass du gerade Schlimmes erlebt hast, und du verwirrt und überfordert bist. Aber du musst dich jetzt zusammenreißen!«

»Das tue ich ja. Und der Plan – klar erinnere ich mich, aber damals war es eben nur ein Plan und nicht real und nur das Worst-Case-Szenario. Das jetzt ist etwas ganz anderes«, erklärte Marlene verunsichert.

Julia wurde etwas sanfter: »Es zwingt dich niemand dazu, aber bedenke bitte auch, was für eine Gefahr das für uns alle bedeuten würde, wenn sie dich kriegen sollten. Und ohne neue ID werden sie dich ziemlich schnell am Kragen haben. Überleg dir bitte, was aus deinem Leben wird, wenn sie dich holen kommen – beziehungsweise, was nicht mehr daraus werden kann.«

Marlene dachte kurz nach, bevor sie antwortete: »Jaja, ist schon okay. Ich denke darüber nach.« Julia konnte sehen, dass Christopher etwas sagen wollte, aber ihr scharfer Blick in seine Richtung hielt ihn davon ab.

Ryan sammelte unterdessen die Ausrüstung zusammen, die er benötigte, um den Chip zu entfernen und die vorhandenen ID-Daten zu löschen. Nachdem er alles hatte, was er brauchte, fragte er in die Runde: »Wer möchte als Erstes?«

Fay stand auf. »Ich fang an. Vorausgesetzt, du weißt, was du da tust.«

Ryan sagte nichts darauf, sondern schaute Fay nur ernst mit leicht gesenktem Kopf und funkelnden Augen an. Diese lenkte sofort ein: »Alles klar. War nicht so gemeint. Du weißt, was du tust. Wir waren ja schon einmal offline, als Julia in die Forschungseinrichtung eingebrochen ist und wir sie da rausgeholt haben. Ich bin nur etwas nervös. Sorry.«

Ryan und Fay verzogen sich in eine andere Ecke des Raumes, in der sich ein Stuhl, ein kleiner Schreibtisch und ein Sessel befanden, während Ethan und auch Marlene wie versteinert auf dem Sofa saßen. Julia ging es nicht anders. Sie hatte das Gefühl, in einem Albtraum gefangen zu sein. Was war, wenn die Regierung tatsächlich rausbekam, wer hinter der Aktion steckte? Wenn sie bereits nach ihren Freunden suchten? Sie mussten auf jeden Fall alle so schnell wie möglich hier weg und dann ihre neuen Identitäten erhalten und untertauchen. Aber was war mit Marlene? Sie konnten sie unmöglich so gehen lassen. Das war wohl allen klar, auch wenn es niemand aussprach.

»Ethan, mach doch bitte mal den Fernseher an. Vielleicht gibt es schon aktuelle Infos. Wir müssen gucken, ob Ryans Hack wirklich geklappt hat und die Selbstmorde aufgehört haben«, schaltete sich Gerrit ein und unterbrach damit Julias Gedankenkarussell.

Ryan guckte von der anderen Seite des Raumes mürrisch zu ihnen herüber. Vermutlich ärgerte er sich darüber, dass sein Erfolg infrage gestellt wurde. Er ließ sich aber nicht lange ablenken, sondern entfernte vorsichtig Fays Chip mithilfe des BID-Removers.

Julia hörte das Klacken der kleinen Kralle, die sich um Fays Implantat schloss. Nach einem Pieps, der Ryan bestätigte, dass der Chip nun entfernt werden durfte, zog er vorsichtig das längliche, am Ende abgeflachte Implantat aus Fays Kopf. Julia musste hart schlucken und schaute schnell weg. Es war gruselig zu sehen, wie ihrer Freundin ein so langes metallenes Ding aus dem Kopf gezogen wurde. Dann ging alles ganz schnell. Ryan legte den Chip auf eine passende Vorrichtung, knackte mit Hilfe seines Laptops die Verschlüsselung des Chips und versetzte ihren BID in einen achtstündigen Wartungsmodus, in dem er nicht geortet werden konnte und spielte die neue, von ihm bereits vorbereitete Identität auf, die anschließend aktiviert werden würde. Danach schob er den Chip vorsichtig wieder in die Halterung in Fays Hinterkopf, wo er mit einem leichten Klicken einrastete. Julia war erleichtert. Ryan arbeitete schnell und präzise.

»Wow, das ging aber fix«, hörte Julia vom Sofa aus Marlenes Stimme. Sie hatte die Arbeit von Ryan offensichtlich auch beobachtet. Sie schaute Julia, die nun zu ihr getreten war, nachdenklich an und meinte dann zögerlich: »Ich weiß, dass ich nicht so rumzicken sollte. Aber ich habe echt Schiss bekommen, als es nun ernst wurde. Aber wenn ich jetzt sehe, wie gut Ryan sein Handwerk versteht, dann werde ich mich fügen. Ich will schließlich meine Freunde nicht unnötig in Gefahr bringen. Aber weißt du, es ... ich vermisse jetzt schon meine Eltern und meine Geschwister so sehr... Meine ganze Familie. Ich ...«

Julia beobachtete, wie sich eine Träne aus Marlenes Augenwinkel löste. Julia konnte ihre Freundin verstehen und ärgerte sich etwas über sich selbst. Sie hätte mehr auf deren Gefühle eingehen müssen. Immerhin wusste sie, dass Marlene ihre Eltern über alles liebte und sehr engen Kontakt mit ihnen pflegte. Schnell stand sie auf und nahm sie in den Arm.

»Ich verstehe dich. Entschuldige, dass ich so unsensibel war. Es ist für uns alle eine sehr belastende Situation.« Mit einem kleinen Kuss auf Marlenes feuchte Wange löste sich Julia von ihrer Freundin. »Danke, dass du dich dafür entschieden hast«, hauchte sie erleichtert.

Ethan lehnte sich währenddessen in Richtung Tisch und schnappte sich die altmodische Fernbedienung. Er starrte die vielen Knöpfe an und wirkte etwas hilflos.

»Alter, weißt du nicht, wie man so ein Ding bedient?«, fragte Gerrit entgeistert. Christopher, der die ganze Zeit über ruhig gewesen war, lachte nun laut, als er sagte: »Wie du die Fernbedienung wie einen Geist anstarrst, ist einfach nur göttlich, Ethan!«

Ethan warf Gerrit die Fernbedienung zu und grinste. Dieser schaltete das fast schon antike Gerät mit einem Knopfdruck ein. Normalerweise steuerte man TV-Geräte mit den BIDs, aber gerade die ältere Generation der Bevölkerung hatte Probleme mit der neuen Technik und nutzte lieber altertümliche Steuerungsmodule wie eben eine Fernbedienung. Und auch die Menschen, die auf die Hilfe der Brainbots verzichteten und keine Lust hatten, mit ihrer Smartwatch all ihre technischen Geräte zu bedienen, blieben bei dem Altgedienten. Eine klassische Fernbedienung, wie Gerrit sie nun in der Hand hielt, hatte allerdings schon fast Seltenheitswert.

Direkt auf dem erstbesten Kanal, den Gerrit einschaltete, lief eine Sondersendung zur aktuellen Lage. Alle starrten gebannt auf den Fernseher. Die gezeigten Bilder ließen keinen Zweifel zu. Die Menschen gingen wieder in ihre Häuser, und die Straßen leerten sich. Der Nachrichtensprecher bestätigte dies ebenfalls. Die Soldaten würden wieder abrücken können, nachdem das Chaos beseitigt wäre.

Schauer liefen über Julias Körper. Ryan hatte es tatsächlich geschafft. Es hatte aufgehört. Ihre Freunde jubelten. Dennoch blieb dieser dunkle Schatten, als Julia an die Frau dachte, die aufgrund des Selbsttötungsbefehls vor ihren Augen sterben musste. Hätten sie früher eingegriffen, wären sie und hunderttausende, vielleicht sogar Millionen anderer Menschen noch am Leben. Dennoch: es war unglaublich, was Ryan zustande gebracht hatte. Julia schaute zu ihm hinüber. Ihr Kumpel hämmerte verlegen auf seine virtuelle Tastatur ein.

»Habe ich doch gesagt«, war alles, was leise aus seiner Ecke zu vernehmen war. Christopher sprang auf und rannte zum Kühlschrank. In dem alten, laut surrenden Kasten war tatsächlich noch eine Flasche Sekt zu finden. Die hatte Julia damals hier deponiert, falls sie einmal mit Ethan an einem Abend oder Wochenende herkommen würde. Nun goss Christopher jedem ein paar Schlucke in stumpf gewordene Sektgläser ein, die er im Schrank darüber gefunden hatte. Ryan war gerade mit Fays BID fertig geworden und widmete sich nun Gerrits. Später, wenn sie alle in Sicherheit wären, könnte er immer noch ein Gläschen trinken, teilte er ihnen mit.

So warteten sie vor dem Fernseher, und Julia hoffte, dass Ryan seine Arbeit schnell erledigte. Zumindest schneller als das FBI.

»Leute, ich bin fertig mit den BIDs. Sie können uns nun unter unseren bisherigen IDs nicht mehr finden«, kamen nach einer gefühlten Ewigkeit endlich die erlösenden Worte aus Ryans Mund. Man konnte förmlich spüren, wie die Anspannung von allen abfiel. Keiner von ihnen war ab diesem Moment noch für das FBI zu orten.

»Hoffen wir, dass sie nicht bereits nach unseren alten IDs gesucht und uns geortet haben. Aber dann wären sie bestimmt bereits hier.« Ryan stand auf und streckte sich. Er hatte erst bei allen anderen die BIDs manipuliert, bevor Gerrit ihm half, seinen eigenen BID zu entfernen, neu zu programmieren und wieder einzusetzen. Julia ging zu Ryan, umarmte ihn und drückte ihm den inzwischen warm gewordenen, kaum noch prickenden Sekt in die Hand. Mit einem großen Schluck beförderte Ryan ihn die Kehle hinunter.

»Leute, zur Info: wir sind derzeit offline und die neuen BIDs sind inaktiv. Sonst wäre dem FBI sofort klar, wer wir nun sind. Wenn die alten Identitäten plötzlich vom Radar verschwinden und die neuen an deren Stelle auftauchen, riechen sie den Braten sofort. Also versucht gar nicht erst auf eure BIDs zuzugreifen, bis wir in Lakeville angekommen sind«, erklärte Ryan. Ohne auf eine Reaktion zu warten, ging er schnurstracks zur Tür hinaus in den Hof.

»Es sieht ja bislang gut für uns aus. Zumindest wurde noch keine Fahndung nach uns rausgegeben«, stellte Christopher fest. »Und es war auch noch kein Besuch hier. Sieht so aus, als wären wir vorerst sicher.«

Julia sah das anders. »Lasst uns bitte erstmal abwarten. Wir sollten zusehen, dass wir hier verschwinden und so lange untertauchen, bis Ryan jedem von uns das neue Aussehen verpasst hat.«

Julias Freunde nickten einstimmig.

»Obwohl ich die ganze Zeit das Gefühl habe, als hätte ich etwas vergessen«, sagte Marlene gedankenverloren.

»Habt ihr wirklich alles dabei?« fragte Julia noch einmal, bevor sie die schwere alte Holztür hinter sich zuzog. Ihre Freunde nickten einstimmig. Julia schloss sorgfältig die Eichentür mit dem alten verrosteten Schlüssel hinter sich ab, als könnte sie damit künftige

Eindringlinge von dem maroden Gebäude fernhalten. Zumindest aber wollte sie es ihnen nicht leichter als nötig machen. Wohin war nur der alte Mann verschwunden, der immer so gut auf das alte Gebäude aufgepasst hatte? Julia kratzte sich am Kopf, während sie ihren Freunden zu den beiden Autos folgte, die sie nun zu ihrer nächsten Station bringen sollten. Der Plan sah vor, dass sie nun in der Nähe von Lakeville, Pennsylvania, in einer alten Waldhütte von Christophers Onkel, unterkamen. Dort kamen die Satelliten mit ihren Kameras nicht durch die Bäume hindurch, sollten sie nach den Freunden fahnden. Und auf den Wärmebildern der Satelliten waren keine Gesichter erkennbar.

In Lakeville sollte dann der zweite Teil des Plans verwirklicht werden. Ryan würde ihren Gesichtern jeweils ein neues Aussehen verpassen. Dies war der Teil, der auch Julia noch immer nervös machte. Anhand der in ihrem Körper enthaltenen Bots würde Ryan eine Veränderung der Zellstrukturen in bestimmten Bereichen des Gesichts anordnen. So ein Eingriff war durchaus heikel, da, im Gegensatz zur ›Reparatur‹ eines beschädigten Organs, die natürliche Struktur des Gesichts gegen den ursprünglichen Bauplan des jeweiligen Menschen geändert werden musste. Dadurch ließ sich auch nie exakt vorhersagen, wie das Ergebnis aussehen würde. Und die Aussicht auf ein fremdes Gesicht, dessen Aussehen im Vorfeld nicht sicher bestimmt werden konnte, macht Julia mehr Angst als ihr lieb war und sie vor den anderen zugeben wollte. Aber der Schritt war absolut notwendig. Auch wenn die eindeutig identifizierbare Iris im Auge nicht verändert wurde, würde ein neues Gesicht aber zumindest bei einer landesweiten Fahndung die Gefahr des Erkanntwerdens drastisch reduzieren.

Nachdem Ryan die Transformation ihres Aussehens abgeschlossen haben würde, sah der Plan vor, dass sie sich trennten. Nicht mehr als zwei Personen sollten zusammenbleiben. Julia hatte bereits vor zwei Jahren für jede ihrer neuen IDs ein Konto mit Bitcoin-Wallets eingerichtet. So stand jedem genug Geld zur Verfügung, um die nächsten Jahre überbrücken zu können – zumindest, wenn dem Geld noch eine Bedeutung beigemessen wurde.

Sie ließen den alten Hof hinter sich. Julia drehte sich bewusst nicht noch einmal um. Ebenso wie den Hof musste sie nun ihr altes Leben hinter sich lassen. Zurückzublicken würde ihr nicht helfen, die

Zukunft besser zu meistern. Sie wollte nach vorne schauen. Sie hatte noch immer ihre Freunde, ihren Partner und eine neue Identität. Und das Wichtigste für die nächste Zeit: sie hatte viel Geld, auf das sie digital noch immer zugreifen konnte. Jetzt fuhren sie über holprige Nebenstraßen Richtung Lakeville in Pennsylvania, wo sich die Hütte von Christophers Onkel befand. Sie mussten aufpassen, dass sie unterwegs niemandem auffielen. Julia hoffte inständig, dass sie es schafften, die Hütte zu erreichen. Sollten sie unterwegs gefasst werden, wäre das ihr Todesurteil, das war ihr und auch den anderen klar.

11

November 2043, Erde, John

»So eine verfluchte Scheiße.« John schlug so fest mit der Hand die alte in die Jahre gekommene Tür des alten Bauernhauses zu, dass sie fast aus den Angeln fiel. »Wir sind zu spät.«

Keiner der fünf Agenten, die gemeinsam mit John auf dem alten Bauernhof ankamen, traute sich etwas zu sagen. Zumindest war kein Laut von ihnen zu vernehmen. John kochte innerlich.

Nach dem Einbruch bei Nantech vor zwei Jahren hatte von Julia Jennings jede Spur gefehlt. Der Helikopter, der sie vermutlich eingesammelt hatte, konnte später zwar gefunden werden. Doch er hatte keine Hinweise geliefert, wer ihn geflogen haben konnte und wo die Passagiere abgeblieben waren. Die gesamte Steuerungssoftware des Fluggerätes musste manipuliert worden sein. Ob Julia Jennings den Sturz von der Staumauer überlebte oder ob sie angeschossen wurde, konnte niemand mit Gewissheit sagen. Die Suche nach ihrer Leiche im Wasser war jedenfalls erfolglos geblieben. Der Fahndungsaufruf führte ebenfalls zu nichts. Die Gesuchte war wie vom Erdboden verschluckt. Ihr Partner Ethan James ebenfalls. Sie mussten sich damals sofort ihre BIDs entfernt haben – mit dem BID-Remover, den sie gestohlen hatten. Dass ein Kollege bei Nantech seinen Rollcontainer am Schreibtisch nicht abgeschlossen hatte, was er vehement bestritten hatte, kostete ihn zwar sofort den Job, das änderte aber nichts an der Tatsache, dass Julia und ihr Partner spurlos verschwunden waren. Bei Nantech wurde alles auf den Kopf gestellt und auch das gesamte Firmennetzwerk durchsucht, aber sie konnten in den Systemen absolut nichts finden, was erklären konnte, warum Julia Jennings bei ihnen eingebrochen war. Damals lag der Verdacht nahe, dass die beiden Rebellen es vielleicht nur auf den Remover abgesehen hatten, um ihn illegal einsetzen zu können. Nur wenige sorgsam ausgewählte Organisationen besaßen einen BID-Remover, denn die kleinen Geräte ermöglichten es Kriminellen, durch Entfernen und Umprogrammieren der Implantate eine neue Identität anzunehmen. Entsprechend hoch war der Schwarzmarktpreis für eine neue Identität oder gar den Remover selbst. Das FBI hatte den Diebstahl, nachdem alles geprüft war, kaum weiter hinterfragt. Der Remover blieb, ebenso wie Ethan James und Julia Jennings, verschwunden. Seit des Einbruchs nahmen sie außerdem Julias und Ethans ehemaligen Freundeskreis unter die Lupe. Vor allem natürlich Fay Oliver, die bekanntermaßen mit Julia Jennings befreundet war. Allerdings gab es keinerlei Hinweise, dass noch jemand Kontakt zu Julia Jennings gehabt hatte, die, ebenso wie ihr Freund Ethan James, offiziell als vermisst galt. Auf dem BID von Jennings Freundin gab es auch keinerlei Hinweise auf die durchgeführte Aktion. Nach und nach wurden die Beschattungsintervalle immer größer und das Budget für ihre Ergreifung immer weiter reduziert. Die beiden schienen alle Zelte hinter sich abgebrochen zu haben.

Hätte John gewusst, was die beiden vorhatten und wer noch daran beteiligt sein musste, wäre er vor einem Jahr ganz anders vorgegangen.

Er hätte länger an den beiden dranbleiben müssen. Nun waren sie über ihre ID nicht mehr zu finden. Er fürchtete jetzt schon den Moment, an dem er sich vor seinem Vorgesetzten Salisbury erklären musste. Vielleicht würde er von der Mission abgezogen werden und irgendeinen Büroposten übernehmen müssen. Und das war nur der Best Case. Über andere Konsequenzen wollte er jetzt gar nicht nachdenken. Mit Salisbury war nicht gut Kirschen essen, wenn man Mist gebaut hatte.

John überlegte angestrengt, während er sich immer wieder mit seiner kräftigen und braungebrannten Hand über den Stoppelhaarschnitt strich. Er bekam heftige Schweißausbrüche. Das lag nur zum Teil an den Temperaturen, die hier draußen herrschten. Der Stress setzte ihm zu. Er ließ das Geschehene noch einmal Revue passieren:

Nachdem ein Befehl wie von Geisterhand von außen in die BIDs der Menschen geschleust und somit der Suizid-Befehl deaktiviert werden konnte, checkte Johns Team alle möglichen Verdächtigen. Dabei stießen sie auch auf Julia Jennings Freundeskreis. Der wurde erneut unter die Lupe genommen. Sie stellten fest, dass sich fünf ihrer engsten Freunde sowie zwei weitere, dem FBI bislang unbekannte Personen, hier auf dem alten Hof versammelt hatten. Somit musste John nur eins und eins zusammenzählen. Als dann plötzlich alle sieben vom Radar verschwanden, wussten sie, dass sie sich beeilen mussten.

John blickte sich um. An diesem gottverlassenen Ort hatten sie also alle ihre IDs auf den BIDs mithilfe des Removers gelöscht. Er war jetzt ziemlich sicher, dass Jennings und James auch dabei waren. Es konnte nur so sein. Sie konnten noch nicht lange weg sein. Man hatte die sieben Verdächtigen noch bis vor neun Stunden hier orten können. Das reichte John, damit er wusste, dass diese Personen nun ganz oben auf der Fahndungsliste landen mussten. Das sagte zumindest der Agent in ihm. Eine andere Stimme in ihm war voller Hochachtung für diese Rebellen, die den Suizidbefehl vereitelt hatten. Er war erleichtert gewesen, als das Sterben aufgehört hatte. Beim Gedanken daran, dass er sich nicht sicher war, ob er überhaupt noch Verbrecher jagte, bekam er wieder Schweißausbrüche.

»Rodrigues, sofort folgende Personen umgehend zur Fahndung ausrufen. Das geht an alle Presseagenturen und Nachrichtensender. Wir suchen sieben Terrorverdächtige: Julia Jennings und Ethan James – vermutlich unter falschen Namen –, Fay Oliver, Marlene Short, Ryan Fender, Gerrit Pierson und Christopher Woodruff«, sagte John und schickte seinem Kollegen Rodrigues alle Infos via Holonet über seinen BID zu. »Das hier hat höchste Dringlichkeitsstufe, haben Sie mich verstanden?« Das war keine Frage, vielmehr eine Ansage.

»Jawohl, Sir. Ich bin bereits dabei«, erwiderte Rodrigues und bewegte seine kleine Gestalt im Laufschritt zu seinem weißschwarzen Shuttle.

John wies zwei Leute aus seiner Truppe an, im Haus nach Spuren zu suchen, die Hinweise darauf liefern könnten, wohin die sieben geflohen sein könnten. Direkt danach rief er, während er sich auf dem Gelände des alten Hofes umsah, seine Mitarbeiterin Jessie Hudson an: »Hudson, alle Akten, die ich Ihnen gleich zuschicke, sind genauestens unter die Lupe zu nehmen. Freunde, Verwandte, Hobbys und so weiter ausmachen und verdächtige Personen, mit denen die Gesuchten in Kontakt stehen könnten, ununterbrochen beschatten lassen. Jedes Telefonat wird aufgezeichnet und analysiert. Höchste Dringlichkeitsstufe. Noch Fragen?«

Jessie Hudson bestätigte den Befehl. John ging, den knirschenden Kies der Auffahrt unter seinen Schuhsohlen, zu seinem Shuttle und legte die Fäuste darauf ab. Er war so unglaublich wütend über sich selbst, dass er kurz mit beiden Fäusten energisch auf das Dach schlug. Sofort meldete sich die KI seines Shuttles. »Sie beschädigen das Dach eines Regierungsfahrzeugs. Ich muss Sie höflichst bitten ...« John brüllte wütend auf und haute noch dreimal mit den Fäusten auf das Dach. Jetzt fühlte er sich besser und konnte wieder freier atmen. Ihm war nicht klar, worauf er wütend war, darauf, dass die Rebellen ihm entwischt waren, oder darauf, dass er ausgerechnet jene Menschen verfolgen musste, die den Mut gehabt hatten, den er nicht aufbringen konnte. Sie hatten mehr als ein Viertel der Bevölkerung gerettet. Ihr Verbrechen war es, Menschenleben gerettet zu haben.

»Die Kosten für den nun entstandenen Schaden ...«, vernahm er abermals die KI des Fahrzeugs.

»Halt die Klappe und zieh das Geld von meinem Konto ein, mein Gott!«

John entfernte sich von seinem Shuttle mit der lästigen KI und sah sich weiter auf dem Hof um. Er konnte nichts entdecken, was ihm Hinweise darauf lieferte, wohin die fünf oder sieben gefahren sein konnten. Die Satelliten-Auswertungen lagen noch nicht vor. Vielleicht würden sie neue Erkenntnisse liefern.

John betrat die alte Scheune. Es roch hier muffig, und Fliegen surrten laut in der staubigen Luft umher. Die vereinzelten Sonnenstrahlen, die durch große Rillen in den Hölzern drangen, wirkten irgendwie beruhigend auf John. Was er dann sah, änderte allerdings diesen Zustand sofort. Nicht weit von ihm baumelte ein alter Mann mit offenem Mund und heraushängender Zunge an einem ebenso alten Balken. Er hatte sich offensichtlich erhängt. Unter seinen Füssen lag noch der alte hölzerne Schemel, den er dafür benutzt hatte. Warum er dort hing, war John klar. Der Befehl. Für ihn war die Aufhebung des Selbstmordbefehls zu spät gekommen. Er hatte wahrscheinlich in dem alten Wohnhaus gewohnt und war gerade auf dem Hof unterwegs gewesen, als ihn der Befehl zum Selbstmord erreichte.

John schaute schnell wieder weg. Er hatte zwar schon viele Leichen gesehen, aber irgendwie berührte ihn der Anblick dieses alten Mannes tief in seinem Innern. Er war auf perfideste Art in den Selbstmord getrieben worden. Es war kaum zu ertragen.

»Ich fahre in die Zentrale. Ich werde dort gebraucht«, erklärte er auf dem Weg nach draußen. »Costello, du kommst mit. Smith und Bondi: Ihr bleibt noch hier. Lasst die Leiche in der Scheune beseitigen und durchsucht noch einmal jeden Winkel. Der Rest macht sich auf den Weg. Ich sage euch gleich, wo ihr als Erstes hinfahrt.«

John war bereits wieder bei seinem Shuttle angelangt und sprang auf den Rücksitz. Sein Mitarbeiter und langjähriger Freund Special Agent Hugh Costello tat es ihm gleich. Das Shuttle fuhr los, und John starrte aus dem Fenster.

»Geht's, John? Ein Suizidant in der Scheune?«, fragte Hugh, während seine hellblauen Augen dabei auf John ruhten.

»Hm? Ja – ein alter Mann. Und Salisbury pingt mich bereits die ganze Zeit an, aber ich halte ihn hin. Ich bin nicht sicher, ob ich diesmal mit einem blauen Auge davonkomme. Sei's drum!«

Hugh zog seine kräftigen hellen Augenbrauen nach oben und riss die Augen auf. »Du ignorierst Salisbury? Spinnst du? Ich meine, klar ist das alles momentan ... schwierig, aber umso wichtiger ist, dass du jetzt erreichbar bist.«

»Ich habe da jetzt keinen Nerv drauf. Ich ärgere mich schon genug über die ganze Aktion und frage mich, was wir hier eigentlich tun«, sagte John, mehr zu sich selbst als zu seinem Freund und Kollegen.

»John, ich denke nicht, dass wir einen Fehler begangen haben. Erst einmal haben wir vor einem Jahr von Salisbury selbst den Befehl bekommen, die Beschattung der Gruppe zurückzufahren. Man kann nicht tagein, tagaus mögliche Verdächtige beschatten. Wer weiß, ob eine Observation irgendetwas geändert hätte! Die hatten bis vor kurzem keinen Kontakt untereinander, und es gab keine verdächtigen Aktivitäten. Das weiß Salisbury auch. Immerhin war der Suizid-Befehl einen halben Tag lang aktiv ... und die Operation war in Gang gesetzt. Außerdem kann man den Befehl sicher wieder aktivieren. Dann geht alles einfach weiter.«

John blickte seinem Freund in die Augen. Hugh Costellos Gesicht strahlte Sorge aus. Er versuchte tatsächlich, John zu helfen. Doch sie redeten offensichtlich aneinander vorbei. Dann geht alles einfach weiter, hatte Hugh gesagt. War Hugh nicht klar, dass es dabei um die Liquidierung von unschuldigen Menschen ging? John war seinem Freund und Kollegen zwar dankbar dafür, dass er sich um Kopf und Kragen redete, um Johns schlechtes Gewissen zu beruhigen. John fühlte sich aber dennoch vollkommen missverstanden. Er war sich unsicher, ob er Hugh wirklich sagen konnte, was ihn am meisten störte. Ihm wurde sogar klar, dass er Hugh in Gefahr bringen würde, wenn er ihn ins Vertrauen zöge. Niemand wollte einen FBI-Agenten, der an seiner Mission zweifelte, und zwei Kritiker in den eigenen Reihen brauchte man schon gar nicht. John befand es für klug, seine Zweifel für sich zu behalten.

»Weißt du was, Hugh? Du hast recht. Ich werde mit Salisbury sprechen.« Einige Sekunden später hörte er Salisburys aufgebrachte Stimme in seinem Kopf.

»Stanhope, langsam reicht es mir mit Ihren Spielchen. Wir hatten besprochen, dass Sie auf mein Pingen sofort reagieren. Es geht hier um Leben und Tod. Ist Ihnen das klar?«

John versuchte gleich zum Punkt zu kommen, um seinem Chef nicht noch mehr Futter für seine Tirade zu liefern. Er würde zwar nichts sagen können, um seinen Chef zu besänftigen, doch er würde ihn wenigstens unterbrechen können. Sei's drum. Er hatte nichts mehr zu verlieren. Sollten sie ihn doch rausschmeißen! Dann würde er wenigstens nicht mitverantwortlich dafür sein, dass ein neuer Todesbefehl ausgesandt wurde. Er war nicht der Typ für diese Art von Job. Er wurde dem neuen Anforderungsprofil seiner Arbeitsstelle einfach nicht mehr gerecht, dachte er zynisch und merkte, wie er sich dabei entspannte.

»Mr. Salisbury, das ist mir alles klar. Sie wissen aber auch, dass ich mich gerne auf meine Ermittlungen konzentriere, zuweilen auch indem ich Anrufe ignoriere. Zuweilen auch Ihre Anrufe, Mr. Salisbury.«

»Das akzeptiere ich nicht, Stanhope. Ist das klar?« spuckte Johns Vorgesetzter die Worte förmlich aus.

»Mr. Salisbury, lassen Sie mich ausreden. Der Erfolg der laufenden Operation hängt davon ab. Mittlerweile sollten Sie wissen, dass das kurzfristige Ignorieren Ihrer Anrufe Bestandteil unserer Zusammenarbeit ist. Der Erfolg der Mission wird mir recht geben, Mr. Salisbury, auch wenn Sie noch nicht so weit sind, mir Ihr kollegiales und vertrauensvolles Okay zu schenken.« John konnte gar nicht richtig glauben, dass er all das wirklich sagte. Im Augenwinkel nahm er das völlig entgeisterte Gesicht Costellos wahr.

Schnell sprach John weiter, damit er einen weiteren Einlauf dezent umschiffen konnte. »Ich komme gerade von dem alten Bauernhof in der Nähe von Plainfield, auf dem wir die Gruppe der Verdächtigen zuletzt geortet hatten. Sie sind weg. Sie müssen kurz vor unserer Ankunft verschwunden sein. Als hätten sie es geahnt. Aber ich habe bereits einen Fahndungsaufruf gestartet, wie wir in so einem Fall eben vorgehen. Es geht bereits alles seinen Gang. Wir müssen jetzt hier die Gegend im Auge behalten und die Satellitenaufnahmen genauestens unter die Lupe nehmen. Ich werde mich später mit Hudson, Costello und Rodrigues zusammensetzen. Wir gehen alles durch und überlegen, wo wir die Verdächtigen suchen können.«

»Über Ihren Tonfall sprechen wir später. Machen Sie vorerst so weiter. Aber Stanhope: Verbocken Sie es nicht und halten Sie mich verflucht noch mal auf dem Laufenden!«

Weg war Salisbury. Er hatte sich einfach aus dem Gespräch ausgeklinkt, bevor John noch etwas sagen konnte. John musste kurz an seine Frau, oder besser Exfrau, denken. Sie verhielt sich genauso, wenn er mit ihr sprach. Das trieb ihn immer zur Weißglut. Und wieder, wie so oft, musste er an die sanften braunen Augen seines toten Sohnes denken. Bei Gott, wie sehr er ihn vermisste! Andererseits war es tröstlich, dass er nicht mehr erlebte, was aus der Menschheit mittlerweile geworden war.

John bekam kaum mit, wie Hugh ihn aus seinen Gedanken zu reißen versuchte. Dabei war ihm klar, dass er schon wieder in der Traurigkeit zu versinken drohte, die ihn so oft heimsuchte. John hatte es mit einer Therapie versucht, aber bereits beim ersten Termin hatte er, ohne auch nur ein Wort gesagt zu haben, den Raum verlassen. Er konnte und wollte nicht darüber nachdenken, was für ein klaffendes Loch der plötzliche Tod von Tom in seiner Seele hinterlassen hatte. Er konnte verstehen, dass seine Frau ihn verlassen hatte. Er war schuld am Tod seines Sohnes. Er hatte nicht aufgepasst. Der Teich, in dessen Nähe sein Sohn gespielt hatte, war zu tief gewesen, und er hätte ihn nicht aus den Augen lassen dürfen. Er hätte den dienstlichen Anruf nicht annehmen und sich nicht abwenden dürfen, auch nicht für kurze Zeit.

»John, John! Was ist nur los? Erst deine, ich sage mal vorsichtig, Coolness gegenüber Salisbury, und jetzt bist du auch noch wie weggetreten. Lass uns was essen gehen. Vielleicht bist du dann wieder du selbst.«

John fuhr sich mit der Hand über den Kopf, um wieder klar denken zu können.

»Gut, machen wir«, sagte John und wandte sich an die KI des Shuttles, »fahr das nächste halbwegs gute Restaurant an. Ich brauch jetzt nicht auch noch eine Lebensmittelvergiftung.«

Die KI antwortete: »Sehr wohl, Mr. Stanhope. Wie Sie wünschen. Ich habe ein Ziel in etwa fünfzehn Fahrminuten Entfernung gefunden. Es liegt auf unserem Weg.«

John lehnte sich zurück und stöhnte. Ihm tat der Nacken weh von dem ganzen Stress. Die letzten 24 Stunden waren die Hölle – und es sah nicht so aus, als würde es bald besser werden.

12

September 2384, Platon, Peter

Peter genoss die künstliche Sonne im Park. Er kam oft hierher, um zu lesen oder die anderen Passagiere zu beobachten. Hier konnte er zur Ruhe kommen und einfach nur genießen, dass er am Leben war. Er wollte diese Zeit auskosten, denn er wusste nicht, wie lange er noch die Möglichkeit dazu hatte. Keiner konnte absehen, was sie auf Lumera erwarten würde. Ab und an traf er sich im Park mit Robert auf einen Kaffee. Die beiden Männer schätzten sich sehr und waren in den letzten Wochen gute Freunde geworden.

Peter setzte sich, von der Sonne wohlig gewärmt, auf und seufzte laut. Dann öffnete er seine Geldbörse. Diese brauchte er hier zwar nicht, da alles mit einer digitalen Währung bezahlt wurde, aber er hing an diesem alten Stück Leder, das die letzten 370 Jahre luftdicht konserviert verbracht hatte. Jason hatte die Brieftasche seinem Vater in die kleine Wohnung gelegt, als eines der wenigen Stücke, die ihm noch von der Erde und seinem alten Leben geblieben waren. Er öffnete sie vorsichtig und zog einige Fotos heraus. Sie waren bereits etwas vergilbt und zerknittert. Jason und Julia als kleine Kinder strahlten ihn an. Ihm wurde ganz warm ums Herz, welches sich aber kurz darauf schmerzvoll zusammenzog. Er dachte noch sehr oft an früher und sein altes Leben. Er vermisste es so sehr! Er vermisste seine Frau und seine Tochter. Er vermisste aber auch seine Firma, seine Freunde, seinen Job. Er war jemand gewesen, damals, als er noch gesund war und sein Leben in weitestgehend planbaren Bahnen verlief. Hier fühlte er sich klein und wie ein letztes noch lebendes Exemplar einer sonst ausgestorbenen Spezies. Alles war neu, und von vielen Dingen hatte er noch keine Ahnung. Er hatte noch so viel zu lernen. Nicht, dass er damit ein Problem hatte. Auf seinen Intellekt hatte er sich schon immer verlassen können. Er lernte schnell. Aber er war eben noch am Anfang seines neuen Lebens. Vorsichtig nahm er sich ein weiteres Foto zur Hand. Darauf sah er Jason, Julia und Martha. Es war Jasons fünfzehnter Geburtstag. Jason hatte ihm das und noch einige andere Fotos aus früherer Zeit gegeben. Zu dem Zeitpunkt der Aufnahme war er selbst bereits einige Jahre tot. Die Feier fand ohne ihn statt. Wirkte Jason auf der Aufnahme etwas traurig, oder bildete er sich das nur ein?

Plötzlich wurde Peter jäh aus seinen Gedanken gerissen. Er spürte einen harten Ruck, der das Raumschiff erschütterte und ihn von seiner Liege schleuderte. Leicht benebelt blieb er für einen Moment liegen. Ob es der Schmerz seines Hinterteils oder die Angst war, die ihn lähmte, konnte er hinterher nicht mehr genau sagen. Es waren auch nur Sekunden, dann ging ein Adrenalinschub durch seinen ganzen Körper und ließ ihn den Schmerz vergessen. Behände sprang Peter auf die Füße. Er musste hier weg, und zwar schnell. Angst stieg seine Kehle empor, als er weitere, wenn auch wesentlich kleinere Vibrationen, verspürte. Irgendetwas musste das Raumschiff getroffen haben. Er blickte sich hastig um. Die Passagiere liefen und schrien wild durcheinander. Innerhalb von Sekunden war das geordnete Leben auf dem Raumschiff dem Chaos gewichen.

Es dauerte zum Glück nicht lange, da meldete sich eine Stimme über die Lautsprecher, die ihm bekannt vorkam: »Hier spricht David Schröder, erster Kommandant der Platon. Bitte bewahren Sie Ruhe. Es gab einen kleinen Zusammenstoß mit einigen Asteroiden, den wir nicht verhindern konnten. Es gibt keine größeren Schäden zu verzeichnen. Es besteht daher kein Anlass zur Beunruhigung. Sollten Sie verletzt sein, suchen Sie bitte umgehend die Krankenstation auf. Bei Fragen melden Sie sich in der Beratungsstelle in Sektor D.«

Peter spürte, wie die Anspannung aus seinen Gliedmaßen wich. Nun spürte er auch wieder den Schmerz in seinem Hinterteil. Zum Glück war das keine dramatische Verletzung. Nachdem seine Atmung sich wieder beruhigt hatte und er mitbekam, dass im Park langsam wieder Ruhe einkehrte, dachte er an seinen Sohn. Er musste wissen, ob es ihm gut ging. Sofort kontaktierte er Jason, der seinen Anruf auch direkt annahm.

»Dad? Geht's dir gut?«, fragte er. Peter konnte noch die Aufregung aus Jasons Stimme heraushören.

»Ja, mir geht es so weit gut. Ich wollte wissen, ob bei euch alles okay ist«, erwiderte Peter. Vorsichtig versuchte er, sich auf die Liege zu setzen, musste aber feststellen, dass er dabei vorsichtig zu Werke gehen musste, um sein Hinterteil nicht noch mehr zu belasten.

»Bei uns ist alles gut, Dad. Ramona hat alles gut in der Kommandozentrale überstanden. Sie konnten die Schotten rechtzeitig runterfahren. Wo bist du?«

»Ich bin im Park. Hier herrschte für einen Moment Chaos, aber nun ist alles wieder gut. Die Kids spielen schon wieder.«

»Ramona sagt, es gibt irgendwo ein Leck, das abgedichtet werden muss. Aber sonst ist wohl alles intakt. Ich muss hier weitermachen, Dad. Ich sitze gerade am Rechner. Sehen wir uns später?«, fragte Jason und zeigte damit an, dass er das Gespräch nun beenden wollte.

»Alles klar. Das machen wir. Bis dann«, ging Peter darauf ein und beendete das Gespräch. Das war auch gut so, denn im selben Moment rief Robert, Peters neuer Freund, ihn an: »Hallo Peter, ich bin im Stress, aber ich wollte kurz hören, ob es dir und deiner Familie gut geht.«

»Danke, Robert. Uns geht es gut. Ich bin gestürzt, aber mir tut zum Glück nur der Hintern weh, und der Schreck sitzt mir noch in den Gliedern. Ich musste auch gerade an dich denken. Wie sieht es bei euch aus, und wie geht es dir?«

»Ach, soweit ist alles ganz okay. Aber wir haben neben einigen kleineren Schäden an der Außenhülle leider sogar einen Durchbruch, allerdings nicht im bewohnten Bereich, sondern im biochemischen Labor. Zum Glück war zu diesem Zeitpunkt keiner dort. Dieses Leck muss als erstes geschlossen werden, damit wir das Sicherheitsschott zu dem Laborbereich wieder öffnen können.«

»Ach, du heilige Scheiße! Musst du selbst mit nach draußen, um die Reparaturen durchzuführen, oder schickst du jemanden aus deinem Team?«, fragte Peter neugierig.

»Ich werde auch raus müssen. Aber keine Sorge, wir sind für solche Fälle gut ausgerüstet. Weißt du was? Komm doch gegen achtzehn Uhr ins Flugdeck. Dann kannst du das Ganze ein bisschen mitverfolgen. Ich werde veranlassen, dass du eine Freigabe erhältst. Bist du dabei?«

Peter war sprachlos. Zum Glück brauchte er seine Stimme für die Kommunikation auch gar nicht. Gedanken reichten aus. »Sehr gerne Robert, ich bin dabei.«

»Hey Peter, schön, dass du da bist. Ich muss hier gerade den Einsatz planen und dafür einige Aufgaben delegieren. Nick zeigt dir solange eines der Raumfahrzeuge. Danach bin ich für dich da, und dann muss ich auch schon raus«, begrüßte ihn Robert und wirkte sehr geschäftig. Peter war noch ganz gefangen vom Anblick der riesigen Flotte an Raumfähren, die hier in diesem riesigen Hangar standen. Außerdem kam er noch nicht so gut mit seinen magnetischen Stiefeln klar. Die brauchte er, denn hier im Hangar herrschte Schwerelosigkeit. Er befand sich nicht mehr im rotierenden Rad, sondern im Korpus des Schiffs.

Als Verantwortlicher der Fluggeräte stand Robert mit bestimmt zwanzig Männern vor einer Reihe von Exoskeletten, die nicht weniger beeindruckend als die Raumfähren waren, und besprach das Vorgehen der anstehenden Reparaturarbeiten mit ihnen. Er nutzte dazu ein Hologramm, das einen Teilbereich der Außenhülle der Platon zeigte. Rote Symbole kennzeichneten die beschädigten Stellen. Wenn Peter das richtig verstand, würden Robert und sein Team die Reparatur mithilfe ihrer Exoskelette von außen durchführen. Das klang spannend.

Peter nutzte die Wartezeit, um sich in dem riesigen Hangar umzusehen. Er hatte nicht damit gerechnet, dass er so groß sein würde. Der Arbeitsplatz von Robert maß mit Sicherheit mehrere Fußballfelder und auch nach oben hin war reichlich Platz vorhanden. Ein Shuttle wurde offensichtlich gerade gewartet. Ein Mechaniker schwebte unweit von Peter, mit einem Seil gesichert und mit einem großen Reparaturgürtel bestückt, darüber und prüfte mit einem Gerät, das permanent piepste, die Außenhülle.

Ein etwa vierzig Jahre alter Mann mit raspelkurzen Haaren und durchdringenden Augen trat auf Peter zu und schüttelte ihm so fest die Hand, dass er dachte, seine Hand würde das nicht ohne einige Brüche überstehen. Er war dankbar, als Nick, so stellte er sich ihm vor, endlich die Hand von seiner löste und versuchte, sie unauffällig zu massieren, um die Schmerzen zu vertreiben. Nick befahl Peter in einem freundlichen, aber bestimmten Ton, ihm zu folgen. Peter war sofort klar, dass man sich Nick nicht zum Feind machen sollte, als er ihm eine kleine metallene Treppe hoch in eines der kleinen Flottenschiffe folgte. Hier passten rund sechzig Passagiere hinein. Dabei mussten sie eng aneinandergedrängt auf schmalen Metallbänken sitzen. Peter bekam jetzt schon Platzangst, wenn er daran dachte, dass dieser kleine Raum in nicht allzu ferner Zukunft mit Menschen vollgepackt sein würde, wenn es für sie abwärts nach Lumera gehen würde. Nick erklärte ihm ein paar Dinge zur Besatzung und zum Raumschiff. Dann gingen sie ins Cockpit. Inzwischen klappte das Laufen in den festen Stiefeln immer besser. Das Cockpit bestand fast nur aus großen Displays, Knöpfen, Reglern und zwei Sidesticks zum Steuern des Shuttles. Einen für den Piloten und einen für den Co-Piloten.

Peter war begeistert von der ganzen Technik. Vor allem konnte dieses Shuttle einfach alles, was man sich nur wünschen konnte. Die KI war in der Lage, vom Start bis zur Landung, alle Aufgaben selbst zu übernehmen, so dass die Piloten nur noch zur Kontrolle im Cockpit saßen – oder wenn sie auf manuelle Steuerung umschalten wollten.

Es war für Nick gar nicht so einfach, Peter wieder aus dem Cockpit zu bekommen. Als sie nach der etwa fünfzehnminütigen Besichtigungstour wieder auf Robert zugingen, löste dieser sich gerade von der Truppe und nahm Peter mit in einen Raum, in dem an den Wänden aneinandergereiht bestimmt vierzig Raumanzüge an Halterungen hingen. Robert gab Peter einen davon.

»Na los, zieh ihn mal an. Mit so einem Anzug muss ich gleich raus«, fügte er hinzu, als er Peters verständnislosen Blick sah. Peter wusste zwar nicht, was Robert mit ihm vorhatte, aber er tat, wie ihm geheißen, und die beiden Männer gingen schwerfällig zurück in den Hangar und blieben vor den riesigen Exoskeletten stehen. Robert wies mit der Hand auf eines davon. Peter schluckte trocken. Meinte er das jetzt wirklich ernst?

»Na los. Lass dich nicht bitten.« Robert lächelte ihm aufmunternd zu.

Unbeholfen kletterte Peter auf die Halterung, in die die Füße platziert werden mussten. Nick half ihm dabei, auch die Arme an die richtige Stelle zu legen. Dann drückte er auf einen Knopf in der Nähe von Peters Hand und metallene Streben schlossen sich um den

Arm. Peter schaute an sich herunter. Er musste mindestens 2,80 Meter groß oder noch größer sein. Mit einem mulmigen Gefühl schaute er zu seiner Linken. Da stand Robert tiefenentspannt und grinste ihn an.

»Cool, oder?«

»Was für eine Frage - es ist der Wahnsinn.« Peter konnte nicht umhin, ebenfalls zu grinsen.

»Er ist jetzt aktiv. Beweg mal die Arme und Hände.«

Peter hob seinen rechten Arm und bewegte die Finger. Die metallenen Arme des Exoskeletts taten es ihm ohne zeitliche Verzögerung gleich. Es ging ganz leicht und fühlte sich großartig an.

»Na, dann lauf mal los.«, forderte Robert ihn auf.

»Einfach so?«, fragte Peter aufgeregt, aber auch ein klein wenig verunsichert.

Robert nickte ihm bestätigend zu. So hob Peter kraftvoll ein Bein und das Exoskelett löste sich aus der Verankerung. Allerdings unterschätzte Peter seine Kraft völlig und das Bein des Exoskeletts schnellte nach oben und anschließend nach vorne. Peter wollte gerade aufschreien, weil er dachte, er würde nun ziellos durch den Hangar schweben. Doch er blieb fest auf dem Boden stehen. Robert lachte laut und einige Mitarbeiter, die sich in der Nähe befanden, mussten ebenfalls lachen oder zumindest schmunzeln. Allerdings war das Peter im Moment völlig egal. Er war zwar etwas unsicher, aber auch begeistert.

»Alles gut, mein Freund. Mit dem Ding kannst du nicht abheben, außer du willst es. Entspann dich. Ich schnappe mir jetzt mein Reparaturkit und gehe mit meinem Kollegen nach draußen. Du kannst gerne noch ein wenig hier drinnen mit deinem Exo üben, und da hinten«, er wies auf einen großen Monitor an der Wand des Hangars, »kannst du mir zuschauen, wenn du Lust hast. Wir sehen uns später. Nick hilft dir nachher wieder da raus.«

»Danke und viel Glück!«, rief Peter ihm noch zu, während Robert bereits das überdimensionale Visier seines Helmes schloss und die Hände wieder in die Halterung brachte. Er hob kurz zum Gruß seine Exohand und verschwand zusammen mit seinem Kollegen und einem großen Reparaturwagen auf Rollen in Richtung einer Schleuse, in deren Nähe sich ein Monitor befand, auf dem die Arbeiten zu sehen sein würden.

Peter lief etwas unbeholfen hinterher, wollte er doch zumindest über den Bildschirm sehen, wie Robert die Schleuse verließ und sich somit ins offene Weltall begab. Er starrte nun vom Exoskelett aus auf den riesigen Monitor. Darauf sah er Robert und seinen Gehilfen. Sie befanden sich noch in der Schleuse. Die inneren und äußeren Türen waren beide geschlossen. Gleich würde sich die Tür zum Weltall öffnen. Peter spürte, wie nervös er wurde. Es war fast so, als befände er sich selbst hinter den dicken gepanzerten Türen. Stattdessen aber stand er auf der anderen Seite der Tür im Raumschiff und war lediglich Zuschauer, wenn sein Freund sich gleich in die Unendlichkeit des Alls wagen würde. Der riesige Monitor an der Wand zeigte ein zweigeteiltes Bild. Zu sehen waren die beiden Perspektiven von Robert und seinem Gehilfen. Ihr BID übertrug ihr Sichtfeld einwandfrei. Allerdings fühlte Peter sich dadurch noch mehr in Roberts Lage versetzt. Nervös ließ er sein Exoskelett von einem Bein auf das andere stampfen. Dafür erntete er einen mahnenden Blick von mehreren Monteuren. Endlich öffnete sich das Tor zum All. Roberts Augen flackerten von rechts nach links, um die Lage zu peilen. Seine Pupillen weiteten sich. Vor ihm befand sich nichts als die Unendlichkeit. Peter lehnte sich nach vorne, um besser sehen zu können. Robert stieß sich, nun in Schwerelosigkeit, vom Boden ab und trieb ins All. Peter sah einen Ruck auf dem Monitor und blickte nun durch Roberts Augen von außen in die Schleuse. Robert musste die Steuerungsdüsen aktiviert haben. Peter sah nun den Gehilfen mit dem Reparaturtrolley. Beide schwebten an der hellen Außenhülle des Raumschiffs entlang. Es war das erste Mal, dass Peter das Raumschiff von außen betrachten konnte, ohne dass es sich dabei um ein Hologramm handelte. Er war wie paralysiert. Das helle Metall des Raumschiffs wurde immer wieder von Fenstern unterbrochen. Merkwürdige Platten waren zu sehen, die am Raumschiff hafteten. Waren es Solarzellen?

Robert und sein Gehilfe kamen erstaunlich schnell vorwärts. Nach etwa drei Minuten waren die beiden an dem Leck angelangt und aktivierten die Magneten an ihren Füßen und am Reparaturtrolley, damit dieser und ihre eigenen Anzüge fest am Raumschiff haften blieben. Somit verhinderten sie, in das offene Weltall abzudriften. Das Leck war mit bloßem Auge kaum erkennbar. Es war etwa einen Meter lang, aber nur einen Zentimeter breit. Sie würden es nun verschließen. Peter konnte sich wieder etwas entspannen und weiterhin den Blick außerhalb des Raumschiffs aus Roberts und den Augen seines Gehilfen genießen. Ein wenig bedauerte er, dass die beiden sich auf das Leck konzentrierten, so konnte er nicht mehr so viel vom Schiff und vom Weltall sehen. Sie begannen nun mit den Arbeiten. Mit an den Exoarmen befestigten Schweißdüsen verschlossen sie langsam die beschädigten Stellen. Alle im Hangar starrten gebannt auf den Monitor.

Doch plötzlich ging ein Ruck durch Roberts Körper. Sein Kopf wurde zurückgeschleudert und er löste sich vom Raumschiff. Winzige Gesteinsbrocken, selbst für die sensiblen Schiffssensoren zu klein, mussten die Exoskelette der beiden Männer erwischt haben. Peter verharrte in Schockstarre, unfähig, sich zu rühren.

Von Robert war über das Mikrofon kein Laut zu vernehmen. Dafür brüllte sein Gehilfe, der mit Robert draußen war, umso lauter: »Druckverlust. Mein Raumanzug hat ein Leck. Ich muss rein..« Man hörte ihn schnaufen, während er seine Düsen aktivierte und in Richtung der Schleuse raste. Peter sah alle wichtigen Daten auf dem riesigen Monitor. Sein Sauerstoff-Level fiel rapide und lag aktuell nur noch bei neun Prozent. Lediglich einen kurzen Moment später hatte Roberts Kollege bereits die Schleuse passiert. Er wartete kaum den Druckausgleich ab, bevor er sich den Helm vom Kopf riss und mit blutroten Augen nach Luft schnappte. Zwei Männer stützten ihn und brachten ihn weg. Währenddessen sah Peter, wie Robert sich schnell immer weiter vom Raumschiff entfernte. Er musste ohnmächtig sein, denn man vernahm nur seinen schwachen Atem über die Lautsprecher. Er antwortete nicht auf die Rufe der Basis hier im Hangar. Seine Vitalwerte schlugen Alarm. Sauerstofflevel bei zweiunddreißig Prozent und fallend. Der Autopilot des Anzugs war beschädigt, die Notfallprogramme versagten. All das konnte Peter auf der kleinen Anzeige rechts im Monitor sehen. Robert musste sofort zurückgeholt werden, wenn er das Manöver überleben wollte. Im Hangar machte sich währenddessen Panik breit. Zwei Männer schrien sich an, und einige rannten, aufgrund der Stiefel in ihrer Geschwindigkeit eingeschränkt, durch die Gegend. Peter reagierte intuitiv. Er tat etwas, was er sich auch später nicht erklären konnte. Er setzte seinen Helm auf, aktivierte die externe Sauerstoffzufuhr, rannte mit großen Schritten zur Schleuse und brüllte den Männern zu, die Schleuse sofort zu öffnen. Diese waren so perplex, dass sie taten, wie ihnen geheißen. Peter trat in die Schleuse und schloss das innere Schott. Nach wenigen Sekunden öffnete sich das Tor in der Außenhülle und er fand sich im All wieder. Für einen Moment war er vollkommen geflasht. Die völlige Schwerelosigkeit fühlte sich merkwürdig, aber irgendwie vertraut an. Es war, als würde er sich am Grund eines tiefen Ozeans befinden. Es war ein wunderschönes Gefühl: so leicht und frei und auf interessante Art unheimlich. Es waren nur wenige Sekunden, die er brauchte, um sich wieder zu sammeln. Per BID, der mit dem Exoskelett verbunden war, aktivierte er die Düsen seines Anzugs und lenkte sich damit schnell in Roberts Richtung, der inzwischen schon vierhundert Meter vom Raumschiff entfernt umhertaumelte. Peter beschleunigte seinen Anzug auf Maximalschub und raste dem ohnmächtigen Freund hinterher. Kurz bevor er Robert erreichte, aktivierte er die Schubumkehr, um nicht mit Robert zu kollidieren. Er bremste hart ab und schaffte es, sich dicht neben ihn zu manövrieren. Das Gebrüll in seinen Ohren ignorierte er dabei. Miguel, der im Kommando direkt unter seinem Freund stand, war am anderen Ende des Mikros zu vernehmen, und er war ganz offensichtlich außer sich. Eben noch hatte Peter Schwierigkeiten gehabt, ein Bein vor das nächste zu setzen, und nun war er ohne Sicherheitsleine im All unterwegs. Komischerweise fühlte Peter sich, als hätte er nie etwas anderes getan. Er war ganz entspannt und kannte jeden Knopf und jede Funktion an seinem großen metallenen Helfer. Warum, war ihm schleierhaft. Aber er würde sich später damit auseinandersetzen, warum das so war. Jetzt hatte er keine Zeit dafür. Er streckte seinen Arm nach Robert aus, dessen Gesicht hinter einer gesprungenen Glasfront des Helmes zu sehen war. Seine Augen waren geschlossen, und seine Haut hatte eine aschgraue Farbe angenommen. Er sah aus, als wäre er tot. Peter bekam kurz einen Anflug von Panik. Er zog schnell ein Nanoseil aus der Halterung seines Skeletts und befestigte es an einer Öse von Roberts Skelett. Dann wendete er vorsichtig – und vergaß für einige Augenblicke, was er als nächstes tun wollte. Denn durch seine Drehung sah er nun zum ersten Mal die Platon aus eigenen Augen von außen. Und dieser Anblick war einfach überwältigend. Die schiere Größe des Schiffs verschlug ihm den Atem. Ein riesiges Rad, dass alles an Größe übertraf, was Peter zuvor gesehen hatte, drehte sich um die eigene Achse. Peter sah Fenster. Hunderte – tausende. Nicht nur nebeneinander, auch übereinander. Ein Teil des Schiffs musste über zwei oder mehr Etagen verfügen. Helles, glänzendes Metall erkannte er im schwachen Lichtschein, der das Schiff wie ein Heiligenschein umgab. Mehrere große Zellen konnte er erkennen. Die hatte er bereits zuvor durch Roberts Augen gesehen. Der Korpus des Schiffs stand still, während vier große Speichen das sich drehende Rad damit verbanden.

Das alles nahm Peter innerhalb von Sekunden wahr und in sich auf. Als er sich wieder gefangen hatte, aktivierte er seine Düsen und steuerte auf das Schleusentor zu, dass ihm holografisch auf das Visier seines Helmes projiziert wurde, so dass er es nicht verfehlen konnte. Peter steuerte seinen Anzug zielsicher in die angezeigte Richtung und schaffte es, sich und Robert wohlbehalten zum Korpus des Raumschiffs zu navigieren. Als Peter sie beide schließlich durch die Schleuse manövriert hatte und wieder festen Boden unter den Füßen spürte, fühlte er sich, als hätte er einen Marathon hinter sich. Nachdem sich die Schleuse zum Hangar geöffnet hatte, liefen mehrere Männer zu Robert und befreiten ihn aus dem Exoskelett, um ihn sofort auf die Krankenstation zu bringen. Miguel kam mit hochrotem Gesicht auf Peter zu. Peter schluckte und machte sich auf ein Donnerwetter gefasst.

»Himmel! Bist du von allen guten Geistern verlassen? Was war das denn bitte? Kannst du mir das mal bitte erklären?«

Peter schüttelte den Kopf, als er antwortete: »Nein, kann ich nicht. Ich weiß nicht, was los war. Ich habe einfach reagiert.«

»Das war eine unglaublich leichtsinnige Aktion. Du weißt doch gar nicht, wie man mit dem Ding umgeht. Du hättest dabei draufgehen können! Dass du Robert gerettet hast, bedeutet nicht, dass dein Leichtsinn keine Folgen hat. Lass dich erst medizinisch durchchecken und komm danach umgehend zu mir.«

Miguel drehte sich um und ließ Peter wie einen geprügelten Hund stehen. Normalerweise war es Peter, der austeilte. Einstecken gefiel ihm gar nicht, aber er hatte jetzt nicht die Kraft für einen Streit.

―――

»Dad, wo bist du? Du bist Gesprächsthema Nummer eins auf dem Schiff.« Jason rief Peter an, als dieser gerade seine kleine Dusche in der Kabine verließ. »Bist du in deiner Kabine und wenn ja, darf ich reinkommen? Ich stehe nämlich gerade vor deiner Tür.«

»Ja, hereinspaziert. Ich muss mich nur eben anziehen«, antwortete Peter seinem Sohn und deaktivierte das Schiffsradio, dass gerade über das erfolgreiche Verschließen des Lecks berichtete. Eigentlich hätte er sich lieber einen Moment Ruhe gegönnt, jetzt, wo der Adrenalinpegel sich gesenkt hatte und die Erschöpfung sich bemerkbar machte. Aber er wollte Jason auch nicht abweisen.

Als Peter keine zwei Minuten später sein Bad verließ, saß Jason bereits in dem kleinen Sessel. Er stand auf, als er seinen Vater erblickte und schloss ihn fest in die Arme. »Ich bin sprachlos, Dad. Wie konntest du so etwas Gedankenloses nur tun? Gott sei Dank ist dir nichts passiert«, stellte er fest. »Ich wusste gar nicht, dass du so ein Ding bedienen kannst.«

Peter zuckte mit den Schultern, als er seinem Sohn antwortete: »Ich weiß auch nicht, was da passiert ist, Jason. Ich kann es mir nicht erklären. Auf einmal war ich draußen – im All. Kannst du das glauben? Ich weiß nicht, woher ich wusste, wie man so ein Exoskelett bedient. Nick, ein Mitarbeiter von Robert, hat mir nur ein paar ganz grundlegende Dinge gezeigt. Es gibt keine Erklärung dafür. Ich stehe vor einem Rätsel.«

»Das ist ja wirklich merkwürdig. Vielleicht ist es so etwas wie ein Kurzschluss in deinem Chip oder Gehirn oder sonst was ... Wir sollten mit Dr. Silverman sprechen«, erklärte Jason.

»Das kannst du dir sparen. Ich war direkt bei Dr. Silverman auf der Krankenstation nach dem Vorfall. Er hat mich gescannt und die Daten meines Chips ebenfalls und meinte, es wäre alles in Ordnung und ich solle mich ausruhen.«

»Das solltest du auch tun. Du siehst echt fertig aus, Dad. Hat dein Handeln denn Konsequenzen für dich?«

»Ich war bei Roberts Stellvertreter. Der hat mich ziemlich zusammengefaltet. Weil ich aber niemanden außer mir selbst in Gefahr gebracht habe und seinen Vorgesetzten immerhin gerettet habe, lässt er mir mein Vergehen durchgehen«, erklärte Peter schläfrig.

»Gott sei Dank. Ich dachte schon, die nehmen dich wegen der Sache in Gewahrsam oder so. Ich finde es zwar ziemlich komisch, wie du gehandelt hast, aber ich bin froh, dass du Robert gerettet hast, Dad. Mein Gott, du schläfst ja gleich ein. Ich lass dich mal alleine. Ist das okay?«

Peter nickte müde. »Geh ruhig. Ich mache ein Nickerchen.«

Peter wusste nicht, wo er war. Er sah sich um. War das ein Cockpit? Überall Knöpfe und vor sich ein großes Fenster und sonst nichts. Dann dämmerte es ihm. Er flog eines der Raumschiffe der Flotte. An Bord viele Passagiere, wie er mit einem Schulterblick nach hinten feststellte. Er saß alleine vorne im Cockpit und kannte jeden Knopf und Hebel ganz genau. Um sich herum die Weite des Alls und wieder dieses herrliche Gefühl, frei zu sein. Dann machten sich auf einmal Panik und starke Beklemmungen in ihm breit. Das Cockpit wurde in rotes Licht getaucht, und ein lautes Notsignal tönte aus den Lautsprechern über seinem Kopf. Es drehte sich alles um ihn herum, und das Piepen wurde immer lauter, sodass es in seinen Ohren schmerzte. Er wachte auf und öffnete die Augen, konnte sich aber nicht bewegen, so sehr er es auch versuchte. Er sah nur die sich drehende Zimmerdecke. Er versuchte zu schreien, aber auch das gelang ihm nicht. Die Zimmerdecke drehte sich immer schneller, und der hohe Ton schwoll zu einem unerträglichen Kreischen an. Dann folgte plötzlich ein lauter Knall.

Peter wachte schweißgebadet auf. Sein schmales Bett in seiner kleinen, aber gemütlichen Wohnung auf der Platon kündete davon, wo er wirklich war. Er setzte sich auf und musste einige Male tief durchatmen, bevor sein hämmernder Herzschlag ruhiger wurde.

Er fühlte in sich hinein. Richtig erholt war er nach diesem furchtbaren Traum sicher nicht, aber zumindest war er nicht mehr ganz so erschlagen. Der Traum hallte noch nach. Er brauchte etwas Zeit, um im Hier und Jetzt anzukommen. Peter quälte sich aus seinem Bett, ging in das kleine helle Badezimmer und schaute in den Spiegel. Ein müder Mann erwiderte seinen Blick. Er sah leicht gerötete und geschwollene Augen. Er schüttelte kurz den Kopf, um alle unangenehmen Gedanken loszuwerden und stieg noch einmal unter die warme Dusche, als könne er diese einfach abwaschen.

In seinem Kopf meldete sich Jason zu Wort: »Hallo Dad, geht's dir besser? Konntest du etwas schlafen?«

»Ja, danke. Ich hatte zwar einen üblen Traum, aber das ist bestimmt dem Stress geschuldet. Ich dusche gerade, und dann bin ich hoffentlich wieder fit.«

»Hast du das nicht vorhin erst gemacht?«, fragte Jason leicht alarmiert, während Peter gerade dabei war, sich mit Duschgel einzuschäumen. »Ja, aber mir ist jetzt einfach danach.«

Einen kleinen Moment herrschte Stille, dann ergriff Jason wieder das Wort: »Ich treffe mich gleich mit Ramona und einer Freundin von ihr. Kommst du mit?«

Peter fragte scherzhaft: »Soll das ein trauriger Versuch sein, mich zu verkuppeln?«

»Nein, nein, keineswegs«, lachte Jason, »ich wollte nur nicht so gerne mit zwei Frauen alleine an einem Tisch sitzen. Wenn das Geschnatter losgeht, brauche ich Unterstützung. Also, wie schaut's aus?«

»Okay, ich bin dabei. Sag mir einfach, wo ihr seid. Ich treffe euch dann da.«

Peter genoss noch einige Minuten die warmen sanften Strahlen auf seinem Körper, bevor er die Dusche ausschaltete und sich trockenföhnen ließ.

In der Bar angekommen, die sich mitten in der kleinen Vergnügungsmeile des Raumschiffes befand und die sich, wie man aufgrund der leuchtenden Buchstaben über dem Eingang unschwer erkennen konnte, »Idaho« nannte, stieß er auf seinen Sohn und dessen Frau. Die Unbekannte war ebenfalls schon da und saß mit dem Rücken zu ihm. Als sie sich umdrehte, um ihn zu begrüßen, musste Peter aufpassen, dass man ihm den kleinen Schrecken, den er soeben erfuhr, nicht ansah. Die Haare waren zu einem kurzen Bob frisiert und betonten dadurch ein zierliches Gesicht, dessen linke Wange von einer großflächigen Narbe gezeichnet war. Die junge Frau stellte sich ihm als Anastacia Preuss vor und lächelte ihn offen an. Keine Spur von Unsicherheit war bei ihr zu erkennen, wie er es früher oft bei Menschen erlebt hatte, die derlei Makel mit sich herumtragen mussten. Dadurch wirkte ihr Gesicht fast überhaupt nicht mehr entstellt. Peter war sofort von ihr eingenommen. Im Gespräch mit ihr stellte sich heraus, dass sie als Geobotanikerin Teil der Crew war. Sie sollte auf Lumera mit einem Team von Biologen die Vegetation untersuchen und eine mögliche Nutzbarmachung für die Kolonie feststellen. Sie erklärte Peter einige Dinge über ihre Spezialisierung und verlor sich dabei ganz in ihren Erzählungen. Peter war beeindruckt von der etwa dreißigjährigen, intelligenten Frau und fühlte sich aufgrund ihrer lustigen und offenen Art immer mehr zu ihr hingezogen. Jason schien das sehr zu amüsieren, sah Peter ihn doch aus den Augenwinkeln immer wieder lächeln und mit Ramona Blicke austauschen. Ein wenig ärgerte ihn das Verhalten seines Sohnes, aber er wollte sich jetzt nicht damit beschäftigen.

Natürlich wurde auch kurz die Sprache auf Peters kleine Weltraummission gebracht, aber das Thema wurde schnell wieder fallengelassen, als klar wurde, dass Peter darüber heute Abend nicht sprechen wollte.

Stattdessen wollte Peter von Anastacia wissen, wie sie auf dem Schiff gelandet sei.

»Ich bin ... nun ja ... ziemlich versiert in meinem Fachgebiet. Ich denke, dass man mich deshalb an Bord haben wollte. Ehrlich gesagt mussten sie mich schon ein wenig überzeugen. Als die ISA bei mir anfragte, waren die Zustände auf der Erde noch halbwegs erträglich, deshalb habe ich zunächst gezögert. Sie gaben mir ein paar Wochen Zeit, um mich zu entscheiden. Und da bin ich nun. Ich durfte zum Glück einige meiner besten Mitarbeiter mitnehmen. Wie war es denn bei dir?«

Peter spürte, wie er etwas rot anlief. »Das ist eine etwas längere Geschichte. Ich habe mir meinen Platz hier etwas anders erarbeitet als du. Besser gesagt: Mein Sohn hat sich um alles gekümmert.« Peter nickte demonstrativ in Richtung Jason. »Jason hat meinen Platz erkauft. Mir ist das fast etwas unangenehm, da ich wohl nicht viel zum neuen Leben auf Lumera beitragen kann, jedenfalls nicht durch eine bestimmte Expertise, wenn man mal vom Aufbau eines multinationalen Konzerns absieht. Aber das sollte auf Lumera bestimmt nicht von großem Nutzen sein«, grinste er und entschied sich, Anastacia seine ganze Geschichte zu erzählen, von seiner Firma Jentecs über seine Frau und seine Kinder bis hin zu seiner Krankheit und seinem Tod. Er redete und redete. Anastacia entpuppte sich als eine sehr gute Zuhörerin, die nur hin und wieder einmal ein paar Fragen stellte, wenn sie einen Zusammenhang nicht erfassen konnte. Peter spürte, wie mit jedem Satz eine riesige Last von seinen Schultern abfiel. Er entwickelte schnell ein beachtliches Vertrauen gegenüber seiner Gesprächspartnerin, und das fühlte sich unglaublich gut an.

Am nächsten Tag war Peter wieder mit Anastacia verabredet. Sie empfing ihn vor der Schleuse zum Wissenschaftsbereich des Raumschiffs. Hier befand sich der Arbeitsbereich der Wissenschaftlerin und ihren Mitarbeitern. Sie wollte Peter, natürlich unter strikter Einhaltung der Sicherheitsbedingungen, den botanischen Sektor zeigen, in welchem sich vor allem eine Vielzahl von Nutzpflanzen befand. Der Plan sah vor, dass diese auf Lumera bestenfalls kultiviert werden sollten, um die Ankömmlinge zeitnah mit heimischen Nahrungsmitteln zu versorgen. Von Anastacia erfuhr er zudem, dass es sogar einen recht großen Bestand an Nutztieren an Bord gab. Damit sich keine Inzucht entwickelte, wurden die Tiere künstlich befruchtet. Auf diese Weise wurde eine vorteilhafte Reproduktion sichergestellt.

Nachdem Peter und Anastacia die erste Sicherheitsschleuse zum Wissenschaftsbereich passiert hatten, liefen sie durch zahllose Gänge. Obwohl er es ja bei seinem Außeneinsatz mit eigenen Augen gesehen hatte, wunderte sich Peter wieder einmal, wie unglaublich groß das Schiff war, während Anastacia ihm gerade etwas über ihre beiden engsten Kollegen erzählte.

»Entschuldige, kannst du das bitte noch einmal wiederholen?«, frage Peter irritiert. Er sah zwar, dass Anastacia ihre Lippen bewegte, aber er konnte sie nicht hören. Stattdessen hörte er etwas anderes. Es fühlte sich an, als würden tausend Menschen durcheinander sprechen. Einzelne Wortfetzen drangen zu ihm durch, aber sie ergaben keinen Sinn. Er fasste sich an die Ohren und ging auf die Knie, da die Stimmen in seinem Kopf immer lauter und lauter wurden. Und so plötzlich wie sie gekommen waren, verschwanden sie auch schlagartig wieder. Anastacia hatte sich zu Peter auf den Boden gehockt und die Hand auf seinen Rücken gelegt.

»Ist alles okay, Peter? Soll ich die Sanitäter holen?«

»Nein, nein, es geht schon wieder. Ich ... vielleicht der Stress der letzten Tage. Ich werde später in die Krankenstation gehen und mit einem Arzt sprechen. Es geht schon«, antwortete Peter etwas halbherzig. In Wirklichkeit war er mehr als verstört. Was war nur mit ihm los? Erst dieser merkwürdige Traum – und jetzt das. Wie eine Einbildung kam ihm das nicht vor, aber was sollte es sonst sein? Wurde er vielleicht verrückt? Vielleicht war sein Körper zu lange eingefroren gewesen und sein Gehirn hatte dadurch doch Schaden genommen? Er würde das mit dem Arzt besprechen müssen. Später. Nun wollte er erst einmal weiter. Er stand auf und lächelte Anastacia an.

»Keine Sorge. Es geht schon wieder. Wo waren wir stehen geblieben?«

Anastacia nickte, nicht ganz überzeugt davon, dass wirklich alles in Ordnung war, aber sie setzten ihren Weg fort.

Schließlich gelangten sie zu einer großen Tür, die sich erst öffnete, nachdem die Geobotanikerin erfolgreich per Irisscan identifiziert werden konnte. Sie befanden sich nun in einer Hygieneschleuse, mussten in Schutzanzüge ähnlich des Raumanzugs steigen, den Peter schon getragen hatte, und unter eine Dusche treten, um mögliche Keime abzutöten. Als eine Signallampe nach einem Ganzkörperscan grün aufleuchtete und die KI des Schiffs eine Freigabe erteilte, konnten sie die Schleuse passieren. Vor ihnen erstreckte sich eine riesige Halle. Alles war grün. In langen Reihen standen unzählige Pflanzen dicht an dicht, so dass sie fast wie ein natürlicher Wald wirkten. Peter sah verschiedenste Sträucher und Büsche, aber auch viele große Bäume verschiedenster Arten, die zum Teil bis fast an die Decke reichten. Da hier Kokospalmen neben Bananenstauden und Apfelbäumen standen, ergab sich der Eindruck eines Waldes, den Peter in dieser Konstellation so noch nie zuvor gesehen hatte. Der Anblick verschlug ihm die Sprache.

»Ist es nicht eine Oase? Ich liebe es, hier zu sein. Das Grün der Pflanzen gibt mir unheimlich viel Kraft und Ruhe.«

»Das kann ich verstehen. Es ist wirklich beeindruckend«, antworte Peter darauf.

»Weißt du, ich muss doch einmal ein Thema ansprechen, da du es nicht tust«, sagte Anastacia und blickte Peter ernst an. »Du hast dich bestimmt schon gefragt, was mit meinem Gesicht ist und warum ich das nicht längst in Ordnung gebracht habe.«

»Ja, sicher habe ich das. Aber ich dachte, dass du es mir schon erzählen wirst, wenn es an der Zeit ist«, antworte Peter, während die beiden sich durch einen Gang prachtvoller alter Olivenbäume bewegten.

»Ja nun, es war so, dass ich meine Eltern früh verloren habe. Ich war gerade achtzehn geworden. Wir hatten ein kleines Häuschen am Stadtrand von Charleston, und ich wollte im Sommer mit dem Studium beginnen. Alles war perfekt. Ich hatte eines Abends ein paar Freunde eingeladen, und wir haben ziemlich viel getrunken. Es war Winter, und wir machten den Kamin im Wohnzimmer an. Meine Eltern lagen da bereits oben im Bett. Sie hatten es lieber, wenn ich zu Hause feierte oder Besuch hatte, als wenn ich irgendwo unterwegs war und sie nicht wussten, was ich trieb. Sie waren recht … na ja, ich war Einzelkind. Meine Mutter hatte mehrere Fehlgeburten gehabt, bis es endlich geklappt hatte. Ich denke, dass sie mich deshalb so sehr behütet haben.«

Anastacia machte eine kurze Pause. Sie pflückte einen Apfel von einem der Apfelbäume, die die Olivenbäume abgelöst hatten und gab ihn Peter. Dieser biss sogleich hinein und genoss den süßen Saft.

»Auf jeden Fall gingen meine Freunde irgendwann nach Hause. Bis auf Tyler. Wir waren ein frisch verliebtes Pärchen und konnten uns nicht voneinander lösen. Er schmiss noch mal Holz in den Kamin, und wir legten uns aufs Sofa und schliefen einfach ein. Als ich aufwachte, befand ich mich im Krankenhaus und hatte unerträgliche Schmerzen. Meine Eltern und mein Freund waren bereits tot, als die Feuerwehr mich mit Verbrennungen zweiten und dritten Grades aus dem Haus holte. Ich wäre fast gestorben. Aber ich überlebte. Die Healthbots heilten meinen Körper. Seitdem fühle ich mich schuldig. Das wird mich mein Leben lang verfolgen.«

Peter konnte den Schmerz in Anastacias Gesicht lesen. Sie weinte nicht, aber ihre Augen waren gläsern und der Blick in die Ferne gerichtet. Er legte ihr intuitiv die Hand auf den Rücken und streichelte darüber. Er wollte etwas sagen, fand aber nicht die richtigen Worte.

Schließlich sprach sie weiter: »Die Narbe auf meiner Wange habe ich behalten. Sie erinnert mich immer daran, was ich getan habe. Ich werde es ohnehin nie vergessen können, aber es ist meine Form der Selbstbestrafung. Sonst hätte ich nicht weiterleben können. Es gibt Dinge, die sollte man nicht kaschieren oder ungeschehen machen wollen. Verstehst du das?«

Peter nickte betreten. Ja, er verstand sie. Anscheinend hatte sie die restliche Haut ihres Körpers mittels der Healthbots geheilt. Zumindest war äußerlich nichts an ihr festzustellen. Anastacia lächelte traurig, als sie fortfuhr: »Wie dem auch sei, das Leben geht weiter. Und wir gehen jetzt auch weiter. Komm, genug Trübsal geblasen.« Sie gingen durch Reihen mit verschiedensten Kräutern.

»Das sind Küchen- und Heilkräuter. Zumindest die Wichtigsten von ihnen. Und hier«, sie zeigte auf eine große Tür, »haben wir unser gesamtes Saatgut gelagert.«

Sie traten durch die gläserne Tür. In dem Raum, der sich dahinter befand, war es unheimlich kühl und zugleich trocken. Es befanden sich große Kühl- oder Gefrierschränke an einer Wand, aber auch ebenso viele große braune Regale, in denen vermutlich Samen lichtgeschützt lagerten. Anastacia erzählte Peter einiges über die Samen und Saaten und welche wie gelagert werden mussten. Aber Peter war bereits gedanklich woanders.

• • •

Er ging durch die Räume eines alten großen Hauses. Er rief nach seiner Mutter. Keine Antwort. Er ging weiter, konnte keinen Einfluss darauf nehmen. Es roch vertraut und leicht muffig, wie es bei älteren Leuten oft der Fall ist. Durch die Sonnenstrahlen, die durch die halbtransparenten Vorhänge fielen, konnte er die einzelnen Staubflocken sehen. Es war warm, und er schwitzte. Er rief weiterhin nach seiner Mum, die von anderen Rosie genannt wurde, bekam aber immer noch keine Antwort. Langsam wurde er panisch. Er rannte die Treppe hinauf. Im Schlafzimmer mit dem hässlichen roten Bettüberwurf und dem Kreuz über dem Bett war sie auch nicht. Er atmete kurz durch, versuchte, seinen Puls wieder unter Kontrolle zu bekommen und die aufkeimende Panik zu ersticken. Das Badezimmer. Er riss die Tür des Nebenraumes auf, rannte zur Badewanne und zog den Vorhang zurück. Er schrie und taumelte zurück. Umhüllt von Wasser starrte sie ihn angsterfüllt aus offenen Augen an. Er spürte sofort, dass die Augen einem toten Menschen gehörten. Bevor er schreien konnte, um seine Verzweiflung und Trauer auszudrücken, sah er wieder klar. Anastacia stand vor ihm und brüllte ihn an. Sie hatte ihn mit beiden Händen an den Schultern gepackt und rüttelte unsanft an ihm. Er schüttelte den Kopf und atmete tief ein.

»Mein Gott, was ist denn los mit dir? Was war das?«, fragte sie völlig aufgelöst.

»Ich weiß es nicht. Es war so etwas wie eine Vision. Ich habe aus den Augen einer anderen Person etwas gesehen und erlebt. Es war so … real. Ich …«, Peter verstummte. Die Bilder der toten Frau gingen ihm nicht aus dem Kopf. »Was stimmt mit mir nicht? Ich hatte schon letzte Nacht so einen komischen Traum, dann vorhin die Stimmen und nun das.«

Anastacia nickte bestätigend. »Wir gehen zusammen zur Krankenstation. Ich komme mit dir.«

Peter war die ganze Situation zwar äußerst unangenehm, dennoch war er ganz froh, dass er jetzt nicht alleine sein musste.

In der Krankenstation traf Peter wieder auf Dr. Silverman, der anscheinend wenig Freizeit hatte. Es war an diesem Tag nicht viel los, deshalb mussten Peter und Anastacia nicht lange auf den Arzt warten. Peter schilderte ihm seine Erlebnisse. Dr. Silverman schien im ersten Moment etwas ratlos.

»Also, Mr. Jennings, ich werde Ihr Gehirn noch einmal scannen und anschließend eine Messung der Hirnaktivitäten in den verschiedenen Hirnarealen vornehmen. Als letzte Instanz können wir uns Ihren Chip einmal vornehmen und uns die Daten anschauen. Aber so einen Fall wie Ihren habe ich noch nicht erlebt. Deshalb bezweifle ich, dass es mit dem Chip und den Brainbots zu tun hat. Aber wir werden sehen. Bleiben Sie bitte am besten direkt hier.«

Peter nickte. »Wie lange wird das denn dauern?«

Dr. Silverman kratzte sich am Kinn und antwortete sodann: »Ich denke, Sie sollten diese Nacht hierbleiben. Dann können wir Sie sofort untersuchen, wenn sich eines Ihrer ... Erlebnisse wiederholt.«

Dr. Silverman starrte ins Nichts, vermutlich notierte er sich digital einige Notizen zu Peters Fall.

Anastacia sprach leise zu Peter: »Soll ich dir irgendetwas besorgen? Brauchst du etwas?«

»Danke, Anastacia, keine Umstände. Ich werde Jason gleich anrufen. Der kann mir ein paar Dinge aus meiner Wohnung holen. Aber über Gesellschaft freue ich mich immer gerne«, versuchte Peter mit einem etwas misslungenen Lächeln der Situation etwas Positives abzugewinnen. Anastacia lächelte nachsichtig zurück.

»Ich muss wieder zu meinen Pflanzen und meinen Mitarbeitern, aber ich komme später und besuche dich, in Ordnung? Vielleicht können wir hier was zusammen essen.«

Peter lächelte nun wirklich. »Total gerne. Ich freue mich.«

So verabschiedete sich Anastacia von Peter und ließ ihn verunsichert und leicht ängstlich zurück.

―――

»Also Mr. Jennings. Wir haben die Daten des EEGs und der funktionellen Magnetresonanztomographie ausgewertet. Es zeigt eine überdurchschnittlich hohe Hirnaktivität. Zum einen im Neocortex, der Großhirnrinde, aber auch in einigen anderen Bereichen. Wieso das so ist, können wir nicht sagen. Die Gesundheitsdaten auf Ihrem Chip zeigen keine Auffälligkeiten, was wirklich merkwürdig ist. Wir werden unseren Chefentwickler, Thomas Wilson, später noch darauf ansetzen. Vielleicht haben wir etwas übersehen. Ruhen Sie sich ruhig noch etwas aus. Ich kann Ihnen leider derzeit nichts anderes mitteilen«, erklärte Dr. Silverman, während er vor Peters Bett stand und ihm fest in die Augen blickte.

»Aber, Dr. Silverman, ich habe diese Bilder so gesehen, als hätte ich diese Szene wirklich gerade erlebt und auch die Stimmen, die ich gehört habe; das war keine Einbildung, wirklich«, erwiderte Peter etwas verzweifelt.

Bisher waren psychische Erkrankungen für Peter ein rotes Tuch gewesen. Er hatte sie immer für verhinderbar gehalten. Doch nun könnte er selbst betroffen sein. Es fiel ihm sehr schwer, sich einzugestehen, dass mit ihm etwas nicht stimmen könnte.

Dr. Silverman versuchte, Peter zu beruhigen: »Ich glaube Ihnen ja, Mr. Jennings. Deshalb gehen wir der Sache auf den Grund. Ich unterstelle Ihnen nicht, dass Sie sich etwas einbilden. Für eine Diagnose ist es aber einfach noch zu früh. Wir werden herausfinden, was los ist. Sie mussten in letzter Zeit viele für Sie unerwartete Dinge verdauen. Es ist völlig normal, dass man da … Anpassungsprobleme bekommt. Betrachten Sie Ihren Zustand einfach als offene Frage, die wir gemeinsam klären werden.«

Peter schüttelte energisch den Kopf. Dr. Silverman nervte ihn gerade gewaltig. Was für ein steriler Typ! Er wollte ihn gerne für den Moment loswerden, deshalb antwortete er: »Okay, wir werden sehen. Ich ruhe mich dann jetzt aus, und mein Sohn bringt mir gleich noch ein paar Sachen.«

Die beiden Männer verabschiedeten sich voneinander, und der Arzt schloss die Tür hinter sich.

Peter setzte sich auf sein Krankenhausbett. Er hatte noch immer ein merkwürdiges Gefühl, wenn er sich auf diesen intelligenten Schaum setzte, der seine Haut wie ein heißes Bad umschloss. Er schloss kurz die Augen und erspürte seinen eigenen Atem. Entspanne dich, Peter!

Als er die Augen wieder öffnete, stand er im Wasser. Es war ganz warm und umfloss seine Beine. Wieder machte sich Panik in ihm breit. Um sich herum sah er Menschen. Viele Menschen. Sie wateten voll bekleidet in das Wasser. Er sah Menschen, die einfach abtauchten und verschwanden. Er hörte Schreie von Leuten, die verzweifelt versuchten, andere aufzuhalten. Was war hier los? Wieso suchten die Menschen den eigenen Tod im Wasser? Und nach wem suchte er hier? Er spürte eine tiefe Verzweiflung. Er rannte aus dem Wasser und lief über den Strand und den Deich und schaute auf die Promenade. Obwohl es warm – oder besser gesagt: heiß – war, waren hier keine Badegäste zu finden. Bis auf die Menschen im Wasser und denen, die versuchten, sie dort wieder rauszuholen, war niemand hier. Die meisten Fenster und Ladentüren entlang der einst so schönen Promenade waren mit Bretterverschlägen verschlossen.

Überall lag Müll herum. Es sah trostlos und chaotisch aus. Er wollte nur noch weglaufen, aber seine Beine bewegten sich nicht. Er wollte brüllen, aber seinem Mund entwich kein Laut.

»Mr. Jennings, kommen Sie zu sich! Beruhigen Sie sich! Sie sind in Sicherheit.«

Peter spürte einen kleinen Stich, und wohlige Wärme legte sich über seine überreizten Sinne. Er öffnete vorsichtig die Augen.

»Es ist wieder geschehen. Ich habe wieder Bilder gesehen, die nicht von mir stammen. Was ist hier denn los, verdammt? Ich habe Fähigkeiten, die nicht mir gehören, sehe Szenen, die ich nie erlebt habe und höre Stimmen. Das ist doch nicht normal.«

Dr. Silverman nickte. »Da haben Sie wohl leider recht, Mr. Jennings. Normal ist das in der Tat nicht.«

13

November 2043, Erde, Julia

»Mein Gott, riecht das hier muffig!« Marlene lief mit angeekeltem Gesicht geradewegs zu den Fenstern, zog die Vorhänge auf und öffnete knarzend eines nach dem anderen. Sonnenstrahlen durchfluteten den Raum, und der Staub wirbelte in wilden Flocken durch die Luft. Julias Nase kribbelte, und sie musste niesen.

Die Männer kamen mit dem Gepäck herein, und Julia lief mit Fay von Raum zu Raum, um zu planen, wer wo die nächsten Stunden oder Tage schlafen würde. Danach wurde die Ausstattung der Küche unter die Lupe genommen. Die Hütte war klein, aber gemütlich. Die Sofas waren alt, aber gut erhalten. Ein großes Bücherregal war mit einigen vergilbten Klassikern ausgestattet. Es gab sogar einen kleinen Kamin, neben dem sich noch ein Stapel Brennholz befand.

»Wenn du frech bist, schmeiß ich dich einfach rein.« Gerrit betrat den Raum. Er schnappte sich seine Freundin und hob sie hoch. Fay zappelte und versuchte vergeblich, sich zu befreien. Beide lachten und wirkten ausgelassen, ja geradezu fröhlich. Julia hingegen war nicht nach Lachen zumute. Ihr schnürte sich der Hals zu, so tief saß noch immer ihre Angst, erwischt zu werden. Dass sie es heil bis zur Hütte geschafft hatten, verschaffte ihnen zwar etwas Zeit, aber noch waren sie nicht nanochirurgisch verändert. Noch waren sie in akuter Gefahr.

Es dauerte nicht lange und ihre gesamte Habe war in den Zimmern der Hütte verstaut. Wie sich herausstellte, funktionierte sogar der kleine alte Fernseher noch, und so wurde er eingeschaltet und lief im Hintergrund. Ryan hatte seinen Laptop wieder vor der Nase und während die anderen die Hütte inspizierten und herrichteten, waren die leisen synthetischen Tastenanschläge seiner virtuellen Tastatur zu hören.

»Ich war gerade im Rechner des FBI. Die Akte Julia Jennings und Ethan James ist wieder geöffnet. Sie befindet sich im Umlauf einer Sondereinsatztruppe mit dem Namen ›Survive‹. Sie scheinen sich euch wieder vorzunehmen oder zumindest zu verdächtigen. Das war im Grunde ja auch klar«, verkündete Ryan an sie gewandt. Schlagartig hatte er damit auch die Aufmerksamkeit der anderen auf seiner Seite.

»Es ist nur eine Frage der Zeit, bis sie nicht nur Julia und Ethan, sondern uns alle finden. Sie werden anhand unserer BIDs feststellen, dass wir uns gemeinsam auf dem alten Hof aufgehalten haben und dann auch wissen, dass Julia und Ethan noch leben. Und sie werden alte und neue Satellitenaufzeichnungen überprüfen. Sie werden unsere Schritte nachvollziehen und uns finden können. Deshalb muss ich mich jetzt wirklich an die Arbeit machen, damit wir uns möglichst schnell wieder aufteilen können. Julia, ich fange bei dir an, okay? Ich werde versuchen, dich nanochirurgisch zu verändern. Die Kleinigkeiten, die der Chirurg damals an dir vorgenommen hat, werden da nicht mehr ausreichen.«

Julia sah Ryan ernst an und nickte. Sie wollte vor den anderen keine Schwäche zeigen, um auch ihnen Mut zu machen für den anstehenden Eingriff. Sie legte den Lappen, mit dem sie gerade den alten Esstisch abgewischt hatte, zur Seite und trat zu Ryan. Gleichzeitig fragte sie sich, wo ihr Kumpel die ganze Energie hernahm. Musste er sich denn nie ausruhen?

»Entspann dich, Jules. Ich weiß nicht, ob die Veränderungen unangenehm sind. Aber es wird schon gut gehen und ist leider alternativlos«, sagte Ryan leicht gepresst. Julias Magen verkrampfte sich. Das konnte ja was werden. Als ein Arzt damals ihre Lippen aufspritzte, um ihr Erscheinungsbild zu verändern, wusste sie in etwa, was sie erwartete. Aber jetzt würde sie eine ganz neue Erfahrung machen. Sie setzte sich neben Ryan auf das miefige Sofa und erblickte auf dem Monitor den verschlüsselten Source Code ihres BIDs.

Julia versuchte sich zu entspannen. Das war gar nicht so einfach. Ryan saß am Laptop und programmierte vor sich hin. Julia horchte in sich hinein. Konnte sie etwas spüren? Ja doch, da kribbelte etwas in ihrem Gesicht. Mit der Hand tastete sie nach der Stelle, die jetzt etwas stärker kribbelte und auch ein wenig zwickte. Allerdings war das Gefühl keineswegs unangenehm. Neben ihr lag ein kleiner halbblinder Handspiegel auf dem Tisch, den Fay im Badezimmer gefunden hatte. Schnell warf sie einen Blick hinein, konnte aber noch nicht wirklich etwas feststellen.

»Es dauert, Jules. Du kannst dich ausruhen. Es dauert vermutlich Stunden, bis du etwas sehen kannst«, erklärte Ryan ihr.

Julia ließ den Spiegel sinken und legte ihn auf den Tisch zurück. Sie lehnte sich wieder zurück auf das alte muffige Sofakissen. Es war inzwischen still hier in der Hütte.

Es war bereits helllichter Tag. Julia war trotzdem unglaublich müde, immerhin waren sie die letzte Nacht durchgefahren. Sie hatte im Auto kein Auge zubekommen. Nach und nach machten es sich auch die anderen auf den Sofas bequem, knabberten an ein paar Keksen herum und tranken Tee. Fay und Gerrit zogen sich in eines der Schlafzimmer zurück, um ein Nickerchen zu machen. Julia wollte in der Nähe von Ryan sein, damit er beobachten konnte, ob sich bei ihr im Gesicht etwas tat. Wie sie hinterher aussehen würde, wenn alles klappte, wusste sie bereits. Sie war nicht unbedingt glücklich darüber, aber sie hatte versucht, sich mit dem Gedanken anzufreunden, dass ihr bald ein neues, anderes Ich aus dem Spiegel entgegenblicken würde.

Nach und nach schliefen alle noch Anwesenden ein. Julia zwang sich, wach zu bleiben. Das fiel ihr auch zunächst nicht schwer, da sie zu aufgeregt war.

Wegen des leisen Singsangs, der aus dem Fernseher zu hören war und ihrer Müdigkeit musste sie aber dann wohl doch eingeschlafen sein.

Julia öffnete die Augen schlagartig. Helles Licht blendete sie, und vor Schreck hätte sie fast geschrien. Ethans Gesicht befand sich direkt über ihrem und er starrte sie aus seinen sanften blauen Augen an.

»Was ist«, fragte Julia vorsichtig und wenig begeistert von dieser Weckaktion.

Ethan grinste, als er sagte: »Wie Quasimodo. Unglaublich.«

Julia sprang auf. »Du lügst«, rief sie ihm zu, während sie zum

Badezimmer, wenn man diesen kleinen, spartanisch eingerichteten Raum denn so nennen konnte, lief – begleitet von Ethans und Ryans Lachen. Sie schmiss die Tür hinter sich zu, lehnte sich dagegen und versuchte, ihren Puls wieder in den Griff zu bekommen. Das Waschbecken mit dem Spiegel befand sich genau vor ihr. Ganz vorsichtig hob sie den Blick in Richtung Spiegel. Sie blickte in das Gesicht einer Fremden. Julia schluckte trocken, während sie sich auf den Spiegel zubewegte. Vorsichtig hob sie ihre Hand zum Gesicht und strich sich über ihre Wangen und die vollen Lippen. Hatte Ryan den Verstand verloren? Das war doch nicht das Gesicht, dass abgesprochen war. Das Positive war: es hatte geklappt. Sie sah ihrem alten Ich absolut nicht mehr ähnlich, aber was hatte er sich dabei gedacht? Sie hatte eine etwas kleinere Nase und unglaublich volle Lippen. Die Augen waren mandelförmig. Ihr Gesicht sah aus wie das eines Topmodels. Also das war ja nun alles andere als unauffällig. Wut kochte in ihr hoch, als sie zurück ins Wohnzimmer stampfte.

»Ryan«, kreischte sie, »was soll das hier, bitte? Erklär mir mal, warum ich aussehe wie auf dem Cover der Vogue? Was habt ihr da ausgeheckt?«

Ryan schaute Ethan an. »Bitte, Ethan. Ich muss mich dringend 'ne halbe Stunde aufs Ohr hauen. Du siehst umwerfend aus, Julia«, sagte Ryan, während er aufstand und sich schnell davonstahl. Julia wurde noch wütender.

»Beruhige dich bitte, mein Schatz. Ja, es war meine Idee. Ich muss schließlich mit dir zusammenleben, wenn du auf einmal anders aussiehst. Komm, du musst zugeben, dass du recht gut gelungen bist«, versuchte Ethan Julia zu besänftigen.

»Und deshalb änderst du ohne Rücksprache mit mir einfach das Gesicht ab, mit dem ich die nächsten Jahrzehnte leben muss? Und du hältst es nicht für nötig, mich zu fragen, nur weil du mich so haben willst wie es dir passt? Du hast sie ja nicht mehr alle! Ich muss hier raus.« Julia rauschte an dem überrumpelten Ethan vorbei nach draußen. Dort stieß sie auf Gerrit und Christopher, die ihr gerade entgegenkamen. Offensichtlich hatten sie nicht so lange wie Julia geschlafen. Es war unglaublich heiß, obwohl sie hier von hohen Bäumen umringt waren. An dem hämischen Grinsen von Gerrit, konnte sie erkennen, dass sie von den sieben hier anwesenden Personen wahrscheinlich die letzte war, die ihr neues Antlitz genießen durfte. Das machte sie noch wütender und sie rannte blindlings in den Wald.

. . .

Nach mehreren hundert Metern wurden Julias Schritte langsamer, bis sie schließlich erschöpft stehen blieb. Sie wollte schreien, weil sie so unglaublich wütend war. Nicht auf Ryan, der ihrem Freund offensichtlich hörig war und auch nicht auf Ethan, der sie zu einer Sexbombe hatte machen lassen. Nein, sie war wütend auf diese verdammte Situation, in der sie sich nun befanden. Was war die Erde für ein unglaubliches Drecksloch geworden? Was war das für eine korrupte und abartige Welt, in der sie leben mussten, ohne ihr entfliehen zu können? Was hatten sie noch vom Leben zu erwarten? Sie hatte nun buchstäblich ihr Gesicht verloren.

Tiefe Verzweiflung hatte von ihr Besitz ergriffen, da konnten die wenigen Vögel, die noch da waren und in ihren schönsten Tönen zwitscherten, auch nichts dran ändern. Es gab nichts mehr, was sie noch tun konnten, um dieser ausweglosen Situation zu entfliehen. Sie mussten untertauchen und von nun an immer mit der Angst leben, erwischt zu werden. Sie waren nun auf der Flucht. Es ging ja nicht mehr nur um einen Einbruch, sondern um den größten Hack aller Zeiten. Wenn sie gefasst werden sollten, wartete ganz sicher der Tod auf sie. Seit Wiedereinführung der Todesstrafe vor drei Jahren ging die Regierung mit Rebellen immer skrupelloser vor. Wer einen Aufstand plante oder gar verursachte, wurde vor den Augen der Bevölkerung mittels Giftgas in gläsernen Zellen langsam dem Tod überlassen. Die etwa drei mal drei Meter großen Glaszellen, die die Bevölkerung auch Pop-up-Todeszellen nannte, wurden für dieses Schauspiel in zwei Meter Höhe auf großen öffentlichen Plätzen aufgestellt. Um Aufstände bereits im Keim zu ersticken, sollte jeder dabei zusehen können, wie das Giftgas Sarin in die Zelle eingelassen wurde. Der Tod kam langsam. Der Gefangene wand sich in Krämpfen, bekam keine Luft mehr und starb langsam und qualvoll am Atemstillstand.

Julia hatte es einmal aus der Ferne mitbekommen, als sie zufällig mit einem Shuttle an einem Platz vorbeifuhr, auf dem gerade ein junger Mann hingerichtet wurde. Sie konnte zwar nicht viel sehen, aber sie wusste ganz sicher, dass sie so gewiss nicht enden wollte. Der Abschreckungseffekt solch drastisch zur Schau gestellter Tötungsmaßnahmen war groß. Trotz des Hungers und der starken Reglementierungen durch die Regierung kam es sehr selten zu Protesten oder gar Aufständen.

Julia lief wieder los. Im Laufen schüttelte sie ihre roten Locken, die nun langsam rauswuchsen und ihr blondes Haar wieder zum Vorschein brachten. Sie wollte an mögliche Konsequenzen ihrer Entscheidungen und Taten nicht denken. Nicht jetzt. Ihre Schritte beschleunigten sich noch einmal, und sie sprintete nun vorwärts. Sie schnaufte bereits wie eine Dampflock, spürte aber, wie das Laufen sie befreite.

Keuchend blieb sie schließlich erneut stehen. Sie stützte die Hände auf den Knien ab und schnappte nach Luft. Hinter sich hörte sie knirschende Schritte auf dem Kies. Abrupt drehte sie sich um. Da kam Ethan mit zusammengekniffenen Augenbrauen, völlig zerknirscht dreinblickend, auf sie zugelaufen. Völlig unbeeindruckt von dem gerade absolvierten Sprint hielt er neben ihr an und atmete nur wenig schneller als sonst. Sein schlechtes Gewissen ließ ihn seine Lippen zusammenpressen. Sein ganzes Gesicht war verspannt. Julia wartete, dass er etwas sagte.

»Okay. Es tut mir wirklich leid. Im Grunde ist es ja noch das Gesicht, das ursprünglich geplant war. Wir haben ja nur ein paar ... naja, ich nenne es mal, Optimierungen vorgenommen.«

Julia wollte gerade wieder zu einer Schimpftirade ansetzen, weil sie nicht glauben konnte, was ihr Freund, dem sie uneingeschränkt vertraut hatte, da von sich gab. Allerdings kam Ethan ihr zuvor: »Jules, du hast recht. Es war nicht in Ordnung. Ich hatte mir dabei nicht viel gedacht. Ehrlich gesagt, hatte ich überhaupt nicht nachgedacht. Ich habe Ryan gesagt, dass er deine Lippen etwas voller und deine Augen etwas größer machen könnte. Das war im Grunde auch schon alles. Dass das solch eine Reaktion hervorrufen würde, damit habe ich nicht gerechnet. Ich dachte, es würde dir gefallen.« Ethan stand mit gesenktem Kopf vor Julia und kickte ein paar Steinchen fort.

»Was redest du da für ein Scheiß? Soll das eine Entschuldigung sein?«, schrie Julia Ethan an, woraufhin er sie mit schreckgeweiteten Augen anstarrte. »Ich erkläre dir mal was. Das Problem liegt bei mir. Ich habe euch vertraut. Dass Ryan so einen Quatsch macht, finde ich einfach nur typisch, aber dass er das unter deiner Anleitung gemacht hat, das geht gar nicht! Du hast mein Vertrauen missbraucht. Von wegen, das Angenehme mit dem Unangenehmen verbinden und so!« Ihre Stimme überschlug sich und steigerte sich ins Hysterische. Aber es tat ihr gut, alles rauszulassen.

»Du willst es angenehm haben, ja? Du willst das Häschen von

der Titelseite im Bett haben, ja? Und was ist mit mir? Kam dir nicht der Gedanke, dass ich den Eindruck haben könnte, dass du mich nicht so akzeptierst, wie ich bin? Scheiße, Ethan, scheiße aber auch! Guck mich an, Ethan! Das bin nicht ich! Diese ganze Scheiße, diese ganzen staatlich angeordneten Morde! Die nutzen die Nanobots, um Menschen auszusortieren. Und du machst es wie sie. Du lässt die Nanobots mit mir machen, was du willst. Bist du anders als die Menschen, gegen die wir kämpfen? Hast du daran gedacht? Mit welchem Körperteil hast du nachgedacht, Ethan? Merk dir eins: Solange ich so aussehe, gibt es keinen Sex! Sprich mit Ryan, der zaubert dir ein Hologramm-Häschen.« Julias Geschrei ging plötzlich in ein verzweifeltes Weinen über.

Ethan starrte sie immer noch fassungslos an, doch sein Blick wurde allmählich verständnisvoller. Er hob seine Arme, und sie warf sich sofort in seine Umarmung.

»Jetzt erkenne ich mich im Spiegel nicht mehr wieder«, schluchzte Julia leise. »Ich habe mich verloren, wir alle haben uns selbst verloren. Wir müssen uns verstecken, wir haben endgültig kein selbstbestimmtes Leben mehr!«

»Es tut mir leid, Julia. Wir machen das bei der nächsten Gelegenheit rückgängig. Am besten sagst du dann Ryan selbst, wie du aussehen willst. Ich werde dich so akzeptieren, wie du bist, weil ich die Frau, die in diesem Körper steckt, liebe. Verzeih mir, ich war ein Idiot.«

»Ich wollte dich nicht anbrüllen, entschuldige! Das ist mir gerade alles zu viel. Ich bin einfach nur kaputt und fertig.«

»Das verstehe ich auch. Es geht uns allen nicht anders. Komm, wir gehen wieder zu den anderen«, sagte Ethan und schloss seine kräftigen Finger behutsam um Julias Hand.

»Ich hätte da noch eine andere Idee«, sagte Julia zart lächelnd. Ihre Stimme klang nur noch leicht verweint.

Ethan schien sie sofort zu verstehen, doch er gab zu bedenken: »Du sagtest doch: keinen S...«

Julia bemühte sich, ganz übertrieben unschuldig dreinzublicken. »Nicht mal kuscheln?«, sagte sie und versuchte, ihn von dem Waldweg zu ziehen.

Ethan leistete aber sachten Widerstand und lachte: »Sehr verlockend, aber ich glaube, dass du noch etwas durcheinander bist. Ich bin es ehrlich gesagt auch. Wir lassen das alles erst mal sacken, okay? Wir gehen jetzt zu den anderen. Wir ... kuscheln, wenn wir diese chaotische Situation halbwegs verkraftet haben. Du hast nämlich recht. Wir sind alle vollkommen fertig.«

Julia wusste, dass sie ihn mit nur wenigen weiteren Sätzen und Blicken dazu bringen konnte, sich doch noch mit ihr zurückzuziehen. Doch etwas in ihr hielt sie zurück. Sie war ihm so dankbar, dass er ihr gesagt hatte, dass er die Frau in diesem Körper liebte. Das war genau das, was sie jetzt in dieser verrückten Situation gebraucht hatte. Viel mehr als schnellen Sex. Und vielleicht wäre es ganz interessant zu erfahren, ob er wirklich auf den Sex mit einem Supermodel verzichten konnte ...

Als sie zurück zum Waldhäuschen kamen, erwarteten die anderen die beiden schon.

Julia war die Situation etwas unangenehm, weshalb sie verkündete: »Tut mir leid, dass ich eben abgehauen bin. Mein neues Gesicht hat ... mir einen Schrecken eingejagt. Damit ihr's alle wisst: Diese Hochglanz-Visage ist nur eine Übergangslösung. Die nächsten Gesichtsänderungen bitte nur noch in direkter Abstimmung mit dem Eigentümer.«

Christopher prustete ein unterdrücktes Lachen hinaus, und ein einstimmiges Gelächter erhob sich, doch Ethan unterbrach es mit einem lauten »Hey! Wir sind auf der Flucht, Leute! Wir lachen, wenn wir wirklich in Sicherheit sind, klar?«, aber dabei musste er auch grinsen. Ryan hatte sich inzwischen erhoben und vor Julia gestellt. Zerknirscht blickte er ihr in die Augen. Julia konnte nicht anders: sie verdrehte ihre Augäpfel und fragte: »Ja bitte, Ryan? Ich höre?«

Ryan stammelte: »Jules, es ... es tut mir wirklich leid. Das war kindisch und wirklich unüberlegt. Naja, überlegt war es schon, aber offensichtlich nicht zuende gedacht. Ach man, wir haben einfach Riesenmist gebaut. Kannst du mir verzeihen, dass ich Mitwirkender dieser blöden Aktion war?«

Julia überlegte. Sie mochte Ryan unheimlich gern, aber hier war er eindeutig zu weit gegangen. Allerdings war Julia noch nie besonders nachtragend gewesen.

»Hör zu: gib mir ein paar Tage Zeit. Jetzt bin ich noch zu sauer. Aber die Chancen für dich stehen gut.«

Julia bemerkte, wie die anderen grinsten und Fay leise kicherte.

· · ·

Plötzlich schlug die eben wieder recht ausgelassene Stimmung um.

»Scheiße, Leute ... was ist das denn?« Gerrit zeigte auf den Fernseher und stellte gleichzeitig den Ton lauter. »Eine Sondersendung. Haltet mal die Klappe jetzt.«

»... diese Personen«, im Bild waren ihre Fotos und Namen eingeblendet, »sind dafür verantwortlich, dass über 15 Millionen Menschen sterben mussten, bevor Nantech Industries die Situation wieder unter Kontrolle bringen konnte. Die Aufständischen haben sich in die BIDs gehackt, um die Menschen zu manipulieren und zum Suizid zu zwingen. Aufgrund der sofort angelaufenen Ermittlungen konnten die Verantwortlichen schnell identifiziert werden.« Wie paralysiert starrten die Freunde das Gerät an. Fay schrie sogar kurz auf.

»... den Hintergrund für diese grauenvolle Tat kennen wir nicht. Aber die Bevölkerung befindet sich laut Nantech nun in Sicherheit. Nantech hat alles Nötige längst in die Wege geleitet, um das kleine Sicherheitsleck im Sourcecode zu schließen. Nun noch ein dringlicher Hinweis an die Bevölkerung: Falls Ihnen jemand verdächtig vorkommen sollte oder Sie jemanden von den Fotos wiedererkennen«, abermals wurden ihre Fotos eingeblendet, »wenden Sie sich umgehend an die Polizei. Sprechen Sie die gesuchten Personen auf keinen Fall an, sondern verhalten Sie sich unauffällig. Sie sind bewaffnet und extrem gefährlich.

Nun kommen wir zu weiteren Nachrichten. In Kalifornien ist ein weiterer Damm gebrochen. Die Wassermassen ...«

Gerrit stellte den Fernseher leiser. Für den Moment hatten sie genug schlechte Nachrichten gehört. Sogar Ethan befand sich mit unter den gesuchten Personen, allerdings nicht unter seinem neuen Namen Alexander Scott, sondern noch unter seinem alten Namen Ethan James.

Auf einmal redeten sie gleichzeitig los. Marlene brach in Tränen aus und schüttelte immer wieder ungläubig den Kopf. Fay schrie ihren Freund in Panik an. Auch Julia musste mit sich ringen, um nicht die Beherrschung zu verlieren. Sie beobachtete ihre Freunde still und hörte Ethan mit Ryan bereits über mögliche Szenarien diskutieren. Christopher wurde immer roter im Gesicht, schlug schließlich mit der flachen Hand auf den in die Jahre gekommenen Couchtisch und brüllte: »Ruhe jetzt, verdammt noch mal! Es reicht!«

Alles verstummte augenblicklich, und es waren nur noch das leise Summen einer dicken Fliege und Marlenes leises Schluchzen zu vernehmen. Christopher war eigentlich eher sanfter Natur. Wenn er so hart durchgriff, dann war nicht mehr mit ihm zu spaßen.

»Es hilft uns nicht, wenn wir jetzt den Kopf verlieren. Wir wussten, worauf wir uns eingelassen haben. Es ist doch nun wirklich keine Überraschung. Dachtet ihr, dass das FBI im Geheimen nach uns sucht und uns dann mit Samthandschuhen anfasst?«

Christopher sprach zwar sachlich aus, was Fakt war, aber die Verunsicherung stand ihm dennoch ins Gesicht geschrieben. Julia wollte gerade etwas sagen, aber Gerrit war schneller und übernahm somit das Kommando: »Leute, Christopher hat recht. Beruhigt euch wieder. Wir müssen nach vorne schauen. Ryan, mach doch bitte mit den Gesichtern weiter.«

Julia schluckte ihre Worte hinunter und nickte. Genau dasselbe hatte sie auch sagen wollen. Keiner erwiderte etwas darauf, und dieses Mal gab es keine kritischen Stimmen mehr, als Ryan wortlos zu seinem Laptop ging und ihn aufklappte.

Ryan brauchte zwei ganze Tage und Nächte, um sie alle in neue Menschen zu verwandeln. Danach schlief er vierzehn Stunden am Stück. Aber die Arbeit hatte sich gelohnt, das Ergebnis war wirklich verblüffend. Julia wusste zwar, dass hinter dem braunhaarigen Mann mit den dunklen Bartstoppeln ihr Freund steckte, aber manchmal dachte sie, sie würde mit einem Fremden sprechen.

An den warmen Abenden saßen sie auf der kleinen Veranda, tranken etwas und sinnierten, was sie tun könnten. Die Idee des neuen Gerrit, nun mit braunen Haaren und ohne Sommersprossen, sich auf eine der Passagierlisten der großen Raumschiffe setzen zu lassen, wurde direkt angegangen, endete aber ebenso schnell in den Firewalls der Systeme diverser privater Raumfahrtorganisationen. Leonard Lynch, laut Ryans Aussage der mit Abstand beste Systemadministrator, den es auf dieser Welt gab, hatte allem Anschein nach jedes System so gesichert, dass selbst Ryan keinen Weg hineinfand. In den Rechner der CIA zu gelangen war dagegen angeblich fast ein Kinderspiel.

Überraschenderweise traf Ryan im Darknet, dem anonymen, versteckten Teil des Internets, auf eine Liste mit Passagieren der Aristoteles. Die Basisstation des riesigen Raumschiffes befand sich nur ein paar Autostunden von ihrem Standort entfernt. Wer dieses geheime Dokument hochgeladen hatte, konnte nicht mehr ermittelt werden. Somit konnte über seine Echtheit nur spekuliert werden. Aber falls es echt war, musste es ein Sicherheitsleck bei dem privaten Raumfahrtunternehmen UMEA Spaceflight geben. Aber diese Erkenntnis half ihnen im Moment nicht weiter. Sie mussten nun überlegen, was sie mit dieser Information anstellen konnten. Alle möglichen Ideen wurden ausgetüftelt und wieder verworfen, weil sie einfach nicht durchführbar waren. Julia und Ethan stritten sich deshalb einmal sogar so heftig, dass sie einen ganzen Tag lang nicht mehr miteinander redeten.

Julia wusste, dass sie so, wie es im Moment lief, nicht ewig weitermachen konnten. Der Plan sah vor, dass sie sich trennen mussten. Und zwar so schnell wie möglich. Hoffentlich schafften sie es bis dahin noch, einen Plan zu entwickeln.

―――

»Und? Ist was drin?«, rief Christopher von Weitem. Julia konnte erkennen, wie Gerrit sich über die kleine Kaninchenfalle beugte.

»Nein, diese ist auch leer«, antwortete Gerrit, »Fay muss heute Abend wohl wieder vegetarisch kochen.«

Christopher verzog das Gesicht zu einer angeekelten Fratze, während Gerrit laut auflachte. Julia war genervt. Warum musste sie auch mit den beiden Männern in den Wald gehen? Diese Kindsköpfe würden nie erwachsen werden.

»Ihr seid solche Spinner. Es geht hier um unser Überleben und ihr macht Witze darüber«, schnaubte sie.

»Ach, ist die feine Lady sich zu fein für unsere Witze?« fragte Gerrit und grinste Julia frech an.

Jetzt reichte es Julia. Was stimmte mit diesem Typen nicht? Was für ein Problem hatte er mit ihr? Seit sie ihn kannte, hatte er immer eine zynische Bemerkung für sie übrig. Normalerweise sah sie darüber hinweg. Aber hier, in ihrer angespannten Situation, brachte er das Fass zum Überlaufen.

»Gerrit, erkläre mir doch bitte mal, was genau dein Problem ist? Was habe ich an mir, was dir so sehr missfällt? Meinst du, ich weiß nicht, dass du mich nicht magst? Dass du mich noch nie gemocht hast?« Julia spürte, wie sie errötete. Sie war wütend und verletzt. Christopher stand neben Gerrit und starrte sie mit offenem Mund an.

Gerrit wirkte dagegen genervt: »Das kann ich dir sagen, Julia.

Dein Leben lang hast du alles in den Arsch geblasen bekommen. Du weißt gar nicht, was das Wort ›Verzicht‹ für eine Bedeutung hat. Als verwöhntes Kind reicher Eltern hast du immer bekommen, was du wolltest. Du reißt immer das Ruder an dich und spielst dich als Anführerin auf. Und alle kuschen, wenn du was sagst. Und das kotzt mich echt an!« Gerrit war mit jedem Satz lauter geworden und sein zuvor spöttischer Gesichtsausdruck war einer wütenden Fratze gewichen.

»Das … aber das stimmt doch gar nicht. Dafür, wie ich aufgewachsen bin, kann ich nichts. Und als Anführerin möchte ich mich gewiss nicht aufspielen. Ich bin einfach, wie ich bin. Und ehrlich gesagt glaube ich auch nicht, dass das dein Problem ist. Du hast mich von Anfang an nicht gemocht. In dem Moment, als ich mit Ethan zusammengekommen bin, warst du gegen mich und unsere Beziehung. Und da kanntest du mich noch gar nicht.« Julia war jetzt wirklich wütend. Was maß dieser Typ sich an, über sie zu urteilen?

Gerrit kniff die Augen zusammen, als er weitersprach: »Das stimmt vielleicht, denn in dem Moment, als Ethan mit dir zusammenkam, war ich ausgemustert. Ethan war mein bester Freund, seit ich denken kann. Wir hingen ständig zusammen rum, hatten unser Sportstudio, unseren Kampfsport und waren abends unterwegs. Und in dem Moment, als du in sein Leben getreten bist, wurde ich aussortiert wie eine alte Socke. Du hast dein Netz um Ethan gesponnen und ihn darin gefangen gehalten.«

Julia war geschockt. »Du meinst … du glaubst, ich hätte dir Ethan weggenommen und in seinen Freiheiten eingeschränkt? Aber das stimmt doch gar nicht. Das war auch nie meine Absicht. Wieso unterstellst du mir so etwas? Ich habe nie von Ethan verlangt, dass er sich von dir entfernt. Im Gegenteil – ich habe ihm geraten, sich regelmäßig mit dir zu treffen«, schrie sie Ethans Freund nun an.

Gerrit wollte gerade wieder zum Gegenschlag ausholen, als Christopher eingriff: »Gerrit, Alter, krieg dich mal wieder ein. Merkst du gar nicht, dass aus dir der blanke Neid spricht? Du bist Julia gegenüber unfair. Was geht denn da ab bei dir?«

Gerrit richtete seine Wut nun auf Christopher: »Ach, halt du doch die Schnauze. Was weißt du denn schon?«

Christopher ging auf Gerrit zu und packte ihn an den Schultern. Julia hatte das Gefühl, in einem schlechten Film gelandet zu sein. Gab es jetzt etwa eine Prügelei zwischen den beiden Freunden? Julia dachte kurz darüber nach einzugreifen, aber sie hielt sich zurück.

Christopher sprach schnell weiter, bevor Gerrit auf seinen kleinen Übergriff reagieren konnte: »Jetzt hör mir mal zu: Du bist nach wie vor der beste Kumpel von Ethan. Aber er ist mit Julia zusammen. Natürlich ändert das einiges. Das ist normal. Du musst mit Ethan sprechen und nicht Julia die Schuld daran geben, dass Ethan sich etwas zurückgezogen hat. Vielleicht hast ja auch du dich verändert. Vielleicht hinterfragst du auch mal dich selbst und suchst nicht immer nur bei anderen nach Fehlern. Und mein Gott, selbst wenn – jeder macht Fehler. Sprich mit Ethan darüber. Sag ihm, dass du die gemeinsame Zeit vermisst und lass deine Wut nicht an Julia aus. Und überhaupt – vielleicht rettet ihre ganze Kohle uns künftig den Arsch. Also sei vorsichtig, sie dafür zu verurteilen, dass es ihr finanziell besser geht als uns.«

Julia war beeindruckt. So kannte sie Christopher gar nicht. Sie mochte den zurückhaltenden sportlichen Typen, aber sie hätte ihm nicht zugetraut, solche Reden zu halten. Sie beobachtete, wie Christopher nun seine Hände wieder von Gerrits Schultern löste und ihm mit der rechten Hand noch einen sachten Klapps am Oberarm versetzte.

Gerrit dachte kurz nach und die Wut wich langsam aus seinem Gesicht. Schließlich sprach er weiter und leichter Zweifel schwang in seinen ansonsten noch immer trotzig klingenden Worten mit: »Okay. Vielleicht war das nicht ganz fair. Jetzt wo ich es ausgesprochen habe, hört es sich tatsächlich etwas komisch an. Aber kannst du mich nicht verstehen? Ich habe ihn verloren … irgendwie. Zumindest einen Teil von ihm. Und das genau in dem Moment als du aufgetaucht bist. Zufall? Glaub ich irgendwie nicht.«

Julia blickte in Gerrits traurige Augen. Auf einmal tat er ihr leid. Ja – sie konnte ihn sogar verstehen. Sie wusste, wie wichtig gute Freunde im Leben waren. Und sie fand auch, dass Ethan sich in den letzten Jahren, vor ihrer Aktion bei Nantech, von Gerrit entfernt hatte. Sie hatte bewusst nie mit Ethan über ihre eigenen Probleme mit Gerrit gesprochen, weil sie ihren Partner nicht darin beeinflussen wollte, mit wem er befreundet war.

Sie war aufgewühlt und verletzt durch Gerrits Äußerungen, hatte aber auch Verständnis für seinen Ausbruch. Außerdem war sie froh, dass sie nun die Ursache für sein merkwürdiges Verhalten der vergangenen Jahre kannte. Und Christopher? Sie war ihm dankbar. Er war immer die Ruhe selbst, immer ausgeglichen und bedacht. Sie war froh, dass er auf ihrer Seite war und sie unterstützt hatte.

»Es tut mir leid, dass du das so empfindest, Gerrit. Aber ich kann dir versichern, dass ich nie irgendeinen Einfluss auf Ethan genommen habe, was eure Freundschaft betrifft. Wenn er sich vor dir zurückgezogen hat, muss es einen anderen Grund gegeben haben. Vielleicht hatte seine Beziehung zu mir indirekt damit zu tun, aber sicher hat er das nicht bewusst getan. Und wie gesagt, ich habe wirklich – und das musst du mir glauben – keinerlei Einfluss auf Ethans Verhalten genommen und ihn auch sonst in keinster Weise in seinen Freiheiten eingeschränkt. Du solltest mit Ethan sprechen. Ich denke, es war ihm nie bewusst, wie du empfindest.«

Gerrits Ausdruck wurde nun weicher. »Okay Julia, ich glaube dir. Ich werde mal mit Ethan sprechen, wenn wir eine ruhige Minute haben. Tut mir leid, dass du das abbekommen hast.«

»Ist schon gut. Fangen wir nochmal von vorne an«, schlug Julia lächelnd vor. »Aber nun macht ihr da mal mit euren Fallen weiter. Ich werde dort hinten noch eine Falle aufstellen. Wir sehen uns später.«

Die beiden Männer nickten. Julia sah noch, wie Christopher Gerrit freundschaftlich auf die Schulter klopfte, dann gingen sie in die entgegengesetzte Richtung davon. Mit der Zeit beruhigte sich Julia und dachte bald schon nicht mehr an Gerrit und ihr eben geführtes Gespräch. Etwas anderes beherrschte ihre Gedanken. Sie saßen hier nun seit Tagen in der Hütte fest und waren sich noch immer nicht einig, wie es nun weitergehen sollte. Einen Plan zu entwickeln war eine Sache, ihn dann auch noch umzusetzen, eine ganz andere. Und im Moment mangelte es an beidem.

Julia stellte eine weitere Falle in der Nähe der anderen Falle auf und sah sich schließlich vorsichtig nach Christopher und Gerrit um. In einiger Entfernung von sich sah sie die beiden Männer diskutieren.

Julia beschloss, ein wenig für sich allein zu sein und nachzudenken. Sie war noch nicht allzu weit gegangen, da kam sie an den Rand einer Lichtung. Die Sonne stand bereits tief am Himmel, und bald würde sie ganz untergegangen sein. Das war Julia aber ganz recht so, denn als sie aus dem Schutz der Bäume trat, war die aufgestaute Hitze trotz der späten Stunde noch immer kaum auszuhalten. Sie nahm ihren dünnen Pullover den sie sich zuvor um ihre Taille geschlungen hatte und setzte sich drauf. Am anderen Ende der Lichtung konnte sie zwei Kaninchen ausmachen. Wie unschuldig die beiden aussahen, als sie dort im halb vertrockneten Gras saßen. Julia war beinahe froh, dass ihnen heute nichts in die Falle gegangen war, obwohl sie, wenn sie ehrlich war, heute Abend schon gerne ein schönes Stück Fleisch gegessen hätte. Beim Gedanken daran lief ihr regelrecht das Wasser im Mund zusammen. Fleisch war inzwischen ein kostbares und seltenes Gut geworden. Aufgrund der ökologischen und ökonomischen Situation auf der Erde wurde nur noch wenig Fleisch produziert. Die Regierung bewilligte jedem Bürger der USA mittels der digitalen Wertmarken nur noch einmal pro Woche 250 Gramm Fleisch, das aber noch viel seltener auch wirklich zu bekommen war. Der Schwarzmarkt für Fleisch boomte logischerweise. Ob es sich dabei allerdings um Schwein, Huhn oder gar Hund handelte, war nicht immer auszumachen. Es konnte auch auf In Vitro Fleisch zurückgegriffen werden, aber selbst dieses künstlich hergestellte Fleisch war mittlerweile fast unerschwinglich. Und für Julia war es noch immer ein komisches Gefühl, etwas künstlich Gezogenes zu verspeisen.

Julia dachte wie so oft in den letzten Wochen darüber nach, wie es nun weitergehen sollte. So richtig einig wurden sich die sieben nicht. Ryan hielt es nach wie vor für das Beste, wenn sie mindestens drei Gruppen bildeten. Marlene wollte unbedingt mit Fay zusammenbleiben. Julia wollte gerne mit Ethan gemeinsam weggehen, um ein neues Leben anzufangen. Aber was sollte das für ein Leben sein? Überall herrschte Chaos. Die Lebensmittel wurden von Monat zu Monat knapper. Manchmal ertappte sich Julia dabei, wie sie sich fragte, ob die Regierung nicht doch recht damit hatte, die Menschen in den zu Tod zu schicken. Es ging hier tatsächlich um die weitere Existenz der Menschheit auf diesem Planeten, und es war offensichtlich, dass es bald nicht mehr genügend Lebensraum und Lebensmittel für alle geben würde. Es reichte ja jetzt schon fast nicht mehr.

Julia schüttelte den Kopf. Sie durfte sich nicht auf die Perspektive der Regierung einlassen! Es war menschenunwürdig, solche Entscheidungen über die Köpfe der betroffenen Menschen hinweg zu treffen. Allerdings fragte sie sich auch, wie eine humanere Alternative zur Dezimierung der Menschheit hätte aussehen können. Es wäre eine friedlichere Art zu sterben notwendig gewesen. Die Auswahlkriterien hätten veröffentlicht werden müssen. Man hätte den zum Sterben und den zum Leben bestimmten Menschen die Chance geben sollen, voneinander Abschied zu nehmen. Aber vor allem hätte man darauf hoffen müssen, dass die Bevölkerung dies auch freiwillig umsetzen würde. Je mehr Julia darüber nachdachte, desto klarer wurde ihr, dass dies nicht passiert wäre. Niemals hätten sich einzelne Menschen in großer Zahl dazu bereit erklärt, zum Wohle der restlichen Menschen freiwillig zu sterben. Vielleicht hätte es einzelne Heldentaten gegeben – aber sicherlich nicht millionenfach. Somit musste sie sich eingestehen, dass die Einleitung eines Massensuizids durch die Regierung nicht einer gewissen Logik entbehrte. Es musste weniger Menschen geben, andernfalls würde es für alle Menschen zu immer größeren Problemen führen. Aber auch wenn das Ziel alternativlos war, die Mittel waren es noch lange nicht. Ihre Freunde und sie hatten der Menschheit die Chance gegeben, einen anderen, humaneren Weg zu finden.

Julia lehnte sich zurück ins Gras und wischte sich eine Träne fort. Die Kaninchen waren inzwischen wieder im sicheren Unterholz verschwunden. In der Ferne hörte Julia einen Waldkauz. Sie mochte den Wald hier. Die durch den fast permanenten Sommer zwar schon stark geschwächte, aber doch sehr zähe und noch nicht komplett zerstörte Natur löste in ihr immer noch ein Gefühl von Frieden und Freiheit aus. Auch das einfache Leben machte ihr nichts aus. Aber mit sieben Personen in der kleinen Hütte mit nur drei kleinen Schlafräumen war es doch sehr beengt, und die Streitigkeiten untereinander nahmen zu. Die Eskalation mit Gerrit machte ihr noch mehr klar, dass es immer schwieriger wurde, sich aus dem Weg zu gehen und permanent friedlich miteinander umzugehen.

Sie seufzte leise und schaute in den Himmel, wo die Sonne langsam vom Mond und den Sternen abgelöst wurde. Es war so friedlich dort oben. Irgendwo dort, nicht sichtbar für das menschliche Auge, befand sich die Raumstation der Aristoteles, die in der geostationären Umlaufbahn in etwa 35.000 Kilometern Höhe über der Erde schwebte und durch einen Weltraumlift mit dem Boden verbunden war. Die Basisstation glich inzwischen einem Fort Knox. Keiner konnte unbefugt hinein- oder hinausgelangen. Sie hatten Bilder davon im Fernsehen gesehen. Das Raumschiff sollte bereits in wenigen Wochen mit seiner Mission starten. Ebenso wie die anderen 23 Raumschiffe würde sie sich auf die lange Reise in ein anderes Sonnensystem machen, um zumindest für einen kleinen Teil der Menschheit eine neue Heimat zu finden. Nur ein paar Autostunden entfernt befand sich die Basisstation mit dem Weltraumlift, dessen Climber bereits unablässig dabei waren, Materialien und Menschen an Bord des Schiffes zu bringen, damit letztere auf ihren langen Schlaf vorbereitet werden konnten. Die Reise würde wahrscheinlich Jahrhunderte dauern und die daraus resultierenden Konsequenzen hatten die Wissenschaftler zwar unablässig simuliert und in vielen Sendungen auch im Fernsehen öffentlich diskutiert. Aber ob es die Menschen am Ende wirklich unbeschadet überstehen würden, konnte niemand mit Gewissheit sagen.

Julia richtete sich plötzlich auf. Ihr Puls beschleunigte sich. Ein verblüffender Gedanke ging ich durch den Kopf. Warum waren sie denn nicht früher darauf gekommen? Sie mussten blind gewesen sein, dachte sie sich. Es war doch so einfach. So verdammt einfach. Sie musste sofort zurück. Sie durfte keine Zeit verlieren.

Sie sprang auf und sprintete los. Sie lief die zwei Kilometer zurück zur Hütte, als ob der Teufel hinter ihr her wäre.

Dort angekommen, war sie völlig verschwitzt, keuchte schwer und ihr Herz pumpte. Sie riss die Tür der Hütte auf. Der Duft von frisch gebackenem Maisbrot und von etwas Gebratenem, vielleicht war es Gemüse, hing in der Luft. Marlene war gerade dabei, mit Ryan den Tisch zu decken. Kurz spürte Julia einen Anflug von Hunger, dann besann sie sich aber sofort wieder.

»Hey, ganz ruhig mit den jungen Pferden. Was ist denn los? Du siehst aus, als hättest du ein Gespenst gesehen«, sagte Fay, die gerade mit einer großen Pfanne, in der etwas Braunes brutzelte, aus der Küche kam und sie auf den Tisch stellte.

»Wo sind die anderen? Ich habe einen Plan, eine Idee. Ich weiß, was wir tun können. Ryan, schmeiß den Rechner an«, sprudelte es aus Julia nur so heraus.

Neugierig geworden durch Julias enthusiastische kurze Ansprache tauchten nach und nach die noch Fehlenden auf. Ethan kam aus dem kleinen Bad und hatte noch nasse Haare, sodass ihm einzelne Wasserperlen auf sein T-Shirt tropften und die Haut hindurch schimmern ließen. Liebevoll schaute Julia zu ihrem Freund und ließ ihren Blick dann über die anderen schweifen, die sich um sie herum versammelt hatten. Christopher ließ sich schwerfällig aufs Sofa plumpsen, in der Hand einen kleinen Teller mit dem duftenden Essen.

»Wir waren solche Esel! Wir grübeln doch schon seit Tagen darüber nach, wie wir von hier wegkommen. Aber das Naheliegendste haben wir nicht bedacht. Wir sind einfach nicht drauf gekommen, obwohl es so simpel ist«, erklärte Julia den anderen.

»Könntest du bitte so mit uns sprechen, dass wir dir auch folgen können?«, fragte Gerrit leicht genervt.

»Ja, ja, okay. Also, zunächst einmal die Frage: Was haben wir für Infos über das Raumschiff, die Aristoteles?« fragte Julia und erntete verständnislose Blicke. »Ich sag es euch. Wir haben die Passagierliste, die ellenlang ist.«

Gerrit unterbrach Julias kleine Rede. »Ja, liebe Julia. So weit waren wir aber schon. Das hilft uns nur leider nicht.«

»Jetzt lass mich doch bitte erst einmal ausreden und hör es dir bis zum Ende an. Dann kannst du immer noch etwas dagegen sagen«, erwiderte Julia. »Die Passagierliste alleine bringt uns nichts. Das stimmt. Die FBI-Akten einzelner Passagiere bringen uns insofern etwas, als dass wir wichtige Informationen über bestimmte Personen von dieser Liste erhalten können. Und bevor du wieder etwas sagst, Gerrit, ja, das bringt uns noch immer nicht weiter. Aber wir haben nicht alles bedacht.« Julia ließ einen kleinen Moment verstreichen, bevor sie weitersprach. Marlene nestelte ungeduldig an ihren Haaren, und Christopher trommelte mit den Fingern auf den kleinen Couchtisch.

»Wir haben Ryan. Das ist es.«

»Bist du jetzt völlig durchgeknallt?«, entfuhr es Gerrit. Julia war empört, aber dann erkannte sie, wie sich ein angedeutetes Grinsen hinter seinen sonst neutralen Gesichtszügen verbarg. Also entschied sie sich, Gerrits Beleidigung zu ignorieren.

»Wie man es nimmt, Gerrit. Also, Ryan vergleicht die Passagierliste und sucht Personen raus, die alleine reisen und laut Akten aus möglichst abgelegenen Gebieten kommen, damit sie sich untereinander nicht kennen. Eine hundertprozentige Sicherheit wird es nicht geben, aber zumindest können wir nach Wahrscheinlichkeiten gehen. Für mich und Ethan und für Fay und Gerrit bräuchten wir jeweils Pärchen. Das würde vieles später vereinfachen. Zu diesen Personen brauchen wir dann die Akten mit allen nötigen persönlichen Informationen, Fotos und natürlich deren IDs. Ryan«, sie blickte nach rechts, wo Ryan noch immer wie festgenagelt stand, »schaffst du das?«

»Langsam dämmert mir, was du vorhast«, war alles, was er darauf erwiderte.

»Mag sein. Jetzt kommt der Clou: Ryan programmiert unsere Gesichter um, so dass wir den Personen gleichen, die auf der Passagierliste der Aristoteles stehen. Wir ändern nötigenfalls Frisur und

Haarfarbe, und dann schlüpfen wir in die Haut der Personen. Dann geht's hinauf zum Raumschiff.«

Julia schaute ihre Freunde an. Sie sah in ihren Gesichtern Hoffnung, Unsicherheit, aber auch Zweifel. Das irritierte sie etwas.

»Das ist eine ganz niedliche Idee, Julia. Aber du weißt schon, dass die wirklichen Personen ebenfalls dort einchecken könnten und wir dann auffliegen würden?«, hielt Gerrit Julia vor.

Jetzt hatte er sie erwischt. So weit hatte sie noch nicht nachgedacht. Julia runzelte die Stirn und knetete ihre Finger. Nachdenken, Julia. Es gibt mit Sicherheit auch hierfür eine Lösung.

»Mal abgesehen davon, dass ich von der ganzen Sache nicht besonders viel halte, könnten wir die Personen, deren Identität wir annehmen wollen, natürlich einfach umbringen«, sinnierte Fay. Das war natürlich nicht ernst gemeint, doch der Vorschlag war offensichtlich für Ryan ein wichtiger Denkanstoß.

»Das wird nicht notwendig sein, Leute. Ich hab's.«

Alle Blicke flogen zu Ryan, der inzwischen unruhig umhertänzelte.

»Die Bots, Leute. Die Brainbots! Ich gehe in Nantechs System und programmiere für diese Leute die Bots um. Sie erhalten die Befehle, nicht ihr Haus zu verlassen für, sagen wir mal eine Woche oder sogar zwei. Wir nehmen deren Plätze ein, und sobald das Schiff gestartet ist, sind sie wieder frei in ihrem Handeln, aber wir sind außer Gefahr. Super, Julia, du bist ein Genie.«

Julia wurde ganz rot. Das war die Lösung. Aber sie hatten nicht mehr viel Zeit, da die Aristoteles in eineinhalb Wochen starten würde. Und sie mussten zunächst einmal passende Kandidaten finden, die sie ersetzen könnten.

Fay schaute etwas unzufrieden drein, als sie sagte: »Leute, ganz ehrlich? Ich mach da nicht mit. Ich kann das nicht. Erst einmal habe ich Skrupel, so etwas zu tun, und wenn sie uns erwischen, werden wir hingerichtet. Ich habe Bilder davon gesehen. So möchte ich nicht enden. Ich werde das Risiko nicht eingehen. Lieber lebe ich hier mehr schlecht als recht. Aber zumindest lebe ich noch. Und außerdem … ich kann nicht in ein Raumschiff steigen und mich einfrieren lassen. Ich kann das einfach nicht. Darüber habe ich schon öfter nachgedacht.«

Gerrit nahm Fays Hand. »Ich würde mitkommen. Aber ich muss zunächst Fay überreden.« Er sah seine Freundin an und drückte ihre Hand, aber diese verdrehte nur die Augen.

»Gut, ich denke darüber nach. Aber dazu muss ich aus der miefigen Bude hier raus, Gerrit. Ich würde gerne ins nächste Dorf und ein paar Besorgungen machen«, erklärte Fay.

Marlene stand auf und blickte Fay an: »Ich würde euch bitten, mich mitzunehmen. Ich brauche ein paar Hygieneartikel.«

»Klar, wir nehmen dich gerne mit. Ist es für euch okay? Ich muss einfach einmal raus hier, um den Kopf freizubekommen. Danach bekommt ihr von mir eine eindeutige Antwort. Versprochen«, erklärte Fay und blickte die anderen an.

»Gut. Aber bitte: seid verdammt vorsichtig. Eure IDs sind mit den neuen Konten verknüpft. Und bitte sprecht mit niemandem, nehmt keinen Kontakt zu euren Verwandten auf und bleibt nicht länger als zwei Stunden weg. Bringt einige Nahrungsmittel für uns mit. Und denkt für den Fall der Fälle an unsere Absprache«, sagte Ryan, schob nervös seine Brille zurecht und blickte Gerrit, Fay und Marlene an. Julia wusste sofort, was er meinte. Ihre Absprache für den Fall, dass einer von ihnen geschnappt werden würde oder sich versehentlich outen sollte: ab diesem Zeitpunkt durfte über die BIDs unter keinen Umständen mehr Kontakt mit den anderen aufgenommen werden. Wenn einer von ihnen also nach acht Stunden nicht wieder auftauchte, mussten die anderen sofort den Standort wechseln und würden nicht mehr nach der vermissten Person suchen. Acht Stunden, denn so lange konnte man einer Folter standhalten, sofern der BID, wie es bei ihnen der Fall war, verschlüsselt war. Und es war anzunehmen, dass Folter nur das Geringste war, was demjenigen bevorstand, der gefasst würde.

»Klar Ryan, wir wissen Bescheid. Aber es wird schon alles klappen.«

Die drei gingen zur Tür, nahmen sich auf der Veranda noch ein paar Gemüsestücke und Brot auf die Hand und verließen die Hütte. Julia blickte ihnen noch einen Moment nach. Irgendwie hatte sie ein merkwürdiges Gefühl im Bauch. Warum war sie nur so sensibel?

Ethan meldete sich plötzlich zu Wort und riss Julia aus ihren Gedanken: »Also, nochmal zur Idee von eben: ich sehe das auch etwas kritischer. Grundsätzlich könnte alles klappen. Aber nur, bis die Personen, die wir ersetzen wollen, wieder frei sind. Dann fliegen wir auf. Selbst wenn wir dann schlafen: Sie werden uns anschließend festsetzen oder im schlimmsten Fall sogar töten. Ihr müsst den Plan auch bis zum Schluss durchdenken, sonst macht das keinen Sinn.«

»Mist«, sagte Julia. Ethan hatte recht. So wird das nicht klappen. Die Freunde schwiegen einander gedankenversunken an.

Ryan gelangte offensichtlich vor Julia zu einer Lösung: »Ich hab's. Wir machen es anders. Wir setzen die Personen nicht fest. Wir löschen alles, was mit dem Raumschiff zu tun hat, aus ihrem Kopf. Für diese Personen existiert kein Gedanke mehr daran, dass sie mit dem Raumschiff die Erde verlassen wollten. Somit können wir – zugegebenermaßen mit etwas Glück – nicht auffliegen.«

»Das ist schon mal ein besserer Plan«, sagte Ethan, »aber denken wir ihn doch einmal zu Ende. Es gibt da etwas, was wir noch nicht bedacht haben. Mir hat vor Kurzem jemand gesagt, dass wir nicht so vorgehen sollten, wie die Regierung es tun würde.« Ethans Blick war zu Julia gewandert, und sie ahnte, was nun kommen würde. Ihr fröstelte.

»Wir sind in dieser Situation«, fuhr Ethan fort, »weil wir nicht akzeptieren wollten, dass die Regierung Menschen manipuliert, und nun haben wir genau das vor. Es ist ja schön für uns, wenn wir es schaffen zu fliehen. Doch die Leute, die wir davon abhalten, auf das Schiff zu kommen, würden zu unseren Marionetten werden. Sie würden ihren eigenen Willen verlieren.«

»Stimmt«, sagte Ryan. »Wir sind dabei, unschuldige Menschen umzuprogrammieren.«

»Unschuldig?«, rief Christopher empört aus. »Auf der Passagierliste stehen doch nur Privilegierte. Da würden ganz andere Menschen hinaufgehen, wenn sie genug Geld hätten.«

Julia stand wie versteinert da. Sie hatte es sich zu leicht gemacht.

»So kommen wir nicht weiter, Leute.« Ryan klang verblüffend ruhig. »Ethan, du hast vollkommen recht. Wir haben ein moralisches Problem. Christopher, man sollte nicht jemanden verurteilen, bloß weil er reich oder wohlhabend ist. Das ist keine Straftat. Julia, dein Plan ist gut, aber noch nicht ausgereift. Wir müssen recherchieren. Mein Gefühl sagt mir, dass wir mehr über die Passagiere herausfinden müssen. Gebt mir mal ein wenig Zeit, okay? Aber erst muss ich etwas essen.«

In Julias Magen rumorte es ebenfalls. Ihr Hunger meldete sich nun lautstark zurück. So standen alle auf, gingen auf die alte Veranda und aßen das inzwischen kaltgewordene Essen.

· · ·

»So, ich fange dann mit meinen Recherchen an. Falls jemandem noch etwas Passendes zum Thema einfällt: immer her damit.« Ryan ging wieder ins Haus, Christopher ebenfalls. Julia machte sich daran, den Tisch abzuräumen.

»Ethan? Kommst du mit in die Küche? Je schneller wir jetzt sauber machen, umso früher sind wir fertig«, sagte Julia zu Ethan, der noch keine Anstalten machte, sich zu erheben.

Wie von der Tarantel gestochen sprang Ethan plötzlich auf die Beine.

»Fang schon mal an. Komme gleich.«

Durch die offene Tür stürzte er ins Haus, geradewegs zu Ryan, der bereits am Rechner saß. Neugierig lief Julia Ethan hinterher.

Ethan sprudelte sogleich los: »Ryan, ich hab da eine Idee! Wir können das moralische ... Problem vielleicht nicht gänzlich aus dem Weg räumen, aber eingrenzen. Wir wählen Personen aus, die es nicht anders verdient haben, verstehst du? Üble Leute. Wir können Informationen über sie sammeln, bis wir definitiv wissen, dass sie zur üblen Sorte gehören. Menschen, die eine dunkle Vergangenheit besitzen, die anderen Schaden zugefügt oder sie betrogen haben. Solche Typen halt. Wir löschen dann auch nicht deren Wissen über die Aristoteles. Wir pflanzen bei denen nur einen Grund ein, nicht abzureisen. Diesen Grund werden sie angeben, wenn sie darauf angesprochen werden. Das wird aber nur auf der Erde passieren. Davon wird man auf dem Schiff doch nichts mitbekommen. Wir werden unter falscher Identität auf der Aristoteles sein, ohne Kontakt zur Erde zu pflegen. Das wird doch möglich sein.«

Ryan blickte unbeeindruckt zu Ethan hoch. »Ethan, setz dich mal! Du auch, Julia. Setzt euch beide.« Julia und Ethan tauschten einige verwirrte Blicke und setzen sich zu Ryan, der in einem ungeheuren Stakkato auf die virtuelle Tastatur einhämmerte.

»Lasst mir ...«, sagte er und schlug plötzlich mehrmals wütend auf die Entertaste ein, »etwas Zeit. Aber bleibt hier sitzen.«

Ryans Gesicht wurde vom Bildschirm in einem leichten Blauton angestrahlt. Sein Gesicht war zu einer angespannten Grimasse verzogen. Seine Finger malträtierten die Tastatur derart unbarmherzig, dass sie einem leidtun könnte, wäre sie nicht virtuell und somit gegen Ryans Attacken immun.

Nach einer gefühlten Ewigkeit atmete Julia leicht hörbar ein und hatte eine Frage auf den Lippen.

»Nein, noch nicht!«, sagte Ryan und vereitelte damit ihren Versuch, etwas zu sagen.

Nach einer weiteren gefühlten Ewigkeit zog Ryan die Hände von der Tastatur zurück und atmete erschöpft aus.

Ethan hob langsam die Hand, um Ryans Aufmerksamkeit auf sich zu ziehen. »Ryan, wir ... also ... weißt du, im Endeffekt warten wir noch darauf, dass du etwas sagt.«

»Ja«, krächzte Ryan ganz benommen. »Ich habe etwas herausbekommen. Wir könnten es anders machen.« Er blickte ruckartig zu Julia herüber. »Also«, fuhr Ryan fort, »die Passagierliste ändert sich immer wieder. Das Führungs- und Funktionspersonal bleibt relativ konstant, doch es scheint immer wieder unentschlossene Passagiere zu geben. Genau das ist es, was wir nicht bedacht haben. Nicht jeder scheint sich auf die Reise ins All einlassen zu können, sobald es ernst wird. Ich habe auch gesehen, dass immer mal wieder Karten erneut angeboten werden, natürlich zu immer höher werdenden Preisen.«

»Es wird gehandelt!«, rief Julia aus.

»Ganz genau«, sagte Ryan. »Wer eine Karte – man spricht eigentlich von Zertifikaten – verkaufen will, gibt sie nur für einen bombastischen Preis ab. Man erhält die Zertifikate praktisch gar nicht mehr zum ursprünglichen Preis. Wir brauchen also nicht die IDs von bestimmten Personen, die ein Zertifikat erworben haben, wir brauchen einfach nur massig Geld für Zertifikate, die weiterverkauft werden.« Wieder war Ryans Blick auf Julia gerichtet.

»Wie viel Geld?«, fragte Julia.

Ryan blickte sie trocken an und zog die Augenbrauen hoch. »Ein Vermögen – und zwar für jedes einzelne Zertifikat«, sagte er.

»Okay, schick mir die Daten rüber. Ich besorge das Geld«, erklärte Julia und ging ins Schlafzimmer. Sie brauchte Ruhe.

Julia erwachte in Panik. Sie sah sich um. Wo war sie? Plötzlich fiel es ihr wieder ein. Die Waldhütte. Lakeville. Dann fiel ihr aber auch etwas anderes wieder ein. Marlene, Gerrit und Fay waren am Abend nicht zurückgekommen. Julia hatte Stunde für Stunde gewartet und gebangt. Aber sie kamen einfach nicht. Was passiert war, wussten sie nicht und sie konnten auch keinen Kontakt zu ihren Freunden aufnehmen. Das war besprochen und wäre im Zweifel für alle das Todesurteil. Wenn die drei nicht bald hier auftauchten, mussten sie hier weg. Und zwar schnell. Julia stand auf. Im fahlen Licht des durch die Bäume schimmernden Mondes, konnte sie den Weg zur Tür auch im Dunkeln finden. Laut knarzten die alten Holzdielen unter ihren nackten Füßen. Mist! Aber Ethan schnaufte nur kurz und schlief dann weiter. Julia schlich ins Wohnzimmer. Auf dem Sofa erblickte sie im Licht einer kleinen Lampe Ryan. Er schlief. Sie schlich weiter. Am anderen Ende des Raumes war die Tür zum Schlafzimmer von Gerrit und Fay. Leise öffnete sie die angelehnte Tür. Enttäuscht ließ sie die Schultern sinken. Die Betten waren leer. Sie waren also nicht zurückgekommen. Ein Blick auf die Uhrzeit, die sie über ihren BID abrief, zeigte ihr, dass sie noch eine Stunde hatten. Sie musste die anderen wecken. Sie mussten den Aufbruch vorbereiten. Es ging los.

14

Januar 2044, Aristoteles, Julia

Ryan hatte es geschafft. Er hatte das von Julia geerbte Geld genutzt und in letzter Minute vier Zertifikate zu horrenden Preisen auf dem Schwarzmarkt erworben. Fast Julias gesamtes Erbe musste dafür investiert werden. Sie würden die Zertifikate, die sie zum Flug mit der Aristoteles befähigten, unter ihren neuen Identitäten nutzen können und nicht darauf angewiesen sein, den Platz von jemand anderem einzunehmen. Sie würden legal und hoffentlich unerkannt auf das Schiff kommen. Als Ryan den anderen gesagt hatte, dass man Julias Geld »wahrscheinlich nicht so schnell zurückverfolgen« würde, hatte er keine Nachfragen zugelassen. Es gab wohl keine hundertprozentige Garantie, dass alles reibungslos klappte, aber es war ihre einzige Chance.

Der Plan sah nun vor, dass sie zum zwei Stunden entfernten Shuttlepoint fuhren. Bis auf Julia und Ethan, die von Anfang an als Paar auftreten durften, sollten die vier dort scheinbar zufällig zusammenkommen und würden dort dann von einem Shuttle der UMEA Spaceflight abgeholt werden.

Alles lief wie geplant und als die vier endlich das Shuttle bestiegen, hieß die KI die Reisenden willkommen. Die Sonnenblenden wurden geschlossen, ein holographisches Gesicht, vorne über der Armatur, nannte ihnen die Ankunftszeit und das Shuttle begann sanft und lautlos die Fahrt zur Basisstation der Aristoteles.

Ethan zog seine Freundin zu sich heran und drückte ihr einen Kuss auf die Stirn. Julia schloss die Augen und war wieder einmal dankbar dafür, so einen wundervollen Mann an ihrer Seite zu wissen. Während der letzten Stunden hatte sie sich immer wieder gefragt, was nun aus Gerrit, Fay und Marlene werden würde. Waren sie bereits geschnappt worden oder hatten sie es geschafft zu fliehen? Zu gerne hätte sie Kontakt zu ihrer besten Freundin Fay aufgenommen, aber ihr war klar, dass das natürlich nicht ging. Sie hatte Ethan bislang auch nichts von ihrem Disput mit seinem Freund erzählt. Sie fand es auch nicht richtig, ihm jetzt etwas zu sagen. Sie wollte nicht, dass seine Erinnerungen an seinen besten Freund von negativen Gefühlen begleitet würden.

Julia fühlte sich wie in einem bösen Traum gefangen. Die ganze Situation erschien ihr so surreal, so schnell hatten sich die Ereignisse in den letzten Tagen überschlagen. Sie konnte nur raten, was passiert war und warum die drei nicht zurückgekommen waren. Ein Hurricane war über Teile der Ostküste gefegt und hatte unter anderem die Stadt Fayetteville verwüstet, in der auch Marlenes Eltern lebten. Julia vermutete, dass Marlene per Life-Control-Alarm darüber informiert worden war, während sie mit Gerrit und Fay im nächsten Dorf war. Vielleicht hatte sie Kontakt zu ihren Eltern aufgenommen, um zu checken, ob sie okay waren und hatte so zwar unabsichtlich, aber doch sehr unüberlegt alle gefährdet. Vielleicht waren die drei aber auch auf der Straße im Dorf erkannt worden – obwohl dies aufgrund ihrer neuen Gesichter eigentlich nicht hätte passieren dürfen. Wahrscheinlich würde sie nie erfahren, was passiert war. Bald wären sie, Christopher, Ryan und Ethan auf einem mehrere Kilometer langen Raumschiff mit einem One-Way-Ticket in die Tiefen des Weltalls, auf dem Weg zur neuen Heimat der Menschheit – Lumera. Paralysiert und angespannt saß sie auf dem Rücksitz des Shuttles und wartete nervös auf die Ankunft an der Basisstation.

Zunächst jedoch mussten sie die erste große Hürde überwinden. Sie mussten in die Basis gelangen, ohne Verdacht zu erregen. Wenn ihnen das gelang, würden sie noch einen kompletten medizinischen Check über sich ergehen lassen müssen – bei dem sie ebenfalls hoffentlich nicht entdeckt würden. Anschließend würden sie in einen Kryoschlaf versetzt werden, um so die jahrhundertelange Reise Richtung Lumera überstehen zu können.

Nun würden sie also ihr gesamtes bisheriges Leben, ja, ihre ganze Existenz hinter sich lassen. Denn eine Rückkehr war unmöglich. Und selbst wenn es, aus welchen Gründen auch immer, irgendwann geschehen würde, wären alle Menschen, die sie kannte, vermutlich schon seit mehreren hundert Jahren tot. Julia dachte das erste Mal nach langer Zeit wieder an ihren Bruder Jason. Was er wohl jetzt machte? Ob es ihm gut ging? Ob er manchmal an sie dachte? Immerhin musste er davon ausgehen, dass sie tot war. Und sie war nun nicht mehr in der Lage, ihm das Gegenteil zu beweisen. Auf einmal schmerzte es sehr, ihn in diesem Zustand zurücklassen zu müssen.

Tief in düstere Gedanken versunken, fiel sie vor Erschöpfung und durch die ruhige Fahrt des Shuttles in einen unruhigen Schlaf.

»Wach auf, Liebling.«

»Was?« Julia öffnete vorsichtig die Augen und konnte dem Drang nicht widerstehen, sich zu strecken. Ethan hatte sich über ihr Gesicht gebeugt und streichelte ihr über die heiße Wange. Sie musste eingeschlafen sein. Kein Wunder bei den ganzen schlaflosen Nächten in der letzten Zeit.

»Sind wir etwa schon da?«, fragte Julia, noch immer verschlafen, und schaute aus dem Fenster des Shuttles. Doch noch glitt es sanft über die Straße. Rechts und links von sich konnte Julia unzählige Maisfelder sehen, die ab und zu von einer Hecke unterbrochen wurden. Ansonsten gab es hier nicht viel zu sehen. Ab und zu kam ihnen mal ein Shuttle entgegen.

»Gleich. Nur noch eine Viertelstunde bis zur Basisstation. Ich wollte dich rechtzeitig wecken, damit du dich noch etwas sammeln kannst. Bist du nervös?«

»Ist das ein Scherz? Ich mach mir gleich in die Hose.«

Christopher drehte sich vom Beifahrersitz nach hinten um und guckte Julia leicht angeekelt an.»Erspare uns das bitte.«

Ryan lachte leise. Er musste sehr nervös sein, wenn ihn so eine flache Konversation zu amüsieren schien. Julia war gerade nicht so nach Lachen zumute. Sie schaute weiter aus dem Fenster und zeigte den anderen damit, dass sie jetzt keine Lust auf Plaudereien hatte.

Die vier waren sehr angespannt, und ihnen allen fehlte Schlaf.

Das trug nicht unbedingt dazu bei, die Stimmung im Shuttle anzuheben.

»Guckt euch das an«, rief Christopher plötzlich. Julia versuchte vom Rücksitz aus, einen Blick aus dem Fenster zu erhaschen. Da, endlich konnte sie etwas sehen! Vor ihnen, am Horizont hinter den Maisfeldern, erhob sich die gigantische Basisstation der Aristoteles. Weiße, fensterlose und sehr hohe Mauern umschlossen das gesamte Gelände. Nur ein aus der Distanz sehr klein erscheinendes Tor und ein großes Logo unterbrachen die feste Mauer. In der Mitte des kolossalen Komplexes sah sie ein anthrazitfarbenes Seil über den hohen Mauern geradewegs in den Himmel ragen und hinter einer dünnen Wolkendecke verschwinden. An dem Seil war ein schwarzes röhrenförmiges Gebilde befestigt, das sich langsam absenkte und umso größer wurde, je näher es dem Erdboden kam. Das musste ein Climber sein. Also einer der Aufzüge, der die Menschen und das Equipment zum Raumschiff brachte. Ein überdimensionaler Lift, ein Weltraumlift, ohne den der Bau der riesenhaften Raumarchen niemals möglich gewesen wäre. Zusätzlich fiel Julia auf, dass mit einigem Abstand zur Außenmauer eine große Menge an bunten, wild durcheinander gewürfelten Zelten auf den Feldern aufgebaut zu sein schien. Was war denn da los?

Julia zappelte auf ihrem Sitz hin und her, während die Aufregung nun alle Nervenfasern ihres Körpers erreichte. War es etwa so etwas wie Vorfreude? Sie konnte es selbst kaum fassen, aber neben der Furcht vor dem, was vor ihnen lag, spürte sie auch ein angenehmes Kribbeln im Bauch. Sie ließ sich nichts anmerken, spürte aber, dass auch Ethan und Christopher nervös waren, während Ryan keine Miene verzog.

Schließlich kamen sie zur ersten Kontrollstation der Basis. Es gab einen großen, elektrisch aufgeladenen Zaun, der rund um die dicke Außenmauer verlief und diese zusätzlich sicherte. Auf dem Grünstreifen zwischen Zaun und Basis waren in regelmäßigen Abständen Wachposten mit Hunden platziert. Dass die Basis gut gesichert war, damit hatten sie gerechnet. Überrascht waren sie aber, so viele Menschen zu sehen, die sich auf der Wiese vor dem Zaun der Basisstation herumtrieben. Vermutlich wohnten diese Menschen schon länger hier, zumindest nach dem Zustand der Zelte und dem Erscheinungsbild der Personen zu urteilen, die sich um das auf das Tor im Zaun zugleitende Shuttle drängten. Offensichtlich hofften sie darauf, durch eine glückliche Fügung oder gar durch die Anwendung von Gewalt an Bord des Schiffes zu gelangen. Aber ein Teil schien auch aus Protest hier zu sein, wie Schilder mit wütenden Aufschriften wie „Erlösung nur für Eliten" oder „Schämt euch" verrieten, die in den harten Boden gerammt worden waren und die sie nun langsam passierten. Die meisten Menschen, an denen sie durch eine enge Gasse vorbeifuhren, warfen ihnen feindselige Blicke zu. Julias Gewissen meldete sich. War es richtig, dass sie hier waren? Oder waren sie einfach nur zu feige, um sich ihren Taten zu stellen? Nein – sie hatten das Richtige getan. Und dass sie jetzt hier waren … wollte nicht jeder überleben? War es nicht ein natürlicher Instinkt? Sie musste sich nicht dafür entschuldigen oder rechtfertigen, dass sie von ihrem letzten Geld die Flüge bezahlt hatte. Dennoch blieb ein bitterer Beigeschmack zurück, als sie vor zwei großen Toren schließlich stehen blieben, die hintereinander als Schleuse in den Zaun eingelassen waren. Erst jetzt fiel Julia auf, dass der Zaun, der die gesamte Basis umfasste, mindestens acht Meter hoch sein musste und oben noch mal mit dickem Stacheldraht zusätzlich gesichert war. Trotz der Aufregung und Anspannung war Julia beeindruckt von den räumlichen Dimensionen der Basis und den Schutzvorkehrungen. Hier würde wirklich niemand hineinkommen, der nicht willkommen war. Und die meisten Menschen auf dieser Seite des Zauns gehörten dazu.

Nachdem sich das erste Tor geöffnet hatte, glitt das Shuttle in Sicherheitsschleuse zwischen den beiden Toren, während es sich hinter ihnen direkt wieder schloss, bevor die Menschen draußen sich ebenfalls in die Schleuse zwängen konnten. Eine Seite der Schleuse war durch ein niedriges Wachgebäude abgeschlossen.

Vier Männer in dunkler Uniform mit schusssicheren Westen und Sturmgewehren traten daraus hervor und umstellten das Shuttle. »Guten Tag, bitte steigen Sie aus und folgen Sie mir«, lautete die kurze Begrüßung durch einen der Wachmänner. Was war los? Waren sie aufgeflogen?

Trotz ihrer Angst taten Julia und die anderen, wie ihnen geheißen. Der Wachmann wies sie an, ihm zu folgen. Auf der anderen Seite des Zauns riefen ihnen einige der dort Wartenden flehende Rufe zu, andere stießen Verwünschungen aus. Julia und ihre Freunde versuchten, dies zu ignorieren. Sie gingen gemeinsam in das Gebäude, während die anderen Soldaten ihnen folgten, die

Hände auf den Waffen, jederzeit bereit, sie anzugreifen. Doch anstatt sie festzunehmen, was Julia bereits befürchtet hatte, mussten sie nacheinander durch einen Scanner treten, der sich im großen Raum innerhalb des Wachhauses befand. Hier wurden ihre Gesichter gescannt, die IDs überprüft und ihr gesamter Körper nach Waffen, Drogen oder anderen verbotenen Gegenständen durchsucht. Zum Glück erfolgte die Prozedur schnell und routiniert, da fiel es Julia leichter, nicht zu sehr zu zittern. Doch etwas stimmte nicht. Einer der Wachmänner schien mit der Basisstation zu kommunizieren, was man unschwer an seinem abwesenden Blick ablesen konnte. Waren sie nun dran? Rief er nun Verstärkung herbei?

Endlich kam der erlösende Wink des Wachmannes. Julia hätte fast angefangen, wie ein kleines Kind draufloszuweinen, so erleichtert war sie. Aber sie riss sich zusammen, um nicht im letzten Moment doch noch aufzufallen.

»Steigen Sie bitte wieder in Ihr Shuttle und fahren Sie gleich zügig durch das Tor«, wies er die vier Freunde an. Schnell sprangen alle ins Fahrzeug. Doch anstatt das Shuttle passieren zu lassen, stellten sich zwei weitere Wachleute dem Fahrzeug in den Weg. Einer trat an die Seitentür des Shuttles und wies Christopher an, das Fenster zu öffnen.

»Ihr Fahrzeug wurde soeben gescannt. Eine Sache ist uns dort aufgefallen. Bitte öffnen Sie den Kofferraum für mich.«

Christopher blickte nach hinten zu den anderen dreien. Fragend zog er die Augenbrauen nach oben.

»Bitte Kofferraum öffnen«, wies Ethan die KI an und kam Christopher zuvor, da er die Wachleute nicht gegen sich aufbringen wollte, nur weil sie zu lange warten mussten. Julia war vor Anspannung kurz vorm Platzen.

Der Wachmann trat hinter das Fahrzeug und untersuchte den Kofferraum, in dem sich auch ihr gesamtes Gepäck befand. Sie hörten, wie er die Koffer öffnete und in den Sachen wühlte. Nach einer gefühlten Ewigkeit kamen endlich die erlösenden Worte: »Alles okay. Es war nur eine Taschenlampe. Sie dürfen nun durchfahren. Gute Reise.«

Julia atmete laut auf. Sie hatte schon befürchtet, dass nun vielleicht alles vorbei wäre. Warum musste Christopher auch diese blöde Taschenlampe mitnehmen? Aber egal, sie hatten es ja nun geschafft. Es fehlte später nur noch der medizinische Check, der es ihnen erlaubte, an Bord zu gehen.

Langsam fuhr das Fahrzeug wieder an, nachdem sich das zweite Tor der Schleuse geöffnet hatte. Sie fuhren nun über die kurze Straße zwischen Zaun und Mauer direkt auf das große Tor zu, das in die dicke Mauer eingelassen war. Aus der Ferne hatte es klein gewirkt, aber als sie nun darauf zu glitten, sahen sie, dass es mehrere Meter hoch und bestimmt zehn Meter breit sein musste. Aber trotz der enormen Größe schwang einer der beiden Flügel lautlos und schnell auf und gab ihnen den Weg in die Basisstation frei.

Sie waren drin. Julia konnte es noch gar nicht fassen und sah sich staunend um. Ein gläsernes Gebäude fand sich an der einen Seite der riesigen Anlage, das von einem steinernen Komplex flankiert wurde. Wahrscheinlich waren das die Unterkünfte für die Arbeiter und die Passagiere, deren Checks noch nicht abgeschlossen waren. Sie vermutete, dass sie dort ebenfalls untergebracht würden.

Dann gab es noch vier riesige Lagerhallen auf der anderen Seite. Das Tor einer der Hallen war gerade geöffnet. Julia konnte Hochregallager erspähen, bis zur Decke gefüllt mit großen Kartons, metallenen Gegenständen und anderen Materialien. Sie wurden wahrscheinlich für die Zwischenlagerung der Dinge benötigt, die anschließend mit dem Climber zur Aristoteles, die irgendwo hoch über ihnen schwebte, befördert wurden. Es fuhren hier viele kleine Shuttles, die ihren Weg kreuzten. Die kleinen Wagen waren für zwei Personen gebaut und hatten neben einer großen Ladefläche nur ein kleines Dach, um vor der Sonne oder, seltener allerdings, vor Regen zu schützen. Hier war einiges los. Das Nanoseil für den Climber war auf einer großen metallenen Plattform zentral auf dem Gelände mit dem Boden verankert. Der Climber, den sie auf der Fahrt hatten hinabsteigen sehen, war inzwischen unten angelangt. Jetzt, wo sie ihn gut sehen konnten, wurde erst ersichtlich, wie groß der Climber wirklich war: eine große, leuchtend weiße Kapsel, in der sicher vier große Lastwagen vollständig Platz gefunden hätten. Oberhalb des großen Laderaums befand sich eine zweite Ebene, die vermutlich für den Personentransport angedacht war. Julia schlussfolgerte das aufgrund des Turms mit der Gangway, die im oberen Drittel des Climbers mit einer Luke darin verbunden werden konnte und der Fenster, die es ebenfalls nur im oberen Bereich des Climbers gab. Gerade wurde er schon wieder mit großen Paletten beladen, auf denen sich diverse Utensilien für den langen Flug befanden. Es wurde auch jetzt keine Zeit verschwendet und der Climber war im Dauereinsatz.

Das Shuttle hielt endlich an, und die Türen öffneten sich.

»Wir haben Ihr Ziel erreicht. Bitte steigen Sie nun aus«, befahl ihnen die KI ihres Shuttles.

Julias Nerven waren zum Zerreißen gespannt. Hoffentlich ging alles gut. Sie würde erst wieder beruhigt sein, wenn sie sich im Climber auf dem Weg zur 35.000 Kilometer über ihnen schwebenden Raumstation befanden. Nun würden sie aber zunächst einige Tage hier in der Basisstation verbringen müssen. Es standen viele medizinische Checks an und Julia und ihre Freunde würden vermutlich auch die anderen mitreisenden Passagiere kennenlernen, mit denen sie ihren Platz im Climber teilen würden.

Julia stieg etwas mühsam aus dem Shuttle. Ein Blick nach oben zeigte ihr, wie das dicke dunkle Seil, dass eigentlich kein Seil, sondern eine Konstruktion aus in komplexer Form miteinander verbundenen, mikroskopisch kleinen Nanostäbchen war, in den Himmel ragte, bis es nicht mehr zu erkennen war. Ihr Blick glitt nach rechts. Vor ihnen stand eine große brünette Frau, auf deren Brust das Logo der Raumfahrtbehörde UMEA prangte, die Julia anlächelte und sagte:

»Herzlich Willkommen in der Basisstation der Aristoteles.«

»Es geht nun aufwärts. Wir werden in exakt 67 Stunden und 26 Minuten an die Raumstation andocken. Vor Ihnen sehen Sie eine Anzeige, die die Höhenmeter anzeigt und zu Ihrer Rechten können Sie durch das große bodentiefe Fenster nach Draußen schauen. Der Druckausgleich findet permanent statt. Weil Sie vorhin Ihre Medikamente gegen die Übelkeit genommen haben, dürften Sie während des schnellen Aufstiegs nicht mehr als ein leicht flaues Gefühl im Magen verspüren. Bitte bleiben Sie auf ihren Sitzen und lösen Sie nicht ihre Anschnallgurte. Wenn Sie schlafen möchten, können Sie Ihren Sitz in eine liegende Position bringen. Wenn Sie auf die Toilette müssen oder sich dennoch unwohl fühlen, wenden Sie sich an einen der begleitenden Androiden. Sie werden sich auf der Raumstation bis zum Betreten des Raumschiffs in Schwerelosigkeit befinden. Es sind dort Handläufe vorhanden, an denen Sie sich bitte festhalten. UMEA Spaceflight wünscht Ihnen eine angenehme Fahrt«. Die KI des Climbers verstummte nach ihrer Durchsage.

Die vier Freunde sahen sich an. Alle waren sehr aufgeregt. Das war offensichtlich. Auch die anderen acht Mitreisenden, die sie bereits vor ein paar Tagen in der Basisstation kennengelernt hatten und die ebenfalls Passagiere der Aristoteles waren, saßen angeschnallt auf den schmalen Sitzen an Bord des großen Lifts. Wie angekündigt, mussten sie, bevor es auf das Raumschiff ging, mehrere intensive Checks über sich ergehen lassen. So hatten sie Gelegenheit, sich etwas zu sammeln und die anderen Mitreisenden kennenzulernen. In dieser Zeit stellten sie fest, dass noch immer regelmäßig viele Paletten mit diversem Material nach oben geschafft wurden, da mehrere Climber parallel im Einsatz waren. Diese konnten frei um die Achse des Nanoseils rotieren und so entgegenkommenden Climbern ausweichen. So war sichergestellt, dass in den letzten Tagen vor dem Start der Aristoteles auch noch die letzten Ausrüstungsgegenstände und Passagiere in die Umlaufbahn befördert werden konnten. Und nun würden sie in Kürze selber ins All aufbrechen. Sie gehörten tatsächlich zu einer der letzten Gruppen an Passagieren. Nach ihnen würden nur noch die Besatzungsmitglieder folgen, die in der Basis noch die letzten Vorbereitungen getroffen hatten.

Mit einem Surren begann der Climber sich von seiner Startplattform zu erheben. Erst langsam, dann immer schneller begann er, steil nach oben aufzusteigen. Julia wagte einen Blick durch das Fenster, das sich schmal und bodentief rechterhand von ihr befand. So konnte sie, ohne sich erheben zu müssen, sehen, wie der Climber sich vom Erdboden entfernte. Sie konnte kaum hinschauen, ohne dass ihr schlecht wurde, so schnell wurde die Basis zu ihren Füßen immer kleiner. Außerdem nahm der Druck auf ihr Trommelfell und ihren Magen zu. Julia musste sich zusammenreißen, um nicht aufzustöhnen.

Teresa, eine der Mitreisenden, die nicht älter als 25 war, blickte sich mit schneeweißem Gesicht um, als sie verkündete: »Mir ist irgendwie nicht so wohl. Hat vielleicht einer von euch …«

Weiter kam sie nicht, da übergab sie sich schon in einem Schwall in eine von einem geistesgegenwärtigen Androiden gereichte kleine Tüte. Von den Androiden, die menschenähnlich aussahen, aber anhand der Mimik und der leicht abgehackten Bewegungen noch als Roboter zu erkennen waren, gab es auf der Basis erstaunlich viele. Hier auf dem Climber waren sie für die Fracht und die Passagiere verantwortlich.

»Wirken die Medikamente gegen Übelkeit bei dir nicht?«, fragte Stephen, ein meist grimmig dreinblickender Mitreisender, den Julia unsympathisch fand.

»Ich nehme so einen Mist nicht«, war alles, was Teresa krächzend hervorbrachte. »Dass wir so schnell nach oben fahren, dass sich mir der Magen umdreht, war mir nicht klar.«

Stephen verdrehte ungläubig die Augen. »Wie bitte? Hast du denn nicht zugehört, als sie uns alles erklärt haben? Dachtest du, wir sind auf einer Spazierfahrt unterwegs?«

»Jetzt krieg dich wieder ein, ja? Ich war zu aufgeregt, aber ich möchte keine Medikamente nehmen, wenn es sich vermeiden lässt.«

Stephen schäumte offensichtlich vor Wut. Er wollte gerade weiter austeilen, daher sah Julia sich genötigt, einzugreifen.

»Beruhigt euch alle wieder. Stephen, es bringt doch jetzt nichts, wenn wir uns hier gegenseitig anmachen. Lasst uns doch die paar Stunden, die wir noch wach sind, die Zeit halbwegs genießen.«

Stephen brummte irgendetwas von »Blonde, dämliche Kuh« in Teresas Richtung, die das Gott sei Dank nicht hörte, weil das Summen des Climbers seine Worte übertönte.

Der Rest der Fahrt verlief recht ruhig. Kaum einer redete und Julia ging davon aus, dass die meisten Musik über ihre BIDs hörten oder mithilfe ihrer virtuellen Netzhautanzeigen eine Zeitschrift oder ein Buch lasen. Immer wieder glitt ihr Blick zu dem Fenster. Wenn sie sich reckte, sah sie die Erde, mittlerweile schon weit entfernt und unwirklich. Aber der Anblick ihres Heimatplaneten aus dieser Distanz war einfach überwältigend. Sie war nicht die einzige, die sich immer wieder aufrichtete, um einen Blick zu erhaschen. Auch Ethan, der neben ihr saß, wackelte immer wieder unruhig auf seinem Sitz hin und her. Julia hätte sich zu gerne abgeschnallt, aber es wurde ihnen nicht gestattet. Die Erde sah von hier oben so friedlich aus. Fast tat es Julia leid, dass sie sie nun für immer verließen. Ihr wurde noch einmal schmerzhaft bewusst, dass sie die Erde nie mehr wiedersehen würde – und alles, was sie trotz der Probleme der letzten Jahre so geliebt hatte: die Sonne an einem milden Sommertag, die Wälder mit ihren rauschenden grünen Bäumen, ihren Bruder Jason, mit dem sie sich nicht mehr versöhnt hatte. Es gab noch so viel auf der Erde zu tun, dass sie nun niemals würde vollenden können. Sie hatte während der langen Fahrt auch genügend

Zeit, um ihre gesamte Mission auf der Erde nochmals Revue passieren zu lassen. Sie stellte ihre Taten nicht in Frage. Sie war überzeugt davon, richtig gehandelt zu haben. Die Zeit würde sicher eine bessere Lösung liefern, als die Pläne der Regierung vorgesehen hatten. Einen Massenselbstmord zu initiieren konnte nicht der richtige Weg sein. Julia lehnte sich zurück und schaffte es, sich ein wenig zu entspannen. Die Fahrt würde nicht mehr ewig dauern. Ein neues Leben, ein neuer Anfang wartete dort oben auf sie. Mit einem sanften Lächeln im Gesicht schlief Julia ein.

»In 20 Minuten erreichen wir die Andockschleuse. Der Kopplungsvorgang wird nur wenige Minuten dauern. Bleiben Sie bitte auf Ihren Sitzen, bis sie aufgefordert werden, sich abzuschnallen. Vielen Dank«, ertönten nach einer gefühlten Ewigkeit die erlösenden Worte der KI. Nach der genannten Zeitspanne spürte Julia einen kurzen Ruck. Es gab einige mechanische Geräusche und das Zischen von Düsen, das ihr verriet, dass der Kopplungsvorgang abgeschlossen war. Die Tür zu ihrer Kabine schwang auf und sie wurden angewiesen, den Climber zügig zu verlassen. Julia fühlte sich wie im Vollrausch, als sie aus dem Climber schwebte. Sie hatte sich die Schwerelosigkeit zwar immer so vorgestellt, als würde sie im Ozean tauchen, aber in Wirklichkeit fühlte es sich völlig anders an. Zwar war ihr Bewegungsspektrum, wie auch unter Wasser, um eine Dimension erweitert. Aber sie fühlte sich noch leichter, als sie es von ihren Tauchkursen kannte. Es war ein erhabenes Gefühl – und gleichzeitig verwirrte es sie, da die bekannten Naturgesetze außer Kraft gesetzt waren. Sie schaffte es mithilfe eines Androiden durch die Tür, die offen vor ihr lag, und glitt in einen breiten, mit Metallplatten verkleideten und von Deckenstrahlern erleuchteten Gang. Nun war sie also in der geostationären Raumstation.

Julia sah sich um. Vor ihr lag ein breiter Durchgang, der tiefer in die Raumstation führte. Unter ihnen klang es so, als würde der Climber entladen. Dort befanden sich offensichtlich die Laderäume. Julia spürte am Handlauf eine sanfte Vibration und vernahm ein leises Summen, das danach klang, als würde eine Herde Riesenameisen vorüberziehen. Sie hatte nicht lange Zeit, sich darüber zu wundern, als sie auch schon per Händedruck von zwei Mitarbeitern der Raumstation begrüßt wurde. Sie und ihre Mitreisenden folgten den beiden schwebend durch den großen hellen Gang, der in regelmäßigen Abständen mit kleinen Luken, die das Sonnenlicht hineinströmen ließen, versehen war. Die Mitarbeiter mussten magnetische Schuhe besitzen. Mit einem lauten Schnarrgeräusch lösten sich die Schuhe bei jedem Schritt von dem metallenen, glänzenden Boden. Julia und die anderen mussten ohne diese Hilfe auskommen, aber der Weg in das Raumschiff war sicher nicht besonders lang.

Julia hielt kurz inne und blickte durch eine der Luken nach draußen. Es war ein überwältigender Anblick. Obwohl die Sonne schien, war der Himmel schwarz. Den größten Teil des Sichtfelds nahm das gigantische Raumschiff ein, dass an die Raumstation angedockt war und durch die Sonnenstrahlen so stark beschienen wurde, dass es die Strahlen reflektierte. Julia musste die Augen abwenden, um nicht geblendet zu werden. Sie hätte sich das Schiff gerne näher angesehen, aber ihre Begleiter drängten sie, nicht den Anschluss zu verlieren.

Die kleine Gruppe schwebte nun auf eine große Kreuzung zu. Links und rechts zweigten breite Gänge ab. Wahrscheinlich, vermutete Julia, führten sie in die beiden großen Arme der Station, die parallel zum Raumschiff verliefen und an vielen Stellen mit ihm verbunden waren. Geradeaus schien es auf eine große Schleuse zuzugehen. Dies musste der zentrale Eingang für die Passagiere sein, die so in das Schiff gelangten, das für die nächsten Jahrhunderte ihre Heimat darstellen sollte. Auf dem Weg dorthin kamen ihnen zwei Sicherheitsmitarbeiter entgegen. Auch deren Füße hafteten am metallenen Boden der Raumstation. Ihr wurde mulmig zumute, als sie die Blicke der beiden Männer sah. Sie gingen zielstrebig auf Julia und ihre Freunde zu und versperrten der Gruppe den Weg. Das war nicht gut. Die beiden Mitarbeiter, die sie zum Schiff bringen sollten, tuschelten leise miteinander. Julia blickte ängstlich zu Ethan. Auch er schien zu spüren, dass etwas nicht stimmte. Sie bekam Schweißausbrüche. Das konnte doch jetzt nicht wahr sein!

Schließlich bewegten sie sich auf Christopher zu. Einer der Sicherheitsbeamten brachte sich hinter ihm in Position, der andere blieb vor ihm und blickte ihn an. Julia wollte etwas sagen und dazwischengehen, aber Ethan hielt sie dezent zurück, indem er sie am Handgelenk packte. Sie wusste, dass sie nicht reagieren durfte, da es sonst für sie alle gefährlich werden könnte.

»Was ist los?«, fragte Christopher mit gespielter Empörung.

»Mr. Shawn Farrell? Wir müssen Sie bitten, mit uns zu kommen.

Es gibt da einige Unstimmigkeiten, die es uns derzeit nicht erlauben, Sie an Bord zu lassen. Sollte es sich als unbegründet erweisen, wovon wir ausgehen, haben Sie noch einige Stunden Zeit, das Raumschiff zu betreten. Bitte folgen Sie mir nun.«

Christopher warf einen verzweifelten Blick zu Ryan. Der nickte ihm beruhigend zu. Die BIDs von ihnen waren sicher. Die Daten, die für sie gefährlich werden konnten, wie bestimmte Erinnerungen an ihre Rettungsmission auf der Erde, hatte Ryan verschlüsselt. Dort konnten sie unmöglich rankommen. Wenn Christopher sich also nicht verplapperte, würde er zumindest die anderen zumindest im Moment nicht gefährden.

Beim Davonschweben schaute Christopher noch einmal zurück. Es sah fast wie ein stummer Abschied aus. Julias Kehle schnürte sich zu, und irgendetwas in ihr sagte ihr, dass sie Christopher nicht mehr wiedersehen würde.

Für diesen endete die Tour hier also zunächst, aber für sie ging der Weg weiter. Durch die Fenster, an denen sie sich vorbeihangelten, konnten sie nun weitere Teile des riesigen Raumschiffs betrachten. Es war so groß, dass Julia nicht die gesamten Ausmaße erfassen konnte. Aber was sie sehen konnte, war das gigantische Rad, dass in der Mitte des länglichen Korpus um diesen rotierte und mit vier großen Speichen mit ihm verbunden war. Jetzt verstand Julia auch, woher das zarte Vibrieren und das merkwürdige Summen kamen, das sie spürte, seit sie die Raumstation betreten hatte. Die Rotation des Rades, die notwendig war, um eine künstliche Schwerkraft zu erzeugen, übertrug sich dem Anschein nach auf die gesamte Station. Sie hatte natürlich viele Bilder davon gesehen, aber in der Aufregung nicht mehr daran gedacht. Das Schiff sah ein wenig wie ein Riesenrad aus, mit einer langen Achse in der Mitte und mit mehreren Zugängen durch die Speichen zum großen Rad.

Aber sie hatten erneut wenig Zeit, den erhabenen Anblick der Aristoteles zu genießen. Denn nun wurden sie zur Schleuse geführt, die noch zwischen ihnen und der Gewissheit stand, dass ihr Plan funktionieren würde. Ihre beiden Begleiter näherten sich der Tür, die sich automatisch öffnete und ihnen den Weg ins Raumschiff freigab. Nachdem sie das Schiff betreten hatten, befanden sie sich im großen Korpus. Rechterhand befand sich ein großes Tor, was vermutlich zum Frachtraum führte. Gemeinsam mit ihren zwei Begleitern, schwebten Julia und die anderen geradewegs auf einen großen Lift zu.

»Wir werden mit dem Lift jetzt in den bewohnbaren Bereich des Raumschiffs fahren. Dort wird wieder Schwerkraft herrschen und sie können sich normal bewegen. Die ersten Schritte könnten etwas holprig werden. Haben Sie alle Ihre Tabletten gegen die Übelkeit genommen?«, fragte einer der beiden UMEA-Mitarbeiter. Ein allgemeines Bejahen folgte daraufhin. Selbst Teresa, nun nicht mehr ganz so blass, nickte bestätigend. Die kleine Gruppe bestieg gemeinsam den Aufzug. Dort mussten sie auf in die Wand eingelassenen Sitzen platznehmen und sich über Kopf anschnallen. Die ruckelige Fahrt dauerte nur wenige Minuten und sie waren da. Jetzt verstand Julia auch, warum sie sich festschnallen mussten. Andernfalls hätte es bei dem Eintritt in die Schwerkraft Stürze geben können.

Für Julia fühlte es sich merkwürdig an, wieder festen Boden unter den Füßen zu spüren. Sie befanden sich nun in einer künstlich erzeugten Schwerkraft und Julia hatte wie prognostiziert das Gefühl, als würde sie eine Tonne wiegen. Sie setzten mit zunächst bedächtigen Schritten ihren Weg zur Krankenstation fort, um in ihren langen Schlaf versetzt zu werden.

Sie war unglaublich aufgeregt. In ihren Eingeweiden kribbelte es. Die vielen Eindrücke der letzten Tage hatten sie aufgewühlt. Sie konnte nicht fassen, dass sie nun auf dem glänzenden polierten Fußboden der Aristoteles stand. Aber noch größer als ihre Aufregung war die Angst, doch noch aufzufliegen. Was war mit Christopher? Wie erging es ihm? Ethan schien es genauso zu gehen wie ihr. Er versuchte zu lächeln, aber es gelang ihm nicht überzeugend. Julia ging zwischen Ethan und Ryan den hell erleuchteten Gang mit der indirekten Beleuchtung entlang. Ihr Blick zuckte unruhig von rechts nach links. Fenster suchte sie hier vergebens. Außer holographischen Wegweisern oben an den Wänden gab es hier nicht viel zu bestaunen. Hin und wieder gingen sie an metallenen Schiebetüren vorbei, die aber allesamt verschlossen waren. Manche ließen durch Glaseinsätze einen Blick in das Innere des Raumes zu, aber Julia blieb keine Zeit für detaillierte Beobachtungen.

Schließlich gelangten sie zum Ziel. Das Hologramm über zwei großen Schiebetüren zeigte an, dass sich dahinter die Krankenstation befinden musste. Julia beobachtete, wie die beiden UMEA-Mitarbeiter vor der Tür mittels eines Sensors gescannt und anhand einer grün aufleuchtenden Diode als autorisiert bestätigt wurden. Gemeinsam traten sie durch die sich öffnende Tür in den Eingangsbereich der Krankenstation. Julia schlug direkt ein Geruch aus

Desinfektionsmitteln und Lavendel entgegen. Eine freundliche Dame kam auf sie zu und begrüßte jeden von ihnen mit einem zarten Händedruck.

Sie bedeutete den neu Angekommenen, ihr zu folgen. Vorbei an einem kleinen Empfangstresen, an dem ein weiblicher Android saß und sie mit seinem immer freundlichen Lächeln willkommen hieß, durch einen weiteren hell erleuchteten Gang, durch eine Schiebetür hindurch, bis sie einen großen, durch Lichtleisten in der Decke, erleuchteten Raum betraten, der mit zehn komfortablen Liegen ausgestattet war. Ein stattlicher Arzt, der gerade an einem virtuellen Monitor arbeitete, drehte sich zu ihnen um.

Freundlich begrüßte er alle, stellte sich ihnen als Dr. Newby vor und erklärte Ihnen, was nun mit ihnen passieren würde, während sie mithilfe mehrerer Androiden auf den schmalen Liegen fixiert wurden.

»Sie werden nun gleich schlafen gelegt. Dazu wird Ihrem Blut ein spezielles Präparat hinzugefügt und zeitgleich ihr Herz zum Stehen gebracht. Danach muss es schnell gehen. Sie werden sofort in die Kryokammer gelegt und auf minus 196 Grad runtergekühlt. Nur so können wir gewährleisten, dass Ihr Gehirn keinen Schaden nimmt. Unsere Technologie stellt sicher, dass Sie unbeschadet wieder aufgetaut werden, sobald wir unseren Zielort erreicht haben. Das wird in etwa 340 Jahren der Fall sein. Sie werden natürlich erst vollständig erwachen, wenn alle Organe ihren Dienst wieder aufgenommen haben und Sie normale Vitalwerte vorweisen. Dank der Healthbots dauert das etwa drei Tage. Solange werden Sie in ein künstliches Koma versetzt. Sie werden von alldem also nichts mitbekommen. Diese Information haben Sie bekanntermaßen ja schon vorab erhalten. Haben Sie zu dem Prozedere noch Fragen, die ich Ihnen beantworten kann?«

»Wie fühlt es sich an, das Sterben?«, fragte Teresa beunruhigt.

»Nun, Sie werden einfach einschlafen. Sie spüren keinen Schmerz. Außerdem erhalten Sie zuvor ein Beruhigungsmittel. Es wird angenehm sein, glauben Sie es mir«, versicherte Dr. Newby der jungen Frau.

Teresa seufzte erleichtert.

Julia war so aufgeregt, dass ihr das Herz bis zum Hals schlug. Sie hob den Kopf, aber von Christopher fehlte noch immer jede Spur. Das machte sie noch nervöser. Ein Android trat zu ihr und legte ihr einen Venenkatheter. Julia spürte lediglich einen winzigen

Stich. Von ihrer Liege aus blickte sie zu Dr. Newby, der mit Teresa beschäftigt war. Die junge Frau, die sich während der Climberfahrt so lauthals übergeben hatte, wollte gerade abermals zu einer Frage ansetzen, da kam Julia ihr zuvor: »Wir vermissen noch einen aus unserer Gruppe. Mr. Shawn Farrell. Haben Sie etwas von ihm gehört?«

Dr. Newby trat an Julias Liege, als er ihr antwortete: »Liebe Mrs. Pilger, ich habe die Nachricht erhalten, dass wir Sie in die Kammern bringen sollen. Wir werden bereits in wenigen Stunden unseren Flug nach Lumera beginnen. Mehr kann ich Ihnen leider zum jetzigen Zeitpunkt nicht sagen. Sind Sie mit Mr. Farrell verwandt, oder ist er ein Freund von Ihnen?«

»Nein, nein«, stotterte Julia. »Wir haben ihn im Shuttle kennengelernt. Ich mache mir nur etwas Sorgen. Das ist alles.«

»Seien Sie ganz unbesorgt. Wir werden sehen, ob er noch zu uns stößt. Währenddessen dürfen Sie sich entspannen.«

Julia nickte. Sie biss sich auf die Lippen und beobachtete den Arzt dabei, wie er ihr eine milchige Flüssigkeit injizierte. Bevor aufkeimende Angst vor ihrem nahenden Herzstillstand sie übermannen konnte, spürte sie bereits, wie sie sich entspannte und alles um sie herum ganz still wurde. Julia schaffte es gerade noch, ihren Kopf in Ethans Richtung zu drehen, der sich auf der Liege neben ihr befand. Sie spürte, wie ihr Herz langsamer wurde und weißer Nebel sie sanft einhüllte. Ethans Lippen formten noch ein »Ich liebe dich«, dann wurde es dunkel um sie herum.

15

Januar 2044, Aristoteles, John

John wurde langsam ungeduldig. »Hören Sie, ich muss da rauf, und zwar sofort.«

»Nun gut, wir können Sie mit dem Climber raufbringen, allerdings wird das Raumschiff ein paar Stunden, nachdem Sie oben angekommen sind, starten. Wir können Mr. Farrell nicht ewig ohne triftige Beweise festsetzen. Er hat für die Reise ein Vermögen bezahlt. Er muss bald nach Ihrer Ankunft auf das Schiff«, erklärte ihm Morris Seifert, der Leiter der Basisstation von UMEA Spaceflight.

John nickte. Na immerhin. Dann könnte, nein, dann müsste er Mr. Farrell zu den Ungereimtheiten interviewen. Alle Augenscanner, mit denen dieser in letzter Zeit abgetastet worden war, hatten die Identität von Christopher Woodruff, einem der Gesuchten, festgestellt. Doch die Scanner hatten – wie vom FBI angeordnet – keinen Alarm geschlagen, sondern den Ermittlern den Aufenthaltsort der Person übermittelt. Interessanterweise hatten aber alle Gesichtsscanner jedoch eine ganz andere Identität festgestellt, nämlich die eines Shawn Farrell. Da lief ein Farrell mit den Augen eines Woodruff herum und war im Begriff, die Erde zu verlassen. Da war etwas faul. Vielleicht handelte es sich um Christopher Woodruff, und die anderen Rebellen waren ebenfalls in der Nähe. Vielleicht waren die anderen nicht aufgeflogen, weil bei Woodruff irgendetwas schiefgelaufen war, als sie ihm eine neue Identität verpasst hatten. Vielleicht befanden sich die anderen auf dem Schiff. John musste zumindest einen der Rebellen schnappen, um sicher vor Mr. Salisbury zu sein. Sein Chef würde es diesmal nicht bei einem Einlauf belassen, falls John versagte, da war er sich sicher.

Andererseits graute John davor, die Verschwörer, wenn man sie so überhaupt nennen konnte, an das FBI auszuliefern. Die Regierung hatte das Massensterben den Rebellen in die Schuhe geschoben. Allerdings wusste John, dass die Rebellen keine Mörder waren. Im Gegenteil, für viele Menschen wären sie sicher Helden, wenn diese wüssten, dass die Rebellen eine schier unglaubliche Anzahl weiterer Tötungen verhindert hatten. Und das FBI war mittlerweile zum Gehilfen einer Regierung geworden, die jegliche rechtsstaatlichen Prinzipien über Bord geworfen hatte.

John musste die Rebellen unbedingt als Erster finden. Er musste sich einen persönlichen Eindruck von diesen Leuten und ihren Motiven machen. Dann könnte er entscheiden, ob er seine Mission zu Ende bringen konnte. Oder wollte.

Einer der Climber war bereits wieder in der Basisstation angelangt und wurde beladen. Der zuständige Techniker öffnete ihnen die Tür des Climbers.

»Mr. Stanhope, Sie und Ihr Kollege nehmen jetzt bitte dieses Mittel gegen Übelkeit ein. Es geht ziemlich schnell nach oben. Dieser Android hier wird die ganze Zeit bei Ihnen sein. Sie können den Lift nun betreten. Oben empfängt Sie dann in exakt 67 Stunden und 26 Minuten ein Mitarbeiter von uns und führt Sie zu Mr. Farrell. Ich hoffe, Ihr Verdacht bestätigt sich nicht.«

Insgeheim hoffte John das auch. Er und sein Partner Hugh Costello betraten den Lift. Die KI wies beide an, sich auf die Sitze zu begeben und anzuschnallen.

Während der langen Fahrt im Climber nutzte John die Möglichkeit, mittels seines BIDs weitere Recherchen über die Rebellen anzustellen. Doch sie brachten ihm keine neuen Erkenntnisse. Die Erde, die außerhalb des Fensters des Climbers immer kleiner wurde, würdigte er keines Blickes. Stattdessen flog sein Blick immer wieder zum Monitor, der gegenüber von ihm an der Decke hing. Er zeigte die bereits zurückgelegten Höhenmeter an, eine rasant wachsende Zahl.

Auf der Raumstation angelangt, hatte John zunächst mit der Schwerelosigkeit zu kämpfen, die ihn völlig aus dem Konzept brachte. Die daraus resultierende Unsicherheit verwirrte und ärgerte ihn. Er war es nicht gewohnt, die Kontrolle über seine Bewegungen zu verlieren. Aber er fasste sich schnell und begann, sich an den Handläufen entlangzuhangeln. Er wurde von einem Sicherheitsangestellten, der diese Probleme dank seiner magnetischen Schuhe nicht hatte, zu einem kleinen Raum geleitet, der sich hinter einer unscheinbaren Metalltür verbarg und John an einen Verhörraum erinnerte. Viel gab es hier nicht zu sehen. Ein Tisch, vier Stühle – beides in den Boden eingelassen – und etwas technisches Equipment. Wahrscheinlich handelte es sich um einen Besprechungsraum. Shawn Farrell saß bereits gefesselt auf einem Stuhl und funkelte ihn aus schmalen, zu Schlitzen verengten Augen an. Hinter Farrell erblickte John einen Androiden, der mit seinen metallenen Stiefeln ebenfalls fest auf dem Boden verankert war. Wie überaus praktisch dieses Schuhwerk hier oben sein musste. John hätte fast den Halt verloren, als er darüber nachdachte. Ein kleiner Adrenalinstoß machte sich in ihm breit. Er wäre in diesem Fall ziellos durch den Raum geschwebt, und dieses Gefühl bereitete ihm großes Unbehagen. Bei einer Befragung musste er die völlige Kontrolle über sich selbst behalten. Schnell packte er den Handlauf und hangelte sich weiter, bis er bei Farrell angelangt war. Er schaffte es, sich auf einen anderen im Boden verankerten Stuhl zu manövrieren und sich mithilfe eines Beckengurtes darauf festzuschnallen.

»Guten Tag, Mr. Farrell. Wie schön, dass ich Sie hier noch antreffe. Ich bin Special Agent Stanhope vom FBI. Das hier«, er wies auf seinen Kollegen, der sich am Handlauf festhielt, »ist mein Kollege Special Agent Costello. Ich glaube, Sie sollten uns ein paar Fragen beantworten. Was meinen Sie?« John schaute dem Angesprochenen fest in die Augen. Dieser verzog keine Miene.

John wandte sich kurz an den Androiden: »Wurden Waffen gefunden?«

»Negativ«, antwortete der Android mit eintöniger Stimme. Kein Wunder, dachte sich John. Das war keine paramilitärische Gruppe. Sie beschränkte sich auf den Cyberkrieg. John studierte gelassen das Gesicht seines Gegenübers, auf dem sich ab und zu leichte nervöse Zuckungen zeigten.

»Ich habe Ihnen nichts zu sagen«, sagte der Inhaftierte schließlich. »Ich muss jetzt auf das Schiff, sonst fliegen sie ohne mich.«

»Na, das täte mir natürlich sehr leid. Dann machen wir mal schnell. Ich habe hier Ihre Akte.« John zog einen Cube aus seiner Hosentasche und legte ihn vor sich auf den Tisch. Ein Hologramm, das ein Foto von Shawn Farrell und einige Informationen über ihn zeigte, baute sich über dem Cube auf.

»Sagen Sie mir doch bitte, ob Ihnen der Name Christopher Woodruff etwas sagt.« John fand es sinnvoll, mit der Tür ins Haus zu fallen.

»Sagt mir überhaupt nichts.«

Okay, er musste anders fragen.

»Mr. Farrell, wann haben Sie den Flug gebucht, und was waren Ihre Beweggründe?«

John sah Shawn Farrells abwesenden Blick. Sein Gegenüber wandte seinen Blick offensichtlich nach innen, um seinen BID nach gewissen Informationen abzufragen. Mehrere Sekunden vergingen.

»Am 13. Februar 2042. Meine Beweggründe sind meine Sache«, sagte der Verdächtige schließlich.

Johns Bauchgefühl sagte ihm, dass sein Gegenüber log.

»Mr. Farrell«, sagte John mit Blick auf Farrells Akte, die über dem Cube schwebte, »ist Ihre Narbe wieder verheilt?«

Wieder wurde der Blick des Verhörten in Abwesenheit getaucht.

»Ja, natürlich«, gab Farrell mit einiger zeitlicher Verzögerung zurück und strich sich über den linken Arm.

»Warum dauert es so lange, bis Sie auf so eine leichte Frage antworten, Mr. Farrell? Sagen Sie mir doch bitte den Geburtsnamen ihrer Mutter.«

»Das ist doch lächerlich! Was sollen diese Fragen bezwecken?«

»Der Punkt ist, dass Sie gerade, statt zu antworten, Ihren BID bemüht haben. Würden Sie sich mit sich selbst auskennen, müssten Sie nicht erst recherchieren, um diese einfachen Fragen zu beantworten. Kann es sein, dass Sie sich erst seit Kurzem Shawn Farrell nennen?«

»Kann es sein, dass Sie mir sinnfreie Fragen stellen, während gerade ein Schiff abhebt? Kann es sein, dass Sie, wen auch immer Sie suchen, mit Ihrer Verbrecherjagd nicht weit gekommen sind?«

John musterte Farrell eindringlich. Er bemühte sich, gelassen zu wirken, denn er fühlte Verunsicherung in sich aufsteigen. Sein Gegenüber hatte ihn offensichtlich ebenfalls durchschaut. John stand tatsächlich unter Zeitdruck und der Start des Raumschiffs wäre ein Problem, nein, eine gottverdammte Katastrophe für seine

Ermittlungen. Doch gleichzeitig hatte sich der Verhörte mit seiner Bemerkung selbst ins Knie geschossen. Denn nun war klar, dass auf dem Schiff weitere Rebellen zu finden waren. Sonst hätte sich der angebliche Farrell nicht zu seiner triumphalen Bemerkung hinreißen lassen. Ja, es stimmt, dass John nicht weit mit seiner »Verbrecherjagd« gekommen war, aber er kam den Gesuchten nun vielleicht doch noch auf die Spur.

»Das ist interessant, Mr. Farrell«, sagte John ruhig. »Sagen Sie mir doch bitte: Wie kommen Sie darauf, dass das Abheben des Schiffs ein Problem für mich sein könnte?«

»Nur so eine Ahnung«, sagte der Verhörte knapp in aller Seelenruhe. Er wirkte wie jemand, der sich in sein Schicksal gefügt hatte. Ganz sicher war er froh, dass wenigstens seine Komplizen davonzukommen schienen. Denn alles um sie herum vibrierte bereits, die Startvorbereitungen liefen offensichtlich auf Hochtouren. Johns Blick flog zum Display an der Wand. Dieser zeigte den Countdown bis zum Start der Aristoteles an. Es blieben noch 50 Minuten und 45 Sekunden. Der Verdächtige hatte die Gewissheit, dass die anderen fliehen würden, und das gab ihm Selbstsicherheit.

»Agent Stanhope«, sagte der Android, »ich weise Sie darauf hin, dass die Startsequenz eingeleitet wurde. Sie müssen Sich jetzt entscheiden, ob Mr. Farrell der Verdächtige ist, den Sie suchen. Andernfalls muss er sich mit mir auf das Schiff begeben.«

John atmete kaum hörbar durch. Er musste Zeit gewinnen. Er war sich sicher, den Verdächtigen überführt zu haben. Dennoch hinderte der Start der Aristoteles ihn daran, klar zu denken und strukturierte Entscheidungen zu treffen.

»Hugh, warte bitte draußen«, sagte John, woraufhin er Hugh Costellos ungläubigen Blick auf sich spürte.

»Bitte, Hugh!«, betonte John in der Hoffnung, dass Hugh die Good-Cop-Bad-Cop-Strategie durchschaute. Nach kurzem Zögern griff Hugh an den Handlauf und schwebte zum Eingang des Raums.

»Sie auch!«, sagte John an den Androiden gewandt.

»Agent Stanhope, Sie befinden sich nicht mehr im Rechtsraum der Vereinigten Staaten. Hier haben die Sicherheitsbestimmungen der Raumschifffahrt allerhöchste Priorität. Ich muss anwesend sein, zumal die Startsequenz die Einhaltung besonderer Vorschriften gebietet. Ihnen bleiben zwei Minuten mit dem Verdächtigen. Ich ermahne Sie zu einem effizienteren Umgang mit der Ihnen zur Verfügung stehenden Zeit.«

Verflucht, der Blechkasten hatte recht! Sei's drum!

»Mr. ... Farrell, der Fall ist klar. Ich weiß, dass Sie Christopher Woodruff sind, auch wenn Sie nicht so aussehen und ich nicht weiß, wie Sie das angestellt haben. Ich weiß auch, dass Ihre Freunde an Bord sind. Ich weiß, dass Sie bereit sind, sich hinrichten zu lassen, damit Ihre Freunde entkommen können. Ich verstehe Sie und respektiere, wie Sie sich für Ihre Freunde einsetzen.«

Der Verdächtige schwieg.

»Mr. Woodruff, es ist doch in Ordnung, wenn ich Sie mit Ihrem richtigen Namen anrede, oder? Ich weiß, wofür Sie kämpfen. Aber glauben Sie, dass man den Ernährungsnotstand auf der Erde anders hätte bekämpfen können? Was macht man, wenn das Nahrungsaufkommen einfach nicht reicht? Ich habe ja verstanden, dass Sie sich einmischen wollen. Schon klar. Aber welche Lösung haben Sie eigentlich?«

Die Gesichtsmuskulatur des Verdächtigen zuckte wie wild. Der Blick des Inhaftierten war voller Verachtung.

»Machen Sie mit mir, was sie wollen, Agent Stanhope! Aber erwarten Sie nicht, dass ich freiwillig auspacke. Stellen Sie mir vor allem keine Fragen, auf die Sie selbst antworten könnten. Sie wissen doch ganz genau, dass niemand von uns die Politiker gewählt hat, damit sie die Probleme auf die Art lösen, wie sie es nun tun. Wenn nur etwas Menschliches in Ihnen steckt, jagen Sie mir eine Kugel in den Kopf und kehren zur Erde zurück. Ein FBI-Agent Ihres Alters müsste sich noch daran erinnern, warum man sich dafür entscheidet, die Freiheit aller Menschen zu verteidigen. Als Sie jung waren, haben Sie an der Akademie sicher etwas davon gehört. Das FBI war mal zum Schutz der Menschen da, kann das sein?«

Der Blick des Verdächtigen und der des Androiden ruhten auf John. Woodruff glaubte offensichtlich inbrünstig an das, was er sagte. Aus seiner Sicht bestand die Regierung nur aus Verrätern und Verbrechern. 47 Minuten 36 Sekunden bis zum Start und nur noch 15 Minuten bis zur Abkopplung von der Raumstation. John lief die Zeit davon. Diese verfluchte Zeit!

John wählte über seinen BID Salisbury an, obwohl er es in Anwesenheit des Verdächtigen nicht hätte tun dürfen.

»Stanhope, endlich! Verflucht, machen Sie Meldung!«

»Kurze Meldung unter großem Zeitdruck: Ein Verdächtiger

wurde auf der Raumstation überführt. Weitere Verdächtige sind auf dem Raumschiff und befinden sich bereits im Kälteschlaf. Start des Schiffs ist unabwendbar. Ich empfehle, die Ermittlungen an Bord des Schiffs fortsetzen zu dürfen. Entscheidung dringend erforderlich.«

»Meine Güte«, stöhnte Salisbury und schwieg dann für einige Sekunden. Die Entscheidung fiel ihm offensichtlich nicht leicht. Schließlich meldete er sich wieder zu Wort. »Gut, Stanhope. Gehen Sie auf das Schiff! Schicken Sie den überführten Rebellen hinunter. Der kann was erleben.«

»Mr. Salisbury, ich benötige weitere Informationen vom Verdächtigen. Ich sollte ihn mit auf das Schiff nehmen. Ich könnte ihn als Informanten nutzen.«

»Bullshit, Stanhope! Ich brauche Resultate. Ich kann hier nicht mit leeren Händen dastehen. Wir holen alle Informationen aus der Person raus, glauben Sie mir! Sie gehen mit Costello an Bord und wecken die anderen auf. Mit einem Shuttle kehren Sie dann so bald wie möglich zur Erde zurück.«

»Negativ, Sir. Die Identität der anderen ist unbekannt. Die Rebellen haben mit Sicherheit, wie auch der überführte Verdächtige, neue Identitäten und eine andere körperliche Gestalt angenommen. Eine Undercover-Operation wird nötig sein. Ich brauche den Verdächtigen an Bord, weil ich ständigen Zugang zu seinem Wissen benötige.«

»Negativ, Stanhope, verfluchte Scheiße! Schicken Sie die Zielperson runter! Ab mit Ihnen aufs Schiff! Kein Undercover! Erlaubnis nicht erteilt! Wecken Sie, wenn es nicht anders geht, alle mit dem Verdächtigen Angereisten auf, ich meine wirklich alle zuletzt an Bord gekommenen Passagiere, und kehren Sie mit einem Shuttle zur Erde zurück! Das ist ein Befehl! Salisbury Ende!«

John war sich darüber im Klaren, dass Woodruff nur das gehört hatte, was er selbst gesagt hatte. John hatte sogar absichtlich laut gesprochen, um den Eindruck zu erwecken, dass er auf seiner Seite war. Obwohl Salisburys Aussagen nicht hörbar gewesen waren, musste Woodruff sich einen Reim auf das Besprochene gemacht haben.

»Die Zeit ...«, sagte der Android, doch er kam nicht weiter.

»Schnauze, Blechkasten!«, rief John. »Hugh, komm rein!«

Costello schwebte mit fragendem Blick herein.

Johns Blick ruhte kurz auf Woodruff. Sein Sohn kam ihm seltsamerweise plötzlich in den Sinn, und er dachte an die Ohnmacht zurück, die er gefühlt hatte, nachdem er bemerkt hatte, was Tom zugestoßen war.

Er musste sich auf die Ermittlung konzentrieren! John war sich nicht sicher, ob Christopher Woodruff der Drahtzieher hinter den Aktionen der Rebellen war. Er war ein Idealist, keine Frage. Auf der Erde würde man ihn foltern und öffentlich hinrichten. Aber John musste den oder die Drahtzieher finden. Die waren vielleicht ganz anders drauf als dieser naive Kerl, der ansatzweise Recht hatte und gute Reden schwingen konnte, aber keine wirkliche Lösung für das Zivilisationsproblem zu bieten hatte. John fand, dass er zu wenig gegen ihn in der Hand hatte, um ihn Salisbury auszuliefern.

John schweifte gedanklich wieder ab. Seit dem Tod seines Sohnes wurde John immer wieder bewusst, wie ohnmächtig er war und dass er nichts ungeschehen machen konnte. Akzeptieren konnte er seine Ohnmacht allerdings bis heute nicht. Doch heute konnte er etwas tun. Er konnte einem nur begrenzt Schuldigen helfen. Später würde sich immer noch klären lassen, was mit Woodruff geschehen sollte.

Wie Salisbury vor den anderen hohen Tieren des FBI dastand, war ihm jedenfalls vollkommen schnuppe. Woodruff war kein Hauptverdächtiger, und John konnte verhindern, dass er wie ein solcher behandelt wurde. Er könnte ihm helfen. Außerdem könnte ein lebender Woodruff seinen Ermittlungen auf dem Schiff tatsächlich dienlich sein. Die Zeit lief ihm einfach davon. Zwei Minuten, hatte der Android gesagt – vor mittlerweile fast genau zwei Minuten. Er musste sich jetzt entscheiden.

»Dieser Mann hier«, sagte John, »ist vorerst als unschuldig anzusehen. Ich begleite ihn auf das Schiff und setze dort meine Ermittlungen fort. Hugh, ich kann nicht von dir erwarten, dass du mitkommst. Du kehrst zur Erde zurück.«

»Aber ...«, setzte Costello an.

»Kein Aber! Wir haben keine Zeit. Du, Android, bring Mr. Farrell und mich auf das Schiff!«

»Wie Sie wünschen, Agent Stanhope. Und mein Name ist Andrew«, sagte der Android mit eintöniger Ruhe, als würde die Umgebung nicht vibrieren. Der Lärm war derart angeschwollen, dass er die Worte der anderen kaum verstehen konnte. John blickte auf eine Reihe weißer, ebenmäßiger Zähne und nickte kurz.

· · ·

John schwebte vor einem großen Fenster und hielt sich an einer gebogenen Stange fest, die im Boden eingefasst war. Er blickte nach draußen und beobachtete, wie die Aristoteles langsam und behutsam, aber unaufhaltsam ihre Verbindungen zur Raumstation löste, in der sie über viele Jahre zuvor gebaut worden war. Das riesige Raumschiff schwebte mittlerweile mehrere Meter vor der Raumstation entfernt und vergrößerte langsam, aber kontinuierlich den Abstand zu ihr. Neben ihm zuckte Woodruff in der Schwerelosigkeit herum. Nur Andrew war mit seinem Blechkörper fest im Boden verankert.

Es passierte also: die Aristoteles verließ die Erde – für immer. Sie würde eine mehrere hundert Jahre dauernde Reise antreten, um eine neue Heimat für die Menschheit zu suchen. Und er war dabei – zusammen mit einem der Rebellen, die den größten und wichtigsten Plan der Regierung zur Eindämmung der Überbevölkerungsprobleme auf der Erde vereitelt hatten. Zwar missbilligte John mit jedem Tag mehr die Vorgehensweise der Regierung, aber er hatte auch keine andere Lösung parat und fragte sich nun, welche Zukunft dieser Planet Erde hatte, der seine Heimat gewesen war und den er nun unwiderruflich für immer zurückließ. Denn er hatte sich und Woodruff in letzter Sekunde von Andrew auf die Aristoteles bringen lassen und damit innerhalb von Sekunden die weitreichendste Entscheidung seines bisherigen Lebens getroffen.

Verzweifelt dachte John nach. Hatte er eine Dummheit begangen? War er völlig seinem Wahn verfallen, die Gesuchten zu schnappen? Hatte er sich selbst dabei völlig vergessen? Nun saß er hier fest und hatte keinen Grund, sich darüber zu wundern. Er selbst hatte sich zu diesem Schritt entschieden. Dennoch war er überrascht, weil ihm das alles viel zu schnell gegangen war. Er hatte sich unter Zeitdruck zu einer mehr oder weniger logischen Entscheidung durchgerungen. Doch erst beim Anblick der Raumstation und der malerischen Erdkugel dahinter wurde ihm allmählich bewusst, wie folgenreich seine Entscheidung sein würde.

Er hangelte sich in der gespenstischen und zugleich angenehmen Schwerelosigkeit zu einem anderen der Fenster neben der Schleuse und schaute hinaus. Und dort, nur wenige Meter von ihm entfernt, auf der Raumstation ebenfalls hinter Glas, blickte sein bester Freund und Kollege Hugh Costello zu ihm herüber. Er sah ziemlich fertig aus. Verzweifelt krallte John seine Hände in den Handlauf und dachte verkrampft nach. Er hatte nicht wirklich Angst, denn dieses

Gefühl existierte seit dem Tod seines Sohnes für ihn nicht mehr. Dennoch standen ihm aufgrund dieser ausweglosen Situation sämtliche Haare zu Berge.

Er versuchte, sich zu beruhigen, und der Nebel in seinem Kopf lichtete sich etwas. Ob ihm das jetzt weiterhalf, war allerdings fraglich.

John konzentrierte sich auf seinen BID und wählte Hugh Costello an, der sofort reagierte. »Hugh, so ein Mist! Das läuft alles nicht nach Plan. Zu viele unvorhergesehene Umstände«, stellte John fest.

»Ach was, ist das auch mal bei dir angekommen? Wie konntest du nur so kopflos sein?«, schimpfte Hugh, und John konnte das Fuchteln seiner Hände durch die Fenster erkennen.

»Es ist jetzt nicht mehr zu ändern. Ich habe mit der Leitung der Raumstation gesprochen. Die hätten den Countdown auf keinen Fall unterbrochen. Nicht für so eine Lappalie«, gab John zurück.

»Lappalie?«, rief Hugh laut aus.

»Aus Sicht der Basisleitung ist es das. Die interessieren sich nicht für Verbrecher, die auf der Erde gesucht werden. Die denken nur an die Raummission und an Raketen.« John dachte kurz nach. »Wie auch immer. Hugh, du musst Salisbury sagen, dass du gegen meinen Befehl protestiert hast. Auf das Schiff zu kommen hat er genehmigt, Woodruff mitzunehmen jedoch nicht. Er hat mir auch angeordnet, dich mit aufs Schiff zu nehmen. Das kam für mich nicht infrage, weil ich nicht wusste, wie es weitergeht. Ich weiß auch nicht genau, wie ich hier die Ermittlungen weiterführen kann. Aber so begibst du dich nicht in Gefahr. Du hast ein Leben auf der Erde. Ich nicht. Somit bin ich bestens für diese Fahrt ins Ungewisse geeignet«, sagte er aufgewühlt.

Vor Aufregung zitternd konnte John seinen Freund mittlerweile auch kaum noch auf der Raumstation ausmachen, denn das riesige Raumschiff trieb nun immer weiter von ihr weg. John konnte noch erkennen, wie Hugh sich die Nase an der Scheibe plattdrückte. Er hörte noch, wie sein Freund ihm versprach, dass er sich um alles kümmern würde.

Da tippte ihm von hinten ein Mann in weißem Kittel auf die Schulter. Graue Locken standen wie wild von seinem Kopf ab. John kappte die Verbindung zu Hugh und blickte zu dem Fremden.

»Mr. Stanhope, ich bin Dr. Newby. Ich sage es ungerne, aber Sie müssen jetzt mit mir auf die Krankenstation kommen. Ich werde jetzt ebenfalls vorbereitet und kryokonserviert werden. Wir alle werden in den Kälteschlaf versetzt. Sie können von Glück sagen, dass wir noch über einige Reservekryokammern an Bord verfügen. Eine wird gerade für sie vorbereitet. Für die Kosten wird wohl das FBI aufkommen müssen.«

John war entsetzt. »Sie meinen, ich soll in so eine Kammer rein? Tut mir leid, aber ich denke, ich ziehe es vor, wach zu bleiben. Meine Ermittlungen erfordern es.«

Dr. Newby schaute John ernst an. »Ich fürchte, Sie haben sich im Vorfeld der Reise nicht ausreichend informiert. Es wird Ihnen nichts anderes übrigbleiben. Wir werden laut Plan über dreihundert Jahre unterwegs sein. Ich muss mich an meine Anweisungen halten. Und die lauten, dass jeder hier an Bord kryokonserviert wird. Jeder, der Ressourcen kostet, ist damit gemeint. Und das schließt Sie nun mal mit ein. Lediglich die Androiden bleiben wach. Aber diese haben wichtige Aufgaben an Bord zu erfüllen.«

»Mein Gott. Ich ... muss ... kurz nachdenken. Geht das?«

Dr. Newby nickte und sagte: »In Ordnung, Mr. Stanhope. Kommen Sie bitte mit mir mit. Andrew wird Sie dann in einen Raum bringen, in dem Sie einen Moment allein sein können. Sie haben aber nur ein paar Minuten.«

John nickte. »Warten Sie, ich muss mich auch noch mit Mr. Wood- ... ach, mit Mr. Farrell unterhalten. Unter vier Augen. Kann jemand ihn schon einmal zu dem Raum geleiten? Ich muss meinem Partner auf der Raumstation noch etwas mitteilen.«

Dr. Newby nickte ihm kurz zu. Der angebliche Farrell folgte einem der Androiden, der Teil der Crew war, bereitwillig, und auch Dr. Newby suchte das Weite.

John blickte wieder aus dem Fenster und war erschrocken darüber, dass er Hugh nicht mehr sehen konnte. Die Station war bereits auf eine überschaubare Größe geschrumpft. Ein Blick auf das Display neben dem Fenster zeigte den Countdown bis zum Einleiten der Startsequenz: 40 Minuten und 45 Sekunden.

John überlegte kurz, mit wem er noch sprechen musste oder wollte. Seinen Chef hatte er die letzte Viertelstunde erfolgreich abgeblockt. Er formulierte schnell eine Kurzmitteilung, die er sofort abschickte: »Bin an Bord und setze die Ermittlungen fort. Musste Ihre Order den Gegebenheiten geringfügig anpassen, um die besten Chancen zu haben, die Drahtzieher der Rebellion zu finden. Sie bekommen Meldung bei nächster Gelegenheit.« John lächelte zynisch in sich hinein. Salisbury würde vermutlich nie wieder etwas von John hören, dem Kryoschlaf sei Dank. Doch er würde seiner Mission treu bleiben. Er würde die Rebellen aufspüren und die Anführer zur Rechenschaft ziehen, wenn sie es denn verdienten. Er würde sie jagen und herausfinden, was das für Typen waren und ob sie sich noch mehr Idealisten wie Woodruff gefügig gemacht hatten. Oder ob sie genau solche Idealisten waren wie Woodruff. John fühlte einen Stich in seinem Inneren, als er an das dachte, was Woodruff über Freiheit gesagt hatte. Es war eigentlich schade, dass man Mitleid mit solchen Idealisten haben musste. So eine Haltung war ihm immer noch sympathischer als die von Salisbury.

John hatte im Grunde nur seinen Freund und Kollegen Hugh Costello, von dem er sich verabschieden musste. Es war traurig, aber John hatte schon immer nur wenige Freunde gehabt. Der Tod seines Sohnes hatte auch nicht gerade dazu beigetragen, die Situation zu verbessern. Hugh unterbrach Johns Gedanken abrupt.

»John, Gott sei Dank erreiche ich Dich noch«, ertönte Hughs Stimme in Johns Kopf. »Salisbury tobt, weißt du das eigentlich? Aber egal, John. Der beruhigt sich auch wieder.«

In John kochten verschiedenste Emotionen hoch: »Ich scheiße auf Salisbury. Hugh, ich habe echt andere Sorgen! Wir zwei, wir werden uns wohl nie wiedersehen. Ist dir das klar? Das Raumschiff driftet immer weiter weg. Ich werde gleich schlafen gelegt, eingefroren, für über dreihundert Jahre, Hugh, und ich glaube, ich kann daran trotz meiner Dienstmarke nichts ändern.«

Johns Stimme vibrierte vor Aufregung. Es entstand eine kurze Pause, in der niemand etwas sagte.

»John, es tut mir so leid. John, bist du noch da?« John zuckte kurz zusammen. Er stand enorm unter Anspannung und war für einen kurzen Moment gedanklich bereits in der Zukunft.

»Ja, sorry. Ich bin hier.«

»John, soll ich Amanda noch etwas von dir ausrichten?«

»Ja ... sag ihr, dass ich sie verstehe. In allen Punkten. Ich wünsche ihr alles Gute.«

»Mehr nicht?«, fragte Hugh leicht verwundert.

»Nein, mehr nicht. Wir haben uns seit Toms Tod nichts mehr zu sagen, Hugh. Das weißt du doch.« Amanda hatte John kurz nach dem Tod ihres gemeinsamen Sohnes verlassen. Ein paar Wochen später hatte sie die Scheidung eingereicht.

»John, ich wünsche dir alles Gute für die Zukunft. Du wirst nun ein Teil davon sein. Vielleicht seid ihr alles, was von der Menschheit übrig bleibt. Denke immer daran. Sieh es als Geschenk an. Als Chance. Es ist etwas unglaublich Großes. Ich glaube eigentlich nicht an das Schicksal, das weißt du. Aber in diesem Fall hat es etwas zu bedeuten. Das spüre ich.«

John wurde aufgrund dieser Worte warm ums Herz. Was war nur mit seinem Freund los? Hugh war doch sonst so pragmatisch. War das noch sein Freund da am anderen Ende der BID-Verbindung? So sentimental? Andrew trat neben John, um ihm zu signalisieren, dass er nun mitkommen musste.

John beeilte sich zu sagen: »Vielleicht hast du recht. Vielleicht sollte es so sein. Ich sollte es annehmen. Was soll's! Mir bleibt ja auch nichts anderes übrig. Ich muss jetzt los.«

»Okay, John. Ich wünsche dir alles Gute und eine gute Reise.« John konnte die Wünsche kaum noch zurückgeben, so nah ging ihm das Gespräch mit Hugh. Er keuchte, den Blick ins unendliche Schwarz des Alls gerichtet: »Hab ein gutes Leben Hugh! Distanziere dich öffentlich von meinen Entscheidungen, sonst wirst du deines Lebens nicht mehr froh. Ich werde dich nie vergessen.«

John folgte Andrew, der auf ihn gewartet hatte. Sie passierten einen länglichen Gang, der in das Innere des großen Schiffskörpers führte. Ihnen kam eine kleine Gruppe entgegen, die von Dr. Newby angeführt wurde. Eine Frau schien seine Assistentin zu sein. Zwei Gestalten mit starrem Blick waren offensichtlich weitere Androiden.

»Mr. Farrell ...«, sagte John.

»Mr. Farrell wartet auf Sie«, unterbrach ihn Dr. Newby. »Kommen Sie einfach mit! Es wird Zeit!«

Eigentlich war es dumm von John gewesen, den Verdächtigen unbeaufsichtigt zu lassen. Doch er hatte den Überblick über die Vorgänge verloren. John konnte immer noch nicht fassen, wie schnell er sich entschieden hatte, auf das Schiff zu gehen. Als hätte eine innere Stimme in ihm gewusst, dass er mit der Erde fertig sei. Eigentlich war es sogar lächerlich, die Mission in dreieinhalb Jahrhunderten fortzuführen. Wäre dann nicht alles bereits verjährt? Das wäre dann wohl herauszufinden. Fest stand, dass er ohne Salisbury und die wahnsinnigen Machthaber auf der Erde endlich wieder echte FBI-Arbeit würde leisten können. Würden sich die Rebellen als Verbrecher herausstellen, würde er sie zur Rechenschaft ziehen.

Er würde sich dafür einsetzen, dass wieder irdisches Recht herrschte – wie vor Ausbruch der Umweltkatastrophen.

Die kleine Gruppe passierte eine weitere Schleuse und stand schließlich vor einem großen Lift. John wusste, dass der Lift sie in den anderen Bereich des Schiffs bringen würde. Er befand sich derzeit noch im länglichen Korpus des Schiffs. Hier herrschte Schwerelosigkeit. Er würde nun in das gigantische Rad gelangen, dass sich um den Korpus bewegte. Dort würde dann künstliche Schwerkraft herrschen. Er folgte Dr. Newby und den anderen wortlos in den Lift, Andrew noch immer an seiner Seite. Nachdem sich die breiten metallenen Türen des Lifts geschlossen hatten und alle ihre Plätze eingenommen hatten, krallte John seine Finger in den metallenen Anschnallbügel. Neben der starken Vibration des Raumschiffs spürte er, wie der Lift sich in Bewegung setzte und beschleunigte. Er wusste, dass er nun über einen Arm, der den Korpus wie eine Fahrradspeiche mit dem Schiff verband, in den bewohnbaren Bereich des riesigen Raumschiffes gelangen würde.

Die Fahrt dauerte nur wenige Minuten. John hatte das Gefühl, als würde der Lift zwischendurch die Richtung ändern, aber das konnte nur eine Täuschung sein. Ihm wurde wieder übel, als er spürte, wie er schwerer wurde. Die Schwerkraft kehrte zurück. Und plötzlich hatte er wieder festen Boden unter den Füßen. John musste feststellen, dass Schwerelosigkeit definitiv nichts für ihn war, und das Mittel gegen Übelkeit verlor langsam seine Wirkung. In seinem Magen rumorte es ordentlich.

Der Lift hatte mittlerweile gehalten und die Türen glitten auseinander. Gemeinsam mit den anderen verließ John mit bleiernen Schritten den Lift. Neugierig blickte er sich um. Er konnte erstaunlich weit gucken, bis der lange Gang vor ihm schließlich dank der Radkrümmung aus seinem Sichtfeld verschwand. Alles war blankpoliert. Sein Antlitz spiegelte sich in den dunklen Bodenfliesen. Immer wieder wurde der fensterlose Gang vom saftigen Grün großer Topfpflanzen unterbrochen. Sie standen bestimmt nicht nur zur Deko hier. John folgte der Gruppe durch den hell erleuchteten Korridor.

Kurz bevor sie die Krankenstation erreichten, blieb Dr. Newby vor einer schmalen Schiebetür stehen, die sich linkerhand von ihnen befand. John sah dahinter einen kleinen Schreibtisch, der völlig leer war. Hier arbeitete derzeit mit Sicherheit niemand, oder die Person, die hier gearbeitet hatte, litt unter einem gewaltigen Ordnungszwang. Am Schreibtisch saß Woodruff. Dr. Newby und Andrew blieben vor der mit schmalen, länglichen Fenstern versehenen Tür stehen, die sich daraufhin öffnete. Die restliche Gruppe ging weiter. Dr. Newby rief ihnen noch zu, dass sie die Kryokammern vorbereiten sollten.

»Sie bleiben draußen, ja?«, befahl John. Andrew nickte.

Dr. Newby blickte ihn lediglich mit ernstem Gesichtsausdruck an. »Gerne bleiben wir draußen, Mr. Stanhope. Wir sprechen uns nach Ihrem kurzen Gespräch mit Mr. Farrell. Die Betonung liegt auf kurz. Ein kleiner Hinweis vorweg: Ich bin hier an Bord ranghöher als Sie. Jedes Crew-Mitglied, das mit der medizinischen oder technischen Sicherheit zu tun hat, ist ranghöher als sie. Wir haben eigenes Sicherheitspersonal an Bord. Es wird sich zeigen, ob wir Sie dort integrieren können. Das habe aber nicht ich zu entscheiden. Stellen Sie sich bitte darauf ein, dass sich Ihre Ermittlungsinteressen unseren Sicherheitsinteressen beugen müssen. So, und nun kann das Interview beginnen«, ergänzte Dr. Newby nun lächelnd, drehte ihm den Rücken zu und rauschte davon.

John spürte Verärgerung in sich aufsteigen. Die Ironie des Arztes stieß ihn vor den Kopf. Doch er wollte darauf jetzt nicht eingehen und betrat den Raum. Die Tür schloss sich hinter ihm, und er setzte sich zu Woodruff an den Tisch.

»Warum haben Sie das getan? Sie hätten mich ausliefern können«, sagte Woodruff.

»Tja, wir vom FBI sind eben doch nicht alle gleich. Auch wenn manche Leute das glauben.« John lag eine noch weitere spitze Bemerkung auf der Zunge, doch er besann sich augenblicklich eines Besseren. Er musste das Vertrauen von Woodruff gewinnen, um an mehr Informationen zu kommen.

Woodruff nickte nur.

»Man wird uns in Kryokammern legen«, sagte John. »Wir sollten uns darauf einigen, was wir machen, wenn wir aufwachen.«

»Waffenstillstand?«, sagte Woodruff.

»Genau«, sagte John. »Ich tue so, als seiest du tatsächlich Shawn Farrell. Damit dich die Schiffsbesatzung nicht als Lügner entlarvt. Die wollen bestimmt keine Lügner an Bord.«

»Was wollen Sie im Gegenzug?«, sagte Woodruff, der es offensichtlich vorzog, John weiterhin zu siezen.

»Dass du deinen Leuten nicht verrätst, wer ich bin.«
Stille.
»Welche Leute?«
»So wird das nichts. Ist dir klar, was ich mit dir anstellen könnte, um an die Namen zu kommen?«
»Ja, nämlich nichts. Verstehen Sie mich nicht falsch, ... ich will nicht undankbar sein, aber Sie lassen da etwas außer Acht. Schauen Sie mal durch das Fenster. Die beobachten uns beide. Wir haben hier beide nichts zu sagen. Die haben eine Mission, und diese Raumfahrer sind wild entschlossen zu ignorieren, was wir für ein Problem miteinander haben. Die müssen jedes Menschenleben schützen. Sollten Sie sich an mir vergreifen, macht der Android Hackfleisch aus Ihnen. Nein, eher schmeißt er Sie sofort in die Kryokammer, damit die Überlebenschancen aller steigen. Ich schlage vor, Sie kommen in der Realität an.«
John musste unfreiwillig lachen. Woodruff fiel in sein Lachen ein.
»Punkt für dich«, sagte John.
»Gleichstand.«
»Gleichstand?«
»So ein bisschen haben Sie mich ja schon gerettet«, grinste Woodruff.
»Da kann von Gleichstand nicht die Rede sein. Ist ein mäßiger Witz etwa so viel wert wie ein gerettetes Leben? Ich liege mindestens zehn Punkte vorn ...«
Andrew klopfte an die Scheibe.
»Können wir das nicht lieber in dreihundert Jahren ausdiskutieren?«, fragte Woodruff.
»Von mir aus. Gehen wir«, antworte John und erhob sich. Dieser Woodruff war eine harte Nuss, gar nicht blöde! John blieb nichts anderes übrig, als ihn nach dem Aufwachen zu observieren und zu hoffen, dass er ihn früher oder später zu den anderen Rebellen führen würde. Oder John musste sich etwas anderes einfallen lassen.
Während sie den Raum verließen, achtete er darauf, dass Andrew und Woodruff vorangingen und er mit Dr. Newby weiter hinten blieb.
»Auf ein Wort«, flüsterte er dem Arzt zu.
»Ja, Mr. Stanhope?«
»Ich erkenne Ihre Schiffsmission und Ihre Autorität an«, sagte John. »Doch bitte sichern Sie mir zu, dass Sie mich, sofern es der Mission nicht schadet, in meinen Ermittlungen unterstützen. Denn

sollte ich die Verbrecher hier an Bord nicht finden, Dr. Newby, dann könnte das verheerende Auswirkungen auf die Sicherheit der ganzen Besatzung haben. Mit Terroristen ist nicht zu spaßen. Die könnten das ganze Schiff ins All blasen. Finden Sie nicht, dass Sie diesem Risiko mehr Aufmerksamkeit schenken sollten?«

»In Ordnung, Mr. Stanhope. Was schlagen Sie konkret vor?«

»Können Sie dafür sorgen, dass ich vor Farrell aufgeweckt werde? Es wäre sogar besser, Mr. Farrell so lange im Kälteschlaf zu lassen, bis ich mir einen Überblick über die Lage verschafft habe. Ich weiß nicht, um wie viele Terroristen es sich handelt. Bis zu sechs weitere Gesuchte könnten an Bord sein.«

»Das ist machbar. Ich werde das in die Wege leiten. Aber es gilt die Unschuldsvermutung. Sie setzen niemanden willkürlich fest. Sie berichten mir, auch wenn ich kein Kriminologe bin. Keine Diskussion, Mr. Stanhope. Es ist Schlafenszeit.«

»Dr. Newby, was muss ich tun?«, fragte John den Arzt, nachdem er in der Krankenstation angelangt war. Dieser war gerade damit beschäftigt, einige Utensilien in Schubladen zu verstauen und blickte parallel immer wieder auf einen virtuellen Monitor, der sich auf dem Tisch darüber befand. John erkannte nur Reihen von Zahlen und Buchstaben, die von oben nach unten über den Monitor liefen. Dr. Newby hob seinen Blick, nachdem er Johns Frage vernommen hatte. Er drehte sich zu ihm um, lächelte und sagte dann: »Wir werden Ihre Gesundheitsdaten einmal abfragen und Sie scannen, dann beginnt der Prozess der Konservierung. Ich bin übrigens froh, dass Sie es sich noch mal überlegt haben und nun freiwillig die Prozedur durchlaufen. Sie müssen bitte auf diese Liege hier steigen und Ihren Kopf hier hineinlegen. Wir scannen Ihre Gesundheitsdaten auf dem BID, und parallel fährt dieses Gerät einmal von oben nach unten an Ihrem Körper entlang.«

Dr. Newby wies mit der Hand auf ein weißes großes Metallgehäuse, das sich oberhalb von Johns Kopf befand. Er kannte so ein ähnliches Gerät bereits, da vor einigen Jahren auf der Erde sein Gehirn untersucht wurde, weil er ständig Kopfschmerzen hatte. Fündig war man allerdings nicht geworden. Es war damals wohl nur der Stress gewesen.

Kurz bevor John zur Krankenstation gebracht worden war, hatte Andrew ihm eine schier unendlich große Halle gezeigt, in der sich

Kryokammern befanden. Es hatte dort steril gerochen, und es war erstaunlich dunkel gewesen. Die nebeneinanderstehenden Kapseln hatten kein Ende genommen. Eine der Kapseln hatte sich John näher angesehen. Durch eine Scheibe konnte er ein männliches schneeweißes Gesicht erkennen, das in einer durchsichtigen Flüssigkeit zu schweben schien. Auf einem digitalen kleinen Monitor standen Name, Geburtsdatum und eine Art Zuordnung, welche sich vielleicht auf den späteren Weckvorgang bezog: Christopher Cullen, geb. 28.05.2014, Crewmember 398, Status 5, Bereich 28a-29f, Weckmodus 26, GPM 4329. Na ja, das konnte ja heiter werden, hatte John sich gedacht.

John verwarf diese Gedanken und legte sich auf die Liege, wie Dr. Newby es angeordnet hatte. Dr. Newbys Assistentin hielt ein Gerät, wohl einen Scanner, an seinen BID. Es erklang ein akustisches Signal und über dem Scanner baute sich ein Hologramm auf. John blickte auf einen Verzeichnisbaum, der alle Gesundheitsdaten seines BIDs anzeige. Die junge Frau öffnete die Verzeichnisse nacheinander mit einer Handbewegung und sah sich die Daten an. Vermutlich suchte sie nach Anomalien. Nachdem sie sich einen ersten Überblick verschafft hatte und offenbar zufrieden mit Johns Gesundheitszustand war, nickte sie einem der Androiden zu.

»Okay, Mr. Stanhope. Bitte bleiben Sie ganz still liegen. Der Vorgang geht schnell. Deshalb entspannen Sie sich«, erklärte ihm die blonde Frau. John stellte fest, dass ihr Gesicht mit tausenden von Sommersprossen übersät war. Sie gefiel ihm. Das erleichterte es ihm nicht gerade, sich zu entspannen. Der Android auf der anderen Seite von John drückte auf einen kleinen Knopf, und das merkwürdige Gerät fuhr leise von Johns Kopf zu seinen Füßen und wieder zurück.

»So, Sie haben es schon geschafft. Sie können nun aufstehen und auf einer der Liegen dort drüben Platz nehmen. Bestimmte Werte verraten mir übrigens, dass Sie sich etwas ausgewogener ernähren sollten, Mr. Stanhope. Ansonsten sieht alles sehr gut aus. Dr. Newby wird Sie jetzt in Ihren Kryoschlaf versetzen. Mr. Farrell schläft bereits.«

John setzte sich auf und ging zu der Liege, die ihm die Assistentin zugewiesen hatte. Nervosität breitete sich in ihm aus. Er merkte, wie er zu schwitzen begann. Er schaute zu Dr. Newby herüber, der sich offenbar freute wie ein kleines Kind.

»Entspannen Sie sich Mr. Stanhope. Mein Gott, Sie arbeiten beim

FBI. Da sind sie doch wohl Schlimmeres gewohnt, als ein kleines Nickerchen zu machen, oder?« Der Arzt zeigte John lächelnd seine weißen Zähne, die gut zu seinen grauen Locken passten und ihn jünger wirken ließen, als er vermutlich war.

»Sie haben gut reden. Sie wissen ja auch schon seit Jahren, was uns gleich bevorsteht und kennen den Prozess. Ich hatte ein paar Minuten Zeit, mich darauf einzustellen.«

»Guter Punkt. Da haben Sie recht. Aber gewissermaßen sind Sie im Vorteil, denn Sie kennen die Risiken nicht«, sagte Dr. Newby lachend, während er sich neben John stellte und eine kleine Spritze in der Hand hielt.

»Risiken?«, rief John erschrocken aus.

»Die sind verschwindend gering«, sagte die Assistentin, nun ebenfalls lachend.

John schaute von Dr. Newby zu seiner Assistentin. »Ich hoffe nur, dass ich auch wieder aufwache, wenn es so weit ist.«

»Davon gehen wir aus. Aber erst mal haben Sie über dreihundert Jahre Zeit, sich auszuruhen«, lachte Dr. Newby und drückte die milchige Flüssigkeit aus der Spritze langsam in Johns zuvor gelegten Venenkatheter. John spürte wie sich ein warmes und angenehmes Gefühl in ihm ausbreitete und ihm alle Zweifel nahm.

16

September 2384, Platon, Peter

Peter hatte langsam die Schnauze voll. Seit Tagen hing er hier auf der Krankenstation fest. Egal, wie sehr die Ärzte ihn hier auch auf den Kopf stellten, sie fanden nichts das erklärte, was mit ihm los war. Sein BID funktionierte einwandfrei, und sowohl die Healthbots als auch die Brainbots erledigten ihre Arbeit so, wie sie sollten, ohne auch nur einen Fehler anzuzeigen. Peter und Jason hatten Dr. Silverman inzwischen so weit bearbeitet, dass Peter die Krankenstation zunächst verlassen und wieder seine eigene Wohnung neben der seines Sohnes beziehen durfte. Allerdings musste Peter ihm versichern, dass rund um die Uhr jemand bei ihm sein würde und er täglich zum Check-up auf die Krankenstation kommen würde. Jason und Anastacia, die Peter sehr ins Herz geschlossen hatte, erklärten sich sofort bereit, ihn zu unterstützen.

Plötzlich ertönte ein Gong, das Zeichen für eine nun folgende schiffsweite Übertragung: »Guten Tag, hier spricht Captain Schröder, erster Kommandant der Platon. Wir haben soeben die Umlaufbahn von Lumera und somit fast das Ziel unserer Reise erreicht. Unsere nunmehr 340 Jahre dauernde Reise nähert sich also ihrem Ende. Sonden sind bereits zu Lumera ausgesandt worden, um die Oberfläche wie auch die Meere und Gewässer zu begutachten und Atmosphäre und Bodenbeschaffenheit zu analysieren. Sobald wir wissen, dass alle vorgegebenen Messwerte erreicht werden, wird das erste Androiden-Erkundungsteam auf die Oberfläche entsandt, um vor Ort die Analysen fortzuführen. Wir gehen davon aus, dass es nur noch rund drei Wochen dauern wird, bis die ersten Menschen unsere neue Heimat betreten werden. Außerdem ist ein zweites Raumschiff, die Aristoteles, mit einem Abstand von wenigen Wochen hinter uns und wird uns beim Kolonisierungsprozess unterstützen, sobald sie ebenfalls die Umlaufbahn erreicht haben. Auf Lumera wird dann an geeigneter Stelle eine Basis errichtet werden, und Sie alle werden in den Ihnen zugewiesenen Gruppen folgen. Ich danke Ihnen allen für die Geduld und wünsche uns allen viel Erfolg auf dieser Mission, die vielleicht die einzige Chance für ein Fortbestehen der Menschheit ist.«

Auf dem Schiff brach Jubel los. Sie waren endlich an ihrem Zielort, der Umlaufbahn von Lumera, angelangt. Man hörte Freudenschreie, Menschen klatschten und lagen sich in den Armen. Die Freude, die lange Reise unbeschadet überstanden zu haben, war riesig. Alle stürmten zu den Fenstern und in das Atrium, um den überwältigenden Blick auf Lumera zu genießen. Der Planet zog durch die Rotation des Rades der Platon immer wieder langsam am Sichtfeld der Passagiere vorbei. Jedes Mal, wenn er wieder in Sicht kam, zeigten die Menschen darauf, sprachen über die gut sichtbaren, riesigen Meere, die Kontinente und Inseln, über die Wolken und über das, was sie dort alles erwarten würde. Eine enorme positive Spannung lag in der Luft und riss auch Peter mit.

Die Aufregung über die Ankunft auf Lumera lenkte außerdem von Peters merkwürdigen Handlungen ab. Denn seine Probleme hatten leider keineswegs aufgehört. Es kostete ihn unglaublich viel Kraft, die ständigen Stimmen in seinem Kopf auszublenden und die Träume und Visionen zu verarbeiten, die ihm so unglaublich real erschienen. Am wenigsten konnte er sich erklären, warum er manchmal Dinge wusste, die er eigentlich gar nicht wissen konnte. Dass er ein Raumschiff fliegen konnte, was für ihn zuvor undenkbar gewesen war, war anscheinend nur der Anfang gewesen. Immer wieder passierte es, dass ihm das Wissen über bestimmte Dinge einfach so zuflog und er im jeweiligen Moment gar nicht wusste, warum er über bestimmte Informationen oder Fähigkeiten verfügte. Er wusste nur, dass er sie sich nicht selbst angeeignet hatte. Das führte dazu, dass es immer wieder Momente gab, in denen es einfach zu viel für ihn war. Sein Kopf war bis zum Bersten gefüllt und fühlte sich dann an, als würde er Tonnen wiegen. Dr. Silverman hatte ihm ein Medikament gegeben, das Peter dabei helfen sollte, sich besser zu entspannen. Und tatsächlich wurde er dadurch etwas ruhiger und konnte sogar manche Nacht ohne Unterbrechungen schlafen. Aber den Grund für seine Probleme erklärte es leider nicht.

Zwei Tage nach dem Eintreten in die Umlaufbahn kam Anastacia und holte Peter ab, der wieder mal auf der Krankenstation von Dr. Silverman untersucht worden war und diesen sterilen Raum gar nicht schnell genug hinter sich lassen konnte.

»Hey, wie geht es dir? Ich habe gedacht, wir bringen eben deine Sachen weg und gehen dann ein wenig ins Atrium? Wir haben wohl gerade einen ganz tollen Blick auf Lumera und einen seiner Monde.« Anastacia blickte Peter aufmunternd an, während er die letzten Kleinigkeiten aus dem Badezimmer in seinem kleinen Koffer verstaute.

»Das hört sich toll an. Danke fürs Abholen. Du weißt, dass du dich nicht verpflichtet fühlen musst, na ja, dich um mich zu kümmern, oder? Ich meine, ich will dir nicht zur Last fallen.«

Peter hatte Anastacia gegenüber ein schlechtes Gewissen. Seine Verfassung war ihm peinlich. Er hatte sie vor Kurzem erst kennengelernt und jetzt war er ein Pflegefall. Er wollte das Kennenlernen vertiefen, doch wie musste er in seiner Verwirrtheit auf diese clevere und hübsche Frau wirken? Als hätte er nicht mehr alle beisammen? Er, eigentlich ein rationaler Typ, hatte keine Kontrolle mehr über sich selbst, über seinen Körper und über seine Gedanken. Diese Erkenntnis erschreckte ihn jedes Mal, wenn sie sich in sein Bewusstsein schlich. Zwar verdrängte er sie sonst erfolgreich, aber sobald er Anastacia gegenüberstand, die ihn täglich besuchte, kamen diese Gedanken wieder hoch und er fühlte sich dann unglaublich hilf- und machtlos. Zum Glück holte die redefreudige Wissenschaftlerin ihn immer wieder schnell aus diesem dunklen Sog heraus, und er konnte dann sogar lachen und ihre Anwesenheit genießen.

»Du weißt ganz genau, dass ich das nicht tue, weil ich mich verpflichtet fühle. Ich bin nach meiner Arbeit gerne mit dir zusammen. Mit den meisten meiner Kollegen kann ich nicht allzu viel anfangen. Wissenschaftler eben«, gluckste Anastacia und hakte sich energisch bei Peter unter. Der Weg zu seiner Wohnung war zum Glück nicht lang und führte nur durch einige kürzere, in helles Licht getauchte Gänge.

»Soll ich hier draußen eben warten oder wollen wir uns im Atrium treffen?«, fragte Anastacia zurückhaltend, während Peter gerade durch die sich öffnende Tür in seine Wohnung treten wollte.

»Also bitte. Du musst doch nicht hier im Flur warten. Komm mit rein und setz dich einen Moment. Ich lege nur eben die Sachen ab und mache mich kurz frisch.«

Peter erwähnte nicht, dass er wieder eine Vision gehabt hatte, kurz bevor Anastacia kam, um ihn abzuholen. Diesmal aber schien es eine Kindheitserinnerung gewesen zu sein. Er hatte in einem gemütlichen, mit antiken Möbeln eingerichteten Wohnzimmer gesessen. Der Kamin brannte, und es roch nach Weihnachtsplätzchen und Kerzenwachs. Der riesige Weihnachtsbaum war bunt geschmückt und reichte bis unter die hohe Decke. Darunter lagen viele bunte Geschenke. Er saß auf dem Schoß seines Vaters. Es musste sein Vater sein, das hatte er gespürt. Waren das aber seine eigenen tiefen Gefühle oder die eines anderen Menschen gewesen? Peter wusste es nicht, er war sich nicht sicher, ob auch wirklich er selbst das erlebt hatte. Alles war irgendwie verschwommen. Eine Frau, es musste seine Mutter sein, seine Großeltern und zwei andere etwas ältere Kinder saßen neben ihm. Sie sangen Weihnachtslieder. Es war so unglaublich schön, er fühlte Liebe, Geborgenheit und ein stark verwurzeltes Miteinander. Aber Peter spürte trotz dieser wunderschönen Stimmung eine tiefe Traurigkeit in sich aufkeimen. Er wusste, dass dieser Moment längst Geschichte war. Und so schnell sie gekommen war, war die Vision auch schon wieder vorüber gewesen. Im Anschluss daran musste er feststellen, dass seine Wangen tränenüberströmt waren, obwohl ihm nun klar war, dass das nicht seine eigene Erinnerung gewesen sein konnte. Doch er war stets einer ganzen Bandbreite von Emotionen ausgesetzt, wenn er eine Vision hatte. Diese Visionen bedeuteten jedes Mal eine große emotionale Anstrengung für ihn.

Anastacia trat vorsichtig in Peters kleine Wohnung ein. Etwas unsicher blickte sie sich um und setzte sich dann in den kleinen Sessel gegenüber der Badezimmertür. Peter musste unwillkürlich lächeln, als er merkte, wie schüchtern die sonst so selbstbewusste Frau hier war. Hastig legte er seinen Koffer auf dem Bett ab und schlüpfte durch die Badezimmertür. Er duschte hastig und zog sich im Rekordtempo an. Er warf noch einen kurzen Blick in den Spiegel, nestelte an seinem Gürtel herum und zupfte sein Hemd gerade. Jetzt fühlte er sich wieder wie ein Mensch. Vielleicht schaffte er es nun, sich endlich einmal mehr auf Anastacia und die Gefühle zu konzentrieren, die ihre Anwesenheit in ihm auslöste. Er trat aus dem kleinen beengten Raum und stand Anastacia gegenüber.

»Was ... wer sind sie?«, stotterte sie, während sie aufsprang und vor Peter zurückwich.

Peter sah sich verwirrt um und wies anschließend mit dem Finger auf sich selbst. »Meinst du mich?«

Anastacia lauschte seiner Stimme und kniff die Augen zusammen. »Peter? Bist du das? Was ist da passiert? Wie siehst du aus?«

Jetzt war auch Peter völlig verwirrt. Sollte das etwa ein schlechter Scherz sein? Das passte so gar nicht zu Anastacia. Er fasste sich mit der Hand ins Gesicht und stellte fest, dass es sich irgendwie anders anfühlte. Kantiger und rauer und irgendwie ... taub. Schnell sprang er mit wenigen Schritten zurück ins Badezimmer, um sich abermals im Spiegel zu betrachten. Ein fremdes Gesicht starrte ihn aus panisch geweiteten Augen an. Wer war er, und was war passiert? Wieso sah er aus wie jemand anderes? Peter blieb der Atem weg, und er schnappte nach Luft. Völlig verwirrt und erfüllt von Angst trat er wieder aus dem Bad. Anastacia stand noch immer mitten im Raum und wusste offensichtlich nicht, was sie tun sollte. Auch ihr stand noch immer die Angst und Verwirrung ins Gesicht geschrieben.

»Wir sollten zu Dr. Silverman gehen, oder?«, versuchte sie es vorsichtig.

»Ja, unbedingt. Ich verstehe nicht, was mit mir los ist. Ich dreh noch durch. Tut mir echt leid, dass du so etwas mit mir erleben musst«, antwortete Peter ihr, setzte sich auf sein Bett und zog mit zitternden Händen seine Schuhe an. Immer wieder musste er die aufsteigende Panik verdrängen.

Es war für ihn nicht leicht, einen kühlen Kopf in dieser Situation zu bewahren. Jason fiel ihm ein. Vielleicht könnte er ihm helfen. Bevor er nun wieder einmal den Weg in die Krankenstation gehen würde, entschied er sich, ein Foto von sich selbst im Spiegel zu schießen. Er ging also abermals ins Bad, stellte sich vor den Spiegel, gab den Befehl für das Erstellen eines Fotos und speicherte es auf seinem BID. Anschließend schickte er das Foto an seinen Sohn mit einer kurzen Erklärung, was mit ihm passiert war und mit der Bitte, einmal durch Ramona checken zu lassen, um wen es sich bei der Person handeln könnte. Vielleicht gab es diesen Kerl ja hier auf dem Schiff. Wenn ja, musste er sich in der Datenbank der Passagiere befinden, und Peter war sicher, dass Ramona darauf zugreifen konnte. Vielleicht würde ihn die Erkenntnis darüber ein kleines Stück weiterbringen.

Peter schnappte sich seinen Koffer, und Anastacia nahm seine Umhängetasche und sie machten sich gemeinsam wieder auf den Weg in die Krankenstation. Anastacia blieb den Weg über stumm. Peter war nicht böse darum. Was hätte sie auch sagen sollen? Es gab gerade nicht viel, was ihn in irgendeiner Form hätte beruhigen können. Als zwei Männer an ihnen vorüberzogen, blickte Peter schnell in die entgegengesetzte Richtung. Es war ihm unangenehm, mit einem fremden Gesicht und einem Koffer durch die Gänge zu laufen. Kurz bevor sie an der Krankenstation ankamen, meldete Jason sich bei Peter. Damit auch Anastacia an dem Gespräch teilhaben könnte, nahm Peter das Gespräch über seine Smartwatch an. Ein Hologramm, das das Gesicht seines Sohnes zeigte, baute sich auf. Peter blickte in ein fragendes Gesicht.

»Dad, was ist denn da bei dir los? Mein Gott! Dein Gesicht! Wie konnte das passieren?«

Peter ging nicht darauf ein, sondern schilderte seinem Sohn in kurzen Worten das eben Geschehene. Jasons Augen wurden immer größer, als könne er nicht glauben, was er hörte.

»Also ... Ramona hat das Bild durch die Datenbank des Schiffs gejagt, um zu schauen, ob es sich um jemanden handelt, der sich auf der Platon befindet. Du glaubst nicht, was Ramona gefunden hat ...«

Peter blickte seinen Sohn fragend an, ohne etwas zu sagen. Jason räusperte sich kurz und sprach dann weiter. »Der Typ heißt Finlay Lambert und ist tatsächlich hier auf dem Schiff. Er arbeitet im Lager im Sektor F. Dass du aussiehst wie er kann also kein Zufall sein. Es *muss* etwas mit deinem BID zu tun haben.«

Peter war verwirrt. Alles schön und gut, aber das erklärte ja nun immer noch nicht, warum er plötzlich aussah wie einer der Mitreisenden. Und er wollte so auch nicht aussehen. Er wollte wieder er selbst sein.

»So ist es. Es kann nur etwas mit meinem BID zu tun haben. Eine andere Erklärung dafür gibt es nicht. Auf jeden Fall verfüge ich nicht über Zauberkräfte. Ich habe diese Person, diesen Lambert, noch nie im Leben gesehen. Das ist definitiv kein Zufall«, flüsterte Peter seinem Sohn zu. Er und Anastacia hatten sich in eine Nische auf dem Gang zurückgezogen. Peter hatte keine Lust, dass das halbe Schiff von seinen Erlebnissen erfuhr.

»Deshalb ist es richtig, dass du noch mal zur Krankenstation gehst, Dad. Vielleicht finden sie ja jetzt eine Lösung für deine Probleme.«

Peter knetete seine Hände und berührte das grüne Blatt einer hydroponisch kultivierten Zimmerpflanze, die man alle paar Meter auf den Gängen sah. Allerdings interessierte ihn das Gewächs gerade nicht wirklich. Er war gereizt und fühlte sich völlig ausgeliefert. Gerade erst aus der Krankenstation entlassen, war er nun schon wieder auf dem Weg dorthin. Es war wirklich zum Verzweifeln.

Er nahm den Gesprächsfaden wieder auf: »Wir sind gleich da. Irgendetwas muss auf meinem BID zu finden sein.«

Anastacia drängte Peter weiterzugehen. »Ich melde mich später bei dir, Jason«, ließ Peter seinen Sohn wissen. Bevor dieser antworten konnte, hatte sich das Hologramm bereits wieder in Peters schwarze Smartwatch zurückgezogen. Eine Frau mit strenger Frisur und nicht minder strengen Gesichtszügen lief eilig an ihnen vorüber. Zum Glück würdigte sie Peter und Anastacia keines Blickes.

Einen kurzen Moment herrschte betretene Stille, während sie ihren Weg in Richtung Krankenstation fortsetzten. Schließlich fingen beide gleichzeitig an zu sprechen. Sie sahen sich kurz an und lachten verlegen auf. »Du zuerst«, sagte Peter und lächelte etwas gequält.

»Ich wollte nur fragen, ob es dir überhaupt recht ist, wenn ich dich zu Dr. Silverman begleite? Ich kann sonst auch vor dem Behandlungsraum warten oder wir treffen uns später wieder.«

Peter dachte kurz nach. Eigentlich wollte er gar nicht so gerne, dass Anastacia jetzt bei ihm war. Er fühlte sich in dieser fremden Haut nicht wohl. Auch wenn ihn an diesem Umstand keine Schuld traf, war ihm die Situation sehr unangenehm.

»Das wollte ich auch gerade ansprechen. Gehe doch schon mal ins Atrium und schaue dir den oder die Monde von Lumera an. Ich melde mich bei dir, sobald es Neuigkeiten gibt. Vielleicht können wir uns dann noch sehen?«

Anastacia nickte verständnisvoll. »Ja, so können wir es auch machen. Ich finde es übrigens klasse, dass du so ... wie soll ich sagen ... nüchtern mit der Situation umgehst. Ich glaub, ich wäre schon vollkommen hysterisch, wenn ich an deiner Stelle wäre.«

»Du? Das glaube ich nicht. Bisher hast du auf mich immer einen ziemlich aufgeräumten Eindruck gemacht«, erwiderte Peter und nahm der jungen Frau seine Umhängetasche ab und hängte sie sich selbst über die Schulter. Es gelang ihm sogar ein wenig zu lächeln, auch wenn es wahrscheinlich noch immer ziemlich verzweifelt aussah.

»Melde dich einfach, wenn du mich sehen möchtest. Bis später.« Anastacia war das Gespräch wohl doch etwas unangenehm. Sie hob kurz die Hand und wandte sich dann um. Peter sah ihr noch kurz hinterher, bevor er sich wieder auf dem Weg zur Krankenstation machte.

Peter sah sich auf dem großen Fernseher, der an der Zimmerwand des Patientenzimmers hing, Livebilder der vielen Schiffscams an, die Aufnahmen von Lumera und den drei Monden übertrugen. Die Aufregung über die baldige Ankunft in ihrer neuen Heimat wuchs stündlich. In diesem Raum konnte er sogar die kühle Beleuchtung herunterdimmen, so dass die Bilder von Lumera auf dem großen Screen noch plastischer und lebendiger wirkten – fast wie ein echtes Fenster. Doch trotz des tollen Anblicks waren die Gründe für seinen Aufenthalt in diesem Zimmer alles andere als beruhigend. Sein BID war ihm zuvor professionell entfernt und abermals gescannt und untersucht worden. Er selbst wartete bereits seit zwei Stunden ungeduldig auf das Ergebnis. Endlich öffnete sich seine Zimmertür, und Dr. Silverman betrat gemeinsam mit Thomas Wilson, dem Chefentwickler der Platon, der unter anderem zuständig für die BIDs der Passagiere war, das Zimmer.

»Hallo Mr. Jennings. Da sind wir wieder«, sagte Dr. Silverman und trat auf Peter zu.

»Hallo«, grüßte Peter die beiden Männer. Endlich gelang es ihm, den Fernseher mit seiner Smartwatch auszuschalten. Er setzte sich auf und schaute die beiden Männer erwartungsvoll an.

»Wir sind einen kleinen Schritt weitergekommen«, brachte Dr. Silverman ohne Umschweife hervor.

»Das bedeutet?«, fragte Peter sofort hoffnungsfroh und blickte von Dr. Silverman zu Thomas Wilson.

Wilson behielt es sich vor, auf Peters Frage zu antworten. »Ich habe etwas finden können auf Ihrem BID. So wie es scheint, muss es beim Installieren Ihres BIDs – vereinfacht ausgedrückt – zu so etwas wie einem Kurzschluss gekommen sein. Es scheint so, dass sich ein Teil oder sogar sämtliche Daten der Mitreisenden nun in Ihrem Kopf befinden. Wir haben von jeder Person auf diesem Schiff die Backups ihrer BIDs auf unseren Servern. Es ist aber nicht vorgesehen, dass jemand Zugang zu diesen Daten erhält. Doch Sie scheinen einen Zugang zu diesen Daten zu haben. Wie Sie das überleben konnten, ist mir ehrlich gesagt schleierhaft. Das muss die reinste Überforderung sein. Es gibt dazu keine mir bekannten Präzedenzfälle. Deshalb sind unsere Erfahrungswerte hier ... nicht existent.«

Thomas Wilson, dessen schlacksiger Körper in einer türkisfarbenen Fransenweste steckte, schaute Peter ernst an. Der ließ sich von diesem etwas lächerlich wirkenden Outfit aber nicht ablenken. Zu froh war er über die gerade gehörte Nachricht, bedeutete sie doch, dass nicht er selbst das Problem war. Die Erklärung klang im Grunde genommen recht simpel.

»Das ist doch super. Dann löschen Sie diesen ganzen Datenwust aus meinem Kopf, und alles ist wieder in Ordnung.« Peter fühlte sich mit einem Mal unglaublich leicht. Endlich würde dieser ganze Psychoterror der letzten Wochen aufhören.

Plötzlich stutzte er. Warum blickten die beiden Männer sich so ernst an? Was war hier los? Schließlich entschied sich Dr. Silverman dazu, Peters Enthusiasmus zu bremsen.

»Also ... es ist so: Mr. Wilson kann die ganzen Informationen nicht wieder aus Ihrem Kopf holen. Man kann Dinge, die erst einmal ihren Weg in das Gehirn hineingefunden haben, zwar spiegeln und extern speichern, aber Wissen und Fähigkeiten, die einmal erworben wurden, wieder komplett zu löschen – das geht laut unserem Kenntnisstand nicht. So weit sind wir technisch einfach nicht. Noch nicht.«

Peter konnte nichts sagen. Gerade hatte er sich auf die Bettkante gesetzt, weil er dachte, dass ihm nun geholfen werden konnte und nun so eine Hiobsbotschaft. Wieder spürte Peter, wie das Gefühl der Hilflosigkeit versuchte, seine Tentakel nach ihm auszustrecken und die Macht über seine Sinne zu übernehmen. Er durfte diese

Schwäche nicht zulassen, musste die Oberhand behalten, wenn er nicht vollkommen den Verstand verlieren wollte.

»Was können wir tun?«, war alles, was er keuchend hervorbrachte. In diesem Moment öffnete sich die Zimmertür, und Jason trat aufgeregt herein. Er sah unglaublich verwirrt aus, als er in die ernsten Gesichter blickte. Dr. Silverman klärte Peters Sohn über Peters Gesundheitszustand auf, bevor er Mr. Wilson zunickte, das Wort zu übernehmen.

»Um Ihre Frage, was wir nun tun können, zu beantworten: Ich konnte etwas Ordnung in die Strukturen bringen. Wenn wir Ihren BID wieder einsetzen, sollte ein Prozess starten, der Ihre eigenen Daten von denen, die versehentlich bei Ihnen gelandet sind, trennt. Das sollte Ihnen ermöglichen, nur noch gezielt auf diese Daten zuzugreifen und nicht mehr von ihnen förmlich überrollt zu werden. Sie werden mehr Kontrolle über die Fremddaten bekommen und sich ihnen nicht mehr so ausgeliefert fühlen.«

Peter atmete erleichtert aus. Das hörte sich schon etwas besser an. Er wollte gerade aufstehen, um in den Behandlungsraum zu gehen, den er inzwischen bereits gut kannte, da ergriff Dr. Silverman noch einmal das Wort: »Mr. Jennings, ich möchte, dass Ihnen bewusst ist, was das bedeutet. Ist Ihnen klar, was Sie mit diesem Wissen anfangen können, wenn Sie es kontrollieren können?«

Peter blickte seinen Sohn an, dem es anscheinend die Sprache verschlagen hatte. Seit er eingetreten war, hatte er kein Wort gesagt und immer nur fassungslos von einem zum anderen geschaut.

»Ja, ich denke, ich weiß, was das bedeutet. Ich weiß nahezu alles über jeden auf diesem Schiff. Ich verfüge über deren Wissen, Geheimnisse und auch deren Fähigkeiten, wie es aussieht. Und anscheinend kann ich jede Gestalt der Mitreisenden annehmen. Stimmt das so in etwa?« Peter war selbst erschrocken über diese Erkenntnis.

Dr. Silverman nickte. »Sie sind eine gefährliche Waffe, wenn man es so sagen möchte, aber auch eine Bereicherung für unsere Mission, sollte es funktionieren, Ordnung in die Strukturen zu bringen. Wir müssen diese Sache dringend geheim halten. Zu Ihrer eigenen Sicherheit werden wir nur die involvieren, die es wissen müssen.«

Peter lächelte etwas gekünstelt: »Übertreiben Sie hier nicht ein wenig?«

Dr. Silvermans und Mr. Wilsons ernste Gesichter waren eine klare Antwort.

»Na gut. Vielleicht haben Sie recht.«

»Wir wollen einfach auf Nummer sicher gehen. Kommen Sie nun mit, dann setzen wir Ihren BID wieder ein und schauen, ob es funktioniert.« Dr. Silverman drehte sich um und ging mit Thomas Wilson voraus.

Jason zuckte mit den Achseln, als Peter ihn ansah und von seinem Bett rutschte. Sie folgten den beiden Männern in einen weiteren Behandlungsraum, den Peter ebenfalls bereits kannte. Dort sollte er sich auf einen Stuhl setzen und Thomas Wilson setzte ihm vorsichtig seinen BID wieder in die dafür vorgesehene Halterung am Hinterkopf ein. Peter hörte ein sanftes Klicken und spürte die Vernetzung des BIDs mit den Bots in seinem Gehirn. Ein leises Knistern in seinem Kopf begleitete diesen Vorgang. Anschließend hatte er wieder vollen Zugriff auf das Steuerungsmodul des BIDs. Er spürte ein leichtes Kribbeln im Gesicht und blickte in Mr. Wilsons erstauntes Gesicht, der vor Peter stand und ihn anstarrte.

»Was?«, fragte Peter und tastete in seinem Gesicht, in dem es noch immer kribbelte und zwickte.

»Es hat geklappt. Sie werden gerade wieder Sie selbst. Wie geht es Ihnen?«, fragte Mr. Wilson, dessen Fransen durch den Schwung seiner Bewegung noch in Wellen hin und her schaukelten.

Peter horchte kurz in sich hinein, konnte aber keine Veränderung feststellen. »Mir geht es gut. Alles fühlt sich an wie immer. Hat es geklappt?«

Dr. Silverman gesellte sich zu Thomas Wilson und Jason, der ebenfalls vor Peter stand und die Umwandlung seines Gesichts mit ansehen konnte. Der Arzt schaute kurz auf Peters Vitalwerte, die auf einem Monitor neben dem Stuhl angezeigt wurden und maß seine Temperatur. Alles schien in Ordnung zu sein, denn Dr. Silverman lächelte zufrieden.

»Es scheint alles so zu funktionieren, wie wir es uns erhofft haben. Ansonsten würden wir es spätestens jetzt merken. Aber dass Ihr Gesicht wieder Ihr eigenes ist, zeigt uns schon, dass die Trennungsstrukturen wirksam sind. Wie genau Sie das neu gewonnene Wissen und die Fähigkeiten abrufen können, können wir Ihnen allerdings auch nicht sagen. Hier müssen Sie wahrscheinlich einfach üben. Aber wie bereits gesagt, machen Sie das am besten, wenn Sie alleine sind oder aber wenn Ihr Sohn oder Ihre Partnerin bei Ihnen ist, damit es nicht jeder mitbekommt.«

Jason klopfte seinem Vater auf die Schulter. Auch von ihm fiel offensichtlich ein ordentliches Stück Anspannung ab, zumindest schaute er nicht mehr so ernst wie in den letzten Minuten. Peter war unglaublich erleichtert, dass er wieder er selbst sein durfte. Am liebsten wäre er Thomas Wilson um den Hals gefallen, aber er konnte sich noch beherrschen.

Vorsichtig stand er auf. »Ich danke Ihnen. Wann darf ich denn gehen? Ich muss doch nicht noch hierbleiben?«

Er wollte keine weitere Minute auf der Krankenstation bleiben. Außerdem war Anastacia vielleicht noch oder wieder im Atrium. Er würde sie so gerne heute noch sehen.

Dr. Silverman trat zu Peter und gab ihm die Hand. »Mr. Jennings, Sie können jetzt gehen. Ich würde Sie allerdings gerne die nächsten Tage täglich sehen, um zu schauen, ob alles gut verläuft. Sie können mir auch berichten, ob Sie Fortschritte damit machen, was den Datenzugriff betrifft. Wir sind sehr gespannt.«

Jason ergriff nun auch kurz das Wort: »Vielen Dank, Dr. Silverman und Mr. Wilson. Ich habe mir wirklich große Sorgen um meinen Vater gemacht. Ich habe ihn bereits damals einmal verloren. Ich bin froh, dass es ihm nun besser geht. Hoffentlich bleibt das auch so.«

Peter spürte einen Kloß im Hals. Er hatte bislang immer nur an sich selbst gedacht, aber ganz außer Acht gelassen, dass seinem Sohn auch sehr naheging, was mit ihm passierte.

———

»Wie schön, dass du gekommen bist«, sagte Peter leise zu Anastacia, die in dem großen, dezent beleuchteten Atrium vor der großen Kuppel stand und gebannt nach draußen starrte. Sie stand mit dem Rücken zu Peter, als er sie ansprach. Nun drehte sie sich schnell um und blickte ihm besorgt in die Augen.

»Peter, es ist so schön, dich zu sehen. Zum Glück erkenne ich dich jetzt auch wieder. Wie geht es dir?«

»Mir geht es gut. Das Problem sollte behoben sein. Es lag an dem BID.«

»Wie kann das sein?«

»Eine Fehlfunktion des BIDs, aber es müsste jetzt besser werden, sonst hätten sie mich nicht entlassen.«

»Und dein Äußeres? Kann das noch einmal passieren, dass du unter der Dusche die Gestalt von jemand anderem annimmst?«

Anastacias Gesicht wurde von einem sanften Lächeln verziert.

»Das ... ist unwahrscheinlich. Es ist etwas kompliziert. Ich erkläre dir später die ganzen Einzelheiten. Jetzt habe ich erst einmal mein Gesicht wieder, und das fühlt sich sehr gut an.«

Anastacias Lächeln wurde breiter. Im gedimmten Licht des Atriums wirkte sie mit ihren zarten Gesichtszügen ganz weich und verletzlich. Die Narbe, die sich über ihre gesamte linke Wange zog, war jetzt kaum zu erkennen. Aber sie spielte für Peter auch schon längst keine Rolle mehr.

»Was ist das nur für ein Wahnsinnsausblick?«, sagte Peter und trat dicht neben Anastacia vor die riesige Scheibe. Er spürte ein Knistern in seinem Inneren, als seine Hand die ihre streifte.

Nur diese eine durchsichtige Wand trennte die beiden von den unendlichen Weiten des Weltalls. Er spürte wieder den Sog dieses nicht endenden Raumes vor sich, in den er stürzen würde, wäre dort nicht noch die Scheibe. Das Weltall hatte für ihn auch nach Wochen der Betrachtung nicht im Geringsten an Reiz verloren. Er konnte sich einfach nicht sattsehen an diesen unermesslichen Weiten. Und dann sah Peter den großen, anmutig wirkenden Planeten in sein Sichtfeld treten. Lumera sah fast so aus wie die Erde. Landmassen, riesige dunkle Meere – hier gab es bestimmt 20 Prozent mehr Gewässer als auf der Erde – aber auch einige Wolkenfelder waren zu erkennen. Der Anblick seiner neuen Heimat jagte Peter einen langanhaltenden Schauer über den Rücken.

»Lumera. Wie wunderschön. Endlich sind wir da«, unterbrach Anastacia die andächtige Stille und blickte verlegen zur Seite. Peter berührte sie am Kinn, und auf seinen sanften Druck hin blickte sie wieder in seine Richtung. Tränen glänzten in ihren Augen, und eine Welle an Emotionen packte Peter. Was für ein wundervoller Mensch Anastacia doch war! Peter konnte nicht anders. Er drehte sie nun ganz zu sich herum und küsste sie sanft. Sie erwiderte den Kuss. Einen kurzen Moment dachte er an Martha. Ein winziger Hauch eines schlechten Gewissens tauchte auf, der aber ebenso schnell verschwand, wie er erschienen war. Dann konnte er sich der Situation ganz hingeben. So standen sie eine Weile da. Es war ein unbeschreiblich schönes Gefühl, das von Peter Besitz ergriff. Ein neues Leben würde beginnen. Eine neue Chance.

Als Peter das nächste Mal durch das große Fenster blickte, war Lumera fast aus ihrem Sichtfeld verschwunden. Stattdessen konnten sie nun zwei der drei Monde betrachten, die sich hintereinander schoben. Sie wirkten so nah. Dann verschwand Lumera ganz aus ihrem Blick. Sie drehten sich weg vom Planeten, würden ihn aber erneut sehen, wenn das Rad des Raumschiffs sich einmal um die eigene Achse gedreht hätte.

Peter und Anastacia saßen noch etwa eine Stunde Arm in Arm und betrachteten die Weite des Alls, die Fülle an Sternen, die keinen bekannten Konstellationen der Erde glichen, die beiden sichtbaren Monde und Lumera. Schließlich verabschiedeten sie sich voneinander und zogen sich auf ihre Zimmer zurück. Sie waren sich einig darin, es langsam angehen zu lassen und nichts zu überstürzen.

Peter war ganz froh, jetzt einen Moment für sich zu sein. Nach seinem Besuch auf der Krankenstation hatte er nur schnell seinen Koffer in sein Zimmer gebracht und war dann direkt zu Anastacia geeilt. Nun wollte er sich einen Moment ausruhen und dann testen, ob es ihm möglich war, gezielt auf bestimmte Informationen zuzugreifen, die sich in seinem Kopf befanden. Thomas Wilson hatte Peter angeraten, jeden Tag zu üben.

Peter hatte allerdings nicht allzu viel Zeit, um die Ruhe zu genießen oder auch nur einen Gedanken an seine neuen Fähigkeiten zu verschwenden, da erhielt er einen Anruf von Jason. Peter räusperte sich kurz und nahm den Anruf schließlich an.

»Dad? Stör ich dich gerade?«, fragte sein Sohn vorsichtig nach.

Peter legte seinen Cube auf den Tisch, und ein Hologramm von Jasons Gesicht erschien vor ihm. Sein Sohn sah angespannt aus.

»Nein, keineswegs. Eigentlich wollte ich gerade mal meine neuen Fertigkeiten testen. Na ja, die Visionen und Träume muss ich nicht haben. Aber an Wissen bin ich immer interessiert.«

Peter lächelte seinen Sohn an. Der aber starrte ihn weiterhin nur ernst an. Peter wurde stutzig. »Okay, was ist los? Ist alles okay? Hast du dich mit Ramona gestritten?«, fragte er, setzte sich auf den kleinen Sessel und stützte sein Gesicht in seine Hände.

»Was? Nein, nein. Mit Ramona und mir ist alles okay. Sie ist hier gerade bei mir…«

Ramonas Gesicht erschien neben Jasons. »Hallo Peter. Wie geht es dir?«

Peter lächelte unsicher, als er Ramona antwortete: »Hi Ramona. Danke, alles in Ordnung bei mir. Aber ihr guckt so ernst. Was ist los?«

Jason ergriff wieder das Wort, und Ramona verschwand aus Peters Blickfeld.

»Dad, ein weiteres Raumschiff, die Aristoteles, ist bald bei uns. Wir haben Informationen von ihnen erhalten, die auch dich und mich betreffen.«

Es herrschte einen kleinen Moment Stille. Auf ein anderes Schiff zu treffen war sehr interessant, aber was genau hatte das mit ihnen zu tun? Er bedeutete seinem Sohn, endlich weiterzusprechen.

»Die Platon hat von der Aristoteles die Information erhalten, dass mehrere Passagiere an Bord sind, die als Terrorverdächtige eingestuft werden.« Jason holte tief Luft. »Die drei oder vier Personen gelten als Verbrecher und Gefährder der Sicherheit. Es liegt der Verdacht nahe, dass es sich bei einer der Personen um Julia handelt.«

Jason verstummte, als wartete er auf eine Reaktion seines Vaters. Aber der konnte gerade nicht klar denken. Hatte er das richtig verstanden? Seine Tochter lebte vielleicht? Sie befand sich zudem auf dem Nachbarschiff?

»Was ... wie ... wie kann das sein? Das verstehe ich nicht. Ich dachte, sie wäre tot.«

»Ich weiß leider auch nicht mehr als du, Dad. Vermutlich haben sie es geschafft, ihre BIDs so zu manipulieren, dass sie sich als Passagiere tarnen konnten. Aber ein FBI-Agent ist wohl ebenfalls an Bord, weil er ihnen auf die Schliche gekommen ist. Wir kennen die Hintergründe wie gesagt auch noch nicht. Aber wir werden auf Lumera die Gelegenheit dazu bekommen, mit Julia zu sprechen. Zumindest sofern sie tatsächlich eine der Personen ist.«

Stille. Beide sagten für einen Moment kein Wort.

Dann sprang Peter von seinem Sessel auf. Seine Tochter lebte vielleicht. Es war einfach unglaublich. Er ging zu dem Familienportrait, das bei ihm in der kleinen Kabine an der Wand hing. Liebevoll sah er seine kleine Tochter an, die ihn unschuldig vom Foto aus anstrahlte. Peter war überzeugt davon, dass sie ungerechtfertigterweise verdächtigt wurde. Anders konnte es nicht sein. Er würde sich umgehend um die Angelegenheit kümmern, wenn er die Gelegenheit dazu bekäme.

»Dad? Bist du noch da? Ich sehe dich nicht mehr«, hörte Peter die leicht verzweifelte Stimme seines Sohnes. Schnell drehte er sich wieder um. Aber nicht ohne zuvor eine kleine Träne wegzuwischen, die in seinem Augenwinkel schimmerte und kurz davor war, ihren Weg hinauszufinden.

»Jaja, entschuldige bitte. Ich bin noch da.« Peter trat wieder in das Sichtfeld seines Sohnes. »Ich ... ich muss sie sehen. Wann werden sie geweckt?«

»Ich weiß nicht, wann Julia geweckt wird. Und es wird zunächst auch nicht möglich sein, dass wir mit ihr Kontakt aufnehmen. Es gibt noch zu viele offene Fragen, die zunächst geklärt werden müssen. Aber es wird sicher nicht mehr lange dauern, bis wir auf Lumera sind. Dort wirst du bestimmt die Gelegenheit haben, sie zu sehen.«

»Wie lange ist ›nicht mehr lange‹?«, fragte Peter, während er sich langsam wieder hinsetzte.

»Wenige Wochen. Zumindest, wenn jetzt alles gut geht. Aber die ersten Auswertungen der Satelliten, Sonden und des Rovers liegen der Kommandozentrale bereits vor. So wie es aussieht, kann wohl in wenigen Tagen der erste Trupp runtergebracht werden, sagt Ramona.«

Peter entfuhr die restliche Luft, die sich in seinen Lungen befunden hatte, durch die leicht geschlossenen Lippen.

»Na gut. Dann bleibt mir wohl nichts anderes übrig, als zu warten.«

»Dad, Ramona und ich wollen jetzt ins Bett. Sie muss wieder früh in die Zentrale. Kommst du klar?«, fragte Jason vorsichtig.

»Ja, alles okay. Danke für deinen Anruf. Wir sprechen morgen. Gute Nacht, Jason.«

Ramona tauchte wieder in Peters Blickfeld auf. Aber diesmal trug sie bereits ihren Pyjama. »Gute Nacht, Peter. Kopf hoch. Es wird schon alles gut werden. Deiner Tochter, sofern die Verdächtige wirklich Julia ist, geht es gut. Sie befindet sich noch im Kryoschlaf.«

»Gute Nacht, Dad. Ruh dich aus«, ergänzte Jason. Peter nickte den beiden nur zu.

Das Bild von Jason und Ramona zog sich in den Cube zurück. Peter überlegte noch kurz, ob er Anastacia die Neuigkeit von Julia erzählen sollte, verwarf den Gedanken aber wieder. Sie würde sicher schon im Bett liegen. Für sie würde jetzt eine anstrengende Zeit beginnen. Sie sollte mit dem ersten Team nach Lumera aufbrechen, um an der Oberfläche ein kleines Labor zu errichten. Peter ahnte schon, dass er sie in den ersten Wochen oder sogar Monaten auf Lumera wahrscheinlich nicht allzu oft zu Gesicht bekommen würde.

Peter stapfte ins Badezimmer. Eigentlich war er noch nicht wirklich müde. Vielmehr beschäftigten ihn die Gedanken an seine Tochter. Würde sie ihn erkennen? Wie sah sie jetzt aus? Was würde mit ihr nun geschehen? Peter wusste von Jason, dass sich die Strafen auf der Erde massiv verschärft hatten. Er hoffte, dass hier eine andere Gesetzgebung galt als auf der Erde. Er beschloss, für sie da zu sein. Irgendwie. Es würde sicher einen Weg geben.

Peter blieb vor dem großen Badezimmerspiegel stehen. Er hatte noch gar nicht getestet, ob er auf sein neues Wissen nun gezielt zugreifen konnte. Thomas Wilson hatte ihm gesagt, dass er etwas üben müsste, bevor er alle Möglichkeiten nutzen könnte.

Er versuchte, so vorzugehen, wie der Entwickler es ihm erklärt hatte. Er schloss seine Augen und konzentrierte sich. Vor ihm lag nun die Dunkelheit seiner geschlossenen Lider. Er öffnete wieder die Augen und schüttelte seinen Kopf. So war es definitiv nicht richtig. Er musste es noch einmal versuchen. Zunächst aber atmete er einige Male tief ein, zählte dabei bis fünf und atmete in demselben Tempo wieder aus. Er spürte, wie seine Muskeln sich entspannten und sein Geist klar wurde. Also schloss er abermals seine Augen.

Wieder war es dunkel. Aber dann, dort am anderen Ende war ein Licht. Es flog auf ihn zu – oder flog er zum Licht? Peter wusste es nicht. Am Licht angekommen tauchte ein gelbes Band auf. Er konnte es berühren. Es war kühl und glatt. Alles hier war so real, als wäre sein ganzer Körper hier und nicht nur sein Geist. Das gelbe Band schien ihm den Weg zu weisen. Er schwebte weiter. Um sich herum sah er Reihen aus Zahlen und Buchstaben, die wild durcheinanderwirbelten. Peter wusste nicht, wo er hinschauen sollte. Aber da war wieder das gelbe Band vor ihm. Er fasste es an und schwebte an ihm entlang. Es wand sich um eine Ecke und dann um noch eine. Dann sah er rechts und links von sich Symbole aufleuchten, die die Form von Aktenordnern hatten. Er fühlte sich in die Benutzung eines Computers zurückversetzt. Mithilfe dieser

Symbole konnte er sicher Daten abrufen. Die Ordner waren beschriftet. All das war sicher durch die Arbeit von Thomas Wilson entstanden, denn er hatte all den Informationen eine Struktur gegeben.

Peters suchender Blick blieb an einem Ordner mit der Beschriftung »Personen« haften. Peter hatte mehr und mehr den Eindruck, in einer riesigen Bibliothek voller leuchtender Symbole zu stehen, die er zu sich befehlen konnte, um zu erfahren, welches Wissen sich hinter ihnen verbarg. Er blieb vor dem Personen-Ordner stehen und schaute ihn sich an. Der Ordner war fast so hoch wie ein Haus. Verblüfft stand er da, als das Symbol des Ordners an ihn herangeschnellt war. Der Ordner hatte eine Tür, die wie für ihn gemacht zu sein schien. Vorsichtig drückte Peter dagegen und trat in einen hellen Raum. Wieder waren hier Reihen von Ordnern, die sich schier ins Unendliche erstreckten. Er fühlte, dass er hier richtig war. Er suchte nun nach einer bestimmten Person, nach Jason. Die Ordner liefen wie auf einem Fließband an ihm vorbei. Das Symbol für Jason blieb bald vor ihm stehen. Er öffnete die Datei mit seinen Händen. Es gab hier mehrere Wahlmöglichkeiten: Erinnerungen, Fähigkeiten, Aussehen und Sprache befanden sich darunter. Peter wollte lediglich Jasons Aussehen übernehmen. Die Erinnerungen seines Sohnes gingen ihn nichts an. Also berührte er den entsprechenden Ordner. Er spürte, wie etwas in seinem Kopf vibrierte, zumindest fühlte es sich so an, gleichzeitig öffnete er seine Augen und starrte in ein Gesicht, das sich nach und nach verwandelte. Erschrocken wich er einen Schritt zurück. Das war aber nicht Jason, der ihn dort aus großen Augen anstarrte, sondern ein Fremder, den er noch nie zuvor gesehen hatte. Da war etwas schiefgegangen. Wieder schloss Peter die Augen und ging den Pfad entlang, bis er abermals vor dem Namen Jason stehen blieb. Fast hätte er laut aufgelacht. Es gab zwei Personen mit dem Vornamen Jason hier auf dem Schiff. Er schaute diesmal genauer hin, damit er auch den Richtigen wählte. Als er abermals seine Augen öffnete, schaute ihm sein Sohn aus dem Spiegel entgegen. Diesmal blieb Peter ganz ruhig. Er ging dichter an den Spiegel heran und schaute sich sein Gegenüber genauer an. Ja, das war definitiv Jason. Die Verwandlung war noch nicht vollständig abgeschlossen. Seine Stirn und die Wangen kribbelten noch heftig und Peter musste dem Drang widerstehen, sich zu kratzen. Er sah sich die Details seines neuen Gesichts an. Hier unten am Kinn war sogar das kleine sichelförmige Muttermal seines

Sohnes zu sehen. Peter spürte mit einem Mal, wie erschöpft er war. Diese Prozedur schien ihn eine Menge Kraft zu kosten. Erst jetzt bemerkte er, dass er sehr schnell atmete. Fast so, als hätte er einen längeren Sprint hinter sich. Peter schloss die Augen und fand schnell den Ordner mit der Aufschrift ›Reset‹. Einen Wimpernschlag später war er bereits fast wieder er selbst. Er trat aus dem kleinen Badezimmer und ließ sich auf sein Bett fallen. Er würde morgen weiter üben und herauszufinden versuchen, ob es auch kürzere Wege zum Ziel gab. Dann würde er Jason und Anastacia das Resultat vorführen. Nun wollte er gerne noch einen Moment fernsehen und sich anschließend schlafen legen. Aber noch bevor er sich einen Film ausgesucht hatte, fiel er bereits in einen tiefen Schlaf.

17

September 2384, Aristoteles, John

John öffnete vorsichtig seine Augen. Er fühlte sich wie durch den Fleischwolf gedreht. Sein schlimmster Kater, den er in seiner Studienzeit nach einer durchzechten Nacht gehabt und der er ihn ganze drei Tage ans Bett gefesselt hatte, hatte sich damals nicht schrecklicher angefühlt. Aber Dr. Newby erklärte ihm, dass das ganz normal war. Immerhin hatte er über drei Jahrhunderte im Tiefschlaf verbracht. Nun hatte er ein paar Tage Zeit, um sich zu regenerieren.

Trotz der Schmerzen kamen ihm bereits gute Ideen für einen Plan, um die Gesuchten zu finden. Doch bevor er seine Ermittlungen wieder aufnahm, musste er dringend noch einige Dinge klären. Er musste herausfinden, ob er überhaupt noch zuständig war. Vielleicht hatte man ihn vom Fall abgezogen. Doch das war eher unwahrscheinlich, denn er war mit aller Sicherheit der einzige verfügbare FBI-Ermittler weit und breit. John hatte jedoch Dr. Newby schon einmal mitgeteilt, dass alle zuletzt an Bord Gekommenen im Tiefschlaf bleiben sollten.

Über vierzig Nachrichten von der Erde warteten darauf, von ihm abgehört zu werden. Eine war tatsächlich von seiner Exfrau und wie die meisten anderen aus dem Jahr 2049. Sie waren fünf Jahre nach seinem Check-in auf der Aristoteles verfasst worden.

Die meisten Nachrichten stammten von seinem Vorgesetzten Daniel Salisbury und seinem Kumpel und Kollegen Hugh Costello.

John erfuhr von Dr. Newby, dass es den letzten Kontakt zur Erde im Jahr 2186 gegeben hatte. Der Kontakt zur Marsbasis, auf der sich zu dem Zeitpunkt rund 1300 Menschen befunden hatten, war damals ebenfalls zum Erliegen gekommen. Warum das so war, wusste niemand. Vielleicht waren die Raumfahrer die letzten Menschen im Universum – ein mehr als erschütternder Gedanke, ein Gedanke, dem man keinen Glauben schenken konnte. Aber es war möglich, dass die Menschheit nun eine vom Aussterben bedrohte Art war.

Endlich. John spürte, dass das Medikament gegen seine bohrenden Kopfschmerzen zu wirken begann. Die Healthbots, die John wie jedem anderen hier injiziert worden waren, würden bald mit ihrer Arbeit fertig sein, und John wäre dann wieder voll einsatzfähig und, wie er von Dr. Newby erfahren hatte, nun auch unsterblich. Der Arzt hatte ihm erzählt, dass die Androiden die Nanobots in den über dreihundert Jahren der Reise weiter optimiert hatten. Sie arbeiten nun absolut fehlerfrei. John hoffte, dass das auch stimmte.

Er war sich allerdings nicht ganz sicher, ob er wirklich unsterblich sein wollte. Gehörte Sterben nicht zum Leben dazu? Vor allem, da er bereits sein Kind überlebt hatte? Durfte er da überhaupt ewig leben? Und was bedeutete das genau? Wie würde es ihm in einhundert Jahren gehen? Wie in zweihundert? Er konnte es sich beim besten Willen nicht vorstellen. Aber es ging hier, wie ihm deutlich gemacht worden war, nicht um ihn und nicht um seine Bedürfnisse oder Gefühle. Hier ging es um den Fortbestand der Menschheit. Da standen seine persönlichen Wünsche nicht im Vordergrund.

Nun wollte John sich aber seinen Nachrichten widmen. Ein Kribbeln breitete sich in seinem Bauch aus. War er etwa nervös, weil er nicht wusste, was ihn erwartete? So eine Albernheit! Er hatte in seinem Leben schon deutlich kritischere Situationen überstanden als das Abrufen von Nachrichten aus dem Jenseits – denn genau das waren sie. John atmete tief durch und aktivierte seine Smartwatch, die auf dem kleinen Nachttisch neben ihm gelegen hatte. Er rief die erste Nachricht ab. Ein Hologramm baute sich vor ihm auf. Seine Exfrau Amanda blickte ihn aus traurigen Augen an. John spürte, wie sich ein Knoten in seinen Eingeweiden bildete und das Schlucken kaum mehr möglich war.

»Hey John ...«, begann sie, » ... du bist jetzt schon fünf Jahre weg, und du wirst dich noch lange Zeit im Kryoschlaf befinden. Wenn du meine Nachricht siehst, sind über dreihundert Jahre vergangen. Mich wird es dann nicht mehr geben. Für mich wird der Tod nichts sein, das ich fürchte. Ich fiebere ihm fast jeden Tag entgegen, weil ich dann bei unserem Sohn sein kann. Und deshalb melde ich mich auch bei dir. Ich wollte dir nur sagen, dass ich inzwischen eine andere Sicht auf die Dinge habe, die damals geschehen sind. Du weißt ja, dass ich dir immer die Schuld an dem gegeben habe, was mit Tom passiert ist. Aber inzwischen weiß ich, dass keiner von uns das gewollt hat und dass niemand schuldig ist. Wir ... haben mit Tom alles verloren, was uns ausgemacht hat ... alles, was uns lebendig hielt.« Tränen glänzten in ihren Augen. Sie blinzelte sie schnell weg und strich sich eine Strähne ihrer wilden Locken aus dem Gesicht.

Mein Gott. John pausierte das Video. Er brauchte einen Moment. Ein dicker Kloß hing ihm im Hals und ließ sich nicht vertreiben. Erst als er laut aufschluchzte, verschwand der Kloß langsam und machte einer tiefen Traurigkeit Platz. Seine Amanda – wie sehr er sie doch vermisste! Nachdem er sich langsam wieder etwas gefangen hatte, ließ er die Nachricht weiterlaufen.

»Wie dem auch sei. Ich möchte, dass du weißt, dass ich dir verziehen habe. Dass ich dich sehr geliebt habe. Du und Tom – ihr wart alles für mich. Aber es ist, wie es ist. Das Leben lässt sich nicht planen und kontrollieren. Es geht immer weiter. Die Umstände, unter denen ich hier lebe, sind schrecklich. Aber ich will dich damit jetzt nicht belasten. Du bist nun Teil einer großen Sache. Hugh hat mir alles erzählt. Mir ist wichtig, dass du das weißt: Ich finde, dass du diese zweite Chance wirklich verdient hast. Bitte nutze sie und lebe nicht weiter im Schatten deiner selbst, wie wir es getan haben, seit wir Tom verloren haben. Versuche, dem Leben wieder zu vertrauen. Hier auf der Erde geschehen so schreckliche Dinge, dass man euch nur eine gute Zukunft wünschen kann. Ich werde dir keine weiteren Nachrichten schicken. Wie du siehst, habe ich für diese schon fünf Jahre gebraucht. Irgendwann werden wir uns wiedersehen – in einem anderen Leben. Daran glaube ich fest. Und dann können wir alles besser machen. Ich bin in meinen Gedanken bei dir. Lebe wohl, John, halt am Leben fest!« Ein kurzer Wink, und Amanda war verschwunden. John blieb zurück. Alleine, nur mit seinen Emotionen. Er war nicht in der Lage, die Tränen aufzuhalten, die seine Wangen hinabströmten. Er fuhr mit der Hand über seine nasse Wange und starrte sie anschließend kopfschüttelnd an. Hatte er tatsächlich 340 Jahre gebraucht, um seiner Traurigkeit freien Lauf zu lassen?

Nach einer kurzen Pause sah er sich die Nachricht noch einmal an. Und noch einmal. Immer wieder, bis eine Schwester kam und ihm eine Spritze gab. Danach wurde es dunkel und friedlich um ihn.

Als John das nächste Mal die Augen aufschlug, fühlte er sich körperlich gut. In seine Trauer mischten sich andere Gefühl: Zuversicht und Hoffnung.

Andrew, der Android, der bis zu Johns Kryokonservierung bei ihm geblieben war, betrat den Raum. Er wirkte verändert. Bis auf seine nach wie vor starre Mimik wirkte er nun entschieden menschlicher. John war irgendwie froh, den Roboter wiederzusehen. Er war selbst überrascht darüber.

»Guten Tag, Mr. Stanhope. Wie geht es Ihnen?«

»Hallo Blechhaufen ...«, krächzte John noch etwas matt, » ... ich kann es kaum fassen, aber ich freue mich, dich zu sehen.«

Andrews künstliches Lächeln machte einem ernsten Gesichtsausdruck Platz, bevor er antwortete: »Mit Verlaub, aber mein Name lautet noch immer Andrew. Ich bin kein Blechhaufen, sondern ein Android. Das ist die Bezeichnung für einen künstlichen kybernetischen Organismus, der einem Menschen ähnlich sieht und sich menschenähnlich verhält. Außerdem ...«

»Jaja, ich habe schon verstanden«, unterbrach ihn John und lachte. »Das ist meine Art, dir ein Kompliment zu machen, Andrew. Aber Spaß verstehst du wohl nicht, oder? Merke ich mir. Weißt du nicht, was ein Spitzname ist? Hast du in den letzten Jahrhunderten nichts gelernt? Das kommt davon, wenn man nur arbeitet! Na ja, da könnte ich mir auch an die eigene Nase fassen.«

»Warum sollten Sie sich an die Nase fassen, Mr. Stanhope?«

»Ach ... also, Andrew, tja, das besprechen wir ein anderes Mal. Setze das Thema doch einfach auf die Agenda!«

»Gut, das habe ich gespeichert. Mr. Stanhope, Sie haben versäumt, mich ausreden zu lassen. Sie sollten wissen und akzeptieren – ich denke, dass es für unsere anstehenden Interaktionen das Beste ist, wenn ich Sie hierüber informiere –, dass ich wesentlich intelligenter bin, als Sie es sind. Ich entwickle mich stetig weiter und lerne dazu. Das betrifft auch den Bereich des Vergnügens, des Spaßes und des Humors. Ich kenne jedes einzelne humoristische

Werk, das auf Erden verfasst wurde und habe die Bühnenauftritte aller bekannten komödiantischen Künstler in akribischer Sorgfalt ...«
»Okay, jetzt ist aber es auch mal gut, Andrew. Danke, ich habe verstanden. Du schlau, ich doof. Immerhin bist du nicht dick. Obwohl, eine Sache würde mich interessieren ... wann hattest du denn zuletzt Spaß, Blech... Andrew?«

Der Kopf des Androiden zuckte einen Moment hin und her.

»Vor wenigen Stunden, Mr. Stanhope. Ich habe Kaffee zubereitet, nachdem es mir gelungen ist, den Röstvorgang zu optimieren. Ihnen ist das sicher nicht bewusst, aber der Röstvorgang der Kaffeebohne ist chemisch gesehen sehr komplex, da mehr als 800 Aromastoffe entstehen, darunter etwa auch Substanzen wie Buttersäure und Pyridin, die nur in stärkster Verdünnung zum Wohlgeruch beitragen können. Mein Kaffee erfreut sich bereits einer beachtlichen Nachfrage, Mr. Stanhope. Möchten Sie mehr hierüber erfahren?«

John schüttelte den Kopf. Es machte keinen Sinn, mit Andrew zu diskutieren. Er versuchte, sich vom Bett zu erheben. Das war allerdings gar nicht so einfach. Plötzlich drehte sich alles um ihn herum. Wo war oben, und wo unten? Bevor er fallen konnte, packte Andrew ihn am Arm und setzte ihn zurück aufs Bett. John spürte die enorme Kraft, die von dem Androiden ausging. John wusste sofort, dass die Kräfte dieser neuesten Version eines Androiden gewaltig sein mussten.

»Mr. Stanhope, Sie können noch nicht aufstehen. Sie müssen noch ein wenig Geduld haben«, belehrte ihn Andrew.

»Mein Gott, kannst du mich nicht endlich John nennen? Sei doch nicht so unheimlich steif! Und überhaupt: Was machst du eigentlich hier? Es kann doch nicht sein, dass so eine Intelligenzbestie wie du die Krankenschwester für mich spielt? Gibt es keine Raketen zu optimieren? Oder dreht sich bei dir alles um Kaffee?«

Andrew ging einige Schritte rückwärts, während er die Frage beantwortete. »Ich bin keine Bestie, ich bin ein RAP IV, also ein Androide der vierten Generation – und somit der erste dieser neuen Art. Meine Technologie ist wesentlich höher entwickelt, als es bei den ersten drei Generationen der Fall ist. Ich bin zwar noch ein Prototyp, wurde aber ursprünglich konstruiert, um Menschen dort zu ersetzen, wo menschliches Versagen fatale Folgen für die Umwelt hätte. Mittlerweile bin ich diesem Stadium weit entwachsen. Ich kann innerhalb von Nanosekunden wichtige Entscheidungen völlig rational und fehlerfrei treffen und bin körperlich extrem schnell und stark, wenn die Umstände es erfordern. Von allen Androiden hier an Bord bin ich der stärkste und intelligenteste. Das verdanke ich dem Einsatz und Knowhow der besten Techniker der Rapid Intelligence Technologie Inc.. Sie haben mich entwickelt und perfektioniert. Ich habe mich revanchiert und maßgeblich zu den technischen Entwicklungen in den letzten Jahrhunderten beigetragen, die während der Reise auf diesem Schiff in den Forschungslaboren entwickelt wurden. Ich bin nicht für niedere Arbeiten konstruiert worden. Die Kaffeeröstung betreibe ich aus eigenem Antrieb, das ist ein faszinierendes chemisches Feld, man denke allein an die Optimierungspotenziale der Mercaptomethylfuran-Verbindungen. Aber da Sie nun wach sind, übernehme ich nun meine eigentliche Aufgabe. Denn ich bin Ihnen persönlich zugewiesen worden. Es war, ebenso wie bei Ihnen, nicht vorgesehen, dass ich an Bord der Aristoteles gehe. Ich befinde mich sozusagen noch in einer Testphase und war ursprünglich zum Einsatz auf der Raumstation gebaut und programmiert worden, nicht aber für die Reise selbst. Daher nehme ich auf diesem Schiff keine feste Position ein. Wir sind hier also beide unplanmäßige Subjekte. Ich werde Ihnen von jetzt an helfen, das Sicherheitsteam hier an Bord oder bald auf Lumera zu unterstützen. Das sind meine Instruktionen. Und nun kennen Sie auch die Ihrigen, Mr. Stanhope.«

John wäre fast versehentlich wieder aufgestanden. Dr. Newby hatte also seine Ankündigung sofort umgesetzt. Man rechnete also fest damit, dass er im Sicherheitsbereich eingesetzt wurde.

»Gut ... das ist sicher alles ganz sinnvoll. Hat das aber noch etwas Zeit? Ich möchte noch meine persönlichen Nachrichten durchgehen«, sagte John.

Andrew trat noch ein paar Schritte zurück. »Keine Einwände, Mr. Stanhope. Sie sollten jetzt die Nachrichten abhören, und heute Abend kommt Mr. Weaver, der Chef der Sicherheitsabteilung. Er wird einiges mit Ihnen zu besprechen haben. Ich werde nun in einen Ruhemodus wechseln. Mit einem Gedanken können Sie mich wecken. Unsere BIDs sind verbunden.«

Bevor John noch etwas sagen konnte, ging Andrew mit zwei großen Schritten in eine Ecke des Raums, schloss die Augen und rührte sich fortan nicht mehr. Er stand still wie eine Salzsäule. Aber John war es auch ganz recht so. Er brauchte eine kurze Pause, und außerdem war er nun doch ziemlich neugierig, von wem die anderen 41 Nachrichten sein mochten.

. . .

Die erste Nachricht war von Hugh. Sie war sehr emotional, und für John war es wieder ein ziemlicher Kraftakt, sie bis zum Schluss anzuhören und seinem besten Freund dabei, wenn auch nur in Form eines Hologramms, in die Augen zu blicken.

Die nächste Nachricht war von Johns Vorgesetzten. Wie erwartet regte Salisbury sich zunächst total auf und war so rot im Gesicht, wie John es noch nie gesehen hatte – und was wirklich etwas heißen musste. Er hätte fast laut aufgelacht, wäre die Situation für ihn nicht so ernst gewesen. Salisbury regte sich furchtbar über Johns Missachtung der Anweisungen auf. Er schien sich erst fast in Rage zu schreien, beruhigte sich dann aber im Verlauf des Monologs wieder und ließ dann sogar durchklingen, dass er es bedauere, so einen guten Mitarbeiter nun für immer verloren zu haben. Offensichtlich realisierte er nun auch, dass eine Standpauke nichts brachte, wenn der Empfänger sie erst dann hörte, wenn der Sprecher bereits vermutlich lange tot war. Salisbury war es dann auch, der John seine neuen Aufgaben an Bord im Groben erläuterte. Zumindest was die Gesuchten betraf, die Salisbury wie zu erwarten ›Terroristen‹ nannte. Die Suche sollte also weitergehen. Zumindest wollte das sein mittlerweile vermutlich verstorbener Chef so.

John war sich allerdings nicht mehr sicher, ob die Gesuchten wirklich alle Terroristen waren. Christopher Woodruff war ein intelligenter und idealistischer Mann. Natürlich war er nicht unschuldig, aber ein Terrorist? Wahrscheinlich war er nur ein Mitläufer, der sich mit den falschen Leuten eingelassen hatte. Aber was für Menschen waren die anderen? Er hatte ja praktisch kein Bild von ihnen. Er musste eiligst mehr über sie herausfinden, doch das konnte er nur, wenn er mit Christopher Woodruff sprach. Dieser aber sollte die anderen Rebellen nicht warnen können. John musste unbedingt vermeiden, dass das passierte.

Ein Gespräch mit diesem Weaver, dem leitenden Sicherheitsbeamten hier an Bord der Aristoteles, war wirklich sehr in Johns Interesse. Gut, dass das Gespräch am Abend stattfinden würde. Er musste sich dafür einsetzen, dass er umfassende Ermittlungsbefugnisse bekam.

John schnappte sich mit etwas abgehackten Bewegungen das kleine Glas, das neben seinem Bett in einer kleinen Nische in der Wand stand und sich bei der Annäherung seiner Hand automatisch mit Wasser füllte. Er trank vorsichtig einen Schluck und spürte, wie das leichte Prickeln der klaren Flüssigkeit ihm wieder Leben einhauchte. Bald würde er bereit sein für seinen neuen Job. Mit gemischten Gefühlen dachte er an die Gesuchten und fragte sich, ob in letzter Zeit nicht zu viel Sympathie für die Täter in ihm gewachsen war. Wütend dachte er daran, dass sie ihm stets einen Schritt voraus gewesen waren. Falls es wirklich Terroristen waren, würden sie es bereuen. Nun hatte er, FBI Special Agent in Charge John Stanhope, sichergestellt, dass Christopher Woodruff und andere Rebellen, deren Anzahl noch zu ermitteln war, im Tiefschlaf waren. Nun war er den Rebellen einen Schritt voraus. Diesen Vorteil würde er nutzen.

Es warteten noch immer 39 Nachrichten darauf abgehört zu werden. John lehnte sich zurück. Den Gedanken an sein Gespräch mit Weaver schob er zunächst zur Seite. Über seinen BID aktivierte er über die Navigation in seinem Kopf die nächste Nachricht. Ein Hologramm mit einem Gesicht erschien vor ihm. Es war Hugh. Die Nachricht war acht Jahre nach der letzten Nachricht von ihm gesendet worden. Hughs Haare waren verstrubbelt und er versuchte anscheinend mit einem Dreitagebart seine ausgemergelten Gesichtszüge zu kaschieren. John kniff ungläubig die Augen zusammen. Sonst war Hugh doch immer so ordentlich und wohlgenährt. Das passte gar nicht zu seinem Freund. Die Umstände auf der Erde mussten sehr schwierig sein, wenn er sich so gehen ließ.

»Hallo John. Ich kenne dich. Du wunderst dich bestimmt über mein Aussehen und fragst dich, warum du so lange nichts von mir gehört hast. Nun ja, es ist hier ... sagen wir mal, etwas ungemütlich auf der Erde geworden. Es gibt Probleme mit der Essensrationalisierung und ein heilloses Flüchtlingschaos. Ich weiß nicht, wie lange die Regierung noch die Kontrolle über die Bevölkerung behalten kann, aber es wird langsam brenzlig hier. Ich habe mit Salisbury gesprochen. Ich will hier weg. Ich habe Familie in Kanada, weißt du noch? Denen geht es besser. Sie haben große Gewächshäuser und noch Wasser. Salisbury ...«, Hugh stieß ein fast hysterisches Lachen aus, »..., naja, Salisbury war nicht so begeistert. Aber der sieht auch nicht besser aus. Es geht uns allen nicht gut, John. Sei froh, dass du im Land der Träume bist.«

John pausierte das Video kurz. Hughs Nachricht wurde immer zusammenhangloser. Es musste schlimm gewesen sein, was sich auf

der Erde abgespielt hatte. Er drückte wieder gedanklich den ›Play-Knopf‹ und das Bild bewegte sich wieder.
»Ich melde mich wieder bei dir, wenn ich Neuigkeiten habe. John, … es … ach, egal. Ciao.«
John guckte sich die nächsten Nachrichten an. Fast alle von Hugh und noch eine von Salisbury. Die war unspektakulär und recht unpersönlich. Die von Hugh berührten John dagegen sehr. Er hatte es nach Kanada geschafft und war bei seinen Verwandten untergekommen. Er half dort in den Gewächshäusern mit und es ging ihm ganz gut. Viele kurze Nachrichten, über zehn Jahre verteilt, hielten ihn auf dem Laufenden über die Zustände auf der Erde. Er erzählte, wie die Regierung der USA die Kontrolle über die Bevölkerung verlor, wie Grenzen schließlich ihren Sinn verloren, weil sie einfach überrannt wurden. Die Infrastruktur brach gänzlich zusammen und die Regierung löste sich schließlich auf und eine brutale Gruppierung von Rebellen mit dem Namen »Real Mankind« übernahm die Kontrolle über große Gebiete. In Kanada waren die Umstände zwar zuerst noch etwas besser, da die Rebellen zunächst noch jenseits der ehemaligen Landesgrenze agierten, aber das änderte sich schnell. Bald schon übernahmen sie auch die südlichen Bezirke von Kanada, um schließlich sogar bis in den Norden vorzustoßen.
Bei Hugh lief es nicht gut. Erst zerstörte ein Sturm die Gewächshäuser der Familie. Später zerstörten die Plünderer der Real Mankind auf ihrem Weg in den Norden die Wassertanks von Hughs neuem Zuhause.
Hughs letzte Nachricht kam schließlich einem Abschied gleich. Die Augen seines Freundes lagen tief in den Höhlen.
»John, sie haben uns den Hof genommen, uns vertrieben. Wir stehen vor dem Nichts und wissen nicht wohin. Wir können froh sein, dass sie uns am Leben gelassen haben. Es ist so verdammt kalt hier oben in den Bergen. Meine Cousine ist letzte Nacht erfroren. Neben mir. Als ich sie heute Morgen wecken wollte, …« John stellte fest, dass Hugh nicht mal mehr Tränen übrig zu haben schien. Er wusste in diesem Moment, dass Hugh es nicht geschafft hatte. Seine Healthbots, über die er verfügte, wie John wusste, hätten ihn unendlich alt werden lassen können. Aber es gab Umstände, da halfen einem die kleinen molekülgroßen Roboter nicht weiter. Tod durch Erfrieren, Verbrennen, Verhungern oder Ertrinken waren einige davon. Hugh sprach unterdessen mit trockener Stimme weiter:

»Egal, John. Ich denke, dass das hier meine letzte Nachricht sein könnte. Ich hoffe, du denkst hin und wieder an mich. Du warst mein bester Freund. Mach es gut, mein Kumpel ..., mach es gut.«

Das war also die letzte Nachricht von Hugh. Sein lebensfroher Kumpel war offensichtlich auf elendige Weise umgekommen. Verhungert, verdurstet, erfroren – egal, wie genau, auf jeden Fall auf eine grausame und schreckliche Art. Alles, was sie versucht hatten, um die Menschen auf der Erde zu retten, war für die Katz gewesen. Kurz trat ein Gefühl von Wut auf die Menschen an die Oberfläche, die den Suizidbefehl außer Kraft gesetzt hatten. Vielleicht wollten sie gegen die Regierung rebellieren, vielleicht besaßen ihre Taten auch einen edleren Hintergrund. Aber auch, wenn sie kurzfristig vielleicht viele Menschen vor dem Tod durch einen Massensuizid gerettet hatten, was waren die langfristig daraus resultierenden Folgen? Hatten sie ihren Plan auch zu Ende gedacht? Das wollte John noch rausfinden. Noch kannte er die Beweggründe der sogenannten Rebellen nicht. Er musste zunächst mehr über sie erfahren. Aber nicht mehr heute. Er streckte sich. Er musste sich noch etwas ausruhen und Ruhe in seine rotierenden Gedanken bringen, bevor er mit Weaver sprechen würde. Dann würde er schlauer sein.

Mr. Weaver reichte John zum Abschied die Hand. John fühlte den kräftigen Händedruck dieses selbstbewussten Mannes. Das ging ja leichter als erhofft, dachte der FBI-Agent. Weaver hatte zwar deutlich gemacht, dass er jederzeit Johns Entscheidungen infrage stellen durfte, hatte ihm aber vorerst freie Hand bei seinen Ermittlungen gegeben. Potenzielle Terroristen waren ein Sicherheitsrisiko, das es zu minimieren galt. John hatte die Aufgabe, schnellstmöglich Belege für das Sicherheitsrisiko zu finden. Er würde seine Chance nutzen.

John versuchte, Andrew zu aktivieren, in dem er den leblos im Raum stehenden Androiden ansah und dachte: »Andrew, wach auf«. Augenblicklich schlug der künstliche Mann die Augen auf. »Mr. Stanhope, wie geht es Ihnen?«

»Gut, Andrew. Wir haben soeben alle Ermittlungsbefugnisse erhalten, die wir benötigen, um die gesuchten Gefährder ausfindig zu machen. Du musst mir gleich einige Fragen beantworten. Du musst aber vorher einen ... anderen Befehl ausführen.«

»Und der lautet?«

»Wir duzen uns. Du sprichst mich mit John an.«
»John,« sagte der Android und legte den Kopf etwas schief. War Andrew sich der Besonderheit der erweiterten Intimität etwa bewusst?
»Andrew ...«
»John!«, unterbrach ihn der Android.
»Ja, Andrew, richtig so. Pass auf, Andrew, ich brauche deine Unterstützung als höhergestelltes intelligentes Wesen.«
»Ich bin intelligenter, aber nicht höhergestellt.«
»Das war doch nur ein Scherz. Lässt du mich kurz ausreden? Also, wenn ich die Lage richtig einschätze, befinden sich Shawn Farrell, den ich für Christopher Woodruff halte, sowie alle zuletzt an Bord gekommenen Gesuchten noch im Tiefschlaf.«
»So ist es, John.«
»Gut! Wir stehen vor einem Problem. Wir wissen nicht, wie viele Komplizen an Bord sind. Wir wissen nur, dass einige von ihnen, höchstens sechs Personen, im Tiefschlaf sind. Nur Woodruff, der wie die anderen Rebellen nanochirurgisch verändert wurde, weiß, wer die anderen sind. Doch ich möchte ihn nicht aufwecken, weil ich ausschließen will, dass er seine Komplizen warnt. Ihn allein aufzuwecken scheint ebenfalls nicht die beste Lösung zu sein, denn ich muss damit rechnen, dass er mich anlügt und dass ich sehr geschickte Methoden anwenden muss, um an die Informationen zu kommen. Zur Not wecken wir ihn auf, keine Frage. Doch gibt es vielleicht eine andere Möglichkeit? Was sagst du als Android dazu?«
»Eine Möglichkeit wäre, dass Mr. Farrell aufgeweckt wird, nachdem sein BID entfernt wurde. Dann könnte er die anderen nicht warnen. Nach allem, was ich über die gesuchten menschlichen Subjekte weiß, könnte sein BID verschlüsselt sein. Doch eine solche Verschlüsselung würde ich mit Leichtigkeit knacken. Das könnte eine Lösung sein, aber es gibt noch mehr Möglichkeiten.«
»Welche?«
»Darf ich nachfragen, ob Gewaltausübung infrage kommt?«
»Nein, das tut sie nicht.«
»Das überrascht mich, John, das FBI war in der ersten Hälfte des 21. Jahrhunderts verantwortlich für eine Reihe ...«
»Ich weiß! Diese Maßnahmen geschahen vor dem Hintergrund einer globalen ökologischen Krise. Wir kehren jetzt zu rechtsstaatlichen Maßnahmen zurück, Andrew, das sind wir der Erde schuldig.«
»Gut, John. Es gibt trotzdem noch mehr Möglichkeiten. Da ich

mit allen Androiden vernetzt bin, ist mir bekannt, dass die Kryokonservierung und auch die BID-Technologie stark verbessert wurden. Wir können Mr. Farrell lokal reanimieren. Sein Gehirn lässt sich aufwecken und im Traumzustand halten. Eine eventuelle Verschlüsselung seines BIDs werde ich umgehen und alle nötigen Informationen abrufen können. Danach lässt sich Mr. Farrells Gehirn wieder kryokonservieren. Dann haben wir alle Informationen, die wir benötigen.«

»Wäre das schmerzhaft für den Verdächtigen?«

»Nein. Es gibt auch keine gesundheitlichen Risiken. Zu bedenken ist aber, dass wir gegen den Willen des Verdächtigen handeln würden. Wir würden sein Recht auf Selbstbestimmung verletzen, wenn wir unerlaubt auf seine Erinnerungen zugreifen.«

»Das sehe ich auch so, Andrew. Man darf aber nicht vergessen, dass er auch ohne BID, würden wir ihn wiedererwecken, gefährlich wäre. Er könnte sich Zugang zu technischem Gerät verschaffen und Nachrichten für die anderen hinterlassen. Isolationshaft wäre eine Möglichkeit, aber die wäre ... nicht angenehm für ihn. Wenn es nur diese eine Möglichkeit gibt, an sein Wissen zu kommen, ohne ihn aufzuwecken, müssen wir sie nutzen. Es ist ein klassisches Dilemma.«

»Dilemma? Es ist nur ein Dilemma, wenn du auf das Wissen von Mr. Farrell zugreifen willst. Aber wenn wir auf diesen Zugriff verzichten, ergeben sich neue Möglichkeiten.«

»Welche Möglichkeiten? Raus mit der Sprache!«

»Wir müssen bedenken, dass unser primäres Ziel die Klärung der Identitäten ist. John, du operierst nur auf einer Linie. Das ist in der Tat allzu menschlich. Du musst von der Idee des Zugriffs auf das Wissen von Mr. Farrell absehen. Die Identitätsfrage ist entscheidender.«

»Die Identitätsfrage ist entscheidender, das stimmt. Aber wie lösen wir die Identitätsfrage anders, als bei Woodruff beziehungsweise Farrell anzusetzen? Jetzt spann mich doch nicht auf die Folter! Was schlägst du vor, Blech... Andrew?«

»Wenn es stimmt, dass die Gesuchten eine andere Gestalt angenommen haben, werde ich diese biophysische Manipulation nachverfolgen können. Die veralteten Nanobots in den Körpern der Gesuchten werden mir diese Informationen liefern. Wir wecken alle bis auf Mr. Farrell auf. Bislang sind nur Crewmitglieder geweckt worden. Dazu gehörst du ja auch. Aber ich bin ziemlich sicher, dass die Gesuchten, sich unter den normalen Mitreisenden befinden, um nicht Gefahr zu laufen, entdeckt zu werden. Beim Aufwecken der Passagiere werden die veralteten Nanobots von uns aktualisiert. Ich kann einen Algorithmus programmieren, der veranlassen wird, dass die Veränderungen der Gestalt rückgängig gemacht werden. Wenn die Gestalt sich ändert, ist es ein Verdächtiger. Wenn die Gestalt bleibt, handelt es sich um eine unbeteiligte Person.«

»Das ist genial, Andrew!«, rief John begeistert aus. »Aber warum soll Mr. Farrell deiner Meinung nach nicht aufgeweckt werden?«

»Er ist, in der Bildsprache der Menschen ausgedrückt, ein gutes Druckmittel, nicht wahr? Ein Trumpf im Ärmel, falls die Rebellen nicht kooperieren. Zudem: Wenn er im Tiefschlaf bleibt, braucht er nicht in Isolationshaft zu sein. Damit schließen wir eine Traumatisierung aus. Von einer solchen müssen wir absehen, wenn ich dich richtig verstanden habe.«

»Richtig! Andrew, du bist genial. Also los, worauf warten wir noch?«

18

Oktober 2384, Aristoteles, Julia

»Ms. Jennings, öffnen Sie Ihre Augen. Und atmen Sie ruhig. Es ist alles gut. Können Sie mich verstehen?"

Verwaschen vernahm Julia die Stimme einer Frau, die sich in ihrer Nähe befinden musste, aber im Moment wusste sie weder, um wen es sich dabei handelte, noch wo sie überhaupt war. Ihr Kopf schmerzte und in ihrem Hals brannte es. Das Atmen fiel ihr schwer. Es fühlte sich an, als würde jemand auf ihrem Brustkorb sitzen. Julia versuchte, ihre Augen zu öffnen, aber mehr als ein Blinzeln brachte sie nicht zustande.

»Ich ... verstehe Sie. Wo b.. ich?", fragte sie flüsternd. Sie brachte die Worte stockend und nur mit Mühe hervor.

»Sie befinden sich auf der Aristoteles, einem Raumschiff. Wir haben Sie gerade aus Ihrem Kälteschlaf geweckt. Versuchen Sie sich zu erinnern.«

Julia dachte nach. Was war das Letzte, an dass sie sich erinnern konnte? Da war Ethan, schmale Liegen in einem sterilen Raum, ein Arzt ... ja, jetzt fiel es ihr wieder ein. Das Raumschiff. Sie waren geflüchtet. Verdammt! Julia schoss hoch und riss panisch die Augen auf. Es dauerte einen Moment, bis ihre Augen sich an das Licht gewöhnten. Was hatte die Frau gesagt? Ms. Jennings? Verdammt, sie war aufgeflogen. Sie war nicht als Julia Jennings an Bord gegangen.

Julia nahm schemenhaft eine Gestalt vor ihrem Bett wahr. Die

Umrisse wurden schärfer. Eine Frau in weißem Kittel. Julia versuchte ihren Arm zu heben. Was war das? Sie war an das Bett fixiert. Handschellen. Das konnte jetzt nicht wahr sein. Sie war offiziell ein Terrorist, fiel ihr ein. Ihr war schlagartig klar, was das bedeutete: sie war totgeweiht. O Gott! Ethan, wo bist du? Julia wollte ihren BID gerade aktivieren, um zu versuchen, Ethan zu kontaktieren. Aber bevor sie dazu kam, öffnete sich die Tür und eine andere Person betrat den Raum. Nein, das stimmte nicht. Es waren zwei. Dr. Newby, der Arzt, gefolgt von einem gutaussehenden Typen mit kurzen Haaren in der Standardkleidung, wie sie jeder hier an Bord trug.

»Ah, Ms. Jennings. Sie sind wach. Wie geht es Ihnen? Ist alles in Ordnung? Haben Sie Schmerzen?«, fragte Dr. Newby Julia in neutralem Tonfall.

»Nein, nein, es geht schon«, sagte sie. »Was geschieht mit mir … uns?«

Julia beobachtete, wie Dr. Newby seinen Begleiter anblickte.

»Guten Tag, Ms. Jennings. Mein Name ist John Stanhope. Ich bin vom FBI und suche Sie schon lange. Über 342 Jahre, um genau zu sein. Wir konnten Sie beim Aufwachprozess überführen. Und bevor Sie fragen – ihre Freunde haben wir auch festgenommen. Ich denke, ich brauche nicht ausführen, was Ihnen zur Last gelegt wird, oder?«, fragte der Agent.

»Dass wir einen Massensuizid aufgehalten haben? Nein, das brauchen Sie mir nicht sagen. Aber Sie sind von der Regierung. Sie stehen auf einer Seite, auf der Sie nichts verstehen oder nicht verstehen wollen, Agent Stanhope«, spuckte Julia die letzten Worte förmlich aus, wobei die Worte noch immer leise aus ihrer Kehle tönten. Julia spürte den Blick der Krankenschwester, die am anderen Ende des kleinen Raumes stand, auf sich ruhen.

»Auf wessen Seite ich stehe, steht nicht zur Debatte, Ms. Jennings«, erklärte der Agent. »Ich halte mich an die Fakten. An das, was Ihnen und Ihren Freunden vorgeworfen wird. Und ich will Sie verstehen. Dafür werde ich Sie und auch die anderen beiden verhören, sobald Sie bereit dazu sind. Wir werden Sie natürlich in Arrest nehmen.«

»Natürlich«, sagte Julia verächtlich. Ihre Angst war verflogen. Sie wusste, dass sie das Richtige getan hatten. Sie hatten unzählige Menschen vor einem grausamen Schicksal bewahrt. Das war alles, was zählte. Sie hoffte, Ethan gleich wiederzusehen. Sollte der Agent sie doch ruhig in ihre Zelle bringen oder wohin auch immer. Sie hatte ein reines Gewissen.

»Ms. Jennings, Sie bleiben noch ein paar Stunden zur Beobachtung hier, dann bringt Agent Stanhope Sie zu Ihren Freunden«, sagte Dr. Newby.

Julia beobachtete, wie der Arzt die Zähne zusammenbiss, ihr zunickte und wortlos mit dem Agent verschwand. Warum war er ihr nicht wohlgesonnener? Immerhin hatten sie den Menschen auf der Erde viel Leid erspart. Das musste er doch wissen. Oder wusste er nichts von den Vorwürfen gegen sie und ihre Freunde?

Die Schwester, die Julia vorhin geweckt hatte, trat an ihr Bett und blickte sie wohlwollend an.

»Danke«, flüsterte sie an Julia gewandt.

Julia verengte ihre Augen zu schmalen Schlitzen und blickte die Schwester misstrauisch an.

»Sie haben meine Eltern gerettet. Ohne das Eingreifen von Ihnen und Ihren Freunden wären sie gestorben. Papa hing schon … aber meine Mutter konnte ihn noch retten. Ihr Strick war schon neben seinem platziert, als sie den Befehl zurückgezogen haben.«

Tränen glänzten in den Augen der jungen Frau mit dem feuerroten Haaren.

»Woher wissen sie …«, krächzte Julia.

»Ich habe eben zugehört, als der Agent und Dr. Newby mit ihnen darüber sprachen. Das Ganze ist absolut geheim und niemand darf wissen, dass sie hier in Gewahrsam sind.« Die Schwester, die eben noch so traurig aussah, grinste nun. Merkwürdige Frau, fand Julia. Aber es tat gut, endlich auch mal Anerkennung für die eigenen Taten zu bekommen. Sie musste schlucken. Ja, sie würde ihre Strafe in Kauf nehmen. Fast schon entspannt lehnte sie sich zurück und drückte kurz die Hand der Schwester, die neben ihrer auf dem Laken lag.

―――――

»Es geht los, Ms. Jennings. Wir bringen Sie jetzt in Ihre Zelle«, erklärte Agent Stanhope und schob Julias Rollstuhl aus dem beengten Krankenzimmer. Vor ihnen lag der Gang, an den Julia sich noch erinnern konnte. Als sie ihn das letzte Mal betreten hatte, war sie noch frei und voller Hoffnung gewesen.

Sie waren noch nicht weit gekommen, da bemerkte Julia die Vielzahl der Security-Androiden, die an jeder Abzweigung standen. Warum war das so? Hatten sie Angst, Julia könnte sich entfesseln und aus dem Rollstuhl fliehen? So ein Schwachsinn. Aber was war das für ein Aufruhr da hinter der nächsten Ecke?

Julia merkte, wie der Agent langsamer wurde. Er schien über sein BID mit dem Androiden vor ihnen zu kommunizieren. Er sah anders aus als die anderen Androiden, die sie hier an Bord bislang gesehen hatte. Er hatte ein perfektes, menschliches Gesicht und war kaum als Android zu erkennen.

Schließlich setzte der Agent seinen Weg fort. Sie mussten an dem Menschenauflauf, der sich hinter dem Androiden aufgestaut hatte, vorbeigehen. Julia hatte ein mulmiges Gefühl. Wortfetzen drangen zu ihr durch. Sie verstand Worte wie ›Mörderin‹ und ›Fluch für die Menschheit‹.

Julia war irritiert. Was sollte das? Die Rufe wurde lauter, je näher sie dem Menschenauflauf kamen. Der Android schien aber keine Mühe zu haben, die Menschen zurückzuhalten.

Julia und der Agent gingen nun zügig an dem Menschenauflauf vorbei. Ein Chor aus Beschimpfungen und Gebrüll setzte an. Diese Menschen schienen sie aus tiefstem Herzen zu hassen. Und nicht nur das, sie schienen sie angreifen zu wollen. Panik breitete sich in Julia aus. Was, wenn der Android die Menschen nicht aufhalten konnte. Was war hier eigentlich los?

»Schnell. Bringen Sie mich hier weg«, rief sie, an den Agent gewandt, der sie noch immer vorwärts schob.

»Ich bin dabei«, war alles, was er zähneknirschend dazu sagte.

Der Android schien übernatürliche Kräfte zu besitzen, denn er hielt die Meute erfolgreich zurück. Als der Lärm verebbte, war Julia verwirrt und betrübt. Sie vermutete, dass die Menschen hier nur die halbe Wahrheit kannten und sie deshalb verurteilten. Dennoch wollte sie es aus dem Mund des Agents hören.

»Erklären Sie es mir?«, fragte sie.

»Hm?«

»Warum sind die Menschen so aufgebracht? Was haben Sie denen erzählt?«

»Ich habe denen gar nichts erzählt, Ms. Jennings. Aber das hier ist ein … nun ja, ein Raumschiff. Hier sickert vieles durch. Die Menschen hassen Sie. Zumindest einige.«

»Aber warum? Kennen Sie nicht die Wahrheit?«

»Doch. Und das ist ja der Punkt.«

»Ich verstehe nicht. Wir haben doch ...«

»Nein Ms. Jennings. Haben Sie nicht. Nach Ihrer Aktion ist die Situation auf der Erde völlig aus dem Ruder gelaufen. Meinen Sie, die Regierungen der Länder haben den Suizidbefehl aus einer Laune heraus entwickelt? Oder weil sie gerne Menschen töten? Nein, es ging hier um das Überleben der Menschheit. Sie haben mit Ihrem Eingreifen alles nur schlimmer gemacht. Sie haben die Erde in ein Schlachtfeld verwandelt. Die Menschen haben sich gegenseitig abgemetzelt, um zu überleben, denn es gab nicht genug Nahrung für alle. Das war auch der Grund für die geplante Dezimierung. Das muss auch Ihnen und Ihren Freunden klargewesen sein. Es ... wir haben seit gut zweihundert Jahren jeglichen Kontakt zur Erde verloren. Wir ... gehen davon aus, dass es dort kein Leben mehr gibt. Sind Sie nun zufrieden? War es das, was Sie wollten?«

Julia hörte nichts mehr. Nebel hüllte sie ein und ihren Ohren war nur noch ein Rauschen zu vernehmen. Sie hörte sich selbst aufschluchzen und stöhnen, dann wurde es dunkel um sie herum.

»He ihr da, nehmt mal euer Essen entgegen.«

Julia erhob sich von ihrer harten Liege. Ihr schmerzte jeder Knochen. Umständlich streckte sie sich in alle Richtungen, um sich wieder halbwegs bewegen zu können. Ryan schlief offenbar, denn er schnarchte laut und rhythmisch. Ethan unterbrach seine Sporteinheit, sprang vom Boden auf und drückte Julia einen Kuss auf die Lippen, den sie aber nur halbherzig erwiderte.

Der Wachmann, der ihnen das Essen in die Durchreiche gestellt hatte, war bereits wieder verschwunden. Das Essen hier an Bord schmeckte erstaunlich gut, aber das interessierte Julia nicht. Ansonsten hatte das Bordleben, und insbesondere ihre Zelle, nicht viel zu bieten. Sie konnten sich zwar Filme ansehen, aber das war auch schon so ziemlich der einzige Luxus, der ihnen hier zugestanden wurde. Aber auch das war Julia im Grunde genommen egal.

Der Agent sagte ihr und ihren Freunden, dass nicht Christopher sie verraten hatte. Sein Android hatte es geschafft, die BIDs der Passagiere neu zu konfigurieren. Dabei hatten sie wieder ihre alten Gestalten angenommen und waren aufgeflogen.

In mehreren darauffolgenden Einzelverhören erzählten sie dem

Agenten alles, was sie wussten. Sie hatten beschlossen, nicht zu lügen, sondern bei allem die Wahrheit zu sagen, egal wie die Konsequenzen für sie dadurch aussehen würden. Sie hatten alle genug von den Lügen und außerdem das Gefühl, dass es nun, unendlich weit weg von der Erde, eh keinen Sinn mehr machen würde.

Für Julia war die Situation, in der sie sich befanden, irgendwie unwirklich. Sie waren auf einem Raumschiff, über zehn Lichtjahre von der Erde entfernt. Hier gab es kein FBI bis auf Agent Stanhope, keine Polizei und nicht einmal eine richtige Regierung. Julia war sich nicht einmal sicher, ob die Aristoteles die Vereinigten Staaten repräsentierte.

Nach mehrmaligem Bitten zeigte Agent Stanhope Julia und ihren Freunden endlich die letzten existierenden Bilder von der Erde. Diese waren mehr als verstörend. Dem Anschein nach war fast die gesamte Weltbevölkerung ausgelöscht. Und das lag nicht nur an den klimatischen Bedingungen, die auf der Erde herrschten. Nur ein Teil starb an den Folgen von Sturmfluten, Stürmen, Dürren und Hitze- oder Kältewellen. Die anderen wurden von ihresgleichen ermordet oder verhungerten schlicht, wie der Agent ihr schon nach dem Aufwachen erklärt hatte.

Julia und ihre Freunde hatten helfen wollen, als sie den Selbstmordbefehl der Regierung löschten. Aber was war stattdessen geschehen? Das Nahrungsangebot reichte nicht für alle – so wie prognostiziert. Die Folge war ein sprichwörtlicher Kampf ums Überleben. Wer Nahrung bekommen wollte, musste dafür im Zweifel auch über Leichen gehen. Die Regierung verlor jegliche Kontrolle über die Bevölkerung und Aufständische bildeten Gruppierungen, die das Land förmlich überrollten und Schutt, Asche und Chaos hinterließen. Nur die Stärksten und Gnadenlosesten überlebten – und auch die nicht sehr lange. Jeder war sich selbst der Nächste. Kinder – so unglaublich viele Kinder – mussten verhungern. Eine ganze Generation wurde ausgelöscht. Das traf Julia am härtesten.

Die anderen Länder auf der Erde versuchten aufgrund der gescheiterten Maßnahme in den USA gar nicht, einen Befehl in die BIDs ihrer Bürger zu schleusen. Der Versuch, die Menschen mittels eines Befehlsskripts zu manipulieren und die weltweite Bevölkerung auf ein für die Erde erträgliches Maß zu reduzieren, wurde als gescheitert bewertet. Und damit hatten Julia und ihre Freunde das Schicksal der Bevölkerung besiegelt. Wäre die Maßnahme erfolgreich gewesen und von anderen Ländern ebenfalls umgesetzt worden, wäre die weltweite Population der Menschen schlagartig halbiert worden. Die Verbliebenen hätten nach der Phase der Trauer eine reelle Chance gehabt, die dann ausreichenden Ressourcen zu nutzen, um eine stabile Basis für den Fortbestand der Menschheit und des gesamten Planeten zu schaffen. Es hätte zwar keine Garantie gegeben – aber es wäre eine Chance gewesen.

Diese Chance war der Welt durch Julia und ihre Freunde genommen worden. Sie hatten ihren Plan, Nantech zu infiltrieren, um mögliche Maßnahmen der Regierung unterbinden zu können, zwar erfolgreich umsetzen und dadurch einen großen Teil der Bevölkerung kurzfristig retten können. Aber sie hatten ihn nicht zuende gedacht. Sie hatten nicht weit genug über die Konsequenzen ihres Handelns nachgedacht. Sie hatten keine Alternative für das Problem der Nahrungsmittelknappheit parat gehabt. Sie hatten keine Armee, um das Chaos der nächsten Jahre zu verhindern. Sie hatten überhaupt nichts – keinen Plan, keine Lösung, keine Vision. Die Erkenntnis darüber, die Folgen nicht durchdacht zu haben, versetzte Julia in eine Schockstarre. Auch wenn ihre Absichten ehrbar gewesen waren – sie hatten vielleicht das Ende der Menschheit zu verantworten.

Julia verblieb in ihrer Schockstarre und selbst Ethan schaffte es nicht, sie daraus zu befreien. Auch ihn und Ryan schockierte die Erkenntnis über die Folgen ihre Taten zutiefst, aber Julia schaffte es einfach nicht, noch einen Sinn in ihrem Dasein zu finden. Sie verweigerte jegliche Nahrung und nahm an Gesprächen kaum mehr teil. Fay hätte sie verstanden, hätte ihr aus ihrer Lethargie helfen können. Fay – ihre beste Freundin. Aber sie lebte nun ebenfalls nicht mehr. Und ganz am Ende hatte Julia auch den Tod ihrer besten Freundin zu verantworten. Der Gedanke daran verursachte bei ihr so starke Magenkrämpfe, dass sie sich übergeben musste.

Wenn sie sich in seltenen Fällen etwas beruhigte, wurde ihr bewusst, dass alles, was auf der Erde geschehen war, schon lange zurück lag. Den Kontakt zur Erde gab es schon seit vielen Jahren nicht mehr, das erfuhren sie von einem jungen, diensthabenden Soldaten, der ihre Zelle täglich morgens inspizierte. Julia fand dieses Vorgehen ziemlich überflüssig, es bestand ja nicht wirklich eine Fluchtgefahr. Wohin hätten sie und ihre Freunde auch fliehen sollen? Davon abgesehen, hatte Julia auch keinerlei Ambitionen mehr, irgendwo hinzugehen. Sie wollte nur noch aufhören zu existieren, die Gedanken an den Tod so vieler Menschen ausblenden. Aber selbst das konnte sie in dieser gut bewachten Zelle nicht. Nicht einmal Sterben war ihr hier vergönnt. Träge blickte Julia sich um. Sie wurden hier wie Schwerverbrecher in einer etwa zwölf Quadratmeter kleinen Zelle mit einem kleinen separaten Badezimmer festgehalten. Und wie ein Schwerverbrecher fühlte Julia sich inzwischen auch.

»Was passiert jetzt mit uns?« Julia blickte ihre beiden Mitgefangenen aus ausdruckslosen Augen an. »Wir sind ja nun fast am Ziel der Reise angelangt.«

»Julia, das haben wir doch schon so oft durchgekaut. Wir wissen es genauso wenig wie du. Noch können wir jedenfalls nicht verurteilt werden. Deshalb werden wir so lange festgehalten, bis jemand eine Entscheidung fällt. Die Chancen stehen gut, dass man uns nicht zum Tode verurteilt, denn die Kolonialisierung ist wichtiger als unsere Taten, die wir auf der Erde vollbracht haben«, antwortete Ryan leicht genervt. Ethan ging zu seiner Freundin und streichelte ihr über den Rücken. Julia zappte sich teilnahmslos durch die Filmbibliothek des Raumschiffs, während sie in ihrem Essen herumstocherte. Zum hundertsten Mal versuchte sie über ihren BID eine Verbindung zum Holonet des Schiffs aufzubauen. Aber der Störsender, der vermutlich irgendwo im Zellentrakt installiert war, blockierte alle ihre Versuche.

Julia ließ die Gabel sinken, ohne etwas gegessen zu haben. Sie schmiss ihren inzwischen schon ausgemergelten Körper wieder auf die Matratze ihres schmalen Bettes und starrte die weiße Decke an. Anstelle von Gitterstäben befand sich zwischen ihnen und dem Rest des Schiffs lediglich eine Glaswand. Von dort aus schauten sie in einen großen Vorratsraum oder besser gesagt eine große Vorratshalle. Hier lagerten viele Dinge, die auf dem Schiff täglich gebraucht wurden. Deshalb sahen sie hier vor allem sehr häufig Androiden oder die weniger hochentwickelten Transportroboter, die irgendetwas holten oder hier abstellten.

Wieder einmal ging am anderen Ende der Lagerhalle die Tür auf. Julia hatte sich daran bereits gewöhnt und schaute nicht mehr auf. Es war ihr eh egal, wer da kam. Sie hörte laute Schritte auf dem Boden, die sich ihnen kontinuierlich näherten. Nun schaute sie doch kurz auf, um sich anschließend langsam aufzusetzen. Agent Stanhope kam schnurstracks auf sie zu und blieb vor der Scheibe stehen. Nachdem er identifiziert wurde, öffnete sich die gläserne Tür automatisch, indem sie zur Seite fuhr.

»Ms. Jennings, kommen Sie bitte noch einmal mit mir mit? Ich habe noch ein paar Fragen zu Ihrem Einbruch in der Forschungseinrichtung von Nantech Industries.«

Julia erhob sich lethargisch. Warum er jetzt nach Wochen noch immer mit irgendwelchen Fragen bei ihnen aufschlug, verstand sie nicht. Sie hatten ihm doch bereits alles mehrfach und ausführlich geschildert.

»Julia«, Ethan trat auf sie zu und versuchte ihr einen Kuss zu geben, was ihm nur halbwegs gelang, »pass auf dich auf. Bis gleich.«

»Ja«, war alles, was Julia rausbrachte. Ryan saß am Tisch und blickte ihr nach, als die Tür sich wieder hinter Julia und Agent Stanhope schloss. Julia achtete auf Agent Stanhopes Gesichtsausdruck, in dem wie so oft keine Gefühlsregung zum Ausdruck kam. War das seine Ermittlermaske? In diesem Moment hatte er mehr Ähnlichkeit mit einem Androiden als mit einem menschlichen Wesen.

Gemeinsam mit dem Agenten ging es für Julia durch die hell erleuchteten fensterlosen Gänge des riesigen Raumschiffs zu einem kleinen Raum. Der Agent öffnete die Tür und trat zur Seite. Julia trat als erste ein. Es roch nach einer Mischung aus Aftershave und abgestandener Luft. Julias Begleiter schien das auch zu bemerken und drehte die Klimaanlage neben der Tür auf.

Anschließend stellte Agent Stanhope einen Becher in eine kleine Nische in der Wand. Sofort wurde der Becher mit Kaffee gefüllt. Nachdem der Agent ihr mit einem dampfenden Kaffee schließlich wieder gegenüber saß, blickte er sie aufmerksam an.

»Also Ms. Jennings, erzählen Sie mir bitte noch einmal von Ihrer Flucht aus der Forschungseinrichtung. Ein paar Dinge sind mir noch immer nicht ganz klar. Zum Beispiel, warum wir niemanden in Ihrer Nähe orten konnten, obwohl Ihre Freunde Sie aus dem Stausee retten konnten. Die BID-Auswertungen zeigten keinerlei …«

»Agent Stanhope, Sie haben mich doch nicht hierher geholt, um sich den gesamten Vorgang meines Einbruchs zum hundertsten Mal schildern zu lassen. Ich bin nicht dumm. Was wollen Sie wirklich von mir?«

Unsicherheit leuchtete in den Augen des Agents auf, was Julia irritierte. Normalerweise ließ er nicht hinter seine Fassade blicken. Julia wurde neugierig, aber er wandte seinen Blick kurz nach innen, dann sah er sie wieder gewohnt gefasst an.

»Doch Ms. Jennings, das war mein Plan. Aber da ist noch etwas anderes. Ich habe gerade die automatische Aufzeichnung dieses Gesprächs deaktiviert. Wir sprechen nun unter vier Augen miteinander. Alles, was wir jetzt und hier besprechen, bleibt unter uns und wird nicht gegen Sie verwendet werden. Nur, dass das klar ist", erklärte Agent Stanhope.

Julia zog fragend die Augenbrauen hoch. Was wollte er denn jetzt von ihr?

"Nun ja, Ms. Jennings, ich sehe, wie sehr Sie leiden. Sie essen kaum, schlafen viel zu wenig, nehmen nicht mehr aktiv am Leben teil. Ich war es, der Ihnen die Bilder von der Erde gezeigt hat. Ich war es, der Ihnen klargemacht hat, was nach Ihrer Abreise und Ihrem Eingriff in den Suizidplan der Regierung geschehen ist. Ich denke, Sie verstehen aber, warum ich Sie mit der Wahrheit konfrontieren musste. Ich spreche es aus, wie es ist: Sie und Ihre Freunde tragen die Schuld an dem, was auf der Erde geschehen ist. Sie sind mit dafür verantwortlich, dass es offensichtlich kein Leben mehr auf der Erde gibt. Ich weiß, dass das nicht das Ziel Ihrer Mission war. Und so sehr ich Ihre Taten … bedauere …, auch ich hatte immer wieder gewisse Zweifel an der ›Mission Survive‹, aber eine bessere Lösung für das kommende Problem der Nahrungsmittelknappheit hatte ich auch nicht. Aber Sie … tun mir leid und ich möchte Ihnen … gerne helfen«, formulierte der Agent diese Worte, die ihm augenscheinlich nicht leicht über die Lippen gingen.

»Danke, aber ich will keine Hilfe. Ich habe sie überhaupt nicht verdient. Es war richtig, dass Sie uns über die Konsequenzen unserer Taten aufgeklärt haben. Es ist wichtig zu wissen, dass wir – zumindest indirekt – viele Millionen oder gar Milliarden Menschen auf dem Gewissen haben. Auch wenn wir das niemals so wollten. Nein, wir wollten helfen. Aber das Gegenteil haben wir erreicht. Mit dem Wissen darüber muss ich nun leben. Und das ist noch eine viel zu geringe Strafe für unsere Taten.«

Der Agent trank einen großen Schluck Kaffee, schob Julia die für sie vorgesehene Tasse entgegen und nickte verstehend. »Ich weiß, wie Sie es sehen. Ich muss Ihnen aber nochmals sagen, dass auch ich, der maßgeblich an der ›Mission Survive‹ beteiligt war, meine Zweifel hatte. Wir ... nun ja, die Regierung, wollte anhand einer Bewertungstabelle über Leben und Tod entscheiden. Aber ist das richtig? Und wer genug Geld hatte, konnte sich davon freikaufen. So wurde alles finanziert. Ist das richtig, frage ich Sie?«

Julia schüttelte den Kopf. »Das war mir nicht klar. Aber dennoch: war es schlussendlich nicht doch der einzige Weg, die Existenz der Menschheit sicherzustellen, bevor es zu spät gewesen wäre?«

»Das schon«, erklärte Agent Stanhope mit einem Stirnrunzeln, »aber das ändert nichts an der Vorgehensweise, die aus meiner Sicht trotzdem nicht korrekt war. Und es gibt auch nicht den einen Schuldigen. Ich habe das Ihnen gegenüber eben etwas zu radikal ausgedrückt. Im Endeffekt waren wir alle für unser Schicksal mit verantwortlich. Jeder trug zur Klimaerwärmung bei. Wir alle haben Fehler begangen. Aber ein kleiner Teil von uns muss für diese Fehler nun nicht büßen. Stattdessen haben nun wir jetzt eine zweite Chance. Hoffentlich auf Lumera, vielleicht sonst anderswo. Wichtig ist, dass wir daraus lernen. Dass wir es künftig besser machen. Wir haben die Möglichkeit, die Fehler der Vergangenheit in Zukunft nicht zu wiederholen. Und wir müssen dafür sorgen, dass das auch wirklich nicht passiert. Das sind wir denen schuldig, die nicht das Privileg hatten, auf einem Raumschiff die Erde verlassen zu können. Verstehen Sie das?«

Julia verstand nicht. Genauer gesagt, wollte sie nicht verstehen. Ja, es klang logisch, aber es war zu einfach. Sie konnte und wollte es sich nicht so leicht machen. Deshalb schwieg sie und starrte zur Decke. Irgendwie beunruhigte sie dieses Gespräch. Warum war das so? Lag es etwa am Agent? Oder lediglich an dem, was er sagte?

»Ms. Jennings, ich werde alles tun, was in meiner Macht steht, um ein Todesurteil zu verhindern. Wenn Sie mir versprechen, jetzt nach vorne zu blicken und es künftig besser zu machen. Jeder Mensch macht Fehler. Das gehört zum Leben dazu. Wichtig ist, dass wir aus ihnen lernen und sie nicht wiederholen. Ich habe in meinem Leben auch einmal einen großen Fehler gemacht. Ich wollte danach nicht mehr leben. Ich wollte verschwinden. Aber das Leben geht weiter. Ein wichtiger Mensch in meinem Leben hat mir nach unserer Abreise von der Erde einen Teil des Schuldgefühls genommen. Und das möchte ich bei Ihnen auch.«

Für einen Moment versagte dem Agent die Stimme. Julia erkannte den Schmerz in seinen Augen.

»Ich habe mich in meine Arbeit gestürzt, wollte meine Gefühle ausblenden. Aber das ist nicht richtig. Wir müssen nach vorne blicken. Es besser machen. Fehler nicht wiederholen. Ist es nicht so?« fragte sie der Agent abermals.

Julia blickte langsam zu dem großen, gutaussehenden Mann. Sie konnte nicht verhindern, dass ihr die Tränen in die Augen stiegen. Das erste Mal, seit sie die schlimmen Bilder gesehen hatte, kamen ihr die Tränen. Es war ein erleichterndes Gefühl. Vielleicht war ihr Leben noch nicht zu Ende. Vielleicht.

»Ich würde es so gerne rückgängig machen. Die Kinder – zumindest die Kinder retten, die sterben mussten. Es ... es tut mir so unendlich leid. Wir haben selig geschlafen, während die Menschheit elendig zugrunde ging. Wir haben unser Volk ausgelöscht. Wie konnten wir so etwas tun und nicht weiter in die Zukunft denken? Wir hätten es durchspielen müssen – bis zum Schluss. Wir waren so naiv. So unendlich dumm. Und jetzt ist es zu spät ...!« wimmerte sie. Sie spürte plötzlich einen Arm, der sie packte und hochzog und stumm in die Arme nahm. Es war ihr egal, dass der Agent, der sie in Gewahrsam genommen hatte, sie nun tröstete. Er gab ihr etwas, dass selbst Ethan ihr nie würde geben können. Das Gefühl, dass ihnen verziehen werden konnte. Dass er ihnen verzieh. Das gab ihr eine Kraft, die sie seit ihrem Erwachen nicht mehr hatte spüren können. Und da war noch etwas anderes. Etwas, dass Julia zutiefst verstörte und sie zwang sich früher wieder aus der Umarmung zu befreien, als sie es unter anderen Umständen vielleicht getan hätte.

Nach diesem Gespräch, dass ihr zum ersten Mal seit ihrem Erwachen etwas Erleichterung verschafft hatte, sprach Julia mit Agent Stanhope nochmals über ihre Flucht aus der Forschungseinrichtung und berichtete auch von der Manipulation der BIDs durch Ryan, sodass sie und ihr Helikopter nicht geortet werden konnten, als sie sie aus dem Stausee fischten. Anschließend machten Agent Stanhope und Julia sich schweigend auf den Weg zurück in die Zelle. Was dann passierte, erschreckte Julia zutiefst. Völlig unvorbereitet vernahm sie doch tatsächlich einen Anruf über ihren BID. Klar – hier hatte sie ja wieder Empfang. Das hatte sie ganz vergessen. Sie nahm den Anruf gedanklich an, obwohl sie nicht glauben konnte, von wem er zu stammen schien.

»Hallo ... Jason?«

»Julia? O mein Gott! Julia? Ich ... ich habe nicht damit gerechnet, dich zu erreichen. Was ist da los, und wie geht es dir?«, vernahm Julia die Stimme ihres Bruders in ihrem Kopf. Sie konnte für einen Moment nicht einmal mehr denken. Jason? War das wirklich ihr Bruder?

»Jason? Was ...? Das verstehe ich nicht. Wie kannst du mich erreichen? Wir sind hier in Gewahrsam. Ich bin hier auf der Aristoteles. Von wo aus rufst du mich an?«

Julia blickte vorsichtig zu ihrem Begleiter, der hinter ihr ging und abgelenkt zu sein schien. Agent Stanhope konnte nicht mitbekommen, dass sie telefonierte, wenn sie sich nicht zu sehr in das Gespräch vertiefte. Das Gespräch mit Jason fand schließlich nur in ihrem Kopf statt, und sofern Stanhope sie nicht ansprach, würde er nicht mitbekommen, dass sie eigentlich ganz woanders war. Sie spürte zwar dieses neue unsichtbare Band zwischen ihr und dem Agenten. Dennoch war dieses Gespräch etwas, dass er nicht erfahren sollte.

Es fiel ihr schwer, sich auf das Gehen und auf den Anruf zu konzentrieren. Wie gut, dass sie den Weg zurück zu ihrer Zelle inzwischen so gut kannte.

»Ich bin auf dem Raumschiff ganz in der Nähe von euch, auf der Platon. Wir sind bereits im Orbit von Lumera angelangt. Bald gehen wir runter. Ich habe von meiner Frau gehört, dass du dich auf dem Schiff befindest und in Gewahrsam bist. Geht es dir gut?«

Julia musste schwer schlucken. »Na ja, sagen wir mal, den Umständen entsprechend. Wir haben auf der Erde ziemlichen Mist gebaut und wissen nicht, was nun mit uns passieren wird.«

Agent Stanhope, der hinter Julia ging, trat neben sie und öffnete nach erfolgreichem Scan eine Tür. Anschließend setzten sie ihren Weg durch zahllose Gänge fort.

»Was habt ihr denn nur angestellt? Wer ist bei dir?«, fragte Jason aufgelöst.

»Ryan und Ethan sind bei mir. Christopher befindet sich noch im Kälteschlaf. Jason, wir haben nichts angestellt. Wir haben etwas getan, was wir damals für das Richtige gehalten haben. Wir haben den Befehl gestoppt, der zig Millionen Menschen in den Suizid treiben sollte. Wir wollten Menschen retten – sie nicht durch die

Hand der Regierung sterben lassen. Wir wollten verhindern, dass die Regierung über Leben und Tod Unschuldiger entscheidet. Wir waren damals der Meinung, dass es ihr nicht zusteht. Wir waren erfolgreich mit unserem Plan, aber haben nicht bedacht, dass dies das Todesurteil für die gesamte Menschheit bedeuten würde. Heute weiß ich, dass wir einen schrecklichen Fehler begangen haben. Dass wir weiter hätten denken müssen. Wir hätten eine Alternative haben müssen.« Julia hatte sich in Rage geredet. Sie wusste, dass Jason ihr wahrscheinlich gerade nicht wirklich folgen konnte, aber sie konnte ihre Gedanken nur schwer ordnen, zumal sie sich Mühe geben musste, unverdächtig auf Stanhope zu wirken. Außerdem waren ihre Gefühle noch zu sehr in Aufruhr.

Gleich wären sie an ihrem Ziel, der Gefängniszelle, angelangt. Dann würde die Verbindung zu Jason abbrechen. Das machte es Julia nicht gerade leichter, einen klaren Gedanken zu fassen.

»Julia, damit ich das richtig verstehe: Ihr seid unschuldig? Die Regierung hat euch als die Schuldigen hingestellt?«

Julia beeilte sich. Gleich wäre ihr Bruder weg. »Ja, so kann man es sehen. Die Suizidbefehle kamen von der Regierung. Wir haben eine weitere Verbreitung des Befehls verhindert. Aber unschuldig, das sind wir nicht wirklich. Ich kann es jetzt schwer erklären. Jason, kannst du uns helfen?« Abermals schossen Julia Tränen in die Augen. Sie konnte es nicht verhindern. Zum Glück ging Agent Stanhope noch immer hinter ihr her. Ethan sah Julia kommen und trat an die Glasscheibe.

Jason war wieder in Julias Kopf. »Ich kann erst einmal nichts für dich tun. Aber wenn wir unten sind, komme ich sofort zu dir. Versprochen. Ich werde versuchen, dir zu helfen. Dad ebenso.« Julia hörte, wie Jason hüstelte. Hatte sie das gerade richtig gehört? Sie ging etwas langsamer, um Zeit zu gewinnen. Agent Stanhope ließ das zu. Sie waren eh fast da.

»Dad?«, entfuhr es Julia schließlich. Hatte sie das richtig verstanden?

»Mist, ich wollte es dir gar nicht unter diesen Umständen erzählen. Er lebt, Julia. Er ist gesund, und es geht ihm gut. Er ist hier bei mir. Du weißt doch, was mit seinem Körper nach seinem Tod geschehen ist. Jetzt ist er wieder wach. Julia? Bist du noch da?«

Julia war nun völlig aus dem Konzept. Sie konnte kaum noch einen klaren Gedanken fassen. Ihr Vater lebte. Und noch viel unglaublicher klang die Tatsache, dass er gar nicht weit weg von ihr war.

»Jason, ich bin gleich wieder weg. Ich muss in die Zelle. Hier ist ein Störsender. Ich ... ich will Dad sehen.«

Aber es kam keine Antwort. Julia musste sich also bereits innerhalb des Störfelds befinden.

Jason war nicht mehr da.

Ethan sah Julia sofort an, dass etwas nicht stimmte und ging zielsicher auf Agent Stanhope zu: »Sie mieses Schwein! Was haben Sie mit meiner Freundin gemacht?« Bis zum Agenten kam Ethan allerdings nicht, da die Türen sich bereits wieder hinter Julia geschlossen hatten. Wütend schlug Ethan mit der flachen Hand gegen die gepanzerte Scheibe. Dann drehte er sich zu Julia um. So sah er nicht den freundlichen Gesichtsausdruck, den John Julia noch zuwarf und das wohlwollende Nicken in ihre Richtung.

»Was hat der Typ mit dir angestellt?«, fragte er sie, wieder einen milden Ton anschlagend und lenkte ihren Blick so von dem Agent ab, der bereits wieder den Rückweg angetreten hatte.

Julia überlegte kurz. Sie entschied, dass sie Ryan und Ethan nichts von ihrem vertraulichen Gespräch mit Agent Stanhope erzählen wollte. Vorerst.

»Nichts. Er hat mir nichts getan. Er hat mich nur nochmal befragt«, log sie.

Ethan ließ nicht locker: »Aber du siehst aus, als hättest du einen Geist gesehen. Was ist denn passiert?«

»Jason!«

Verwirrt schaute Ethan sie an. Auch Ryan wurde nun aufmerksam und stand langsam auf.

»Ja, ihr habt schon richtig gehört. Jason ist mir passiert. Er hat mich angerufen. Ist das zu fassen?« Julia lachte fast schon hysterisch, und abermals stiegen ihr Tränen in die Augen.

Ethan starrte sie an. »Wie ist das möglich?«

»Er ist auf der Platon. Sie sind in der Nähe. Aber das ist noch nicht alles. Mein Vater ist bei ihm. Und er lebt.« Ethan und Ryan starrten sie mit offenen Mündern an.

19

November 2384, Lumera, Peter

Peter zitterte wie Espenlaub. Vorsichtig versuchte er, seinen Hals zu recken, um aus dem Fenster des Shuttles zu sehen. Die vielen kleinen Raumfähren brachten nach und nach alle Passagiere der Platon hinunter auf Lumera.

Lumera, das sollte nun ihre neue Heimat sein. Aber so sehr Peter sich auch streckte, er sah nur das tiefe Blau des Himmels. Über ihnen thronte die Platon in der geostationären Umlaufbahn. Ihn beruhigte, dass sie jederzeit wieder zu dem großen Raumschiff fliegen konnten, um ihre Reise fortzusetzen, sollten die Umstände dies erfordern. Anastacia war bereits seit mehreren Wochen auf dem Planeten, um einige Pflanzen zu kultivieren und Forschungsarbeit zu betreiben. Er freute sich, seine neue Partnerin bald wiederzusehen. Die Idee, es langsam mit ihr angehen zu lassen, hatte sich ziemlich schnell als unrealistisch herausgestellt. Sie verbrachten jede freie Minute miteinander. Peter konnte sich ein Leben ohne Anastacia inzwischen gar nicht mehr vorstellen. Aber im Moment stellte die Neugier darauf, was ihn unten erwarten würde, alles andere in den Schatten.

Jason schien Peters Anspannung zu bemerken. Er drückte seinem Vater sachte die Hand. Peter lächelte seinen Sohn an. Er wollte nicht, dass Jason bemerkte, dass er nicht nur Vorfreude spürte. Da war noch ein anderes Gefühl. Immer wieder nagte auch die Angst an ihm und ließ seinen Optimismus ins Wanken geraten. Und dann war da noch Julia. Er dachte ständig an seine Tochter, die sich auf der Aristoteles in Gewahrsam befand. Wie ging es ihr? Konnte er sie endlich bald wiedersehen? Es war Freude, gemischt mit Angst, wie sie auf ihn, ihren Vater, reagieren würde. Aber von all dem bemerkte Jason zum Glück nichts. Das hoffte er zumindest.

Das Shuttle wurde von einem Piloten und nicht von einer KI gesteuert. Plötzlich spürten sie einen starken Ruck und eine kräftige Vibration. Das mussten die Landedüsen sein. Gleich wären sie da.

Peter wusste, dank der schier unerschöpflichen Wissensdatenbank, die nach dem Aufwachprozess versehentlich über seinen BID in sein Gehirn transferiert worden war, auch ohne die Durchsagen des Piloten, dass sie den Deorbit Burn, das Abbremsmanöver in etwa 282 Kilometern Höhe, bereits hinter sich hatten. Es folgten der anschließende, etwa fünf Minuten dauernde Blackout, bei dem die Kommunikation sowohl mit dem Raumschiff als auch mit der Basis abbrach, weil die starke Hitze beim Eintritt in die Atmosphäre dies verhinderte. Nun würde es also nur noch Minuten dauern, bis sie auf dem Planeten aufsetzten. Peter zählte die Sekunden. Endlich fühlte es sich so an, als würde das Shuttle in der Luft stillstehen. Dann gab es abermals einen kräftigen Ruck. Einige der knapp sechzig anderen Passagiere schrien kurz auf. Dann herrschte einen kurzen Moment Stille.

Endlich kam die ersehnte Durchsage es Piloten, dass sie ihr Ziel erreicht hatten. Gleichzeitig öffneten sich die metallenen Anschnallbügel, die sie während des Flugs fest in die Schalensitze gepresst hatten, und fuhren mit einem leisen Summen über ihre Köpfe. Ein Android, der den gesamten Flug über in der Kabine gewesen war und die Sicherheit der Passagiere überwacht hatte, wies die erste der vier längsseitigen Sitzreihen an, aufzustehen und das Shuttle zügig zu verlassen. Peter und Jason gehörten zu ihnen. Peter stand mit etwas steifen Knochen auf und streckte sich kurz. Endlich konnte er durch das schmale Fenster des Shuttles nach draußen blicken. Er sah dunkle und helle Felsen und kräftiges Grün. Mehr konnte er nicht ausmachen, da wurde er auch schon von seinem Sitznachbarn, einem herben langhaarigen Typen, vorangeschoben. Fast hätte Peter etwas gesagt, aber er riss sich zusammen. Er kannte solche Typen. Es brachte einfach nichts, sich mit denen anzulegen.

Er trat durch eine schmale Tür und konnte einen Moment nichts sehen, so sehr blendete ihn die Sonne. Die warmen Strahlen krochen sogleich durch alle Fasern seines Körpers und kurz schloss er die Augen und genoss das erste Mal seit über dreihundert Jahren echtes Sonnenlicht. Es war ein unglaublich schönes und wärmendes Gefühl. Als er nach wenigen Sekunden die Augen wieder öffnete, war Jason die Stiegen der Treppe bereits heruntergestiegen und schaute hoch zu seinem Vater. Peter seufzte kurz und ging ebenfalls die Stufen herunter. Als er mit seinen Füßen den hellbraunen harten Erdboden betrat, kam ein Gefühl der Feierlichkeit in ihm auf. Alle Angst war aus seinen Gliedern verschwunden. Er ging vorsichtig und mit zittrigen Beinen ein paar Schritte, um Platz für die Nachfolgenden zu schaffen und trat neben seinen Sohn.

»Es ist einfach ... wunderschön«, stieß Jason kurzatmig, aufgrund der etwas dünneren Atmosphäre, aus.

»Da hast du recht. Es ist unbeschreiblich.«

Endlich konnte Peter sich in Ruhe umsehen. Am Himmel stand die Sonne von Lumera im Zenit. Zwei der drei Monde waren dennoch schwach am Horizont auszumachen. Der größere der beiden wirkte unglaublich nah, viel größer und beeindruckender als der Mond der Erde. Man konnte trotz des bläulichen Dunsts der Atmosphäre jeden Krater erkennen.

Die mehrere Kilometer lange und breite Lichtung, auf der sie sich gerade befanden, grenzte linkerhand an ein riesiges Gebirge. Auf der rechten Seite wucherte dichtes Grün. Ein Dschungel, wunderschön und exotisch. Peter aktivierte den Zoom seiner Kontaktlinsen. Die Bäume und Pflanzen, die Peter nun etwas besser erkennen konnte, sahen nur zum Teil denen auf der Erde ähnlich. Manche der Bäume waren schmal und hoch mit wenigen Blättern an der Spitze, andere waren buschig und grün mit teils roten und auch gelben Blättern. Die vielen großen Blüten, die Peter in Bodennähe ausmachen konnte, wogten in einem sanften Rhythmus hin und her. Es sah aus, als würden sie sich im Takt einer stillen Melodie bewegen. Hier war alles farbenprächtiger, als Peter es von der Erde kannte. Er musste diese Welt unbedingt erforschen, sobald dies möglich war.

Peter lauschte. Neben den exotischen Gesängen der Vögel – oder was auch immer für Wesen diese Laute verursachten – konnte er in der Ferne ein ganz leises Rauschen vernehmen. Vielleicht war es ein Wasserfall oder doch nur die Blätter der Bäume? Das würde er sicher noch herausfinden.

Direkt vor ihnen auf der Lichtung befand sich die provisorisch errichtete Basis. Sie hatte die Größe eines Dorfs, denn immerhin musste sie 8.000 Menschen einen Schlafplatz bieten. Die Androiden kamen ohne Nachtruhe aus und arbeiteten rund um die Uhr. Die Basis bestand überwiegend aus Wohn- und Versorgungszelten und einigen Containern. Kisten und Baumaterialien standen in großen Haufen herum. Ein hoher Zaun mit Wachtürmen rund um die Basis sollte für Sicherheit im Lager sorgen. Die Androiden hatten in den wenigen Wochen seit ihrer Ankunft bereits ganze Arbeit geleistet. Peter war beeindruckt.

So wie es aussah, lag allerdings noch eine Menge Arbeit vor ihnen, wenn sie hier eine richtige kleine Stadt errichten wollten. Aber es gab viele Androiden, die für die harte Arbeit wesentlich besser geschaffen waren als die meisten Passagiere. Man hörte, wie einige Bäume am Rande der Lichtung bearbeitet wurden. Fahrzeuge fuhren hin und her und Befehle wurden sich zugerufen. Jeder war beschäftigt.

Endlich hatten alle Passagiere das Shuttle verlassen. Ihr Gepäck wurde bereits von einigen Androiden ausgeladen und auf die Anhänger eines kleinen Fahrzeugs geladen. Peters Gruppe wurde von einer geschäftig wirkenden Frau in Empfang genommen.

»Herzlich Willkommen auf Lumera! Mein Name ist Janina Koch. Ich bin die Logistikleiterin der Basis. Ich hoffe, Sie hatten einen angenehmen Flug?«

Allgemeines Bejahen war zu vernehmen in Kombination mit eifrigem Kopfnicken.

»Gut. Dann folgen Sie mir bitte«, wies sie die Gruppe an. Strammen Schrittes marschierte die etwas kräftiger gebaute Frau mit den harschen Gesichtszügen voraus. Ihre Uniform, die militärisch gestaltet war, saß dabei recht knapp an ihrem Hinterteil, fand Peter und konnte sich ein Grinsen nicht ganz verkneifen. Vor dem großen Zugangstor zur Basis blieb sie stehen. Zwei Wachen öffneten die beiden Türen, und Mrs. Koch betrat mit der großen Gruppe im Schlepptau das Lager.

Die forsche Frau wies in den Himmel. »Die merkwürdigen Riesen, die sie da oben am Himmel sehen, sehen übrigens schlimmer aus, als sie sind. Bislang haben sie uns nicht angegriffen, sondern scheinen uns nur zu beobachten. Dennoch: Hält mal einer auf sie zu, suchen sie möglichst schnell das Weite oder ducken sich. Wenn sie etwas in der Hand haben, halten Sie es über den Kopf. Alles klar so weit?«

Alle Augen richteten sich zum Himmel. Über ihnen kreisten in beträchtlicher Höhe drei große, dunkle Geschöpfe, die Peter entfernt an Fledermäuse erinnerten – nur dass sie die Größe der Fledermäuse der Erde um ein Vielfaches übertrafen. Er schätzte die Flügelspannweite auf mindestens fünf Meter. Nur leise fiepende Geräusche gingen von diesen schwarzen, anmutig durch die Luft gleitenden Wesen aus. In der Aufregung hatte er sie zuvor noch gar nicht bemerkt. Oder waren sie erst jetzt aufgetaucht?

»Wer aus dem Lager raus will, braucht eine Erlaubnis dafür«, ergänzte Mrs. Koch. »Nur so können wir Ihre Sicherheit gewährleisten. Deshalb wird es Ihnen vorläufig nur möglich sein, in Gruppen und unter Führung das Lager zu verlassen.«

»An wen wenden wir uns, wenn wir einmal hinaus möchten?«, fragte Peter neugierig.

»Es gibt hier mehrere Scouts. Im Büro der Lagerleitung neben dem Tor finden Sie einen Ansprechpartner, der Scouts vermittelt. Ich bringe jetzt jeden zu seiner Unterkunft. Sie können sich hier einrichten und dann werden Sie ihr Mittagessen in dem großen Kantinenzelt essen können. Morgen erhalten Sie Ihre Zuteilungen zu den Arbeitsplänen. Es liegt viel Arbeit vor uns. Ach ja, es ist hier inzwischen halb zwei Uhr nachmittags. Der Tag hat hier übrigens nicht 24 Stunden, sondern 26 Stunden und 12 Minuten. Ihr Körper wird ein wenig Zeit brauchen, um sich anzupassen. Deshalb holen Sie sich bitte jeden Abend um 22 Uhr eine kleine Injektion ab, die Ihnen dabei hilft, zu schlafen. Das brauchen Sie nur die ersten drei Wochen, dann kann das Präparat abgesetzt werden. Haben Sie noch Fragen?«

Der kauzige Typ mit den langen Haaren, der Peter bereits im Shuttle unangenehm aufgefallen war, schob sich an ihm vorbei.

»Ich sehe hier nur Zelte. Was ist mit unserer Privatsphäre? Was ist mit einem eigenen Badezimmer?«, fragte er konsterniert.

»Verzeihung, Mr. ... äh, wie auch immer. Wir sind vor Kurzem auf einem uns unbekannten Planeten gelandet. Wir haben vor, uns hier häuslich einzurichten, allerdings benötigen wir dafür zunächst Baumaterial. Wie Sie vielleicht im Hintergrund hören, sind wir bereits dabei, geeignete Hölzer für Häuser zu finden und sie entsprechend vorzubehandeln. Das geschieht aber nicht von heute auf morgen.«

»Trotzdem. Die meisten von uns haben für die Reise viel Geld gezahlt. Dann hätten wir ja auch noch auf dem Schiff bleiben können, wenn hier noch nichts steht, oder etwa nicht?«

»Das hätte wenig Sinn gemacht. Sie alle«, mit einer Geste wie sie auf alle Zuhörer, »sollen uns dabei unterstützen, hier eine neue Heimat zu erschaffen. Sie sollen natürlich mitentscheiden, wenn es um Ihr künftiges Heim und unsere künftige Hauptstadt geht, und Sie können auch den Androiden unter die Arme greifen. Wie gesagt: Jeder, der noch keinen Job hier hat, wird einer Arbeitsgruppe zugewiesen. Das wurde Ihnen aber auch bereits bei der Einführung gesagt, oder nicht?«

Wieder bejahte der Großteil der Gruppe ihre Frage.

»Gut. Dann wäre das auch geklärt. Wenn Sie noch Fragen haben, die wirklich relevant sind, zögern Sie bitte nicht, sie zu stellen.« Mit starrer Miene und völlig unbeeindruckt marschierte die Frau im Stechschritt weiter in Richtung der Zelte. Der Langhaarige folgte ihr mit Peter und dem Rest der Truppe knurrend und mit angesäuerter Miene.

Peter würde sich mit Anastacia ein Zelt teilen. Es lag direkt an Jasons und Ramonas Zelt. Von außen waren die Zelte weiß und strahlten förmlich in der Sonne, sodass Peter Schwierigkeiten damit hatte, sie in Ruhe zu betrachten. Von innen waren sie erstaunlich gemütlich. Zwei geschlossene große Kisten standen in Peters und Anastacias kleinem Reich, in dem sie die nächsten Monate wohnen würden. Dort drinnen befanden sich all seine Habseligkeiten. Anastacia hatte hier seit ihrer Ankunft vor einigen Wochen schon alles so gemütlich eingerichtet, wie es den Umständen entsprechend möglich war. Ihr Bett bestand aus zwei Matratzen, die sich auf die Größe eines Fußballes zusammenrollen ließen. Peter setzte sich darauf, nachdem er sich durch das Moskitonetz gekämpft hatte. Er war überrascht. Das Bett war erstaunlich bequem. Die hellen Zeltwände ließen viel Licht hinein, und es gab sogar zwei Fenster, durch die Peter auf das Lager blicken konnte. Er sah Androiden, Transportroboter und Menschen eilig hin und her laufen. Direkt vor seinem Zelt standen zwei Männer und hielten Smalltalk. Peter verstand allerdings nur Bruchstücke des Gesprächs.

»Peter? Ich habe gehört, dass du angekommen bist. Das wurde aber auch Zeit! Hat alles gut geklappt?« Bauchkribbeln machte sich in Peters Eingeweiden breit, als er sich hastig umdrehte. Anastacia.

Endlich. Freudig eilte er auf sie zu und küsste sie innig. Es fiel ihm schwer, sie wieder loszulassen.

»Wie schön, dich zu sehen. Wie du siehst, habe ich gerade unser neues Heim bezogen.«

»Es ist nicht gerade das Grand Hyatt, aber ganz okay, oder?«, fragte seine Freundin lachend.

»Ganz ehrlich: Auch wenn es aufgrund meiner Vergangenheit schwer zu glauben ist, aber ich mach mir nicht viel aus Luxus. Ich finde es hier völlig in Ordnung «, antwortete Peter ihr und nestelte an einer der beiden Kisten herum. Anastacia kam ihm zu Hilfe, und gemeinsam schafften sie es, die Kiste zu öffnen.

»Das freut mich zu hören. Anders hätte ich dich auch nicht eingeschätzt. Wie war denn der Flug?« Anastacia machte einen etwas gehetzten Eindruck. Ihre schulterlangen Haare standen wirr in alle Richtungen und sie hatte richtig Farbe bekommen. Dadurch fiel ihre große Narbe im Gesicht stärker auf. Peter stellte wieder einmal fest, wie verletzlich sie aussah.

»Der Flug war etwas holprig, aber ich fand ihn trotzdem toll. So hatte ich zu den vermeintlichen Erinnerungen in meinem Kopf eine echte dazu, die mein Bild eines Spaceshuttle-Fluges vervollständigt hat«, sagte Peter grinsend und packte anschließend einige Pflegeutensilien und Klamotten in die schmale Kommode an der Zeltwand.

»Peter, ich habe leider heute nicht mehr viel Zeit. Ich hatte mich so auf einen schönen Abend mit dir gefreut, aber leider muss ich eine größere Expedition vorbereiten, die in zwei Tagen beginnt. Ich werde mit sieben anderen Wissenschaftlern in den Dschungel gehen.«

Peter konnte seine Enttäuschung darüber nicht ganz verbergen. »Das ist sehr schade. Meinst du nicht, dass ich mich euch anschließen könnte? Ich kann doch helfen. Du weißt doch, welches Wissen sich bei mir hier oben angesammelt hat.«, erklärte Peter und klopfte sich mit dem Zeigefinder an die Schläfe. »Außerdem wird es sicher noch Wochen dauern, bis Julia und die anderen von der Aristoteles geholt werden.«

Er hatte die Info erhalten, dass die Aristoteles noch heute die Umlaufbahn von Lumera erreichen würde. Allerdings war davon auszugehen, dass die Gefangenen erst mit einem späteren Shuttle, in einigen Wochen, zur Basis gebracht werden würden.

»Ja, ich habe gehört, dass sie fast da ist. Geht es dir gut damit?«, fragte Anastacia vorsichtig.

»Ich weiß nicht. Ich bin unruhig und kann nicht wirklich sagen, was ich sonst noch fühle. Aber es wäre für mich gut, wenn ich die Zeit, bis ich Julia sehen kann, sinnvoll nutze. Also was meinst du?«, hakte Peter nochmals nach. Anastacia strich Peter mitfühlend über den Arm.

»Hm, ich weiß nicht. Ich müsste das mit Ted besprechen. Das kann ich gar nicht entscheiden. Was, wenn dir etwas passiert? Aber vielleicht wäre es sogar wirklich sinnvoll, dich dabei zu haben. Warum habe ich daran nicht längst gedacht?«

»Ja, das finde ich aber auch«, lächelte Peter und versuchte, die Stimmung etwas aufzuhellen.

»Pass auf, ich spreche mit Ted und sage dir nachher Bescheid. Wenn alles klappt, werde ich dich nach dem Abendessen abholen und du kannst bei den Vorbereitungen helfen. Okay?«

»Super. Das wäre wirklich toll. Ich würde wahnsinnig gern mit dir zusammen den Dschungel erforschen. Jason werde ich das dann schonend beibringen.«

Anastacia warf Peter eine Kusshand zu und war schon wieder aus dem Zelt verschwunden. Peter blieb rastlos zurück. In seinem Bauch kribbelte es vor Aufregung. Wie gerne würde er den Planeten sofort genauer unter die Lupe nehmen!

Allerdings unterbrach der Gedanke an Julia schnell wieder seine Euphorie. Wie lange würde es noch dauern, bis er seine Tochter besuchen konnte? In letzter Zeit hatte Peter kaum Gelegenheit gehabt, sich auf die Begegnung mit ihr vorzubereiten. Konnte er sich auf das Wiedersehen überhaupt vorbereiten? Fest stand, dass er sie für unschuldig hielt. Zu gerne würde er sich die Anschuldigungen und Julias Meinung dazu anhören. Doch er konnte im Moment nichts für sie tun. Er hatte bewusst noch nicht mit Anastacia über seine Tochter gesprochen, weil sie durch ihren Einsatz im Dschungel genug um die Ohren hatte. Peter musste sich bis zum Eintreffen der Aristoteles ablenken, so gut er konnte. Warum sollte er sich da nicht im Dschungel nützlich machen? So würde er auch mehr über die Flora und Fauna seiner neuen Heimat erfahren können.

Peter nutzte die Abwesenheit Anastacias und begann, sich weiter häuslich im Zelt einzurichten, auch wenn es ihm wegen seiner Grübelei und Sorge um Julia schwerfiel. Anschließend suchte er die in großen Containern untergebrachten Gemeinschaftsduschen auf und machte sich frisch. Das war auch dringend nötig nach der ganzen Aufregung.

Von der Dusche gestärkt wieder in seiner Zelteinheit angekommen, rief Anastacia ihn bereits wieder mit aufgeregter Stimme an: »Peter? Ted ist einverstanden. Er wurde über deine Fähigkeiten in Kenntnis gesetzt. Du kannst uns begleiten. Komm doch bitte nach dem Abendessen ins Zelt 105 in Sektor F, ja? Dort besprechen wir die Tour und beginnen damit, uns vorzubereiten.«

Peter, der gerade auf der weichen Matratze seines Bettes Platz genommen hatte, stand schnell wieder auf.

»Wirklich? Danke! Das sind ja tolle Nachrichten.«

»Das dachte ich mir. Es wird dich etwas ablenken, bis du deine Tochter wiedersehen kannst.« Peter war wieder einmal überrascht, wie mitfühlend seine Partnerin war. Er fieberte Julias Ankunft in jeder freien Minute entgegen.

»Ja, das stimmt. Also, wir sehen uns gleich.«

»Ich freue mich.«

»Und ich mich erst.«

Am Abend lernte Peter seine kleine Expeditionsgruppe kennen, mit denen er in zwei Tagen aufbrechen würde. Insgesamt waren sie zu elft. Zumindest wenn man die beiden Security-Androiden dazuzählte, die sie begleiten und für ihren Schutz sorgen sollten. Ted Patterson, Exobiologe und Gruppenleiter und mit seiner Körpergröße von über zwei Metern Peter um einen ganzen Kopf überragend, begrüßte ihn noch vor der Tür des Zeltes mit einem festen Händedruck. Der in die Jahre gekommene Mann mit den klaren Gesichtszügen und den kurzen grauen Haaren befasste sich seinem Titel zufolge mit der Existenz außerirdischen Lebens. Peter hatte noch nie zuvor von Exobiologie gehört und ließ sich von Ted einiges darüber erzählen, bevor sie auf den Rest der Truppe stießen. Dass Peter theoretisch bereits über das gesamte Wissen der an der Expedition teilnehmenden Wissenschaftler verfügte, thematisierte er bewusst nicht. Ted wusste Bescheid – die anderen Teilnehmer vermutlich nicht. Das sollte auch so bleiben. Peter mochte den forschen älteren Mann sofort. Augenscheinlich hatte er sich nicht nanotechnisch verjüngen lassen, was ihn nur umso sympathischer auf Peter wirken ließ.

Nachdem sie das Zelt betreten hatten, stellte Ted Peter den

anderen sechs Biologen vor, die ebenfalls zum Forschungstrupp gehörten. Die vier Männer und zwei Frauen saßen um einen kleinen metallenen Tisch herum und waren dabei, eine Liste mit Gegenständen auf einem Tablet-Computer zu erstellen. Die beiden Security-Androiden standen an der Zeltwand. Sie waren bereits standardmäßig mit wirkungsvollen Plasma- und Laserwaffen ausgestattet.

Sarah, eine junge Zellbiologin, redete den halben Abend ohne Pause. Peter merkte, dass nicht nur er das pausenlose Geschnatter als unangenehm empfand. Anastacia warf ihm mehrmals belustigte Blicke zu, wenn gerade wieder ein besonders langer Monolog über verschiedene Zellkompartimente vorgetragen wurde, um den keiner gebeten hatte. Sarah war offensichtlich sehr intelligent, aber sie war nicht besonders gut darin, sich in andere Menschen hineinzuversetzen. Ihr entging völlig, ob jemand an dem, was sie sagte, interessiert war – oder, wie in den meisten Fällen, eher nicht. Peter wagte einen kurzen Ausflug in seine interne Wissensdatenbank und warf einen Blick in ihre Akte, die er in seinem Kopf abgespeichert hatte. Innerhalb von Sekunden fand er, was er bereits vermutet hatte: Asperger-Syndrom. Sofort änderte er seine Meinung über die junge Frau. Sie konnte nichts für ihr Verhalten. Sie erkannte schlicht nicht, was ihr Gegenüber dachte und empfand.

Einer der anderen Wissenschaftler, der sich ihm als Joshua vorgestellt hatte, schaffte es dann tatsächlich, Sarahs nicht enden wollenden Monolog zu unterbrechen. Der klein gewachsene Paläontologe mit vollem dunklem Bart wandte sich dazu lautstark direkt an Peter, der rechts neben ihm Platz genommen hatte: »Und? Bist du schon nervös?«

Peter übersah beim Antworten dezent, dass Sarah durch Joshuas unsanfte Unterbrechung mit offenem Mund mitten im Monolog verharrte.

»Ehrlich gesagt, ja«, antwortete Peter. »Ziemlich sogar. Ich habe einfach keinerlei Vorstellung davon, was uns erwartet.«

»So ging es mir beim ersten Trip in den Dschungel auch. Aber: bislang ist nichts Aufregendes passiert, weshalb du dich sorgen solltest. Keiner ist gefressen worden und ein T-Rex hat uns auch noch nicht durch den Dschungel gejagt« lachte er. »Entspann dich also.«

Die redefreudige Sarah hatte sich inzwischen wieder gefangen und blickte mit weit aufgerissenen Augen von Peter zu Joshua: »Also, sorry Josh, aber das sehe ich anders. Wir kennen bislang nur das äußerste Randgebiet des Waldes. Auf diesen Erfahrungen basierend Mutmaßungen über den gesamten Dschungel anzustellen, ist reine Spekulation und im höchsten Maße gefährlich, da so das Gefahrenpotenzial relativiert wird. Ich wäre sehr vorsichtig mit derlei Behauptungen.«

»Ach ja? Kann es sein, dass jeder, der in den Dschungel gegangen ist, in einem Stück wieder zurückgekommen ist? Also haben wir keinen Grund zur Sorge. Kümmere dich nur um deine Zellen, wir kümmern uns um die großen Dinge!«

Joshua zwinkerte Peter zu. Es war offensichtlich, dass er Sarah nicht mochte.

»Oh, Josh. Sei doch nicht immer so unausstehlich«, klinkte sich die andere der beiden Frauen ein. Peter glaubte sich zu erinnern, dass sie Anne hieß und sich auf molekulare Biophysik spezialisiert hatte. Missmutig schüttelte sie ihre langen, dunklen Locken.

»Ist doch wahr«, entfuhr es Joshua. Sarah sagte für einige Minuten nichts mehr.

Nach dem Packen der wichtigsten Utensilien und einigen Witzeleien wandte sich Ted, der Gruppenleiter, an Peter: »Ich werde dir jetzt ein paar Dinge zu der Tour sagen. Vielleicht hat deine Freundin das schon getan, aber dennoch: Uns ist noch nicht viel über die Flora und Fauna hier bekannt. Wir sind noch ganz am Anfang unserer Forschungen. Noch ist unser Team klein. Wir warten noch auf die anderen Wissenschaftler, die auf den nachfolgenden Raumschiffen sind. Dann werden wir schneller vorankommen. Also, worauf du achten musst: Fasse nichts – und damit meine ich wirklich gar nichts – an, wenn wir im Dschungel sind. Wir haben schon einige giftige Pflanzen und Insekten gefunden, und ein Kollege wurde von einem spinnenartigen Wesen gestochen ...«

Ted verlieh seinen Worten Gewicht, in dem er eine kurze Pause verstreichen ließ.

»Und?«, fragte Peter ungeduldig. »Wie geht es ihm?«

»Gott sei Dank wieder gut. Aber der Arm ist fast um das Doppelte angeschwollen, und nur ein starkes Kortison konnte Schlimmeres verhindern. Das hat uns gelehrt, vorsichtiger zu sein.«

»Verstanden. Was muss ich sonst noch beachten?«

»Anastacia schickt dir gleich eine Datei rüber. Darin sind alle Erkenntnisse festgehalten, die wir bereits gewonnen haben. Eine Sache vorab: Die Wärmebildkameras unserer Drohnen haben große Lebewesen gesichtet. Allerdings wurden diese Tiere, oder was auch immer sie sein mögen, noch nicht mit bloßem Auge gesichtet. Somit ist über sie und ihr Verhalten nichts bekannt. Wir werden sehen, ob wir bald mehr herausfinden können. Bislang sind wir nur bis höchstens 500 Meter in den Dschungel vorgedrungen. Das ändert sich übermorgen.«

Vorfreude auf den ersten großen Erkundungstrip ergriff Peter und war auch bei den anderen deutlich spürbar. Er konnte es kaum noch erwarten, endlich in den Dschungel aufzubrechen und sprach noch viel mit den anderen Teammitgliedern über den anstehenden Trip. Es war bereits spät, als er endlich das Wissenschaftszelt verließ und mit Anastacia zusammen das eigene Zelt aufsuchte. Auf ein paar Stunden Zweisamkeit mit seiner Partnerin freute Peter sich schon die ganze Zeit.

Am nächsten Tag rief Peter Robert an, den Piloten, dem er das Leben gerettet hatte. Der befand sich noch auf der Platon und würde erst in ein paar Wochen ein Zelt in der Basis beziehen. Er erzählte ihm von dem geplanten Trip mit den Wissenschaftlern.

»Mann, hast du ein Glück!«, entfuhr es Robert.

»Das kannst du laut sagen. Allerdings gibt es wohl auch ein paar große Tiere da draußen. Etwas Respekt habe ich schon.«

»Ach komm, stell dich mal nicht so an. Du bist quasi der Neil Armstrong von Lumera. Es wird schon alles gut gehen.«

»Ja, wir werden sehen. Wir sehen uns dann nächste Woche, Bob. Pass auf dich auf!«

»Das sollte ich wohl eher dir wünschen. Mach es gut, ich muss wieder zu meiner Flotte.«

Die nächsten zwei Tage bis zu ihrem Trip vergingen erstaunlich schnell. Es gab im Basislager unheimlich viel zu tun. Peter unterstützte das Wissenschaftsteam und half bei der Auswertung von Analysen und Daten. Er sah die ersten Shuttles von der Aristoteles landen und blickte in die erstaunten Gesichter der Ankommenden. Bald würde Julia eine dieser Neuankömmlinge sein und er würde sie endlich wiedersehen. Es kam ihm immer noch wie ein Traum vor, auch wenn die Umstände, in denen Julia sich befand, eher wie ein Albtraum anmuteten. Am Abend fiel er erschöpft ins Bett, um wenige Stunden später wieder aufzuwachen. Dann fühlte er sich seiner Sorge um Julia hilflos ausgeliefert und traute sich nicht,

Anastacia zu wecken, die ihre Energie für die anstehende Expedition brauchte.

Endlich war es so weit. Der Tag der Expedition war gekommen. Nach einem kurzen, aber sehr nahrhaften Frühstück, das Anastacia und Peter in ihrem Zelt eingenommen hatten, traten sie gemeinsam aus ihrer kleinen Wohneinheit. Die Sonne schien bereits kräftig und brachte beide zum Blinzeln. Peter sog die noch klare Morgenluft tief in seine Lungen ein. Die Luft war hier nur ein klein wenig dünner als auf der Erde, etwa so, als hätte man einen zweitausend Meter hohen Berg bestiegen. Aber der menschliche Körper konnte sich schnell an solche klimatischen Veränderungen gewöhnen. Schließlich befand sich Mexico City ebenfalls in etwa 2300 Metern Höhe. Sofern es die Stadt noch gab, dachte er, was wahrscheinlich nicht mehr der Fall war.

Inzwischen hatte Peter gelernt, sich innerhalb von Sekunden durch die Ordnerstrukturen in seinem Kopf zu navigieren, ähnlich wie er es bei den Grundeinstellungen seines BIDs tat. Es war nur eine Sache der Gewohnheit und Übung. Und er hatte in der letzten Zeit in jeder freien Minute geübt. Mittlerweile war der Zugriff auf sein neues Wissen fast schon so intuitiv wie der Zugriff auf die Erinnerungen in seinem Gedächtnis. Auch Gesprächspartner merkten bereits nicht mehr, dass er Informationen aus einer anderen Quelle abrief.

Peter nutzte den kurzen Moment vor dem Zelt, um noch einmal schnell alle ihm zur Verfügung gestellten Informationen über die Fauna und Flora von Lumera abzurufen – auch wenn es darüber noch nicht viele Daten gab. Das würden sie ja heute ändern. Dann küsste er Anastacia. Diese zog ihn sogleich an sich und schmiegte sich an seinen Körper. Ihm wurde ganz warm. Aber er war gerade viel zu aufgeregt, als an etwas anderes als den bevorstehenden Trip zu denken.

Gemeinsam gingen sie zum Tor ihres Dorfes. Während sie über den braunen Sandboden marschierten, hörte Peter über ihren Köpfen wieder das merkwürdige Pfeifen der vogelähnlichen Wesen. Er blickte zum Himmel und sah mehrere von ihnen elegant in großer Höhe über dem Lager kreisen. Sie wirkten nicht bedrohlich, sondern sanft und anmutig. Das Sonnenlicht schimmerte durch die großen transparenten und gezackten Flügel.

»Sie begutachten uns. Vor allem, wenn sich jemand in Richtung Tor bewegt. Auch, wenn sie uns bislang nicht angegriffen haben, sollten wir dennoch auf der Hut sein und uns von ihrer Eleganz und Anmut nicht blenden lassen. Wir haben ein Skelett so eines Chiroptera gefunden. Zumindest ordnen wir sie den Fledertieren zu. Ob es sich aber tatsächlich auch um Säugetiere handelt, wissen wir noch nicht. Auch über ihre Navigationsfähigkeiten ist uns noch nichts bekannt«, erklärte der Biologe Kai Stodart, der zu ihnen gestoßen war, während sie gemeinsam die letzten Meter zum Tor zurücklegten.

»Na, dann hoffen wir mal, dass sie friedlich bleiben«, sagte Peter leise.

Inzwischen waren sie am Tor angelangt und schlossen sich der restlichen Gruppe an, die dort bereits auf sie wartete. Alle waren mit kompakten Handfeuerwaffen, Rucksäcken und diversem technologischem Equipment für ihre Forschungsarbeiten ausgestattet. Außerdem wurden sie von zwei Security-Androiden begleitet, deren in die Körper integrierten Waffensysteme für zusätzlichen Schutz sorgen sollten. Ungeduldig und voller Tatendrang zog die Truppe los.

Nachdem Peter und die anderen die Lichtung mit der Basis hinter sich gelassen hatten, betraten sie den Wald. Peter sog die nach Feuchtigkeit und Erde riechende Luft ein. Er liebte diesen Duft. Er erinnerte ihn an die dichten, moosgrünen Wälder im Nordwesten der USA, die er als Kind mit seinen Eltern besucht hatte. Aber dieser Dschungel hier unterschied sich von allen anderen Wäldern, die er auf der Erde gesehen hatte. Er war dicht und etwas stickig. Das Sonnenlicht brach nur als kleine Lichtinseln durch das dichte Blätterdach. Verschiedene Farne und leuchtend grüne und zart orangefarbene Moose beherrschten hier den Waldboden und zogen sich auch über die dicken Baumstämme. Daneben gab es viele farbenfrohe Blüten, die Peter bereits bei seiner Ankunft aus der Ferne sehen konnte. Aus der Nähe waren sie überwältigend schön.

Anastacia klärte Peter auf: »Was du da gerade bewunderst, sind übrigens keine Pflanzen. Es handelt sich tatsächlich um Tiere. Sie lassen sich äußerlich ein wenig mit der planktonfressenden Seegurke vergleichen, nur dass sie nicht im Wasser leben. Sie können sich fortbewegen und neue Standorte wählen. Und sie kommunizieren über die Bewegungen und Farbwechsel miteinander. Sie sind unglaublich faszinierend.«

»Ich dachte, es wären Blumen. Sie sind wunderschön.«

»Und du musst sie erst mal im Dunkeln sehen.«

Peter wusste, was seine Freundin meinte. Er hatte abends von der Basis aus zum Dschungel geblickt und das zarte Leuchten der »Pflanzen« in der Dunkelheit bewundert, die dem Wald eine ganz fremde, aber sehr aufregende und faszinierende Atmosphäre verliehen, auch wenn er dies bislang nur aus der Ferne beurteilen konnte. Aber vielleicht würde sich das ja bald ändern.

Die elfköpfige Truppe ging dicht hintereinander weiter durch das Unterholz. Ein Androide ging voran, der andere bildete die Nachhut. Sie achteten darauf, möglichst in die gleichen Fußspuren zu treten, um Fehltritte und daraus resultierende Verletzungen zu vermeiden. Die meisten Bäume, die sie währenddessen passierten, waren mindestens achtzig Meter hoch und hatten einen Umfang von bis zu zehn Metern. Dazwischen gab es sogar noch größere Exemplare mit Höhen von bis zu 120 Metern und Durchmessern von bis zu fünfzehn Metern. Die Gruppe war daher gezwungen, sich durch die Bäume durchzuschlängeln, um den einfachsten Weg zu finden. Anastacia vermutete, dass es tiefer im Wald wahrscheinlich noch höhere Bäume gab. Zumindest ließen erste Analysen von Drohnenflügen diesen Schluss zu.

Das Blätterdach war fast überall sehr dicht und ließ nur sehr wenig Sonnenlicht bis zum Boden dringen. Sie stellten fest, dass viele Baumarten gut für die Expeditionsteilnehmer zu ersteigen waren, da bei ihnen die Zweige bereits ziemlich nah am Boden begannen. Peter und die anderen fühlten sich dadurch etwas sicherer. Ob es allerdings überhaupt Feinde gab und ob diese nicht vielleicht sogar besser klettern konnten als sie, wusste niemand zu sagen.

Während sie wieder einmal innehielten und einen mächtigen Baum mit einer auffällig gefärbten Rinde begutachteten, stieß der vordere Androide auf einmal einen Warnruf aus. Aus seinem rechten Unterarm schoss eine lange Klinge, mit der er schnell und präzise neben sich auf den Boden schlug. Dann fuhr er die Klinge wieder ein und gab Entwarnung. Die Gruppe ging zu ihm und sah zu Boden. Dort lag eine noch immer zuckende grüne Ranke, die sich offensichtlich schnell und nahezu lautlos durch das Dickicht bewegt und um das Bein des Androiden gelegt hatte. Peter war froh, dass sie genügend Macheten dabeihatten, um sich schnell zu befreien. Diese Pflanzen, die Peter lebendige Schlingpflanzen taufte, waren ihm nicht geheuer, hatten sie doch mit harmlosen Lianen auf der Erde absolut nichts gemein.

Als sie wieder einmal neben einem besonders dicken Baum stehen blieben, fing Kai einige kleine Insekten mit einem Netz und beförderte sie in ein gläsernes Behältnis. Dabei erklärte der Biologe Peter, der fasziniert auf einen bunten Vogel mit beeindruckend großem Schnabel starrte, was sie bereits über die Tiere herausgefunden hatten.

»Einige Lebewesen sind farbenprächtig und sehr auffällig. Andere sind braun gesprenkelt oder schwarz, so dass sie im dunklen Unterholz tagsüber kaum zu sehen sind. Interessanterweise bleibt das nicht so. Sie scheinen zum Teil nachtaktiv zu sein. Dann sind sie lumineszierend und leuchten in den unterschiedlichsten Farben. Warum sie das tun, ist uns allerdings noch ein Rätsel. Und schau mal dort drüben, das kleine Tierchen, das ein wenig aussieht wie ein zu groß geratenes Meerschweinchen. Wir nennen es Madenmaus. Es ernährt sich ausschließlich von Maden, ist also ein reiner Fleischfresser. Zumindest lässt unser derzeitiger Wissensstand das vermuten.«

Mehrere kleine violette Tiere huschten durch das Unterholz und quiekten einander zu. Sie schienen keine Angst vor den Menschen zu haben und wirkten eher neugierig. Immer wieder stellten sie sich auf die Hinterbeine und beobachteten die kleine Gruppe. Aber sie stellten offenbar keine Bedrohung dar.

Tatsächlich machte bislang nichts außer der Schlingpflanzen einen bedrohlichen Eindruck. Damit hatte Peter nicht gerechnet.

»Wie weit werden wir noch in den Wald hineingehen?«, fragte Peter Ted, der gerade mittels seiner Smartwatch ihren Standort speicherte. Bislang hatten sie etwa sieben Kilometer zurückgelegt. Aber Peter kam es vor, als wären es schon viel mehr. Das lag sicher an dem beschwerlichen Weg durch das Dickicht.

»Hören Sie das leise Rauschen in der Ferne, Peter?«, frage er zurück.

Peter hielt inne und lauschte angestrengt.

»Nein, ich höre nichts«, sagte er und stolperte dabei über einen ziemlich dicken Ast, der auf dem Boden lag. Fast wäre er gefallen, aber er konnte sich gerade noch ausbalancieren.

»Laut unseren Sensoren vermuten wir einen Wasserfall weiter vor uns. Wir wollen ihn heute noch erreichen. Laut Aufzeichnung sind es noch fünf Kilometer. Vielleicht werden wir erst zurück sein, wenn es bereits dunkel ist. Dann werden wir den Wald von einer ganz anderen Seite kennenlernen.« Ted Patterson konnte sich ein Grinsen nicht verkneifen. Peter wusste nicht, ob er sich darüber freuen sollte.

Die Gruppe kam nur langsam voran, weil immer wieder jemand stehen blieb und Proben einsammelte, Fotos machte oder den Standort markierte. Sie entdeckten eine große Pflanze, deren Anblick bei Peter spontane Übelkeit auslöste. Wie Blut pulsierte eine dunkle Flüssigkeit durch ihre Blätter. Die Blattadern waren dick und die Blätter durchscheinend und zartrosa. Sie wirkte fast menschlich auf Peter – auf eine verstörende Art und Weise. Sie nahmen eine Probe, um die Pflanze später detailliert untersuchen zu können. Peter kam es wie eine Amputation vor, als bei der Entnahme der Blattprobe dunkle Flüssigkeit aus der gekappten Blattader tropfte.

Der Wald veränderte sich nun mit jedem Kilometer. Er wurde dunkler, das Blätterdach wurde dichter. Die Geräusche änderten sich, wurden dumpfer und schwieriger zu orten. Peter merkte, wie sich Furcht in ihm ausbreitete. Er war sehr angespannt und auf der Hut. Merkwürdige kriechende, schleimige Würmer gab es hier. Er versuchte, ihren langen Körpern auszuweichen, aber immer wieder trat er auf eines der glitschigen Tiere. Mit einem lauten Knacken barsten ihre Körper und bewirkten jedes Mal, dass sich vor lauter Ekel eine Gänsehaut auf Peters Rücken ausbreitete. Als ein großes Tier dicht an Peters Gesicht vorbeiflog und ihn mit den Flügeln streifte, stieß er einen spitzen Schrei aus und wäre fast gestürzt. Erst Anastacia, die schnell zu ihm gerannt war, konnte ihn wieder beruhigen.

Er hatte sich seine Wanderung irgendwie anders vorgestellt. Aber er schluckte seine Gefühle hinunter. Er wollte nicht zulassen, dass jemand etwas von seiner Schwäche bemerkte oder Ted vielleicht bereute, ihn mitgenommen zu haben.

Plötzlich öffnete sich der Wald ganz unerwartet vor ihnen. Peter und die anderen blieben wie angewurzelt stehen. Die Lichtung vor ihnen war mit hunderten, über zwei Meter hohen, braungesprenkelten Pilzen übersät. Peter war völlig fasziniert von diesem großen

Gewächs, das es in diesen Ausmaßen und Farben auf der Erde nicht einmal annähernd gegeben hatte. Sie blieben mit ihrer Gruppe am Rand der Lichtung stehen und schickten einen der Androiden vor, um die Pilze auf mögliche Gefahrenquellen zu untersuchen. Nachdem er Entwarnung gegeben hatte, konnte Peter sich etwas entspannen und den Anblick fast genießen. Auch hier wurden wieder Proben genommen und der Ort markiert. Sie würden später im Labor prüfen, ob die Pilze für den Hausbau verwendet werden könnten oder vielleicht sogar essbar wären. Letzteres war jedoch unwahrscheinlich, da sie ziemlich zäh erschienen.

Sie verließen die Lichtung und setzten ihren Weg im nun wieder dunklen Wald fort. Die Gruppe lief in der bewährten Formation hintereinander her. Niemand sprach ein Wort. Peters Neugierde und Forscherdrang wurden immer wieder von dunklen Gedanken überschattet. Julia – wie ging es ihr? Was machte sie gerade durch? Er bemühte sich, vor allem Anastacia nichts anmerken zu lassen. Er wollte sie nicht hier auf ihrer Mission mit seinen Sorgen und Ängsten um seine Tochter belasten.

Dann endlich, nach mehreren Stunden Marsch durch das dichte Unterholz, erreichten sie ihr Ziel: das Ufer eines länglichen Sees, der sich, teilweise umrahmt von grauem Felsgestein, mitten in den Dschungel schmiegte. Von großen Felsblöcken stürzte ein gewaltiger Wasserfall, dessen Donnern sie bereits sehr viel früher wahrgenommen hatten. Auf der anderen Seite des Sees verschwand ein kleiner Fluss an einer weiter entfernten Stelle im Dschungel. Peter nutzte seine Hightech-Kontaktlinsen, um die Distanz zum anderen Ufer des Sees zu berechnen. 133 Meter.

»Wow«, entfuhr es ihm, als er sich neben die anderen begab und nun eine freie Sicht auf den See und den großen Wasserfall hatte.

»Es ist unbeschreiblich schön«, sagte Anastacia. »Und sieh dir mal diese schillernden libellenartigen Insekten an. Die haben bestimmt zwei Meter Flügelspannweite.«

Dutzende von ihnen flogen über das Wasser und suchten anscheinend nach Nahrung. Peter hatte keine große Lust, einem der Wesen in die Quere zu kommen. Die langen Stacheln am Ende des Körpers sprachen eine klare Sprache: Dein Pech, wenn du dich mit mir anlegst! Er würde auf der Hut sein müssen, solange sie sich in der Nähe des Sees aufhielten.

Wo der See vom satten Grün des Dschungels gesäumt wurde, hingen Lianen von den Bäumen und berührten die Wasseroberfläche. Auch die lebendigen Schlingpflanzen wuchsen hier. Mit ihren langen armähnlichen Ästen stießen sie in das Wasser vor. Peter beobachtete, wie ein Fisch in ihre Fänge geriet. Scheinbar injizierten die Pflanzen den Tieren ein Toxin, das ihren Körperinhalt flüssig und damit für sie essbar machte.

Peters Blick glitt weiter und blieb am Wasserfall haften. Er befand sich linkerhand von ihnen, mitten in der großen Felsenmasse. Felsvorsprünge sorgten dafür, dass das Wasser an mehreren Stellen gebrochen und stufenförmig in den See befördert wurde. Oben auf dem hohen Felsen wuchsen palmenartige Bäume und Sträucher. Ein feiner Nebel aus Gischt breitete sich bis zu ihnen aus. Die winzigen Wassertropfen, die Peter dabei einatmete, kitzelten ihn in der Nase, sodass er niesen musste, auch wenn sich das Geräusch im Lärm des Wasserfalls verlor. Sie mussten sich fast anschreien, um sich zu verständigen. Die Gruppe beschloss deshalb, etwas weiter weg vom Wasserfall Rast zu machen. Dafür suchten sie sich ein Felsplateau aus, das durch einen großen Felsen vor dem Getöse schützte. Dort wollten sie dann einige Forschungsarbeiten vornehmen. Es kamen Spezialkameras, diverse Messgeräte und andere Utensilien zur Probenentnahme aus den Rucksäcken des Forscherteams zum Vorschein.

Anastacia stellte sich neben Peter auf das Plateau und wies mit dem Arm auf das gegenüberliegende Ufer. Irgendetwas Langes ragte aus der Wasseroberfläche heraus. Ein Rohr, nein, ein kleiner Kopf mit langem Hals.

»Was ist das?«, flüsterte Peter.

»Ich weiß es nicht. So ein Tier habe ich noch nie zuvor gesehen. Aber es ist wunderschön«, antwortete Anastacia und duckte sich etwas, als könnte sie damit verhindern, gesehen zu werden.

»Denkst du, dass es gefährlich ist?«, fragte Peter, nun doch etwas alarmiert, und hockte sich ebenfalls hin.

»Nur, weil es so aussieht? Nein. Das glaube ich nicht. Schau doch, es scheint Seetang oder Algen zu fressen. Da hängt noch etwas aus dem Maul.«

»Das beruhigt mich nicht wirklich. Sieh dir mal die Zähne an.«

Das Tier mit dem giraffenartigen Hals erhob sich nun langsam aus dem Wasser. Es war mindestens vier Meter groß. Der Hals ging in einen klobigen Körper mit kurzen Vorder- und kräftigen Hinterbeinen und einem langen Schwanz über. Dieses Wesen besaß kein

Fell, sondern eine ledrige gräuliche Haut, die von vielen braunen Sprenkeln übersät war.

Plötzlich ertönte ein ohrenbetäubender und markerschütternder Schrei, der von dem Tier ausgestoßen wurde. Peter wäre rückwärts vom Plateau gefallen, hätte Anastacia ihn nicht festgehalten.

An der Wasseroberfläche tauchten plötzlich drei weitere Köpfe auf.

Peter ging gerade seine gesamte Datenbank in Sekundenschnelle durch.

»Theropoda«, entfuhr es ihm.

»Bitte?« Anastacia starrte Peter fragend an.

»Echsen mit starken Hinterbeinen. So ähnlich sehen sie aus, findest du nicht? Sie scheinen wohl unter Wasser zu grasen«, überlegte Peter und versuchte, mit der Hand das Sonnenlicht abzuschirmen, um mehr zu erkennen.

»Du meinst, das ist ein Dinosaurier?«, fragte Anastacia fassungslos.

»Zumindest ähnelt er bestimmten Dinosauriern von der Erde von der Statur her. Du kennst sie doch bestimmt auch. Die mit den langen Hälsen aus Jurassic Parc. Diese hier scheinen allerdings vorwiegend Pflanzenfresser zu sein. Aber der Schein kann auch trügen.«

Joshua, der Paläontologe, bestätigte Peters Verdacht. »Ich finde auch, dass die Tiere unseren ausgestorbenen Theropoden ähnlich sehen. Ich schätze sie auf mindestens vier Meter. Es gab auch Arten von Theropoden die Pflanzenfresser waren. Aber welche es waren, ist nicht wirklich sicher. Der Tyrannosaurus gehörte auch zu der Gattung der Theropoda, seine Zähne brauchte er aber bestimmt nicht nur für vegetarische Speisen.«

»Ich vermute, dass das ein reiner Algenfresser ist. Bei dem kleinen Kopf bräuchte er lange, um sich an einem Tier satt zu fressen. Er hat scharfe Zähne, aber kein Raubtiergebiss, oder?«, sagte Anastacia.

»Richtig. Das denke ich auch«, sagte der Exobiologe Ted Patterson, der im Laufe des Gesprächs hinter sie getreten war.

»Kann gut sein«, sagte Peter fast zeitgleich mit Ted Patterson.

Patterson wandte sich an Peter. »Na, da haben Sie eben einen schönen Schrecken bekommen, was?«

»Das können Sie wohl laut sagen.«

»Ich glaube wirklich nicht, dass von den Tieren eine Gefahr ausgeht. Oder was meinen Sie, Joshua?«

»Ich bin nicht sicher«, antwortete Joshua, der diese Frage als Paläontologe besser beantworten konnte. »Ich denke, dass das Tier überwiegend ein Pflanzenfresser ist, aber die spitzen Zähne finde ich ungewöhnlich. Vielleicht jagt es auch, oder es muss sich verteidigen können. Ein faszinierendes Tier.«

»Wir werden sehen«, antwortete Ted, der stets tiefenentspannt wirkte. Er klopfte Peter kräftig auf die Schulter und widmete sich einigen schillernden Moosen, die er gerade aus einer Felsspalte kratze und in ein Reagenzglas hineinschmierte.

In diesem Moment schien auch eines der anderen Tiere etwas zu wittern. Vielleicht hatte der Wind gedreht. Das Tier reagierte jedenfalls mit einem ungewöhnlich hohen Kreischen. Auch die anderen drei Tiere erhoben sich nun und standen unbeweglich in dem etwa hüfthohen Wasser. Sie drehten sich weg von Peter und seinen Leuten und blickten mit angespannten Leibern in Richtung des dichten Waldes. Offensichtlich waren Peter und seine Begleiter nicht der Grund für die Unruhe der Tiere. Peter lauschte angestrengt. Aber er hörte nichts. Gar nichts. Und das gefiel ihm überhaupt nicht. Wo war der Gesang der Vögel geblieben, und wo waren die ganzen libellenartigen Fluginsekten hin? Dann auf einmal vernahm er aus dem Unterholz ein Rascheln.

Peter wich zurück und zog Anastacia vorsichtig mit sich, die das Geräusch ebenfalls wahrgenommen hatte. Den anderen teilte er über seinen BID mit, dass sie sich möglichst unsichtbar machen und ihre Sachen packen sollten. Er hoffte, er würde bei Ted damit nicht anecken. Schließlich wurde er nur eingeladen, die Gruppe zu begleiten und gegebenenfalls zu unterstützen. Jetzt gab er schon Anweisungen. Die anderen, einschließlich Ted, eilten zu Peter und Anastacia. Gemeinsam mit ihnen duckten sie sich nun hinter das kleine Plateau.

Peter kniff vor Anstrengung die Augen zusammen. Da war doch etwas. Er konnte es fühlen. Bewegten sich nicht am anderen Ufer die Zweige? Peters Muskeln spannten sich, und sein Herz hämmerte in seiner Brust. Hektisch sah er sich um. Es war besser zu verschwinden, bevor es zur Konfrontation mit einem großen Tier kam. Sie hatten zwar einige Waffen dabei, aber ob das ausreichen würde, um ein großes Raubtier mit unkalkulierbaren Stärken herauszufordern, war mehr als fraglich.

Sarah schrie leise auf. Konnte sie denn nicht einmal die Klappe halten? Peters Blick sprang zu ihr und schnell wieder auf die andere Seite des Sees. Und nun sah er es auch.

Ein riesiges Tier stieß mit der Nase durch die Böschung. Lange, spitze Zähne blitzen in der Sonne auf. So etwas hatte Peter noch nie gesehen. Das riesige Raubtier besaß einen breiten, großen Kopf und einen massigen, gedrungenen Körper. Es wirkte wie eine Mischung aus riesigem Krokodil und Säbelzahntiger. Es war mindestens drei Meter hoch und vom Kopf bis zum kräftigen, gezackten Schwanz bestimmt fünf oder noch mehr Meter lang. Das Wesen schien, ähnlich wie ein Hai, mehrere Zahnreihen hintereinander zu besitzen. Selbst von hier konnte Peter die dicken Speichelfäden ausmachen, die dem geöffneten Maul des mächtigen Raubtiers entwichen. Jetzt fiel Peter auch auf, dass der riesige Kopf mit sechs schillernden Facettenaugen bestückt war. Über dem Maul waren außerdem zwei trompetenförmige Schläuche zu sehen. Bevor Peter mehr erkennen konnte, entwich der Kehle des Tieres, dessen Hals sich dabei wie bei einem Frosch aufblähte, ein unglaublich lautes, vielstimmiges Geschrei. Ein vergleichbares Geräusch hatte Peter noch nie zuvor gehört. Dann ging es in gebückter Haltung auf die vier verängstigten Langhälse zu und tänzelte vor ihnen umher. Die Tiere hoben ihre Köpfe und öffneten die Mäuler mit den spitzen Zähnen. Sie waren etwas höher als das monströse Wesen und zu viert. Aber hatten sie dadurch einen Vorteil?

Das skurrile Raubtier zögerte nicht lange. Es verharrte kurz vor einem der Kolosse, holte Schwung und sprang so schnell ab, dass Peter Probleme hatte, dem Tier mit den Augen zu folgen.

Es verbiss sich im langen Hals des Sauriers und hing in der Luft. Die anderen drei versuchten, ihrem Artgenossen zu helfen, indem sie nach dem Raubtier schnappten, aber es wand den Körper schnell hin und her und ließ sich so nicht fassen, verbiss sich dadurch aber immer tiefer im Hals des vermutlichen Pflanzenfressers. Mit einem tiefen Stöhnen sackte das große Tier zusammen. Es landete mit einem lauten Platschen im seichten Wasser. Die drei Artgenossen ergriffen nun die Flucht. Panisch brachen sie durch die Böschung und verschwanden im dichten Unterholz auf der anderen Seite des Ufers. Das tödlich verletzte Tier am Boden hatte offensichtlich aufgegeben. Zumindest war kein Kampfgebaren mehr zu vernehmen. Das Raubtier hockte vor dem Riesen und zerriss mit den scharfen Zähnen das Fleisch am Hals des Tieres. Das Schmatzen, das es dabei verursachte, war gut zu hören.

Peter und auch die anderen waren vor Schreck wie erstarrt und starrten gebannt auf das schaurige Schauspiel. Nach einer gefühlten Ewigkeit sagte Sarah etwas zu Ted. Peter konnte nicht genau verstehen, was es war. Doch er konnte sehen, was ihre Worte angerichtet hatten: Das orangefarbene Wesen verharrte beim Fressen und hob den Kopf in ihre Richtung. Es horchte. Allem Anschein nach hatte es ein ausgezeichnetes Gehör. Und sie hatten nun die Aufmerksamkeit des Räubers.

Plötzlich brüllte das Tier und zeigte dabei seine bluttriefenden Haizähne. Peter wurde schlecht, und er bemühte sich, seine Panik zu unterdrücken. Gleichzeitig war er wie gelähmt. Diesmal war es tatsächlich Ted, der Anweisungen erteilte.

»Zurück in Richtung Lager. Auf mein Kommando folgt ihr mir. Wir bleiben dicht zusammen. Sollten wir verfolgt werden und zu langsam sein, versuchen wir, einen Baum zu ersteigen.« Seine Worte wurden von Teds BID an alle übertragen und waren somit nur für den Expeditionstrupp hörbar.

Als Peter sah, wie das monsterhafte Wesen mit seinen funkelnden Facettenaugen in die Fluten sprang, um vom gegenüberliegende Ufer zu ihnen zu schwimmen, kam Leben in die kleine Gruppe.

»Jetzt! Lauft!«, brüllte Ted ihnen zu.

Peter spannte jeden Muskel seines Körpers an und rannte los. Ted rannte vorweg, gefolgt von Anastacia, Peter und den anderen sechs. Peter rannte, so schnell er konnte. Zeit, sich umzusehen, hatte er nicht. Aber er spürte, dass das Ding näher kam. Er konnte immer wieder dessen mehrstimmiges schreckliches Gebrüll hinter sich vernehmen. Sie sprinteten im höchstmöglichen Tempo durch den Dschungel, kamen aber aufgrund der dichten Vegetation nicht sehr schnell voran. Peter stolperte über Wurzeln und Sträucher, schaffte es aber, sich auf den Beinen zu halten. Einer der beiden bewaffneten Security-Androiden bildete mit Sarah, die nicht so schnell rennen konnte, die Nachhut. Plötzlich hörte Peter einen markerschütternden Schrei. Er drehte sich um und wäre fast dabei gestürzt. Er sah noch, wie Sarah zu Boden ging. Der Android war stehengeblieben, hatte sich umgedreht und die Waffen ausgefahren. Das monsterhafte Tier hatte sie trotz aller Hindernisse offensichtlich eingeholt und die beiden bereits erreicht, bäumte sich vor ihnen auf und brüllte sie wütend an. Der große Sack am Hals blähte sich dabei auf, und die beiden Schläuche über dem Maul bewegten sich wild hin und her. Es schien ihren Duft aufzunehmen.

Der zweite Android, der die Vorhut gebildet hatte, stürmte an der Gruppe vorbei und stellte sich mit ebenfalls gezogenen Waffen vor Sarah. Ohne zu zögern, schossen sie auf die Brust des Tieres. Allerdings schienen die Schüsse nichts auszurichten. Die Geschosse drangen nicht durch die dicke, lederne Haut. Lediglich ein wütendes Brüllen tönte dumpf durch das Grün des Waldes. Sarah lag auf dem Boden, unfähig aufzustehen und starrte das Tier über ihr mit vor Panik geweiteten Augen an. Peter beobachtete vor Angst wie gelähmt, wie einer der Androiden von einem Prankenhieb getroffen wurde, durch die Luft flog und gegen einen Baum geschmettert wurde. Peter wusste in dem Moment, dass das Schicksal bereits über Sarah entschieden hatte. Er hörte abermals Sarahs gellenden Schrei. Das Maul mit den spitzen Reißzähnen öffnete sich und packte Sarah so schnell an der Kehle, dass diese keine Zeit mehr hatte, sich dem Biss zu entziehen. Der zweite Android feuerte weiter auf das Tier, aber die Schüsse richteten keinen nennenswerten Schaden an. Offensichtlich bedurfte es stärkerer Waffen, um das riesige Tier zu Fall zu bringen. Peter konnte die Augen nicht von der Szenerie wenden. Sarahs Beine zuckten, während das Biest ihr die Kehle aufriss. Dann wurde es still. Peter spürte, wie jemand an seinem Arm riss. Anastacia.

»Verdammt noch mal! Komm endlich. Wir müssen weg!«, zischte sie ihn an.

Peter blickte zu Ted, der ihm hektisch bedeutete, loszulaufen. Der Rest der Gruppe war nicht mehr zu sehen. Sie mussten bereits das Weite gesucht haben. Der noch funktionsfähige Android stand weiterhin zwischen dem Tier und den dreien und feuerte aus allen Rohren.

Endlich konnte Peter sich aus seiner Schockstarre befreien. Er lief los so schnell er konnte. Anastacia war ihm immer ein paar Schritte voraus. Hinter sich hörten sie noch immer das laute Gebrüll des Raubtieres. Oder waren es inzwischen mehrere Tiere? Es klang nach mehreren Schreien. Das wäre allerdings sehr ungewöhnlich. Vielleicht jagten diese Tiere direkt im Rudel? Es wirkte fast so, als hätte es seine Artgenossen zu einem großen Fressgelage eingeladen. War es vielleicht intelligenter, als es den Anschein hatte? All diese

Gedanken strömten in Sekundenschnelle durch sein Gehirn, während die Angst ihn immer weiter vorwärtstrieb.

Plötzlich sah Peter einen Baum, den man besteigen konnte, um sich in Sicherheit zu bringen. Er war moosbewachsen und relativ einfach zu erklimmen. Das Tier konnte mit seinen Krallen bestimmt auch klettern. Aber über die dünnen Zweige könnten sie auf den Nebenbaum klettern. Hierhin könnte das Tier ihnen aufgrund des enormen Gewichts nicht folgen.

Ted schien die gleiche Idee zu haben, denn er kletterte bereits auf den Baum und half auch Anastacia und Peter, in das Geäst zu gelangen. Vorsichtig balancierten sie über die dünneren Äste und schafften es gerade noch, die höheren Zweige im Nebenbaum zu erreichen, als sie unter sich bereits das laute Gebrüll des heranstürmenden Tieres vernahmen. Jeder fand eine Gabelung, in die er sich setzte und mit einem Seil am Baum fixierte. Ein Sturz wäre jetzt ein sicheres Todesurteil. Peter zitterte wie Espenlaub und klammerte sich an Anastacias Hand. Sie befand sich unweit von ihm im Geäst und hatte sich ebenfalls gerade mit einem Seil gesichert. Anastacias Augen waren weit aufgerissen und starrten auf den Waldboden, auf dem inzwischen drei der monsterhaften Wesen den Baum laut brüllend umkreisten.

Aber hier oben schienen sie erst einmal sicher zu sein. Denn die Raubtiere machten keine Anstalten, den Baum zu erklettern. Daher stellte sich nun die Frage: Wo war der Rest der Truppe?

Er sah, dass Ted versuchte, die übrigen fünf zu erreichen. Sarah war tot, und die Androiden waren sicher nur noch ein Haufen Blech.

Ted sah sie an und sagte erleichtert: »Die anderen sind in Sicherheit. Ihnen ist niemand gefolgt«, erklärte er. »Ich werde jetzt die Basis kontaktieren und Hilfe anfordern.«

Peter wollte gerade antworten, als er unter sich abermals das wütende Gebrüll einer Kreatur vernahm. Hoffentlich würden die Biester bald das Weite suchen. Ewig könnten sie hier oben schließlich nicht ausharren. Wenigstens hatten sie noch ihre Rucksäcke und Empfang mit ihren BIDs.

»Ist alles okay?«, schnaufte Peter und blickte zu Anastacia.

»Ja, bis jetzt schon«, antwortete sie. »Aber ich habe eine Höllenangst.« Anastacia pustete noch ordentlich vom langen Lauf, und ihre Wangen waren stark gerötet. Peter drückte ihre Hand, als er leise mit zitternder Stimme zugab: »Ich auch.«

20

November 2384, Lumera, John

John sah sich in seinem kleinen Zelt um. Es war hier etwas beengt und nicht so komfortabel wie in seiner Kabine auf der Aristoteles, aber er fühlte sich nicht unwohl. Bis jetzt waren zwei der 24 Raumarchen auf Lumera angelangt. Die Basis würde also in den nächsten Monaten noch einigen Zuwachs erhalten.

Julia Jennings und ihre Freunde wurden in einem gesicherten Zelt am Rande der Basis festgesetzt. Johns Vorgesetzter, der Leiter der Sicherheitsabteilung der Aristoteles und derzeitiger Sicherheitsleiter der Basis, Jeffrey Weaver, hatte ihn zunächst dazu abgestellt, die Überwachung der drei Verdächtigen zu koordinieren. Außerdem sollte John sich ebenfalls Gedanken über die genaue Durchführung eines schnellen Gerichtsverfahrens auf Basis der Notstandsregelungen machen. Vielleicht würde es John gelingen, General Lenoir, den Leiter der Basis, davon zu überzeugen, im Rahmen des Verfahrens nicht seine ganze Macht als Oberbefehlshaber zu nutzen, sondern auch andere Mitglieder der Kolonie an der Entscheidung teilhaben zu lassen. John schwebte eine zehnköpfige Jury vor, die über die Schuldfrage entscheiden könnte. Das Strafmaß jedoch könnte General Lenoir als Richter bestimmen. Nur falls sich die Jury nicht einig sein sollte, könnte der Richter an der Urteilsbildung mitwirken. Dadurch wäre sichergestellt, dass der Richter nicht zu viel Macht ausübte. Doch würde Lenoir seine Macht teilen? John würde es ihm zutrauen, denn der General hatte auf ihn den Eindruck eines soliden Demokraten gemacht. In militärischen Kreisen schien er allerdings eine wahre Autorität zu sein. Der General galt als hart aber fair, und diese Kombination könnte auch im Zivilleben auf Wertschätzung stoßen.

John musste unbedingt noch den General darüber in Kenntnis setzen, was auf der Erde geschehen war. Es war möglich, dass Lenoir nur wusste, was durch die Medien über die Regierung bekannt war. Vielleicht war General Lenoir in den letzten Jahren auf der Erde mehr mit der Weltraummission als mit gesellschaftlichen Fragen beschäftigt gewesen.

John war sich nicht sicher, wie eine Jury über die Angeklagten entscheiden würde, sollte Lenoir tatsächlich eine hinzuziehen. Aber durch die Aufdeckung der falschen Identitäten der Verschwörer, die ersichtlich wurde, nachdem die Verdächtigen beim Aufwachprozess ihre alte Gestalt wieder annahmen, war eindeutig, dass mit ihnen etwas nicht stimmte. Außerdem hatten die Rebellen zu fünf von sechs Anklagepunkten Geständnisse abgelegt. Das Anklageregister war lang und erdrückend, die Juroren würden mit den schlechtestmöglichen Eindrücken in das Verfahren starten. Es gab kaum Aussichten auf ein faires Urteil. Es sei denn, es würden Zeugen zum Verfahren zugelassen und jemand wie John würde aussagen.

Der Vorwurf des Massenmords war das größte Problem. Diesen hatten die Angeklagten nicht gestanden. John wusste natürlich, warum. Wenn man über die Rolle der US-Regierung sprach, ging es automatisch um das Ansehen der Vereinigten Staaten und nicht mehr um die drei Verdächtigen. John vermutete, dass fast jeder Juror dazu neigen würde, die Angeklagten schuldig zu sprechen, damit das Ansehen der Vereinigten Staaten gewahrt würde. Allein um das eigene kulturelle Nest nicht zu beschmutzen, würde man die Angeklagten zum Tode verurteilen.

John ging die Grübelei auf die Nerven, obwohl er froh sein durfte, dass der General ihm die Möglichkeit bot, den Ablauf des Tribunals mitzugestalten. Vielleicht mache er sich aber umsonst Gedanken. Es könnte ja wirklich sein, dass der General seine Vorschläge annähme. Immerhin war er mit der Kolonialisierung mehr als ausgelastet. Würde er tatsächlich mehr Zeit als nötig in das Tribunal investieren?

Die Angeklagten hatten es ihm, bis auf Julia, sehr schwer gemacht. Sie waren zu seiner Überraschung nicht anders als Christopher Woodruff aufgetreten. Sie alle hatten auf ihn den Eindruck von überzeugten Freiheitskämpfern gemacht. Sie waren sich sicher, dass sie die Menschen vor der Regierung geschützt hatten. Das stimmte im Grunde ja auch. Aber hatten sie die Menschen etwa vor dem Hunger geschützt, vor dem es kein Entrinnen gab und der unwiederbringlich folgen musste, sofern das Problem der Überbevölkerung nicht gelöst wurde? Hatten sie mit ihren guten Absichten die Probleme auf der Erde nicht in Wahrheit verschärft und die Eskalation vorangetrieben? Wie das Zivilisationsproblem anders hätte gelöst werden können, darüber hatten die Angeklagten nur vage Angaben gemacht. In dieser Richtung hatte es offensichtlich keine tieferen Überlegungen gegeben. Das war Fakt und daran änderte auch sein Mitgefühl mit Julia Jennings nichts, die als einzige der Angeklagten wirklich massiv unter ihren eigenen Taten zu leiden schien. Oft genug hatte er sie über die Kamera der Zelle beobachtet. Wie sie beinahe jegliche Nahrung verweigerte, wie sie nachts oft schreiend aufwachte, wie ihre Augenringe dunkler und dunkler wurden. Er hatte tatsächlich Mitleid mit ihr oder war da noch etwas anderes? John schob diesen Gedanken schnell wieder beiseite.

Er war froh, nicht selbst über die Inhaftierten urteilen müssen. Zwar fiel es ihm immer schwerer, Julia Jennings und ihre Komplizen für Terroristen zu halten, dennoch war es ihm wichtig, dass die Verdächtigen sich vor einem Gericht, wenn auch nur vor einem provisorischen Tribunal, verantworten mussten. Es war immerhin möglich, dass die Angeklagten auf Lumera ein anderes Schicksal als auf der Erde erwartete.

Die Justiz musste unabhängig von der Regierung Urteile fällen. Genau das war in den letzten Jahrzehnten in den Vereinigten Staaten nicht der Fall gewesen. Insofern war der Eilprozess gegen die Angeklagten die erste Chance für die Lumera-Kolonie, die verloren gegangenen rechtsstaatlichen Strukturen wiedereinzuführen. Wer hätte je gedacht, wie wichtig die Rebellen und deren Schicksale noch werden würden?

John kam immer mehr ins Grübeln. Die Angeklagten waren in jeder Hinsicht ein Problem, wie auch immer das Urteil ausfallen würde. Es war nämlich so, dass jeder neue Einwohner Lumeras bestimmte Aufgaben zu erfüllen hatte, mit denen er in erster Linie der Kolonie nützte. Das war wichtig, um eine funktionierende Infrastruktur zu schaffen. Die drei Angeklagten wie auch der noch schlafende Woodruff konnten jedoch nichts dergleichen leisten. Man brauchte keine Gefängnisse, keine Gefangenenlager, keine unproduktiven Gefängnisinsassen. Würde man Wachpersonal einsetzen, würde dieses Personal an anderer Stelle fehlen. Sogar ein Android hatte Wichtigeres zu tun. Sinnvoll erschienen nur zwei Möglichkeiten, die sich radikal widersprachen: Völlige Amnestie oder sofortige Hinrichtung.

Das Aufleuchten der kleinen roten Signallampe über dem Zelteingang riss John aus seinen Gedanken. Es signalisierte ihm, dass sich jemand vor dem Eingang befand. Vorsichtig öffnete John seine Tür. Er war von Natur aus misstrauisch und mochte es nicht, wenn jemand vor seinem Zelt herumlungerte.

»Verdammt. Trag eine Glocke«, entfuhr es ihm, als er sah, dass Andrew draußen neben seiner Tür den Ruhemodus eingenommen hatte. Sofort kam Leben in den Androiden, der John seit Beginn der Reise begleitete.

»Ich werde mich bei der Lagerausstattung nach einer Glocke erkundigen«, antwortete Andrew ernst, während er sich vor John aufbaute.

John zuckte mit den Achseln. Es hatte einfach keinen Sinn. Ironie war ganz offensichtlich etwas, das ausschließlich Menschen vorbehalten war.

»Nein, nein. Vergiss es. Ich möchte nur, dass du mich informierst, wenn du hier rumlungerst. Das ist alles.«

»Okay. Das habe ich verstanden. Entschuldige, John.«

»Jaja, ist schon gut. Jason Jennings sucht mich jeden Moment auf. Er wollte mit mir über seine Schwester sprechen. Ich habe nicht mal Zeit, meine Kisten auszuräumen, geschweige denn, auf die Toilette zu gehen.«

John wollte gerade wieder in sein Zelt gehen, da sah er einen jungen Mann eilig auf sie zulaufen. Das konnte nur der Bruder von Julia Jennings sein. Er hatte eine Frau im Schlepptau. Selbst in den langen braunen Hosen und mit streng zurückgebundenen Haaren konnte er feststellen, dass sie eine wahre Schönheit war. Selbst ihr Gang war anmutig, obwohl sie feste Schnürschuhe trug.

Der junge Mann trat vor John und streckte ihm die Hand entgegen.

»Guten Tag. Mein Name ist Jason Jennings. Das ist meine Frau

Ramona«, stellte er sich und die Frau, die ihn begleitete, sogleich vor. Sein Händedruck war warm und fest.

»Guten Tag.« John schüttelte auch Ramona die Hand.

»Ich habe nicht viel Zeit und bin gerade erst angekommen…«, erklärte John sofort, »deshalb kommen wir am besten direkt zum Punkt. Sie wollen sicher Ihre Schwester sehen, richtig?«

»Ja. Das stimmt. Wo ist Julia? Ich will sie sehen!«, erklärte Jason mit fester Stimme.

»Ihre Schwester und ihre Komplizen sind in einem bewachten Zelt untergebracht. Es geht ihnen gut. Das Zelt befindet sich nicht weit von hier«, sagte John und wies mit der Hand in Richtung des Zauns, der die Basis vor unliebsamen Eindringlingen schützte.

»Ich will außerdem wissen, was genau ihr vorgeworfen wird und was mit ihr und den anderen geschehen wird«, hakte Jason nach und setzte sich gemeinsam mit John und Ramona in Bewegung.

»Nun, es ist so: Der General der Basis, James Lenoir, wird in zwei Tagen, vermutlich gemeinsam mit seiner zehnköpfigen Jury, darüber entscheiden, was mit den dreien geschehen wird«, erklärte John, während er mit dem Fuß ein paar kleine Kiesel vor sich her schoss.

Plötzlich blieb Jason stehen und hob seinen Arm, um zu signalisieren, dass er gerade mittels seines BIDs kommunizierte. John konnte Jason dabei beobachten, wie sehr ihn das Gespräch erschütterte. Schließlich wandte er sich wieder Ramona und John zu. Sein Gespräch schien beendet.

»Mein Vater ist gerade im Dschungel mit einer Gruppe Wissenschaftler auf Expedition. Offensichtlich wusste er nicht, dass Julia bereits mit einem frühen Trupp heruntergebracht worden ist. Ich hatte offensichtlich vergessen … egal – auf jeden Fall wurden … werden sie von einem gefährlichen Tier angegriffen. Es sollen sogar mehrere Tiere sein. Sie wollen ein Team zu ihnen schicken, um sie da rauszuholen. Sie sitzen wohl auf einem Baum fest. Eine Person ist tot, vier konnten fliehen. Mehr wissen wir nicht. Aber es wird bald dunkel«, sprudelten die Worte nur so aus Jasons Mund.

Ramona, selbst tief erschüttert, ergriff die Hand ihres Mannes und redete ermutigend auf ihn ein. Johns Gehirn arbeitete währenddessen bereits auf Hochtouren. Schließlich machte sich Entschlossenheit in ihm breit.

»Andrew! Du vertrittst mich hier. Nein, besser, du kommst mit mir mit«, wies er seinen Androiden an, der ihnen unauffällig gefolgt war.

»John ...«

»Kein Aber! Wir werden an anderer Stelle dringender gebraucht.«

Ohne eine weitere Erklärung abzuliefern, rannte John, gefolgt von Andrew, zum Eingangstor der Basis. Er bemerkte noch, dass Jason und Ramona verdutzte Blicke austauschten, aber das interessierte ihn gerade nicht.

Als er nach wenigen Minuten am Tor ankam, war das etwa zwanzigköpfige Rescue-Team gerade dabei, Halfter und Gurte, ausgestattet mit Sturmgewehren, über ihren Spezialanzügen anzulegen. Mark Jones, der Leiter des Teams, war nicht gerade begeistert von Johns Idee, sie zu begleiten.

»Mr. Stanhope, überlegen Sie es sich noch mal. Ich würde Sie aufgrund Ihrer Nahkampferfahrung und Ihrer guten Ausbildung mitkommen lassen, aber Sie haben, im Gegensatz zu meinen Kollegen, die Wahl. Es könnte wirklich gefährlich werden.«

»Hören Sie, ich bin in der Lage, die Situation richtig einzuschätzen. Ich kann helfen. Das weiß ich. Weaver weiß Bescheid und befürwortet es, dass ich mich Ihnen anschließe. Und Andrew ist ebenfalls eine wertvolle Hilfe. Er verfügt über wesentlich mehr Fähigkeiten als Ihre Kinderspielzeuge da drüben.« John wies auf eine Gruppe von zehn Androiden, die im Ruhemodus am Tor standen und auf ihren Einsatz warteten. Jeder von ihnen verfügte über mehrere Waffen. Sie schienen für den Kampf konstruiert worden zu sein.

John zeigte nun auf Andrew. »Das ist ein RAP IV. Also ein Android der vierten Generation.«

Ein Raunen ging durch das Team. Selbst Mark Jones schien das zu beeindrucken.

»Davon gibt es doch bislang nur wenige Prototypen. Wie sind sie an den rangekommen?«, fragte er John erstaunt.

Andrew kam John zuvor. »Ich bin unplanmäßig auf das Raumschiff gelangt. Ich unterstütze Agent Stanhope bei seinen Ermittlungen. Ich stelle Ihnen meine integrierten Waffensysteme sowie meine strategischen Kampfroutinen zur Verfügung. Außerdem bin ich in der Lage, sämtliche arithmetisch-logischen Operationen ...«

»Ist gut«, unterbrach ihn Mark Jones. »Carl, bring uns eine

Ausrüstung in Größe L für Agent Stanhope. Er und sein Super-Android begleiten uns.«

John musste innerlich grinsen, als er in einige misstrauische Gesichter blickte. Aber das sollte ihm nur recht sein. Diese Möglichkeit der Ablenkung musste er einfach nutzen. Allein der Gedanke daran, seinem momentanen Dasein als Wachsoldat für kurze Zeit zu entfliehen, berauschte ihn. Vielleicht konnte er sich so einen für ihn besser geeigneten Posten erarbeiten.

Die Ausrüstung war schwerer als gedacht. Wieder einmal war John froh, dass er regelmäßig trainierte. Die rund fünfzehn Kilogramm, die sich nun an seinem Körper befanden, würden ihn nicht groß behindern. Der Schutzanzug, den er trug, saß wie eine zweite Haut und war mit der neuesten Thermoregulationstechnik ausgestattet. Es konnte losgehen.

Als die rund dreißigköpfige Truppe, inklusive ihrer elf Androiden, Andrew eingerechnet, durch das Tor trat, machte sich ein Gefühl von Freiheit in John breit. Vor ihm befand sich nur ein kleiner Teil der Lichtung, dahinter türmte sich das satte Grün des Dschungels auf. Er verspürte keinerlei Angst. Nur ein vertrautes Kribbeln rann durch seinen Körper. Schon als Kind war er gerne Risiken eingegangen und auf die höchsten Bäume geklettert – nicht immer zur Freude seiner Eltern. Nun gab es niemanden mehr, der ihn bremste oder gar davon abhielt. Er brauchte diesen Kick, um zu spüren, dass er am Leben war. Angst vor dem Tod kannte er nicht. Nicht mehr. Nachdem sein Sohn gestorben war, war das letzte bisschen Respekt davor verloren gegangen. Es gab in Johns Leben immer wieder Momente, in denen er sich danach sehnte, von den sanften Tentakeln des Todes in die Dunkelheit gezogen zu werden. Aber seit er hier war, gab es diese Momente nicht mehr, und jetzt war er ganz weit davon entfernt, an so etwas zu denken. Denn jetzt ging es nicht um ihn. Sie hatten eine Mission: Sie mussten Leben retten.

Entschlossen schritt John weiter auf den Wald zu. Hinter sich hörte er, wie die Männer und Frauen sich unterhielten. Er hatte keine Lust, daran teilzuhaben. Er blickte zum Himmel. Über sich hörte er wieder das merkwürdige Pfeifen der riesigen Fledermäuse. Aber es machte ihn nicht nervös. Gleich wären sie im Dickicht des Waldes verschwunden. Dorthin könnten ihnen die großen vogelähnlichen Wesen eh nicht folgen.

. . .

Im Wald kamen sie schneller voran als erwartet. Sie mussten sich zwar ab und zu durch dichtes Gestrüpp kämpfen, aber immer wieder fand reichlich Licht seinen Weg zum Boden, dem vielen Laub zum Trotz.

Auf einer der größeren Lichtungen kitzelten die Sonnenstrahlen John in der Nase. Er blieb stehen und genoss die Wärme, die sie auf seiner Haut hinterließen. Für einen kurzen Moment schloss er die Augen und sog den Duft des Waldes durch die Nase ein. Ein großartiges Gefühl. Wenn er nicht auf einer Mission wäre, hätte er vor Glück schreien können.

Ein lautes Pfeifen holte ihn zurück in die Realität. Kleine violette meerschweinchenartige Wesen liefen aufgeregt am Rande der Lichtung entlang und veranstalteten dabei einen Heidenlärm. Aber die kleinen Dinger sahen so harmlos aus, dass John sich daran nicht weiter störte. Auch alle anderen fanden die kleinen Dinger eher putzig. So schnell wie sie aufgetaucht waren, waren sie auch wieder verschwunden.

Die Truppe marschierte etwa eine Stunde lang weiter in Richtung der markierten Stelle, die Ted Patterson ihnen durchgegeben hatte. Noch hatten sie einen guten Marsch vor sich. Plötzlich blieb John vor einem großen Baum stehen. Es hingen viele schillernde Pilze an der alten moosbewachsenen Rinde. John spürte, wie ihn etwas zu ihnen hinzog. Was war das für ein angenehmer Sog, dem er da nachgehen musste? Er trat einige Schritte auf den Baum zu und streckte den Arm aus. Gleich würde er den Pilz berühren können, mit der Hand die schillernde glänzende Fläche streicheln. Um ihn herum war es herrlich still. All seine Sinne fokussierten sich auf den schillernden Pilz, der vor ihm am Baum haftete.

Plötzlich schlug ihm jemand von der Seite auf den Arm. Die Stille war fort. Die Geräusche der Tiere des Dschungels kamen John auf einmal so laut und fast schon unangenehm vor. Schnell trat er ein paar Schritte zurück und schaute in das Gesicht der Person, die ihn zurück in die Realität geholt hatte. Es war eine zierliche Frau, die kaum größer als 1,60 Meter war und nach dem, was er mitbekommen hatte, Josephine heißen musste. Sie blickte ihm fest in die Augen.

»Hey, was soll das?«, entfuhr es ihm schließlich, weil er sich ertappt fühlte. Im selben Moment spürte er, dass der Sog, der ihn zu

dem Pilz gezogen hatte, nachließ. Fast tat ihm sein grober Tonfall leid.
»Fassen Sie hier nichts an«, wies sie ihn zurecht. »Wir wissen zu wenig über die Tiere und Pflanzen hier im Wald. Der Pilz könnte giftig, vielleicht sogar tödlich sein. Riechen Sie nicht, dass er irgendeinen Duft aussondert?«
Die junge Frau hatte recht. Jetzt konnte John es auch riechen. Der Pilz strömte einen lieblichen Duft aus. Er schien berührt werden zu wollen. Nur wozu? John blieb keine Zeit, darüber nachzudenken. Die Gruppe bewegte sich bereits weiter, während Johns Blick beim Laufen so lange an dem Pilz hing, bis er ihn nicht mehr sehen konnte. Schnell markierte er die Stelle mithilfe seines BIDs, um sie später gegebenenfalls wiederzufinden. Warum, wusste er auch nicht.

Nach einer weiteren Stunde und nachdem Andrew John mit den kräftigen Androidenhänden aus den Fängen einer Schlingpflanze befreit hatte, kamen sie schließlich an einer Lichtung an, auf der nur wenige kleine Bäume und einige Sträucher wuchsen. Farbenprächtige Blüten reckten sich an ihrem Rand den Sonnenstrahlen entgegen. John und die Männer mussten sich durch sie hindurcharbeiten. Beim Berühren der zarten Blüten wechselten diese die Farbe. Es sah so aus, als würden sie damit die nächstgelegene Blüte mit der neuen Farbe anstecken. So wechselten die Blüten von rosa zu gelb in einer sanften wellenartigen Bewegung. John wurde innerhalb dieses Blütenmeeres von vielen verschiedenen Insekten umflogen. Mit ihren teils langen Stacheln sahen sie nicht besonders vertrauenserweckend aus. Er war überrascht, dass die bunten Blumen offensichtlich Fleischfresser waren. Immer wieder sah er, wie lange Tentakel aus ihrer Mitte schossen und ein Insekt in die Blüte hineinzogen. So etwas hatte er noch nie gesehen. Leider war ihre Zeit zu begrenzt, um auf weitere Eindrücke zu achten. Dieser Wald war voller Schönheit, aber auch voller Grausamkeit.

Andrew, der sich zusammen mit Mark Jones an die Spitze der Gruppe begeben hatte, blieb plötzlich stehen. Jones gab daraufhin allen den Befehl, es ihm gleichzutun. Nachdem sie die Lichtung bereits zur Hälfte überquert hatten, waren nun keine Blumen mehr, sondern nur noch steiniger Waldboden zu sehen.
»Was ist los, Andrew?«, wollte John wissen. Dieser reagierte aber

nicht auf die Frage, sondern hockte sich hin und fuhr mit der Hand über eine moosbewachsene Steinplatte, die sich einige Zentimeter aus dem Boden erhob. Sie maß ungefähr zwei mal zwei Meter und war perfekt quadratisch geschnitten. Konnte das ein Zufall sein?

»Dieses Objekt gehört nicht hierher«, erklärte der Android und blickte abwechselnd von Mark Jones zu John, der zu ihnen geeilt war. Jones hockte sich neben Andrew. Mit seinem großen Messer kratzte der Gruppenleiter einen Teil des Mooses von der Platte. Darunter befand sich ein in den Stein geritztes Muster. Oder war es eine Inschrift? John beugte sich ebenfalls darüber, aber die Zeichen sagten ihm nichts.

»Was hat das zu bedeuten, Andrew?«

»Es muss sich um so etwas wie eine Inschrift handeln. Oder besser gesagt um Hieroglyphen. Ich schätze das Alter der Symbole auf etwa 120 Jahre.«

»Was hat das zu bedeuten?«, fragte Mark vorsichtig.

»Wie es aussieht, gibt oder gab es intelligentes Leben auf diesem Planeten. Allerdings scheint dies ein verlassener Ort zu sein. Aufgrund der Größe der Bäume, die sich hier auf der Lichtung befinden, schätze ich, dass er seit etwa siebzig oder achtzig Jahren verlassen ist. Warum er verlassen wurde und wozu dieser Platz gedient hat, kann ich ohne umfangreiche, zeitintensive Untersuchungen nicht sagen.«

»Interessant, aber wir müssen trotzdem weiter«, sagte Jones ungeduldig. »Ich werde eine unserer kleinen GT8-Drohnen nach oben schicken, um Luftbilder von der Lichtung erstellen zu lassen. Vielleicht sehen wir darauf mehr.«

Der sommersprossige, trainierte Mann mit den blonden Haaren nahm kurzerhand seinen Rucksack ab und förderte ein dreieckiges Metallgehäuse zutage. John kannte die neuen GT8-Drohnen bereits vom FBI. Es handelte sich bei ihnen um die neueste Generation. Sie waren unheimlich schnell, ließen sich über eine BID-Verbindung steuern, speicherten sowohl Fotos als auch Wärmebildaufnahmen und konnten diese auch direkt auf den BID übertragen. Mark aktivierte die Drohne mit einem Fingersensor. Eine Diode leuchtete rot. Mit einem Piepsen wandelte sich das Licht in eine grüne Farbe. Nun war die Drohne aktiv und mit Marks BID gekoppelt. Schnell schmiss er sie nach oben. Bevor die Drohne durch die Schwerkraft wieder zu Boden fallen konnte, öffnete ein Mechanismus das

Gehäuse und formte die Drohne zu einem Diskus, der leise surrend über ihren Köpfen schwebte.

Mark blickte John und die anderen an. »Weiter geht's. Die Drohne scannt die Umgebung für uns. Los, auf geht's! Es dämmert bereits.«

Plötzlich ertönte aus der Ferne das laute, langanhaltende Geräusch eines Horns.

21

November 2384, Lumera, Peter

»Es wird langsam dunkel. Peter und Anastacia, ihr habt im Rucksack eine kleine Mahlzeit. Es wird noch etwas dauern, bis die Verstärkung eintrifft«, erklärte Ted Patterson seinen beiden Begleitern.

Zu dritt warteten sie bereits seit Stunden hier oben im Wipfel des Baumes. Die Dunkelheit kam auf Lumera früh und schnell. Peter blickte zu Anastacia. Im Dämmerlicht konnte er nur die Schatten ihrer Gesichtszüge wahrnehmen. Die Angst stand ihr noch immer ins Gesicht geschrieben. Immer wieder blickte sie panisch zu den drei Tieren, die den riesigen alten Baum, auf dem sie ausharrten, umkreisten. Entschlossenheit blitzte in den Facettenaugen der riesigen Wesen auf. Peter wusste, dass er sich von der Wunschvorstellung, dass die Tiere bald das Weite suchen würden, verabschieden musste.

Er nahm vorsichtig den Rucksack ab und zog einen Proteinriegel heraus. Anastacia tat es ihm gleich.

»Ted?«, fragte Anastacia kauend. »Warum sind die Tiere hier noch bei uns? Wäre es nicht natürlich, dass zumindest das eine Tier zurück zu seiner Beute laufen würde, um sie zu vertilgen?«

Peter erkannte im Dämmerlicht Teds nachdenklichen Blick.

»Das habe ich mich auch schon gefragt. Ich kann dir das leider auch nicht beantworten. Sie verhalten sich anders, als wir es von

Tieren auf der Erde kennen. Vielleicht sind sie intelligenter, als wir glauben. Vielleicht verhalten sie sich so, weil sie uns nicht kennen und uns einschätzen wollen. Vielleicht ist aber auch nichts davon richtig. Das werden wir so schnell sicher auch nicht rausfinden.«

Niemand sagte etwas. Alle kauten erschöpft auf ihren Riegeln herum. Ted ergriff nach einer kurzen Pause abermals das Wort. »Ihr könnt euch etwas entspannen. Ich habe Meldung erhalten, dass eine dreißigköpfige Rettungseinheit noch etwa zwei Stunden von hier entfernt ist. Sie werden uns hier rausholen. Geht es dir gut, Anastacia?«

»Nun ja, wie soll es mir gehen. Wir sitzen hier oben im Baum, unter uns kreisen Monster mit einem Riesenhunger, ich habe eine Scheißangst und ich bin müde. Ich will hier nur weg«, erklärte Anastacia mit so einer Nüchternheit, dass Peter sich ein Grinsen nur schwer verkneifen konnte, auch wenn ihre derzeitige Situation alles andere als amüsant war.

»Also, laut Karte ist die Einheit ja bald da. Hier, schau.« Ted hielt seine Smartwatch so, dass Anastacia und auch Peter das Hologramm gut erkennen konnten. Eine Markierung zeigte ihren Standpunkt an. Links von ihnen sahen sie einen blinkenden Punkt.

Selbst von seinem Platz, der bestimmt einen guten Meter von Anastacia entfernt war, konnte Peter ihr Zittern wahrnehmen. Ihm tat seine Freundin leid. So hatten sie sich ihre Exkursion nicht vorgestellt. Besonders der Tod von Sarah war für seine Partnerin mit Sicherheit ein großer Schock, der noch verarbeitet werden musste. Schließlich hatte sie die Wissenschaftlerin wesentlich besser gekannt als er. Und selbst bei ihm saß der Schrecken noch unheimlich tief. Was für ein furchtbarer Tod.

Inzwischen sah Peter kaum noch die eigene Hand vor Augen. Nur ein paar sanfte Strahlen der drei Monde schienen durch das dichte Blätterdach. Peter hörte ein Geräusch neben sich. Was war das? Es hörte sich an, als würde etwas Großes mit den Flügeln schlagen. Er versuchte krampfhaft etwas zu erkennen, aber es war ihm fast unmöglich. Anastacia musste es auch gehört haben, denn sie wand sich ängstlich auf ihrem dicken Ast.

Jetzt konnte Peter es sehen. In der Baumkrone neben ihnen saßen hunderte von fledermausartigen Tieren. Sie waren so groß wie die meisten Singvögel auf der Erde und wirkten nicht bedrohlich. Der

Grund, warum Peter die Tiere nun sehen konnte, war nicht das fahle Mondlicht. Es waren die Tiere selbst. Sie leuchteten plötzlich wie angeknipste Lampen in dem nun dunklen Wald. Und diese Tiere waren nicht die einzigen, die auf einmal sichtbar wurden. Auch andere Tiere kamen zum Vorschein, indem sie anfingen zu leuchten. Peter hatte das Gefühl, in einer Landschaft aus Schwarzlicht gefangen zu sein. Insekten, Vögel und auch kleinere Tiere am Boden leuchteten in den unterschiedlichsten Farben. Manche, wie die Fledermäuse, leuchteten am gesamten Körper. Bei anderen wiederum waren es nur Tupfen, Streifen oder Abschnitte. Und auch die Pflanzen begannen, ihre ganze Farbenpracht zu entfalten. Sträucher oder Blumen, die Peter tagsüber kaum wahrgenommen hatte, erstrahlten nun in hellen und bunten Farben. Und selbst das Moos, auf dem sie saßen, schimmerte in einem zarten Blau.

»Es ist wunderschön, stimmts?«, hauchte Anastacia und beugte sich nach unten, um alles besser erkennen zu können. Die drei großen Raubtiere verharrten inzwischen liegend neben dem Baum. Ted schien derweil ein kleines Nickerchen zu machen. Zumindest hielt er seine Augen geschossen.

»Keine Angst, die werden sicher bald verschwinden. Spätestens wenn der Trupp bei uns angelangt ist«, versuchte Peter seine Freundin zu beruhigen. Etwas blinkendes schwebte an seinem Gesicht vorbei. Peters Blick blieb daran hängen. Er konnte nicht glauben, was er sah. Ein etwa fünf Zentimeter großes, gelb leuchtendes Insekt schwirrte mit seinen sechs Flügeln durch die Luft. Peter hatte so etwas noch nie gesehen. Der Hinterleib des Tieres flachte zum Ende hin ab und wurde zu einem langen netzartigen Schleier, der ebenfalls leuchtete und sich wellenförmig mit dem Insekt durch die Lüfte bewegte. Peter wusste, dass die Natur immer einen Zweck mit ihren Erfindungen verfolgte. Und warum sollte es hier auf Lumera anders sein als auf der Erde? Er brauchte nicht lange warten, um den Nutzen dieses doch recht unpraktisch wirkenden Anhängsels zu erkennen. Kleine Glühwürmchen flogen in Schwärmen durch die Nacht. Im Netz des libellenartigen Wesens blieben einige von ihnen einfach kleben, um anschließend bereits während des Fluges vertilgt zu werden. Dafür drehte das Tier sich wie im Tanz um die eigene Achse. Deshalb also die sechs Flügel. Peter war ganz fasziniert von diesem Wesen. Vorsichtig hob er den Arm und berührte das feine Netz. Anastacias warnenden Ruf hörte er zu spät. Er spürte das Brennen auf seiner Hand bereits, bevor er sie wieder ganz zurückgezogen hatte. Er hätte vor Schmerz schreien können, aber er riss sich zusammen.

»Peter, wie konntest du? Warum hast du das getan? Ist alles okay?«, fragte sie aufgebracht.

»Ist ja gut, alles okay. Es tat ganz kurz höllisch weh, aber es geht schon wieder. Es hat mich einfach überkommen. Es ist so ein wunderschönes Tier.«

»Ja, aber du weißt, dass wir nichts anfassen sollen. Das erste Gebot. Du erinnerst dich?«

»Du hast recht. Ich werde mich künftig daran halten.«

»Was ist los?«, kam es verschlafen von Ted. Hatte er also tatsächlich in dieser Situation schlafen können?

Bevor Peter etwas antworten konnte, hörten sie den tiefen, durchdringenden Ton eines Horns. Es musste riesig sein, wenn es so einen lauten und weithin hörbaren Ton von sich geben konnte.

»Was ist das?«, rief Anastacia angsterfüllt.

»Ich weiß es nicht, aber es hört sich nicht gut an«, antwortete Ted ebenso laut.

Peter blickte sich hektisch um, während er sich fieberhaft fragte, was das wohl zu bedeuten hatte. Er erkannte, dass ihre tierischen Verfolger sich erhoben hatten. Sie verharrten vor dem Baum, dann liefen sie im gestreckten Galopp davon. Sie schienen in Richtung der Geräuschquelle zu laufen.

So plötzlich wie das laute Horn seinen Ruf begonnen hatte, so plötzlich verstummte es wieder.

»Ich würde fast sagen, dass irgendetwas oder irgendjemand die Tiere gerufen hat. Kann das sein?«, fragte Peter vorsichtig. »Ich habe das Gefühl, dass die Gefahr fürs erste gebannt ist. Was meint ihr?«

Ted kratzte sich am Kinn. »Ja, ich würde auch sagen, dass sie fort sind. Ich schlage dennoch vor, dass wir auf dem Baum bleiben, bis Hilfe da ist.«

»Das brauchst du mir nicht zweimal sagen, Ted. Ich rühre mich hier nicht von der Stelle, bis die anderen mit ihren Waffen da sind«, stellte Anastacia fest.

Etwa eineinhalb Stunden später hörten sie das gnädige Rascheln der Rettungseinheit im Unterholz. Peter und die beiden Wissenschaftler wurden mithilfe einiger Männer aus ihrer misslichen Lage befreit. Von den drei Ungeheuern fehlte weiterhin jede Spur.

Auf ihrem Rückweg erzählte ihnen Mark Jones von ihrer Entdeckung der Steinplatte mit der Inschrift. Peter konnte es nicht fassen. Er nahm sich vor, sich der Gruppe anzuschließen, wenn sie die Lichtung noch einmal aufsuchen würden. Das konnte er sich nicht entgehen lassen. Anastacia betonte, dass sie es sich noch einmal gut überlegen würde, bevor sie jemals wieder den Wald beträte. Peter kannte sie aber gut genug, um zu wissen, dass ihre angeborene Neugierde sie sowieso wieder in den Dschungel treiben würde. Der Schrecken über Sarahs Tod steckte ihr noch in den Knochen, darüber würde sie erst noch hinwegkommen müssen. Ted informierte sie während ihrer Wanderung,
dass die restlichen vier Expeditionsteilnehmer inzwischen wohlbehalten an der Basis angelangt waren.

Sie schafften es schließlich, ohne weitere Zwischenfälle die freie Ebene vor der Basis zu erreichen. Von größeren Tieren war auf dem gesamten Weg nichts mehr zu sehen.
Unvermittelt trat ein großer, kräftiger Mann neben Peter und wandte sich ihm zu.
»Mr. Jennings?«
»Ja?«, antwortete Peter und wurde langsamer.
»Mein Name ist John Stanhope. Ich komme von der Aristoteles.«
Peter blieb abrupt stehen. Er wusste sofort, wer hier neben ihm stand. Es war der Mann, der seine Tochter in Gewahrsam genommen hatte.
»Ich weiß, wer Sie sind. Sie haben meine Tochter festgenommen«, stellte Peter irritiert und mit aufflammender Wut fest.
»Ja, so ist es. Julia und zwei andere Männer befinden sich in Gewahrsam, bis wir wissen, was mit ihnen geschehen soll.«
Bevor John weitersprechen konnte, unterbrach ihn Peter. »Wie geht es meiner Tochter? Ist sie etwa schon hier? Warum wusste ich davon nichts? Kann ich Sie sehen?«
»Mr. Jennings, ich weiß nicht, warum Sie nicht informiert wurden. Julia befindet sich nun mit den anderen beiden Gefangenen innerhalb der Basis. Es war zunächst auch vorgesehen, dass ich mit den Gefangenen erst später runtergebracht werde, aber der Lagerraum, indem sich die Zelle der Festgesetzten befand, musste aus logistischen Gründen komplett geräumt werden. Da lag es nahe, dass wir mit den ersten Gruppen das Schiff verließen. Ich werde

mich morgen bei Ihnen melden, sobald wir wissen, wie wir mit den dreien verfahren wollen. Darüber entscheidet übermorgen ein Tribunal.«

»Ein Tribunal!« spuckte Peter die Worte förmlich aus und schüttelte energisch den Kopf. »Was haben Sie genau gegen Julia in der Hand? Halten Sie sie wirklich für eine Verschwörerin? Was soll sie getan haben?«

»Ich sollte mit Ihnen nicht darüber sprechen, aber ich möchte Ihnen sagen, dass ich den Eindruck gewonnen habe, dass Ihre Tochter bei ihren Taten ehrbare Absichten hatte.« John Stanhope sprach so leise, dass Peter ganz nah an ihn herantreten musste. »Doch Julia und ihre ... nun ja ... Freunde haben mehrmals gegen geltendes irdisches Recht verstoßen. Wir sind nun hier auf Lumera in einer besonderen Situation, Mr. Jennings. Auch diese Kolonie braucht eine Rechtsprechung. Es ist unumgänglich, dass schwerwiegende Gesetzesverstöße Konsequenzen nach sich ziehen. Was ich Ihnen jetzt sage, muss unter uns bleiben: Es ist durchaus möglich, dass Ihre Tochter mit einem blauen Auge davonkommt. Das hängt davon ab, ob es Zeugen gibt, die bestätigen können, dass die Regierung der Vereinigten Staaten einen Suizidbefehl ausgesandt hat.«

Peter wusste spontan nicht, was er daraufhin sagen sollte. Was er da hörte, war schier unglaublich. Doch Agent Stanhopes Tonfall war ruhig und respektvoll, sodass Peter den Eindruck hatte, dass er den Aussagen glauben konnte, auch wenn er eine Aversion gegen den Mann hegte, der seine Tochter in Gewahrsam genommen hatte.

Schließlich fragte Peter: »Warum sagen Sie mir das alles? Wie konnte unsere Regierung diesen ... Selbstmordbefehl geben? Was heißt das überhaupt?«

»Es war schlimmer, als Sie befürchten. Die Regierung hat im Ausnahmezustand einen massenweisen Suizidbefehl an Menschen ausgesandt, die für das Überleben der Menschheit in der damaligen Notsituation ... ein Hindernis waren. Diese Tat hat die Regierung den angeblichen Terroristen untergejubelt, die den Befehl frühzeitig unterbrochen und so einen Massensuizid verhindert, aber dadurch die Menschheit dem späteren Untergang geweiht haben. Mr. Jennings, ich weiß, wie Sie sich jetzt fühlen. Aber Sie müssen jetzt mit diesem Wissen sehr klug umgehen, um Ihrer Tochter helfen zu können. Mir jetzt den Kopf abzureißen würde Sie nicht weiterbringen.«

»Die Regierung hat also einen Massenmord angeordnet und anschließend alles einigen Unschuldigen in die Schuhe geschoben?«
»Ja und nein. Die Regierung hatte den Massensuizid angeordnet, der später von den Rebellen vereitelt wurde. Julia und die anderen haben das Massensterben durch einen Hackerangriff unterbunden. Auf illegale Weise, so ehrbar die Absichten und Taten der Rebellen auch waren. Dann hat die Regierung die Rebellen zur Fahndung ausgeschrieben und als Massenmörder beschuldigt. Ihrer Tochter wurde etwas Falsches zur Last gelegt. Aber es gab einen wirklichen Konflikt mit der Regierung. Es wurde nicht grundlos nach Julia und den anderen gefahndet.«

»Aber Sie sagen doch selbst, dass sie Menschen gerettet hat! Zusammen mit den anderen Rebellen«, fauchte Peter, woraufhin John Stanhope beschwichtigend die Hände hob.

Peter rang um Fassung. »Agent Stanhope, was soll ich von Ihrer Hilfsbereitschaft halten? Haben Sie Angst, dass ich Ihnen den Hals umdrehe, wenn man Julia verurteilen sollte?«

Stanhope verdrehte erst die Augen, lächelte dann aber. »Sie sind wirklich der Vater Ihrer Tochter! Hören Sie, ich bin FBI-Agent. Es ist mein Job, Verdächtige zu schnappen. Aber ich verurteile sie nicht. Das machen Richter, die ich nicht beeinflussen kann und darf. Sie werden sicherlich wissen, was Gewaltenteilung ist. Ich schnappe keine Schuldigen, sondern Verdächtige. Noch ist Ihre Tochter nicht schuldig gesprochen, Mr. Jennings. Die Schuldfrage steht und fällt mit der Frage nach der Verantwortlichkeit des Suizidbefehls. Merken Sie sich das. Nehmen Sie sich Zeit, um das zu verstehen. Das habe ich Ihnen als Privatperson gesagt.«

»Was soll mir dieser Orakelspruch jetzt nützen?«

»Das werden Sie sehen«, sagte Stanhope

»Warum entscheiden Sie bereits in zwei Tagen darüber, was mit den dreien geschehen soll? Gibt es keinen ordentlichen Prozess?«

Peter spürte Johns intensiven Blick von der Seite auf sich ruhen, während sie sich langsam in Richtung Basislager weiterbewegten. Er sah Mark Jones am großen Tor der Basis stehen. Anscheinend wartete er auf die beiden Nachzügler. Andrew, John Stanhopes Android, stand neben Jones.

»Mr. Jennings, erst einmal: Ich als FBI-Agent entscheide nichts. Wir befinden uns hier nicht mehr auf der Erde. Wir kolonialisieren einen neuen Planeten. Wir sind, ähnlich wie zuletzt auf der Erde, im Ausnahmezustand. Solange wir auf die anderen 22 Schiffe warten und noch keine feste Regierung gebildet wurde, ist James Lenoir als Oberbefehlshaber für alles verantwortlich. Und er entscheidet mit einer Jury darüber, was geschehen wird. Halten Sie dieses Tribunal bitte nicht für eine willkürliche Sache. Auch wenn ein Urteil am selben Tag geplant ist, wird es übermorgen durchaus ein Verfahren mit offenem Ausgang geben. Die Schuldfrage steht und fällt mit dem Suizidbefehl, aber das wissen Sie schon. Ich werde Sie morgen anrufen. Am Nachmittag oder am Abend. Ich wünsche Ihnen eine gute Nacht.«

»Gute Nacht und ... danke«, antwortete Peter erschöpft. Er war frustriert und verunsichert: Hatte Stanhope ihm gerade eben Hoffnung gemacht? Und wie sollte er das Gehörte nutzen, um Julia zu helfen? Konnte er ihr überhaupt helfen? Das musste er nun alles sehr gründlich durchdenken.

22

November 2384, Lumera, Julia

Julia schrak aus dem Schlaf hoch. Sie hatte wieder eine furchtbare Nacht hinter sich. So wie fast jede Nacht, seit sie die Videos von der Erde gesehen hatte. Noch immer lähmte sie das Gefühl der Schuld am Tod von hunderten Millionen oder gar Milliarden von Menschen. Dass es seit vielen Jahren keinen Kontakt mehr zur Erde gab, trug nicht gerade zur Verbesserung dieses Umstands bei. Sie hatten nur das Beste gewollt, aber leider hatten sich die unbeabsichtigten Konsequenzen ihrer Taten zu einem absoluten Desaster entwickelt.

Ihr Zelt befand sich zwar am Rande der großen Basis, aber laut war es hier dennoch. Immer wieder gingen Patrouillen am Zaun entlang und unterhielten sich lautstark. Dass in den Zelten Menschen schliefen, schien die Männer da draußen überhaupt nicht zu interessieren. Erst gegen Morgen war sie aufgrund ihres Gedankenkarussells eingeschlafen. Und jetzt riss ein ohrenbetäubender Lärm sie aus dem Schlaf, den sie so dringend brauchte.

»Mein Gott, was ist das?«, rief sie Ethan zu. Ihr Freund saß gemeinsam mit Ryan an dem kleinen Tisch in der Mitte der von Gitterstäben umgebenen Gefängniszelle, die sich innerhalb des Zelts befand. Das Zelt brauchten sie zum Schutz vor den Insekten und der sengenden Sonne. Julia stellte fest, dass Ethan tatsächlich ein Buch aus Papier in den Händen hielt. Er sah ihren fragenden Blick, deutete ihn aber falsch.

»Cool, oder? Das hat der Agent mir gegeben. Es war im Konservierungsraum des Raumschiffes, neben vielen anderen Exemplaren. Oscar Wildes »Bildnis des Dorian Gray«, ein interessanter Roman. Der Protagonist hat sich doch tatsächlich ...«

»Jaja, ganz toll. Was soll eigentlich dieser Krach da draußen?« Julia interessierte das Buch gerade herzlich wenig. Sie war müde, hatte Hunger und dazu noch ein ungutes Gefühl, weil es sich anhörte, als würde ein Flugzeug neben ihrem Zelt seine Triebwerke zünden. Und dass dieser Agent ihnen nun Zuckerstückchen in den Käfig warf, gefiel ihr auch nicht.

»Jetzt krieg dich wieder ein!«, entfuhr es Ethan. »Der Wachmann meinte, dass irgendwo in Richtung der Berge ein tiefes Loch gebohrt wurde und nun irgendwelche Rohre im Eiltempo verlegt werden. Es hat irgendwas mit Methan zu tun.«

»Genau genommen geht es um die Gewinnung von Methan«, schaltete Ryan sich ein. »Es soll dort große Vorkommen unterhalb der Erde geben. Ein Teil des Methans wird anschließend gecrackt. Das heißt, dass es in Wasserstoff und Kohlenstoff aufgespalten wird. Und diese Endprodukte können wiederum industriell genutzt werden. Und Energie liefert Methan natürlich auch.«

»Gut, dass wir das geklärt haben, Ryan«, stieß Ethan voller Ironie aus. Dieser zuckte nur mit den Schultern und starrte aus dem Fenster, als ob es dort etwas Spannendes zu sehen gab. Die Stimmung war angespannt. Keiner der drei wusste, ob er die nächsten Tage noch erleben würde. Da war es nur verständlich, dass jeder dünn besaitete Nerven hatte.

Julia überlegte gerade, ob sie der Wache Bescheid geben sollte, dass sie sich ein wenig die Füße vertreten wolle, da leuchtete die rote LED über dem Zelteingang auf. Kurz darauf öffnete sie sich die schmale Tür, und John Stanhope betrat mit zwei Männern und einer Frau das Zelt. Julia stockte der Atem. Sofort erkannte sie durch die Gitterstäbe ihren Bruder Jason. Die Frau an seiner Seite, die ihm beruhigend die Schulter tätschelte, wirkte sehr vertraut mit ihm. Vielleicht war sie seine Partnerin. Der andere Mann sah genauso aus, wie sie ihn in Erinnerung behalten hatte.

Ethan kannte Julias Vater nur von einigen Fotos, aber auch er erkannte Peter Jennings sofort. Er schien Julias Bestürzung zu spüren, denn schnell trat er zu seiner Freundin. Allerdings ließ Julia nicht zu, dass er seinen Arm um ihre Schulter legte. Die Gefühle überwältigten sie in diesem Augenblick, und sie brachte kein Wort heraus, als Peter an die Gitterstäbe trat und seine Hand nach ihr ausstreckte.

»Julia, ich bin so froh, dich zu sehen«, flüsterte er.

»Dad. Ich kann es einfach nicht fassen. Du lebst. Ich hätte niemals zu träumen gewagt, dass wir uns wiedersehen.« Sie wollte seine Hand ergreifen, hielt sich aber zurück. Sie stand unter Terrorismusverdacht. Sie konnte jederzeit verurteilt werden, und dann würde sie ihren Vater und ihren Bruder wieder verlieren.

Vorsichtig zog ihr Vater mit einem traurigen Gesichtsausdruck die Hand wieder zurück. Julia musste heftig schlucken, um die Tränen, die in ihren Augenwinkeln glänzten, zurückzuhalten. Ein Blick auf Agent Stanhope offenbarte ihr, dass ein Hauch von Traurigkeit hinter seiner sonst starren Miene zu erkennen war. Berührte ihn diese Szene hier etwa? Julia hatte zwar seine weiche und freundliche Seite kennengelernt, als er mit ihr im Vertrauen gesprochen und sie sogar in den Arm genommen hatte. Aber sie dachte, das wäre ein einmaliger Ausrutscher gewesen. Und jetzt stand er hier und kämpfte mit seinen Gefühlen. Kurz vergaß Julia ihren eigenen Schmerz und die Freude, ihre Familie wiederzusehen. Dieser Agent irritierte sie und sie wusste nicht, ob es sie störte oder sogar gefiel.

»Julia, es tut so gut, dich zu sehen«, sagte nun auch ihr Bruder, der ebenfalls sichtlich mit den Tränen rang. Julia hätte nicht gedacht, dass ihre Anwesenheit tatsächlich eines Tages wieder irgendwelche Emotionen bei Jason auslösen würde. Sie hatte das Band zwischen ihnen eigentlich für zerschnitten gehalten.

»Jason«, sagte sie, »ich freue mich auch, dich zu sehen.«

»Es steckt noch viel von dem kleinen Mädchen in deinem Gesicht«, sagte Peter zärtlich. Er ließ eine kurze Pause verstreichen, in der er sich offensichtlich ebenfalls sammeln musste. Schließlich blickte er sie wieder mit glasigen Augen an. »Julia, wir werden dich da irgendwie rausholen. Da bin ich sicher.«

Julias Gefühle fuhren Achterbahn in dieser unwirklich scheinenden Situation. In Filmen fielen sich die Verlorengeglaubten immer um die Hälse, weinten hemmungslos und alles war wieder gut. Im wahren Leben allerdings war es ganz anders. Die Gitterstäbe zwischen ihr und ihrer Familie waren bittere Realität.

Julia war ein Verdrängungskünstler. Sie hatte immer schon Probleme damit gehabt, ihre Gefühle direkt auszudrücken. Nun war sie gänzlich überfordert mit der Situation. Sie stand mit tränennassen Augen einfach nur da und war verkrampft darum bemüht, nicht loszuheulen.

»Vielleicht geschieht ein Wunder, Dad. Aber ich weiß noch, wie sie uns auf der Erde gejagt haben. Und wofür sie uns gejagt haben. Das hier sind dieselben Leute«, sagte Julia und blickte kurz zu Agent Stanhope herüber, »und sie dulden nur völlige Unterwerfung. Ich bin so dankbar, dass ich euch noch einmal sehen durfte. Aber wir können nur noch auf ein Wunder hoffen.« Peter und Jason waren zutiefst erschüttert. Agent Stanhope bemühte sich weiterhin, seine Fassade der Ausdruckslosigkeit aufrechtzuerhalten. Er blickte dennoch leicht beschämt zu Boden.

»Ich weiß, was Sie von mir halten, Ms. Jennings«, sagte John Stanhope mit leicht zitternder Stimme. »Auch wenn Sie damit nichts anfangen können, ich wünsche Ihnen Glück und hoffe, dass die richterliche Gewalt, die hier auf Lumera erst im Entstehen begriffen ist, eine andere ist als die, die wir zuletzt auf der Erde erleben mussten.«

Julia zuckte nur mit den Schultern. Reden konnte er gut, dieser FBI-Jäger. Plötzlich aber machte sich auch Wut in ihr breit: »Ich sage Ihnen was! Warum schenken Sie sich nicht Ihre Wünsche und setzen sich dafür mit uns auf die Anklagebank? Dann wären alle Massenmörder gemeinsam fällig. Sie wissen doch ganz genau, wie nah sie am Suizidbefehl dran waren, oder? Was haben Sie gemacht? Ausgerechnet diejenigen gejagt, die den Massenmord verhindern wollten? Egal, ob unser Handeln falsch war oder nicht: Waren Sie besser als wir?«

»Die Besuchszeit ist um, so leid es mir tut. Ich bitte Sie, sich zu verabschieden«, sagte John Stanhope mit einer Stimme, die keinen Widerspruch duldete. Dieser gefühlskalte Eisklotz! Oder war das wieder Fassade? Julia wusste es nicht.

Gerade als Peter und Jason sich umdrehen wollten, warf Julia sich gegen die Gitterstäbe und streckte ihre Hände nach den beiden aus. Jason und Peter erwiderten die Umarmung, so gut es ging, bevor John Stanhope sie ermahnte, das Zelt zu verlassen.

23

November 2384, Lumera, Peter

Peter blickte zu Anastacia. Sie hing gemeinsam mit Alex, dem Mikrobiologen, über einem Elektronenmikroskop. Peter hatte ihr versichert, dass er kein Problem damit hatte, wenn sie ihre Forschungen fortführten. Er war nicht der Typ, der reden musste, wenn er große Probleme hatte. Er musste erst einmal alleine über das Problem nachdenken. Es tat ihm gut, dass Anastacia in der Nähe war, das reichte ihm. Es war traurig zu sehen, wie die beiden Wissenschaftler das Leben untersuchten, während er den Tod seiner Tochter fürchtete. Anastacia und Alex hatten eine völlig neue Art von Einzellern gefunden. Das Erstaunliche daran war vor allem die Tatsache, dass die Wissenschaftler die Einzeller im Sekret der Duftdrüsen der Madenmaus gefunden hatten. Den kleinen possierlichen Tierchen war Peter bereits im Dschungel begegnet. Einige Exemplare konnten sie in Lebendfallen fangen und untersuchen. Ob die Einzeller in einer Symbiose mit den kleinen Säugetieren lebten oder ihre Anwesenheit einen anderen Grund hatte, wollten sie unbedingt noch weiter untersuchen. Zwei weitere Madenmäuse warteten in kleinen Käfigen darauf, ebenfalls untersucht zu werden. Gut, sie warteten vielleicht nicht wirklich darauf. Sie hatten keine Wahl. So wie Julia und ihre Freunde keine Wahl hatten, als auf das Tribunal zu warten.

In dem großen Zelt, das den Wissenschaftlern in der Nähe des großen Eingangstores der Basis für Forschungszwecke zur Verfügung gestellt wurde, war es stickig und heiß. Eine kleine Klimaanlage konnte in der grellen Mittagshitze nicht allzu viel gegen die kräftigen Strahlen der Sonne ausrichten. Peter legte einige Objektträger, deren Ergebnisse er bereits katalogisiert hatte, in einen der Kühlbehälter und wischte sich den Schweiß von der Stirn.

Er dachte gerade darüber nach, unter welch angenehmen Bedingungen sie hier dennoch derzeit leben konnten. Es gab fließend Wasser, Strom, Nahrung und alles, was man sonst noch zum Leben brauchte. Er merkte im Grunde kaum, dass er sich auf einem fremden Planeten befand. Allerdings war er sich sicher, dass die Situation sich noch ändern konnte. Derzeit lebten sie von den Vorräten des Raumschiffs. Er wusste von Ted, dass es noch einige Wochen dauern würde, bis die ersten Nutztiere vom Schiff geholt werden konnten.

Peter wollte sich gedanklich wieder seiner Tochter zuwenden. Er musste sich einen Reim auf das machen, was Stanhope ihm nach dem Rettungseinsatz im Dschungel gesagt hatte.

Plötzlich meldete sich eine Stimme in seinem Kopf. Ein Anruf von John Stanhope.

»Mr. Jennings, ich habe eine gute Nachricht für Sie. Das Tribunal wird nun anders als geplant öffentlich durchgeführt. Sie dürfen den Prozess also mitverfolgen.«

———

Als Peter sich dem großen Pavillon, in dem das Tribunal stattfinden sollte, näherte, fühlte er sich wie fremdgesteuert. Einerseits weil sein Gedanken- und Gefühlschaos es ihm unmöglich machte, auf den Weg und die Umgebung zu achten. Andererseits weil Anastacia, die ihn begleitete, tatsächlich darauf achtete, dass er den Weg zum Zelt fand. Peter fand den Gedanken unerträglich, bei allem, was nun folgte, nur Zuschauer und Zuhörer sein zu dürfen. Er würde keinen Einfluss auf den Prozess und die Verurteilung haben. Er würde nichts tun können, um Einfluss darauf zu nehmen, was aus seiner Tochter und ihren Freunden wurde. Er würde seiner Tochter nicht helfen können. Wenigstens durfte er das Tribunal mitverfolgen. Schlicht abzuwarten hätte ihm vollkommen den Verstand geraubt, da war er sich völlig sicher.

Wie Motten um das Licht strömten die Menschen zu dem großen

Pavillon, dass sich neben General Lenoirs großem Zelt befand. Es waren viele Bänke aufgestellt, aber es war jetzt schon klar, dass nicht jeder einen Sitzplatz bekommen würde. Die ersten Leute standen bereits hinter den Bänken. In der Mitte des Pavillons hatte man eine Art Bühne aufgebaut, auf der der General, der als Richter fungierte, an einem unscheinbaren leeren Schreibtisch saß. Ebenfalls erhöht saßen die zehn Geschworenen auf vermutlich kürzlich gezimmerten Holzstühlen. Peter kannte keinen der Juroren.

Vor der Bühne standen in einigem Abstand zu der Bühne fünf Stühle in einer Reihe. Das waren wohl die Plätze der ausgewählten Zuschauer. Ein Zuschauer saß bereits auf dem mittleren Stuhl, dem starren Gesichtsausdruck nach zu urteilen offenbar ein Android. Als er sich der Sitzreihe näherte sah Peter, dass zwischen dem Stuhl in der Mitte und den äußeren Stühlen etwas Platz gelassen worden war. War der Android etwa als Puffer zwischen zwei Lagern gedacht? Der Android bedeutete Anastacia und Peter mit einer Geste, sich links von ihm hinzusetzen. Peter betrachtete die verlegenen Gesichter der Juroren. General Lenoir strahlte Selbstsicherheit aus, mied aber den Blick Peters. Agent Stanhope erschien in Begleitung eines etwa vierzigjährigen Mannes, dessen buschige Augenbrauen besonders auffielen. Im Vorbeigehen warf John Stanhope Peter einen grüßenden Blick zu, die Lippen stark aufeinandergepresst. Weiteres Wachpersonal kam hinzu und umrundete die Bühne und die Zuschauerreihe.

»Werte Geschworene«, begann Lenoir seine Ansprache, höflich an die Juroren gewandt, »werte Ermittler, Diensthabende und werte Zuschauer«, sagte er, ohne Peter und die anderen Zuschauer, es mussten inzwischen um die 150 Leute sein, eines Blickes zu würdigen, »ich begrüße Sie in meiner Funktion als Richter im außerplanmäßigen Gerichtsverfahren der neuen Gesellschaft von Lumera gegen Julia Jennings, Ethan James und Ryan Fender. Die Notstandsregelungen befugen mich als Oberbefehlshabenden, allein über Urteil und Strafmaß der Angeklagten zu bestimmen. Doch ich habe mich entschieden, eine Jury einzusetzen. Denn wir wollen uns um erdähnliche Abläufe bemühen. Nach Klärung der Schuldfrage durch die Geschworenen werde ich das Strafmaß bestimmen.«

Peter machte Anstalten aufzustehen. Ihm war danach, sich beim General zu bedanken. Doch da spürte er den kräftigen Griff des Androiden, der neben ihm saß, auf seiner Schulter und lehnte sich zurück. Das war ein verdammt starker Android, kaum zu glauben.

Anastacias Hand griff die seine und gemahnte ihn ebenfalls zur Ruhe. Er spürte die Blicke aller Wachleute und der Zuschauer auf sich. Die Lagerbewohner kannten natürlich im Groben die der Allgemeinheit bekannten Hintergründe der Geschehnisse im Zusammenhang mit dem Massensuizid auf der Erde. Kein Wunder. Derzeit glich das Lager einem kleinen Dorf. Es wurde viel getratscht und an solchen Themen, wie dem Tribunal, zogen sich die Leute natürlich hoch. Peter fragte sich, ob er das verfluchte Verfahren überhaupt würde durchstehen können? Er fühlte sich dem Zusammenbruch nahe.

»Weil wir beabsichtigen«, sagte der General mit noch lauterer Stimme, den Blick direkt zu Peter gewandt, »eine freiheitliche Zivilgesellschaft zu errichten, bemühe ich mich, von so wenigen Notstandsregelungen wie möglich Gebrauch zu machen. Dennoch lässt sich nicht leugnen, dass dies ein Sondertribunal ist, das unter der Maßgabe der größtmöglichen Zeiteffizienz zu erfolgen hat.«

Peter und Anastacia tauschten hoffnungsvolle Blicke.

»Dieses Verfahren wird aufgezeichnet und in Echtzeit in das Zelt der Angeklagten übertragen«, fuhr Lenoir fort. »Die Angeklagten bekommen alles mit, was hier passiert und über sie gesagt wird. Beim Verfahren anwesend ist außerdem: Peter Jennings, Vater von Julia Jennings sowie Dr. Elias Fox, ehemaliges Mitglied des Repräsentantenhauses der US-Regierung. Ebenfalls in der Zuschauerreihe finden sich Agent John Stanhope und ein ihm assistierender Android.«

»Andrew!« tönte die helle Stimme des Androiden. Allgemeines Gekicher war zu vernehmen, was Andrew tatsächlich etwas zu verunsichern schien. Hektisch flog sein Blick durch die Zuschauermenge.

General Lenoir ignorierte die Ergänzung des Roboters. Peter konnte nicht anders, als sich kurz vornüberzubeugen, um einen Blick auf den ihm unbekannten Mann, auf diesen Dr. Fox, zu erhaschen. Dessen Miene zeigte keine Regung. Was war nur von diesem Parlamentarier zu erwarten? Warum saß er gemeinsam mit ihm hier?

General Lenoir fuhr fort. »Eine Anwesenheit der Angeklagten in diesen Räumlichkeiten ist aufgrund der Lager- und Sicherheitssituation nicht zu empfehlen. Trotz meiner heutigen richterlichen Funktion will ich weiterhin mit ›General‹ tituliert werden. Mit ›Euer Ehren‹ sollen später die Richter angesprochen werden, die diese

Funktion innerhalb eines funktionierenden Staatskörpers einnehmen«, sagte General Lenoir.

Peter wurde nicht schlau aus dem General. Er schien bemüht, seine Macht einzuschränken. Das wirkte schwach. Oder vielleicht doch nicht? War jemand, der die eigene Macht einschränkte, vielleicht noch stärker als jemand, der seine Macht maximal ausreizte? Jedenfalls waren die Entscheidungen Lenoirs gut für Peters Nerven und sein hoffungsvolles Herz.

»Es gibt«, sagte General Lenoir, »eine weitere unplanmäßige Maßnahme zur Gewährleistung eines gerechten Ablaufs.«

Peter meinte, John Stanhopes Blick kurz auf sich zu spüren. Oder hatte Peter sich nur getäuscht? Er hing zu sehr an den Lippen des Generals, um auf etwas anderes als dessen Worte zu achten.

»Es ist vorgesehen, dass ich Zeugenbefragungen durchführe. Die Notstandsregelungen erlauben mir dies. Doch ich bin aus genannten Gründen dagegen, dass eine Instanz mit derart vielen Befugnissen ausgestattet wird. Die Befragung der Zeugen ist eine klassische Aufgabe von Anwälten. Da eine andere Zusammensetzung des Gerichts mit versierten Rechtsgelehrten hier und heute nicht möglich war, bitte ich darum, dass sich je ein Freiwilliger aus der Reihe der Zuschauer für die Aufgabe des Verteidigers und Anklägers meldet.«

Völlige Stille. Damit hatte niemand gerechnet. Dr. Fox erwachte als Erster aus der Schockstarre: »Euer Eh …, General Lenoir, verstehe ich Sie richtig? Sie verzichten auf die Möglichkeit, dieses lächerliche Verfahren schnell zu beenden? Diese Terroristen sollen ihre gerechte Strafe bekommen, und zwar so schnell wie möglich! Wenn sie uns Zuschauer zu Advokaten machen, dann wird doch daraus ein Eiertanz! Dann zieht sich das Verfahren über Tage hin.«

Ein Tosen ging durch die Menge und wüste Beschimpfungen folgten. Offensichtlich waren die Zuschauer Dr. Fox Meinung. Peter merkte, wie ihm der Schweiß ausbrach.

»Es wird hier keinen Eiertanz geben, Dr. Fox. Dafür werde ich als Richter sorgen. Achten Sie auf Ihre Wortwahl, oder Sie werden wegen Missachtung des Gerichts entfernt. Das Verfahren wird sich nicht unnötig in die Länge ziehen, weil jede Partei nur zwei Zeugenbefragungen durchführen darf. An alles ist gedacht. Es ist nur zu klar, wer Verteidiger und wer Ankläger sein wird. Aber immerhin stellen wir damit sicher, dass hier alle Meinungen und Interessen vertreten werden. Das ist besser, als wenn eine Person Richter und

Anwalt für beide Parteien ist. Ich halte daran fest, von den Notstandsregelungen während dieses Verfahrens keinen Gebrauch zu machen. Ich muss wohl direkter werden. Dr. Fox, sind Sie bereit, die Anklage zu übernehmen? Wenn Sie es nicht tun, wird es eben keine Anklage geben oder einer der Zuschauer übernimmt es. Im Zweifel werden wir nur die Seite der Verteidigung zu hören bekommen. Es liegt jetzt an Ihnen.«

»Eine Frage noch, Euer ..., General Lenoir. Falls ...«, Dr. Fox unterdrückte ein Lachen, »falls Peter Jennings bereit ist, die Verteidigung zu übernehmen, wäre er als Vater einer Verdächtigen nicht befangen?«

General Lenoir erhob daraufhin seine Stimme, als hätte er einen widerspenstigen Rekruten vor sich. »Er wäre nicht weniger befangen als ein ehemaliges Mitglied der US-amerikanischen Regierung in dieser Angelegenheit! Haben Sie, Dr. Fox«, blaffte er den ehemaligen Politiker an, »etwa dem Gericht nicht folgen können, als es deutlich machte, dass eine andere Konstellation des Gerichts hier und heute nicht möglich ist? Gibt es Verständnisprobleme, oder haben Sie keine Achtung vor dem Gericht, Dr. Fox?«

»Ich ... bitte um Entschuldigung, General Lenoir. Ich erkläre mich bereit, die Anklage gegen die Verräter zu übernehmen.«

General Lenoir nickte. Sein Blick ging zu Peter. »Mr. Jen...«

Weiter kam er nicht. Peter sprang auf: »Ich übernehme die Verteidigung!«, schrie er förmlich, und wurde sofort vom Androiden wieder auf seinen Stuhl gedrückt.

»Damit ist diese Frage geklärt«, sagte General Lenoir. Ein leiser Hauch von Zufriedenheit legte sich auf seine Gesichtszüge.

Peter konnte sein Glück, nein, ihr aller Glück, nicht fassen. Er saß mit ausgestreckten Armen und erhobenen Fäusten da und wurde von Anastacia umarmt. Sofort erwiderte er die Umarmung. Wie Julia es wohl gerade ging? Bekam sie wirklich alles mit? Er konnte es nur hoffen.

»Mr. Jennings, aufgrund der Tatsache, dass Sie natürlich die Möglichkeit haben müssen, mit den Angeklagten im Vorfeld der Verhandlung zu sprechen, um sie bestmöglich verteidigen zu können, räumt das Gericht Ihnen drei Stunden ein. Ein Security-Android wird Sie zum Zelt der Inhaftierten begleiten. Dort dürfen Sie sich dann mit den Angeklagten besprechen.« Ohne ein Widerwort zuzulassen, schlug General Lenoir mit einem großen Holzhammer auf ein kleines Stück Holz und erhob sich.

Lauter Protest ertönte aus den Reihen der mittlerweile dichtgedrängten Zuschauer. Es flog sogar ein kleiner Stein in Peters Richtung, der ihn aber verfehlte. Schützend stellte Peter sich vor Anastacia, was aber aufgrund der Tatsache, dass sie sich hier wie auf einem Präsentierteller befanden, sinnlos war. Die Androiden drängten die Zuschauer langsam zurück und schickten sie zu ihren Zelten oder zu ihrer Arbeit. Peter wartete, bis sich das Gedränge gelichtet hatte, warf noch einen Blick in das vor Wut schäumende Gesicht von Dr. Fox und verließ mit dem ihm zugewiesenen Androiden den Tribunalplatz. Anastacia warf er einen liebevollen Blick zu. Es dauerte nur wenige Gehminuten und sie erreichten das Zelt von Julia und ihren Freunden. Julia erwartete ihren Vater, indem sie am Zellengitter stand und die Stäbe mit weißen Fingern umschloss.

»Dad, ich weiß nicht, was ich sagen soll. Bist du völlig verrückt geworden? Weißt du, worauf du dich da einlässt?«, fragte sie fassungslos. Ethan schüttelte lediglich den Kopf und Ryan hatte sich auf seine Matratze geschmissen und starrte die Zeltwand an.

»Julia, wer wenn nicht ich, kann dich … euch würdiger vertreten.« Bevor Julia etwas einwerfen konnte, fuhr er fort.

»Ich weiß, ich bin kein Anwalt. Aber ich habe aufgrund meiner Position bei der Jentecs, Inc. viele Verhandlungen miterlebt. Ich kriege das hin. Vertrau mir.«

Julia zog sich einen Stuhl an das Gitter und setzte sich. Peter tat es ihr gleich und nickte ihr wohlwollend zu. Er brauchte das volle Vertrauen seiner Tochter, wenn er ihr und ihren Freunden helfen wollte.

»Julia, ich muss alles …, wirklich alles, wissen. Erzähl mir die ganze Geschichte. Fang ganz am Anfang an. Wir haben drei Stunden Zeit.«

Julia holte tief Luft. Und dann begann sie zu erzählen.

24

November 2384, Lumera, John

John war angespannt. Der Prozess ging weiter. Nun kam es darauf an, was Peter vorzubringen hatte, um das Strafmaß der Angeklagten möglichst gering zu halten. John hoffte inständig, dass Peter Jennings die Hinweise, die er ihm gegeben hatte, verstanden hatte und dass er dieses Wissen hier nutzen würde. Er hatte auf diese Weise bereits Einfluss genommen auf den Prozess. Oder es versucht. Auch wenn er hier auf der Seite der Anklage saß, war er längst ein heimlicher Unterstützer der Rebellen. Ausgerechnet er. Ihre Lage hatten die Angeklagten schließlich zum Teil John, aber auch Salisbury, der US-Regierung und der Klimakatastrophe auf der Erde zu verdanken. Der Hauptanklagepunkt, der Massenmord, war unbegründet. Diesbezüglich waren die Angeklagten unschuldig. Das war Fakt, und John wollte nicht, dass die Rebellen für etwas verantwortlich gemacht wurden, dass die Regierung getan hatte. Die Regierung gehörte ebenfalls vor Gericht, wenn man ehrlich war.

John dachte wieder an Peter Jennings. Dieser durfte nur nicht die Nerven verlieren, sonst würde er gegen den Berufspolitiker Fox keine Chance haben. Der war ein rhetorisches Ass!

General Lenoir hatte Dr. Fox als Ankläger ausgewählt, nachdem John erreicht hatte, dass der General über eine möglichst faire Prozessordnung nachdachte. Er war offen für solche Ideen gewesen. Eigentlich durfte John auf einen Richter keinen Einfluss nehmen.

Doch er hatte es im Rahmen einer zwanglosen Unterhaltung getan. Außerdem machte die Lagersituation es John unmöglich, dem General aus dem Weg zu gehen.

Es war gut zu sehen, dass General Lenoir tatsächlich seine eigene Macht beschränkte. Der Mann hatte wirklich Größe! Ihn würde John jederzeit zum Präsidenten von Lumera wählen.

John sah herüber zu Peter Jennings. So wie dieser von seinen Vatergefühlen übermannt wurde und auf und ab hüpfte, war er sich nicht sicher, ob er das hier wirklich packen würde. Das hier war etwas ganz anderes, als den Dschungel zu erforschen. Hier musste er Menschen überzeugen, denen das Schicksal seiner Tochter absolut egal war. Die meisten Geschworenen würden kein Interesse daran haben, der Wahrheit ins Gesicht zu sehen und anzuerkennen, dass die US-Regierung die eigene Bevölkerung auszurotten versucht hat. Fox würde für das Ansehen der US-Regierung kämpfen. Um jeden Preis.

25

November 2384, Lumera, Peter

Peter ignorierte die Geräusche, die die Zuschauer machten. Nachdem Lenoir die Verhandlung unterbrochen und er mit seiner Tochter und den anderen Angeklagten gesprochen hatte, hatte Anastacia ihm geraten, sich wieder zu beruhigen, um die nötige Souveränität auszustrahlen, die die Jury von ihm erwartete. Das erschien ihm fast unmöglich, dennoch hatte er sich bemüht, ruhig zu atmen und die Augen zu schließen. Er nahm nun seit einer gefühlten kleinen Ewigkeit seinen BID in Anspruch, ohne Rücksicht darauf, wie viel Kraft es ihn kostete. Anastacia hatte sogar immer wieder an ihm zu rütteln begonnen. Er hatte ihr stets mit erhobener Hand bedeutet, dass sie ihn nicht stören durfte. Er war gedanklich in seiner Wissensdatenbank, die zum Glück gut strukturiert worden war. Er hatte während seiner Übungen mit dem gezielten Zugreifen auf Informationen aus der Datenbank herausgefunden, dass er jederzeit die Suchkriterien ändern konnte, dass er die Suche erweitern, aber auch eingrenzen konnte.

Nun suchte er nach allem, was mit den Ereignissen auf der Erde vor dem Start der Weltraumarchen zu tun hatte. Dabei stieß er wieder auf die eine schreckliche Lebenserfahrung, die ihn bereits schon einmal übermannt hatte. Gerade als er den Eindruck bekam, im Wasser zu stehen, um andere Menschen davon abzuhalten, weiter ins Wasser zu steigen, bemühte er sich, diese fremde Lebenserfahrung innerlich auf Abstand zu halten. Wessen Erinnerung war das? Er musste sich auf den übergeordneten Dateiordner fokussieren, um herauszufinden, wem diese Erinnerung gehörte. Er fand die Quelle dieser Erinnerung in einer Frau namens Stephanie Woods, technische Assistentin auf der Platon. Sie hatte bei dem Massenertrinken keine Angehörigen verloren, aber sie war dabei gewesen, als es passierte. Sie hatte spontan so viele Menschen wie möglich retten wollen. Vergeblich.

War es sinnvoll, Mrs. Woods in den Zeugenstand zu holen? Möglicherweise war sie noch im Orbit von Lumera und hatte Dienst auf der Platon. Ihre Erinnerung war schockierend, aber lieferte sie wirklich neue Informationen? Nicht wirklich.

Peter musste weitersuchen. Er schob den Ordner von Stephanie Woods wieder an seinen Platz und begann eine neue Suche. Er suchte nach Dr. Elias Fox, doch er fand keinen eigenen Ordner dieses Namens. Das musste wohl daran liegen, dass Fox mit der Aristoteles gereist war. Peter hatte lediglich Zugang zum Wissen der Menschen auf der Platon. Er fand nur Erwähnungen seiner Person, weil er als Kongressabgeordneter eine Person öffentlichen Lebens gewesen war. Dr. Fox war als ein erzkonservativer Politiker bekannt, der Krieg für eine gute Lösung vieler Probleme hielt und der Ansicht war, dass die Interessen der Vereinigten Staaten immer an erster Stelle stehen sollten. So einer würde nie die Maßnahmen kritisieren, an denen er Anteil gehabt hatte, selbst wenn er es besser wüsste.

Es war zum Verzweifeln. Peter merkte, dass alles um ihn herum ruhiger wurde. Er hatte wohl keine Zeit mehr für weitere Recherchen. Er schlug die Augen auf. Anastacia blickte ihn besorgt an. Die Suche hatte ihm nichts gebracht außer höllischen Kopfschmerzen.

»Die Kolonie Lumera Eins«, begann der General, »erhebt Anklage gegen Julia Jennings, Ethan James und Ryan Fender und beschuldigt sie des Einbruchs in ein Firmengebäude von Nantech Industries in Beacon, New York, eines Hackerangriffs auf das System des genannten Konzerns, des Diebstahls von sicherheitsrelevantem Eigentum sowie der massenweisen Manipulation der BIDs von US-Staatsbürgern. Weiterer Anklagepunkt: Identitätsbetrug durch die Vortäuschung falscher Identitäten. Beschuldigt werden die Angeklagten schließlich des Massenmords an mindestens 15 Millionen von Bürgern der Vereinigten Staaten, die infolge der Manipulation der BIDs in den Suizid getrieben wurden.« Wieder ertönte ein Aufbegehren der Zuschauer. Einzelne riefen, dass die Angeklagten schnellstens getötet werden sollten. Erneut spürte Peter die starke Hand des Androiden, als er sich wieder erheben wollte.

»Verehrte Teilnehmer des Tribunals, verehrte Diensthabende, verehrte Zuhörer«, ergänzte Lenoir, »es folgt nun die Belehrung über die Sachlage, bevor die Zeugenbefragungen stattfinden: Am 23. Juli 2042 ist Julia Jennings ohne Begleitung, jedoch mithilfe der US-Bürger Ethan James, Ryan Fender, Gerrit Pierson, Fay Oliver, Marlene Short und Christopher Woodruff in das Firmengebäude von Nantech Industries in Beacon eingedrungen und hat eine Spionage-Software im System installiert, die lange Zeit unbemerkt blieb. Außerdem entwendete Julia Jennings einen BID-Remover. Der Besitz eines solchen Geräts war unautorisierten Personen aufgrund der massiven Manipulationsgefahr strengstens verboten. Julia Jennings, Ryan Fender und Ethan James, die sich auf Lumera in Gewahrsam befinden, haben gestanden, für das unerlaubte Betreten des Firmengebäudes, für den Cyber-Angriff auf das Firmensystem und den Diebstahl des BID-Removers verantwortlich zu sein. Die Komplizen der drei Angeklagten sind auf der Erde geblieben und standen somit für eine Befragung nicht zur Verfügung.«

John und der Android steckten kurz die Köpfe zusammen, und General Lenoir schien dies mitzubekommen.

»Agent Stanhope, haben Sie dem etwas hinzuzufügen?«, fragte der General.

»Ich habe nichts hinzuzufügen, General Lenoir«, sagte Stanhope.

»Worum geht es in Ihrer Unterredung, Agent Stanhope?«

»Ich wollte mich erkundigen, ob mittlerweile mehr über die anderen Komplizen bekannt ist.«

»Und? Soll das etwa heißen, dass noch mehr Komplizen an Bord gekommen sind?«

John Stanhope antwortete zu spät. »Um das vollkommen zweifelsfrei zu beantworten, wären weitere Untersuchungen nötig, um die ich mich gerne nach dem Tribunal kümmern werde.«

»Mr. Stanhope, das ist jetzt nicht der richtige Zeitpunkt für weitere Mutmaßungen«, antwortete General Lenoir gereizt. »Machen Sie das später, aber jetzt wenden wir uns diesem Fall zu.

Es ist schon schlimm genug, dass wir uns mit diesem Tribunal beschäftigen müssen, anstatt mit unseren Kolonisationsarbeiten fortzufahren. Es kann nicht angehen, dass wir befürchten müssen, bald weitere Rebellen zu finden und noch einmal prozessieren zu müssen. Es ist völlig unangemessen, dass wir schon jetzt unsere polizeilichen und judikativen Strukturen derart ausbauen müssen. Das hier soll eine Kolonie und keine Vollzugsanstalt sein!« General Lenoir rang um Fassung. Er stand wohl unter größerem Stress, als es am Anfang ausgesehen hatte.

Dr. Fox meldete sich plötzlich zu Wort. »Es wäre dennoch gut, mehr über die anderen Rebellen zu erfahren.«

»Ausgeschlossen!« Eine neue Welle der Wut entlud sich auf dem Gesicht Lenoirs. »Über Rebellen, die nicht festgesetzt wurden, wird heute nicht entschieden. Dr. Fox und Mr. Jennings, Sie sollten Ihre vorübergehenden anwaltlichen Befugnisse dazu nutzen, sich den anliegenden Sachverhalten zuzuwenden. Weitere Verzögerungen werde ich nicht zulassen.«

Lenoir atmete tief durch und schien sich wieder zu beruhigen. »Ich fahre nun mit der Belehrung über die Sachlage fort. Wie gesagt haben die drei Angeklagten folgende Vergehen gestanden: das rechtswidrige Eindringen bei Nantech Industries, den Cyber-Angriff auf das Nantech-System und den Diebstahl von sicherheitsrelevantem, technischem Gerät. Nach diesen genannten Taten haben Julia Jennings und Ethan James eine neue Identität angenommen, um der Strafverfolgung zu entgehen. Die Angeklagten haben den Kontakt untereinander abgebrochen, um die Ermittlungen gegen die zum damaligen Zeitpunkt bekannten Täter zu erschweren. Die Möglichkeit, die BIDs der Bürger zu manipulieren, nutzten die Tatverdächtigen erst eineinhalb Jahre später, im November 2043. Hinsichtlich dieses Anklagepunktes liegt ein Teilgeständnis vor. Die Angeklagten gestehen den Fakt einer Manipulation ein, streiten jedoch den Zweck der Manipulation ab. Den Angeklagten wird vorgeworfen, einen Suizidbefehl an ein von ihnen errichtetes Netzwerk von BIDs ausgesandt zu haben, mit dem Zweck, willkürlich ausgewählte Menschenmassen zum Selbstmord zu animieren. Manipuliert hätten die Rebellen laut eigener Aussage die BIDs erst, nachdem die Regierung den Suizidbefehl in ein durch die Regierung etabliertes BID-Netzwerk ausgesandt habe. Die Rebellen hätten, als die Selbsttötungen bereits im Gange waren, den Suizidbefehl aufgehoben, um die noch nicht zu Tode gekommenen

Menschen zu retten. Demnach hätten die Rebellen sich Zugang zum System von Nantech Industries bloß verschafft, um auf Massenmanipulationsversuche seitens der Regierung abwehrend reagieren zu können. Über dieses Teilgeständnis hinsichtlich des Hauptanklagepunktes wird später zu sprechen sein. Gestanden haben die Angeklagten jedenfalls den schwerwiegenden Identitätsbetrug. Die Rebellen haben es, um auf die Aristoteles zu gelangen, geschafft, den eigenen Körper nanochirurgisch zu verändern. Unter falscher Identität haben sie sich dann die Reiseberechtigungen erkauft.«

Kurz schien es, als sei General Lenoir über die Komplexität des von ihm Vorgetragenen selbst erstaunt. Doch dann blickte er wieder mit ausdrucksloser Miene in den provisorischen Gerichtssaal.

»Die Anklage ruft Julia Jennings in den Zeugenstand!« Dr. Fox klang selbstsicher. Peter weckten diese Worte regelrecht auf, denn er hatte die kurze Stille nach der Belehrung durch General Lenoir dazu genutzt, seine Wissensdatenbank erneut zu durchforsten. Und er hatte etwas Interessantes entdeckt! Er konnte etwas tun, womit Dr. Fox nie im Leben rechnen würde. Es war riskant, aber er würde bis zum Schluss für seine Tochter kämpfen!

Peter zwang sich, ruhig zu bleiben und Ruhe auszustrahlen. Er musste sachlich wirken, denn er musste dem Eindruck der Befangenheit entgegenwirken. So grüßte er Julia, als sie von vier Security-Androiden eskortiert wurde, mit einem liebevollen, aber kurzen Blick. Er blieb sitzen, so schwer es ihm auch fiel. Die Zuschauer, die sich wieder um die Tribüne drängten, brüllten und beschimpften Julia wüst. Seine Tochter wirkte sehr angespannt, aber auch entschlossen. Sie blickte zunächst das Publikum und dann ihren Ankläger an, während man ihr einen Stuhl brachte, der neben, nicht aber auf die Bühne gestellt wurde. Fox betrat die Empore und blickte damit auf Julia herab.

»Einspruch, General Lenoir«, rief Peter, »der Ankläger darf sich nicht symbolisch über die Angeklagte erheben.«

»Schwachsinn«, blaffte Fox.

»Der Ankläger«, fügte Peter hinzu, »erhebt sich außerdem auf eine Stufe mit dem Richter und den Geschworenen. Das entspricht nicht der Absicht eines fairen Prozesses, welche General Lenoir zum Ausdruck brachte.«

»Stattgegeben«, sagte Lenoir. »Bleiben Sie unten, Dr. Fox. Die Tribüne ist für den Richter und die Geschworenen vorgesehen.«

Nur langsam spazierte Fox zum Rand der Bühne, stieg betont langsam hinunter und taxierte Julia mit einem durchdringenden Blick. Er blieb so nah vor ihr stehen, dass zwei Wachleute alarmiert schienen. Da hob Fox die Hand, um die Sicherheitsleute zu entwarnen. Oder um ihnen die Anweisung zu erteilen, nicht einzugreifen. Er kommandierte Lenoirs Leute herum, war das denn zu fassen? Peter ballte beide Hände zu Fäusten.

»Einspruch, General Lenoir, der Ankläger schindet Zeit«, sagte Peter schließlich.

»Stattgegeben! Dr. Fox, entweder Sie beginnen jetzt mit der Befragung, oder wir erklären diese Befragung für beendet.«

»Ms. Jennings, Sie sind doch unverheiratet, nicht wahr? Es wäre falsch, Sie Mrs. Jennings zu nennen, richtig?«

»Wenn ich meinen Mädchennamen noch trage, werde ich wohl unverheiratet sein«, sagte Julia trotzig, worauf sie leises Gelächter unter den Juroren und den Zuschauern auslöste.

Fox stand zunächst nur mit erhobenen Augenbrauen da.

»Verzeihen Sie, Ms. Jennings. Ja, Mrs. Jennings müsste man wohl Ihre Mutter nennen, stimmt das?«

Augenblicklich brach Julias selbstbewusste Haltung in sich zusammen. Ihre Schultern sackten nach unten. Peter konnte nicht glauben, was er da hörte. Warum fing Fox mit diesem Thema an?

»Einspruch, General Lenoir«, rief Peter.

»Dr. Fox ...«, begann Lenoir.

»Das ist eine sachbezogene Frage, General!«, sagte Fox in aller Seelenruhe.

»Dann kommen Sie auf den Punkt, Dr. Fox!«

»Ms. Jennings«, sagte Fox, »Ihr Bruder befindet sich im Basislager, Ihr Vater ist in diesem Raum und verteidigt Sie.« Ein abfälliges ironisches Lächeln zierte Dr. Fox' Gesicht. »Sagen Sie uns doch bitte«, fuhr Fox mit inszenierter Ruhe fort, »was mit Ihrer Mutter ist.«

»Meine Mutter ist tot«, sagte Julia mit leicht zittriger Stimme. »Sie starb an einem medizinischen Problem mit Nanobot-Prototypen.«

»Ah«, sagte Dr. Fox, »das tut mir leid. Es gab mehrere solcher Fälle. Sagen Sie, Ms. Jennings, von wem wurden die Nanobots, die Ihre Mutter ..., die an Ihrer Mutter getestet wurden, entwickelt?«

Julia konnte eine Träne nicht mehr zurückhalten.

»Mrs. ..., Verzeihung, Ms. Jennings ...«, wiederholte Dr. Fox im zynisch sanften Tonfall.

»Nantech Industries«, sagte Julia leise.

»Bitte, Ms. Jennings? Ich kann Sie kaum verstehen.«

»Nantech Industries!«, schrie Julia, das Gesicht zu einer gequälten Grimmasse verzogen.

»Einspruch, General Lenoir. Der Ankläger setzt die Angeklagte unter Druck.«

»Ich kläre bloß, was bisher unbeachtet blieb«, sagte Fox.

»Einspruch abgelehnt«, sagte Lenoir, »aber, Dr. Fox, Sie mäßigen Ihren Befragungsstil, oder ich unterbinde die Befragung. Sie werden Ms. Jennings nicht mehr mit Mrs. Jennings anreden!«

»Gut, General. Ms. Jennings ...«

»Moment ...«, unterbrach General Lenoir den Ankläger, »Ms. Jennings, fühlen Sie sich imstande, fortzufahren?«

Julia blickte langsam auf. Sie vermied es, den Ankläger direkt anzusehen. Ihr Blick schnellte zu General Lenoir, und sie nickt ihm zu. Fox hatte sie gebrochen. Peter wollte Fox den Hals umdrehen! Es war nur zu klar, worauf dieses Monster hinauswollte.

»Ms. Jennings, ich verstehe Sie gut. Nur zu gut. Ihre Mutter starb an einem tragischen Vorfall, und Nantech Industries war darin verwickelt. Was fühlen Sie, wenn Sie an Nantech denken?«

»Was ich fühle? Ich bedauere, dass meine Mutter den Eingriff nicht überlebt hat, ich trauere immer noch um sie, aber ich weiß, dass sie sich freiwillig der Induktion unterzogen hat. Ich mache Nantech für den Tod meiner Mutter nicht verantwortlich, falls Sie darauf hinauswollen. Zumindest nicht mehr. Da muss ich Sie enttäuschen. Mir ging es nie darum, Rache an Nantech zu nehmen.«

Julia schien einen Teil ihrer Fassung wiedergewonnen zu haben. Ihre Tränen waren getrocknet, und neue Wut sammelte sich in ihrem Gesicht.

»Das ist zumindest das, was Sie uns sagen, Ms. Jennings. Wie es in Ihnen genau aussieht, kann niemand von uns wissen. Wir können uns nur darauf verlassen, was wir sehen und was wir wissen. Wir haben nun gesehen, was die Gedanken an Ihre Mutter und an Nantech Industries mit Ihnen machen. Wir wissen, woran Ihre Mutter gestorben ist. Wir wissen, dass Sie bei Nantech eingebrochen sind. Nicht in einer Bank, nicht in einem Casino. Bei Nantech! Sie sind auf dem Kriegspfad mit Nantech. Wir wissen, dass Sie die

Regierung der USA beschuldigen, zusammen mit Nantech Industries Menschen manipuliert und getötet zu haben. Außerdem«, sagte Fox laut und an die Geschworenen gewandt, »sind Sie selbst bei Nantech eingebrochen und haben dort eine Spionage-Software installiert. Das haben Sie gestanden! Sie selbst haben sich Zugang zum Nantech-System verschafft und hatten somit alle Manipulationsmöglichkeiten. Dennoch wollen Sie den Tötungsbefehl nicht programmiert und eingespeist haben?«

»Das sage ich. Der Suizid-Algorithmus kam nicht von uns. Wir wollten Nantech überwachen, weil wir Manipulationen befürchtet haben. Als das Impfungsgesetz ...«

»Danach habe ich nicht gefragt, Ms. Jennings! Sagen Sie uns, welches Verhältnis haben Sie zu Ihrem Vater?«

»Ich ... liebe ihn.« Julia blickte Peter lange an. »Ich war so froh, ihn hier auf Lumera wiederzusehen.«

»Dann haben Sie ihn längere Zeit nicht gesehen?«

»Ich hielt ihn für tot.«

»Für tot?«, sagte Fox verwirrt. War das gespielte oder wirkliche Verwirrung?

»Bevor meine Mutter starb, ist mein Vater an Krebs gestorben. Doch er hatte vor seinem Tod eine Patientenverfügung unterschrieben, nach der sein Körper kurz nach dem Tod konserviert werden sollte, um reanimiert zu werden, sobald es technisch möglich sein würde.«

»Verstehe ich das richtig, dass Sie erst seit einigen Tagen oder Wochen wissen, dass Ihr Vater noch lebt? Sie haben ihn jahrelang, länger als ein Jahrzehnt für tot gehalten?«

»Ja.«

»Haben Sie um ihn getrauert?«

»Natürlich.«

»Wie auch um Ihre Mutter?«

»Aber ja!«, sagte sie. Erneut füllten sich Julias Augen mit Tränen.

»Sie haben um Ihre Eltern getrauert? Das war Ihre Jugend? Trauer um Ihre Eltern? Hass auf Nantech und die Regierung?«

»Ja und nein. Der Verlust hat mich geprägt, aber ich hatte auch Freunde, eine Karriere, und ich habe einen Partner, den ich über alles liebe.«

»Erzählen Sie mehr über Ihren Partner.«

»Sie wissen doch, dass er mit mir in Gewahrsam ist!«, sage Julia und blickte dabei verlegen zur Jury.

»Gut, dann sagen Sie uns doch mehr über Ihre Karriere.«

»Ich habe zusammen mit Jason, meinem Bruder, das Unternehmen unseres Vaters weitergeführt. Doch Jason und ich haben uns zerstritten. Danach hatte ich keinen Kontakt mehr zu meinem Bruder.«

»Ms. Jennings, ich muss zugeben, dass ich darüber eigentlich schon Bescheid weiß, aber sagen Sie bitte den Geschworenen, mit wem Sie den meisten Kontakt hatten, nachdem Sie sich mit Ihrem Bruder zerstritten und sich aus der Unternehmensleitung zurückgezogen hatten.«

»Wie den meisten bekannt sein sollte, war ich viel mit meinem Partner Ethan James zusammen. Aber nicht nur mit ihm«, sagte Julia mit fester Stimme und wiedererwachtem Stolz, »ich habe die meiste Zeit mit fünf anderen Menschen verbracht, die Ihnen allen als angebliche Verschwörer bekannt sind. Alles Menschen ohne Vorstrafenregister. Alles Menschen, die sich gewundert haben, als der Ausnahmezustand immer wieder verlängert wurde, als man keine Möglichkeit mehr hatte, die momentanen Machthaber am Ende einer Legislaturperiode abzuwählen, als Menschen, ohne einen fairen Prozess zu bekommen, öffentlich hingerichtet wurden. Ich bin glücklich«, schrie Julia laut hinaus, »dass ich solche Menschen um mich haben durfte. Mit ihnen konnte ich sprechen. Sie entschieden nicht darüber, wer sterben durfte und wer nicht. Sie hatten die Mentalität von Menschen, die in einem freien Land mit unerschütterlichen Bürgerrechten leben wollten.«

»Gut, Ms. Jennings, ich wollte eigentlich wissen, ob Sie wenigstens bei Ihrem Bruder familiäre Wärme genossen haben, nach Ihren großen Verlusten. Aber nun ist klar, welcher Menschenschlag für Sie zur neuen Familie wurde. Es ist klar, wie aus Ihnen ein hasserfüllter Mensch wurde. Keine weiteren Fragen!«

Als Julia unter weiteren wüsten Beschimpfungen der Zuschauer abgeführt wurde, war Peter klar, dass er sie womöglich zum letzten Mal sah. Ihre Blicke begegneten sich. Er lächelte ihr ermutigend zu, und sie lächelte zurück. Wenn er nun zu ihr gehen würde, dachte er sich, wäre das zwar sehr väterlich, doch dann würde er seine Glaubwürdigkeit als Verteidiger oder den letzten Rest davon verlieren. Er blieb sitzen und umgriff die Stuhllehne, so fest er konnte, bis es schmerzte.

Julia wurde also abgeführt, und er schaute ihr hinterher. Irgendetwas in ihm sagte ihm, dass Dr. Fox zwar eine wirksame Befragung geführt hatte, dass diese aber einige Nachteile aufwies, die er für sich nutzen konnte. Es war seltsam, dass er diesen beruhigenden Gedanken hatte, denn er hatte nur sehr wenig Erfahrung mit solchen Situationen. Dieser Gedanke musste dem neuen Wissensschatz entstammen, den er gewonnen hatte. Doch Peter hatte keine Zeit herauszufinden, welchem Menschen dieses Wissen gehörte. Er musste es sofort einsetzen. Die fremde Stimme in ihm sagte ihm nämlich, dass er wenig Chancen auf Erfolg haben würde, wenn er es ähnlich wie Fox anstellen würde. Dieser war persönlich und emotional geworden. Peter konnte nur gewinnen, wenn er es ganz anders anstellte.

Seine Tochter erneut zu befragen wäre lächerlich gewesen. Dr. Fox in den Zeugenstand zu holen hätte mehr Sinn ergeben. Doch das wäre ein polemisches Gespräch, ein aggressiver Schlagabtausch geworden. Nur zwei Befragungen durfte er durchführen, und er musste den Geschworen etwas völlig anderes bieten. Er musste ihnen eine völlig neue Perspektive eröffnen. Sie mussten vergessen, dass er Julias Vater war. Er würde Ihnen einen Zeugen präsentieren, mit dem niemand rechnete.

»Die Verteidigung ruft einen großen Sachverständigen in den Zeugenstand«, trug er kühl vor, und wunderte sich, dass es ihm in Anbetracht der Umstände überhaupt möglich war, »Thomas Wilson, Chefentwickler auf der Platon.«

Verwirrte und erstaunte Blicke allerseits. Peter nahm sie zufrieden zur Kenntnis.

General Lenoir wandte sich an einen der Wachsoldaten. »Holen Sie Wilson«, sagte er knapp. Lenoir war der einzige, der nicht erstaunt zu sein schien.

Thomas Wilson trug wieder die für ihn typische türkisfarbene Fransenweste und blickte neugierig, aber auch etwas verunsichert um sich. Er wirkte ein wenig verloren auf dem Zeugenstuhl. Diesem Mann hatte Peter zu verdanken, dass das neue Wissen, das in ihm schlummerte, in geordnete Bahnen gegliedert worden war.

Peter stand auf und machte lediglich zwei Schritte auf Wilson zu.

»Mr. Wilson, Sie haben eine ungefähre Vorstellung von dem, worum es hier geht. Da wir aber unter Zeitdruck stehen und über

BID-Technologie verfügen, fällt Ihnen ein Weg ein, wie wir sie auf schnellstem Wege über den bisherigen Verlauf des Verfahrens in Kenntnis setzen können? Würden Sie es bitte so erklären, dass es jeder versteht?«

»Äh, ja. Nichts leichter als das. Der Android«, Wilson deutete auf Andrew, »greift auf meinen BID zu, den ich für ihn freigebe, er transferiert dann das relevante Wissen in meinen BID. Dadurch brauchte ich mir nicht alles in Echtzeit anzuhören.«

»Danke, Mr. Wilson.«

»Einspruch«, sagte Fox, »das ist eine Suggestivfrage. Mr. Jennings scheint die Antwort vor der Beantwortung gekannt zu haben. Wir wissen doch alle, wie ein BID funktioniert!«

»Ich wäre nicht der Erste, der, um auf den Punkt zu kommen, weit ausholt«, sagte Peter.

»Einspruch abgelehnt. Der Android soll mit dem Transfer beginnen«, sagte Lenoir.

Wilson war nur wenige Sekunden abwesend. Peter fiel auf, dass es auf den späten Nachmittag zuging. Das gesamte Verfahren dauerte nun bereits fünf oder sechs Stunden.

»Gut!«, sagte Wilson, »ich glaube, ich bin jetzt auf der Höhe. Sie können Ihre Fragen stellen.«

»Mr. Wilson, der Hauptanklagepunkt betrifft den Massenmord an Millionen Menschen. Es steht fest, dass es einen Suizidbefehl an unzählige Menschen gab. Das lässt sich nicht leugnen. Entweder waren es die Angeklagten, die das Sicherheitssystem von Nantech Industries geknackt hatten, oder es war die US-amerikanische Regierung, die eine solche Unternehmung nicht ohne Kooperation von Nantech Industries hätten bewerkstelligen können.«

Peter blickte Wilson geduldig an.

»Wollen Sie wissen, was ich vermute, oder wollen Sie, dass ich herausfinde, wer es war?«, fragte Wilson.

»Sachte, Mr. Wilson, fangen wir mal klein an«, sagte Peter. »Was glauben Sie, wer es war? Jeder von uns hat eine Meinung. Aber wir haben nicht Ihren technischen Sachverstand«, sagte Peter.

»Also, ich glaube«, sagte Wilson, »dass nur ein für damalige Verhältnisse extrem guter Hacker ins Nantech-System eindringen konnte. Dieser konnte nur die Möglichkeiten nutzen, die im System vorhanden waren.« Fragende Blicke seitens der Jury.

»Mr. Wilson, ich glaube, das müssen Sie uns allen etwas näher erläutern.«

»Gut, dann versuche ich es mal. Ich fürchte nur, ich bin hier nicht nur als technischer Sachverständiger gefragt. Man muss nicht nur fragen, wer den Suizidbefehl gegeben hat, sondern man muss auch fragen, wodurch der Suizidbefehl ermöglicht wurde. Der Suizidbefehl und der damit verbundene Massenmord wurden nämlich ganz gewiss nicht durch eine Aktion der Angeklagten ermöglicht. Möglich wurde der Befehl durch das neue Impfungsgesetz und die anschließende massenweise Ausstattung der Bürger mit BIDs. Wir wissen, dass es die Krankheit und die daraus resultierende Pandemie, von der damals die Rede war, nicht gegeben hat. Was es aber sehr wohl gab, war die massenhafte Injektion von Brainbots, die mit den BIDs gekoppelt waren, die in diesem Zuge ebenfalls eingesetzt wurden. Nur durch das Gesetz zur Impfung konnten alle Bürger mit einem BID ausgestattet werden.«

»Was erdreisten Sie sich?«, rief Dr. Fox.

»Ich erdreiste mir überhaupt nichts«, gab Wilson ruhig zurück.

Peter beschloss, diese Einmischung von Dr. Fox zuzulassen, solange Lenoir nichts dagegen hatte.

»Sie ...«, setzte Fox an.

»Verstehe ich das richtig«, sagte Peter an Dr. Fox gewandt, »dass Sie gerade kurz davor sind, den Zeugen zu beleidigen?« Das lief noch besser, als er dachte.

Die Kiefermuskeln von Dr. Fox zuckten wild, aber er verkniff sich eine weitere Bemerkung.

»Mr. Wilson«, sagte Peter, »ich schätze Ihre Ehrlichkeit sehr. Darf ich Sie fragen, warum Sie das Impfungsgesetz ins Spiel bringen?«

»Weil es mit der Frage der technischen Realisierbarkeit eines landesweiten Suizidbefehls verknüpft ist. Grundsätzlich konnten nur Menschen zum Selbstmord gezwungen werden, die über BID und Brainbots verfügten. Ein Terrorist mag einen solchen Befehl gegeben haben, aber er hat keine Impfung durchführen können, um anschließend seinen Befehl geben zu können. Er konnte nicht die Voraussetzungen dafür schaffen. Diese ... Methode überstiege die Möglichkeiten jedes Terroristen bei weitem. Das scheint in diesem Verfahren nicht genug beachtet worden zu sein. Es muss berücksichtigt werden, dass die Regierung selbst den Suizidbefehl ermöglicht hat, zumindest in technischer Hinsicht. Ob sie aber den Befehl erteilt hat, weiß ich nicht. Und ob nicht doch ein Terrorist das System gehackt hat und die besondere Vernetzungssituation unter den Bürgern einfach ausgenutzt hat, das weiß ich auch nicht. Ich kann nur ausschließen, dass ein Terrorist die Impfung veranlasst hat, um anschließend Menschen mithilfe der BIDs zu töten. Aber ich weiß, dass die Regierung das Impfungsgesetz verabschiedet hat, um eine solche Macht zu erlangen. Gestützt wird diese Möglichkeit dadurch, dass es nie wissenschaftlich fundierte Beweise aus unabhängigen Quellen für diese Krankheit gegeben hat.«

Peter selbst war überrascht, wie gut es lief. Sein Bauchgefühl – oder war es seine Wissensdatenbank? – hatte ihn nicht getäuscht. Das Impfungsgesetz war in der Tat vernachlässigt worden. Julia hatte davon sprechen wollen, doch Fox hatte sie unterbrochen.

»Keine weiteren Fragen!«, sagte Peter.

»Aber die Anklage hat Fragen an denselben Zeugen«, polterte Fox und erhob sich.

Peter setzte sich. Er hoffte, dass Fox die Befragung wieder auf polemische Art führen würde, damit Peter anschließend durch Sachlichkeit punkten konnte.

»Dr. Fox«, warf Lenoir ein, »Sie schöpfen gerade Ihre letzte Befragungsmöglichkeiten aus? Sind Sie sich dessen bewusst?«

»Das ist mir klar«, sagte Fox und kam mit den Händen in den Hosentaschen vor Wilson zum Stehen.

»Mr. Wilson, wir sind der Wahrheit verpflichtet. Man kann auch sagen, wir sind dem Wissen verpflichtet, ja?«

»Ich weiß nicht, worauf Sie hinauswollen, aber: Ja, das sind wir.«

»Dann fassen wir zusammen, was wir gerade von Ihnen gehört haben. Was ist die Wahrheit?«

»Ich verstehe die Frage nicht.«

»Ist es wahr, dass der Suizidbefehl von den Rebellen kam?«

»Vielleicht.«

»Ist es wahr, dass der Suizidbefehl von der Regierung kam?«

»Das weiß ich auch nicht. Ich habe gesagt, was ich für wahrscheinlich halte.«

»Warum haben Sie überhaupt gesagt, was Sie für wahrscheinlich halten? Es geht hier um Wahrheit und Wissen. Sie haben gerade gesagt, dass Sie nichts wissen. Warum belehren Sie uns also darüber, was Sie für wahrscheinlich halten?«

»Weil die Frage nach der Wahrscheinlichkeit gestellt werden muss, wenn keine klaren Antworten möglich sind. Das gilt für alle Wissenschaften.«

»Nein, Mr. Wilson, Sie verwechseln Wahrscheinlichkeit mit Willkür. Was Sie gesagt haben, klang nicht nach einer mathematischen

Wahrscheinlichkeit. An eine solche glaube ich. Aber ich glaube nicht an die willkürliche Wahrscheinlichkeit der Marke Wilson. Darf ich Sie, Mr. Wilson, fragen, warum Sie an Bord der Platon gekommen sind?«

»Aus vielen Gründen.«

»Was war der wichtigste Grund?«

»Es gibt nicht *den* wichtigsten Grund!«

»Ich muss offensichtlich anders fragen, Mr. Wilson: was hielten Sie von den Vereinigten Staaten, bevor Sie auf die Platon gekommen sind?«

Wilson wurde nachdenklich. »Ich habe viel von den Vereinigten Staaten gehalten, doch ich fand, dass die Regierung nicht mehr im Sinne der Verfassung gehandelt hat.«

»Tatsächlich? Und da soll es uns noch wundern, dass Sie die Regierung spontan und willkürlich für den Massenmord verantwortlich machen?

»Ich habe etwas anderes gesagt. Ich habe gesagt, dass ich nicht weiß, ob es die Regierung war. Das Impfgesetz hat aber die technische Grundlage ...«

»Was haben Sie denn von dem Impfungsgesetz gehalten?«, unterbrach Dr. Fox.

»Nichts.«

»Bitte? Mr. Wilson ...«

»Nichts habe ich davon gehalten!«, sagte Wilson gereizt.

»Soso. Kann es sein, dass Sie eine schlechte Meinung von der Regierung und vom Impfungsgesetz hatten, bevor Sie hergekommen sind? Kann es sein, dass Sie deswegen gesagt haben, was Sie gesagt haben? Dass das alles überhaupt nichts mit Wahrscheinlichkeiten zu tun hat? Kann es sein, dass Sie sich Ihre Gefühle von der Seele geredet haben und uns diese nur als Wahrscheinlichkeit verkauft haben? Denn Sie wissen, streiten Sie es bitte nicht ab, schlicht und ergreifend nicht, woher der Suizidbefehl kam, richtig?«

»Richtig, aber Sie stellen dennoch meine Aussagen falsch dar.«

»Ach was? Beweisen Sie es bitte! Erklären Sie uns doch bitte, warum Sie als technischer Sachverständiger uns erläutern, warum es wahrscheinlich ist, dass die Regierung den Massenmord begangen hat.«

»Das habe ich doch gesagt. Wer alle Bürger mit BIDs ausstattet, hat die Möglichkeit, diese Vernetzungssituation auszunutzen.«

»Dr. Fox«, meldete sich General Lenoir zu Wort, »dieser Sachverhalt ist deutlich geworden, kommen Sie auf den Punkt!«

»Gut, ich komme auf den Punkt«, sagte Fox zu General Lenoir und wandte sich wieder Thomas Wilson zu. »Mr. Wilson, hätte die Vernetzung der BIDs von der Regierung ausgenutzt werden können?«

»Ja.«

»Hätte die Vernetzung der BIDs von Terroristen ausgenutzt werden können?«

Wilson atmete hörbar durch. »Ja.«

»Danke, Mr. Wilson. Eine Frage noch: Ist die Epidemie, die Sie angesprochen haben, ausgebrochen?«

»Nein.«

»Wie kommt das?«

»Das kommt daher, weil es diese Krankheit nie gab.«

Ein Raunen ging durch die Zuschauermenge. Es herrschte inzwischen ein Kommen und Gehen. Die meisten hier Anwesenden hatten nicht den ganzen Tag Zeit, das Tribunal mit zu verfolgen und tauschten ihren Platz mit Neuankömmlingen.

»Woher wissen Sie das, Mr. Wilson?«, fragte Fox

»Es gab, wie gesagt, keine Beweise aus unabhängiger Quelle. Daher halte ich es für wahrscheinlich.«

Gelangweilt blickte Fox zu den Geschworenen. »Mr. Wilson weiß nicht viel, hält aber viel für wahrscheinlich. Ich sage Ihnen: Die Regierung hat die Epidemie gestoppt. Deswegen gab es keine Epidemie oder gar Pandemie. Wir dürfen nicht vergessen, dass nicht die Vereinigten Staaten auf der Anklagebank sitzen, sondern drei geständige Terroristen. Ich bitte Sie, als Juroren nicht darüber abzustimmen, was jemand für wahrscheinlich hält.« Anerkennendes Nicken bei den Geschworenen.

»Dr. Fox, Sie sollen hier kein Plädoyer halten, sondern den Zeugen befragen. Haben Sie noch Fragen an Mr. Wilson?«

»Keine weiteren Fragen, General.«

Peter war sich nicht sicher, wie wirksam Fox' letzte Befragung gewesen war. Er hatte jedenfalls sachlicher als bei Julias Befragung gewirkt. Vielleicht hatte Fox sich auf Peters Stil eingelassen.

»Die Verteidigung ruft John Stanhope in den Zeugenstand«, sagte Peter.

Stanhope erhob sich sofort, und die Geschworenen folgten überrascht seinem Weg zum Zeugenstuhl. Fox blickte empört drein. Peter wartete, darauf, dass Stanhope sich setzte.
General Lenoir betrachtete alles mit kaum zu deutender Miene. Er verhielt sich ruhig, möglicherweise zu ruhig. Es ging mittlerweile um mehr als die drei Angeklagten, es ging um das kulturelle Erbe der Lumera-Kolonie. Es ging darum, ob sich die Kolonie wirklich mit Dreck beschmutzen wollte, bevor sie zu ihrem Tagwerk zurückkehrte. General Lenoirs Ruhe war die Ruhe eines Löwen vor dem Sprung. Peter war klar, dass man auf einer solchen Wahrheit keine neue Gesellschaft gründen wollte. Aber er musste nicht Lenoir, sondern die Juroren auf seine Seite ziehen.
»Agent Stanhope, welche Funktion übten Sie zuletzt beim FBI aus?«
»Ich wurde als Einsatzleiter im Rang eines Special Agent in Charge eingesetzt. Ich hatte die Verantwortung über ein Team, das gegen die besagte mutmaßliche Terrororganisation ermittelte.«
»Wie sind Ihre Ermittlungen verlaufen?«
Stanhope schilderte, wie zäh die Ermittlungen anfangs verlaufen waren, und dass er nach dem Einbruch bei Nantech und dem Untertauchen der beiden Hauptverdächtigen praktisch jede Spur zu den Gesuchten verloren hatte. Gerade, als Stanhope vom Durchbruch der Ermittlungen berichten wollte, wurde er von Peter unterbrochen.
»Sagen Sie, Agent Stanhope, durch welche kriminellen Handlungen sind die angeblichen Terroristen überhaupt aufgefallen?«
»Durch Hackerangriffe, die als extreme Sicherheitsbedrohung eingestuft wurden. Und durch den Einbruch bei Nantech.«
»Interessant, Mr. Stanhope. Gingen die Straftaten der Rebellen darüber hinaus?«
»Es gab Anzeichen für Verstöße gegen das Versammlungsverbot. Das Verbot ging auf den entsprechenden neueren Erlass der Regierung zurück. Es gab aber keine Indizien für Gewaltverbrechen oder Waffenbesitz. Aber die Gefahr, die in den Gesuchten gesehen wurde, war die Höchstmögliche. Sie wurden als Cyber-Krieger und Staatsfeinde eingestuft, auch wenn es wahrscheinlich schien, dass sie keine paramilitärische Organisation bildeten.«
»Danke, Agent Stanhope. Fahren Sie fort.«
»Der Durchbruch in den Ermittlungen kam erst, als die Gesuchten einen entscheidenden Fehler machten. Eines der Grup-

penmitglieder«, plötzlich stockte Stanhope, »nun ... bei einem der Rebellen war die Identitätsumwandlung nicht richtig geglückt. Er ist bei einem Scan auf dem Weg zur Aristoteles aufgeflogen.«

Peter war verwirrt. Er wollte so schnell wie möglich darauf zu sprechen kommen, was Agent Stanhope über den Suizidbefehl wusste. Aber Peter bemerkte den fragenden Gesichtsausdruck General Lenoirs und den der Geschworen. Er hatte keine Wahl, als nachzubohren. Außerdem interessierte es ihn, wie Agent Stanhope die Rebellen geschnappt hatte. Er wusste nur nicht, ob ihm dieser Teil der Befragung nutzen oder vielleicht gar schaden würde.

»Und da haben Sie ihn geschnappt, richtig?«

»Ja.«

»War das vor dem Start der Aristoteles?«

»Ja, es war unmittelbar vor dem Start des Schiffes.«

»Welchen Verdächtigen haben Sie gestellt, und wie waren die näheren Umstände?«

»Ich habe Christopher Woodruff ... auf der Basisstation in der Erdumlaufbahn gestellt, wie gesagt unmittelbar vor dem Start des Schiffes.«

Dr. Fox sprang auf und schlug die Hände über dem Kopf zusammen. Ein ungläubiges Raunen ging durch die Geschworen und das Publikum.

General Lenoir war wie erstarrt. »Ich muss dem Zeugen aus Sicherheitsgründen eine Frage stellen«, sagte General Lenoir. Sein Gesicht war zu einer ausdruckslosen Maske gefroren. »Wo befindet sich Christopher Woodruff jetzt?«

»Er befindet sich im Kälteschlaf auf der Aristoteles«, sagte John knapp.

»Warum ist das so, und warum erfahren wir das erst jetzt?«, fragte Lenoir.

Dr. Fox schüttelte unterdessen eindrucksvoll den Kopf. Die meisten Geschworenen taten es ihm gleich und laute Rufe schallten aus den Zuschauerreihen.

»General Lenoir, bevor ich Ihnen unterstellt war«, begann Stanhope, »war ich Dr. Newby von der Aristoteles unterstellt. Er hat meine Entscheidung gutgeheißen. Ich muss Ihnen die Komplexität der Ereignisse erläutern: Nach der Überführung von Christopher Woodruff auf der Station wusste ich, dass weitere Rebellen an Bord waren. Ich hatte keine Wahl, als mich auf die Aristoteles zu begeben, damit die Rebellen nicht entkommen konnten. Ich hatte keine

Möglichkeit, den Start der Aristoteles zu verzögern oder die anderen Rebellen aus dem Kälteschlaf zu wecken, in dem sie sich bereits befanden. Mr. Woodruff und ich wurden anschließend ebenfalls in den Kälteschlaff versetzt, aber es wurde vereinbart, dass Woodruff nicht wiedererweckt werden sollte. Der Grund, warum ich niemanden darüber informiert habe, ist folgender: Woodruff und die anderen Rebellen sollten nichts voneinander wissen, damit ich den Wahrheitsgehalt der Aussagen aller Beteiligten prüfen konnte. Das ist eine übliche Methode, um Falschaussagen zu überführen. Ich muss betonen«, sagte Stanhope zu den Geschworen blickend, »dass ich Christopher Woodruff an Bord gebracht habe, um bestmögliche Bedingungen für meine Ermittlungen zu haben. Dass ich niemanden über Woodruff informiert habe, geschah ebenfalls in dieser Absicht. Ich stehe zu diesen sinnvollen Maßnahmen und will anmerken, dass Dr. Fox' Reaktion auf das, was ich sage, unangemessen ist. Ich habe niemanden belogen. Ich gebe nur aus einem Grund nun preis, dass ich eine weitere Informationsquelle habe. Ich stehe hier unter Eid. Ich nehme diese Verantwortung ernst, sehr ernst. Ich versichere«, sagte John Stanhope und blickte dabei zu General Lenoir, »das Woodruff im Kälteschlaf kein Sicherheitsrisiko darstellt, und dass es keine weiteren Rebellen an Bord oder hier im Basislager gibt. Übrigens ist Woodruff immer noch eine kostbare Informationsquelle, falls sich herausstellen sollte, dass unser Aufklärungsbedarf heute nicht gedeckt wird.«

Mehrere Geschworene nickten anerkennend.

»Agent Stanhope, über Ihre Handhabung wichtiger Informationen sprechen wir später unter vier Augen. Woodruff ist nicht Gegenstand dieser Verhandlung. Ich halte daran fest, dass wir heute eine Entscheidung in Bezug auf die drei Inhaftierten finden müssen.«

»Aber ...«, setzte Stanhope an.

»Kein Aber! Fahren Sie mit der Befragung fort, Mr. Jennings!«, sagte Lenoir. Stanhopes resignierter Blick wanderte von Lenoir zu Peter. Stanhope wollte kein Eilverfahren, das war nur allzu klar, er wollte tatsächlich Gerechtigkeit und eine Aufklärung aller Ereignisse.

»Danke, Agent Stanhope, dass Sie uns gezeigt haben, wie wichtig Ihnen der Eid ist.«

»Ich will keinen Dank für etwas, das selbstverständlich ist.«

»Ich verstehe, Agent Stanhope. Ich fasse zusammen: Sie haben vier angebliche Rebellen bis hierher verfolgt, von denen drei heute angeklagt werden, richtig?«

»Ja.«

»Ich brauche Sie als FBI-Agenten nicht zu fragen, ob Sie die Angeklagten für schuldig halten, nicht wahr? Als Teil der exekutiven Gewalt müssen Sie Schuldsprüche den Gerichten überlassen, ja?«

»Ja.«

»Was sagen Sie aber als Privatmensch zur Schuldfrage?«

Stanhope wirkte durch die Frage nicht überrascht, dennoch sagte er nichts.

»Agent Stanhope?«, sagte Peter, woraufhin John Stanhope seinen Blick im Raum kreisen ließ. Dann schloss er die Augen.

»Nicht schuldig«, sagte Stanhope schließlich laut.

Peter triumphierte innerlich. Dr. Fox sprang erneut auf und wurde von Andrew ermahnt, sich wieder hinzusetzen. General Lenoirs Blick hing an John. Er war ebenso in Schockstarre wie die Geschworenen.

»Mr. Stanhope, Sie finden also, dass die Angeklagten nicht schuldig sind?«

»Ich ... weiß, dass sie unschuldig sind. Ich weiß, dass die US-Regierung den Suizid-Befehl gegeben hat. Ich war Teil des Teams, das die gesamte Operation monatelang vorbereitet und am Ende auch durchgeführt hat. Ich bin nicht stolz darauf, aber wir wissen alle, in welcher Situation sich die Weltbevölkerung damals befand. Es gab viel zu viele Menschen für viel zu wenig Ressourcen. Am Anfang war ich überzeugt, dass der Versorgungsnotstand der Regierung keine andere Wahl zuließ, als die Einwohnerdichte drastisch zu reduzieren. Doch mit der Zeit sind mir Zweifel gekommen. Diese Zweifel hatte ich eigentlich sogar von Beginn an, nicht erst, als ich mich mit den Rebellen beschäftigt habe. Meine Zweifel bezogen sich allerdings nicht darauf, dass die Regierung etwas tun musste, als vielmehr auf die Frage, wie sie es tun wollte. Ich zweifelte daran, ob es ethisch vertretbar war, Menschen mittels Algorithmen zu klassifizieren und einen Teil dieser Gesamtmenge anschließend durch eine Technologie in den Tod zu treiben, die zuvor durch die Regierung bei diesen Menschen implantiert worden war. Aber darum geht es jetzt nicht. Obwohl ich es besser wusste, habe ich die Rebellen gejagt. Doch ich hatte die Hoffnung, dass man sie zur Rede stellen würde, anstatt sie, wie die vielen anderen Rebellen, öffentlich hinzurichten. Obwohl ich die Gesuchten festgesetzt habe, bin ich froh, dass ich sie nicht meinen damaligen Vorgesetzten auf der Erde übergeben musste. Die Angeklagten dürfen nur für die Taten bestraft werden, derer sie sich schuldig gemacht haben.«

Einige Zuschauer klatschten und befürworteten Agent Stanhopes Einschätzung. Andere brüllten wütend und bezeichneten Agent Stanhope als Verleumder.

»Danke, Mr. Stanhope. Bitte erklären Sie uns ganz klar, wessen sich die Angeklagten Ihres Wissens nach nicht schuldig gemacht haben.«

»Bis auf den Suizidbefehl sind sie in allen Punkten schuldig. Aber der Suizidbefehl kam, wie gesagt, von der Regierung. Die Rebellen haben den Suizidbefehl unterbunden und viele durch die Regierung zum Selbstmord bestimmte Menschen gerettet. Der Suizidbefehl wurde den Rebellen im Rahmen einer staatlichen Propagandamaßnahme in die Schuhe geschoben. Das alles ist nachprüfbar in meinem BID. Ich habe an entsprechenden Sitzungen des FBI, in denen sogar der Vizepräsident zugegen war, teilgenommen.«

John Stanhopes Worte bekamen durch die Stille, die herrschte, nachdem er zu Ende gesprochen hatte, noch mehr Gewicht. Der ganze Gerichtshof war wie paralysiert.

»Mr. Jennings, haben Sie noch Fragen an Agent Stanhope?«, fragte General Lenoir mit einer unwirklich scheinenden Kühlheit.

»Ja, nur noch eine. Mr. Stanhope, Sie sagten, dass Sie die Angeklagten in Bezug auf den Massenmord für unschuldig halten. Meinen Sie damit, dass Sie die Angeklagten in den anderen Punkten für schuldig halten?«

»Es fällt mir schwer, von Schuld zu sprechen. Das Problem ist, dass die Angeklagten gegen das geltende Recht eines Staates im Ausnahmezustand verstoßen haben, der mit der Klimakrise und allen daraus resultierenden Problemen inklusive der Grundversorgung der Bevölkerung völlig überfordert war. Die Angeklagten sind bei ihren Taten ihrem Gerechtigkeitsempfinden gefolgt. Dieses Empfinden entsprach der Rechtslage vor dem Ausrufen des Notstands. Die Rebellen haben versucht, in einer Zeit moralisch zu handeln, in der es keine Moral mehr gab. Sie waren Pazifisten, die Frieden zu stiften versuchten, nachdem offiziell das Kriegsrecht ausgerufen worden war.«

»Danke, Mr. Stanhope. General Lenoir, ich habe keine weiteren Fragen an den Zeugen.«

»Mr. Stanhope, Sie dürfen den Zeugenstand verlassen.«
Als John Stanhope sich seinem Sitzplatz näherte, rückte Dr. Fox mit seinem Stuhl ein ganzes Stück weiter nach rechts, was jeder der Anwesenden mitbekam, aber nicht kommentieren wollte. Alle Augen ruhten nun auf General Lenoir.

»Das sind unerwartete Aussagen, die wir gehört haben«, verkündete Lenoir. »Ich muss zugeben, dass ich mit diesem Ausmaß der Problematik nicht gerechnet hätte. Weil die Positionen der Anklage und Verteidigung deutlich geworden sind, verzichte ich darauf, Abschlussplädoyers halten zu lassen. Stattdessen will ich meine Rechtsbelehrung für die Geschworenen, die diese vor der Urteilsbildung hören müssen, ausführlicher als geplant gestalten. Nein, Dr. Fox, Sie dürfen jetzt nicht intervenieren. Sie haben in Ihre letzte Befragung bereits ein Plädoyer eingebaut, welches fehlplatziert war.« Lenoir bedachte den sich entrüstenden Dr. Fox mit einem ungeduldigen Blick.

»Verehrte Geschworene, Sie sind heute dazu aufgerufen, gemeinsam ein Urteil über die drei Angeklagten zu sprechen. Sie fungieren als Laienrichter, und ich statte Sie mit der Macht aus, über das Schicksal dreier Menschen zu entscheiden. Bitte nehmen Sie diese Verantwortung sehr ernst. Sie werden nur über das urteilen, was Sie in dieser Verhandlung über die drei Angeklagten Julia Jennings, Ethan James und Ryan Fender gehört haben. Mr. Woodruff, der sich laut Agent Stanhope auf der Aristoteles im Tiefschlaf befindet, ist nicht Gegenstand dieses Gerichtsverfahrens. Ebenfalls nicht Gegenstand dieses Verfahrens ist die Frage, wie die politische Praxis der letzten Jahrzehnte in den Vereinigten Staaten zu bewerten ist. Das Verhalten der Regierung ist ein wichtiger Faktor, es ist sogar entscheidend, ob die Regierung den Suizidbefehl verbreitet hat oder nicht. In der folgenden Unterbrechung des Verfahrens werde ich dafür sorgen, dass Agent Stanhopes relevante Erinnerungen per BID an Sie übermittelt werden, um dessen Aussagen verifizieren zu können. Danach werden Sie sich ein Urteil bilden. Verwechseln Sie bitte die Frage nach der Verantwortung der US-Regierung nicht mit der Frage nach der Schuld der drei Angeklagten. Um letztere geht es uns. Wenn Sie sich zu stark auf die Verantwortung der US-Regierung konzentrieren, kann es sein, dass Ihr Urteil sich am Ende nicht mehr auf die drei Angeklagten bezieht. Dann wäre Ihr Urteil eine Rechtfertigung oder aber Verurteilung eines politischen Systems, von dem wir nicht wissen, ob es noch existiert, und welches hier auf

Lumera nicht neu errichtet werden soll. Dasselbe gilt für eine einseitige Fokussierung auf die drei Angeklagten. So nachvollziehbar die moralischen Motive der Angeklagten auch erscheinen mögen, wie viele Gesetzesüberschreitungen wollen wir erlauben, und wer bestimmt darüber? Wie verbindlich sind Gesetze? Ist die Befolgung eines Gesetzes eine Frage des Gewissens? Auch wenn wir dem Gewissen gerne mehr Raum geben wollen, wollen wir, dass alle unsere Gesetze nur unter Vorbehalt gelten? Denken Sie darüber nach, bevor Sie abstimmen.«

General Lenoir schien sich unsicher zu sein, ob er noch etwas ergänzen sollte.

»Eine Sache noch«, sagte er schließlich. »Wir alle haben der Erde den Rücken zugekehrt, nicht bloß, weil sie unbewohnbar wurde. Wir haben unseren Heimatplaneten verlassen, auch weil die Reaktion der meisten Menschen auf die Klimakrise mindestens ebenso schlimm war wie die Katastrophe selbst. Haben wir also heute wirklich etwas Neues gehört? Nein! Es ist gut, dass wir all das gehört haben. Wer sich entwickeln will, muss auch innehalten können, um herauszufinden, wohin er als Nächstes gehen will. Mit der Erde werden wir uns noch lange beschäftigen, und wir werden aus den Fehlern, die dort begangen wurden, lernen müssen. Aber heute geht es nicht um das Ansehen eines Staates, heute entscheiden Sie, verehrte Geschworene, über die Schuld der drei Angeklagten. Ziehen Sie sich zur Beratung zurück. Mr. Stanhope, treten Sie mit Ihrem Androiden zu mir.«

Geschlagene drei Stunden warteten sie nun auf die Geschworenen. Sie hatten den ganzen Tag im Tribunal verbracht und zwischendurch nur kleine Happen gegessen. Aber das war Peter egal. Er wollte nur, dass seine Tochter verschont wurde. Dr. Fox tigerte nervös im Zelt umher. Wenn sich dessen Blick mit dem Peters kreuzte, setzte Dr. Fox zu einer Schimpftirade an, wodurch stets ein Wachsoldat zwischen sie ging. Nur John Stanhope saß auf seinem Stuhl und hielt die Augen geschlossen. Schlief er? Meditierte er? Peter wollte sich jetzt nicht darum kümmern. Er konnte selbst mit Anastacia keine Worte wechseln. Die Zuschauer waren größtenteils gegangen. Die meisten hatten keine Lust, bei den draußen herrschenden warmen Temperaturen im heißen Pavillon oder unter freiem Himmel herumzustehen.

Auch an Peter waren die ausgewählten Erinnerungen John Stanhopes übertragen worden. Es war erschreckend, wie viel er gewusst hatte! Aber er hatte seine Ansichten geändert. Peter war klar, dass John Stanhope eine große Hürde überwunden hatte, um ihn, seine Tochter und deren Freunde zu unterstützen. Das würde er ihm nicht vergessen.

Als es dämmerte, ging es endlich weiter. Es kamen auch einige Zuschauer zurück, die mitbekommen hatten, dass nun das Urteil gesprochen werden sollte. Allerdings waren es momentan nur noch etwa siebzig Personen. General Lenoir saß wieder an seinem Tisch. Die Geschworen hatten auch wieder Platz genommen, aber diesmal stand einer von ihnen sofort wieder auf.
»Sie sind der Wortführer der Jury?«, fragte General Lenoir.
»Ja, Jacob Salinger, General«, antwortete der Geschworene.
»Zu welchem Urteil ist die Jury gekommen, Mr. Salinger?«
Der Geschworene blickte in Peters Richtung. »Bezüglich der ersten fünf Anklagepunkte haben wir jeweils mit einer knappen Mehrheit für schuldig gestimmt. Aber beim Hauptanklagepunkt waren wir uns nicht einig. Fünf von uns stimmten für schuldig. Fünf stimmten für nicht schuldig.«
Die verbliebenen Zuschauer hatten sich unglaublich schnell wieder in Stimmung gebracht und beschimpften die Geschworenen. Andere riefen dem General zu, für Julia und ihre Freunde zu stimmen. Sie schienen nach Agent Stanhopes Rede zwiegespalten zu sein. Gut so, dachte Peter.
Seine Anspannung ließ nicht nach. Er blickte zu den Geschworenen hinüber, die seinem Blick verlegen auswichen.
»Im Fall der Uneinigkeit der Juroren wird das Urteil des Richters verlangt«, stellte General Lenoir fest. »Ich weise darauf hin, dass mein Urteil gleichwertig mit den Urteilen der einzelnen Juroren ist. Es wird benötigt, um eine Mehrheit in der Entscheidung zu erzielen: Mein Urteil hinsichtlich des Hauptanklagepunktes, des Vorwurfs des Massenmords ...« Der General blickte aufmerksam in die Runde.
»... lautet: nicht schuldig.«
Peter und Anastacia sprangen hoch und fielen sich in die Arme. Das Publikum tobte. Einige umarmten sich, andere brüllten, schrien und versuchten, durch die Reihen der Androiden zu brechen, um die Bühne zu stürmen. Die Emotionen kochten über.

»Setzen Sie sich, Mr. Jennings!«, befahl Lenoir, worauf Peter und Anastacia wieder Platz nahmen. Und an die Zuschauer gewandt erklärte er trocken: »Für Sie alle gilt dasselbe. Wer noch einmal versucht, die Androiden anzugreifen oder zur Tribüne zu gelangen, wird des Lagers verwiesen.«

Augenblicklich herrschte Ruhe. Aber Peter konnte die Anspannung in Lenoirs Gesicht erkennen. Fest kniff er die Lippen aufeinander.

»Es folgt das Strafmaß«, sagte Lenoir nun und räusperte sich. »Die drei in fünf Punkten schuldig gesprochenen Angeklagten werden aus dem Basislager ausgewiesen, weil sie nachweislich mehrfach gegen geltendes Recht verstoßen haben. Sie haben ihr Recht verwirkt, Mitglied dieser Kolonie zu sein. Vor allem in diesen Zeiten ist in unserer Gemeinschaft kein Platz für Individuen, die sich des schwerwiegenden Diebstahls, des Einbruchs, eines Hackerangriffs, der massenweisen Manipulation von BIDs und des Identitätsbetrugs schuldig gemacht haben. Die Ausweisung der drei Angeklagten erfolgt morgen früh. Ganz kurz zu Christopher Woodruff: Ich bin der Meinung, dass über Christopher Woodruff erst entschieden werden sollte, wenn eine provisorische Regierung gebildet und eine rudimentäre Justiz installiert wurde. Vorläufig bleibt Mr. Woodruff kryokonserviert.«

Wieder ging ein Raunen durch die Zuschauer. Aber es wagte niemand mehr, körperlich vorzugehen.

»Wohin sollen sie gehen?«, rief Peter. »In den Dschungel? Das Strafmaß kommt doch einem Todesurteil gleich.«

»Mr. Jennings! Nur ein Todesurteil kommt einem Todesurteil gleich. Die Angeklagten werden für ihren Weg von uns bestens ausgerüstet werden. Ihnen stehen alle Möglichkeiten offen – außerhalb unseres Lagers. Doch aus den genannten Gründen sind sie nicht länger Mitglied der Kolonie und somit innerhalb dieser Zäune nicht mehr geduldet. Ich erkläre das Tribunal für beendet und wende mich von nun an ein letztes Mal, nun aber wieder als Oberbefehlshaber, an diese Runde.« General Lenoir holte tief Luft und hob die linke Hand, wodurch weitere Wachsoldaten in den Pavillon traten. Zwanzig Sicherheitsleute befanden sich nun vor der Tribüne.

»Wie gesagt, erfolgt die Ausweisung der Angeklagten morgen früh. Bis zur Ausweisung werden Peter Jennings und John Stanhope in einem anderen Zelt in Gewahrsam genommen. Anastacia Preuss kann Peter Jennings Gesellschaft leisten, wenn sie möchte. Jason

Jennings und Ramona Jennings werden ebenfalls in Gewahrsam genommen. Hierdurch soll sichergestellt werden, dass sich niemand vom Basislager den Ausgewiesenen anschließt. Denn aus verschiedenen Gründen«, Lenoirs entschlossener Blick fiel auf Peter, »kann die Kolonie es sich nicht leisten, besagte Mitglieder der Gemeinschaft zu verlieren.«

»Aber ...«, sagten Peter und John Stanhope fast gleichzeitig.

»Kein Aber!«, sagte Lenoir und gab einige kurze Befehle an seine Soldaten. Peter und Anastacia wurden abgeführt.

Als sie nach draußen traten, war es bereits dunkel. Nur noch am Horizont war ein Streifen von dunklem Blau zu erkennen, das verstörend schön aussah.

Peter atmete aus. Er hatte das Schlimmste verhindert. Das war alles, was für heute zählte. Für alles andere würde er nun eine Lösung finden müssen.

26

November 2384, Lumera, Julia

Julia beendete ihren Zugriff auf die Übertragung des Prozesses und schwieg. Ethan und Ryan waren ebenfalls zu aufgewühlt, um etwas zu sagen. Es fühlte sich entspannend an, nicht mehr durchgehend auf den BID zugreifen zu müssen. Der BID war nur ein Teil des Körpers, solange man ausgeruht war. Sobald man müde war, brauchte man Ruhe vor dem Gerät am Hinterkopf.

Julia dachte gerade an Christopher, als Bewegung in das Wachpersonal im Gefängniszelt kam. Dann fuhr ihr der Schreck in die Glieder. Vor den Gitterstäben standen plötzlich mehrere Security-Leute. Einer von ihnen zückte seine Zugangskarte und entriegelte den Zugang zu den Gefangenen. Kein Geringerer als General Lenoir betrat ihre Zelle. Ryan und Ethan sprangen sofort auf, als sie ihn sahen.

»Auf ein Wort«, sagte Lenoir in einem pragmatischen Tonfall. Er wurde von allen dreien nur verdutzt angesehen.

»Habe ich Ihre Aufmerksamkeit? Sie haben jetzt keine Zeit, um perplex zu sein«, sagte Lenoir und schien sich vergewissern zu wollen, dass er auch wirklich gehört wurde.

»Wir hören zu«, sagte Ethan.

»Ich ...«, begann Lenoir leise und blickte allen dreien abwechselnd in die Augen, »ich wollte Ihnen sagen, dass es mir leid tut, wie es Ihnen ergangen ist, sowohl auf der Erde als auch hier auf Lumera.

Sie sind ein Politikum geworden. An Ihnen entzünden sich die Geister. Entweder man hasst oder bewundert Sie. Sie können hier definitiv nicht bleiben, glauben Sie mir. Hätte ich mich für ein anderes Strafmaß entschieden, wären Sie hier Ihres Lebens nicht mehr froh geworden. Die Hälfte der Kolonie will die Vereinigten Staaten in angenehmer Erinnerung behalten, wissen Sie?«

Es war unglaublich, was für eine Autorität von diesem Mann ausging. Julia ertappte sich dabei, wie sie ihm zunickte, obwohl ihr doch klar war, dass er dabei war, sie wieder von ihrer Familie zu trennen und wahrscheinlich einem grausamen Tod im Dschungel von Lumera auszuliefern. Aber immerhin hatte er dafür gesorgt, dass sie am Leben blieb und nun hoffen konnte, ihren Vater und Bruder eines Tages wiederzusehen.

»Erholen Sie sich gut heute Nacht. Sie bekommen morgen den bestmöglichen Proviant und die bestmögliche Ausrüstung, sofern sie tragbar ist. Waffen bekommen Sie auch, allerdings werden diese erst benutzbar sein, wenn Sie uns verlassen haben. Ich wünsche Ihnen viel Glück.« Lenoir machte auf dem Absatz kehrt.

»Noch etwas«, sagte er und drehte sich noch einmal um. »Sollten Sie versuchen, jemanden aus dem Basislager zu kontaktieren, werde ich Sie jagen. Gnadenlos. Ich bin ein besserer Jäger als Richter.« Einer seiner Soldaten unterdrückte ein Auflachen. »Vergessen Sie nicht, dass Sie heute mehr gewonnen als verloren haben«, sagte Lenoir zum Abschied. Damit ging er.

27

November 2384, Lumera, John

John öffnete erschöpft seine müden Augen. Er konnte im Dämmerlicht des Zeltes schwach das engmaschige Gitter seines Moskitonetzes erkennen.

Wie auch die anderen vier – Peter, Anastacia, Jason und Ramona – bewohnte er seit dem Ende der Gerichtsverhandlung, seit einigen Stunden also, die provisorische Unterkunft, die für die nächsten fünf Tage ihr unfreiwilliges Zuhause sein würde. General Lenoir war der Meinung, dass es besser wäre, ihn und die anderen mehrere Tage wegzusperren, auch wenn Julia, Ethan und Ryan schon am kommenden Morgen des Lagers verwiesen wurden. Lenoir wollte offensichtlich verhindern, dass die Ausgestoßenen Hilfe bekamen. An seiner Stelle hätte John auch so gehandelt.

John fragte über seinen BID die Uhrzeit ab. Es war bereits nach Mitternacht. Links von sich vernahm er das leise, aber dennoch sonore Schnarchen von Peter. Kaum zu glauben, dass er unter diesen Umständen schlafen konnte. Doch vielleicht hatte gerade ihm die Verhandlung jegliche Kraft geraubt.

John hingegen fand keine Ruhe. Sein Mitgefühl für die Verurteilten wühlte ihn auf. Er war frustriert. Hatte seine Aussage – er war für die Beschuldigten schon sehr in die Bresche gesprungen – überhaupt etwas genützt? Ihm kam es nicht so vor. Ihre Verurteilung kam einem Todesurteil gleich. Er hatte nur eine Verzögerung des Todes von Julia Jennings und ihren Freunden erreicht. Auf sich alleine gestellt würden die drei im Dschungel höchstens ein paar Tage überleben. Das war ihm klar. Ihre Überlebenschancen waren verschwindend gering, wenn sie keine Hilfe bekämen. John musste etwas unternehmen ... ihnen beistehen.

Sein Ansehen in der Basis hatte er mit seiner Aussage jedenfalls ruiniert. Mit Argumenten und blumigen Worten würde er nichts mehr erreichen können. Sein Hirn lief auf Hochtouren. Was konnte er sonst tun? Gab es eine Fluchtmöglichkeit? Er wusste, dass das Zelt von zwei Security-Androiden umstellt war. Aber er musste hier raus, und vor allem brauchte er Peter dazu. Julias Vater besaß all das Know-how, das ihnen im Dschungel ihr Überleben sichern konnte.

Ohne Andrews Hilfe würden sie das Lager aber erst in fünf Tagen verlassen können. Eine Flucht aus diesem gut bewachten Zelt war unmöglich – zumindest ohne Hilfe von außen. Aber sie hatten keine fünf Tage mehr, sie hatten nur noch wenige Stunden! Die Zeit arbeitete gegen sie. Mit jeder verstrichenen Minute kamen die anderen drei ihrer Ausweisung und damit ihrem sicheren Tod näher.

Ramona und Jason hielten sich seltsamerweise zurück. Immer wieder steckten sie die Köpfe zusammen und flüsterten sich etwas zu, das John nicht verstehen konnte. Warum Jason so wenig zum Schicksal seiner Schwester sagte, konnte John sich nicht erklären. Jason und Ramona schienen schließlich einzuschlafen, sodass John sich noch stärker seiner Schlaflosigkeit bewusst wurde. War er denn der Einzige, der die Notwendigkeit sah, dass ein Rettungsplan sofort ausgearbeitet werden musste, wenn es denn so etwas wie eine Rettung geben sollte? Sie mussten sich erst einmal selbst befreien, bevor sie Julia und die anderen retten könnten. Ohne Andrew würde das nicht funktionieren.

John rieb sich angestrengt mit der Hand über die Stoppeln seines Dreitagebarts. Wo war Andrew nur abgeblieben? Warum erreichte er den Androiden seit Stunden nicht? John wusste, dass die Verbindung über die BIDs nicht abhörsicher war, aber Andrew hätte doch wenigstens den eingehenden Anruf ablehnen können. Dann hätte John gewusst, dass er nicht im Stand-by-Modus war. Hatte man ihn etwa deaktiviert? John merkte, dass er sich Sorgen um Andrew machte, als sei er ein Mensch aus Fleisch und Blut. Und ... ein Freund. War er das etwa mittlerweile für ihn? Ein Freund? Diese Erkenntnis verwirrte ihn.

Aber er musste versuchen zu schlafen. Er würde jetzt sowieso nichts erreichen können. Nicht ohne Andrews Hilfe. John rollte sich auf die Seite und schloss seine vor Müdigkeit inzwischen brennenden Augen. Wenn ich schon nicht schlafen kann, dachte er sich, werde ich wenigstens ruhig liegen bleiben.

»John?«

John schrak aus dem Schlaf hoch und war in Sekundenbruchteilen hellwach. Er setzte sich in seinem schmalen Bett auf. »Andrew? Mein Gott, endlich«, entfuhr es ihm. »Wo hast du die ganze Zeit gesteckt, und warum hast du meine Anrufe ignoriert?«

»Hallo John, ich hoffe, du bist wohlauf?«, erwiderte der Android, anstatt auf Johns Frage einzugehen.

»Andrew, mir geht's mies, aber das ist jetzt wirklich vollkommen egal! Wie sicher ist die Verbindung? Können wir frei sprechen?«

»Völlig frei, John. Ich habe eine Weile zur Erstellung einer sicheren Verbindung gebraucht, deshalb melde ich mich auch erst jetzt. Diese Verbindung ist verschlüsselt und absolut abhörsicher. Ich wollte sichergehen, dass alles, was wir besprechen, unter uns bleibt.«

»Klasse, Andrew ... Andrew,« fuhr John sogleich fort, »du musst uns hier rausholen.«

»John, ich nehme Erregung in deiner Stimme wahr. Du solltest dich beruhigen und genauestens darüber nachdenken, was du da von mir verlangst und ob es das ist, was du wirklich willst.«

»Hör mal, Andrew, Julia und die anderen haben im Dschungel keine Überlebenschance. Das weißt du so gut wie ich. Ich fühle mich ihnen verpflichtet. Ich habe die drei in diese Situation gebracht.« Gedanklich, nicht für Andrew bestimmt, fügte er hinzu: »Und ich weiß, wie es ist, ein Kind zu verlieren.« John wartete vergeblich auf eine Antwort von Andrew.

Es kam Bewegung unter die Schlafenden. Peter und die beiden anderen Insassen recken sich, und als sie sahen, was John tat, richteten sie sich auf. John deutete auf seinen BID und lud die anderen in das Gespräch ein. Sofort klinkten die anderen sich mithilfe ihrer BIDs ein.

»Worum geht's denn hier?«, fragte Peter irritiert über das Kommunikationsimplantat. »Warum werden wir geweckt? Ist etwas passiert?«

»Keine Sorge, es ist nichts – ich korrigiere – noch nichts passiert.« Andrew klang gelassen wie immer. Doch dass er sich selbst korrigierte, wirkte ungewöhnlich. War er etwa unsicher?
»Johns Gesichtszüge nach der Urteilsverkündung haben unmissverständlich seine Unzufriedenheit zum Ausdruck gebracht. Deshalb habe ich eine verschlüsselte Verbindung zu Ihnen hergestellt. Bevor Sie sich in diese Unterhaltung eingebracht haben, hat John mir ganz klar Anweisung erteilt, sie schnellstmöglich zu befreien. Begrüßen Sie diese Idee?«
»Ob ich ...«, antwortete Peter etwas perplex und ungeduldig. »Natürlich! Ich bin dabei! Ich habe die ganze Zeit schon überlegt, wie wir hier rauskommen könnten. Julia braucht mich. Ich kann den dreien mit meinem Wissen helfen. Außerdem kann und werde ich meine Tochter nicht im Stich lassen!«

Für einen kleinen Moment herrschte Stille, bis Peter ein leises »Jason, Anastacia, Ramona?« ausstieß. Für einen Moment sagte niemand etwas. Peters Freundin antwortete schließlich als Erste: »Peter, selbstverständlich werde ich an deiner Seite sein, wenn du deiner Tochter hilfst. Mir fällt aber einfach keine Lösung ein, wie wir den dreien helfen wollen. Von hier aus können wir nichts für sie tun.«

John wurde langsam ungeduldig. »Wir haben nicht viel Zeit. Wir müssen einen Plan entwickeln. Wir haben nur noch wenige Stunden und sollten zusehen, dass wir das Lager im Dunkeln verlassen.«

John richtete seinen Blick auf Jason und Ramona Jennings. »Mr. und Mrs. Jennings, was ist mit Ihnen? Sind Sie dabei?«

Ramona Jennings senkte verlegen ihren Blick. »Es tut mir leid, ich kann ... und will nicht mitkommen. Ich stehe hinter der ISA, und die Arbeit bedeutet mir sehr viel. Ohne die ISA wäre ich auf der Erde geblieben. Aber das ist nicht der eigentliche Grund. Ich ... bin, wie es scheint, schwanger«, erklärte Ramona etwas zerknirscht.

Alle schwiegen verblüfft, und bevor jemand etwas sagen konnte, kam John ihnen zuvor: »Meinen Glückwunsch. Jason wird somit selbstverständlich bei Ihnen bleiben. Andrew, überleg dir, wie du uns hier rausholen kannst. Doch Jason und Ramona müssen hierbleiben, Andrew. Wir müssen das so drehen, dass sie unter keinen Umständen in den Verdacht geraten, uns geholfen zu haben. Auch brauchen sie eine gute Erklärung dafür, warum sie nicht Alarm geschlagen haben.«

»Das ist ganz einfach, John«, antwortete der Android. »Ich werde mittels ihres BIDs einen Bioscan bei ihnen anstoßen. Damit sind die beiden für zwanzig Minuten komplett außer Gefecht gesetzt.«

»Verstehe ich das richtig?«, meldete sich Jason zu Wort. »Wir tun so, als hättet ihr ... als hätte mein Vater uns einen Bioscan aufgezwungen? Kauft man uns das ab? Das klingt genauso glaubwürdig wie, als hättet ihr uns ohnmächtig geschlagen. Die wissen doch, dass wir unter einer Decke stecken.«

»Es wird sich glaubwürdiger anhören«, sagte John, »wenn Sie später sagen, dass Sie sich vor dem Schlafengehen mit Ihrem Vater gestritten und im Streit offenbart hätten, dass Ihre Frau schwanger ist. Dann wird es plausibel erscheinen, dass Ihr Vater und ich Sie hiergelassen und ruhiggestellt haben. Wenn Sie diese Unwahrheit, die auf der Wahrheit beruht, präsentieren, Mr. Jennings, werden Sie überzeugender auftreten.«

»Für Ihre Version wird auch sprechen«, ergänzte Andrew, »dass der Bioscan durch Fremdeinwirkung eingeleitet wurde. Das lässt sich später nachweisen. Man wird ausschließen, dass Sie beide sich gegenseitig in den Ruhezustand versetzt hätten. Außerdem wird General Lenoir ein Interesse daran haben, dass Ihre Frau bald wieder ihre Arbeit aufnimmt. Die Umstände sind günstig. Das ist die beste unserer Optionen, wenn Ihre Frau nachweislich schwanger ist. Mrs. Jennings sollte über Ihren BID einen Schwangerschaftstest ...« Weiter kam Andrew nicht.

»Ich bin schwanger, ganz sicher«, sagte Ramona Jennings.

»Gut, dann weiter«, beeilte sich John, als er sah, dass Peter Jennings Anstalten machte, etwas zu sagen. John fuhr sich immer wieder mit der Hand über seinen kurzen Stoppelhaarschnitt. Er war nervös. Überaus nervös. Die Zeit lief ihnen davon. Die Flucht musste gut durchdacht sein, wenn sie gelingen wollte. Ihnen blieben nur noch wenige Stunden, bis die drei Verurteilten die Basis verlassen mussten.

»Andrew«, fuhr John fort, »du musst die BIDs der beiden so manipulieren, dass diese Unterhaltung bei einem Scan der Erinnerungen nicht zu finden ist. Geht das?«

»Das ist bereits vorbereitet«, war Andrews Antwort. Er hatte mit der Frage offensichtlich bereits gerechnet. Es war beeindruckend – der Android war ihm immer drei Schritte voraus.

»Gut. Außerdem musst du die beiden Wachen vor unserem Zelt ausschalten. Und wir müssen irgendwie ungesehen aus der Basis raus. Eine Idee?« fragte John.

»Ich habe mehrere Ideen, John. Doch dich wird die beste Idee am meisten interessieren, nehme ich an.«

»Aber ja! Raus mit der Sprache, du Superhirn. Wir wollen hier keine Wurzeln schlagen.«

»Zunächst werde ich ein Ablenkungsmanöver durchführen. Ich werde vorerst keine Details hierzu aufführen. Das mache ich später. Ich stehe unter Zeitdruck, wie ein Mensch sagen würde. Aber erschrecken Sie sich nicht, wenn es bald laut werden sollte. Das gehört zum Plan. Machen Sie sich bereit für die Flucht. Ich melde mich in wenigen Stunden, sobald es losgeht. Ruhen Sie sich noch etwas aus.«

»Was meinst du damit, dass es laut werden könnte?«, fragte Anastacia. Doch Andrew antwortete nicht mehr. Er hatte sich aus dem Gespräch ausgeklinkt.

»Ich mache gleich die kleine Lampe an«, sagte John. »Packen Sie bitte so schnell es geht Ihre Habseligkeiten in die Rucksäcke. Dann halten wir uns am besten an die Instruktionen ... an die Empfehlungen von Andrew.«

John beendete das Gespräch und atmete ein paarmal tief durch. Seine Glieder schmerzten vor Anspannung. Er musste unbedingt ruhiger werden, wenn er nicht unkonzentriert werden wollte. Er knipste, wie eben angekündigt, seine kleine Lampe neben seinem Bett an. John beobachtete, wie Peter sich sogleich von seiner Matratze erhob und zu seinem Sohn ging. Er setzte sich neben Jason und ergriff dessen Hand. Da sie nicht sprechen wollten, um nicht die Aufmerksamkeit der Wachen auf sich zu ziehen, saß Peter einfach nur für einen Moment neben ihm und nahm still Abschied von seinem Sohn. John musste wegschauen, so sehr berührte ihn diese Szene. Erinnerungen an seinen kleinen Sohn kamen in ihm hoch, und er konnte nicht verhindern, dass seine Augen einen feuchten Schimmer bekamen. Er hoffte, dass es niemand bemerkt hatte. Als er wieder zu den anderen blickte, bemerkte er Anastacias Blick, die schnell wieder wegsah. John ärgerte sich über sich selbst. Es war ihm unangenehm, vor anderen Schwäche zu zeigen. Und vor allem nicht in so einem unpassenden Moment, wo er einen klaren Kopf brauchte.

Nachdem er sich wieder gefangen hatte, räusperte er sich, um die Aufmerksamkeit der Gruppe auf sich zu lenken und tippte sich auf sein Handgelenk. ›Es wird Zeit‹, signalisierte er damit. Die anderen nickten ihm zu, und Peter drückte seinen Sohn noch einmal fest, nahm auch Ramona in den Arm und fing ebenfalls an, seine Habseligkeiten in seinen Rucksack zu befördern.

Nach etwa zehn Minuten saßen alle mit gepackten Rucksäcken und angezogen auf ihren Betten. John nickte allen zu und knipste das kleine Licht wieder aus. Er glaubte nicht daran, dass er ein Auge zubekommen würde, aber er musste sich zumindest ausruhen. Es war bereits nach halb zwei Uhr nachts. John war klar, dass Lenoir Julia und die anderen mit der Dämmerung in den Dschungel bringen lassen würde.

28

November 2384, Lumera, Julia

»Es ist so weit. Bitte stehen Sie auf und ziehen Sie sich an. In zehn Minuten hole ich Sie ab und bringe Sie zum Ausgangspunkt«, wurde Julia unsanft von einem Wachmann geweckt. Sie blickte sich verwirrt um. Hatte sie überhaupt geschlafen? Obwohl sie selbst mit ihrem Schicksal haderte und oft genug von Suizidgedanken geplagt wurde, kroch dennoch Angst ihre Glieder hinauf und brachte ihre Hände zum Zittern.

Die Schonfrist war abgelaufen. Sie würden gleich im Dschungel von Lumera ausgesetzt werden, mit nichts weiter als Rucksäcken ausgestattet. Julia musste fast lachen, so absurd fand sie die Situation, in der sie sich befanden. Ihr Leben sollte also verschont werden, damit sie sich auf eigene Faust im Dschungel einer fremden Welt durchschlugen? Sie hätte selbst im Amazonas Zweifel an ihren Überlebenschancen gehabt. Hier war ihr der Tod sicher.

Bevor ihre Panik die Oberhand gewinnen konnte, spürte sie, wie jemand ihre Hand umschloss und sie sanft drückte. Ihr Blick glitt zu ihrem Freund, der sich lautlos neben ihr auf der schmalen Liege niedergelassen hatte. Verzweifelt versuchte Julia zu lächeln, was ihr aber nur halbherzig gelang. Der Wachmann hatte sich derweil wieder zurückgezogen. Sie waren also noch einen kurzen Moment für sich.

»Ich habe so große Angst, Ethan«, flüsterte Julia.

»Ich auch, Julia. Aber wir werden das schaffen. Und ich glaube nicht, dass dein Vater zulässt, dass wir ....« Ethan verstummte. Anscheinend wurde ihm noch rechtzeitig klar, was er gerade im Begriff war zu sagen.

»Du kannst es ruhig aussprechen, Ethan. Ich bin kein Kind mehr. Es ist mir schon klar, dass wir allein keine Chance haben. Wenn wir nicht verhungern, werden wir zu Tierfutter. Oder wir sterben an einer Krankheit, gegen die unser Körper nichts ausrichten kann.«

»Jules, ich ... so solltest du das nicht sehen. Ich finde schon, dass wir eine kleine ...«, weiter kam Ethan nicht. Julia unterbrach ihn harsch.

»Ethan, verdammt! Du brauchst mich nicht mit Samthandschuhen anfassen. Es ist, wie es ist. Wenn ich meinen Vater zu kontaktieren versuche, finden sie es heraus. Und dann? Wenn er uns folgt, weil er uns helfen will, werden sie uns alle jagen. Das hat der General uns ganz klar gesagt. Wir können nichts tun. Es kommt doch im Grunde alles auf das Gleiche hinaus. Wir sind in ein paar Tagen Geschichte. Und wenn mein Vater versucht, uns zu helfen, wird er es auch sein.«

Julia konnte schemenhaft die Umrisse von Ethan erkennen. Tränen, die in ihren Augen brannten, nahmen ihr die klare Sicht. Hastig blinzelte sie sie weg. Ein anschließender kurzer Blick auf Ryan zeigte ihr, dass er ebenfalls völlig aufgewühlt war.

Kurz dachte Julia, wie so oft, an Christopher. Er schlief derzeit noch immer in seiner Kryokammer und bekam von all dem, was hier auf Lumera gerade geschah, nichts mit. Sollten sie doch irgendwie überleben, mussten sie sich etwas überlegen. Christopher war einer von ihnen. Ihr Freund und irgendwie ein Teil ihrer Familie.

Plötzlich öffnete sich die Zelttür erneut. General Lenoir stand vor ihrer kleinen Zelle und blickte sie mit ernstem Gesicht an.

»Es ist so weit. Sie werden nun zum Dschungelrand eskortiert. Ich werde nicht mitkommen. Ich wünsche Ihnen, dass Sie es schaffen. Das meine ich ernst. Sie haben eine Chance. Zugegebenermaßen eine kleine, aber Sie haben eine. Nutzen Sie sie und fangen Sie woanders neu an. Ob Sie es mir glauben oder nicht: Der gefährlichste Ort für Sie ist dieses Lager. Jeder Zweite hier würde Sie auf der Stelle lynchen. Im Grunde retten wir Sie, indem wir Sie fortschicken. Meiden Sie also das Lager in Ihrem eigenen Interesse.«

Lenoir machte eine kurze Pause, bevor er weitersprach.

»Außerdem wurden Ihre BIDs für die nächsten zehn Tage deaktiviert. Wir möchten nicht, dass Sie auf die Idee kommen, mit jemanden aus dem Lager«, er blickte zu Julia, »etwa mit Ihrem Vater, zu kommunizieren. Ich hoffe, Sie können diese Vorsichtsmaßnahme nachvollziehen.«

Julia spürte, wie ihre Emotionen hochkochten, aber Lenoir ließ sie nicht zu Wort kommen. »Versuchen Sie nicht, mich zu hintergehen und etwa am Rande des Dschungels auszuharren, in der Hoffnung, Ihren Vater oder andere Menschen hier im Lager zu mobilisieren. In diesem Falle ...«

»... werden Sie uns jagen. Ist schon klar. Vielen Dank auch«, ergänzte Ryan mit spöttischem Blick, während er aufstand und seinen Rucksack schulterte.

»Mr. Fender, sparen Sie sich Ihren Sarkasmus! Sie nutzen Ihren Hass auf mich besser später im Dschungel, um zu überleben. Vielleicht wird Ihnen irgendwann einmal klar, dass ich keine andere Wahl hatte, als Sie auszuweisen. Ich halte Sie für intelligent genug, um das zu verstehen. Sie wissen doch selbst, dass die Sache, hätte man Sie auf der Erde geschnappt, schlimmer ausgegangen wäre. Vielleicht brauchen Sie ja noch Zeit, um das zu verstehen. Wie gestern schon gesagt: Ich wünsche Ihnen Glück.«

Bevor Ryan erneut aufbegehren konnte, schaltete Ethan sich in die kurze Diskussion ein: »Lass gut sein, Ryan. Er hat ja recht. Es gibt keinen anderen Weg für uns. Wir werden es schon irgendwie schaffen. Auch ohne Kontakt zum Lager.«

Anstelle einer Antwort schnaufte Ryan nur verächtlich und schob wütend seine Brille zurecht. Julia stand ebenfalls auf und schulterte ihren Rucksack. Lenoir nickte ihnen zum Abschied zu und wandte sich dann ab. Julia konnte, während er sich umdrehte, tatsächlich so etwas wie Sorge oder Mitleid in seinen Augen erkennen. Allerdings half ihr das wenig, zeigte es ihr doch wieder einmal, wie es um ihr Schicksal bestellt war. Sie trat als letzte hinter Ryan und Ethan aus ihrer kleinen Zelle, die in den letzten Tagen ihr Zuhause gewesen war.

29

November 2384, Lumera, John

Ein lauter Knall riss John aus seinem unruhigen Schlaf. Er schoss hoch und versuchte, sein wild pochendes Herz unter Kontrolle zu bekommen. Bevor er sich über seine angeschlagenen Nerven ärgern konnte, übernahm seine Vernunft wieder die Führung. Das konnte nur Andrews Werk sein. Also war es so weit. Er blickte sich schnell um. Die anderen waren ebenfalls erwacht und nicht minder erschrocken. John brauchte nichts sagen. Auch so war allen klar, dass es nun losging. Jetzt wurde es ernst. Aber wo war Andrew?

Noch während John sich diese Frage stellte, öffnete sich bereits der Zelteingang, und im fahlen Licht der Laterne, die sich vor dem Zelt befand, konnte er die Umrisse des Androiden ausmachen. In der linken Hand befand sich ein aktivierter Plasmastrahler. Außerdem ragten die kleinen Läufe von vier neuartigen und hochpräzisen Gaußkanonen aus beiden Unterarmen und Schulterblättern. Und John ahnte, dass das Waffenarsenal von Andrew damit noch lange nicht erschöpft war. Der Androide war eine wandelnde Ein-Mann-Armee – wie Rambo, dachte John, nur ohne das Stirnband. Unwillkürlich musste er grinsen, als er an diesen uralten Klassiker dachte, den jeder FBI Agent spätestens in seiner Ausbildung kennenlernte. Aber der Anblick der vielen kleinen roten Dioden auf Andrews Körper ließ ihn direkt wieder ernst werden. Wenn Andrew in seinen Kampfmodus geschaltet hatte, gab es keinen Grund für

Späße. Als dieser perfekt gestaltete Körper einen kurzen Augenblick vor ihnen verharrte, lief John ein Schauer über den Rücken. Außerdem stieg ein leises Gefühl der Zuversicht in ihm auf. Ein dumpfes Schnarren und mehrfaches Klicken später waren Andrews Waffen wieder in den menschlich gestalteten Roboterkörper zurückgefahren.

»Guten Morgen. Wir haben keine Zeit zu verlieren«, übernahm Andrew sofort die Führung, »deshalb fasse ich mich kurz: Peter, verändern Sie Ihr Aussehen! Am besten wäre die Gestalt eines Mitarbeiters der Methangasförderung, eines Planungsingenieurs im Idealfall. Sie haben da sicher jemanden in Ihrer Datenbank. Anschließend verabschieden Sie sich von Ihrem Sohn und Ihrer Schwiegertochter.«

John konnte sehen, dass Peter etwas sagen wollte. Aber anscheinend überlegte er es sich anders und nickte lediglich kurz. Dann schloss Peter die Augen. Er schien seine Datenbank durchzugehen. Vermutlich suchte er nach der passenden Person. Johns Blick glitt zurück zu Andrew. Dieser war inzwischen wieder aus dem Zelteingang getreten und kam mit einem lädierten Security-Androiden auf dem Arm wieder rein. Wenige Sekunden später brachte er auch den anderen regungslosen Androiden herein, der ihr Zelt bewacht hatte.

Bevor John etwas sagen oder tun konnte, trat Andrew auf Anastacia zu. Eine kleine Kralle, einem BID-Remover ganz ähnlich, fuhr aus seinem Finger und schloss sich um ihren BID. Mit einem Klick entfernte er ihn vorsichtig. Er öffnete seinen Brustkorb und beförderte den BID in eine schmale Öffnung. Andrews Augen leuchteten grün auf, während der BID umformatiert wurde. Nur wenige Atemzüge später befand sich der Chip wieder in der dafür vorgesehenen Halterung hinter Anastacias Ohr. John konnte beobachten, wie ihre Gesichtszüge sich veränderten. Er erkannte ihr neues Gesicht nicht, aber das spielte auch keine Rolle. Andrew wusste, was er da tat. Dann trat der Androide auf John zu und führte bei ihm dieselbe Prozedur durch wie zuvor bei Anastacia. John spürte ein Ziehen und Kribbeln im Gesicht und konnte dem Bedürfnis nicht widerstehen, sich dort zu berühren. Seine Haut fühlte sich taub an, und es war, als würde er in ein fremdes Gesicht fassen. Schnell zog er seine Hand wieder zurück. Andrew war inzwischen zu Jason und Ramona getreten. Peter, der jetzt ebenfalls ein fremdes Erscheinungsbild hatte, umarmte bereits seinen Sohn und flüsterte ihm etwas ins Ohr. Als er Andrew hinter sich wahrnahm, trat er schnell zur Seite, drückte seinem Sohn noch einmal kurz die Hand und drehte sich, sichtlich schweren Herzens, von John und den anderen weg.

Andrew ließ keine Zeit verstreichen. Er brauchte den BID der beiden Zurückbleibenden nicht zu entfernen, um den Bioscan zu aktivieren, der einen intensiven Gesundheitscheck anstoßen und den Betroffenen automatisch in einen Ruhezustand versetzen würde. Wie der Androide es anstellte, ihre Erinnerungen zu manipulieren und anschließend den Suchlauf der BIDs zu aktivieren, war John allerdings ein Rätsel. Normalerweise konnte der Bioscan nur von autorisierten Ärzten gestartet werden. Jason und Ramona lagen nun auf dem Rücken auf ihren schmalen Betten und waren nicht mehr ansprechbar. Ihre Pupillen flackerten in ihren leicht geöffneten Augen schnell von rechts nach links, wie es bei dieser Prozedur üblich war. John nahm aus dem Augenwinkel wahr, dass Peter gerade im Begriff war, abermals zu seinem Sohn zu treten, als Andrew ihn mit dem ausgestreckten Arm aufhielt.

»Rucksäcke nehmen und mir folgen«, war seine unmissverständliche Ansage. John war beeindruckt, wie Andrew nun die Führung der Gruppe übernommen hatte und offensichtlich auch auf Höflichkeitsfloskeln verzichten konnte, wenn die Situation dies erforderte. Schnell schlüpfte er als letzter durch die halb geöffnete Zelttür. Draußen angekommen stellte er sofort fest, warum Peter und Anastacia starr vor dem Eingang standen und in den Himmel blickten. In Richtung der Gebirgskette, die sich westlich der Basis befand, war eine riesige Flamme zu sehen, die mindestens dreißig Meter hoch in den Himmel loderte. Der Himmel selbst war dunkel und undurchsichtig vom Rauch der Flamme. Schreie hallten durch die Luft, und Maschinenlärm war zu hören. Überall zwischen den Zelten hasteten Menschen und Androiden wild durcheinander, um der Bedrohung durch das Feuer Herr zu werden. Im Lager herrschte ein wildes Durcheinander, was Andrew ganz offensichtlich so beabsichtigt hatte. Somit würde ihre frühmorgendliche Flucht kaum auffallen. Andrew ließ ihnen aber keine Zeit, sich das Chaos genauer anzusehen, denn er befahl ihnen bereits, ihm zu folgen. Hinter dem nächsten Zelt, unter einer dünnen Plane, hatte er eine ganze Batterie an Waffen verstaut, die er nun zutage förderte. Blendwaffen sowie Laser- und Plasmapistolen befanden sich darunter. John entdeckte sogar eine PEP, eine Energiewaffe, dessen Druckwelle sogar einen Elefanten von den Füßen holen konnte.

»In die Rucksäcke«, wies er leise, aber bestimmt an und reichte jedem von ihnen zwei der Hightech-Waffen – jeweils eine Sturm- und eine Handfeuerwaffe. Diese würde ihnen sicher weiterhelfen, sollte es vonnöten sein.

»Andrew, wie hast du so eine Explosion erzeugen können? Liegen dort nicht die Methangasleitungen?«, fragte Anastacia den Androiden während sie ihren Weg durch das Lager fortsetzten.

»So ist es. Die Leitungen befinden sich bereits unter der Erde, aber ein Ventilknoten ragt dort hinten aus dem Boden, und ich musste nur dafür sorgen, dass Methan austritt und sich mit dem Sauerstoff verbindet. Das ist das Ergebnis«, erklärte der Androide ihr und den anderen mit einem zaghaften Lächeln auf den Lippen. Augenblicklich wurde er aber wieder ernst. »Aber nun kein Wort mehr davon, sonst bekommt noch jemand etwas mit. Das wäre gegenwärtig sehr ungünstig.«

John musste feststellen, dass Andrew es immer besser beherrschte, seine Mimik der der Menschen anzupassen. Wieder ein Punkt, den er den anderen Androiden hier auf der Basis voraushatte. Alle anderen Roboter waren durch ihre verhältnismäßig starren Gesichter immer leicht als solche zu erkennen. Bei Andrew war das fast nicht mehr möglich. Er ging immer mehr als Mensch durch – wenn er nicht gerade einen seiner endlos langen Besserwisser-Vorträge hielt oder Waffen aus seinem Körper ragten.

Zügig setzten sie ihren Weg durch das Gewimmel von Menschen und Androiden fort. Als Nächstes mussten sie möglichst unauffällig das gesicherte und stark bewachte Eingangstor passieren und den Weg bis zum Dschungel zurücklegen. John war klar, dass jetzt der wahrscheinlich schwierigste Teil der Flucht vor ihnen lag. Behände schulterte er seinen nun durch die Waffen deutlich schwereren Rucksack und folgte dem kleinen Trupp. Er spürte beim Laufen permanent ein stetes Kribbeln im Nacken. So, als würde ihnen jemand folgen. Er ignorierte den Drang, sich umzublicken. Stattdessen zwang er sich, in großen Schritten weiterzulaufen.

Endlich hatten sie die letzten Zelte hinter sich gelassen und gelangten über den großen staubigen Platz zum bewachten Eingangstor. Hier herrschte extremer Aufruhr. Die Flammensäule und die Rauchwolke, die bis in den Himmel reichten, hatten offensichtlich viele Lagerbewohner dermaßen in Panik versetzt, dass sie zum Tor der Basis geflohen waren. Einige andere standen jedoch herum und blickten eher neugierig in den Himmel.

Es wurden viele Helfer bei dem Ventilknoten gebraucht, um das Feuer unter Kontrolle zu bringen. Immer wieder wurde das Tor geöffnet und geschlossen, Menschen kamen und gingen. Die Wachen wirkten überfordert und verunsichert. Andrew war wirklich ein Genie. In diesem Durcheinander fielen die drei mit ihren großen Rucksäcken und einem Androiden als Anführer gar nicht auf. Niemand achtete auf sie.

»Bitte treten Sie einzeln durch den Scanner«, forderte einer der Wachhabenden sie auf, als sie geschlossen vor das große Eingangstor traten.

Andrew ging als Erstes durch das kleine metallene Gate, das seine ID und seine Autorisierung prüfte. Natürlich wurden auch die Waffen sofort vom Scanner erkannt. Bei Andrew waren sie allerdings Bestandteil seiner fest installierten Ausrüstung. John begann zu schwitzen. War Andrew wahnsinnig geworden, oder hatte er gar eine Fehlfunktion? Er selbst, Peter und Anastacia waren bis zu den Zähnen bewaffnet. Da half ihnen ihr verändertes Aussehen auch nicht weiter. Wie sollten sie unbemerkt durch den Scanner kommen? Unmöglich. John zögerte und spielte mit dem Gedanken, umzudrehen und einen anderen Weg aus dem Lager zu suchen.

»Hören Sie, wir haben hier nicht ewig Zeit. Nun machen Sie schon«, forderte der robust gebaute Wachmann John mit einem verärgerten Blick auf, durch den Scanner zu treten. John wusste, dass ein Zögern hier nicht angebracht war, deshalb schluckte er sein ungutes Gefühl hinunter und durchschritt das Gate. Auf einen Wink des Wachmanns folgten Peter und Anastacia. John rechnete damit, gleich festgenommen zu werden, aber nichts dergleichen geschah. Stattdessen nickte der Wachmann nur, und innerhalb weniger Sekunden befanden sie sich außerhalb der Basis vor dem großen Tor, das sich mit einem leisen Klicken hinter ihnen schloss.

John wollte mit schnellen Schritten zu Andrew treten, um ihn zu fragen, wie er es geschafft hatte, den Scanner zu überlisten. Allerdings hielt ihn der Anblick der gigantischen Flamme davon ab und außerdem mussten sie schleunigst fort von hier.

»Weiter«, kommandierte Andrew nach wenigen Sekunden und holte John wieder zurück in die Realität. Doch bevor sie weitermarschieren konnten, steuerte ein Mann in dunkler Schutzkleidung zielsicher auf sie zu.

»Ey, Hughes, wo wollen Sie hin?«, rief er Peter zu. »Wir brauchen Sie beim Feuer.«

Sie stutzten alle. Dann wurde John klar, was los war. Peter hatte das Äußere eines der Spezialisten für Methanförderung angenommen. Der Mann hier kannte ihn offensichtlich. Bevor Peter dem Fremden antworten konnte, kam Andrew ihm zuvor.

»Wir müssen zum Shuttle. Es ist vor wenigen Minuten gelandet und hat Spezialausrüstung an Bord. Wir haben den Auftrag, sie an uns zu nehmen und dann zum Ventilknoten zu kommen«, erklärte Andrew.

»Dann helfe ich Ihnen«, antwortete der bärtige Mann, der sich bereits in Bewegung setzte, um sich ihnen anzuschließen.

»Nicht nötig«, beeilte Andrew sich. »Wir schaffen das allein. Außerdem sind noch ein paar Helfer an Bord des Shuttles. Sie allerdings werden dringend am Knoten gebraucht. Wir stoßen gleich zu Ihnen.«

John erkannte den skeptischen Blick des Bärtigen. Peter rettet die Situation: »Sagen Sie Whitaker, dass wir gleich mit der geforderten Ausrüstung da sind. Er wartet auf uns. Wir müssen los.«

John sah wie die Skepsis aus dem Blick des kräftigen Mannes schwand. »Okay, dann beeilen Sie sich. Wir haben das Feuer noch nicht unter Kontrolle.« Er drehte sich um und lief in die entgegengesetzte Richtung davon.

John stieß die Luft aus, die sich vor Anspannung in seiner Lunge angestaut hatte. Das war verdammt knapp! Hätte der Mann sie begleitet, hätten sie ihn überwältigen müssen, um ihn loszuwerden. Und vermutlich hätte er dann geschafft, einen Hilferuf abzusetzen. Dadurch hätten sie ihren Vorsprung eingebüßt. Aber so ging es nun doch weiter wie geplant. John beeilte sich, um zu Andrew aufzuschließen, der ein hohes Tempo vorlegte.

»So, mein Freund, jetzt erkläre mir doch mal, wie Du den Scanner am Eingang austricksen konntest.«

Andrew blickte zu John und lächelte sein schon fast menschliches Lächeln. »Ach John, das war ganz einfach, denn Sie waren ja alle so sehr mit dem Scanner beschäftigt, dass auf mich keiner geachtet hat. Genau darauf hatte ich spekuliert.«

»Und was soll das jetzt heißen?« John konnte kaum fassen, dass Andrew ihn tatsächlich auf die Folter spannte. Kostete er das etwa aus?

»Sehen Sie das hier?«, sagte Andrew im Laufen und streckte den rechten Zeigefinger aus. Die Spitze des Fingers klappte auf und etwas Schmales, Längliches fuhr heraus.

»Diesen kleinen Adapter konnte ich in einen dafür vorgesehenen Zugang am Scanner einführen. Eigentlich dienen solche Anschlussstellen der Konfiguration und dem Export von Daten. Doch ich habe mir, nun ja, einen Import erlaubt. Damit konnte ich innerhalb weniger Millisekunden in das Sicherheitssystem eindringen und falsche Daten einspeisen. Ich konnte damit erreichen, dass der Scanner nur das sah, was ich ihm vorgegeben hatte.«

Peter hatte dem Gespräch offensichtlich gelauscht, denn auch er schloss zu ihnen auf. »Das ist ja der Wahnsinn! Andrew, Du bist eine ganze Armee wert!«

»Nur eine?«, fragte Andrew.

John starrte Andrew verblüfft an, und nun legte sich ein fast perfektes Lächeln auf das Gesicht des Androiden.

»Es reicht mir«, sagte Andrew, »wenn du mich wie gerade eben Freund nennst.«

John konnte darauf nichts mehr erwidern, denn sie waren endlich am Stellplatz der acht STV angelangt. Die robusten, geländegängigen Transportfahrzeuge mit den sechs großen Reifen und anmutigen Flügeltüren verkehrten vor allem zwischen dem Lager und den Spaceshuttles. Sechs Personen fanden darin Platz, und ähnlich wie man es von den damaligen Flughafen-Transportwagen auf der Erde kannte, konnten unzählige Anhänger angekoppelt werden, um Equipment und Gepäck zu transportieren. John hatte geahnt, dass Andrews Plan so ein Gefährt einschloss, um sie schneller zum Rand des Dschungels zu bringen. Allerdings sah John, dass bereits ein Fahrer im ersten STV saß. Mussten sie ihn erst noch ohnmächtig schlagen? John kannte den muskulös wirkenden Mann mit den kurzen Haaren und den Grübchen in den Wangen nicht, aber er blickte ihnen freudig entgegen. War er etwa eingeweiht?

»Robert!«, entfuhr es Peter, und er lief ihnen voraus, direkt auf den Mann zu. Der Angesprochene schien Peter zuerst nicht wiederzuerkennen, doch plötzlich rief er: »Peter? Bist du das?«

»Ja, ich bin's. Ich musste mir nur eine andere Frisur zulegen. Und ein anderes Gesicht. Verdammt, was machst Du hier, Robert?«, fragte Peter ihren Helfer.

John beobachtete sprachlos, wie die beiden Männer sich umarmten und auf den Rücken klopften. Offensichtlich waren sie befreundet.

»Ganz einfach: Euer Android hat mich kontaktiert. Er wusste,

dass ich letzte Nacht gelandet bin. Ich habe hier einiges an Equipment für euch, das ihr im Dschungel brauchen werdet.«
John kniff die Augen zusammen. »Das verstehe ich nicht.«
Mit einem Nicken deutete Andrew auf Peter und Robert. »Ich kannte ihre Verbindung. Es wird viel darüber geredet, wie Peter Jennings Robert Sullivan das Leben gerettet hat. Da wusste ich, dass es sich um einen potenziellen Helfer handeln musste. Ich fand heraus, dass Mr. Sullivan mit dem Spaceshuttle kommen würde. Ich brauchte ein paar Dinge aus dem Orbit. Die konnte nur Mr. Sullivan uns besorgen. Bevor wir dieses Gespräch jetzt aber vertiefen, möchte ich darauf hinweisen, dass wir umgehend Richtung Dschungel aufbrechen müssen, bevor jemand die Flucht bemerkt.«

Andrews Blick glitt zu Robert, der neben dem STV stand. »Mr. Sullivan, Sie fahren jetzt schnell wieder mit Ihrem STV zum Spaceshuttle, sonst fällt Ihre Abwesenheit dort auf. Beeilen Sie sich.«

Robert blickte den Androiden schelmisch lächelnd an. »Negativ, Sir! Aber danke für Ihr Angebot. Das hier ist meiner...«, erklärte Robert und deutete auf einen Rucksack, der im STV verstaut lag. »Ich komme mit euch mit. Ich bleibe doch nicht hier, während ihr das Abenteuer eures Lebens im Dschungel erlebt. Da oben auf der Platon ist momentan nicht viel los. Ich brauche dringend Außendienst.«

John blickte Robert ungläubig an. War der Kerl verrückt geworden? Wusste er denn nicht, worauf er sich einließ? Oder war er einfach nur gelangweilt?

»Jetzt lasst uns hier mal keine Wurzeln schlagen«, sagte Robert Sullivan. »Nach allem, was ich über den Dschungel weiß, könnt ihr militärische Unterstützung gut gebrauchen. Ich bin zwar Pilot, aber an meine Grundausbildung kann ich mich noch gut erinnern.«

John nickte. Peter schlug Robert auf die Schulter. Andrew sagte nichts dazu, sondern schob John und die anderen in das Geländefahrzeug. Für Diskussionen war keine Zeit mehr.

»Robert, Sie fahren«, sagte Andrew. »Und geben Sie Gas! Ich habe gerade eine Meldung aus dem Lager abgehört. Die ausgeschalteten Security-Androiden wurden entdeckt. Uns bleiben nur Minuten«, erklärte Andrew, während John sich auf die Rückbank zwängte. Robert ließ sich nicht zweimal bitten. Nachdem er seinen BID mit dem STV verbunden hatte, ließ er schnell die Flügeltüren zuschwingen, ergriff die Joysticks zum Steuern des Fahrzeugs und beschleunigte aus dem Stand auf Höchstgeschwindigkeit.

John wurde von der abrupten Beschleunigung nach hinten geworfen und in seinen Sitz gepresst. Die Kraft des STV mit seinen sechs Elektromotoren, die jedes Rad individuell antreiben konnten, war einfach beeindruckend. In diesem Moment war er froh, dass er noch nichts im Magen hatte. Ein Blick auf Anastacia, die neben ihm saß, zeigte ihm, dass es ihr nicht besser erging als ihm. Sie blickte starr geradeaus und war leichenblass. Vielleicht war es aber auch einfach nur die Angst vor dem, was sie in dem dichten Dschungel erwartete.

Die Fahrt dauerte keine zwei Minuten, dann hatten sie bereits den Rand der großen Lichtung erreicht. Der Himmel leuchtete im Licht der aufgehenden Sonne in den verschiedensten Rottönen, und nur noch einer der drei Monde war groß am Rande des Firmaments zu erkennen. Die nun fünfköpfige Truppe ließ den STV stehen und betrat den Dschungel, der sich wie eine grüne, undurchdringliche Mauer vor ihnen aufbaute. Dicke Bäume standen eng beieinander, Schlingpflanzen wucherten zwischen ihnen und große, farnähnliche Pflanzen ließen die Gruppe nur wenige Meter weit sehen. Sofort holten sie die Macheten aus ihren Rucksäcken, entsicherten sie und arbeiteten sich schnell und konzentriert in den Dschungel vor. Die nano-gehärteten Klingen der großen Messer fuhren mühelos durch die Äste und ermöglichten ein halbwegs zügiges Vorankommen.

Kaum hatten sie sich ein kleines Stück durch das dichte Grün gekämpft, da blieb Andrew, der die kleine Gruppe weiterhin anführte, unvermittelt stehen und legte seinen Zeigefinger auf die Lippen.

John versuchte, Andrew über seinen BID zu erreichen. Allerdings blieb es bei einem Versuch, denn sein BID konnte keine Verbindung aufbauen. Wie konnte das sein? War das Andrews Werk? John ärgerte sich über seinen Androiden. Sicher, er wusste, was er tat, aber er musste sie doch zumindest informieren, wenn er ihr Kommunikationsmedium lahmlegte. Andrew schien Johns entgeisterten Blick wahrgenommen zu haben. Der Android blickte tatsächlich etwas ratlos um sich, oder bildete John sich das nur ein?

Dann zeigte er zum Himmel. John konnte im dichten Blätterdach nichts entdecken, aber ihm war, als hörte er ein leises Surren. Zeitgleich beobachtete er, wie Andrew aus seinem Bauch eine flache Scheibe löste. John wusste sofort, dass es sich dabei um eine von Andrews Drohnen handelte. Der Android warf sie sogleich in den Himmel. Mit einem leisen Schnarrgeräusch aktivierte sich die

Drohne, entfaltete vier kleine, sich sofort drehende Rotoren, stand einen Moment still in der Luft und schoss plötzlich blitzschnell durch das dichte Blätterdach. Es dauerte keine zehn Sekunden, da landete etwas Tellergroßes keine zehn Meter neben ihnen im dicht belaubten Waldboden.

»Eine Aufklärungsdrohne«, sagten Andrew und John gleichzeitig. Im Grunde überraschte es John nicht. Die Jagd auf sie hatte also schon begonnen – deutlich früher, als ihm lieb war. Die Drohne hatte sie mit Sicherheit dank ihrer Wärmebildkamera gesichtet und dem General sogleich ihren aktuellen Standpunkt übermittelt. Sie mussten also schnell von hier verschwinden. Andrew war offensichtlich der gleichen Meinung. »Wir können jetzt wieder sprechen. Vorläufig. Wir müssen aber sofort weiter.«

»Mein Gott ...«, ließ Anastacia verlauten. Sie wirkte verunsichert und ängstlich. Aber es blieb jetzt keine Zeit, darauf einzugehen. Sie mussten weiter. Mit schnellen Hieben und Schritten drangen sie weiter in den Dschungel vor. Andrew vorweg, der die Machete offensichtlich am besten zu nutzen wusste und ihnen am effizientesten einen Weg durch das dichte Grün bahnte. Vor allem schienen ihn die aggressiven Pflanzen nicht zu beeindrucken, deren Äste und Schlingarme blitzschnell vorschnellten, wenn sie Bewegungen wahrnahmen. Andrew war immer noch schneller und wehrte die Äste mit seinen Armen ab oder schlug sie mit seiner Machete kurzerhand in kleine Stücke.

John wandte sich schnaufend an Andrew: »Wo willst du eigentlich mit uns hin? Ich will dir ja keinen Druck machen, aber wenn du mich mal in deinen Plan einweihen würdest, könnte ich vielleicht mehr tun, als dir bloß nachzulaufen.«

»Ich kenne sämtliche Drohnenaufzeichnungen und Satellitenbilder, die von Lumera existieren. Deshalb weiß ich, wo wir eine gute Überlebenschance haben. Aber bevor wir uns auf den Weg in ein grünes, geschütztes Tal machen, haben wir noch eine wichtige Mission zu erfüllen ...«

»... nämlich die anderen drei zu finden«, ergänzte Peter hinter ihnen mit fester Stimme.

»... und Christopher Woodruff zu befreien«, stellte John fest.

»Christopher wer? Wer soll das sein?«, fragte Robert mit seiner tiefen Stimme.

»Das können Ihnen John oder Peter auf dem Weg erklären«, sagte Andrew bestimmt. »Wir müssen jetzt schnell weiter. Meine

Drohne hat Julia Jennings und die anderen beiden gesichtet. Sie befinden sich etwa fünfunddreißig Gehminuten von uns entfernt, bewegen sich aber ebenfalls vorwärts. Die Truppen des Generals sind uns bereits auf der Spur. Wir haben nur gute fünf Minuten Vorsprung. Also los!«

Eine Stunde später erreichten sie nach einem Gewaltmarsch eine große Lichtung. John konnte es kaum glauben. Er kannte diesen Ort. Hier befand sich die Steinplatte, die sie bei der Befreiungsaktion von Peter und den anderen Wissenschaftlern entdeckt hatten. Hier fand das Rescue-Team zufällig die bislang einzigen Spuren einer intelligenten, vielleicht nicht mehr existenten Lebensform. Der steinerne Boden der Lichtung wurde immer wieder von kleineren Bäumen, Farnen und anderem Gestrüpp durchbrochen. Dennoch konnte John ganz klar dort vorne, keine fünfzig Meter von ihnen entfernt, Julia, Ethan und Ryan am Rande der Lichtung entlangschlendern sehen. Sie hatten hier bestimmt eine Pause eingelegt. Schließlich hatten sie keinen Grund zur Eile und wussten nichts von der Verfolgungsaktion.

Peter musste die drei auch gesichtet haben, denn er sprintete sofort an John und den anderen vorbei und rief dabei laut nach seiner Tochter. Diese horchte auf und blieb mit den andern beiden verblüfft stehen. Dann erkannte Julia ihren Vater, wahrscheinlich an der Stimme, stieß einen Freudenschrei aus und rannte ihm entgegen. John beobachtete, wie Peter seine Tochter stürmisch umarmte. Er sah die Freude und Hoffnung in den Gesichtern der drei Ausgestoßenen, aber er bekam auch mit, wie Julia mit ihrem Vater schimpfte. Warum, konnte John nur bruchstückhaft verstehen, während sie sich auf den Weg zu Peter und den anderen drei machten.

»… wenn sie uns kriegen, dann sind wir Fischfutter. Dad – ich freue mich, aber nun werden sie versuchen, uns alle zu kriegen. Wir«, Julia blickte sich panisch um, »müssen hier weg. Und zwar schnell.«

»Ms. Jennings, beruhigen Sie sich!«, Andrew trat vor Julia und blickte von ihr zu Peter. »Wir haben einige Minuten Vorsprung. Sie sind hinter uns her und können unsere Spuren auch ohne Drohne nachverfolgen. Wir haben ihnen nämlich mit unseren Macheten einen Weg hierher gebahnt. Wir müssen einen Weg suchen, für den wir keine Machete brauchen. Dann brauchen sie länger, um uns aufzuspüren. Aber für Panik ist nicht der rechte Zeitpunkt. Wir müssen nun zügig die Lichtung überqueren, denn das ist der kürzeste Weg zum Fluss. Dort können wir sie abschütteln. Und bitte mäßigen Sie Ihre Stimme.«

Julia nickte. »Okay – und hallo erst mal«, begrüßten Julia, Ethan und Ryan schließlich die anderen. Julias Blick verharrte kurz bei John. Er konnte Hoffnung darin erkennen und den Willen zu leben. Und er las auch so etwas wie Dankbarkeit in ihren Augen. John fühlte sich gut. Er wusste jetzt, dass es richtig war, was er hier tat.

»Alles klar. Auf geht's«, forderte er.

Sie waren erst wenige Schritte gelaufen, da blieb Andrew stehen und hob den Arm. Seine Augen flackerten kurz, bevor er leise seine Stimme erhob. »Moment! Meine Drohne überträgt gerade Bilder. Die Leute vom General sind nur noch etwa 800 Meter vom Lichtungsrand entfernt. Sie haben aufgeholt und kommen in wenigen Minuten aus dem Dschungel.« Etwas lauter befahl er sodann: »Lauft, sofort. Ich halte die Verfolger auf und stoße anschließend zu euch. Los jetzt!«

Robert zerrte John, der Anstalten machte, bei Andrew zu bleiben, mit sich, und gemeinsam rannten sie schließlich den anderen hinterher.

Warum war die Lichtung auf einmal so endlos groß und warum mussten sie auch unbedingt den Weg quer darüber nehmen und nicht einen Bogen darum machen? Und warum schwebten plötzlich so viele dieser fledermausähnlichen Riesen über ihnen? Hoffentlich blieben sie da oben und griffen sie nicht noch an.

John hörte Julia Jennings, die vor ihm lief, wie eine Dampflok schnaufen, doch plötzlich blieb sie stehen. Fast wäre er in sie hineingelaufen. Was stimmte nicht mit ihr? Warum blieb sie einfach stehen? Schnell blickte er in den Himmel, aber die vogelähnlichen Wesen waren nach wie vor weit über ihnen. Dann hörte er es auch. Ein lautes, schleifendes Geräusch, nicht weit von ihnen entfernt. John schirmte seine Augen mit der Hand ab, um im Licht der aufgehenden Sonne etwas erkennen zu können. Es sah so aus, als würde sich die alte bemooste Steinplatte, die sich mitten auf der Lichtung befand, zur Seite bewegen. Konnte das sein?

Für einen kurzen Moment standen John und die anderen wie

versteinert da und beobachteten die große, massive Platte, bis das schleifende Geräusch schließlich verstummte. Merkwürdige Stille erfüllte die Lichtung. Schließlich war es Andrew, der John und die anderen aus ihrer Trance riss.

»Rein da! Sofort! Das ist unsere einzige Chance«, befahl er ihnen. John hatte gar nicht bemerkt, dass der Android das Geräusch auch bemerkt und wieder zu ihnen aufgeschlossen hatte. Er musste unglaublich schnell sein.

»Nee, sorry, Mann! Ich bin doch nicht irre. Was, wenn das eine Falle ist?«, ließ Ryan verlauten und blickte sich ängstlich um. »Außerdem hast du gut reden. Du bist nur eine KI. Dir macht es ja nichts aus zu sterben. Mir aber schon …«

John sah, wie Andrew Ryan am Arm packte und mit sich zog.

»Exakt«, sagte Andrew mit unveränderter Miene, »ich bin eine KI. Ich berechne Wahrscheinlichkeiten. Und die größte Wahrscheinlichkeit zu überleben ist gegeben, wenn wir da hinuntergehen. Eventuell schließt sich die steinerne Platte hinter uns. Wenn nicht, sind wir trotzdem im Vorteil. Denn dann müssen unsere Verfolger durch ein Nadelöhr, um zu uns vorzudringen, und ihre Überzahl nützt ihnen nichts. Dann kann ich sogar allein gegen sie kämpfen.«

»Was aber, wenn da eine größere Gefahr auf uns wartet?«

»Wenn uns jemand hätte töten wollen, hätte er es bereits getan. Also los jetzt, sonst ist unsere Chance vertan.«

»Er hat recht«, sagte John. »Lasst uns reingehen.«

Sie mussten sich beeilen. Sauber in den Stein gehauene, gleichmäßige Stufen führt in die Tiefe und verschwanden nach einigen Metern in der Dunkelheit. Schnell stiegen sie einer nach dem anderen in den schmalen Durchgang ins Ungewisse.

Ein feucht-modriger Geruch nach Erde und abgestandener Luft schlug John entgegen. Und als er die Wand zu seiner Linken berührte, stellte er fest, dass sie bemoost und glitschig war.

Andrew betrat die Höhle als Letzter und sorgte mit seiner integrierten Taschenlampe für Licht in dem dunklen Aufgang. Endlich waren alle durch den steinernen Eingang getreten und befanden sich unterhalb der Steinplatte. Warum schloss sie sich nicht? John sah, wie Andrews Augen flackerten. Wahrscheinlich übertrug seine Drohne gerade wieder Bilder von Lenoirs Leuten. »Noch vierzig Sekunden, dann betreten sie die Lichtung«, ließ er leise verlauten. Dann stellte er sich in Position, um ihnen, wenn nötig, den Rücken freizuhalten.

John dachte angestrengt nach und ging ihre Optionen durch. War das jetzt ihr Ende? Gefangen in einer dunklen Höhle? Vielleicht aber auch erschossen von Lenoirs Männern oder festgenommen und anschließend hingerichtet? Er schüttelte diese Gedanken schnell ab. Er konnte und wollte noch nicht aufgeben. Noch hatten die Männer sie nicht. Und noch konnten sie die Flucht durch den dunklen Gang wagen.

John wollte gerade die anderen dazu anhalten, loszulaufen – Peter hatte inzwischen auch seine in die Jacke integrierte Taschenlampe aktiviert – da vernahm er abermals das laute Schnarrgeräusch der Steinplatte über seinem Kopf. Sie schloss sich. Endlich! Kurz bevor die Dunkelheit sie verschlucken konnte, schoss Andrews Drohne durch den letzten schmalen Spalt, der sie noch von der Außenwelt trennte. Dann wurde es dunkel und still um sie herum. Nur noch die Lichtkegel der Taschenlampen erhellten die Umgebung. Andrew fing seine Drohne mühelos auf und integrierte sie wieder in seiner gepanzerten Brust.

John blickte seine sieben Begleiter an. In Anastacias Augen konnte er so etwas wie Neugierde erkennen. Und Robert? Der machte sowieso den Eindruck, als wäre die ganze Aktion für ihn ein einziges großes Abenteuer. Er musste in letzter Zeit an großer Unterforderung gelitten haben. Wenn Andrew Rambo war, dann war Robert Indiana Jones. John trat neben den Mann und blickte in seine dunklen Augen, die unter den buschigen schwarzen Augenbrauen hervorblitzten. Ihre Blicke trafen sich kurz, bevor Robert seinen Blick den großen, steinernen Stufen widmete, die vor ihnen in die Tiefe führten und die sich schließlich in der Dunkelheit verloren.

»Na, dann los«, sagte Robert, grinste John an und schritt noch vor ihm und den anderen die etwas rutschigen Stufen hinab.

30

November 2384, Lumera, Peter

Seit mehreren Stunden folgten Peter und die anderen nun schon dem kleinen dunklen Gang. Nachdem er schätzungsweise 80 Meter in die Tiefe geführt hatte, verlief er nun bereits seit einigen Kilometern schnurgerade und eben. Er war solide gebaut, aber muffig und kalt und nur die Strahlen der Taschenlampen zuckten gespenstisch über die feuchten, erdigen Wände, die an einigen Stellen von Balken gestützt wurden, die aus einem Material beschaffen waren, das an Kunststoff erinnerte. Aufregung, Angst und Erschöpfung zerrten an Peters Kräften. Seine Kleidung klebte wie eine zweite Haut an seinem Körper. Dennoch gingen er und die anderen sieben Flüchtenden entschlossen weiter. Irgendwann musste dieser Gang schließlich enden.

Endlich tat sich etwas. Es ging nicht mehr weiter. Eine Wand tat sich vor ihnen auf. So sah es zumindest auf den ersten Blick aus. Tatsächlich aber teilte der Gang sich hier und die Gruppe stand nun vor der Wahl, ob sie links oder rechts herum gehen sollten.

»Ich würde sagen, wir gehen dort entlang«, erklärte Julia selbstsicher und zeigte auf die linke Abzweigung, die sich jedoch ebenso in der Schwärze verlief wie der rechte Gang und somit keinen erkennbaren Unterschied bot.

»Und wie kommst du darauf, dass das der richtige Weg ist?«, fragte Ryan mit belegter Stimme.

»Ganz einfach: vielleicht gibt es keinen richtigen Weg? Wir haben doch noch nicht einmal ein Ziel. Wohin also sollen wir uns bitte orientieren? Es ist doch völlig egal, wo lang wir gehen.«

Peter blickte von Ryan zu Julia. Seine Tochter wirkte mitgenommen und streitlustig, wie sie ihren Kumpel anging. Ryan sprang auch direkt darauf an.

»O mein Gott, was geht denn bei dir ab? Sitzt dir was quer? Das war auch eher eine rhetorische Frage. Denkst du, ich bin blöd?«

»Schluss jetzt. Es reicht!«, unterbrach Peter die beiden Streithähne. »Andrew, kannst du schauen, ob es hier Spuren oder etwas gibt, an dem wir uns orientieren können?«, fragte Peter an den Androiden gewandt.

Andrew antwortete nicht, sondern schob sich an Robert, Julia und Ryan vorbei. Er ging in die Hocke und scannte beide Tunnel. Nach wenigen Sekunden wandte er sich an die Gruppe.

»Wir müssen den rechten Gang nehmen. Dieser Gang ist stärker frequentiert worden, was man am Zustand des Bodens erkennen kann. Und meine Sensoren empfangen einen leichten Luftstrom. Das muss nicht heißen, dass dies der richtige Weg ist, aber die Indizien sprechen für einen größeren ... .«

»Jaja, also hier entlang. Super. Danke Andrew!«, sagte Robert, zwang sich an Andrew vorbei und klopfte ihm dabei freundschaftlich auf den Rücken. Andrew zeigte seine weißen Zahnreihen und folgte Robert sichtlich zufrieden. Unter anderen Umständen hätte Peter wahrscheinlich über die Szene gelacht, aber derzeit war die Situation zu angespannt. Außerdem ruhte sein Blick immer wieder auf seiner Tochter, die mit Ryan böse Blicke austauschte.

Sie liefen lange geradeaus. Es folgten weitere Abzweigungen, aber nun überließ es die gesamte Gruppe ohne weitere Diskussionen Andrew, an jeder neuen Abzweigung die Richtung zu bestimmen. Ryan und Julia hatten ihren albernen kleinen Streit offensichtlich hinter sich gelassen, zumindest sprachen sie leise miteinander und einmal konnte Peter seine Tochter sogar kurz auflachen hören.

Nach weiteren drei Stunden war ein leichter Lichtschimmer am Ende des Ganges zu erkennen. Mit jedem Schritt wurde es etwas heller. Nach Tageslicht sah das allerdings nicht aus. Sie verlangsamten ihre Schritte und bewegten sich vorsichtig dem schwachen Glühen entgegen. Andrew hatte die Vorhut übernommen. Der Androide wirkte wachsam und kampfbereit. Als sie am Ende des

Ganges angelangt waren, öffnete sich der Raum vor ihnen und sie stellten überrascht fest, dass sie sich am Eingang einer gewaltigen Höhle befanden. Die Höhlendecke und auch die Wände der gegenüberliegenden Seiten verloren sich in der Dunkelheit. Peter blieb schier der Atem weg, als er sah, was sich in ihr befand. Der Höhlenboden war übersät von hunderten von riesigen Pilzen, die ihn um einiges überragten. Sie leuchteten matt in den schönsten Farben und tauchten die gesamte Höhle in ein sanftes, wenn auch nicht sehr helles Licht.

»Mein Gott, was ist das?«, fragte Ethan und drückte sich an die Felswand, als würden die Pilze versuchen, ihn zu verschlingen.

Wieder war es Andrew der voranschritt.

»Ich werde die Pilze untersuchen. Bitte wartet hier, bis ich das erledigt habe.«

Es dauerte nicht lange und Andrew gab Entwarnung. Die Pilze sonderten keine Giftstoffe oder Halluzinogene aus, was ein kurzer Scan bestätigte. Peter war erleichtert. Er war erschöpft und hatte wenig Lust, den Gang wieder zurückzulaufen, um eine andere Abzweigung zu nehmen.

Die kleine Gruppe beschloss, hier Rast zu machen und etwas zu schlafen. Sie waren alle sichtlich erschöpft und hatten Hunger. Andrew wollte sich in der Zwischenzeit in der Höhle und den dort angrenzenden Gängen umsehen. Und obwohl sie bislang noch kein Lebewesen gesehen hatten, entschieden sie, eine Wache aufzustellen, die jeweils alle zwei Stunden abgewechselt und die anderen warnen würde, wenn Gefahr im Verzug wäre. Irgendjemand musste schließlich diese unterirdischen Gänge angelegt haben.

Eine Sache blieb für Peter allerdings ein Rätsel und er hatte es mit den anderen während der letzten Stunden im fast endlosen Gang bereits mehrfach diskutiert: Wie konnte es sein, dass sich die große Steinplatte in dem Moment zur Seite bewegt hatte, als der Suchtrupp kam, um sie zu holen? Wurden sie von jemandem, der auf die Verfolgung aufmerksam geworden war, beobachtet und beschützt? Oder war das sogar eine Falle von jemandem, der Schlimmeres mit ihnen vorhatte als ihre Verfolger?

Auch Andrew, der sonst fast alles wusste, hatte auf diese Frage keine plausible Antwort parat. Aber was auch immer der Grund dafür war, sie in die Gänge zu locken, sie wussten, dass im Lager und auch im Dschungel der Tod auf sie alle gewartet hätte. Die wundersame Öffnung zu durchschreiten und die rutschigen, stei-

nernen Stufen in diese unterirdische Welt hinabzusteigen war ein Angebot, das sie unmöglich hätten ablehnen können.
Und nun waren sie hier. Seit Stunden. In der Hoffnung, irgendwie und irgendwann wieder rauszukommen. Hoffentlich lebendig und gesund.

Trotz der Erschöpfung und einem halbwegs vollen Magen konnte Peter nicht schlafen. Er war einfach zu aufgekratzt. Er wusste nicht, was ihn erwartete und wann und ob er seinen Sohn jemals wiedersehen würde. Sie waren nun auf sich allein gestellt und hatten keinen Zugang mehr zu einer modernen medizinischen Versorgung. Der Dschungel war voller giftiger und fleischfressender Pflanzen und Tiere. Ihre Überlebenschance tendierte gegen null. War es die richtige Entscheidung gewesen zu fliehen? Oder war es ein Selbstmordkommando? Was erwartete sie hier unten?

»Es sieht wunderschön aus, oder?«, unterbrach Anastacia flüsternd Peters Gedanken.

Unter einem großen Pilz hatte die kleine Gruppe ihr Lager aufgeschlagen. Bis auf die beiden Wachen, Robert und John, schliefen alle. Anastacia und Peter lagen eng aneinandergeschmiegt auf ihren Schlafsäcken und blickten auf die von zarten Lichtblitzen durchzuckten Lamellen des Pilzes über ihrem Kopf.

»Ja, es ist unglaublich. Ich habe Jule Vernes ›Reise zum Mittelpunkt der Erde‹ gelesen, da trifft eine Gruppe von Forschern auf ihrem Weg durch das Erdinnere auf ein Feld mit ähnlichen Riesenpilzen. Das hier ist fast wie ein Déjà-vu«, sinnierte Peter, der jetzt doch spürte, wie müde er war.

»Wie ist es ausgegangen?«, fragte Anastacia, die diese alte Geschichte nicht kannte.

»Das kann man so oder so sehen. Aber sehen wir die positiven Aspekte: Die wichtigsten Protagonisten überleben.«

»Wie beruhigend«, antwortete Anastacia spöttisch und etwas zu laut und erntete ein genervtes »Pssst« von Ryan, der sich anschließend zur anderen Seite drehte. Anastacia blickte Peter an und kniff wie auf frischer Tat ertappt grinsend die Lippen zusammen.

Julia schien von Alpträumen geplagt. Immer wieder stöhnte sie laut auf und schmiss sich von einer auf die andere Seite. Aber auch sie verstummte irgendwann.

Peter war froh, dass Julia es ihm nicht übelnahm, dass er nun mit

Anastacia eine neue Partnerin gefunden hatte. Sie war Anastacia gegenüber unvoreingenommen und freundlich und das freute ihn sehr.

Er wusste nicht mehr, wann er eingeschlafen war. Als er verschlafen die Augen öffnete, saßen die anderen bereits im Kreis vor ihm und aßen etwas von den Vorräten aus den Rucksäcken. Peinlich berührt setzte er sich auf.

»Oh, der feine Herr ist aus seinem Dornröschenschlaf erwacht«, lachte Robert Peter zu und erhob seine dampfende Kraftbrühe. Das war jetzt genau das, was er brauchte! Peter verkniff sich eine spitze Gegenbemerkung und setzte sich zu den anderen.

»Wir müssen zusehen, dass wir weiterkommen«, stellte Julia mit rot geränderten Augen fest. »Ich weiß nicht, ob das gut oder schlecht ist, aber wir haben ja festgestellt, dass unser Weg ein leichtes Gefälle hat. Laut Höhenmesser sind wir mittlerweile etwa hundert Meter unter der Planetenoberfläche. Ich bin … gespannt, wohin der Weg uns führt.«

»Wir wissen ja ungefähr, was uns oben erwarten würde«, erwiderte Anastacia nervös. »Unsere eigenen Leute jagen uns. Ich hoffe nur, dass sich der Zugang wirklich nur für uns geöffnet hat.«

»Ja«, sagte Peter, »hier unten scheinen wir derzeit in Sicherheit zu sein. Ich bin auch nicht besonders scharf darauf, nochmals nähere Bekanntschaft mit dem sechsäugigen Raubtier dort oben zu machen.«

Peter spürte die fragenden Blicke von Julia und den beiden anderen, die ihre Zeit in Gewahrsam verbracht hatten.

»Wir sind solchen Wesen bereits begegnet. Eine Wissenschaftlerin«, ergänzte er, »hat diese Begegnung mit dem Raubtier nicht überlebt. Dadurch wissen wir, dass es zumindest eine extrem gefährliche Spezies im Dschungel gibt, die Jagd auf uns macht – und es sind möglicherweise deutlich mehr größere Geschöpfe dort, die wir nur noch nicht entdeckt haben. Es bleibt uns vorerst also nichts anderes übrig, als die Gegend hier unten auszukundschaften.«

»Wir können aber nicht ewig hierbleiben«, gab Ethan zu bedenken.

»Das haben wir auch nicht vor«, sagte John. »Mr. Jennings … Peter hat recht, wir müssen die Gänge erkunden. Vielleicht finden wir heraus, wer den Zugang zu den Gängen für uns geöffnet hat. Ein normales Tier wird das nicht gewesen sein. Ich kann wirklich nur hoffen, dass das Basislager keinen Weg findet, das Tor zu öffnen. Ich weiß, dass Mark Jones von der großen Steinplatte weiß und dass er die Gegend mit Drohnen ausgekundschaftet hat.«

»Dann hoffen wir mal, dass er uns nicht folgen kann«, sagte Ryan.

Nachdem auch Anastacia als letzte ihre Suppe verspeist hatte, unterbrach Robert die plötzliche Stille, indem er einmal laut in die Hände klatschte: »Ich würde vorschlagen, dass wir nun packen und uns auf den Weg machen. Was meint ihr?« Einvernehmliches Gemurmel war zu hören.

Es dauerte nicht lange und alles war wieder in den Rucksäcken verstaut. Mit steifen Gliedern erhob sich Peter. Bequem war die Nacht auf dem harten Steinboden nicht gewesen, aber ihnen blieb nun mal keine andere Wahl. Er musste sich wohl damit anfreunden, dass sich an dem momentanen Zustand vermutlich so schnell auch nichts ändern würde.

Andrew hatte die gesamte Höhle bereits genauestens untersucht, während Peter und die anderen geschlafen hatten. »Wir müssen den Gang dort hinten nehmen«, erklärte er und wies mit dem Arm auf das andere Ende der großen Höhle. »Es gibt hier drei Durchgänge. Der eine Gang ist nach etwa fünfzig Metern eingestürzt und der zweite sieht so aus, als wäre er bereits lange Zeit nicht mehr benutzt worden. Ich bin ihm dennoch etwa drei Kilometer lang gefolgt, ohne einen Hinweis oder eine Spur zu entdecken, die uns helfen könnte. Wir sollten den Gang dort drüben nehmen. Ich habe dort wieder einen leichten Luftzug verspürt und eine Spur entdeckt, die noch nicht allzu alt sein dürfte. Ich kann diesen Fußabdruck allerdings keiner mir bekannten Spezies zuordnen. Dennoch sollten wir diesen Weg wählen.«

Niemand wagte zu protestieren und so folgten sie Andrew durch die Höhle und betraten schließlich den schmalen Gang. Peter musste sich zusammenreißen, um nicht von Platzangst übermannt zu werden. Er hasste diese unterirdische Wanderung. Normalerweise hatte er keine Probleme mit kleinen, engen Räumen oder Gängen, aber dieser fremdartige Tunnel in Verbindung mit der Angst, was sich an dessen Ende, oder schlimmstenfalls darin befand, ließ ihn immer nervöser werden.

Sie gingen weiter, sprachen aber nicht viel, denn sie waren alle noch erschöpft von der kurzen Nacht. Nach mehreren Stunden

Marsch durch dunkle Gänge wandelte sich das bis jetzt anhaltende leichte Gefälle plötzlich in eine deutliche Steigung, die sich als stetig wachsendes Brennen in Peters Waden und Oberschenkeln bemerkbar machte. Als schließlich ein Licht am Ende des Ganges zu erkennen war, ging ein hoffnungsvolles Raunen durch die Gruppe. Dort musste ein Ausgang sein. Trotz des Anstiegs beschleunigte Peter seine Schritte. Das Licht zog ihn an. Wie eine Motte strebte er ihm entgegen. Er wollte wieder Sonnenstrahlen auf der Haut spüren und den Himmel sehen. Auch die anderen zogen mit und waren gleichauf mit ihm. Aber kurz vor dem Ausgang hielten sie inne. Ganz vorsichtig näherten er und die anderen sich dem hell erleuchteten Durchgang ins Freie. Schließlich trat Peter als erster auf ein kleines Felsplateau.

Geblendet von dem plötzlichen Lichteinfall zuckten seine Hände hoch und schirmten seinen Augen vor der Sonne ab. So geschützt, ließ er seinen Blick schweifen. Der Schrecken über das, was er nun sah, nahm ihm für einen Moment die Luft zum Atmen. Das konnte nicht sein. Das war unmöglich. Er musste doch träumen! Aber ein Aufschrei von Anastacia, die neben Peter trat, belehrte ihn eines Besseren. Das alles war offensichtlich Realität! Peter versuchte verzweifelt, sich einen Überblick über die Lage zu verschaffen, die Situation einzuschätzen und zu überlegen, wie sie nun vorgehen sollten. Die anderen, die aus dem Gang hinaustraten, verharrten ebenfalls in absoluter Fassungslosigkeit.

Seine Augen flogen von rechts nach links, von oben nach unten. Sie befanden sich auf einem etwa fünfzehn Meter hohen, kleinen Plateau, am Fuße einer großen Höhle. Vor ihnen führte eine lange steinerne Treppe in die Tiefe und endete auf einem riesigen hellen Platz, auf dem ein einzelnes riesengroßes und verwinkeltes Gebäude – könnte es ein Schloss sein? – stand. Die riesige Höhle, in der sie sich nun befanden, hatte einen Durchmesser von mehr als einem Kilometer. Sie verjüngte sich nach oben hin, hatte aber einen offenen Schlitz zur Oberfläche, um Licht einzulassen und einen Blick auf den Himmel zu offenbaren. Unzählige große Spiegel leiteten das Sonnenlicht ins Innere der Höhle und erhellten sie. Ein fantastischer Anblick!

Aber noch viel überwältigender war das, was sie am Boden der

Höhle sahen. Sie hatten die Erbauer der Gänge gefunden. Die merkwürdigen Wesen wirkten fast wie Menschen, denn sie liefen auf zwei kräftigen Beinen. An ihren nackten Füßen saßen lange Krallen. Vier Arme wuchsen aus ihren Oberkörpern, die Hände mit je vier Fingern bestückt. Zumindest glaubte Peter aus der Distanz erkennen zu können, dass dem so war. Ihre Köpfe wurden von zwei großen schwarzen Augen dominiert. Außerdem konnte Peter in ihren Gesichtern zwei schmale Schlitze erkennen, die wohl zum Riechen dienten und ihn an Kiemen erinnerten. In Verbindung mit ihren großen Mündern glich ihr Gesicht einer Fratze und ließ sie aggressiv wirken. Waren sie das? Oder wirkte es nur auf ihn so?

Die Aliens liefen hin und her, geschäftig wie Ameisen in ihrem Bau. Keiner schien sie hier oben zu bemerken. Obwohl die zweibeinigen Wesen mindestens hundert Meter von ihnen entfernt waren, konnte Peter genau die vielen Tentakel erkennen, die auf ihren Köpfen saßen. Eine Gänsehaut kroch über seinen Körper. So etwas hatte er noch nie zuvor gesehen.

Stellte sich die Frage, wie diese Wesen miteinander kommunizierten? Peter konnte sehen, dass sich immer wieder zwei oder mehrere von ihnen gegenüberstanden. Unterhielten sie sich verbal, wie die Menschen?

»Was ist das?«, fragte Julia in diesem Moment und zeigte auf die vielen hellgrauen Wesen, die sie allem Anschein nach noch immer nicht bemerkt hatten.

»Ich weiß es nicht«, flüsterte Peter, »aber ich denke, das sind dieselben, die wollten, dass wir durch die Öffnung der Steinplatte gehen. Unsere Gastgeber. Unsere Retter.«

Sie verhielten sich einige weitere Minuten still. Die Wesen gingen ihren Beschäftigungen nach, ansonsten geschah nichts. Da Peter und die anderen offensichtlich ignoriert wurden, nahm Peter sich die Zeit, die große Höhle genauer zu begutachten.

Er blickte vom steinernen Plateau hinab. Eine riesige Konstruktion befand sich unter und vor ihnen. Es schien das zentrale Gebäude der Kolonie zu sein, scheinbar eine Art Tempel oder Palast. Es erstrahlte weiß und stand so in hartem Kontrast zu den dunklen Höhlenwänden. Das Gebilde mit vielen achteckigen Strukturen türmte sich bis hoch unter die Höhlendecke auf. Achteckige Säulen rahmten das ebenfalls achteckige, riesige Gebäude ein. In das gezackte Dach waren überdimensionale, achteckige Fenster eingelassen. Wenn es der Zweck des Gebäudes war, unerwarteten Besuchern zu imponieren, so hatte es geklappt. Peter schloss seinen Mund, der ihm, wie er gerade bemerkte, noch immer offenstand. Er stellte fest, dass die restlichen kleineren Fenster des futuristischen Gebäudes ebenfalls achteckig waren. Milchiges Glas schirmte neugierige Blicke in das Innere ab. Das große, wabenförmige Eingangstor des Palasts wurde von zwei Aliens bewacht, die mit Schulterhalftern ausgestattet waren, an denen Dinge befestigt waren, die vermutlich Waffen darstellten.

An der gegenüberliegenden Wand der Höhle sah Peter ein weiteres merkwürdiges Gebilde. Es war eine Konstruktion, die Peter an überdimensionale Bienenwaben erinnerte und perfekt mit dem großen Gebäude in der Mitte der Höhle harmonierte. Achteckige Kammern hingen dort hinter leicht milchig scheinenden Scheiben. Waren das so etwas wie Wohnungen? Schlafzellen? Es mussten hunderte, vielleicht sogar tausende sein. Gute hundert Meter, bis nach oben zur schmalen Öffnung hin, zog sich diese Konstruktion.

Sein Blick schweifte weiter durch die Höhle. Es gab einige bewachsene Areale, dominiert von Farnen und roten Blüten, die ihn fast vergessen ließen, dass sie sich in einer Höhle befanden und nicht in der freien Natur. Linkerhand waren größere Tiere hinter einem Zaun eingepfercht. Sie sahen ein wenig aus wie Alpakas mit ihrem flauschigen Fell und den langen Hälsen. Vor den merkwürdigen Waben war ein überdachter, von Schlingpflanzen überwucherter Bereich zu sehen. Dort tummelten sich einige der Wesen und saßen auf dem Boden oder auf Hockern. Was taten sie da? Aßen sie dort gemeinsam? Peter reckte den Hals, aber er konnte es nicht erkennen. Er aktivierte seine Kontaktlinse und zoomte ran. Tatsächlich, sie steckten sich irgendetwas Undefinierbares in den Mund und schluckten es am Stück runter. Fasziniert deaktivierte Peter den Zoom wieder. Es wurde Zeit. Sie mussten sich schließlich einig werden, wie es nun weitergehen sollte.

»Sollen wir runtergehen?«, fragte Ethan im selben Moment mutig und war bereits im Begriff, sich den steinernen Treppen zu nähern.

»Sachte, Kumpel«, ermahnte Robert. »Wir müssen uns erst einmal besprechen. Wir müssen ja schon an einem Strang ziehen, wenn wir ... Kontakt herstellen.«

»Ich denke«, meldete sich Anastacia zu Wort, »wir sollten uns ihnen vorsichtig nähern. Aber vielleicht zunächst nur einer von uns. Dann haben die anderen im Zweifel vielleicht noch eine Chance zu fliehen.«

»Klingt logisch«, warf Julia ein, »aber es kann nicht angehen, dass jemand zurückgelassen wird, wenn diese Tentakelmenschen uns feindlich gesonnen sind. Wer soll denn als Erster runtergehen? Sollen wir etwa Stöckchen ziehen?«

Eine leise, aber intensive Diskussion entstand, bei der jeder seine Meinung kundtun wollte. Andrew versuchte etwas zu sagen, doch mit seiner ruhigen Stimme und seiner moderaten Art hatte er keine Chance.

»Jetzt reißt euch endlich zusammen«, schrie Robert plötzlich laut dazwischen. Viel zu laut, denn sein Ausruf schallte weit in die Höhle hinein und erzeugte sogar ein leichtes Echo. Peter schrak zusammen. Vorsichtig blickte er wieder zu den Wesen hinunter. Das Treiben auf dem großen Platz hatte aufgehört. Wie erstarrt standen die Aliens an Ort und Stelle und bewegten sich nicht mehr weiter. Riesige dunkle Augen blickten zu ihnen hinauf und Peter erkannte auch auf die Distanz, dass die Tentakel der meisten Wesen in einem grünen Licht pulsierten.

»Oh Scheiße!«, entfuhr es Ryan. Peter und seine Freunde waren zurückgewichen und drängten sich nun an die rückwärtige Felswand, als würde diese sie vor einem Angriff beschützen.

»Was machen wir jetzt?«, fragte Anastacia flüsternd.

»Ich gehe freiwillig, ich hab das Schlamassel ja zu verantworten«, sagte Robert bestimmt.

»Was?« Ryan riss die Augen auf. »Wäre es nicht besser, den Androiden zu schicken?«

»Ich weiß, dass sie uns nicht töten werden.«

»Und wie kommst du darauf, wenn ich fragen darf?«, kam Anastacia den anderen zuvor.

Peter übernahm es, anstelle von Robert zu antworten, denn schließlich hatte er Zugriff auf den gesamten, umfassenden Wissensstand von Exobiologe Ted Patterson, der sein Leben lang außerirdische Lebensformen studiert hatte: »Sie hätten uns längst töten können, wenn sie es gewollt hätten. Seht ihr hier irgendwo Sicherheits- oder Wachpersonal außer vor diesem großen Haus? Ein Kriegervolk kann das nicht sein. Sie fühlen sich sicher. Sie wirken nicht so, als würden sie uns angreifen wollen. Und sie haben uns immerhin zu sich eingeladen. Entweder unterschätzen sie uns, oder sie wissen einfach, dass sie uns überlegen sind. Und was haben sie bis jetzt Schlechtes getan? Deren Tor hat sich vor uns geöffnet, als wir auf der Flucht waren, und es hat sich geschlossen, um uns vor unseren Verfolgern zu beschützen. Für mich ist die Sachlage ziemlich klar.«

»Diese Analyse beruht auf nachvollziehbare Weise auf den Gegebenheiten«, sagte Andrew.

»Na dann ...«, meinte Ryan mit heiterem Sarkasmus.

»Hm«, machte Anastacia und blickte mit schräg gestelltem Kopf zu den Wesen hinunter, die noch immer still wie die Salzsäulen standen, »es hat schon Hand und Fuß, was Peter sagt.«

»Da muss ich zustimmen«, sagte Julia, »ich würde sogar mitgehen.«

»Wenn du gehst, gehe ich auch mit«, sagte Ethan.

»Nein. Wir gehen alle runter«, sagte Julia zur Überraschung aller.

»Spinnst du, Jules?«, zischte Ryan. »Was soll der Quatsch?«

»Ganz einfach: Diese ... Personen ... leben in einem sozialen Verbund, vielleicht sogar in einem Staat, ähnlich wie die Insekten auf der Erde. Wir müssen auch so auftreten. Als Gruppe. Um zu betonen, dass wir ihnen ähnlich sind.«

»So ist es am besten«, sagte Anastacia lächelnd, »in dir steckt wohl doch eine Biologin. Wir müssen die Ähnlichkeit besonders hervorheben. Sie müssen auch sehen, dass wir wie sie auf zwei Beinen gehen. Das wäre weniger eindeutig, wenn nur einer von uns hingehen würde.«

»Gut, es ist entschieden. Wir gehen zusammen. Die Waffen lassen wir hier. Alle einverstanden?«, fragte Peter.

»Na gut, gehen wir und gucken, was die Aliens mit uns anstellen«, gab Ryan resigniert nach.

Die Waffen, die sie ablegten, bildeten einen beachtlichen Turm.

Peter spürte, wie sich die Angst über seine Sinne legte. Teds Erinnerungen als Exobiologe und das daraus resultierende geschätzte Verhalten der Aliens waren eine Sache. Aber es gab auch noch ihn und seine eigenen Ängste. Und diese gaben seinem Körper das Signal, dass es besser wäre, nun zu laufen. Und zwar in die andere Richtung, weg von den Aliens. Adrenalin floss durch seine Adern und sein Herz pumpte. All das nahm er sehr bewusst wahr, da seine Sinne hellwach waren. Er schluckte trocken und blickte zu seiner Tochter. Julia nickte ihm, wenn auch ebenfalls angsterfüllt, zu, um ihm Mut zu machen. Dafür war er ihr dankbar. Sie erinnerte ihn daran, wer er war. Er war ihr Vater, ihr Beschützer. Er musste Mut beweisen und vorangehen. Robert war der Erste, der sich dem Treppenabgang näherte. John und Peter folgten ihm. Peter spürte Anastacias Hand, die zitternd die seine ergriff. Ein Blick nach hinten zeigte ihm, dass auch Julia und die anderen sich ihnen anschlossen. Die Aliens standen noch immer unbeweglich an Ort und Stelle. Kurz flammte Panik in Peter auf. Was, wenn sie sie nun angriffen und sie töteten? Aber dafür gab es keine Anzeichen. Er atmete tief durch und versuchte, die Panik zu vertreiben. Es gab kein Zurück mehr.

Während sie langsam die schmalen Stufen hinabstiegen, sah Peter, wie sich eines der Wesen an seinen Artgenossen vorbei schob, um ihnen entgegen zu kommen. Peter hörte, wie die Krallen auf dem harten Steinboden widerhallende Schleifgeräusche erzeugten. Ein erneuter Blick auf seine Freunde zeigte ihm, dass sie genauso Angst hatten wie er. Die nächsten Minuten würden über ihr aller Leben entscheiden. War das hier nun das Ende? War er nach über 360 Jahren erwacht, um hier zu sterben? Wenn es so sein sollte, hoffte er, dass es schnell und schmerzlos gehen würde. Seine Eingeweide schienen inzwischen nur noch aus festen Knoten zu bestehen, so sehr krampfte sich sein Innerstes zusammen. Er hatte schon öfter in Büchern gelesen, dass sich beim Prozess des unvermeidlichen Sterbens so etwas wie Resignation in einem breitmachen würde. Stimmte das? Wann kam dieser Punkt? Wenn es klar wäre, was mit ihnen passieren würde oder bereits früher? Noch wollte er leben, nicht sterben. Ein paar Sekunden dachte er an seine Krebserkrankung. Er konnte sich nicht mehr an das Ende erinnern. Er war so voll von Morphium gewesen, dass er seinen Tod nicht mehr gespürt hatte. Jetzt war es anders. Er war dabei. Voll und ganz. Eine ganz neue Erfahrung. Mit neuem Mut setzte Peter einen Fuß vor den anderen. Nun würde es sich entscheiden. Leben oder Tod. Hoffentlich war dies nicht das Ende, sondern ein neuer Anfang.

Jetzt zum Newsletter anmelden und als Erste*r über Neuerscheinungen im Lumera-Universum informiert werden:
https://lumera-expedition.com/funkkontakt/

★★★★★

Bitte bewerten Sie mein Buch, damit ich auch in Zukunft weitere spannende Geschichten über Lumera für Sie schreiben kann.

Und so spannend geht es für Julia und ihre Freunde weiter ...

WEITERE BÜCHER VON JONA SHEFFIELD

Lumera Expedition: War

Ein neuer Heimatplanet, fremde Lebensformen, aber auch neue sowie alte Feinde. Das Ringen um das Überleben der Menschheit geht weiter!

Immer mehr Weltraumarchen landen auf Lumera. Die neue Heimat der Menschen ist atemberaubend schön, doch gefährliche Pflanzen und bestialische Raubtiere bestrafen jeden unvorsichtigen Schritt. Hoch entwickelte Aliens halten sich im Verborgenen, und sie könnten den Menschen überlegen sein. Ausgerechnet jetzt flammt ein innerer Konflikt in der Kolonie der Menschen auf. Ein Bürgerkrieg droht.

Nach ihrer Verbannung aus der Kolonie finden die Rebellin Julia Jennings und ihre Mitstreiter Zuflucht bei den fremdartigen Kidj'Dan, einem telepathisch begabten Alienvolk. Doch was die Helfer wirklich im Schilde führen, ist unklar. Sind die Abtrünnigen hier in Sicherheit oder in Gefangenschaft?

Plötzlich kommt ein Hilferuf – ausgerechnet von General Lenoir, der die Gruppe verstieß. Wie können sich die Helden vor einer menschlichen Tyrannei und vor unberechenbaren Verbündeten schützen? Wohin führen die unheimlichen Mutationen, die plötzlich eintreten? Julia, ihr Vater Peter

Jennings und nicht zuletzt der ehemalige FBI-Ermittler John Stanhope geben den Kampf gegen das Böse nicht auf.

Lumera Expedition: War ist ab sofort auf Amazon erhältlich!

Jetzt als ebook für den Kindle kaufen oder

als Taschenbuch kaufen !

DRAMATIS PERSONAE

ALEX Mikrobiologe.
ANNE Biophysikerin.
BONDI FBI-Agent.
CARL Android an Bord der Platon.
COSTELLO, HUGH Special Agent.
DELLINGER, JOSHUA Paläontologe.
FARRELL, SHAWN Deckname für Christopher Woodruff.
FENDER, RYAN Widerstandskämpfer.
FERREIRA, SOUSA Pilot auf der Platon.
FOX, DR. ELIAS ehemaliges Mitglied des Repräsentantenhauses der US-Regierung.
FREEMAN, DAVID Vizepräsident der Vereinigten Staaten.
FRANK Vertrauensperson in Sachen Unternehmensleitung von Jason Jennings.
HITT, PAUL FBI-Mitarbeiter.
HUDSON, JESSIE FBI-Agentin.
JAMES, ETHAN Widerstandskämpfer.
JENNINGS, JASON Unternehmer, Sohn von Peter und Martha Jennings.
JENNINGS, JULIA Widerstandskämpferin, Tochter von Peter und Martha Jennings.
JENNINGS, MARTHA Verstorbene ehemalige Frau von Peter Jennings.
JENNINGS, PETER Unternehmer, der an 2017 Krebs gestorben ist und dessen Körper vor dem Hirntod kryokonserviert wurde, sodass er

2384 mithilfe der Nanotechnologie geheilt und wiederbelebt werden konnte.
Jennings, Ramona Frau von Jason Jennings.
Jones, Mark Einsatzleiter einer Rettungsmission auf Lumera Eins.
Josephine Junge Soldatin, die Agent Stanhope bei einem Rettungseinsatz auf Lumera behilflich ist.
Koch, Janina Lagerleiterin auf Lumera Eins.
Lambert, Finlay Besatzungsmitglied auf der Platon.
Lastra, Miguel Commander der Flotte auf der Platon.
Lenoir, James General und Oberbefehlshaber der Kolonie Lumera Eins.
Lynch, Leonard Renommierter Systemadministrator auf der Erde.
Meyer Krankenschwester an Bord der Platon.
Morris, Jim Nachfolger von Peter Jennings in der Unternehmensleitung.
Nick Mürrischer Technik-Angestellter auf der Platon.
Oliver, Fay Widerstandskämpferin.
Patterson, Ted Exobiologe.
Pierson, Gerrit Widerstandskämpfer.
Pilger, Mrs. Deckname für Julia Jennings.
Preuss, Anastacia Geobotanikerin, liiert mit Peter Jennings.
Rodrigues FBI-Agent
Salisbury, Daniel FBI-Direktor.
Salinger, Jacob Wortführer der Jury.
Sarah Mitteilsame Zellbiologin.
Schröder, David erster Kommandant der Platon.
Seifert, Morris Leiter der Basisstation von UMEA Spaceflight.
Short, Marlene Widerstandskämpferin.
Silverman, Dr. Arzt an Bord der Platon.
Smith FBI-Agent.
Stanhope, Amanda Exfrau von FBI-Agent John Stanhope.
Stanhope, John FBI-Agent in führender Position.
Stodart, Kai Biologe.
Sullivan, Robert Leiter der Flottencrew und der Monteure.
Victor Android an Bord der Platon.
Weaver, Mr. Sicherheitschef auf der Aristoteles.
Wilson, Thomas Chefentwickler auf der Aristoteles.
Woods, Alicia Besatzungsmitglied auf der Platon.
Woodruff, Christopher Widerstandskämpfer.

GLOSSAR

ARISTOTELES Weltraumarche.
BID Abkürzung für »Brain Interaction Device«. Damit sind Implantate am Hinterkopf eines Menschen gemeint, die einen Computer-Chip enthalten, der im ständigen Austausch mit sogenannten Brainbots ist, die sich im Gehirn eines BID-Nutzers befinden. Hierdurch kann der Nutzer dieser Technologie sein Wissen (Empfindungen und Erinnerungen) in digitalisierter Form weiterleiten und via Gedankenimpulsen BID-gestützte Geräte wie Türen, Shuttles oder Drohnen steuern. Ursprünglich waren die BIDs als Kommunikationsgerät und Weiterentwicklung des Smartphones gedacht. Der Funktionsbereich der BIDs hat sich jedoch rasant weiterentwickeln und schließt im Jahr 2040 bereits die Möglichkeit ein, den Gesundheitszustand eines Menschen zu überwachen. Die Möglichkeiten des Missbrauchs dieser Technologie waren stets umstritten.
BRAINBOTS Nanobots, die sich innerhalb des Gehirns in die DNA-Stränge eingliedern und Gedanken, Erinnerungen und Wissen auf den BID übertragen können. Mit ihnen ist es zudem möglich, technisches Gerät mit Hilfe des BIDs zu steuern und mit anderen Menschen zu kommunizieren.
CUBE Würfelförmiges kleines Gerät, um Hologramme darzustellen.
EPSILON ERIDANI Drittnächster Stern zu unserem Sonnensystem. Er befindet sich etwa 10,5 Lichtjahre von unserem Sonnensystem entfernt. Lumera ist einer der Planeten die Epsilon Eridani umkreisen.

GT8-Drohne Aufklärungsdrohne.
Holonet Virtuelles drahtloses Internet.
ISA Weltraumorganisation, zu der die Platon gehört.
Keycard Schlüsselkarte, die zur Authentifizierung dient.
KI Künstliche Intelligenz.
Lumera Erdähnlicher Planet im Sonnensystem Epsilon Eridani
Nano-Cloud Externes Speichermedium für Inhalte der BIDs
PEP Kurzform von Pulsed Energy Projectile. Eine nicht-tödliche Energiewaffe, um Angreifer mittels eines erzeugten Plasmas abzuwehren.
Platon Weltraumarche.
RAP IV Android der neuesten Generation.
RFID-Transponder Bezeichnet eine Technologie für Sender-Empfänger-Systeme zum automatischen und berührungslosen Identifizieren und Lokalisieren von Objekten und Lebewesen mit Radiowellen.
STV Small Transport Vehicle.
UMEA Spaceflight Flugorganisation, zu der das Raumschiff Aristoteles gehört.
VR Virtuelle Realität.

NACHWORT

Liebe Leserin, lieber Leser,

ich möchte mich ganz herzlich bei Ihnen für das Lesen meines Buches bedanken. Ich hoffe, es hat Ihnen gefallen und Ihre Lust auf mehr geweckt.

Bald folgen neben der Lumera-Trilogie weitere Lumera-Thriller. Gerne halte ich Sie in meinem Newsletter auf dem Laufenden, damit Sie den Start nicht verpassen. Außerdem gibt es dort Informationen zu Aktionen und Leseproben.

www.lumera-expedition.com/newsletter

Noch eine persönliche Bitte: Ich freue mich riesig, wenn Sie meinem Werk auf Amazon eine Rezension schenken würden. Sie muss nicht lang sein, nur ein paar Worte dazu, wie es Ihnen gefallen hat.

Ihre Jona Sheffield

ÜBER DIE AUTORIN

Jona Sheffield, geboren 1978 in Kiel, studierte BWL, bevor sie bei einem Düsseldorfer Medienunternehmen andockte. Ihre Schreiblust lebt die Senior Managerin nicht nur im Beruf aus, mit der Veröffentlichung der Lumera-Expedition erfüllt sie sich einen großen Kindheitstraum. An einem anderen Traum, nämlich die unermesslichen Weiten des Weltalls selbst zu bereisen, hält sie fest.

Sheffield lebt mit ihrem Mann und ihren drei Kindern bei Köln.

Mehr Informationen über Jona Sheffield und die Lumera-Reihe finden sich auf ihrer Website:

www.lumera-expedition.com